U0556098

用文字照亮每个人的精神夜空

造园密易疏难，华丽能达，雅淡艰至。疏而不失旷，雅淡不流薄，皆难得之境界。

——陈从周

陈从周作品精选

梓室余墨

（上）

陈从周 著

燕山大学出版社

·秦皇岛·

图书在版编目（CIP）数据

梓室余墨 / 陈从周著 . -- 秦皇岛 ： 燕山大学出版
社 ， 2025. 3. -- （陈从周作品精选）. -- ISBN 978-7
-5761-0775-3

Ⅰ．I267

中国国家版本馆 CIP 数据核字第2024CC1933号

梓室余墨
ZI SHI YU MO

陈从周 著

出 版 人：陈 玉		选题策划：北京领读文化	
责任编辑：孙志强 王 宁 张 蕊		特约编辑：田 千 吕芙瑶	
责任印制：吴 波		封面设计：InnN Studio	
出版发行：燕山大学出版社		电 话：0335-8387555	
地 址：河北省秦皇岛市河北大街西段438号		邮政编码：066004	
印 刷：河北赛文印刷有限公司		经 销：全国新华书店	

开 本：889 mm×1194 mm 1/32	印 张：31
版 次：2025年3月第1版	印 次：2025年3月第1次印刷
书 号：ISBN 978-7-5761-0775-3	字 数：500千字
定 价：189.00元	

目 录

卷一

卷二

卷三

卷四

卷六

卷
一

淮安文通塔考

1972年9月中旬，偕秉杰、述传同至淮安勘察文通塔，其建造年代考订如次：

此塔平面八边形，尤塔心柱，砖砌，现存腰檐六层，其底层较高，下部砖墙略向内收，似尚有围廊一周，以构成七层之塔。塔顶为后修时所加，与整个塔比例不相称，以平面而论，已是五代北宋以来多边形做法，但塔内无塔心柱，尚沿袭唐塔遗风，其砖壁已视唐塔为薄，空间加大，则较唐塔在结构与平面使用上已有所发展，塔檐为砖叠涩出檐，不模仿木结构形式，犹存北魏迄唐砖塔出檐之做法，因此塔外形抛物线较大，有显著收分，视宋代其他诸塔为凝重，而塔内部又视有塔心柱者为宽畅，在宋塔中尚是罕见之例。实为我国唐宋塔递变中重要实例，不能因其形式质朴而贬低其发展中之价值。因此，就平面、外形与结构三者而论，应是宋代早期之砖塔。

塔内现存石刻：（一）北宋太平兴国九年（984年）张熙建塔碑记（在六层）；（二）北宋太平兴国九年碑（在

五层）；（三）元碑？（四）清咸丰元年（1851年）重修文通塔记。按太平兴国计八年，九年已更元为雍熙。此碑尚沿用旧年号，碑文书法（正书）遒劲，犹存唐人之风，为唐宋书法变迁中之过渡作品，不特书法佳美而已。其二宋碑，碑文残缺，检文字有"兵火焚烧""成满到第四级矣"及"舍净财成就第五级"等语。再就书法论与前述之碑同一风格，则其为宋碑无疑。残文中尚余"国九"两字，应同属北宋太平兴国九年所刻。元碑？无纪年，有"楚州衙内……副将刘承嗣舍钱壹贯"语。从书法（行书）而论，尚承有宋代遗意，若系元碑，应是元代早期石刻。以上三碑似未见罗氏《淮阴金石志》及其他金石著录，殊可珍护。清碑云"唐中宗景龙二年（708年）所建"，与实物形制不符。又云"是塔之易为文通，当在明代。塔高十三丈三尺"等语，可资参考。

按北宋太平兴国九年张熙建塔碑所载："感应舍利旧址，自大隋仁寿二年（602年）痈瘝，上有丽阁……周室重兴，淮甸同轨，山阳一郡，兵火罄然，舍利空存其基也。"则为木塔无疑，其后北宋初建此塔，易为砖砌。至太平兴国九年，"熙切睹胜利，辄启精诚，遂舍己财壹拾阡，砖贰万口，母亲王氏砖壹万口，长男文通舍砖贰万口，共成第六级。……时太平兴国九年岁次甲申六月□

日弟子张熙、母亲王氏、长男文通等记"等语，知为是年建成至第六层，而另碑又刻于同年，碑文有"舍净财成就第五级"语，则同为一时所建造，据此可知古代施工技术及筹款迟速等因素，一塔之成非在旦夕。兹姑以此年为最接近建成时期。其始建之年又无可考，因此定此塔为北宋太平兴国九年所建，似尚有所据了。

又按苏州罗汉院双塔建于北宋太平兴国七年（982年），州民王文罕、文安、文胜所建。上海龙华塔建于北宋太平兴国二年（977年）。此二处之塔建造年代与文通塔最近，且同在江苏，但苏南苏北相距几近千里，双塔、龙华塔已为仿木结构楼阁式，此塔尚沿唐塔叠涩出檐，故我疑楼阁式砖塔似始兴于江南。（参拙文《上海塔琐谈》，《文汇报》1962年12月21日；及《苏州罗汉院正殿遗址》，《同济大学学报》1957年第2期）

1954年龙华塔修瓦当仿自苏州双塔宋瓦当，滴水仿巨鹿出土宋滴水。

近阅吴梅村诗《九峰草堂歌》注有虎塔一条，可证上海佘山秀道者塔之建造年代。

虎塔《松江府志》普照寺本佘山东庵，宋太平兴国三年（978年）聪道人开山，治平二年（1065年）赐额，有道人塔，下有月轩，旁有虎树亭，道人在山时有二虎随侍，道人死，虎亦死，瘗之塔旁。或云宋庆历七年（1047年）聪道人建。此塔今尚存，秉杰曾测绘，云普照寺一碑犹存塔下。按此塔予曾屡至，秀挺于佘山之麓，形制极美，亦楼阁式，与双塔、龙华塔同一类型，唯比例则更佳。

北京芥子园图记

曩岁叶丈遐庵以北京芥子园草图属绘，图成志数语于后：

北京外城韩家潭芥子园，相传为清初李笠翁所筑。《宸垣识略》："芥子园在韩家潭，康熙初年，钱唐李笠翁渔寓居。今为广东会馆。"据道光间（1821—1850年）麟庆《鸿雪因缘图记》记半亩园："忆昔嘉庆辛未（1811年），余曾小饮南城芥子园中，园主章翁言：石为笠翁点缀，当国初鼎盛时，王侯邸第连云，竞侈缔造，争延翁为座上客，以叠石名于时，内城有半亩园二，皆出翁手。"兹园已毁，不复见其规模，今叶遐翁恭绰以草图属绘，存此写影，亦所谓人间孤本耶？陈从周记。1963年制。

遐翁下世经年，园亦不存，检图为之怃然。

徽州明代建筑

　　1952年冬，刘士能师敦桢来沪，同至华东文化部访徐森老（森玉，名鸿宝）。渠旋去皖歙，返宁告予歙古建情况，其情宛如目前，匆匆三十年矣！1971年留歙县干校一年，暇时阅张仲一等写《徽州明代住宅》一文。此士师指导张等所为也。以予留皖时较久，略抒鄙见，聊补其缺，亦举愚者一得共资商讨耳。

　　1971年3月12日到歙，居城外问政山麓，其地背负苍山，面临练江，风景信美。居一年对该地四季之气候深为身受，其与住宅之影响，略补数端，后之览者，亦证建筑调查须作自身之体验，不能凭臆测而下论也。该地区早晚冷，午热，而清晨温度尤低，故房屋外墙窗小，盖防寒气与酷热之侵袭也。至于天井，一因山区平地少，二因石板墁地天井小则用材经济，三则天井之功能仅需达到通风泄水作用而不需过多日照。因此在炎热季节，室内得减少高热。其厅皆为敞口，尤觉阴凉，而居房用槅扇置地板，冬季保暖较好，潮雨季亦较干燥。一般楼屋地板，其做法为下用杉木圆筒排铺，中置竹席防声隔

8

尘，上安地板。甚至有杉木楼板（用杉木圆筒排铺）上铺方砖者，与扬州、苏州相同，唯扬、苏方砖置于地板上。此法见明人《长物志》书中。颇疑自徽传至扬、苏，盖扬、苏二地富商巨室什九徽州属移居者，其最著者扬州之江、巴等，苏州之潘、程、胡、金等，其先皆徽州府属人。且徽之用此法亦与地区产木不能分也。歙县新北门内罗宅，似为清初建筑，及斗山街杨宅（清代建筑）皆有此例。而杨宅大厅虽为二层，其底层仍用五架梁，如平厅做法。檐枋，面阔三间，用整料长达三间。五架梁上施草架，上建二层，实则三层矣！故进厅仰观梁架檩椽俱备，不知其上尚有楼也。亦浪费木料，踵事增华，罕见之例。歙县多石牌坊，其最著者当推城内明万历年间（1573—1620年）许国八柱石坊，为明中后叶之典型代表作，据此可作其他建筑考订年代之证例，做法雕刻工整，而石狮尤生动。此种形式在全国似近孤例。北门内毕姓万历年间一石坊，四柱三间，冲天造，甚简洁。其附近小街一单间明代石坊亦存此风格。桂林中学附近及烈士墓园面对一坊，则较趋繁琐矣！石坊以三间为多，皆冲天造。柱枋斗拱皆仿木结构。以今日所见明牌坊，木制者已若凤毛，存者皆石构，此与施工技术有关。盖盘车（活轮）之发明，可吊装，遂使木易以石，使施工技术推进一步。此言石坊之变迁不能不知者。1972年3月6日返沪。

歙石与歙砚

歙县产石，制砚者为歙石，市价毛料每斤八元，成品称歙砚。石以有金星者为上品，正如端砚之有眼也。金星有两点金星、云雾金星之别。制成后以胡桃油擦面，细洁油润，外观增色。

[宋] 金星歙石砚

淮安金钟铭文

淮安金钟："大金天德岁次辛未（1151年）九月戊戌朔十四日辛亥。"

茶与扇

阅李慈铭《越缦堂读书记》有关茶及扇二则：

天下之务，日开而未已，如茶古所无，今则不可阙。茶之用始于汉，著《茶经》始于陆羽，榷茶始于张滂。《尔雅》：槚，苦茶，茶之名始见于此。《吴志》孙皓密赐韦曜茶茗以当酒，饮茶始见于此。注：以早采者为茶，以晚采者为茗，又名荈云。

今世所用折叠扇，亦名聚头扇。吾乡张东

［明］唐寅《平台修竹成扇》

海先生以为贡于东夷，永乐间始盛行于国。予见南宋以来诗词，咏聚扇者颇多。予收得杨妹子所写绢扇面，折痕尚存。东坡谓：高丽白松扇，展之广尺余，合之止两指许。正今折扇，盖自北宋已有之。倭人亦制为泥金面、乌竹骨充贡。出自东夷，果然。

恭王府的建筑

予1961年冬客北京编《中国近代建筑史图集》，于建筑科学院建筑史研究室，曾调查什刹海附近恭王府，其间景物，至今犹历历在目。

谈到恭王府的建筑，在北京现存诸王府中，布置最精，且有大花园，从建筑的规模来谈，一向有传说它是大观园。恭王府的布局，与一般王府没有什么大不同，不过内部装修特别工细豪华，为北京旧建筑中所罕见。如锡晋斋（有疑为贾母所居之处）便可与故宫相颉颃了。花园中的福厅平面如蝙蝠，故称蝠厅，居此厅中自朝至暮皆有日照，可称别具一格的园林厅事。而大戏厅则为可贵的戏剧史上实例。恭王府的建筑可分为前后两部，前为王府部分，大厅已毁，二厅即正房所在，其西有一组建筑群，最后的一进，便是悬"天香庭院"的垂花门，与锡晋斋并为王府的精华所在，院宇宏大，廊庑周接，斋为大厅事，其内用装修分隔，洞房曲户，回环四合，确是一副大排场。后为约一百六十米的长楼及库房，其置楼梯处，堆以木假山，则又是仅见之例。花园的正中，是最饶山水之趣的地方，其东有一院，以短垣作围，翠竹丛生，而廊空室静，帘隐几净，多雅淡之趣。院北为戏厅。最后亘于北墙下，以山作屏者即福厅。西部有榆关、翠云岭、湖心亭诸胜。府墙外东部尚有一王府，亦宏大，为醇王府所在。这些华堂丽屋，古树池石，都给我们调查者勾起了红楼旧梦。

有人认为恭王府是大观园的蓝本，在无确实考证前没法下结论，目前大家的意见还倾向说大观园是一个南北名园的综合，除恭王府外，曹氏描绘景色时，对于苏州、扬州、南京等处的园林，有所借镜与掺入的地方，成为"艺术的概括"。我们知道吴人[①]争传曹雪芹生于苏州（带城桥苏州织造署中），苏州的一些园林自幼即耳濡目染。扬州是雪芹祖父曹寅官两淮盐运使的地方，今日大门尚存，从结构来看，还是乾隆时旧物。南京呢？曹氏世代为江宁织造，有人考证说大观园即随园，亦有其据。另外，旧江宁织造署内尚悬"红楼一角"的匾额，或者也与《红楼梦》有些关系。

北京本多私家园林，以曹氏之显宦，雪芹是不会见不到的，当时大学士明珠（纳兰性德之父）府第，也在

① 指江苏人。——编者注

什刹海附近，亦是名园之一，曹家与纳兰家的往还，是应该没有问题的。叶恭绰先生跋《张纯修（见阳）、楝亭（曹寅）夜话图咏》（纳兰性德殁后，曹寅与施世纶及张纯修话性德旧事）："红楼一书，世颇传为记纳兰家事，又有谓曹氏自述者，此诗顿令两家发生联系，亦言红学者所宜知也。"[从周按：图中楝亭自题诗云："家家争唱饮水词，纳兰心事几人知；布袍廓落任安在，说向名场此一时。"及"而今触绪伤怀抱"（与集载句有出入）之句。]又纳兰性德随驾南巡寓曹家衖，雪芹为《红楼梦》虽自叙家世，亦必借材于纳兰，如纳兰为侍卫，宝玉房中有弓矢。纳兰词中宝钗、红楼、怡红诸字屡见。又有和湘真词，似即红楼之潇湘妃子。那么雪芹在描写大观园景物时，对当时明珠府第安有不见之理，而不笔之于文的呢？

俞星枢（同奎）云："花园在恭王府后身，府系清乾隆时和珅之子丰绅殷德娶固伦和孝公主赐第。公元1799年（清嘉庆四年）和珅籍没，另给庆禧亲王为府第。约公元1851年（清咸丰年间）改给恭亲王，并在府后添建花园。园中亭台楼阁，回廊曲榭，占地很广，布置也很有丘壑，私人园囿，尚不多见。"俞先生自北京京师大学留英习化学，执教北大颇久，熟悉北京掌故，解放后继

16

马叔平衡掌北京市文物管理委员会。著《伟大祖国的首都》，考证甚确，今下世已多年。其言当有所根据。友人单士元曾写《恭王府沿革考略》，载《辅仁学志》，可资参考。

太原天龙寺东西两塔题名

      路生秉杰1964年至山西太原天龙山调查石窟归，于该处东西两塔见有建造者之题名，爰记于下：太原天龙山天龙寺圣寿普同塔东塔："阳曲县马疙白君玉恩道刊本县李德让佺辅卿、日卿、仁卿砌。"西塔："至正十七年（1357年）岁次丁酉五月廿八日白君玉刊。"天龙山圣寿寺普同塔记，时大元至正十七年岁次丁酉四月乙亥朔二十八日众执事建。此行予与喻维国留太原，未同往。

上海龙华古塔的塔基

宋代建筑基础，予印象深而最资足述、有助于研究中国建筑发展者，当推予参加修理上海龙华塔所见者。在勘察塔基，经发掘在塔边原有的方砖地面下一百七十厘米深处的砖砌基础，每边比塔身大七十厘米，其下再有五皮"菱角牙子"砖，厚度计四十六厘米，这许多砖砌的基础，是置于厚十三厘米的一层垫木上，垫木下则是木桩，当时只能测到一面，计十四厘米，桩与桩间满铺石子三合土。这种办法说明先民知道上海的土质松，多流沙，建造高层建筑的土壤荷重量太大，恐怕引起不平均的沉陷，于是应用了这个办法。塔建于北宋太平兴国二年，1954年以宋式复原重修，匆匆已近二十年了。曩岁梁思成先生作《宋营造法式图注》，后重新整理改名注释，曾索此图及说明，书未成，先下世，又将一年矣！

梁任公的两副对联

梁任公（启超）书宗北碑，工整清劲，不似其父之奔放也，弟子中以蒋百里（方震）最肖。百里为外舅蒋谨旃钦琐从弟，硖石人。任公书予见过者，当推赠陈仲恕翁汉第及徐志摩二联为最佳，陈与任公为同年月生，此联为祝其生辰，今藏直生师植处。赠徐一联集宋词："临流可奈清癯，第四桥边，呼棹过环碧；此意平生飞动，海棠影下，吹笛到天明。"志摩为任公得意弟子，少年行文酷似乃师。联今藏浙江省文管会。思成先生书法颇肖其前人，有轻灵之感。徽因父林宗孟（长民）亦书北碑，才气纵横，草书尤飞舞，其蝇头小楷功力至深。曾刊有《林宗孟遗墨》，书法遒劲，印刷亦佳，予藏本赠友人黄宗江，黄为梁林夫妇弟子也。

新华门

北京新华门原为宝月楼，1913年袁世凯窃国时改，从端王府运来两石狮安设门外。端王府毁于八国联军。新华门额系袁励准所书。门内筑大影壁，并于环海修筑马路。一度并设轻便铁道，可由新华门坐手推车直达丰泽园。金鳌玉桥南围以短墙，1928年方拆除。前门改建，其工程为德籍工程师罗克格所设计，未竣，因欧战返国，由其妻续成之。东西长安街开拓植德国槐，中山公园之开辟，南北池子之二道畅通等，胥出朱桂辛（启钤）师之手。

杭州雷峰塔

西湖雷峰塔在湖之南南屏山，旧有郡人雷氏筑庵居之，因名。五代时吴越王钱俶二十四年为黄妃所建，又称黄妃塔，俶自为碑记："诸宫监尊礼佛螺髻发，犹佛生存，不敢私秘宫禁中，恭率瑶具，创窣堵波于西湖之浒，以奉安之……始以千尺十三层为率，爰以事力未充，姑从七级梯……镌《华严》诸经围绕八面……塔曰黄妃云。"《湖山便览》："俗传西湖有白蛇、青鱼两妖，镇压塔下……"传奇之妄，即此可见。"塔旧有重檐飞栋，窗户洞达，后毁于火，惟孤标岿然独存。"为八角七层之楼阁式木檐砖塔，焚后塔呈黄赤色。因乡人迷信，云携归塔砖可兴育蚕，日久遂圮，时民国十三年（1924年）9月25日（阴历八月二十七日）未刻（1时40分许）。距建塔953年。是时适军阀孙传芳占浙专车抵杭州城站。故浙人以此为话柄。予年七岁（1918年11月27日生），其时先父尚在患吸血虫病鼓腹，次年阴历四月十八日去世，年五十五岁（1872年生）。设于今日瘟神已送，此病已非不治之症，鲁迅《论雷峰塔的倒掉》写于1924年10月28日，

[南宋] 李嵩《西湖图》中的雷峰塔

见《鲁迅全集补遗续编》上。

俞丈平伯云："黄妃之称殆不足据，予见同陈（乃乾）君，在此略加补说耳。黄妃之名殆以黄皮相涉而误。其实本名当作王妃也。""雷峰非塔本名，黄妃复多讹疑，然此两名却为人所习知。至西关砖塔实为其最初名号，乃向不见记载，若非塔圮，吾辈亦安得而知之哉。"盖据塔藏宝箧印经卷首署西关砖塔也。陈氏有《黄妃辨》一文。俞氏据明张岱《西湖梦寻》卷四曰："元末失火，仅存塔

甘博摄《坍塌前的雷峰塔近景》

心，雷峰夕照遂为西湖十景之一。"语塔毁当在元明之际
矣。俞说见其著《雷峰塔考略》。平伯又云："明郎瑛《七
修类稿》曰：'吴越西关门在雷峰塔下。'是则当时建塔，
实傍城关，而面临湖水。"见同篇。

留园假山的设计师周秉忠

苏州留园，明为徐冏卿（泰时）之东园。清嘉庆年间（1796—1820年）为刘蓉峰（恕）所得，名寒碧山庄。刘爱石成癖，重修此园，其中"十二峰"为园中特色。同光年间（1862—1908年）为盛旭人康购得，易名留园。1949年前迭遭破坏，仅余古树山池。建筑物残破殊甚，几无一处略完整者。50年代初柯庆施至苏州视察，见此名园，嘱苏州文管会修整，谓古木山石在，建筑恢复易，短时间可以竣事，真造园之精论也。此予1953、1954年间参与留园修复工作时，谢孝思所告者。

是园假山真正设计与建造者为明代叠山师——周秉忠。明代《袁中郎游记》上说：

> 徐冏卿园，在阊门外下塘，宏丽轩举，前楼后厅，皆可醉客。石屏为周生时臣所堆，高三丈，阔可二十丈，玲珑峭削，如一幅山水横披画，了无断续痕迹，真妙手也。堂侧有土垅甚高，多古木。垅上太湖石一座，名"瑞云峰"，

高三丈余，妍巧甲于江南，相传为朱勔所凿。才移舟中，石盘忽沉湖底，觅之不得，遂未果行。后为乌程董氏构去，载至中流，船亦覆没，董氏乃破资募善没者取之，须臾忽得，其盘石亦浮水而出，今遂为徐氏有。

是文除指出叠山作者外，并可说明今日留园中部及西部之假山，尚存当日规模并可与《寒碧山庄园》互相参证。唯此著名之太湖石"瑞云峰"已移至城内旧苏州织造府中（在带城桥）。相传为《红楼梦》作者曹雪芹出生地。按《吴县志》所载韩是升《小林屋记》："按《郡邑志》……台榭池石皆周丹泉布画，丹泉名秉忠，字时臣，精绘事，洵非凡手云。"小林屋即今日苏州现存园林之一的惠荫园（洽隐园），系模仿洞庭西山之林屋洞，故名。在南显子巷，其中水假山（山洞中有水流入，可通）委婉曲折，为国内罕例。洞分东西二部，门北向，入门为东部之池，环池有桥紧浮水面，洞顶有钟乳下垂（系石钟仿），至西北角桥尽，折西南入旱洞，视水洞略高。此小林屋也，上建厅，有紫藤极古。今是园已毁。又据明末徐树丕《识小录》卷四上说："丹泉名时臣……其造作窑器及一切铜漆物件，皆能逼真，而妆塑尤精……究心内养，其运气闭息，能使腹如铁，年九十三而终。"可见他除工叠山外，又是画家与工艺家。依上之二段记载而论，他生活的年代，当是明末的大部分时间。同时，对惠荫园水假山堆叠时代亦可确定。周秉忠之子周廷策，据《识小录》卷四云："一泉名廷策，实时臣之子，茹素，画观音，工垒石，太平时江南大家延之作假山，每日束修（工资）一金……年逾七十反先其父而终。"是一能继承父技之叠山师，从"反先其父而终"一语来看，则周秉忠之一些作品，必然有甚多属父子合作的了。

上海现存最古老的两座桥

　　曩岁我辑《中国古代桥梁资料》，尽供罗怀伯翁英所编《中国石桥》及《中国桥梁史资料》二书，是二书刊后，又有所获，1962年我于青浦发现之两座宋元桥梁，不特为上海已知最古者，且于中国桥梁史中亦重要之实例。

　　金泽镇宋桥，名普济桥，位于颐浩寺前，俗名圣堂桥，石呈紫色，故又名紫石桥。为弧形之并列券单拱桥，长26.7米，宽2.75米，拱跨径为10.5米，桥之外形较低平，桥面亦比明清桥窄狭，结构简单。据《金泽志》记载，此桥造于宋咸淳元年（1265年），到清雍正初年有黄元东者重整石栏。今以实物相证，能相符合。迎祥桥在金泽镇之南栅，系一木石砖混合结构桥，挺秀简洁，具有现代桥梁的风姿，不论形制、结构和运用之材料，都具有独特的地方。此桥为梁式桥，长34.25米，宽2.41米，计五间，中间最大的为5.86米。构造是在石柱上置木梁，密横圆形檩木，面铺仄砖，每间隔约一米处，复有一列砖。桥面两侧木梁外贴水磨砖，用以保护木梁，兼增美观，整个桥的细部手法非常工整。据《金泽志》记载，这座桥是金泽八景之一，有"月印川流，水天一色"的描写。又据《金泽志》及《青浦县志》的记载，此桥建于元代，明天顺六年（1462年）重建，清乾隆五十六年（1791年）重修。明清重建、重修当指桥之上部，其石柱形式等犹存旧制。

回思罗怀老编上述有关古代桥梁书时，倾交来寒斋，垂爱至深，不以戋戋之得为不可取者。今下世多年，如及见此二桥，又不知其乐何如也。

杭州假山纪略

杭州假山，其规模大者当推孤山文澜阁，惜阁后者已毁。望仙桥元宝街胡雪岩（光墉）宅最为巨观，其建造年月今可考者为胡氏建宅筑园之时期，非假山堆叠确实年代，盖予认为其假山早于建宅，后经重修者。园名芝园，有额存，同治十一年（1872年）桂月李世基所书。则园经胡氏修建在此时也。马市街许周生（宗彦）之鉴

文澜阁

止水斋假山，东街路许迈孙增之榆园，皆屡见题咏，惜已毁。许宅规模尚存。其他奎垣巷固园、岳官巷补松书屋，堆叠亦佳。皆旧构也。予曾于《文物》中略论及之。

朱豫卿翁家济曾告我：芝园假山洞中有宋人胡铨书刻石。

杭州遗存的古建筑

　　杭城多火灾，旧构留下至少，但不能以此而失望也。予印象中较深者，就明代住宅论，岳官巷补松书屋之轿厅，荐桥街东山弄口之吴宅轿厅（其后进外形如明人画），庆春路乌龙巷口之明赵文华宅大厅，惜赵宅已毁，1954年南京工学院研究室曾作测绘。大营前茅宅为明中叶建筑，惜轿厅已毁，今大厅犹存，为今日研究杭城明构之最佳实例。厅面阔五间，梁架施斗拱，五架梁上施方形梁二（宁匠称对支梁），似斜撑，不施三架梁，五架梁中置驼墩，上以华拱两跳偷心承托脊枋脊檩，枋与檩间施一斗三升，犹存宋元旧制。三和云雕刻工整，确如明代手法。弓形梁之底端撑于驼墩上以华拱一跳承之。上端置于脊檩底，以拱承托之。此种做法尚存宋元遗意，虽然浙东宁属称对支梁，至清尚有弓形梁。于此可证鉴定古筑，在其变中存之未变处，须慎重观察分析，不能率尔下定论也。是宅传为明严嵩第宅，似有附会，但从其梁架结构，屏门细部，皆明代手法，屏门阔一米余，框樘皆圆木，殊挺秀，绝非清代做法。大厅二层，下层有平拱，原来彩绘今已不见。鹤彩堂一额，为陈元龙所书，正楷。陈海宁人，俗称陈阁老者（详见拙作《嘉定秋霞圃和海宁安澜园》，刊《文物》）。陈为清康雍间人，官至大学士。此匾之主人必属博学鸿词科之曾被荐举者，查陈卒于乾隆元年丙辰（1736年），而雍正十三年（1735年）上谕，尚称"以江浙两省人材众多之地，至今未见题达"。故此匾所指必属于康熙十八年（1679年）省己未科，是科取列二等之邵吴远（戒三），其高祖经邦，世宗朝以议礼廷杖谪戍，邵吴双姓。（见李集《鹤征录》，郑晓沧翁宗海告。）

杭城横河桥一带多旧第宅，盖是处为"缙绅"较集中处，其最著者为大河下许宅，所谓"五凤齐飞"（许乃谷、乃钊、乃普、乃恩等五弟兄同有科第），即指是家。建筑殊简陋，其后许庚身迁九曲巷，另筑新宅，此处名横桥老屋。其东庚园，建于清初，一度归龚翔麟，颇极文酒之盛，朱竹垞（彝尊）、查初白（慎行）时主其家。园有阁及花厅，假山中有玉玲珑，为宋花石纲遗物，旧记谓此石硕大，而实不符也。阁名玉玲珑阁，阮元题字。清厉鹗《东城杂记》"半山园"条：

半山当庚园之北，两园相距才隔一巷耳，

若登庾园北楼望之，林光岩翠，袭人襟带间，而鸟语花香，固自引人入胜。其东为古华藏寺，每当黄昏人定之后，五更鸡唱之先，水韵松声，亦时与断鼓零钟相答响。

此言两园之借景。陈仲恕（汉第）、叔通（敬第）二翁故居在华藏寺巷口面东，蔬洲（名豪，仲恕、叔通尊人）翁之旧宅。小河下东口为乾隆年间（1736—1795年）丹徒王梦楼（文治）故居，建筑犹是清初物，北向有楼厅两进，尚完整，今王氏后裔犹居之。画家武劼斋（曾保），赁画室于此，武画宗扬州八怪，书精汉隶，杭州籍，久客淮安。其婿为王氏子也。

三碑亭

弱冠就学杭州东城梅东桥两浙盐务中学，其北有水星阁，六角三层，晚近构。曾写生作画其下，距今四十年矣！阁前有三碑亭，中碑纪宋张循王（俊）孙张功甫（镃）舍宅为寺（广寿慧云寺），事在宋光宗绍熙元年（1190年），由楼钥（大防、攻愧）作记，并题额，于理宗景定壬戌（1262年）重立。南碑纪水星阁原始，清乾隆六十年（1795年）立。北碑纪重修事，1924年立。其旁有大池，宋之南湖也。今称白洋池（俗讹没娘池）。

按张镃居杭州北城之南湖，《齐东野语》称其"园池、声妓、服玩之丽甲天下"，其治宅年代可考者：淳熙十二年（1185年）乙巳始为玉照堂，绍熙五年（1194年）甲寅成，见《齐东野语·十五》"玉照堂梅品"条及《癸辛杂志》后集；淳熙十四年（1187年）丁未，始为桂隐，庆元六年（1200年）庚申成，见《武林旧事·十》"约斋桂隐百课"：桂隐百课，备载桂隐堂馆、桥、池之名，有写经寮，在亦庵，与姜词"写经窗静"句合；又桂隐北园有苍寒堂，注"青松二百株"，《南湖集·五》有"苍寒堂梦松"及"苍寒堂"诗，《集·六》有"怀参政范公因书桂隐近事奉寄二首"，亦云："最是今年多伟迹，百丛兰四百株松。"与姜词"种松"句合。此词当是贺桂隐落成。陈（思）谱定为淳熙十四年丁未（功甫）始舍宅为慧云寺时作，非也。嘉靖《仁和志》："张镃之南湖，称白洋池者是也。张既以园为寺，今称张家寺。旧碑犹存。"成化《杭州志》："白洋池在梅家桥东，周三里。"《浙江通志·山川一》："白洋池一名南湖。宋时张镃功甫构园亭其上，号曰桂隐。后舍为广寿慧云寺，俗呼张家寺。"碑有镃舍宅誓愿文云："秀踞南湖之上，幽当北郭之邻。"是也。

《南湖集》有桂隐纪咏四十五首。《蝶恋花·南湖》云："门外沧洲山色近，鸥鹭双双，恼乱行云影。翠拥高筼阴满径，帘垂尽日林堂静。明月飞来烟欲暝，水面天心，两个黄金镜。慢飐轻摇风不定，渔歌欸乃谁同听。"张镃自号约斋居士，见《武林旧事·十》镃作《赏心乐事序》。《齐东野语·二十》"张功甫豪侈"条，记王简卿尝与功甫牡丹会，极称其声妓之盛。《浩然斋雅谈·中》，亦记陆游会饮于南湖园，酒酣主人出小姬新桃者歌自制曲以侑尊。《南湖集·十》有梦游仙词题云："小姬病起，幡然有入道之志。"皆足与姜词"双成"之语相证。而史浩为《广寿慧云禅寺记》，则称其"闲居远声色，薄滋味，终日矻矻攻为诗文。自处不异布衣羸儒，人所难能"。《南湖集·五》自咏诗亦有"红裙遣去如僧榻"句，或其暮年生活耶？（上据夏瞿禅师承焘《姜白石词编年笺校》）

南湖之西北俗呼小北门者，于1933年左右发现宋瓷甚多。予少时所见南湖，其北有水星阁，东南侧有土阜小池已围入大营墙内，余则菜圃桑园矣。

37

去鸱吻、礼贤馆与瓦官寺

阅夏瞿禅师承焘著《唐宋词人年谱》南唐二主年谱内有去鸱吻、礼贤馆、瓦官寺诸条："马书五，'初，金陵台阁殿庭皆用鸱吻，自乾德后，朝廷使至则去之，使还复设'。（彭乘《墨客挥犀·五》：'汉以宫殿多灾，术者言天上有鱼尾星，宜为其象冠于室，以禳之。今自有唐以来，寺观旧殿宇尚有为飞鱼形尾指上者，不知何时，易名为鸱吻，状亦不类鱼尾。'陆友仁《研北杂志·上》：'宋制，太庙及宫殿，皆四阿施鸱尾。'）又开宝五年（972年）正月，下令贬损仪制，殿庭始去鸱吻。衣紫袍见宋使备藩臣礼。[马书、陆纪作正月，《十国春秋》作二月。《江南野史·三》，贬制度在开宝三年（970年）。]《石林燕语·一》：'太祖英武大度，初取僭伪诸国，皆无甚难之意。……召李煜入朝，复命作礼贤宅于州南，略与昶等。尝亲幸视役，以煜江南嘉山水，令大作园池，导惠民河水注之。会煜称疾，钱俶先请觐，即以赐俶。二居壮丽，制度略侔宫室。是时诸国皆如在掌握间矣。'《玉壶清话·一》：'黄夷简闲雅有诗名，在钱忠懿王俶幕中陪尊俎二十年。开宝初，太祖赐俶开吴镇越崇文耀武功臣。遣夷简谢于朝。将归，上谓夷简曰：归语元帅，朕已于薰风门外建离宫，规模华壮，不减江浙，兼赐名礼贤宅，以待李煜与元帅，先朝者即赐之。……'（节录）按《十国春秋》八十二《吴越世家》，夷简本年朝宋，则造宅在此时。（开宝五年事）又按《雁门野说》：'建康瓦官寺阁，晋哀帝时造，逶迤精巧，甲于江左。大宋开宝八年（975年）十一月二十七日，克复之际，为兵火所焚，时已五百八十余载矣。'（《说郛·四十》引马书五，谓升元阁越兵所焚。）此记当时见闻，最为真确……"

杭州叠石

予尝论我国之叠石，可分北京、苏州、扬州、杭州四大体系。北京叠石其影响及于华北热河。苏州则包括太湖沿岸诸县。扬州又延及苏北各地。苏、扬假山，予于苏州、常熟、扬州园林诸篇中已论及，北京另文再谈，兹就杭州者言之。杭州叠石当自南宋始为兴旺时期，吴兴园林地近省垣，山匠固由来闻名也。但以予所知，匠师时习见者为金华、东阳，间有山阴会稽者。李渔兰溪人，浙中大师也，故婺属各县山师颇多，清中叶前假山颇多佳构，以山势雄健、洞曲幽深取胜，与苏南之平冈小阜、曲折多变者不同。至清末民国初期，其假山一为平地堆山中藏一洞，前后相穿，或以石为栏，中栽花木，量石之多少，拼配成之，几成定局。故以用材而论，不论石之美丑与多寡，必成一山，决不浪费寸石。以予所见，几无一稍称眼者，视苏南匠师瞠乎其后矣！予尝与士能师论叠石，太平天国以后各地诸园，似同有一趋势（有高下之别），即围石成栏，不究石之纹理、石之品种，率尔从事，短期竣工，苏之怡园似为是期之上者，而叠山所花精力、材力至大，盖返工较多（见顾承致其父子山函），其下者更不堪入目。虽叠有洞曲，真就洞言洞，无不平直可望，了无含蓄，它则更休论矣！予曰此同（治）光（绪）体也，士师莞尔。故十年前，予等常悬此"同光体"三字以评叠石之高下。同光体本指诗之一体（以时代论），今移而论叠石，亦颇感妥帖。士师往矣，此情不再，书至此令人腹痛。

龙华苗圃之假山

上海龙华苗圃假山乃苏州韩氏兄弟所堆。韩氏兄弟良沅、良顺承其父步本之业，技有跨灶之誉，数问此术于予，颇能领会，土色石之作有佳构，但纯以石叠者，则往往存工多石众之思，则弄巧成拙矣。龙华苗圃之假山又为心与愿违之作。苗圃地广，山势再高亦觉平卑，故不能以高制胜也，以山上植四季花木，且多盆栽移植（苗圃为盆景园）以显其为盆景园，故更觉山与植物不相称。至瀑布流泉生硬做作，了无山林之气，欲以此山作是园之风景主点，卒不能突出。予意苗圃以盆景著称，其山应以平冈小坡，间植高树，流水湾环，略点奇石，树荫下置放盆栽，四时更换，盖盆栽畏烈日，喜湿润，有此环境必欣欣向荣，不但突出主体盆景园，且观赏者更具山林之感。主次不分，目的不明，徒心劳而已。

造园有法而无式

予尝论"造园有法而无式"（见拙作《漫谈瘦西湖》，载《文汇报》），精在体宜（得体），妙在因借（因地制宜、借景）。叠山则水随山转，山因水活。如是而已。至于建筑物，园之佳者，其与山石之关系，什九以建筑物与山石相对，形成虚（建筑）实（山石）之对比，观乎苏州拙政、网师二园可通消息。宜乎其为吴中园林之上选。

园林与诗词之关系

曩岁于苏州网师园论园，予以诸园方之宋词，网师园可当小山（晏叔原《小山词》），畅园其饮水乎（纳兰性德《饮水词》）？则又清人之学小山者。留园宛似梦窗词（吴文英）所谓"如七宝楼台，眩人眼目，碎拆下来，不成片段"（见张炎《词源》）。拙政园拟之白石（姜夔）差堪似之。怡园则唯玉田（张炎）、草窗（周密）之流耳。朱子季海颇首肯予之谬论。季海为章太炎最少弟子，其为学有老宿所不能及者。日读书于诸名园中，二十年如一日。吴门诸园予最爱网师园与畅园，今畅园亡矣，曲廊小池，水阁平桥，犹时时萦绕梦寐间也。（其园照载于拙编《苏州园林》及《苏州旧住宅》）

叠山首重选石

予尝谓同光体假山其尚有致命之丧，盖不重选石。选石者，叠山之首重事也。大匠师贵在选石，不然卒至"文理不通"。石有石文、石理，不分别石之品类，不据石之文理，焉能状如真山？故友人扬州徐君讥劣山有"不是排排坐，便是个个站，有的竖蜻蜓，有的叠罗汉，再来个有洞必补，有缝必嵌"。语近挖苦，亦略近事实。其现象有黄石间用，文理不贯，焉谈山之气势与脉络者。而湖石作黄石用（如竖石立峰横置），黄石以湖石法叠，尤为谬甚。至于石缝阳嵌，累累灰痕，卒丧天趣。石涛有云："峰与皴合，皴自峰生。"真高论也。盖叠山犹作画不知皴法，如作文不通文理，岂有佳构哉？钱梅溪（泳）谓："造园如作诗文，必使曲折有法。"固为名言。而汪春田有《重葺文园》诗："换却花篱补石阑，改园更比改诗难；果能字字吟来稳，小有亭台亦耐看。"改园若是之艰，造园可想而知了。

浙江今存湘式建筑

少时见杭城建筑，其构架有不类浙中者，尤以湖南会馆为甚，颇多不解。后与紫江（今贵州开阳）朱先生（朱启钤）谈江南建筑，先生云："清咸、同后湘军留浙不去，故浙中有军工（湘军）所建者，类皆湘中之形式。"顿悟是理。因此始解长兴、吴兴一带农民有操湘语、喜辣味者，谓先人皆湘籍，盖湘军之留浙者也。太平天国时（1851—1864年），清朝之进浙首领左宗棠、蒋益澧等皆湘军。朱先生于光绪年间（1875—1908年）随其姨丈善化瞿鸿禨在浙，瞿时任浙江学政，学署中尚有傅琬漪（瞿夫人）书碑，善化即今长沙。

浙中匠师

浙中匠师由来著矣！大匠喻皓（喻皓一说为浙江宁波人）为读建筑史者所必知者。明清以后，吴地香山匠师突起，故知者稍罕。按浙中匠师，略可分宁波、绍兴、东阳诸地，故其建筑形式亦因此稍异，其中水作木雕出东阳，大木出宁、绍。杭城同、光年间最华丽之胡雪岩宅即出宁波匠师之手。宁、绍亦有木雕，然未若东阳之人数众多。浙西邻太湖苏南诸县，其建筑又多出香山匠师之手，与浙中固异。以海宁、吴兴而论，过硖石、南浔以北则近苏南建筑，颇多出香山匠师之手。而吴兴县治、海宁旧州治，则仍浙中形式也。

浙中、扬州建筑用材

浙中建筑以杉木为多，尤以浙东为最，盖就地取材也。浙西山区亦然。而地邻苏南之平原，则其材来自福建之建杉。按杉木华东地区过去用者，一为建杉，出闽北闽西，自山区出木沿闽江东下出海，经杭州湾来江浙。相传碛石东山之智标塔（八角七层砖塔木檐）为闽木商所修建，盖以此为航标（是塔最后重建于乾隆年间，今圮）。其木皆标准尺寸，既便编筏，又利出售，而木商出平湖，故量木尺又称平湖尺。一为广木，即出自湖南、湖北之杉木，两湖旧称湖广，故有此名。

扬州建筑，其木多取广木，今日所存最大住宅康山街卢宅建于清光绪年间（详见拙著《扬州园林与住宅》未刊稿），费银七万两，其大木皆湖南所产杉木，极坚挺。盖广木似沿长江水道而运至下游者，尺寸较建杉为巨。扬州楠木厅除东门一所及耿子街一所年代较远者外，其余于花园巷所见诸厅以乾隆后为多，或云是项楠木出南京紫金山孝陵之陵木，因明祚已尽，陵木被采，《桃花扇》所述"牧儿打碎龙碑帽"可证。而有人以史可法致多尔衮书："大江涌出楠梓数十万章，助修宫殿……"其木流入民间，遂有清初后之大批楠木厅之建造。设以此为事实而非作者虚构，则木之来源，必自长江上游来者。至于紫金山之陵木，自明初至清三百余年间，其存者当可观，其说似有所据，留供研究者参考耳。

游圆明园废墟

踏勘北京圆明园残迹，终未若1962年冬之游最系人思。盖圆明园今已为西郊水稻区，丰产京西水稻著名，故除冬季水涸，不得见其全貌也。是行虽天寒地冻，朔风凛冽，然饱我所见，诚难忘怀。予于圆明造园得"因水成景，借景西山"二语，圆明之佳，在此二语中做文章。予之概括，是否有当，非亲临者不能道也。同行有友人黄兄宗江、张生锦秋。临行回首西山，蜿蜒如画，不尽依依也。

圆明园残迹

忆朱师启钤

桂师尝语予，天津假山石来自扬州。盖民国初北洋军阀段芝贵之弟段承斌官两淮盐运使，居扬州，拆扬州园林之山石运天津以酬送友人，为数甚多。朱氏天津蠖园，其建筑为德国工程师设计，属德式，其点缀之花阑、药圃、小阜、曲径，用石皆段氏所赠。

桂师又云：旧政府破坏文物，十三陵无人管理，听任偷拆，长陵祾恩殿斗拱后尾锯下，木商以作寿器出售，盖皆金丝楠木也。

马叙伦的著述与书法

　　予求学时，马先生彝初（叙伦）授《说文解字》及《论语》《孟子》三课。其时马先生五十许，后数年，谒于上海拉都路寓中，约在1945年。1951年由直生师转下一立幅，皆书其旧作诗稿，其中一首："闲他桃李东风里，怪我情怀酒味中。依旧柳丝垂千丈，含愁带恨拂游骢。"予尝谓吾乡先哲论学问，自龚定庵后百年中当首推马师，定庵文章卓绝而书不甚工，就书法一端而论与马师相距实甚矣。马师书秀挺遒劲，书卷之气溢于纸上，盖学问之功也。其于晋唐人之书功力至深。虽蝇头小楷亦必长锋悬腕书之，平时晨起临池，而笔砚亲涤，墨用毕加封，四宝至精。予尝见其与任心叔师铭善论《说文》《三礼》诸函数十通，密行细书，真瑰宝也。今心叔师已下世，函札不知尚存否？马先生为瑞安陈介石高第弟子，又为陈叔通翁养正书塾学生，故于二翁执弟子礼甚殷。仲恕翁（叔通兄）下世，亲致奠仪，行跪拜礼。此翁孙陈艾先告我。又马先生母邹太夫人殁，于杭州墓前庐墓，服制丧礼，尽守古制。平生致力于《说文》最勤，所著《说文解字六书疏证》为其大成。

　　曾见马先生自题《四十六岁初度诗》云："久识贫中趣，琴弹铗不弹。百年还未半，门齿却将残。薄产愁租重，多男授职难。无憀思废箸，一艇五湖宽。"其在北京之藏书，皆售与辅仁大学。抗战前居杭州，赁宅于红门局。在之江大学任教易名马翰香。时1938年秋，又曾一度易为邹姓，名华孙。邹，其母姓也。

《中国近代建筑史参考图录》编就未刊

  自1958年始至1962年冬，予曾与王君绍周同编《中国近代建筑史参考图录》，1962年冬于北京建筑研究院初步编就，后未刊，今存国家建委。是辑搜集较广，除照片外，尚有测绘及设计原图。

中国近代著名建筑师

我国老辈建筑师今健在者仅庄俊一人，年八十许矣！耳已重听，尚能闲步市衢。庄由清华留美伊利诺伊大学，上海江西路金城银行大楼及慈淑大楼由其设计。贝寿同字季眉，苏州人，清季秀才，南洋公学出身。为我国最早留学习建筑者，先至日习政治经济，后留德柏林工业大学习建筑，又尝至英国。归国后曾执教苏州工专。1927年苏州工专停办，中央大学创设建筑系，贝亦任教其间。后离中央大学，1933年左右又曾任职司法行政部，负责设计法院监狱建筑，皆西洋古典形式。抗战胜利后殁于苏州。年六十七岁。其年龄视庄为长。罗邦杰，广东大埔人，先留学德国，习矿冶，于民初执教清华，梁思成等皆其当时学生，后留美学建筑。回国为建筑师，曾任教之江大学，今八十余岁矣。柳士英，苏州人，留日亦留德，归国后任教苏州工专（1893年生），后为建筑师，曾任教湖南大学，1973年卒，享年八十。孙支厦，南通人，清季留日习建筑，归国后佐张謇建设南通，当时南通之新建筑设计大皆出孙手，其著者如南通之张謇住宅、南通剧场，即梅欧阁所在地。后曾于黄山管理处有年。老而弥健，予识时已八十余高龄，娓娓与予谈有关建筑。居南通，人谓其为"南通建筑辞典"，今则十年不见矣。犹不知其老健如前否？吕彦直，山东东平人，为设计南京中山陵及广州中山纪念堂，由清华留美，毕业于美国康奈尔大学，1929年3月18日卒，时年三十六岁。沈理源，久客京津，曾任教北京大学建筑系，解放后不久卒。曾译法来契尔《西洋建筑史》。尝为银行界设计银行大楼，其著者如天津、杭州者，皆西洋古典。杭州浙江兴业银行分行乃其作品，此建筑之内部装修槅扇之属，拆自元宝街胡雪岩宅，其旁银行公会一厅整个建筑亦拆移自胡宅者。据予所知胡宅装修后拆售，此为一处，而乌龙巷金宅后厅，同系来自胡宅，皆红木、紫檀、黄杨等硬木为之，所用五金为紫铜。大井巷胡庆余堂建于同时，一样华丽，唯嫌略感庸俗耳。槅扇皆用阴阳缝，杭人称相思缝（即两槅扇关紧时，其间缝用阴阳线脚，不使透风。习见者①）。刘福泰留美 Oregon State University（俄勒冈州立大学），为中央大学建筑系创办时教授之一，解放后于天津任教，亦去世矣。以年齿稍次今七十以上者，如范文照（留美宾夕法尼亚大学）、刘敦桢、赵深（留美宾夕法尼亚大学）、童寯、梁思成、卢树森、陈植、杨廷宝（美国宾夕法尼亚大学建筑硕士）、董大酉［杭州人，董恂士子。由清华留美，建筑硕士。B. Arch, M. Arch, University of Minnesota Graduate School, Columbia University（1922年留美明尼苏达大学，1925年入哥伦比亚大学）］等。今刘、梁、卢等皆下世矣。

中国近代建筑学教育

我国建筑教育之有建筑学专业者，当首推苏州工专（苏州工业专门学校），民国初有甲种工业、甲种商业学校之设，属省办，相当于今大专学校，民国十六年（1927年）后停办。此种工业学校，其教师以留德、日者为多。苏州工专建筑科，其时教师为柳士英（1893年生）、蒋骥、刘敦桢（1897年生，日本东京高等工业学校建筑科毕业）（三人俱留日）、朱士珪（曾）、裴冠西（由清华留美）、姚承祖（老匠师）。裴任结构课，蒋原在土木科，其时当在1924年以后。1927年南京成立第四中山大学，嗣曾改称江苏大学，最后改称中央大学，成立建筑系，苏州工专建筑科并入该校，教师学生亦同往，教师如刘敦桢，学生如张至刚、吴作人（后遇徐悲鸿于中大，改习绘画）。该建筑系之教授为刘福泰 [为美国 B.Arch Oregon State University（俄勒冈州立大学）]、刘敦桢、卢树森（奉璋）（美国宾夕法尼亚大学建筑系硕士，与陈植、梁思成三人同班，童寯亦同一校，较三人略迟）、贝寿同、李毅士（留英）等。此即今南京工学院建筑系之前身。张学良办东北大学于沈阳（1928年），延留英、美青年教授设建筑系。其时梁思成、陈植、童寯、蔡方荫（清华留美）、丁奕吾（留英）等返国前后皆在该系任课。蔡、丁稍迟，授结构课。1931年"九一八事变"后，该校停办，师生入关，学生则入中央大学建筑系，如张镈、刘致平者皆是。上海之有建筑系于30年代（1934—1937年，此林乐义、孙宗文二君见告），沪江大学商学院办建筑系夜校，曾任教者有哈雄文（由清华留美毕业宾夕法尼亚大学建筑系）、王华彬等。1933年广东省立勷勤大学开办建筑系，抗战期间并入中山大学。之江大学于1938年创设建筑系，陈植、王华彬（毕业于美宾夕法尼亚大学建筑系）、陈裕华皆初期任教，校址在上海慈淑大楼，系在1942年之前。其后谭垣（广东中山人，留美宾夕法尼亚大学建筑硕士）、罗邦杰[后习建筑于美国 University of Minnesota System（明尼苏达大学）]、汪定曾（长沙人，交通大学土木系毕业后留美伊利诺伊大学习建筑）、吴景祥（由清华留法习建筑）、黄家骅（上海人，由清华留美麻省理工学院习建筑）及予等皆曾任教于此（高年级在上海）。上海圣约翰大学建筑系开设于1945年左右，黄作燊来任教，尚有西籍教师（德人鲍立克及一英人）二人。予亦曾授中国建筑史及中国美术史于此。清华大学建筑系，创办于抗战胜利之后，梁思成主其事，刘致平、吴良镛、黄宗江等佐之。天津工商大学建筑系似亦在40年代所设，刘福泰、沈理源曾任教。抗战期间重庆大学设建筑系，黄家骅、夏昌世（广东新会人，留德）任教。杭州艺专于解放前亦曾设建筑系，为时甚暂。乐嘉藻于民国十余年曾教于北京美术学校，为时甚暂，编有《中国建筑史》，当亦有建筑课也。李惠伯曾执教于中央大学建筑系，留美毕业于美国密歇根大学建筑系。

满人改姓

辛亥革命后，满籍人纷纷改汉姓，今观其所改者，其根据，一为谐音，如瓜尔佳之为关，从关羽姓矣；一为译意，如爱新觉罗之为金，或童（童与铜音同）；为以名之第一字为姓，如溥儒、溥侗之以溥为姓。予尝闻启功（元白）云，渠为清皇族，其排行为启，较溥字辈低，以启为姓之类最为正常。而于非阘（亦作庵）其排行为奎，原名奎照，因于学忠姓于，时显贵，遂以于为姓。尚有易为赵姓者，盖《百家姓》中第一姓也。诸此等等。满族一般不冠姓，如明珠与性德（明珠为大学士，性德乃词人）为父子，其姓为纳兰，而言明珠则常不冠姓，而性德则加纳兰，性德后改成德，又称纳兰成德，其字为容若，则又称成容若矣。正如画家溥儒字心畲，人称溥心畲；启功字元白，人称启元白者，同一例也。袁枚《小仓山房文集》古文凡例：

满洲姓氏与唐、虞三代相同，其冠首一字，非其姓也。元许有壬作《镇海碑》，题曰"右丞相怯烈公"。姚燧作《博罗揭碑》，题曰"平章忙兀公"。集中亦仿此例。阁峰尚书、师健中丞本富察氏，故均书富察公；雪村中丞本姓白，故书白公；至若鄂、尹两文端公，其冠首一字，父子相承，有类于姓，宜因其俗称。若溯所由来，尹祖居关外章佳地方，因以为氏，当称章佳公，然以标题犹可也，若行文处称尹为章佳公。将举世不知为何人矣。要知周公、孔子亦非本姓，秦始皇本姓嬴，生于赵，遂姓赵。以故方望溪《佟法海墓志》称法公，未为过也。

此节可参证。

津浦铁路南北两段形式迥异

　　清季建造津浦铁路，南段由英国建造，北段由德国建造，因借该二国款也。北段主其工程事者皆为德籍工程师，故凡车站建筑及其他有关设施，均德国形式，济南车站尤为突出。南北两段接轨处为山东滕县。过去若干记此事者有误。此朱桂师告我，桂师为北段总办，系工程负责人。又云，建北段时，于泰山之麓取石，拆除古代殿基，似在秦汉以前者。

彰德袁世凯陵墓

河南彰德（今安阳）袁墓，亦朱所主持建造，其规划出朱手，土木工程则德籍工程师罗忽克设计。其地宫结构，以钢筋混凝土作墓穴，棺下后，其上左右再浇钢筋混凝土，力求坚固。王楚卿《段祺瑞公馆见闻》："灵柩放在坟地里一个大井口上，外头是洋灰钢筋的，十分坚固。上祭时候，一律碴头。葬后就把坟墓的门踹死了。"所述袁墓情况正同。此窃国大盗唯恐日后为人发掘。用心至苦。至于祭殿及其他陵区建筑，则拆北京清礼部房屋运往建造者，材料不佳。袁自死后，出此穷计，亦可见当时经济一斑也。袁多子女，有三女嫁于江南（似其中一为孙女，嫁费姓者），即无锡薛氏（薛福成家）、苏州天官坊陆氏与桃花坞费氏。薛氏为迎此贵媳，曾建一西洋古典住宅。薛宅为无锡最大住宅，大厅面阔十一间，后多楼，花厅布置楚楚，戏厅面池，台临水，又有古典与现代洋楼，予见时已拆毁殊甚。袁女云，新建住宅不及其父置棺之所，其姑因此气死。苏州天官坊陆氏者，予曾见过，曾借袁墓落成时全部照片，以实记于《中国近代建筑史图集》中。后闻此照集已赠苏州市文管会。

南京朝天宫

南京朝天宫为道教著名建筑，其入口处曲折，有人云，此系因地制宜，在建筑处理上有变化。此似武断矣！予尝调查江西上清道教圣地，上清宫之入口，进福地门为九曲巷逶迤三折。而《金陵玄观志》载明《朝天宫右景图》，二山门入为九湖湾，同样三折，同样湾道在夹墙

南京朝天宫大成殿

中，大门在中轴线之左，同出一辙。此必道家之用"九"为尊别有寓意者在。在我国传统建筑中，其与北京王府之进口不在中轴线上者，皆为特例。天师府在上清镇，为我国最大府第之一，予曾测绘摄影写有报告，未刊。其与北京王府、曲阜孔府、邹县孟府，同为研究大型住宅之实例。

杭州保俶塔、西湖博览会及湖滨铜像

杭州保俶塔于30年代重建，该塔原为砖塔木檐。木檐早毁，见时所见仅秀挺砖身而已，比例之匀整，实宋塔之佳构也。其时国民党市长为赵志游，赵留法习建筑，娶法籍妻。（其时国立杭州艺专校长林风眠，亦娶法籍妻。林于玉泉山门建一西式近代建筑为居住及画室。）保俶塔为其主持重建，叶遐庵先生恭绰亦参与其事，其塔刹拆卸情况曾见《中国营造学社汇刊》。30年代杭州之西湖博览会，其间虽多临时建筑，其设计出刘既漂建筑师，刘留法习建筑，毕业于巴黎国立美术专门学校。湖滨现已拆除之铜像，一为八十八师阵亡将士纪念塔，刘开渠雕刻；陈英士铜像，江小鹣雕刻。二人皆留法。

文房四宝
——宣纸

我国书画用宣纸，实出于安徽泾县，而以其府治宣城著之。宣城，清宁国府治，所产纸自唐以来皆为贡品。而曹、汪二姓专营其业，故昔日上海之大宣纸商为曹义发、曹允源、曹恒源及汪六吉数家，其从泾县来货称硬料半，净皮料半，重料半，加料半，加加料半，又因汪六吉出品，又称六吉宣。由其推销全国也。但其销者为统货，未经加工、拣选。而北京荣宝斋、苏州九华堂、上海朵云轩、杭州松竹斋、浣花斋、匀碧斋，皆以经售宣纸著名。盖统货至苏、杭、沪、京诸纸铺（北京称南纸店），皆备有石槽，其形为长方形之石池，置米浆使纸入池上浆而成。适应书画性能之煮硾笺玉版宣之类，又有上胶矾以成熟纸，极薄蝉翼笺，较厚冰雪笺，适宜画工笔画。其他如红色珊瑚笺、磁青笺、冷金笺、云母笺、虎皮笺等，莫不由纸铺加工。晚近更有染色之仿古笺。影花笺内有影花，照之始见，系笺纸庄定货，最习见者仅有铺号名。以纸而论，统货有料半、接半两种，前者经漂白色白，后者淡黄（用作制珊瑚笺，所谓红货），皆未上浆为生纸，色不同而质地一也。腊笺纸上经光滑之加工，为作书之纸（更有其上描金者）。夹宣又名夹贡，只可供作书之用。藏经笺背印佛经。经各地纸铺加工后，再视各铺之选货要求，列为等级。加盖纸铺章，遂称某某家制笺矣。如北京荣宝斋选纸最精，价亦最昂矣。加工除上浆外，剔净、磨光，皆有高下。纸又有单宣、夹宣之分，夹宣纸二层较厚，宜书不宜画；而所谓玉版宣者，则宣纸中用料重较厚者，上浆后称玉版。而普通宣纸皆上薄浆。至于晚近画家，有用生纸自上豆浆者，盖取其半生熟，易发挥水墨作用也。杭州匀碧斋于清季有以幸草笺出名者，此因杭州太史杨文莹（号雪渔）所用笺，杨以书名。其于太平天国时藏于草内得不死，故以幸草名其笺，为宣纸中上选之品，加工较精者。予少时尚及见之。马先生彝初于《石屋余渖》中曾谈及。尝闻人云类贡（夹宣）所作画，裱家要揭去一层，可充真画，其实此妄言也，夹贡类皆作书，且夹贡之画即令揭去一层，其底层亦墨淡无神，非经接笔重描不可，略具鉴赏能力者一识即破，焉能充真？宣城一带来货以刀计，即五百张为一刀。而纸铺售出，则以张计矣。旧纸佳者，以用料纯净，所谓棉料足，纸地结实，故不必上浆，其理在此。

裱画三帮，各有特点

裱画店古称装池。其匠师今有扬帮、苏帮、绍帮之称。扬帮匠师几全为扬属仪征人，苏帮则为旧苏州所属诸县人，绍帮则多为萧、绍二县人。上海过去著名裱画店当推刘定之、汲古阁、清秘阁，其次凝晖阁、霞晖阁及翰挥斋等。九华堂、朵云轩、笺扇庄亦附设裱桌，承裱普通书画。其中刘定之为苏帮，而刘本人句容人，学艺于苏州护龙街者。翰挥斋姚阿五亦为苏帮，姚学艺于其外舅（岳父），其外舅久为画家顾鹤逸装裱，顾固富收藏，其艺技可想见。顾殁，设奠往吊，一跪不起，遂殁。城隍庙专裱红白货（喜对、丧对）及低级碑帖。汲古阁虽为扬帮，但聘苏帮匠师，故已非纯扬帮矣。清秘阁胡某，镇江人，亦为扬帮。而凝晖、霞晖两阁所裱书画以新画为多，皆为扬帮匠师。裱旧画当首推刘定之，刘善逢迎交士大夫，眼高而不动手，其雇用之匠师，如庄桂生（常州人），被誉为极高之水平，裱家之神手。汲古阁载誉虽略低刘定之，但亦名裱家也。今杭州第一裱手陈雁宾即出于是处者。刘定之招牌出词曲家吴梅（字瞿安）

笔，叶遐庵亦为书一，盖二人皆与刘友善。为刘所作书甚多，均精品，予见之者甚多。绍帮裱家制红白货者多，浙中之次等裱画店皆属之。又有杭帮人为数不多。此数帮匠师其技术当以苏帮为最精细，扬帮裱旧画甚有功力。以裱成之画而论，苏帮之画以手按之，柔软似缎。裱手卷，为裱画中之最难者，苏帮所裱展开自如，绝不自行内卷。扬帮作品似嫌稍硬，抚之无亲切柔和之感。杭帮以裱背薄自喜，终非正规。绍帮生硬僵直，品之下也。至于装轴头，苏帮尚矣！其优点在接卯榫处如小木结构不用矾，扬帮则以矾交接，日久轴头脱矣。予尝问匠师苏帮之裱画其所以优于他帮者，用纸用绢皆同，而关键在用浆，苏帮用浆抽去面筋，故浆柔和，不呈硬性矣。至于裱背，当以料半为上，次则连史，再次毛边，如以毛边裱背，其柔和程度必差。

裱画之操作过程一般匠师皆知，而其要者，一为托画心，一般皆为湿（直）托，即画心后上浆覆纸；但画心重色易落者，则为覆托，即裱纸上浆，以画覆上；而色重几不可着水者用飞托，以托纸上浆，然后将上浆之纸置于干纸上吸去水分，再加画心覆上，如是画心几不着潮，但弄手迅速，纸不着湿，故名飞托。至于旧绢画心，必翻油纸（以画贴于油纸上修补），则又为极细心之工作。旧画心欲其洁净者，一般用滚水冲，亦有用漂白粉者则伤纸质矣。重色画有上（套）胶矾者，使其着水不走，但纸经胶矾则脆矣。与漂白粉同样不可轻试。

至于用绫绢，产于浙江湖州双林，绫以晚近所见有云鹤绫、团花绫、卍字绫为多。而最佳者则用耿绢，最次者用稀绢。极下者用纸裱绫边，或纸裱绢边矣。用古锦类（仿古新织）皆做手卷包手，于画心上下嵌锦线，晚近制锦以苏州邹姓为著，邹久居平江路。至于宋锦则罕见矣。尝闻桂师云，其童年居河南，时其外家游宦豫中，久客信阳、开封两地，其时宋锦尚多。予疑是锦当出自北宋诸陵及宋墓，盖盗墓所出也。非特宋锦，即整套之宋瓷亦皆来地下。按宋陵以锦及瓷入陵者为数甚巨，史乘有记。且宋陵于帝殁后十七个月须建成，故地宫结构简陋。曩岁予调查北宋诸陵，见封土虽高，而地宫穿之甚易，从已盗之陵入口可证。其他宋墓之被盗者当同样有所出土也。至于画轴用木，似以杉木为佳，因其木之重量适中，垂于裱件之下，整幅平直。且杉木性较软，有胀性，装轴头时卯榫易紧。至于其他硬木则过重，装轴头亦不易，未能以其高贵而认为优也。

叠石名家戈裕良

　　叠石名家，常州戈裕良尚矣！清乾隆年间钱泳《履园丛话》誉之甚当。其叠石所以能出众者，盖首在选石，湖石、黄石，各发挥其性能。一园之成，应用多少石料，则用多少，多则宁弃之；少则因地制宜，以少胜多，故能得体。苏州环秀山庄之湖石大山，为石料多之叠法；常熟燕谷之黄石山部分及扬州秦氏意园小盘谷之黄石假山皆为石料少之叠法，尤以小盘谷更显著。其叠山一丘一壑，皆胸有粉本，师法造化，熟谙画理。即以此二处黄石山而论，实深究云林笔意，不然必无此平淡天真之趣。所谓着墨无多，脉络自在，蕴藉耐人寻味。此真知运用黄石者。环秀山庄假山用湖石，洞壑幽深，气韵深厚，与前二园相对而言，以大量之石，堆叠于此数弓之地，浑然天成，如入山林，古人云："南山塞天地。"非虚语也，若非大匠，安能臻此。予颇疑四王山水，未若其挥洒自如也。其余宋人山水，元初诸家笔墨，见闻至广，而尤于皴法一道有所领会也。戈氏作品，钱氏所云仅燕谷一处，而予所见者，环秀山庄、燕谷、小盘谷三处各具其妙，惜小盘谷今已不存矣。综此三处之山，而于戈氏所常运用者，为壁岩、石矶、谷、步石等，亦可云戈氏叠石之创作，在总结前人石涛、周秉忠、张南阳等人之技法上有所提高与发展。至于工程技术上，以其深知力学，故堆叠时不必赖铁器与胶接物，历久而不坏。戈氏知石性、树性，山间植树故能欣荣华滋。湖石为石灰岩，石临池，故石间即少土而亦能湿润，山虽高亦不至无点潮气，且天然雨水亦能保持一部分，故高山植物如松之类未有不如在深山。黄石山总以小品出之，盖深解黄石体形方正，务多必不能有佳构，故以少胜多，略作点缀，于空灵情况中下功夫，真才人之笔也。小盘谷今在秦宅西南余残土一堆，东北壁间尚嵌石额，清史望之书，原为"小盘谷"三字，兹仅存一"谷"字而已。据王逢源《江都县续志》："小盘谷秦太史恩复筑，即在所居书室内方庭数武，架岩浚水。为常州戈裕良所构。戈土累石，近今之张南垣也。"秦氏后人，补绘小盘谷图，中有此记载："乾隆之末，先曾祖敦夫府君就居室之旁构小园，曰意园，于园中累石为山，曰小盘谷，出名工戈裕良之手，面山厅事曰五箭仙馆，左为享帚精舍，右为听雪廊，廊之南北向屋五间曰知不足轩，由廊而西迤逦达石砚斋、居竹轩。旧城读书处，则高祖西岩府君藏书室也。"亦可见该园之大略矣。

上海近代建筑史资料

有关上海近代建筑史资料，录如下：

上海开埠1843年，辟英租界1845年，辟美租界1848年，辟法租界1849年，1863年租界合并为公共租界。

英领事馆1843年建成，法领事馆1848年建成，工部局大厅1854至1863年建，汇丰银行1923年建，英国总会1909年建，汇中饭店1906年建，和平饭店（沙逊大厦）1926至1929年建，上海大厦（百老汇大厦）1934年建。

理查饭店（原名，今名浦江饭店）1910年建，国际饭店1931年建，八仙桥青年会1929年建，锦江饭店（华懋饭店）1928至1929年建，河滨大厦1930至1933年建。

字林西报大楼1921年建，邮政大楼1922年建，大陆商场（今慈淑大楼）1931至1933年建，中国银行大楼1937年建，先施公司1915年建，永安公司旧厦1916年建，新新公司1924年建，大新公司1934年建。

造园与诗画同理

画论云，空白非空纸，空白即画也，予云造园亦何独不然，其理一也。园林佳者无法观尽，造园之术亦无法述尽，要之有法无式，通其理自然千变万化，难穷其尽矣。

春山宜游，夏山宜看，秋山宜登，冬山宜居。此画家语也，叠山唯扬州个园有之。

叠假山要有变换，又要浑成一片，如是则山势现。平远山如蕴藉人，难在点石。

画有诗人之笔、词人之笔。高山大河，长松怪石，诗人之笔也；烟波云岫，路柳垣花，词人之笔也；旖旎风光，正须词人写照耳。此古人论画。予于江南园林，词人之笔唯苏州拙政园、留园、网师园与畅园得之。怡园虽园主顾子山（文彬）欲拟词境，苦心求之，即其园中集宋词诸联，亦可知其当时造园时之构想，但终未达宋人词境，高而言之，亦不过清之常州派词，未若畅园之尚有《饮水》词境也。

包壮行善叠石

包壮行，扬州人（或作南通人），崇祯癸未（1643年）进士，官工部主事，喜叠石为山，能剪彩作人物、宫殿、车马为灯，夜燃烛望之，俨然大痴、云林墨妙也，世传其法，名其灯曰包家灯。今但知包灯，而包假山知之甚罕，南通旧有包叠假山一丘，今损，予尚有一测绘图。

明季叠山家高倪修

姚元之《竹叶亭杂记》卷七：

宣武门内武公卫胡同，桂杏农观察菖卜居焉，宅西有园，曲榭方亭之前凿小池，砌石为小山，有一石矼然苍古，为群石冠，苔藓蒙密，摩挲右阴，得"万历三十年（1602年）三月起，堆叠山子，高倪修造"十六字，杏农属余书小额详记之。

此亦明代一叠山家，姑记之。

中堂、板对、匾额

　　宣纸旧时纸铺出售，其规格为四尺（又称料半）、五尺（又称料举）、六尺（又称六匹）、八尺、丈二等数种，八尺其下加一匹字，称六尺匹、八尺匹、丈二匹等。丈二匹系贡品，外间甚少，今以公尺计之如四尺匹为直四尺，横二尺，每尺约为三十三公分，其实纸非一律，长短略有出入，其尺合公尺在三十二至三十三公分间。四尺谓之小堂，五尺、六尺谓之中堂，八尺、丈二谓之大堂，盖视厅堂之大小而配者。一般单间轩斋亦可用四尺者。中型之厅堂则用五尺、六尺，大型厅堂用八尺，而殿厅则非用丈二匹不成了。此宣纸之尺寸系根据建筑物而制定，其与建筑物悬挂处之伸缩在装裱，故有此标准尺寸，由装裱者灵活应用了。至于对联亦分此数种尺寸，即整张对开也。四尺幅配五尺联（不包括裱头）。余类推，此已为定式。唯至民国后，洋式建筑悬画对，则起变化矣，其尺寸不能视传统建筑之尺寸，因此有狭边高帽装裱之长对（又有联心视原来尺寸为狭者），画心小之主幅等皆适应新式建筑。于是纸画及裱之定式变矣，而悬挂之方式亦因家具布置之灵活异矣。

厅堂正中为画，其旁列对，有一副，亦有两副，如两副则堂幅四尺，联一副四尺，一副五尺。四尺在内，五尺在外，如一副则五尺矣。厅堂二侧，小型者左画右字，皆屏条（整张对开之屏条）四条，画如春夏秋冬，字如正草隶篆等。大型者则以整幅悬之，其式相同。

厅之敞口者有用板对，即字画皆裱于板框上，防风吹动。而园林之敞口厅轩则有用大理石屏、博古屏、银杏木刻屏等花式较多。

其他书画之装裱形式，系根据不同悬挂处之需要，如轩斋之类，又因书画形式不同，而加工装裱成幅者。尚有册页（又称斗口）裱成屏条、立幅，扇面裱成屏条、立幅，或两者同裱于一幅者，殊多变化。炕屏则悬于炕上者，短而宽者（幅心较短，横较宽），横披以整纸横画，或对开横画。其最小一种条幅称琴条，以其有琴之狭长也。

板对以材料分，木刻者，用银杏木。竹刻者，用髹漆。又有嵌螺钿者，与贴反黄竹者〔以竹经化学加热（石灰）处理，竹筒平直后，刻贴于退光漆对上〕；以形状论，有平对与抱对，平对系平正如纸者，抱对则半圆形可挂于柱上。抱对皆髹漆，有黑边红底黑字，也有退光黑底嵌螺钿与填石绿者。亭榭有用竹抱对者。

匾额有市招、堂额、斋额、门额。市招以金底黑字，所谓金字招牌也。堂额则白底黑字。斋额皆银杏木刻。门额用砖雕为多。

予所见市招，以杭州叶种德堂药店"种德堂"三字印象最深，为清梁同书（号舟山）所书，字大近丈，一气呵成，而仍以平时书写自然之势画之，一无做作。梁其时已八十左右高龄，其笔力雄健可见。荣宝斋招为宝熙书。北京和平门一额邵章（字伯炯）所书，马先生彝初推崇邵书，而于邵裴子翁论书诗亦甚钦佩其见地。张阆声（宗祥）姻丈书新建灵隐寺匾额，叶遐庵丈书广州镇海楼额皆巨幅，均以七十余高龄出之。

漳州印泥，声名藉藉

少时见杭州织造衙门造之印泥，质坚、厚重、色纯红，真所谓八宝印泥也。西泠印社吴石潜号称精制印泥，名潜泉印泥，其原料已逊，实则为漳州人曾竹卿制，曾稍变漳州旧法，色泽较鲜。由石潜出面经销，曾某在出售后抽部分利润（曾原在漳州丽华斋）。吴昌硕喜印泥中略加洋红，色鲜艳，亦出之吴手。吴死后，其子正平继其业（时曾某年事渐老，正平妻从曾某处得到制造之诀，遂弃曾某，仅供曾以薪金），兼以牟利，印泥质量日下。其后起者为友人方君节庵昔，方为吴之西泠印社吴石潜子幼泉学生。其时西泠印社之曾某，因盛怒之下脱离该社。方遂约曾另设新店，经改进，所造者称节庵印泥，设宣和印社出售，方不幸早死，幸其弟去疾尚传其技（友人沈觉初云，曾某所制印泥掺猪油白蜡，但秘不宣人）。福建漳州印泥，名声藉藉，以泥色薄见长，但市上所见亦不甚佳。有张鲁庵者，撷漳州、西泠之长制鲁庵印泥，不门售，专为书画家制少量，则较名贵矣！碧寿轩徐寒光所制，在西泠之上，与宣和伯仲间，亦以鲜厚取胜，今张、徐亦下世多年矣。寒光有子能继其技。

袁枚与龚自珍旧居

清代杭之文人学者，其居处相邻者，当为袁枚（子才）与龚自珍（定庵）。袁宅在葵巷，巷东西向，其旁马坡巷，巷南北向，龚宅在焉。今两宅俱不存，袁、龚诗集中皆有记及。予少时读书石牌楼，校北为葵巷，校东为马坡巷，但里人皆不知有袁、龚二人矣。尝闻邵裴子翁云，渠少时在葵巷与小粉墙转角曾见袁氏界石。邵翁晚岁居马市街许周生故宅鉴止水斋 [此屋许售与一旗人，后归高时丰（鱼占），高善画松，工书法]，固一名园，园毁，居其对门一小屋，主浙江文管会多年。

杭城金衙庄有皋园，钱泳《履园丛话》备赞之，而终未得一游为憾。园明构，钱氏言之甚详。少时读书东城曾往游，其假山于土陂上点黄石，石间樟木荫天，亦浙中园林一特色。有水自城河入，盖园紧倚东城壁也。有池殊清冽，旁有沧浪书屋一石额，隶书横写，吴梅村笔也。建筑物以辛亥后久作交涉使及盐运使署，更改伧俗矣。而水石清华至今犹时绕梦寐。今其假山尚存一段于街心中。

龚定庵《己亥杂诗·吊从兄竹楼》:"与吾同祖砚北者（原注：先曾祖晚号砚北老人），仁愿如兄壮岁亡。从此与谁谈古处，马婆巷外立斜阳。"注云:"按杭州东城马巷宅，为匏伯先生（定庵祖）所置，竹楼盖亦同居于此。"后归他姓。袁枚（子才）《小仓山房诗》卷十二《过葵巷旧宅》:"久将桑梓当龙荒，旧宅重过感倍长。梦里烟波垂钓处，儿时灯火读书堂。难忘弟妹同嬉戏，欲问邻翁半死亡。三十三年多少事，几间茅屋自斜阳。"又卷二十二《过葵巷旧宅有序》:"余七岁迁居葵巷，十七岁而又迁居，以故孩提嬉游处，唯此屋记之最真。四十年来，每还故乡，过门留恋，今乃得叩阍直入。"诗云:"儿时老屋喜重经，邻叟都疑客姓丁。学舍窗犹开北面，桂花枝已过西厅。惊窥日影先生至，高诵书声阿母听。此景思量非隔世，白头争禁泪飘零。"又卷二十八《余生东园大树巷中，周晬迁居，今六十五年矣，重过其地》诗云:"六十衰翁此处生，重来屋宇变柴荆。想同买德寻邻叟，谁复婆留唤乳名。蓬矢挂时桑已尽，儿裙湔处水犹清。斜阳影里千回步，老泪淋浪独自倾。"

袁枚原籍慈溪（今余姚慈城镇），《诗集》卷三十六《再送香亭之广东》诗注:"祠堂在慈溪祝家渡，余入翰林扁曰'清华世胄'，弟成进士扁曰'兄弟甲科'。"又

《诗集》卷三十六《到西湖住七日，即渡江游四明山赴克太守之招》诗云："路过慈溪水竹村，祠堂一拜最消魂。"注云："五代祖察院槐眉公有祠堂，余入翰林，香亭成进士，匾额俱存，八十年来从未一到。"

洪钧所书匾额

洪钧（号文卿）宅在苏州悬桥巷，其藏妾赛氏处额曰"香琐花铃"。洪为清状元，出使德国，治西北地理著名，拙政园鸳鸯厅"卅六鸳鸯之馆"为洪书，另一额"十八曼陀罗花之馆"为陆润庠（字凤石）所书，盖取红绿状元之意。又鸳鸯馆前住宅部之书斋额为"鹤与琴书之馆"，亦洪钧书。

诗情画意与造园境界

"景露则境界小，景隐则境界大。""亭台到处皆临水，屋宇虽多不碍山。""几个楼台游不尽，一条流水乱相缠。"此虽古人论画之句，移作造园之参考，亦深有意在。

拙政园园主考

苏州拙政园更易园主至多，今可考者记于下，似可尽得之矣。

王献臣（敬止）、徐少泉、陈之遴、驻防将军府、兵备道、王永宁、苏松常道新署、王皋闻、顾璧斗、严公伟、蒋棨（西部叶氏、程氏）、查世倓（号惜余）、吴菘圃（名璥）、李秀成、善后局、江苏巡抚衙门、八旗会馆（西部补园属张履谦）、汪伪江苏省政府、伪江苏社教学院、苏州专署、苏南文物管理委员会、江苏博物馆、苏州博物馆。

兹抄存有关拙政园资料：

郭则沄《十朝诗乘》卷六有叶士宽在拙政园设舍课士，"笙歌台榭间乃得有此酸寒气味"。善后局以白银三千两从吴氏手中买得，同治十年（1871年）照原价加修理费二千元缴公，于次年正月收为八旗奉直会馆，见李翰文《八旗奉直会馆四宪创建记》、世勋《八旗奉直会馆记》。

光绪五年（1879年）张氏筑补园（王先生欣夫云，

张宅通忠王府之门上，尚有李鸿章之封条），张履谦《补园记》曰："岁己卯，卜居娄门内迎春坊，宅北有地一隅，池沼澄泓，林木蓊翳，间存亭台一二处，皆敧侧欲颓，因少葺之，芟夷芜秽，略见端倪，名曰补园。园之东，即故明王槐雨先生拙政园也。一垣中阻，而映带联络之迹，历历在目，观其形势，盖创造之初，当出一手，后人剖而二之耳。"今日补园所存建筑，唯倒影楼为旧构，余皆张氏新葺，鸳鸯厅本无，其处为一河埠，置一浮舟，太平天国时曾于此处决罪犯，后建此厅，极尽华丽，因地位有限，厅大，遂将厅之北部挑出水面。假山亦经修理，已为同光体了，当出顾若波之流画家之设计，厅旁宜两亭建于山上，可望东部，故名，盖取"绿杨宜作两家春"之意。李棪《东林党籍考》：王心一，字纯甫，号玄珠，南直隶吴县（今江苏苏州）人，万历四十一年癸丑（1613年）进士，官御史。

拙政园东部开工于崇祯四年（1631年）秋，成于八年（1635年）冬，十三年（1640年）又加修葺，《吴县志》有文及之。沈德潜为王遴汝（心一曾孙）作《兰雪堂图记》。王广心有《拙政园歌》。吴梅村有《咏拙政园山茶花》诗。顾公燮《消夏闲记摘抄》："康熙十七年（1678年），改为苏松道署，道台祖道立葺而新之。缺裁，散为民居，有王皋闻、顾璧斗两富室分售焉。其后总戎严公伟亦居于此，今属蒋氏，西首易叶、程二氏矣。"曾名"书园"，按蒋棻字诵先，吴县人，官知府，乾隆十二年（1747年）得此园。叶士宽字映庭，号筠洲，苏州东洞庭山人，举人。见彭启丰《芝书集》卷十二，赵怀玉《奉题外王父叶公士宽遗像四十韵》原注。赵怀玉《亦有生斋集》卷二十，题为《登外家拥书阁故拙政园址也有感赋此》："名园擅金阊，城北数拙政。外祖致仕归，卜筑割三径（半为蒋氏园）。两舅各肯构，遗书互相订。余少恣娱娱，日涉不为病。兹阁建廿年，犹能及甚盛。中藏缥缃富，外有花竹映。四面骋远脬，十景传清咏。"（阁有十景，余向有诗）此诗作于乾隆三十五年（1770年），据此则拥书阁建于乾隆十五年（1750年）左右。此拥书阁即今之倒影楼。蒋氏复园部分亦建于乾隆十五年。钱泳《履园丛话》之二："嘉庆二十年（1815年）……后三四年闻此宅已为他姓所有。"《苏州府志》卷四十六："世俶字儋余，以举人官刑部。"《亦有生斋集》卷十二《六月八日查北部世俶招集翾鹤堂，次列少宗伯跃云韵》诗一首作于乾隆五十八年（1793年）。嘉庆末归吴氏。何绍基（字子贞）道光三十年（1850年）有诗跋，云已亭台多圮倒。吴璥字式如，号菘圃，嗣爵子（嗣爵曾官江南河道总督），乾隆四十二年（1777年）进士，官至吏部尚书，协办大学士，著有《楞香斋诗存》。吴浙江平湖人，查浙江海宁袁花人。徐乾学《苏松常道新署记》："海宁（从周按：为陈之遴）得祸入官，而驻防将军以开幕府，禁旅既还，则有镇将某某者迭馆焉。无何而前兵备使安公，以为治所，未暇有何改作。既而归于永宁，凡前数次人居之者，皆仍拙政园之旧，自永宁始易置丘壑，益乃崇高彤镂，盖非复图记诗赋之云云矣。"《西河合集杂笺》："平西额辅，构园亭于吴，即故拙政园址也。"康熙十七年改为苏松常道新署，见陈维崧诗。以上琐琐，容可补治拙政园志之需。予谓拙政园其布局在两原则下为之，一建筑物与山石之对比，此似可谓皆知者，而高下之对比则罕见之也。试以补园部分而论，倒影楼与宜两亭，鸳鸯厅与浮翠阁，留听馆与塔影亭，一高一下，而同中寓不同，非一律对待，倒影楼、鸳鸯馆、留听馆三者皆在平地，但其对景，宜两亭突出山巅，倒影楼为二层之阁，浮翠阁亦突出山巅，鸳鸯厅为单层厅式，两者之对比则又不尽同。至于留听馆虽在平地，对景塔影亭又低于水面矣。真是变化多端，于此可得其消息矣。据此理推之，则中部之景物其运用手法又何独不然耶？

日本研究中国建筑史两权威

　　伊东忠太、关野贞，日本研究建筑史两权威，对我国古代建筑知之甚深，且久留我国，作旅行调查，关野行迹几历全国。伊东与关野1876年同年生，关野殁于1935年，伊东殁于1954年，得享高寿。而紫江朱先生于清同治十一年壬申阴历十月十二日生，殁于1964年2月26日，以虚寿计九十三岁，较伊东尤高。皆研究中国建筑史者所应知者。

　　伊东弟子以田边泰为最著，关野则其子关野克能承父业，皆不可多得之古建筑学者。

惊燕

今所见宋装式裱画，其上部有飘带两条贴于绢绫上，皆不得其解，以为装饰之用，实则此飘带宋时真能因风扬动，今则徒存其名，已非带矣，仅两绫条贴于画心之上。宋时此物名惊燕，盖恐燕污画也，设此以惊之。古代厅堂斋轩，南方类多敞口，北方亦多外廊，故燕筑巢室内，遂有污画之虞。今日本装裱尚存宋制，飘带不实贴。

惊燕

苏州怡园

　　苏州怡园为晚清建筑最大园林。园主顾文彬（号子山）富收藏，其藏书与书画处名过云楼，修筑颇精，楼前花厅布置精雅，叠灵璧石数座于厅内，极具姿态，今归苏州园林管理处，家具亦精致，悬顾文彬画像于厅左壁。清供中有雨花台石影出十二生肖，甚难得，今藏苏州博物馆。叠石错落有致，此在其宅内。建园与修宅时，顾正任浙江宁绍台道台，园之擘画皆出其子顾承手，顾能画，当时画家如吴县王云（石芗）、范印泉、顾沄（若波）、嘉定程庭鹭皆参与设计。其建造时每堆一石、构一亭，必拟稿就商乃父，此往返书札，今尚存其曾孙顾公硕处。

苏州园林
——徐园

叶遇翁曾告我，苏州升平桥弄之徐园［徐电发（名轨，清初人）园］假山后为戈裕良叠。此园曾数作调查，园倚城墙，墙下有大假山一丘，右有一阁装修极精，山下有池，水阁临流，此其大略也，是否为戈氏所作犹待证耳。

清代送客之礼

　　清朝官吏在客厅中接见属员与宾客时，侍者献茶，客人不得取饮。当主人端茶时，侍者即在室外高呼送客，客人必须起身告退。此习沿自宋代。予过去观戏剧、电影演清代古装戏者，此节什九不知。

杭州织锦

今杭州所产丝织风景人物等，名闻世界，过去署都锦生厂出品。按都锦生浙江海宁人（都姓极少，皆海宁籍），民国初浙江甲种工业学校（地址在旧大学路报国寺）机织科毕业，留学日本，习染织，归国后于艮山门设厂试织，于湖滨花市路（与湖滨路垂直南第二条）设都锦生丝织品门市部，声名渐大。此与陈嘉庚同样以己名为市招者。都中年去世，时在"七七事变"前，而厂未中断，至解放后大为扩展，声名播全球。

著名之中药铺

我国旧时药铺之闻名全国者，当推北京宏仁堂、达仁堂，所谓乐家老铺，乐姓设者。苏州之雷允上诵芬堂，雷姓设者。杭州之叶种德堂，叶姓设者。胡庆余堂雪记为后起之杰出者。童年闻长者云，杭城药铺首推叶种德堂，百年老店矣！而胡雪岩以财雄全国，胡多姬人，一夕一姬病，使人往叶种德堂叩门购药，时已晚，店不开门，购者仗势骂店员，店员云汝家主人既有财，为何不自开一家，方便多矣。后归白雪岩，遂有胡庆余堂之设，一切超过叶铺，且胡为安徽绩溪县人，徽州府所属产药，采购亦方便，其名渐驾叶种德堂之上矣。旧时南北方药铺类皆浙之宁波人设，其店员且多慈溪人（为宁波府一县）。北京乐姓诸铺本亦南人，乐氏宁波籍也。胡雪岩自丝业破产后，仅余一药铺，后亦不支，以店盘与他人，招牌去"雪记"二字，自此营业遂不振，盖病家不信矣。新东（系股份制）无法，商之胡子孙，允加"雪记"二字，于股份中列干股（即不出钱有股票）若干属胡姓，业务又蒸蒸日上，胡子孙依此而活。旧时市招加记，用以表示某某人所设。如原店出盘与人，受盘者即加一记，以示其财权，胡庆余堂雪记始终不改名者，实有此上述原因在焉。与胡庆余堂同时开设尚有万承志堂药店，亦声名藉藉，万江西人，同治年间（1862—1875年）官浙江藩台，居柴木巷（在佑圣观路），建筑宏敞。

太古琴弦

琴弦之佳者，旧时当推杭州保佑坊回回堂口之太古琴弦，为琴家所推崇。回回堂即凤凰寺，店在寺之南首紧邻。"七七事变"前制弦者亡故，广陵散绝，不复有太古琴弦矣。近唯苏州方裕庭能造，亦非太古旧法。

旧式商业经营

　　旧时地主官僚所设之店，以钱庄、当铺、盐号、酱园、药店为多，盖本轻利重。如苏州之潘万成酱园，大学士潘世恩家设。顾得其酱园，道台顾文彬设。杭州胡庆余堂药店，胡光墉（字雪岩）设，胡为左宗棠办军粮军饷起家而"赏官"。同时之万承志堂，藩台万氏所设。扬州盐商其著者江鹤亭，其身份少类胡雪岩，皆得统治者之"眷赏"，此类不胜枚举。药店大秤进小秤出，利厚可知。且悬有一联，或书于药之方单上："修药虽无人见，存心自有天知。"做贼心虚，可见一斑。酱园又若水衙门，其市招上书官酱园，一"官"字者谓其非私设，又证盐之来源非私盐，而实则私盐（不纳税）为其主要来源也，复以制品酱油等以官价售出，宜乎厚利矣。

轿厅即茶厅

江南官僚地主住宅，其首进为轿厅，以为轿夫休息之所，与上轿下轿之处，并为平时停轿之处。故又名茶厅，取意为轿班饮茶之所。但深究之，此处实为拷打农民私设刑堂之所，又作为收租入仓量谷之处。

乾隆姓陈吗？

世传乾隆为海宁陈阁老（元龙）子，其乡人冯柳堂著《乾隆皇帝与海宁陈阁老》一书详述之，紫江朱先生以为非是，云清末汉人仇清，是类之说足以激发排满思想。叶遐翁则似信此传说，曾告我二事，一谓文道希（廷式）见内阁档案有陈元龙家嫁女事上报卷；一谓乾隆南巡临陈家，题"莫不尊亲"额。

叠石名家

友人顾公硕姻兄告我，龚锦如，苏州胥口人，世代叠石，曾参与怡园及狮子林假山修理叠石，殁于抗战期间，年五十余岁。顾为顾文彬曾孙，画家顾鹤逸子，怡园幼主也。精鉴赏，富收藏，曾任苏州博物馆馆长。其所藏今归国家文物局及苏州博物馆。予曾见其案间虎丘泥像（其曾祖子山先生系用手捏，捏时面对被捏者，两手于桌下捏）及宜兴紫砂小件，若菱、藕、花生之属，真精品，极为可珍。印象至今犹存。顾又告我怡园藕香榭为姚补云所建。

复园即拙政园

阅袁枚《小仓山房诗集》卷六《宿苏州蒋氏复园题赠主人》诗云："亭孤容易夕阳斜，宝塔金泥射落霞。每到细烟生水上，晚乌啼出隔墙花。"复园即拙政园，乾隆时蒋棨居时改名复园，此诗写出拙政园借景北寺塔，并证此时西部已属他姓，园分隔矣。

姚承祖与《营造法原》

晚近苏州香山匠师姚补云，名承祖（字汉亭，祖灿庭著有《梓业遗书》五卷。姚设姚开泰木作于苏州），曾任教苏州工专，1938年殁。知者众，因著《营造法原》一书，并承建灵岩山大殿及怡园藕香榭、邓尉香雪海亭等，且经紫江（指朱启钤）、新宁（指刘敦桢）二师，及友人张至刚为之宣扬，其名不可没也。（姚有《补云小筑图卷》，前列其营造诸构图及记，后紫江师一跋，已见汇刊。此图予于苏州朱藻初处一见。）第贾林祥、顾祥甫二师傅却知者罕矣。贾、顾皆香山人，为师弟兄，顾略长于贾。二师傅传香山绝技，多实际经验。贾晚岁任职苏南工专，曾修建苏州皇宫前牌楼，为工专制重檐歇山顶及厅堂二模型，极精，后工专并西安建筑工程学院（后改冶金学院），客西安，近古稀退休返吴。[贾师傅生于清光绪十七年（1891年）二月，家世业木作，祖耕年业木作。伯祖椿年、叔祖清年则业机织。父钧庆承祖业，二十四岁建上海天后宫（在河南路桥），寿至九十四岁。（贾师傅告予其父肖鸡，则似生于1861年。）] 予于1953、

1954年兼课工专，得相识，时往请益，惠我甚多。因贾而得识顾公，邀之来同济，其时修建南北楼屋顶原拟用古典，请其翻样。遂留同济数年，精制苏式建筑模型，计有旱船、扇面亭、厅堂、殿堂、鸳鸯厅、六角亭、梅厅，及官式庑殿、硬山、宋式斗拱等，予日亲其座请益，诲我不倦。而此苏式模型数具，亦全国仅有之作，是辅《营造法原》之不足，留一实物于人间，殊可宝也。顾师傅客南浔庞氏久，庞氏园之建筑出其手，苏州江苏师范之六角亭亦其所建，上海和平公园旱船则为其晚岁之作，时已古稀之年矣。盖经其目营心计，亲自操作者，固不仅此数端而已。顾师傅能设计绘图，予尚得其透视图一张，今藏同济大学资料室。其口授笔记者，予有《殿堂施工》一文。邹生宫伍，吴人，晚侍顾师傅，曾记录《鸳鸯厅施工》一文，所惜者其最后精制花篮厅模型已失。贾、顾二师傅皆沉默寡言，有所询必诚恳告人，亲自操作。顾公回苏，七十余卒，每遇人道与予相处种种，语多溢美，为之谶惭，今距其下世近十年矣，每一忆及，令人腹痛。为此，他日辑《哲匠录》者，应志此二公焉。

苏州缂丝艺人

苏州缂丝老艺人，予相遇者有年登大耄尚能缂精细之作，其唯沈金水老人。忆1962年予以友人徐绍青之介得相识，徐时主持苏州刺绣研究所，老人在所中也，已八十二岁高龄矣。紫江朱师存素堂所藏缂丝刺绣多宋元

［宋］佚名《缂丝春光长寿轴》（局部）

明清精品，今藏沈阳博物馆，盖朱售与张学良，张藏于该馆者。日人以此藏品印《纂组英华》二巨册，红漆盒装。士能师云制版时曾与原作校对七次之多，兹即此印本亦价值千金以上。是年冬朱师九十华诞，为我书"松寿"立幅，请金水老人缂丝数帧寄北京。朱师来函云："老眼为之一明。"推崇备矣。叶遐翁见之雀跃，时正毛主席生辰近，遐翁以主席所赠亲笔书《沁园春》词专邮寄苏乞老人缂，老人欢欣鼓舞，神技乍展，真精品也，遂以此呈主席，主席于生辰夜招叶遐翁、章行严（士钊）、程颂云等诸老于中南海共聚联吟，叶遐翁有百韵一诗为祝。后叶撰一联书赠缂丝老人："知音犹及朱存素（朱桂辛），妙技可追沈子蕃（沈为宋代缂丝家）。"推崇备至，此联由予交去，老人莞尔，今联藏刺绣研究所。

罗汉院双塔之修缮

苏州罗汉院双塔之修，予草拟修缮计划，而东塔施工主持实出王国昌师傅之手。王，吴人，业水作，技术高妙，此塔之修，仅一简单脚手架，施工亦颇方便安全，以极低之代价于短期迅速完工，质量形式，视先修之西塔为优，以此之技对以后苏州修理古建实创极有利之条件，惜不久以胃疾下世。

海棠亭

贾林祥师傅告予，康熙年间（1662—1722年）香山匠师徐振明，造苏州西百花巷程宅之海棠亭，及修马医科巷明申文定公祠牌楼，此牌楼为今日苏州尚存最大者。海棠亭少挂落及吴王靠，一堂未建成死，年六十。民国《吴县志》七五《艺术》："某甲造海棠亭著名，谈者云：假山上有亭翼然，式如海棠，四面窗槛亦就其式为之，勾心斗角，雕镂精细，东西两门均自然开阖，入者相距一步余，门即豁然洞开，既入即猝然自阖，不烦人力，出亦如之，人以为异，四顾审谛，莫知所由。年久机坏，遍征工匠往修，举无从措手。或曰其机埋于假山，不敢发视，恐不能还旧观也。"则某甲当为徐振明。今亭已移建环秀山庄。予调查测绘程宅时海棠亭在园之西南隅，位置不称，似从他处移来。非在假山上，敞口无窗，亭自平面，柱、枋、藻井、椽头等，皆以海棠形出之。程宅花厅亦移建于环秀山庄，唯乾隆楠木装修已毁。盖厅建筑极精，为乾隆间物。予拟建于假山前，后因汪星伯异议，卒建于边院。

文房四宝

——湖笔

　　我国晚近制笔名手，以予知者当以北京李福寿、戴月轩、吴文魁，以制狼毫闻世，其特点在肥厚，锋挺耐用，尤以李制北狼毫更为书画家所乐道。戴月轩制笔似较李为略瘦。虽然北京诸铺善制硬毫，但羊毫亦并不示弱。吴文魁出小勾勒笔一种，名红毛，极精，即今上海之红一点乃仿其作耳。湖州张汉林制羊毫，选毫至上，一笔用之数年尚如新。杭州邵芝岩、石爱文两家，邵之制笔从选毫直至笔管刻字，无一不精，其制羊毫真可谓独步。石爱文与其门户相对，相距远矣，盖石为安徽墨商，非善制笔也。上海有胡开文、曹素功等徽墨铺兼制笔，不佳。而湖州人杨振华初设摊于书画展览会，后设店于福州路，但其个人仍驻展览会出售，以成都路上海画苑为最久（"上海画苑"为李祖韩等合设，其先在宁波同乡会大厅），其制笔能保持湖州之特色，复能吸收北京诸家及日本笔、朝鲜笔之长，蔚然为名手矣。而关键处在能征求书画家之意见，根据各家需要而制笔，不拘泥于

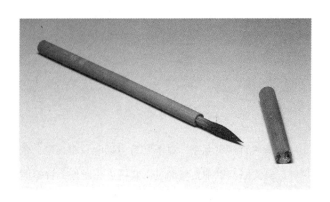

[清]"小紫颖"湖笔

成法也。金华周虎巨所制羊毫，价廉耐用。徽商不善制笔，予初不解，今客歙县一年，始悟其故，盖原料系主要原因，徽州诸属气候夏季午热，湖羊养殖不繁，毛不茂，黄狼毫枪不坚，故所制笔瘦弱，因产墨故须与笔相辅，遂亦制笔，非主产也。唐人白居易诗称宣城匠师精制紫毫，宣、徽邻府，今皆不见有此名笔矣。湖笔羊毫细而纯，北笔羊毫刚而健，各有所长，实羊因气候之不同，毫有所别也。狼毫则唯北狼首屈，他无可及也。至于马毫、紫毫、狸猫毫、羊须、鸡毫（颖）等则非主流矣。马毫传自日本。民初余绍宋（字樾园）等画竹始用之，以其坚挺也。湖笔羊毫出湖属善琏镇，皆为粗坯，畅销各地，正如宣纸出泾县也。而笔之佳者，全在选毫加工，与宣纸之经笺纸铺之加工相同。至于笔管外加固，晚近之事，似始于北地笔工，盖以松香胶结，日久易落也。

旧式商贩

少时曾见肩贩商，有安徽徽州属之笔墨商，浙江绍兴属之兰花商，青田之青田石（刻图章石）商，皆徒步千里，沿途成交者。徽之笔墨商，肩落货物，沿新安江入浙至浙江九县。又有经绩溪、宁国入长兴、吴兴至浙者。至一地暂住，藏笔墨于蓝布袋中，此袋前后置物搭于肩上，沿途叫卖，童年乡居于学塾门首，每从此购笔墨。货售毕再进当地之货物，步行返徽。绍兴出兰花，以竹筐肩担至浙西、苏南经售，售毕亦进所需之货，徒步回乡。此皆在春耕之前。至于青田石商，一担千里，远涉重洋，可至国外销售，其艰苦持远之毅力诚可颂。盖青田山区地贫少产，人民无以为生，遂有是举。

钱学森、钱三强均书香世家

钱学森（1911年生），父家治，字均夫，清季日本习教育，日本东京高等师范学校史地科毕业（当时称师范）。为杭州求是书院陈仲恕、叔通二翁兄弟弟子，时陈为书院山长（校长），民初任杭州府中学校长，地址在直大方伯（今解放路），郁达夫、徐志摩、郑午昌等，皆为该校学生。钱在日本时曾听章太炎讲学，与鲁迅同时也。殁于北京，寿八十七岁。钱娶蒋百里三女英（1919年生），母日籍，英留德习音乐，父则为军事学者，亦出求是书院，后留学日本士官学校。

钱三强为钱玄同子，玄同为北大教授，太炎弟子，鲁迅至友。伯父钱念劬（名恂），清季先后驻伦敦、巴黎、柏林、彼得堡、东京等使馆工作，后任驻荷兰、意大利等国公使，精目录版本，曾主浙江图书馆，补抄文澜阁《四库全书》。妻单士厘，著有《癸卯旅行记》及《归潜记》，辑有《清闺秀艺文略》。湖州有名园号钱园者，清时藏书家陆心源居之，后归念劬。再为戴季陶所居。三强娶何泽慧，苏州人，为网师园最后主人何亚农之女，亚农亦留日习军事者。

传统建筑
——打井

少时见浙江东阳匠师打井，其于井底之构造殊深考虑，其最底层置大石一皮，上覆小石、细石各一层，铺炭，炭之上加棕，然后以松板镇面，板开数洞以透水。有砌砖为圈者，亦有砌石为圈者。圈之下部亦环以棕。井打成聚水后置矾及雄精消毒。讲究者此第一次聚水不饮，车干后再聚者始饮用。

传统建筑
——砌墙

　　浙中墙少实砌，以空斗与夯土为多，其下墙脚（墙基）则必石砌也。夯墙此法远久，即古之版筑也。今西北一带尚以小夯筑墙，夯眼甚小。予闻杨廷宝教授云，豫中版筑墙，以圆木用草捆绑，垒成双壁，外夹以木，中置土，以小夯打实，待结实后将草断之，一版成矣。如是者逐级升高。浙中则以厚木板为壁，以直木夹住，内置土后，以手提木夯打实，其形式为Ｔ，底部为铁制，数皮后加斜铺砖一皮，继续向上夯，至顶部，有用砖砌数皮，再行覆瓦者。亦有下半部墙为夯土上加空斗者。如不覆瓦，则盖稻草，唯每年须更换。墙之外粉，有用碎稻草和泥。有用石灰，计有黄灰与白灰之别，黄灰者石灰中和草纸，此为粗灰，类多打底。或为节约，但用黄灰，外以石灰水刷之即可。有黄灰粉刷外加白灰者，白灰以石灰和绵纸，则色白矣。粉成再以石灰水刷之。而最高级之粉刷则用石膏涂面，干后打磨，光滑似镜。水作、阴沟匠师皆出于东阳。至于墙檐及马头（叠落山墙之墙顶部）之绘画，出上作师傅之手，绘画有极工者，真民间艺人也。

访嵩山古建筑之所得

河南中岳嵩山诸古建筑，1957年夏，予偕南京工学院中国建筑史研究生胡思永、章明、乐卫忠、邵俊仪及南工、同济青年教师潘谷西、朱生保良诸人同住，盖此时士能师出国，属予为作辅导也。1964年夏，又偕喻生维国重往。二次勘察，除于古建筑多有所得外，而于宋人画法亦有所悟。居登封县招待所，窗前林檎正熟，枝压南墙，其颜色之鲜明，干叶之简劲，正宋人双钩画本也。非南田、南沙江南人所见及者。盖以形写物，随类赋彩，真北宋人院本，非文入画之笔写意所到也。仰视诸峰，刻画毕露，正披麻皴之法，山间土色红，其尚草木凝翠。真一幅大金碧呈于眼前。因证宋人青绿山水画法，其底色用朱砂，上施石绿、石青，非仅为以朱填绢，使青绿沉厚之故，盖其因有所自也。观古画不穷其画法根源，不证以对象来源，但从笔墨中追求趣味，其尚者四王、吴、恽，其下者清同光间诸子耳。顾公硕兄颇以予说为是。

［清］王翚《嵩山草堂图》（局部）

过云楼藏画

苏州铁瓶巷顾氏过云楼藏画，名闻海内，《书画录》所载，已多人知。但传之百年尚未散失过多，其历史如是。顾氏书画集其大成当在清代道咸年间（1821—1861年），顾文彬（子山）道光进士，官至浙江宁绍台道道台，兴建第宅园林，广搜书画版本，编有《过云楼书画记》传世。传之孙辈，有拟以所藏出售，约北京估人论价，议讫将成交矣。其孙麟士（画家顾鹤逸娶潘，与吴湖帆同为潘婿）夫妇云，既欲出售，售于外不如归我，终仍在顾姓，议价多少，如数照付，于是藏品尽归鹤逸矣。估人不欢而悻悻北返。鹤逸晚年已移家胥门朱家园，即殁于是处。有四子：公可、公柔、公雄、公硕，所遗书画，按以四份公分。公可所得，于抗战期间在沪为其子出售，估人孙伯渊所经手。公柔所得，今不详。公雄女于解放后献所藏与国家，今存上海博物馆。公硕所藏，少数归国家文物局，余则皆捐赠苏州博物馆矣。予内侄女，嫁公硕子笃璜，父子与予善，以知者书此。

苏州古宅

苏州大住宅天官坊陆宅、史家巷彭宅、东北街张宅，皆著名，陆宅戏厅、彭宅草架（上房楼层皆置草架）、张宅花厅皆有先述者。而铁瓶巷顾、任二宅亦豪视吴中矣。顾宅、园林、祠堂三者集于一处，真地主庄园也。其邻任宅，为清季浙江巡抚宜兴任道镕宅，其幼子名子木，妻乃李鸿章幼女，另购西百花巷新宅，建洋楼，置发电机，装电灯，此苏州之最早私人发电也。宅有园甚精，厅堂楼阁，楚楚有致，后归洞庭山万氏。子木纨绔，日混迹书场中，蓄金鱼，故园中鱼池甚佳。以上诸宅皆测绘，刊于《苏州旧住宅》中。子木妻高寿，所藏上海李鸿章子华山路枕流小筑（今枕流公寓原址）初成时照一本，予编《上海近代建筑史稿》及《中国建筑史图集》曾借用。

一柱亭与三角亭

园林中之亭，形式至多，而特例少见。以予所涉名胜园林，一柱亭，上海周园有之。三角亭以为仅西湖三潭印月一例，此知人较多。然绍兴兰亭亦有三角亭，则知者几无人矣。曩岁调查兰亭曾见及。而方胜一形者（◈），仅太仓蒋氏亦园一座，今闻园已毁，此亭不知尚在人间否？太仓明王氏园仅存数石一松（罗汉松，当地人呼雀舌松）。陆宅后园虽废，而一峰亭亭，颇具透漏之致。太仓水城门用光拱，亦少见。今新华书店仓库所在地某宅，前后达五进，殊完整，边似尚有厅事，其前轿厅、大厅等均为明构。

石柱线刻

1964年夏，偕维国调查河南巩县（今巩义）北宋诸陵，南返曾书一函致王冶秋（王时任国家文物局局长——编者按），告其北宋诸陵石柱之线刻，多属完整，可先墨拓保存现状。其构图刻法自太祖以下数十年一变，代无一缺，真研究北宋时代线刻之一宝藏也。至于石像生亦然，同样具逐代研究之资料。望建筑、美术二史之研究者莫等闲视之。

上海豫园

上海豫园之修葺，余参与其事，点春堂前假山，苏州韩氏兄弟良沅、良顺所修，积玉峰移自也是园，园已废，峰置街头，余等访得，由韩氏以滚木推至豫园者。点春堂右侧有小池，略叠山石，余亲与工人穷数日之力所成。大池（非九曲桥者）新凿，以广水面。驳岸仿苏州网师园。豫园之旁梧桐弄，原潘宅旧址，有五老峰，为张南阳所叠，今峰已移延安中路严宅（曾作上海文化局）。同济大学三好坞，原为积水潭，1954年疏浚之，以土积山，间点山石，其石来自城区四明公所废园。上海人民公园之山石，则部分系从豫园移来，因当时豫园尚未修，倾圮已甚，遂有是举。和平公园、杨浦公园之湖石，则拆自洞庭东山之园。浦东高桥承园，园虽不古，出日人设计，颇具一格，惜用石太多，有立峰甚巨。华山路周园，龙华漕河泾桂林公园（本黄氏园），亦新园之翘楚矣。

海宁蒋氏衍芬草堂藏书史与藏书楼调查记

曩岁在京，王冶秋见予所写江南藏书楼诸作（刊于《文物》），属留心是项工作之调查。浙江海宁蒋氏衍芬草堂藏书垂六世，至解放后全部献与国家，分贮北京、浙江、上海三图书馆。有关藏书史及藏书楼调查记于后，以供研究藏书、建筑二史者。

《澉山检书图记》：

> 数百年来，三吴藏书之家，名闻天下者相接踵。然奉其先人遗籍，藏之墓庐，岁时往省，整齐排比，以寄其优然忾然之思，前此未有闻也。今乃于海昌蒋生寅昉见之，以视李公择藏书于五老峰之僧舍，其用意尤深远矣。
>
> 寅昉大父淳村翁墓，在海盐县澉上鸡笼山之麓，丙舍轩敞，面永安湖，与我家湖天海月楼相峙也。淳村翁延名师讲善本书，以教其子潞英、霁峰。潞英、霁峰兄弟皆喜读书，又广购之，四部略备。三十年前，余屡至霁峰之斋，见其插架

128

皆有用之书。与之谈论，辨别精审，余不逮也。

寅昉少孤，贤母教之。稍长，即知宝护遗集，签帙标题，谨守勿失。今藏之丙舍者，皆祖父之遗也。记所谓思其志意，思其所乐，思其所嗜，孰有大于此者乎？钱塘戴醇士侍郎闻而称善，为写澉山检书图，而属余记之。

余尝谒先人之墓至澉上。暇日登鹰窠山，观明季释氏藏经于云岫庵，辄叹兹山峭峰，岂异积书之岩。而吾儒力弱，不敌缁流，徒使羽陵、宛委之胜，结想于虚无杳渺之乡。山灵有知，当亦腾笑。今寅昉所藏，非以夸卷帙之富也。然自是胜侣来游，若杨廉夫、孙太初之属，吾知必造其庐请观古籍，以扩闻见；而后之志澉水者，当备列其事，为兹山增色也。抑余更有为寅昉进者：夫父殁而不能读父之书，不忍读也；不忍读者，乃其能读者也。余及见蒋氏四世矣，敦厚之风，未有改也。寅昉事事以先人为法，乃其能读父书者也。士君子观于此图，而知其善承志意者，又岂独检书一端也哉？咸丰七年（1857年），岁在丁巳，嘉禾甘泉乡人钱泰吉撰于海昌寓斋之闲心静居，时年六十有七。

此记成，即写赠寅昉，后为友人传观失之。寅昉属为重写一通。时戴侍郎已殉难于家园之池。千古完人，画益可宝。余自海昌迁寓海盐之乡，年已七十，不能捐弃妻孥，从侍郎遂游天上，拙文拙书，那堪持赠？唯所居为先人丘墓之乡，书籍分藏墓庐，与寅昉志意似不差池。特澂山咫尺，未能携书山楼，以遂素愿，有愧寅昉多矣。庚申闰三月十日泰吉手识。

《澂山检书图记》：

古之书必手自传写，蓄书至千卷称多焉。自板刻行，担千金入市，捆载而归，万卷可立致也。而书之出亦益多。四库所藏，合数万卷，列书名卷数而不入录者又数倍之；而近世人所为诗文集，与稗官家言，科举之文，二氏之书，又出其外焉。其多如此，日衍不穷，其何所底止。元儒吴氏海有激而言，谓盍起秦皇帝时拉杂摧烧之。然譬诸草木，贯四时而不刊落者，独松柏青青，其他繁英丛榛随消翳于土壤，何待焚而灭哉？顾谓传有幸不幸，而前此之櫰株未拔，后此之萌卉方滋，使学者聪明蔽亏，涸于一切而无择，余尝病焉。欲列编书目，自经史外，济于实用而不可缺者若干家，虽不甚切而足裨见闻资考订者若干家，其余概从剃芟，使学者耳目不至淆而无所入，心思不至泪而无所出，而卒未暇为也。在京师用此道以蓄书，凡数十簏。南归，舟败漏，沾湿者半焉。

窃自维念经者天地之心，史者天地间簿籍也。必求极刻之精善者而究心焉。外此，宋儒者言，理道之书，乃经之支流，亦天地之心所寄；韩欧以来之述作，言文而行远，乃释经作史之准的也。其书要不为多。唯近世掌故经济之书，不能不多备规轴焉，大抵所守至精，而用心不杂，则清虚之地与天地精神相往来，而古人之心亦时来会于吾心，而书不至徒多而无益矣。

海昌蒋寅昉蓄书于澉浦祠楼，属戴侍郎为图，而书来索为之记。其书曰：毋导我以谀夸，必告我以所以治书之法。乃举夙昔所怀念，使书皆有益于人，而人不至受役于书者，以复于寅昉，其见为宜然否也。咸丰八年（1858年）二月仁和邵懿辰记。

蒋君此图，实余介戴侍郎作之，今图装成，而侍郎不可作矣。寅昉既求甘泉先生为记，复索余记。八年二月记成，而未及写寄。今年三月避地碛石，甘泉先生来共谈，出此图及记稿，乃就书于寅昉之家。既而复与寅昉避地山阴之寿胜；甘泉先生亦避居海盐之沈荡。昨书来，语痛不可闻，天之机我，如不我克，艰难善惨，至今年春夏而已极。何日得奉甘泉先生几杖，同登寅昉祠楼，相与把卷讴吟而道古也。咸丰十年（1860年）六月仁和邵懿辰题于绿深楼寓。

武昌张裕钊（廉卿）《赠蒋寅昉东归序》：

天下之士，奔走喧嚣丛猥之地，耳之所听荧，目之所眩栗，众之所尊而尊之，众之所贱而贱之；信于众而卬然其增仰，讪于众而颓然其增俯，逐逐日轻重于世之人，此迁彼贸，返焉求其所为我，而将不得其所存也。若夫偃仰一室，图书充积，穷岁时处其中，旷乎晤昔之人于邃古之上，而下以隐相期于千万世之来者，朝夕晦明，日星纬曜，四时寒暑，草木荣落，环相代于吾前，而壹与为无穷，若彼者，苟非其志之所趣，虽有甚美，未有能夺而易之者也，况其为众人之得失者哉。

海宁蒋君寅昉，好读书，藏图书数十万卷，其笃好之深，殆非世人所能易也。遭粤贼陷浙东，西出走海上，溯江以至于楚，转徙江汉之间，然必以其藏书自随，不少时委去，盖好之至于此。王师既定两浙，寅昉告余将东归。余唯寅昉与余自此日远矣。然寅昉既归且至，去其向者驰驱颠踬之劳，稍葺旧庐，发书而读之，独坐空堂，寥廓阒寂，与时俗人邈不相闻，于以思余之所云者，其有不引领西望默相喻于千里之外者乎。

王国维（静安）《题澱山检书第二图》："曙初画得南楼意，醇士图随碧血亡；若论风期略名位，秀州何必逊钱塘。""作记同时邵与钱，庚申重跋倍凄然；三家子弟都无恙，回首沧桑七十年。"

戴熙（醇士）《题澱山检书图》："层岩俯寒潭，石壁面如削。高人择幽胜，庭庐空翠凿。杳霭松篁中，书声出帷幕。闻君罗古籍，琅函闉林壑。终岁事校勘，伟哉不朽作。吾将避尘嚣，载酒访所托。"

道州（今湖南道县）何绍基（子贞）《题澂山检书图》："鹿床曾作检书图，万卷精神入染濡；太息人琴归浩杳，可应题躄未荒芜。鸿余泥爪传梅市，雁引乡心落澂湖；文献东南魂梦绕，何年蒋径阅吟厨（原注：蒋氏之先有书九大橱，多殿本）。"

余姚朱兰（久香）《题澂山检书图》："丙舍藏书托迹殊，松楸无恙地灵扶；欲寻石室遮云岫，偶去山阴恋澂湖。径待蒋开重把酒，船无戴访但留图；还期落笔传真面，点缀万苍兴不孤。"

仁和（今浙江杭州）吴观礼（子俊）《题澂山检书图》："剑佩纵横起壮图，东南士气少涵濡；幸留翠墨千编富，未共田园一例芜。教子通经照黉序，移家负笈向明湖；乡邦近日资文献，岂独才名重八厨。乙丑闰五月八日长水塘舟中，寄题寅昉道兄澂山检书第二图，即依外舅东洲先生题图诗韵，奉呈吟坛教正。子俊弟吴观礼未定草。"

海宁蒋佐尧（宾日）《丙申书目记》：

　　余家先世素好藏书，至主政公（蒋寅昉）博综今古，于书尤癖嗜，每遇善本及世所罕有者，辄不惜重值或转辗传抄而得之，以故储藏益富。咸丰庚辛间洪羊（杨）陷两浙，余家避兵武昌，而以群籍置潋山祠宇中。海盐朱子信先生嘉玉，笃行君子也，时移居南湖之夏家湾，距余家祠宇甚近，偶闲步见所藏书，大喜，遂襆被宿于祠之楼，晨夕寻览，其有纵横错乱者，悉为排比而整齐之。既竣事，以所录草目见寄，盖是时潋山犹晏然也。未几寇至，朱先生无踪耗。主政公念先人邱陇，命仆附轮舶抵沪，间道赴潋以觇之，则松楸无恙，而书已惨被蹂躏矣。乃携至鄂中，发箧检视，凡为草目所录者，约计少十之三四，且其中更多残缺不全之本，致足惜也。

余唯洪羊（杨）之乱，旧籍已毁于兵火者，殆十倍于祖龙。以余所闻，近唯钱唐丁氏，归安陆氏藏书称最，余家虽不如远甚，而回首当年转徙千里，舟车之费数百缗，而此数十箪劫余之卷轴，至于今幸而得存，则皆由主政公爱书若命，而为后人者宜何如珍重而宝贵之哉！余虑夫不善藏弃久而为虫鼠所剥蚀也，值昼长无事，因与诸子重加整理，并于书箪加扃键焉。唐杜暹云："鬻及借人为不孝。"所愿世世子孙，能读则读，不能读则共凛杜暹之言，守而勿失，庶无负主政公购藏之苦心，是则余之所厚望也夫。簿录既竟，爰书此以示我后人。光绪二十二年（1896年）丙申夏六月中浣邢野老农识，时年五十。

海宁蒋光焴（寅昉）《亦秀阁藏书目记》：

此草草不成目，几不可阅，幸有朱编一本，颇为详审。光焴得见故书，如旧相识，约略记忆十不失一，可谓万幸。然以后之能保光泽与否，正不可知，如此风尘飘流何底。今则姑求其向所常阅之本，携诸行箧，重赖良朋检书寄远，其他之存于故山者得有所托，又为幸之幸者。阅此，识数语于后。九月初六日西涧主人自记。

光焴好蓄先秦两汉古书，今检此目，则世德堂六子与元刻纂□□□未得见，为之怃然！又《明文衡》现在目中，及研朱点识，遍翻□□□□□书年半，心粗气浮，握笔为诗文，亦详则冗长，简□□□□□患而仍不能自振，益自危耳。光焴又识。

山中之书，橱者，柜之漆者，皆旧存于祠者，囊者，束者，皆预□□□□□□□好无阙者。唯柜之新者及束之散集者，则自衍芬老屋□□□□□□四史经解汲古诸书大都皆全，所阙者皆小种耳。又单□□□□□抄本及单行本之希有者，亦有无用单本书随□□□□□□稍有缺本，当是单本单订，易于散佚故耳。

海盐朱嘉玉（子信）《西涧草堂书目跋》：

辛酉三月，邑城再陷，予移家南湖之夏家湾，乡居寂寥，暇纵步湖干，循堤而北，得蒋氏墓庐所谓西涧草堂者，巍楼孤峙，枕山面湖，藏书甚富，意甚乐之。遂偕蓉江陈君暨予侄福祁，襆被往登其楼。则篚者、椟者、囊者、束者，纵横纷沓，莫可寻览。既移榻展席，相与排比整齐，签别而簿录之，凡三旬而毕事。

余生平性癖爱书，家贫不能购。近东南数千里半罹兵火，自金陵、维扬以迄吾郡，储藏之家，汗牛充栋。贼所过拉杂摧烧，甚或投诸粪秽，至惨且毒。独主人深匿重闭于萧条寂寞之滨，安然无恙。而予与二三好事犹得于患难之余，读未见书，消遣世虑，岂不幸哉！录草目毕，爰书此以念草堂主人。咸丰十年四月武原朱嘉玉识。

　　录草目未竟，旋以乡民起义不成，我乡痛遭贼祸。入山不深，行将他适，爰复握管补录，匆匆未及细勘，然大概无有遗焉。外碑版数百种，又残缺及不入簿录之本，各贮四箱，细目分存箱内。五月二十五日子信书。楼上书箱均无遗失。内《晚学斋集》《阴骘文图证》，俱有十余部，为友人索去一二。并识。

海宁查燕绪（翼甫）《外舅蒋寅昉府君行状》：

　　府君讳光焴，字寅昉，一字敬斋，浙江海宁州人。宋时有讳兴者，随高宗南渡至临安。官儒学，迁盐官，府君之十九世祖也。曾祖讳云凤，字简斋，太学生，妣王氏，生妣叶氏。祖讳开基，字淳村，候选兵马司吏目，妣管氏、钱氏，生妣金氏。考讳星纬，字潞英，太学生，妣李氏、徐氏。本生考讳星华，字霁峰，候选布政司理问，妣曹氏。祖、考皆以府君官赠奉直大夫，妣皆封赠宜人。

　　府君生弥月，以祖淳村遗命即育于徐宜人，

距潞英公之殁十稔矣。四岁而霁峰公又卒，无他子，及欲以府君还后所生，而于所嗣为兼祧小宗，以服期年之律，议久持不定。及两母莅旨下，府君既定为所生后，而痛抚育之恩之无以为报也，于是事徐宜人益谨，而益刻励于学，冀得成名以彰母氏之善节。尝两应乡试不售，遂弃举子业，访购群书，专事记读，不斤斤于宋元旧椠，而多蓄有用之籍，博采兼收，以期其备。于是金石、灵素、天算、地舆诸书，罔有弗储，罔有弗披览。

咸丰庚申（1860年）、辛酉（1861年）间，府君奉母辗转移徙，然必以所藏书自随。始渡江至绍兴寿胜埠，稍稍休息。遂由宁波航海以达于沪，后溯江而去，至汉口，隆冬大寒，苟谋卒岁。明年壬戌，为同治纪元，府君以元日移家至武昌。适阳湖张仲远观察曜孙有事将东归，以寓屋让，遂赁居焉，而偕之行。二月，谒曾文正公于安庆。公知府君之携书多也，从之索扬州书局刊本《五韵》及郝注《尔雅》，府君皆应之，公纂楹联以贻曰："虹穿深室藏书在；龙护孤舟渡海来。"以见其好书之笃，守护之力，有非寻常储藏之家所能逮也。燕绪从府君武昌二载，亦尝受书若干种，虽皆常行之本，顾由此朝夕翻览，以得读书之径，则一生之受教府君者为不鲜也。癸亥四月，武昌张廉卿先生裕钊主讲郡中，府君既与莫逆交，遂使燕绪与其中子佐尧往从学焉。

府君之始客鄂也，严渭春中丞树森方开抚鄂中，而朝邑阎文清公敬铭为按察司，闻府君名争先就访。而文清公常以其暇日来观书画，府君所携有北宋董北苑源《夏山图》真本，而国初常熟王石谷翚，武进恽南田格，多有钩临之幅。文清公属秀水陶锥庵布衣给源重摹藏之；而严公与督粮道仪征厉公云官，盐法道武进盛公康，亦各谋临本以归。及甲子春，府君陡患痰疾，猝不得良医。会王师新克杭州，其家遂以东返。其夏五月抵硖石，老屋洞穿，不可以居。遂舍诸濮桥朱氏。朱，故府君之旧好也，讵意丧乱以后，其乡乃沦为盗薮，一夕，盗突门入，取财物殆尽，而《夏山图》三幅及宋蔡忠惠公手书《茶录卷子》皆被劫去，多方购求不可复，府君至深叹惜，谓屡经兵燹，屡涉江海保护而无恙者，一旦失之乃在离家至近之乡，岂非物之存亡实亦有数焉寓其间耶?

秋七月,返于硖石。府君屏居养疴,延海盐张铭斋先生鼎课其诸子。而眷念故交,如同邑许珊林太守槤,辛木柱政楣,仁和邵位西比部懿辰皆前卒,嘉兴钱警石、秀水高伯平两先生亦相继俎谢。独江宁汪梅村先生士铎从府君假《肇域志》归休于家,闭门著述。府君以庚午之春就其家见之,时曾文正方督两江,开书局于冶城山麓。乃以四库遗书之宜采者,委府君至杭收集焉。

生平以孝义自持。嗣母病笃,潜刲肱疗之。其遇邑中水旱偏灾,必倡为赈救。丙辰夏大旱,府君拟重浚平湖横桥堰泄水以济,虽中阻挠,率仅开近处一二小堰以引北来之水。而冒暑履勘,劳身糜费,曾不自计。其他义举称是。始以奖叙为大理寺评事,后乃加主事衔。而尽以其杂输之款,移奖于戚友,盖府君之淡于荣利而不求仕进者,其性然也。洎岁壬戌,余姚朱久香先生兰督学安徽,假道湖北,遇府君于武昌,将以孝廉方正荐诸朝。府君力却之,至再至三而止。其时,燕褚方侍于侧,亲闻其言论,至今思之,犹如见府君之高风亮节,不可以一世求之。及归里中，以图史自遣，或就欧、颜帖随意临摹，亦偶法《峄山碑》作篆书，取自适志，未尝求以是名也。丁丑以后，遂寓苏州，家事一不可问。而独命以桐乡田千亩，仿范文正公遗法立为义庄，并自作文为之记。配唐宜人洞明大义，力赞成之，规模粗定而遽卒，非其诸子之贤，几何不废然而中沮也。

所著有《敬斋杂著》四卷、《诗小说》一卷。所刻《诗集传音释》《孟子要略》《段氏说文解字注》《葬书五种》《洄溪医案》、徐批《外科正宗》、嘉兴钱仪吉《记事续稿》、元和陈克家《蓬莱阁诗录》等书，校雠精审，与别下斋诸刻相埒。而元罗中行《诗集传音释》，则以明正统本及胡氏一桂《诗传纂疏》、朱氏公迁《诗经疏义》、许氏谦《诗名物钞》为主，参之史氏荣《风雅遗音》，而益以他籍，校其异同，尤称为明以来最善之本云。

府君生道光乙酉（1825年）正月十一日午时，以光绪壬辰（1892年）五月望日时加午卒于苏寓，享年六十有八。唐宜人前卒于丁亥正月二十日辰时，其家即于是年十二月合葬于海盐澉浦鸡笼山麓。男子子五人：长振埠，附贡生，江苏试用布库大使补用知县加同知衔，娶秀水沈氏；次擢翘，早卒；次佐尧，岁贡生，选用训导加国子监典簿衔，娶秀水杨氏，继吴县郭氏；次学培，附贡生，湖北试用县丞，娶吴县徐氏，继海盐朱氏；次望曾，州庠生，议叙员外郎，娶同邑孙氏，继秀水高氏。女子子三人：长归于燕绪；次适海盐沈师恭；次适同邑汪元音。孙六人：铸颜、钦顼、鉴周、锡韩、述彭、志点。孙女三人。曾孙一人，曾孙女一人。例得备书。

光绪癸巳（1893年）正月受业子婿日本横滨从事官拣选知县同邑查燕绪百拜谨状。

秀水（今浙江嘉兴）沈濂（莲溪）《题蒋寅昉评事光焴听松图二首》："松风听不厌，妙手写成图。老树层阴合，遗碑两字摹（卷首装李阳冰小篆'听松'二字，碑在惠山寺）。琴心清若此，诗意澹如无。想更禅房憩，煎茶响竹炉。""昔在润州日，群斋君肯来。赌棋争落子，射覆引深杯。六代感今昔，一江催往回。锡山纪游迹，归兴亦悠哉。"

秀水沈濂（莲溪）《与寅昉围棋连日赋此》："性癖他少嗜，围棋羡中正。清簟长日消，灯花夜阑更。蒋子有同好，角艺气豪横。卑伏沉远思，争先出锋劲。有如行兵然，一鼓肃军令。岂甘巾帼遗，坐使风不竞。老病卧江湖，嬉游适天性。壮图百无有，甚惭陶士行。”

江宁汪士铎（梅村）《奉题寅昉先生故交遗翰卷子》：“桐阴炎歊清，展卷仰耆耇。遥知主人贤，宾客集尊酒。文字金石搜，学术汉宋剖。雅故宗三苍，简册聚二酉。它年志文苑，灿若星环斗。西风吹红巾，毛面夸身手。宛转沟壑余，或不得中寿。东南文献邦，大吏昧武守。烽燧一以燔，千里等摧朽。余生景熔彦，较业奈培塿。端策得咎征，饰巾步厥后（昨以伊川先生《易传》自筮，得‘八月有凶’及‘厚下安宅’之爻墓象也。昔郑君合谶于龙蛇，谢公兆祥于己酉，死生有命，非所恤也）。罣如始其息，在斯某与某。遗书未写定，何言时不偶。寂寞装池人，相期缀下走。同治元年（1862年）夏五江宁汪士铎。”

《题蒋吟舫光焴新得厌胜钱拓本》，嘉兴钱泰吉（警石）：“六册集自胡伯始（嘉善枫泾镇胡朗山），流转乃及江夏黄（嘉兴黄调夫。‘万事不理咨伯始，天下无双江夏黄。’册中张叔未题语）。今者又入蒋生手，我幸得见钱中王（分书‘钱中之王’四字亦厌胜品，在第四册）。花纹字迹肖纤悉，方圆轮廓摹精良。未宅其物以意造，志古免笑洪鄱阳。我乡钱谱数金氏（岱峰大父研云先生），迤来共说新篡张（叔未翁）。正品伪品尽罗致，厌胜之品无此详。天下太平国之瑞，宜尔子孙家之祥。联翩吉语寓颂祷，是令见者乐未央。或云清风泾咫尺，暇日惜未一苇杭。钱品不见见此册，如以画饼充饥肠。我思文人讲经济，空言无实多渺茫。比闻绘图议宝钞，取法宋元更汉唐。欲停鼓铸禁私造，桑皮尺半钤印章。纸上空谈阿堵物，吏胥作伪能周防。终与是册半无用，而此犹足供评量。纷纷著论竟何益？承天柱石在庙堂（承天柱石，亦册中钱文）。冷斋放言亦无谓，一钱不值徒猖狂。开函忽睹金人像（第二册首有金人像），搁笔缄口心彷徨。"

《祭蒋君淳村文》，秀水李超孙（奉墀）：

　　呜呼！自壬戌岁，君以其长子星纬聘予之次女，遂接姻好。虽不获以时过从，而书札通问，往还靡间。辛未冬，请期有日，乃以女归之。由是予数至硖川，逗留信宿，剧谈快饮，情好尤密。每于花晨月夕，开清樽，招近局，射覆拈阄，至中夜未阑，继以诗篇酬唱，为一时韵事。

　　癸酉冬仲，予女病殁。遗一子荣，生未弥月，赖大母抚视，爱育备至。无何，甫周晬而又天矣。是岁甲戌，君延予至其家，课予婿星纬，晨夕周旋，复以次子星华寄名于予，情好如故。讵料小春之初，予婿又暴疾猝亡，予与君中肠摧裂，痛定思痛，至于眼枯再泪。自后君常郁郁不乐，而综理家务，无问巨细，仍躬亲其劳，一无倦色。

家藏书史甚富，熟于前代掌故，对宾客议论澜翻，至不能穷诘。

素饶于赀，其贡库出纳必平，或母不抱子者有之。且遇里党之饥无食者输以粟，寒无衣者给以袄，贫不能殓者予以棺椁，积德于阴，人故有所不尽知。

性鲠直，而辞色出以和厚，虽肮脏者且心下之。

不幸长子早丧，次子星华年甫十六，见其断断就塾，书法出入颜柳间，以是肆力于学，即取科名不难。其食□固宜有后。

君年逾七十，步履恒健。每岁当严寒时，或倦卧减食，春和即安。自去冬病作，交眷忽变痁，遂致不起。（后略）

《题海昌蒋远漠（淳村）翁听泉图》，嘉兴钱泰吉（警石）：

此海昌蒋远漠翁六十七岁小像。画者梅里王润松崖，其祖斌、师周尝为张瓜田征君画戴笠图，著于《画征录》。师周之子镜香居士肇基尝为先曾祖文端公画直庐问寝图。松崖镜香子也，能传家学。晚岁为先从兄学山广文及余写小照一幅，渲染尤工。

咸丰辛酉秋，远漠翁孙寅昉，与余同寓慈水，奉示此图。余得见翁在此画前数年，至今可想见其闲适之境。后二十余年得见王君，悉其家学。今则及见翁与王君者，无几人矣。因识画侧，俾蒋氏子孙知老人虽一时寄兴之事，亦必托之妙手为不苟也。

重九后十有四日，嘉禾甘泉乡人钱泰吉手缮于慈溪县校士馆，时年七十一。

海宁管庭芬（芷湘）《题听泉第二图》："空山无人，潭澄黛绿。泉声冷然，漱珠跳玉。松篁交翠，爽籁韵谷。茅亭静坐，领此清福。淙淙细响，若和琴筑。云水交飞，雅继芳躅。嘉庆乙亥（1815年）夏仲，梅里王松崖丈曾为淳村姑丈大人作《听泉图》，雅寄高致。今寅昉贤表先生属写第二图，并附题作句，即奉雅鉴。时同治戊辰

（1868年）冬仲长至日，芷翁管庭芬，时年七十有二。"

海宁曹宗载（桐石）《蒋淳村招同吴榕园、家庐峰集饮李氏梅园》："欲访逋仙泛野航，古园风景未全荒。烟横曲径迷晴雪，枝老空山傲冷香。高士暮年浑写照，素心对酒不嫌狂。醉酣莫便催归棹，冰玉玲珑晃夕阳。"

李超孙《解烦戏作，时馆硖川蒋氏汰六轩课予斅潞英》："几坐小轩中，以书为消遣。终日轒昏昏，其故浑莫辨。我心本匪石，乃同石之转；我心又匪席，乃似席之卷。岂必感百端，顿填胸膈满。有如荆门营，突阵以锯限；又如秦川军，霆击而电闪。若翻黄河水，陡决千里黩；若烈昆冈火，勿腾万丈焰。乱如披榛莽，蒙茸不可剪；疾如扬风沙，蓬勃骤难掩。问心何以然，心亦无所歉。严侍虽龙钟，日长犹健饭，啖以肉一胖，饱以饭两碗；夜酌对蒋侯（谓冰壶），乘醉枕为伴。了无罣碍存，犹是瓜葛串。何弗豁然开，使我心花苍。"

李超孙《四月晦日，淳村主人招同陈简庄、吴榕园、曹庐峰桐石听彝斋雅集，分赋得乐字》："日归复日归，准拟五月朔；主人前致词，且未遽装橐。今已命庖人，剪蔬治杯杓；况招素心俦，皆君所契托。藉叙酒一樽，朋来不亦乐。主人颇谆谆，予亟应曰诺。念我与主人，意绪常作恶（时予次女暨婿潞英已相继殁）。欲开主人颜，宜共主人酌。删去礼繁苛，真率以为约。鲸吸无留停，夕阳已西落。醉卧凌清晨，招招不厌数。长水一帆风，快哉篷神脚。"

《闻淳村病柬寄》，嘉兴李超孙（奉墀）："山中高士卧，药录问桐君。应思宿痾起，未将芳讯闻。空庭迟月落，香草记兰薰。怊怅情无已，凭缄付雁群。"

《先继祖妣钱太安人行述》：

……太安人为嘉兴邑庠生钱芝庵公讳湄孙女，锡蕃公讳庆升女。……为我大父淳村公讳开基继配。……迨道光元年（1821年），淳村公捐馆舍，先考霁峰公年十六……八旬老健，神明不衰。……是年，买别墅于禾城金陀坊，莳花叠石，小有园林，我两母奉太安人休夏其中。……海盐中泉里为钱氏旧村，太安人母弟蕭璜先生世居焉。二月中旬，太安人再过祖居，望南楼遗址，徘徊瞻仰。曰：我不意活至八十二岁复得至此。慨叹者久之，十日归家。……太安人卒于咸丰三年（1853年）五月十五日辰时，距生于乾隆三十七年（1772年）二月初五日寅时。享寿八十有二。……

不孝承重孙蒋光焴泣血稽颡谨述。

《祭蒋母钱安人文》，嘉兴钱泰吉（辅宜）：

唯钱与蒋，累世重婚，蒋女归我，宗伯之孙。……其于宗伯，兄孙季女。……我见淳村，年才弱冠，安人长兄，我侍书案。岁时翁来，采山亭畔；频共我师，饮食衎衎。今四十年，旧梦未断。我官海昌，翁已云亡。翁之次子，安人所生；协我宅相，以宏家声。我折辈行，呼之曰甥。……甫逾一年，我甥已矣。四岁遗孤，哀哀何恃。……安令兄，不独我师，我众之贤，众所共推。晚岁萧条，唯妹是依。……

书节孝徐安人感应篇小楷卷……至卷中楷法端庄，点画不苟，人以是重安人，抑犹未足为安人重也。寅昉，姐之孙，节孝嗣子。敦善行，好读书，为能承其先人之志者。咸丰甲寅（1854年）四月二十九日秀水女史钱斐仲敬跋。

《祭蒋霁峰文》，海盐吴应如（榕园）：

年十七受室……族兄冰壶曾为君童子师，刻遗集以广其传。堂兄梦华，贫难卒岁，犹不言钱，欲周之，□其怒，袖金躬诣，而婉致之。其殁也，报以文房为筑五研斋以志其遗爱，君之高谊雅怀概可想见。早工篆隶楷法，力追汉晋；写花鸟人物，得北宋人意，时下名手笔墨无当意者。间与人弈，精思所触，都暗合于谱，遂罕匹敌。……既冠之后，专攻金石文字，《集古录》《金石录》，下逮《金石粹编》诸书，默识心融，洞见底蕴。手摹汉碑数十通，将勒诸贞琅，其余书画遗迹，散布人间……君卒之岁，少于王辅嗣一岁……

钱泰吉《题蒋霁峰遗照》：

　　余甫弱冠，因吾师特斋先生得识淳村翁，及海昌，与霁峰数往还。霁峰偕沈雪门过学舍，语甚欢也。未几，霁峰下世，余为哀词，存拙稿中。咸丰壬子（1852年）四月，寅昉奉遗照属题。霁峰之殁逾二十年；特斋先生墓有宿草；雪门殁已逾年矣。呜呼！人事之转移，倏然无常，而积善余庆，久而益著。蒋氏累代忠厚，有德于乡。寅昉善承先泽，致欢重亲。霁峰虽早世，其所留遗者远矣哉。

秀水钱众朝（晓廷）《奉题霁峰贤甥遗照为吟舫同学赋》："君母我从姐，君我所自出。令子及我门，三年共占毕。于君谊最亲，知君讵不悉。君质远过人，君才近无匹。结交多老苍，谈论时冰雪（吴丈榕园，张丈叔未，李丈千潭，徐丈籀庄，皆与君为忘年交）。义重钱刀轻，亲朋顿周恤。岂唯行谊醇，亦见嗜好别。积书动盈架，缥缃粲分列。砚材搜瑰奇，鉴古穷豪发（君好蓄古砚，以梵隆写经研为第一，有五研斋。其他彝鼎书画，见辄购藏）。……""纸上有英气，秋风悲怒涛。天留一子嶲，人与两山高。几砚剩尘梦，诗篇珍等曹。空余怀旧意，白发鬒萧骚。海昌碤石霁峰蒋兄长身玉立，倜傥不群，人咸以远到目之。甫二十余岁而殁，可哀。令子寅昉，绮岁能文，天其钟焉而有后乎？以余为昔忘年友也，属为诗。道光二十七年（1847年）丁未六月十七日嘉兴竹田里，八十岁老者张廷济叔未甫。"

秀水陈铣（莲汀）《题蒋霁峰遗照》二首："一庭梧竹冐秋烟，满架图书手自编（君藏图书，彝鼎亦富，每得佳玩，必携以相质）。凭让后人勤护惜，虹光不数米家船。""忆昔相逢甥馆中，廿年人事叹匆匆（吾宗补笙明经，书巢外翰，皆君道义之交，均归道山矣，风流云散，前尘如梦）。而今画里容颜似，无复樽前笑语同（养疴桐溪，犹与余赏析无倦色。疾亟归棹，扼余手曰：后会难必耳。今令子寅昉以君遗照索赋，怆怀靡已）。"

嘉兴徐同柏（少孺）《题蒋霁峰遗照》："金石论交信有缘，紫薇山色故依然。岐阳邀碣兰亭序，旧话重提廿载前。哀鸿孰与稻粱谋，几度丁溪事泛舟。难得仁人还有子，家田续命傲刘侯（君别业在吾里，义举辄咨之。谷水水菑，令子输粟倍前）。"

《夏日集蒋霁峰五砚斋小饮》，海昌祝德舆（南筠）。

《蒋母曹太安人五十寿序》，秀水沈濂（莲溪）："……蒋氏世以清德闻。余弟洛为蒋氏婿。余及见兵马司吏目淳村先生，布政司理问霁峰先生，今于大理寺评事寅昉，三世矣。……（略）"

李超孙《岁乙亥，外孙荣甫三龄，猝于四月十五日大殇，二十八日为佛家二七，以诗伤之》。

海宁劳庭桢（幼香）："寅昉仁丈乡大人，我浙大儒也。辛酉冬避乱江汉间，而异乡小住犹推重公卿，且往来尽名下士，具见才学素著。惜桢以官辄驰驱，只两获瞻韩，心常怅怅。兹于癸亥三月，将作南旋计，用特谨占斯言。乍又闻为渭春严中丞屈留，则常侍之愿，良可偿矣。尚求大斧正之。"（诗略）

"甲子春中，寅昉蒋君奉其太夫人归里，诗以志喜。

即请正之。江宁愚弟汪士铎呈。"（诗略）

"得海昌蒋寅翁书，作诗代柬。弟山阴沈宝森未定草。"（诗略）

"丁卯初春，探亲赴浙，便访寅昉仁兄大人于盐官，殷勤话旧，相得益欢，爰作别赋四章奉求坛政并呈郢和。鄂城佩珊弟龙霜未定草。"（诗略）

"寅昉，先生大人教正曹清源拜草。"（诗略）

祭外姑唐恭人文，查燕绪（翼甫）："……甲申夏遭回禄。……"

查燕绪《秋夜有怀拜彤宾日昆仲》："西风吹上白头新（去春以来余发渐白），四十年来迹渐陈。骨肉都伤同产尽（君兄弟同产十人。今唯存二人。余一兄两弟一妹亦皆逝），朋侪难得异乡亲。与君论家从前事，叹我躬谁恤后人。随意裁诗笺远寄，那堪重话旧时春。秋夜挑灯独坐，有怀拜彤三弟、宾日五弟昆仲，率成小诗，录请敲正。情词凄楚，不自知其言之至是。遇秋而秋，亦自然节奏也。姐婿查燕绪杞亭初稿。"

查燕绪《哭蒋拜彤内弟四首》，海宁查燕绪（翼甫）："沪滨相见岁逢辛，忽忽韶光四十春。烽火逼人流楚鄂，丝萝缔我胜朱陈。天寒忙蹴三江浪，风急同驰千里轮。回首武昌初到日，与君都是少年身。""移江元日渡江行，黄鹤楼边好驻旌。齿后两年呼作弟，礼先一饭愧为兄。相依楚岭抄书史，共盼吴天洗甲兵。待到上元开景运，君归梓里我苏城。""频年甥馆客吴门，时向元都着屐痕。秋踏槐黄同鼓楫，春呼茗绿与开樽。自从风木悲先垄，遽恋烟萝到故城（园）。我正浮槎东海去，闻君还复鼓庄盆。""归来移棹紫薇边，一阅无端阅六年。陶写天真君有语，脱离尘俗世无牵。宁知末景耽游日，遽赋平原叹逝篇。真个人生似朝露，教侬涕泗欲如涟。"

节录查燕绪《宾石蒋君家传》：

君姓蒋氏讳佐尧，字宾日，号邠石。浙江海宁州人，余妻之母弟也。世居州东硖石镇。……同治壬戌（1862年）元日渡江赁居于武昌巡道岭，旋延吴江李泳裳先生葆恩于家，使余与君昆弟受业弦诵久之。时先生（寅昉）新自溆浦初中移书百簏至于鄂，而授余等以读书之法，俾不迷其径途。……遂在汉口且谋卒岁。及癸亥春，而仍还武昌，及令余与君至勺庭书院同从学于武昌张廉卿先生裕钊之门。至秋八月，并负笈往依于院，余与君同居后室，朝夕攻错，而业大进。……君家旋归硖石，而余承命往溆浦延张铭斋先生鼎主其家课君兄弟，而余旋来苏州，略问业焉。乙丑之岁，余归与君应童子试同入州庠，又同应省试，越丁卯、庚午二科，始归应岁科试，余以经解三膺首列，而君文艺属冠其曹。先于戊辰饩于庠，而屡困于乡试，仅于己卯备取优贡而已。乙酉报罢，遂不复试，年未四十也。……其楷法能参钟、王、欧、颜，而得其神似，此非特传其家珍，亦可以传为世宝也。……及岁丙午，君年跻六秩……讵意至十二月望……竟以二十一日时加卯遽捐馆舍而才及六旬……君殁后数年，以任尊讳（彬日）宫户部员外，赠中宪大夫。所著《宾日楼诗文集》若干卷藏于家。……丁巳九月癸卯姐婿同邑查燕绪杞亭拜撰。

"奉题宾日五弟四十七岁小影，癸巳中元后五日，姐婿查燕绪拜稿。"（诗略）注："余自游日本，君书至，笔力益遒劲。余自东来，所著诗文曰《袖东集》者约可四五卷。"

"丙午重九，得宾日五弟来书，以六十述怀诗六章寄示，即赓元韵奉祝。初稿未定，先行录呈。有未惬处，乞为指正。俟届腊月中浣诞辰，再当擘笺手缮为寿，亦藉以叙吾二人之旧也。"（诗略）注："先外舅（寅昉）刻元和陈梁叔先生《蓬莱阁诗录》于鄂城，余与君同校字焉。令子游学日本（指锡韩）。"

查燕绪《蒋君溉根墓志铭》：

> 君讳学培，字溉根，一字陔赓。……越岁戊辰，补博士弟子员。……君虽自精于医，数为人主方，治疾皆效。独自疗竟不瘳。遂以今年正月十七日告终于家。距君之生道光庚戌（1850年）五月二日，春秋四十有三。……生子述彭……敕授文林郎拣选知县日本横滨从事官同邑姐婿查燕绪拜撰。

《海宁蒋君肖鳍墓志铭》：

> 君讳望曾，字肖鳍，一字啸淇。本宜兴蒋氏，先世随宋南渡，至浙江，遂为海宁州人。……既为诸生，辄弃帖括，求进于古人，而鉴别金石，尤有独识。其家故藏有鲁公《忠义堂帖》八卷，君愿推他产于诸兄而独受此帖，于是朝

夕临摹，求其神似，故其书与诸学颜书者不同。既又由颜追虞，肆力于永兴昭仁寺碑，参以小篆，所学既益进。……而医学大进，不守一家之说，而能推见古人之意，往往诸医束手而君犹能生。……父光煦，大理事评事，议叙主事，与其从兄光熙并博雅广闻；多蓄古籍，世所称寅昉先生者也。……及革，家人因与援例得议叙员外郎，而君遂以十月丁酉朔时加巳卒，是为光绪十六年（1890年），距其生咸丰六年（1856年）四月旬有七日卯时，春秋三十五。……乃以君同产兄子鉴周为之嗣。……文林郎拣选知县出使日本大臣随员同邑姐婿查燕绪撰文。

《海宁蒋君肖鳍家传》：

……余己丑秋试，于次三场字体皆作古文，说文不足，则别取奇字，场屋仓卒间亦阑入道书，及刻行卷，君为是正，悉绳以六书，余揖谢，以为江鲸涛无以过也。……君从父生沐先生富藏书，以别下斋名海内；寅昉先生所居曰宝彝堂，庋藏与之埒。……赐进士出身，翰林院编修、武英殿协修、国史馆协修、功臣馆纂修，陕西学政秀水表弟沈卫拜撰，时年八十有三。

《哭从弟肖鳍蒋学坚》（诗略）。

江山刘毓盘（子庚）《候选翰林院孔目蒋君墓志铭》：

君讳钦顼，字谨旃，浙江海宁人。曾祖星华，候选布政司理问，姚氏曹。兼祧曾祖星纬，太学生，姚氏李、氏徐。祖光焆，候选大理寺评事，姚氏唐。父振墀，江苏补用知县，姚氏沈。本生父佐尧，岁贡生，候选训导，姚氏杨，氏郭。皆封赠如例。

蒋氏自宋南渡后居海盐，数传迁海宁之硖石镇，世业商。评事公之诞生也，太学公已先卒，徐宜人以舅姑命育为子。四岁理问公卒，苦无子，久之，二母莅旨下，定还后所生，于所嗣为兼祧小宗。乃自奋于学，冀得奉嗣母鞠我之德。时方构粤乱，倾资以蓄书，所藏宋元本及名迹尤伙，以博雅闻一时。训导公复为武昌张廉卿先生讳裕钊都讲弟子。君幼禀两世训，本生姚杨恭人，秀水杨利叔先生讳象济女辅之。

年十五，毕九经，十九祖命后大宗，及为秀才，为庠膳生，援例为候选翰林院孔目。迭遭祖父母、父母、本生父母丧，君痛世之无良医也，兼治灵素学，数起危疾，而不有其功；于经史无不窥，而慊若不足焉。……别构藏书楼数楹于东偏，严其扃钥，约非大合族不得登。立法简而备。……其所撰述，唯《衍芬草堂书目》在。其于诸老辈与其先世论学函札，虽残损必宝而勿失。……君生于同治壬申（1872年）八月十五日，卒于丙寅二月初一日，春秋五十有五。元配氏叶，继配氏徐。子燕诒，叶出；虢修，兰征，女四，幼，徐出。孙祖同、敦复，燕诒出。……

……文凡九阅月十易稿，自以为可矣，再三观之，尚有繁简失当处，反复数日，删改约数百字，此十一易稿也……丁卯新正月四日，江山刘毓盘子庚并识。

从周按：虢修更名震如，兰征易姓名为丁穆，敦复易姓名为唐志刚，皆弱冠参加人民解放军。全国解放后返里，老母已古稀之年，至九十一岁去世。长女、三女未嫁。次定适从周，季女适宋伯钦。孙立军，震如出。

丁乙，丁穆出。

沈保儒（定九）《祭蒋谨斿表弟文》：

蒋氏与我家世为姻亚，君故余表兄弟行。
其尊人宾日表伯有丈夫子五：长卓扶、三藻新、
四觐圭、五子撰，君其仲也。少有文名，早青
其衿。旋以试优等食饩于庠。余姑见背无嗣，
余姑丈拜彤公以君为后。……君家藏书富，别
下斋名闻海内。君固又能世其家学者。顾秋闱
屡踬，竟以泉石终老，何君所遇之啬遽至是
耶。……壬子，余弟衡山（钧儒）长浙江教育，
君曾一度掌会计。时余母正迎养在杭，君常侍
余母徜徉六桥三竺间，扶持调护，虽子侄弗逮
焉。此余母尝为余言之。……迨次年，余母在
沪寓病危，君又亲来助余兄弟料量汤药，乃疾
终不能起。复为治理丧务，井井有条，苫块之
中得以勉承大事，无稍陨越。翙余父余母奉安
窀穸，君又靡役不从；负土经营，必诚必谨。
此尤君之厚余。凡兹大德，镂心刻骨，余今何
日能报耶？……留杭三日，余大儿诰自沪上来，
次儿诚时以暑假，随余居湖上，同侍君泛舟西

161

泠，并作南山之游，犒探龙井、虎跑、理安、石屋、烟霞诸胜。每到一处，大儿为摄一影。君清癯鹤立，在烟霞洞正傍一古佛，君尚戏言曰："余可比美乎！"相与抚掌。……

緦服表兄沈保儒扢泪拜撰并书。緦服表弟钧儒、炳儒；表侄诰、谦、诚、谊，侄婿诚，表侄议、谅、谟……同顿首拜挽。

《寿蒋谨旃表弟五十》沈保儒（诗略）。

沈卫《哭蒋甥谨旃》八首录六："女婴中岁叹无儿，得汝当年喜可知。岂料萱倾椿亦萎，艰难负荷折薪时。　门第双山最有声，宝彝别下各知名。凿楹宁仅藏书富，珍重新编目录成。　忠厚传家有古风，恂恂孝友六人同。那知一个今先弱，玉树真怜著土中。　往岁吾兄疾亟时，代调方剂苦维持。而今自疗竟无术，始信良医不自医。　恶耗俄传半信疑，茫茫天道竟何如。却怜老态龙钟甚，不解伤心只泪垂。　卅年心事久凄凉，最不能堪五悼亡。悔尽劳生甘逸死，烦将此语寄高堂。"

从周按：沈衡山致谨旃先生函今藏浙江省文管会，沈又加一跋。

沈卫《海宁蒋铿又君墓志铭》：

我秀水沈与海宁蒋，夙连姻好，至铿又而为我仲兄子旬公婿，其子翟平娶于林，则又子旬公之外孙婿也，其女又归我从孙诚，其从弟、从子，又娶子旬公女若孙，盖自我本生王母蒋太夫人以来凡五世矣。蒋太夫人于铿又为曾祖王姑，而先妣唐太夫人为铿又之祖姨母，先伯姐又为铿又之世母，昏媾磬牙，几至不能缕析而指数。……君讳述彭，铿又其字。杭州府学附生……父讳学培，字溉根……以别下斋著闻于世者，寅昉公从兄生沐先生也。寅昉公所居宝彝堂，藏书之富与别下垾……寅昉公绩学好士，不求闻达。与我祖莲溪府君及仁和邵位西、嘉兴钱警石、武昌张廉卿诸先生游。子若孙沾溉余泽，莫不以先人之志为志，君从兄谨旃秀才，吾甥也。……复拟辑藏书目，事未竟而遽殇，赖君续成之。……以乙亥十二月二十七日卒，距生清光绪乙酉（1885年）八月七日。春秋五十有一。……子……翟平克世其家，君其可无憾乎。……

钱泰吉《与蒋寅昉论诗书》：

诗不必拘唐宋，宋大家未有不宗法唐人者也。强分唐宋，亦将强分汉魏与唐乎？汉魏特未有近体耳，若五言七言古体，唐之大家亦何以异。尝有人见宋人诗，辄指目之曰："此宋诗尔。"仆应之曰："老杜集中宋诗多矣，试细读之。"闻者皆匿笑。涪翁力追少陵生僻之境，盖欲自立门户，与坡翁为劲敌，不肯作苏门君子也。若当世无坡翁，涪翁或不若此。后山虽瓣香南丰，然亦自辟门径。仆谓两家皆非正轨，固由性之所近，亦因有所畏避，而别寻途辙也。庐陵学昌黎，而不为所掩，舜俞、子美与庐陵鼎立，一则豪放，一则幽淡，与庐陵迥不相同，而各得其性情，斯为能自立者也。半山亦学唐人而自成局面者也。吾尝谓善学唐人者，莫若北宋诸大家；南宋以后，能自成一家者，皆取法北宋而追踪唐人者也。晚唐多靡靡之音，皆由唐人以诗取士。故从事于诗者，专以声调求工，本原之地薄矣。犹今之作时艺者，驰骛于时墨，而于先辈绳尺，皆置不讲。得荣名则有余，安能久远者？学诗者，若沈莲溪之作时艺，于诸家所长，博观约取，斯为善学者矣。要之，大家必有真性情以植其本原。故读诗必当读大家全集，观其自少至老，虽体格屡变，而其真性情则数十年如一辙。若性情所向，朝夕异趣，何取乎为诗？衍石兄谓诗所以持性情者此也。仆少日，先人命读少陵、东坡两家，略知体格。后又读《昌黎集》。弱冠后得三家全集评本，手自过录，梢识门径。杂以科举之学，又喜泛览，未能专心学诗。及至海昌，以病废不能吟诵，于诗益疏。足下以为识途之老马，屡屡相问，聊抒浅见，以备采择，辛勿哂之。

钱泰吉《跋宋刻小字本〈晋书〉》：

　　余先世所藏明人翻宋大字本《晋书》，闻里人有宋小字本，思借以校对，秘不肯出。今乃得见寅昉所藏本，邵蕙西先生亦叹为精美绝伦。"问龙乞水归洗眼，欲看细字消残年。"不知寅昉许我否？咸丰乙卯（1855年）东坡生日，甘泉乡人钱泰吉识于蒋氏五砚斋。

邵懿辰《跋宋刊小字本〈晋书〉》：

世所传《晋书》，自殿板、监板、毛板外，唯明翻宋宝祐本，九行，每行十四字；明藩府刊本，十行，每行十九字为佳，皆大字本也。而西爽堂吴仲虚刊本，方从哲校本、钟人杰本，亦其次者。此本小字十四行，行二十六字或二十七八字，确为华亭朱尚书及季沧苇所藏，今藏蒋寅昉兄处，与警石钱先生获观于思不群斋，嗟赏爱玩，不忍释手。昔亡友金翰皋编修，尝在京师手校《晋书》，成校勘记若干卷，其时汇集各本，未及见此本也。咸丰五年（1855年）十二月十九日邵懿辰谨记。

蒋光煦《宋刊小字本〈晋书〉跋》：

小字《晋书》一百卷，每页十四行，行二十七字，麻城刻划，精审无比。后补钞十九卷，仿宋精楷，与刻本相类，几不可辨。唯首缺序文，似为可惜。向唯上海郁氏所藏《晋书》世称善本。而茗溪书贾曾以一部携示南浔蒋氏，议价未成，亦系麻沙小字，似不能如此本之精。同里马氏亦藏一部，生沐从兄曾从马氏假阅，兄尚记其行款字样，略与此本相垺，然每卷卷末皆有割补痕迹，不无可疑。此本虽无年代可稽，然行款卷次及梓人姓氏，皆与宋椠诸书无异。吾兄爱玩不释，且深赏其抄补之精，命余收藏，其爱而教之之意深矣。兄处尚有十行本《晋书》，亦古本之善者，他日能汇集各本校对一过，以无负兄勖励读书之旨，正未知有此闲暇光阴否？时世路艰难，怨尤丛集。而苕贾邱云山兄弟方自吴门载书而至，因以□□千得之。他书如《孝经纲目图证》，《春秋四传》，李香子先生批本《左氏条贯》，王板《史记》，汲古阁《十七史》，元板《虞道园学古录》，《李二曲先生文集》，皆善本也。计值□□□千，箧中金尽，买书不辍，犹得展观玩味于患难之中，倘亦古人之所许也。咸丰四年（1854年）十二月海昌蒋光煃跋。

商务印书馆精印百衲本二十四史《晋书》：卷首"上海涵芬楼影印海宁蒋氏衍芬草堂藏宋本，原阙载记三十卷，以江苏省立国学图书馆藏宋本配补"，张元济跋："《甘泉乡人稿》称海昌蒋氏有宋印小字本，因浼友人蒋慰堂商之藻新姻丈，慨焉许诺，且以其书送沪，开缄展读，觉所印极精，心目为爽。”

蒋氏衍芬草堂藏书，卷首均钤有下列三印：盐官蒋氏衍芬草堂三世藏书印（朱文），臣光焴印（白文），寅昉（朱文）。

蒋氏（衍芬草堂）世系：

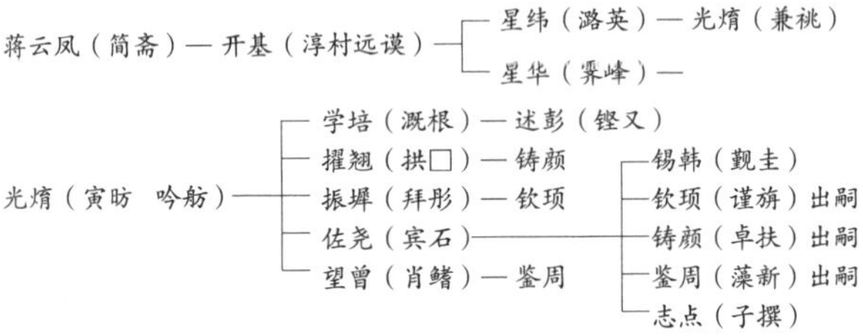

《衍芬草堂藏书楼调查记》：

清代浙江海宁藏书家，自吴骞（兔床）、陈鳣（仲鱼）之后，当推蒋光煦（生沐）之别下斋，与蒋光焴（寅昉）之衍芬草堂。蒋氏于乾隆中叶自海盐吴叙桥左近蒋家村迁硖石镇，以典业起家。别下斋建筑及藏书、藏画，尽毁于太平天国战火中。衍芬草堂与别下斋相比邻，其址在南大街通津桥堍（即今之河东街也），至今尚存，并列为海宁县文物保护单位。

蒋氏自蒋云凤迁硖石后，子分四支，聚族分居于通津桥之东南。光煦为二房后，光焴为四房后。别下、衍芬两处建筑，其始建当在乾隆末叶，为苏南厅堂式，后临河，皆建有暖桥。衍芬草堂建筑原为典当基，故高垣铁门，甚为坚固。以建筑地域而论，海宁州治近杭州，建筑形式与细部手法已是浙中风格，而硖石地近嘉兴，其做法犹染太湖流域之苏南形式，较高级精细之建筑皆延聘香山匠师，此屋应属是类，所用石料大部分为乾隆间苏州金山所产。此端为论浙西建筑所应及之者。衍芬草堂藏书楼在今蒋宅内，大门西向，为金山石制石库门，入内门屋一间，迎面为账房，越天井入门，南向厢楼三间，其后平屋一间。再进有南向平屋两间旧为舂米之所，墙外为河，上有暖桥通吴家廊下。别下斋自焚后，其裔居于此，悬补书新额。自大门内转为大厅三间，施翻轩带北厢，正中有石库门可直通街道（门外有市屋，平时不通，遇有丧喜之事方开启）。厅于光绪十年甲申（1884年）遭回禄后重建。是年曾检书一次，殆因被火致藏书有所纷乱，其检书印，印文为："光绪甲申海宁蒋光焴命子望曾检书记。"可证。悬高心夔楷书"宝彝堂"额，上款为寅昉。高字伯足，号陶堂，又号碧湄，江西湖口人，清咸丰庚申进士，著有《高陶堂遗集》。两署江苏吴县知县，与浙中藏书家颇多往还，曾为杭州八千卷楼主人丁丙（松生）作《丁征君书库抱残图记》。光焴晚年客寓苏州，后病殁是处。此额当书于同时。后进为楼厅施翻轩带两廊，厅划分三间，中置槅扇（落地长扇），左右间前后装支摘窗（和合窗），一如苏南住宅常式。厅中悬"衍芬草堂"隶书额，李超孙书（奉墀、引树），上款为淳村。淳村名开基，子星纬，娶李之次女，光焴之祖也。衍芬草堂藏书始于蒋开基，经其子星纬、星华，大集于孙光焴，故藏书印称三世。楼层为藏书处，宋元旧椠贮于此楼。按蒋光煦与蒋光焴为从兄弟，其盛时版本学家钱泰吉（警石）、邵懿辰（位西）、高均儒（伯平），画家费丹旭（晓楼）、翁雒（小海），金石家张廷济（叔未）等皆客其家。钱著《甘泉乡人稿》《曝书杂记》，皆究版本之作。光煦辑有《别下斋丛书》《涉闻梓旧》《别下斋书画录》，著《东湖丛记》，李慈铭评为：
"……而佚书秘笈，有裨学问为多，较之《爱日
精庐藏书志》《拜经楼藏书题跋记》，盖在吴前
张后，伯仲之间。其中颇载宋本序跋及今本之脱
失者……"别下斋所藏毁于太平天国战火中，光
煦因此呕血而亡。衍芬草堂所藏，始渡江至绍兴，
由宁波航海至沪，复溯江而西，至汉口，再移武
昌，得无恙，并刻《蓬莱阁诗录》。张裕钊（廉卿）
作《东归序》为赠。据蒋光煦咸丰四年十二月
跋宋版小字本《晋书》："箧中金尽，买书不辍，
犹得展观玩味于患难之中，倘亦古人之所许也。"
可证其搜购之勤。书目为其孙钦项（谨旃）编，
述彭（铿又）补成，即世传《衍芬草堂书目》（未
刊）。藏书印印文"臣光煦印"（白文）、"寅昉"（朱
文）、"盐官蒋氏衍芬草堂三世藏书印"（朱文）、
"光绪甲申海宁蒋光煦命子望曾检书记"（白文），
尚有"蒋光煦印"（白文）、"光煦"（穿带印）、"壮
夫小学"，则见于其所书文件上。

　　蒋宅因位于硖石镇大街，后临河，其房屋
朝向面西，为减少夏季日照，故天井皆为横长
形，其旁之厢易以两廊。按浙中及皖南建筑，

即南向建筑，其正屋两侧亦多建东西边屋，或东西楼，其处理方法，即正屋之旁用狭长天井，迎面为正屋山墙，既遮日照又利通风。至于高级住宅东西厢之前用短垣，有时上开瓦花墙，亦同一用意。城倚巨流，镇傍次流，村靠支流，则为过去不变之水乡城镇规划原理。衍芬草堂后进为颐志居，再后为思孔室，其形制面阔皆与前者相同。最后为北苑夏山楼（周寿昌书额），盖藏董源《夏山图》于此。避弄为通两侧诸厅之过道，东首最前为五砚斋，三间南向，悬张廷济（叔未）隶书额。所藏五砚，冠以宋代梵隆写经砚，殿以明代老莲（陈洪绶）香光主者砚（俗称画梅砚，今藏上海博物馆）。此屋原为书斋，蒋光焴父星华时所建。此斋与其后进思不群斋墙相隔，中不开门，须由避弄出入。思不群斋为楼厅三间，施翻轩、挂落、梁柱用材道劲砍杀工整，细部精致，当时迎客之花厅。厅前玉兰、海棠各一，扶苏接叶，花时绚烂照人。额为行书，出钱尔琳（特斋）笔，钱道光元年秀水恩贡生，为钱泰吉族孙，泰吉则又为其学生也。今检藏书题跋，每每提及光焴与邵懿辰、钱泰吉等同会于五砚斋及思不群斋评书品画，且邵氏于咸丰十年三月避地硖石，即举家居于思不群斋，则当时为迎宾之所也。楼上为藏书之用，蒋氏之书本皆藏于衍芬草堂楼上，其后分作三份，宋元旧本仍藏原楼，明本、抄校本及善本藏思不群斋楼上。普通本藏本镇西关厢宗祠书楼，是楼三间，上层作藏书之用。

思不群斋后一进，建筑稍晚，称新厅，亦面阔三间之楼厅，形式相同，唯北厢南廊，而廊上又作楼层，与前者略异。砖刻门楼（台门）极精，额为"清芬世守"，所镌人物台阁计分三层，为其他诸厅者所不及。是进后有楼三间东向，两旁为柴灶间。越门最后有一天井，旁为厕所。末则通河埠矣。此路之东尚有一避弄，其外则为街道。此建筑之大略也。海盐澉浦蒋氏墓庐，名"西涧草堂"，陈铣（莲汀）书额。门首有联"万苍山接北湖北；六秀峰临西涧西"。是处所藏原为光煦祖所遗者，版本较次。载书西行，此处之书未及，略失十之三四，后仍携之西行。朱嘉玉（子信）有《西涧草堂书目》，蒋佐尧有《丙申（1896年）书目记》。蒋光煦所著有《敬斋杂著》四卷,《诗小说》一卷。所刻有《诗集传音释》、《孟子要略》、《段氏说文解字注》、《葬书五种》、《洄溪医案》、徐批《外科正宗》、嘉兴钱仪吉《记事续稿》、元和陈克家《蓬莱阁诗录》等书。元罗中行《诗集传音释》,则以明正统本及胡氏一桂《诗传篡疏》、朱氏公迁《诗经疏义》、许氏谦《诗名物钞》为主,参之史氏荣《风雅遗音》,而益以他籍,校其异同,尤称为明以来最善之本云。从周记。时客同济大学村楼。

俞樾(曲园)挽蒋光焴联云:"万卷抱丛残,当时三阁求书,曾向劫灰搜坠简;卅年嗟契阔,他日一碑表墓,自惭先友列微名。"

张裕钊(廉卿)赠蒋佐尧(宾石):"名父必有其子;老夫当让此人。宾石仁弟。张裕钊。"

曲园为俞平伯(平伯名铭衡,以字行)曾祖,清季大学者。其园名曲园,在苏州马医科巷,予曾调查,图载《苏州旧住宅》。西湖孤山有俞楼。

张廉卿,清季著名桐城古文家,书宗北魏,学《张猛龙碑》极有声于时。予见其为蒋氏所书《东归序》(有二堂)及赠联,俱极精。

卷二

刘士能与梁思成

新宁刘士能师敦桢教授，生于1897年（清光绪二十三年丁酉，旧历八月二十三日酉时）。1968年4月30日，患肺癌殁丁南京。了叙杰，女叙义，大人陈敬（敬之）尚客南京。骨灰葬南京雨花台南面。1973年4月落葬。

新会梁思成教授，1901年（清光绪二十七年辛丑）生于东京。时其父任公先生启超正避地日本。1972年1月9日逝世于北京。患肺萎缩症。夫人林徽音（因），1902年（清光绪二十八年壬寅）生，1928年春结婚于加拿大，其时思成姐丈为该地总领事。1955年4月1日殁于北京。与梁先后同葬八宝山公墓。子从诫，女再冰。梁自林殁后，年六十一，又与林洙（年三十四岁）结婚。

研究杭州古建筑参考书目

研究杭州古建筑及地方掌故等，下列书目可参考。

《西湖史话》，何乐之编写；《西湖史话》，周行保撰[载民国二十四年（1935年）《浙江省立西湖博物馆馆刊》三四]；《杭州都市发展之经过》，谭其骧撰[民国三十七年（1948年）《浙江民众教育》复刊一卷三期]；《都城纪胜》一卷（灌圃耐得翁）；《西湖老人繁胜录》一卷；《梦粱录》（吴自牧）；《武林旧事》（四水潜夫）（以上四书在《〈东京梦华录〉外四种》一书内，上海古典文学出版社）；《钱塘遗事》，元刘一清撰（刊于《武林掌故丛编》）；《南宋馆阁录》，宋陈骙（刊于《武林掌故丛编》）；《南宋临安都市生活考》（上），孙正容（民国二十四年《文澜学报》第一集）；《听雨录》，明陈某撰；《神州古史考》，清倪璠（刊于《武林掌故丛编》）；《武林藏书录》，清丁申（刊于《武林掌故丛编》）；《乾隆四库征书浙江进呈秘笈之七大藏书家》，洪焕椿[民国三十四年（1945年）《浙江省通志馆馆刊》一卷四期]；《纪念杭州耆旧孙康候先生》，张鋆[民国二十年（1931年）《图书展望》第五期]；《孙花翁墓征》，张尔嘉（刊于《武林掌故丛编》）；《钱氏家乘》，钱文选（民国十三年排印本）；《杭州八旗驻防营志略》，清张大昌（浙江书局刊本）；《杭州八旗驻防调查报告》，金梁；《杭州驻防旗营志》，清平山人；《良渚》，施昕更［民国二十七年（1938年）］；《杭县良渚镇之石器与黑陶》，何天行［民国二十六年（1937年）］；《宋修内司官窑青泉碗出土记》，钱白［民国二十二年（1933年）《浙江西湖博物馆馆刊》第一期］；《杭郡庠得表忠观碑记事》，清余懋楝（刊于《武林掌故丛编》）；《旧杭州府学南宋石经考》，张崟（民国二十四年《浙江图书馆馆刊》四卷一期）；《武林第宅考》，清柯汝霖（刊于《武林掌故丛编》）；《两浙防护录》，清阮元（浙江书局本）；《武林旧思录》，陈小蝶［民国十五年（1926年）大东书局本］；《西湖寺院题韵沿革考》，姚悔盦［民国二十三年（1934年）佛学书局］；《翠微亭题名考》，清蔡名衡（刊于《武林掌故丛编》）；《叶舟笔记》，叶为铭（民国二十二年，《浙江省立西湖博物馆馆刊》第一期，内载有《雷峰塔》《清真寺》《头门》等八篇）；《古杭杂记》，元李有（刊于《武林掌故丛编》）；《西湖小史》，明李鼎（刊于《武林掌故丛编》）；《乾道临安志》，宋周淙（刊于《武林掌故丛编》）；《乾道临安志卷首札记》，清钱保塘［光绪四年（1878年）

刊本]；《淳祐临安志》，宋施谔（刊于《武林掌故丛编》，又有抄校本与丛编本异）；《淳祐临安志辑逸》，宋施谔（刊于《武林掌故丛编》）；《咸淳临安志》，宋潜说友（马氏抄本，汪氏刊本）；《杭州府志》，清郑沄修等；《宋临安三志版本考》，朱士嘉（民国二十六年《文澜学报》三卷一期）；《杭志三诘三误辨》，清毛奇龄（刊于《武林掌故丛编》）；《杭州府志》，吴庆坻 [民国十四年（1925年）]；《杭州府志校勘记》，吴宪奎等（民国十五年本）；《舆地纪胜》，宋王象之，清咸丰五年本（此书有记杭州之宫殿、宗庙、官府、学校等）；《说杭州》，钟毓龙（手稿本）（钟郁云先生，杭之老教育家，久主宗文中学，精地理之学，此书计四十二册，其中有桥、寺观、古迹、园林等，为晚近最完整之治杭州史之著作，曩岁曾数见其杖履，老而弥健）；《嘉靖仁和志》，明沈朝宣（刊于《武林掌故丛编》）；《仁和县志》，清赵世安（康熙本）；《万历钱塘县志》，明聂心汤（刊于《武林掌故丛编》）；《钱塘县志》，清魏源（康熙本）；《武林坊巷志》，清丁丙（稿本）；《武林坊巷志序》，清丁丙（民国三十四年《浙江省通志馆馆刊》一卷一期）；《西湖志》，清李卫（正本浙江书局本）；《西湖志纂》，清梁诗正（乾隆本）；《湖山便览》，清翟灏等（光绪本）；《清波小志》，清徐逢吉（雍正本）；《清波三志》，清陈景钟（刊于《武林掌故丛编》）；《艮山杂志》，清翟灏（刊于《武林掌故丛编》）；《湖墅小志》，清高鹏年；《栖里景物略》，清张之鼐（抄本）；《唐栖志略》，清何琪（嘉庆本，刊于《武林掌故丛编》）；《唐栖志》，清王同（光绪本）；《临平记》，清沈谦（刊于《武林掌故丛编》）；《临平记补遗》，清张大昌（刊于《武林掌故丛编》）；《定乡小识》，清张道（刊于《武林掌故丛编》，定乡即上四乡）；《孤山志》，清王复礼（刊于《武林掌故丛编》）；《天竺山志》，清管庭芬辑（光绪本）；《玉皇山志》，来裕恂等（稿本）；《灵峰志》，周庆云 [民元（1912年）刊本]；《云栖志》，项士元（民国二十三年本）；《云栖纪事》，本寺僧人（刊于《武林掌故丛编》）；《南漳子》，清孙之骥（刊于《武林掌故丛编》）；《武林灵隐寺志》，清孙治等（刊于《武林掌故丛编》）；《增修云林寺志》，清厉鹗（刊于《武林掌故丛编》）；《续修云林寺志》，清沈镕彪（刊于《武林掌故丛编》）；《敕建净慈寺志》，清际祥（刊于《武林掌故丛编》）；《武林理安寺志》，清实月（刊于《武林掌故丛编》）；《凤凰山圣果寺志》，清超乾（刊于《武林掌故丛编》）；《慧因寺志》，明李翥（刊于《武林掌故丛编》）；《大昭庆律寺志》，清篆玉（刊于《武林掌故丛编》）；《杭州上天竺讲寺志》，明广宾（刊于《武林掌故丛编》）；《云居圣水寺志》，清明伦（刊于《武林掌故丛编》）；《崇福寺志》，清朱文藻（刊于《武林掌故丛编》）；《广寿慧云寺志》，清丁丙等（清玉照堂本）；《招贤寺略记》，如幻［民国九年（1920年）印本］；《西溪永兴寺志略》，周萃堂［民国十二年（1923年）印本］；《虎跑佛祖藏殿志》，虎跑纂志事务所［民国十年（1921年）刊本］；《岳庙志略》，清冯培（清刻本）；《吴山伍公庙志》，清金文淳等（清刊本）；《吴山汪王庙志略初稿》，清汪文炳（清刊本）；《志续编》，戴振声等［民国二十五年（1936年）刊本］；《吴山城隍庙志》，清卢崧（清刊本）；《广福庙志》，清唐垣九（刊于《武林掌故丛编》）；《玉皇山庙志》，未题编者（清刊本）；《城北天后宫志》，清丁午（刊于《武林掌故丛编》）；《同仁祠录》，清孙炳奎（刊于《武林掌故丛编》）；《周元公祠志略》，规复筹备处［民国十八年（1929年）印本］；《崔府君祠录》，清郑烺（刊于《武林掌故丛编》）；《扬清祠志》，清丁午（刊于《武林掌故丛编》）；《照胆台志略》，清邹在寅（刊于《武林掌故丛编》）；《武林元妙观志》，清仰蘅（刊于《武林掌故丛编》）；《佑圣观记·梅花碑考》，稿本；《孝慈庵集》，清释瑛（刊于《武林掌故丛编》）；《紫阳庵集》，清丁午（刊于《武林掌故丛编》）；《西溪秋雪庵志》，清周庆云（民国刊本）；《莲居庵志》，清孙峻（刊于《武林掌故丛编》）;《辩利院志》，清翟灏（清刊本）;《北隅掌录》，清黄士珣（清刊本）;《北隅缀录》，清丁丙（刊于《武林掌故丛编》）;《东城杂记》，清厉鹗（刊于《武林掌故丛编》）;《东城记余》，清杨文杰（刊于《武林掌故丛编》）;《湖壖杂记》，清陆次云（刊于《武林掌故丛编》）;《湖壖清波笔记》，六艺书店［民国十七年（1928年）印本］;《新门散记》，清罗以智（刊于《武林掌故丛编》）;《春草园小记》，清赵昱（刊于《武林掌故丛编》）;《西湖游览志》，明田汝成（明刊本，刊于《武林掌故丛编》）;《西湖游览志余》，明田汝成（明刊本）;《西湖集览》，清丁丙（清刊本）;《客杭日记》，元郭畀（刊于《武林掌故丛编》）;《客越志略》，明王稚登（刊于《武林掌故丛编》）;《游杭记略》，清杨祚昌（民国十年印本）;《流香一览》，清释明开（刊于《武林掌故丛编》）;《西湖记述》，明袁宏道（刊于《武林掌故丛编》）;《湖山叙游》，明刘暹（刊于《武林掌故丛编》）;《西湖游记》，清查人渶（刊于《武林掌故丛编》）;《游明圣湖日记》，明浦祊（刊于《武林掌故丛编》）;《西湖纪游》，清张仁美（刊于《武林掌故丛编》）;《西湖梦寻》，明张岱（刊于《武林掌故丛编》）;《西湖杂记》，明黎遂球（刊于《武林掌故丛编》）;《南宋古迹考》，清朱彭（刊于《武林掌故丛编》);《武林游记》，明高攀龙（刊于《武林掌故丛编》);《四时幽赏录》，明高濂（刊于《武林掌故丛编》);《西泠游记》，明王绍传（刊于《武林掌故丛编》);《西湖遗事诗》，清朱彭（民国十八年印本）;《西湖合记》，杨无恙等（民国十二年印本）;《西湖韵事》，信天叟编 [民国七年（1918年）印本];《韬光庵纪游集》，清山止（刊于《武林掌故丛编》);《西溪梵隐志》，清吴本泰（刊于《武林掌故丛编》);《西村十记》，明史鉴（刊于《武林掌故丛编》);《横山游记》，明马元调（刊于《武林掌故丛编》);《金鼓洞志》，清朱文藻（刊于《武林掌故丛编》);《龙井见闻录》，清汪孟铜（刊于《武林掌故丛编》);《孤山志林和靖诗》[民国十九年（1930年）刊本];《保俶塔丛话》，管震民（民国二十二年《浙江省立西湖博物馆馆刊》第一期);《超山记游》《五云记游》《接待寺记》《净慈寺记》《西泠印社记》，清平山人稿本;《钱塘江海塘沿革史略》，汪湖祯 [民国三十六年（1947年）《建设季刊》四期];《浙江钱塘浙水分别考》，钟毓龙（排印本);《西湖水利考》，清吴农祥（刊于《武林掌故丛编》);《文澜阁之志》，清孙树礼等（刊于《武林掌故丛编》);《文澜阁之今昔》，周行保（民国二十四年《浙江省立西湖博物馆馆刊》三、四期合刊);《文澜阁嘉惠堂与玉海楼》，孙延钊（民国二十四年《文澜学报》第一期）；《灵隐书藏纪事》，清潘衍桐（刊于《武林掌故丛编》）。《武林掌故丛编》，二十六集，一百八十七种，四百九十八卷（内一百十四种不署卷数），二百另八册，丁丙辑（嘉惠堂刊本）。

袁枚论园林

检清袁枚（子才）《小仓山房诗文集》，其有关建筑及园林者录如下：

《瘞梓人诗》："梓人武龙台，长瘦多力，随园亭榭，率成其手，癸酉（乾隆十八年，1753年）七月十一日病卒，素无家也。收者寂然，余为棺殓，瘞园之西偏，为诗告之。生理各有报，谁谓事偶然。汝为余作室，余为汝作棺。瘞汝于园侧，始觉于我安。本汝所营造，使汝仍往还。清风飘汝魄，野麦供汝餐。胜汝有孙子，远送郊外寒。永远作神卫，阴风勿愁叹。"（《诗集》卷九）

《哭阿炘》（有序）："……余得明中山王更衣故宅，亭石幽邃，下临秦淮，命炘奉母以居……"（《诗集》卷十）

《读〈檗下吟〉感赠半野园主人》，序云："主人刘姓，字春池，为织造计吏。火焚其局，凡家畜、梨园、乐器及所居园亭，尽偿入官。"（《诗集》卷十四）从周按：是诗作于戊寅（乾隆二十三年，1758年），此织造当指江宁织造。计吏为财务人员。

《制府西园（煦园）小修工毕游后赋呈宫保》第二

186

首云："不系舟如旧，亭台事恰更。添廊通雨路，分竹散秋声。石罅苍松补，窗虚碧瓦明。公余射雕处，杨叶与云平。"(《诗集》卷十五)从周按：西园今尚在，即太平天国天王府西园(本明初黔宁王沐英宅第)。此诗可作乾隆时修理纪实。诗作于己卯，为乾隆二十四年(1759年)建。时为两江总督署。宫保为满人尹继善，时官两江总督，袁枚出其门下。

《假山成》："三成号昆仑，此义本《尔雅》。幽人戏为之，辇石杂青赭。初将地形参，继用粉本写。高低肯随人，其妙转在假。平生嵚崎心，一旦吐诸野。微微洞穴明，渐渐云烟惹。五岳走家中，一拳始腕下。未晚早扃门，虑有飞去者。"(《诗集》卷十五)从周按：此诗于假山设计施工有所述及。

《瞻园十咏为托师健方伯作》：《石坡》《梅花坞》《平台》《老树斋》《北楼》《翼然亭》《钓台》《板桥》《秭生亭》《抱石轩》。(《诗集》卷十六)从周按：南京瞻园有二：其一为清初秦涧泉所筑，在武定桥东，早圮。另一瞻园，本明初徐达中山王府西偏小园，在大功坊，清高宗南巡时曾"驻跸"于此，题名瞻园，并仿其制于长春园内，即如园。以石胜，传为宣和遗物。此园解放后刘士能师参与修复，而此十景难以全部恢复矣。

《造假山》："半倚青松半掩苔，一峰横竖一峰回。高低曲折随人意，好处多从假字来。"（《诗集》卷二十五）从周按：一峰横竖，此湖石平置作黄石用矣，掇山所忌。随园有此叠石，子才咏之，盖于此道不甚了了。

《造假山》："峰岚纷布置，巧匠出心裁。曲折随人转，都缘假字来。"（《诗集》卷三十三）

《假山成题曰巫山十二峰自嘲一首》："看遍真山造假山，公然十二好烟鬟。如何老去风怀寄，还在高唐云雨间。"

《洪武大石碑歌》（离汤山十五里）："青龙山前石一方，弓尺量之十丈长，两头未截空中央。旁有员巇形更大，直斩奇峰为一坐，欲负不负身尚卧。……碑如长剑青天倚，十万骆驼拉不起，诏书切责下欧刀，工匠虞衡井中死。（碑下有井……）"（《诗集》卷三十二）从周按：虞衡可补入哲匠录。

《从吴下还家句容遇雪重宿朱园感赠主人》（《诗集》卷十六）。从周按：此句容园林。

《补齿》："……我能假后天，截玉为君嵌；就龈裁阔狭，佯啮殊斩斩；缚以冰蚕丝，试以五和糁。……"（《诗集》卷二十一）从周按：此诗作于戊子、己丑间，为清乾隆三十三、四年（1768—1769年），记载当时补齿之术，

188

其法以玉为义齿，并示镶齿之材料。可入中国医学史。

《到西湖住七日即渡江游四明山赴克太守之招》第三首："久闻天一阁藏书，英石芸香辟蠹鱼。今日椟存珠已去，我来翻撷但欷歔。"原注："厨内所存宋板秘抄，俱已散失，书中夹芸草，厨下放英石，云收阴湿物也。"（《诗集》卷三十六）

《坐葛岭石桥观新开峭壁》（诗略）（《诗集》卷二十八）。从周按：此诗作于壬寅，即乾隆四十七年（1782年），则知西湖葛岭峭壁开凿于此时。

《到新安游雄村曹侍郎园随同令弟顾崖太史泛舟小南海》（诗略）（《诗集》卷二十九）。《何素峰居士招饮仇树汪园座中黄甘泉巴隽堂汪渔村等十一人各赋一诗》（《诗集》卷二十九）。从周按：此二诗题，可作新安园林调查线索。

《游天台归留别武林诸友》（诗略）。《诗集》卷三十四注云："仙灵寺藏基公金丝袈裟，有纬无经，不知当时作何织法，厚三分许。"从周按：此节可供纺织史之资料。

《小仓山房文集》卷七有《厨者王小余传》："小余王姓，肉吏之贱者也，工烹饪，闻其臭者，十步以外无不颐逐逐然。……"（同集卷二十八）《随园食草序》："虽死法不足以限生厨，名手作书亦多出入，未可专求之于故纸。"此节可为造园之参考。

《诗文集》中，有关随园及园林张灯诸节，皆可供治中国园林史作参考者。又：余曾为同济大学建筑系资料室收得清汪荣所绘《随园图》一卷，殊足珍贵。

广陵是扬州还是杭州？

孔颖达云："扬州人轻扬，故曰扬州。"清张大昌撰《广陵曲江复对》一卷，证明广陵为杭州，曲江即浙江。

杭州近代新式学校

杭州之有学校，清季首推养正书塾、求是书院。养正书塾在今杭州解放路。求是书院在今大学路。按陈仲恕（汉第）《六十自述诗》注："丁酉（光绪二十三年）四月，巡抚廖寿丰奏设求是书院，委杭州知府林启迪臣为总办，林又设养正书塾。余先后在求是、养正任事凡七年。"（并见陈叔通撰《陈仲恕先生家传》）求是书院原名求是中西书院，至光绪二十七年改称浙江大学堂，二十九年（1903年），改称浙江高等学堂。

杭州之书院

杭州敷文书院本为明之万松书院，在万松岭。清康熙十年（1671年）改为太和书院，光绪十八年（1892年）以原址僻处，乃于葵巷之东，建敷文书院。后之安定中学当即就是处改建。

杭州诂经精舍在外西湖平湖秋月右路北，建于清嘉庆间，为浙士讲学之所。开讲于清嘉庆六年（1801年），罢于光绪三十年（1904年）。其间因故辍课二十年。

杭州紫阳书院在太庙巷，初名紫阳别墅。创于康熙四十二年（1703年）。至光绪二十八年始改为仁和县学堂。

其他尚有崇文书院，在西湖跨虹桥西，即元时西湖书院。东城讲舍在菜市桥，以及宗文义塾等。

范祖述撰《杭俗遗风》：

宗文义塾，在车驾桥直街，馆分内外。内馆作文出考者为一类，未完篇者为一类，均住宿塾内，伙食供给，以及笔墨纸砚，均皆齐备。每月作文九课，司事者考其优劣，即先生亦须

［清］董邦达《西湖十景图卷》中的敷文书院

考选。如赴县府考，其纳卷、供给以及送考等事均系塾中备办。接送考试时，有宗文义塾灯笼为号，入泮填册每堂千文，亦有老例，入泮后出塾矣。外馆均系蒙童，唯不备饭不住宿而已。是塾风水甚佳，凡科岁两试出考者总有十余人，要进十之七八，此中出身而发达者不知凡几。头门外，有冯培元"探花及第"匾额，亦其出身地也。

予幼时见皮市巷宗文中学门首额曰"宗文义塾"，盖义塾为中学前身。此节所记为清同治间事。

绘像

清季照相术尚未传入我国之前，画家为生人写照，为逝者绘神像（遗容）。而为已死者绘容则名为劈（揭）帛。其未能在生死时绘得者，则画家出已绘就之百容图选择增损之，或就其子女之貌拼凑损益以成。归有光《先妣事略》一文中："鼻以上画有光，鼻以下画大姊，以二子肖母也。"可证。清季杭州绘容，以王馥生为最名于时，王画师法费晓楼（丹旭），费为道光咸丰时仕女肖像画之一巨手，久客碛石蒋氏，其为蒋生沐绘一卷极工。传其术者如蒋昕甫（升旭）、潘雅声（振镛）、王馥生、张洪九（福康）等，其中以王为尤者。潘居嘉兴，蒋、张居碛石。以时间论张稍迟。王馥生山阴人，子竹人、菊人、杰人。竹人名云，画极似乃父，唯腕力略逊。菊人与兄仿佛。杰人能画，尤以刻竹名世。予二十余岁尝奉手于竹人先生，其时渠古稀之年矣。倾交谈艺，尝告予曰，画画必墨底用足，不必仗色彩之力，无墨底之踏实，色彩用之徒然也。斯语诚能者经验之谈，而设色之法有以教我，受益至深。故其写人像，必以墨绘成，上施淡彩，

［明］端砚

奕奕如生。其绘画用具极精，洗涤无尘，所用之墨必小锭顶烟，云小锭墨质精胶轻，用端砚匀磨，墨彩生辉。石绿、石青、朱砂等皆自制，和以极轻之清胶，坊间所制远不及也。又善种盆栽，菖蒲、筤竹，尤为突出，堪称妙品。尝见其菖蒲施肥用鼠粪，谓此需轻肥也，不能以重肥施之。复于棕干挖空植菖蒲。棕干外长碧苔，映于水盆中，青翠欲滴，至今念及，犹不能去怀。平时上午作画，老而弥健。下午三时后，则饮于酒楼。中年居直大方伯（今解放路）曾遭回禄失所藏。晚岁居山子巷，有小孙名云孙，垂髫侍侧，学画于乃祖。又有冯悦轩者，设画室于珠宝巷，画像亦有佳作，唯嫌略多市气，其盛时当在20至30年代。

忆汪心叔

　　如皋汪心叔师铭善长予五岁，同出永嘉夏瞿禅师承焘与南通徐益修师昂之门。而予之肄业时，心叔已任助教，故谊兼师友者三十年。精文字、声韵之学，经学亦深究，余事为诗词书画，皆秀雅可观。其文字之学，彝初马先生甚推崇之。于1967年11月12日以肝癌逝世于杭州。时任杭州大学教授。生于1913年，享年五十又五。父雨楼先生，曾办学于其故里如皋双甸。

忆朱余清

萧山朱余清（豫卿）先生家济，久客京华，解放后任浙江省文管会委员，精书画鉴定，盖渊源家学，又任职故宫博物院者久。予数次调查浙江古建，皆余翁同行，往事历历如在目前。1969年除夕前一日，因脑溢血去世于杭州钱塘门粟庐。粟庐者友人郑晓沧翁之别业，余翁赁其屋也。余翁高祖朱凤标，《清史稿》有传，娶合肥李氏。弟家溍亦究心文物。余翁生于1901年，毕业于北京大学。其京师旧居有小园甚精。晚年居杭州。所藏诸物中，有乾隆时条案及陈定生砚极精，闻已赠交浙江文管会矣。

忆马一浮

萧山马一浮翁，吾浙究宋元理学及释典之最后大师。其书法尤超逸，晚岁居湖上蒋庄，为其友人蒋苏厂国榜别业。任浙江文史馆馆长。逝世于1967年6月2日，八十四岁。

忆张宗祥

海宁张阆声姻丈宗祥，居硖石镇仓基，曾问学于姑丈费景韩先生寅，与从外舅蒋百里先生方震同岁，同进学（考秀才），时外舅蒋谨旃先生为廪贡生。张后举孝廉（举人）。曾教于清华学堂，民元与鲁迅先生同事于浙江两级师范，沈衡山表外舅钧儒任监督（校长），张授地理之课。一度继马先生彝初（叙伦）为浙江教育厅厅长。又曾客永嘉任瓯海道道尹。平生抄书六千余卷，手不停书，即与客交谈，亦笔不停挥。所抄善本极多，校勘亦精。晚年任浙江省图书馆长，寓杭州东街路许氏榆园，犹辑录《明文综》，其时已八十余高龄。1965年夏，予最后一次往谒，赠我扇页、画菊及书定厂诗。待予返沪数日已电至矣，云肺癌逝世，年八十四岁。阆丈复精医，书画绝伦。

重修东昌楼的工匠

与秉杰作《聊城光岳楼》一文。据明成化二十二年丙午（1486年）《重修东昌楼碑记》中有木匠李忠、张俊、于得和，瓦匠乔清，并督工职官李达等姓名。

明代造园之由

　　《泾林续记》载："世蕃于分宜藏银，亦如京邸式，而深广倍之。复积土高丈许，遍布桩木，市太湖石，累累成山，空处尽栽花木，毫无罅隙可乘，不啻万万而已。"世蕃为明严嵩子，江西分宜人。其京邸窖藏为深一丈，方五尺。明代士大夫及富豪园林皆叠山。此以窖藏上筑假山，亦记述中所罕见。明代造园之盛，其与是类情况不无关系。录此存考。

片石山房与燕园名称的由来

扬州石涛所作片石山房，假山中有一石室（其实以砖砌），故名。常熟戈裕良所叠燕园，假山中有洞，颜曰燕谷，故又名燕谷园。谷中有水，置步石，别具一格，罕见之例，与苏州蕙荫园小林屋水假山相伯仲。

古建筑中的柱础

歙县红卫农场，同济干校在焉。见一柱础，其形制应属宋、明之介体，特征：础之上部尚余覆盆遗意，下部已易为明代流行之石柱础形，其年代似为元末明初之物，较余姚保国寺所见近此类型者为早。可补入曩岁所写《柱础述要》一文中。

汉代柱础，近岁见陕西发现于天然石中作下榫眼形者，西安博物馆即有藏品。予复于南京明故宫遗址见有古镜柱础作并置，相连于一石上者，如以此排柱，则略似希腊石柱之用法矣。

嵩山少林寺大殿已毁，为明构，石柱间题记犹存。其后殿与宋构初祖庵并存，殿为诸僧习拳之所，其方砖墁地，皆现洞穴，可证其用力之猛。四壁壁画绘少林拳术图，东西配殿亦然。寺面对少室，风景极佳。晴云积雪，各具其妙。

明代的房价、物价及利率

明代嘉靖年间（1522—1566年）房屋、物价见于小说《金瓶梅》及《西游记》者如下：《金瓶梅》住宅甲（夏延龄房，门面七间，到底五层，仪门进去，大厅两边房鹿角顶，后边住宅花亭，周围群房，也有许多，街道又空阔）一千三百两。住宅乙七百两。住宅丙（居住小房）五百四十两。住宅丁二百五十两。住宅戊（门面两间到底四层）一百二十两。住宅己（小房）七十两。住宅庚（四间）三十至四十两。住宅辛（平房两间）三十两。住宅壬（武大夫妇住的，上下两层四间）十数两。当时利率每月三分到五分。黄金每两值银五两。猪一头、羊一口，金华酒五六坛，又香烛纸扎、鸡鸭案酒之物共计四两。拆字一分。印刷绫壳陀罗经五百部，每部五分。印刷绢壳经一百部，每部三分。磨镜五十文。

《西游记》纸每张一文。糕每块一文。猪每头二两。羊每头一两二钱九分。以上二书写于明嘉靖年间，当时黄金每两折合白银值五两。白银一两值钱一千文。

园林张灯

古代园林张灯为盛事，私家园林有此举，文人墨客必以诗文记其盛，其著者如清初北京王熙怡园，稍后南京袁枚随园。怡园张灯屡见于当时朱彝尊辈诗文集中，而及至随园张灯尚艳称是举。《随园张灯词》："谁倚银屏坐首筵，三朝白发老神仙（熊涤斋太史）。道看羊侃金花烛，此景依稀六十年。（太史云，年十五时举京兆，宴宛平相公怡园，见张灯相似，今重赴鹿鸣矣。）"（《小仓山房诗集》卷十五）

怡园在北京，与益都冯溥之万柳堂皆为外城名园。其园之七间楼及叠山尤为特色，万柳堂叠山出张南垣手，怡园出张然之手。朱竹垞《曝书亭集》中《王尚书招……诸征士宴集怡园……》一诗，有"石自吴人垒"句，而王崇简《青箱堂集》中更明言张然所为。予见浙江省文管会所藏《怡园图》巨幅，焦秉贞界画甚工，曾为文考之。并详掇张氏父子事略，惜文已失。南垣名涟，子然字陶庵，能继父业。有从子铖，亦工此道，叠无锡寄畅园假山，见《慧山记续编》。友人童寯教授所著《江南园林志》则作张钺，不知何出，曾以此为询，仍主其据。按钺铖笔近，或刻本有出入也。而张铨侯叠石赠言卷曾见著录，铨侯或为钺之字，是即张钺也。即非一人亦必南垣子侄辈。吴梅村（伟业）为南垣作传。诗集中尚有二首言及南垣者，《楚云》并叙："楚云，字庆娘，余以壬辰上巳，为朱子葵、子葆、子蓉兄弟招饮鹤洲。同集则道开师、沈孟阳、张南垣父子。妓有畹生者，与庆娘同小字，而楚云最明慧可喜，口占赠之：'十二峰头降玉真，楚宫袯襫采兰辰。陈思枉自矜能赋，不咏湘娥咏洛神。'"《梅村诗集》卷八中《嘲张南垣老遇雏妓》："莫笑韦郎老，还堪弄玉箫。醉来唯扪腹，兴极在垂髫。白石供高枕，青樽出细腰。可怜风雨夜，折取最长条。"《艺术奇谈》卷四"张翁家"条：

张翁讳某，字某，江南华亭人。迁嘉兴，君性好佳山水，每遇名胜，辄徘徊不忍去，少时学画，为倪云林、黄子久笔法，四方争以重币来购。君治园林有巧思，一石一树，一亭一沼，经君指画，即成奇趣，虽在尘嚣中，如入岩谷。诸公贵人皆延翁为上客，东南名园，大抵多翁所构也。常熟钱尚书，太仓吴司业，与翁为布衣交，翁好诙谐，常嘲笑两人，两人弗为怪。益都冯相国构万柳堂于京师，遣使迎翁至，为之经画，遂擅燕山之胜。自是诸王公园林，皆成翁手。会有修葺瀛台之役，召翁治之，屡加宠赉。请告归，欲终老南湖，南湖者，君所居地也。畅春苑之役，复召翁至，以年老赐肩舆出入，人皆荣之。事竣，复告归，卒于家。

从周按：华亭，今松江，钱尚书为钱谦益，吴司业为吴伟业，冯相国为冯溥。《茶余客话》卷八：

华亭张涟字南垣，少写人物，兼通山水，能以意垒石为假山，悉仿营邱、北苑、大痴画法为之。峦岘涧濑，曲洞远峰，巧夺化工。其为园，则李工部之横云，卢观察之预园，王奉常之乐郊，吴吏部之竹亭，为最有名。涟既死，子然继之。游京师，如瀛台、玉泉、畅春苑，皆其所布置。先是米太仆友石，有勺园在西海淀，与武清侯清华园相望，亦曰风烟里，今畅春苑，即两园旧址。王宛平怡园，亦然所作。吴梅村为南垣作传，而世遂谓假山创自南垣，非也。唐人诗中咏假山者最多，晋会稽王道子开东第，筑山于府城内，武帝嫌其修饰太过，道子甚惧。晋武陵王赟有怨心，名其后堂曰首阳山。其由来久矣，不独宋之花石纲也。梅村传中述涟语云："吾以此术游江南，数十年中，名园别墅，屡易其主，名花奇石，经吾架构，未几而他人攀去，复为位置者亦多矣。"昔人诗云："终年累石如愚叟，倏忽移山是化人。"又云："荷杖有儿扶薄醉。"谓南垣父子也。

叠山名匠

《扬州画舫录》卷七："石工张南山尝谓澄空宇二峰为真太湖石。太湖石乃太湖中石骨，浪激波涤，年久孔穴自生。因在水中，殊难运致。……若郡城所来太湖石，多取之镇江竹林寺、莲花洞、龙喷水诸地所产。其孔穴似太湖石，皆非太湖岛屿中石骨。"此石工乃假山师。昔者苏州称花园子，湖州称山匠，扬州称石工，人或称张南垣为张石匠。桂师生前以《哲匠录》属订补，予先从叠山家入手，增添甚多。

古代明器

汉代建筑明器，传世甚多，尤其楼阁建筑明器，予疑非尽其实，盖有夸张与臆作者。尝戏谓苏州虎丘塔之泥制者什九不类实物，此今日所制尚如此，况千百年前者乎！经生释经，穿凿附会，今考明器者往往似之。明器不能不信，是研究汉代建筑之重要证物，但又不能求之过细。沈生康身近译日本村田治郎所著《中国建筑史丛考》示予，译笔清顺，能达其意。村田亦谓："墓室中之明器中不乏作房屋形者，如以为当时建筑之真实模拟则不恰当，作为探索汉代建筑之重要线索则可。明器中有井架、井屋、猪舍、鸟舍、厕、阙、仓库、住家、殿宇、二三层楼阁等种类，具有全凭幻想之奇突细部。"有其一定之见地。

熙花园

吴绍箕《四梦汇谈》卷三《游梦倦谈·伪王宫》条："由此又踏瓦砾数重为伪花园，有台，有亭，有桥，有池，皆散漫无结构。过桥为假山，山中结小屋，横铺木板六七层，进者须蛇行，不能坐立。"此南京太平天国天王府花园。其假山中结小屋，殆如扬州片石山房耶？大或过之。

北京怡园

　　北京怡园之资料，朱一新《京师坊巷志稿》言之甚详，录如下：西小胡同曰七间楼……《水曹清暇录》：怡园在米市胡同，跨连烂面诸胡同，极宏敞富丽。竹垞朱检讨有同陆元辅、邓汉仪、毛奇龄、陈维崧、周之道、李良年诸征士燕集诗六首。《宸垣识略》：七间楼在东横街南半截胡同口，即怡园也。康熙中，大学士王熙别业。相传为严分宜别墅。北半截胡同有听雨楼，则东楼别墅，今归查氏。王士祯《居易录》：怡园水石之妙，有若天然，华亭张然所造。然字陶庵，其父号南垣，以意创为假山，以营丘、北苑、大痴、黄鹤画法为之，峰壑湍濑，曲折平远，经营惨淡，巧夺画工。《茶余客话》：华亭张涟能以意叠石为假山，子然继之，游京师，如瀛台、玉泉、畅春苑，皆其所布置。王宛平怡园，亦然所作。王崇简《青箱堂集》中《正月十六夜儿熙张灯怡园侍饮诗》："闲园暮霭映帘栊，秉烛游观与众同。月上空明穿径白，灯悬高下满林红。承欢春酒烟霞窟，逐队银花鼓吹中。共羡风光今岁好，升平唯愿祝年丰。"《藤阴杂记》：怡园跨西北二城，宾朋觞咏之盛，诸名家诗几充栋。胡南苕会恩《牡丹》十首，铺张尽致。查查浦集有公孙枚孙、景曾、庚辰招集怡园诗，已非全盛。汤西崖《怡园感旧诗》："今日城南韦杜少，旧时池上管弦多。"汪文端《感宛平酒器》诗注：园已毁废数年。是为乾隆戊午（1738年）。此后房屋拆卖殆尽，尚存奇石老树，其席宠堂"曲江风度"赐匾，委之荒榛中。今空地悉盖官房。相传吾乡沈舱翁太史少游京师被酒过横街，值怡园诸姬归院失避，以爆竹炙面而归，故先君《上元绝句》云："宣南坊里说遗闻，丞相园林步障分。犹记笙歌归院落，一时憔悴沈休文。"按：《毛奇龄集》中《陪诸公集宛平相公园林》诗，有"才到射堂门启处，门纱映出一山蓝。行过摘星岩畔望，红亭高出碧云间"之句。知园中有射堂、摘星岩也。又听雨楼相传为严分宜东楼，前后即其旧址。汪荇洲侍郎曾寓，见王楼村集。近韦约轩谦恒，自四松亭移居，有醉经堂、古藤书屋、得石轩、松石间精舍、槐荫馆、绿天小舫、桐华书塾，同人分体赋诗，今归查氏。其旁为吴兴会馆，自是楼旁余屋。按：查慎行《敬业堂集》有集听雨楼诗。《弇山毕公年谱》：甲申十月，移居宣武门外听雨楼。楼后二小轩，汤文宰右曾书额曰"得石"。有《听雨楼随笔》四卷。查嗣瑮《查浦诗钞》中《同杨嵩木中讷移寓半截弄》

诗："衣箧书囊不满车，傍谁池馆觅新华。云离翠岫原无主，燕值雕梁便是家。随地可赊邀月酒，有钱先买探春花。故园不是无茅屋，梦里寒梅一径斜。"癸巳，使广东还京，仍移半截旧寓，诗呈汤西崖院长，周桐野宫端。汤则南邻，周则旧寓此宅，诗云："缕络藤梢架未芜。"自注：中庭紫藤系宫端手植。名起渭，贵筑人。褚廷璋《接叶亭图诗》自注：余旧寓半截胡同，与接叶亭为比邻。

《藤阴杂记》：秦鉴泉大士寓半截胡同。庚辰，庭产芝草，长君承恩中式，作《瑞芝》诗。庚辰，又茁一芝，次子承业中式，赋《后瑞芝》诗。又齐次风召南移寓半截胡同，赋诗八首。阮裴园检讨学浩与弟学浚和韵。巷南迫近横街。《船山诗草》：《七月二十日自宫菜园上街移居北半截胡同》诗中有"菜园屋券价已昂，我宁扣俸租官房"之句。

怡园图所示怡园景物，其主要建筑物临水筑二楼皆三间，正中之楼后又有主楼，殆即所谓七间楼也。水边有廊、桥，并点缀亭榭。假山为北京土太湖石叠，而黄石所叠则在偏院，各自成峰（分峰用石块），植树以柳为主，盖临水为宜，与其邻之冯氏万柳堂相似也。

传统工艺

——杭扇

今日但知杭扇为佳，近二三十年来尤过誉王星记扇者，实则昔时杭扇应推舒莲记，此百年老店也。垂髫时予犹及见其巨大石库门，后改门面拆去。其市招用"舒莲"二字更切扇庄之时令，用字亦雅。其制扇选料极精，加工也好，视王星记之粗制牟利者不可伦比。虽然扇骨与扇面皆产于苏州，特名盛于杭州，此亦知者甚少，今则杭州设作场矣。扇骨之佳者，竹骨在磨工，漆骨在髹漆，至若湘妃、檀香、棕骨、象牙骨等，则在选料与做工。扇面则在选棉料（纸）与用胶矾之恰当。而泥金、冷金、云母诸品，则又同在用料耳。明代红金扇面流行，今则视为文物，金匀重，制作极精，盖明中叶金价一两值银五两，入清中叶后金价渐涨，泥金面外又有碎金、冷金之品种骤增，亦受经济条件之限止，势所必然也。

古墓做凝固剂

　　杭州筑墓，用栲（音鸟）浆石灰，以叶汁调入石灰中，用夯捣实，凝固后坚硬如石，为植物，用其液也。彝初马先生《石屋余沈》中曾述及此事。予儿时为先人筑墓亦曾见遇。马先生婿于翁家山翁氏，故亦知此也。

六和塔与龙华塔的高度

杭州六和塔实测高度为59.89米。上海龙华塔高31.42米，连刹40.5米。

[清]佚名《杭城西湖江干湖墅图》中的六和塔

制笔、制茶与制扇

前述舒莲记之与王星记，正如杭州之翁隆盛茶庄与汪裕泰茶庄，邵芝岩笔庄之与石爱文笔墨庄，前者皆百年老店，后者皆民国后兴起。以翁隆盛而论，所售龙井狮峰茶叶，皆确系狮峰炒制特精，盖狮峰产量极少，均该店独家出售。翁隆盛为西湖翁家山翁氏所设。汪裕泰则为歙人①所设，并于南湖建汪庄以资宣扬。与王星记以王星市招以招摇一也。石爱文以笔墨兼售，售价稍廉，与邵芝岩精制选毫相颉颃。而前者三店以货真而墨守经营旧法，致不能与后者资本主义方法相敌，次第淘汰矣。但以制扇、制茶、制笔之货真质优而论，则舒莲记、翁隆盛、邵芝岩，其名皆不可没也。

---

① 指安徽人。——编者注

《识小录》中有关园林的记载

《识小录》"徐杲条"："匠官徐杲，以造三殿有巧思，官至八座，虽世庙宠异杂流，要此辈聪明有过人者，等计见效，末世儒者终不若他道之有成也。"可补入《哲匠录》中。

《识小录》三"瑞云峰"："瑞云峰出自西洞庭，为朱勔所采，上有'臣朱勔进'四字。会靖康乱未进，弃诸河滨。云先王母之祖陈司成公讳霁家于吴县横泾之上堡，治第宏壮，按经藏数凡五千四百八十间。堂前峰石五座，其最巨者曰瑞云，层灵叠秀，挺拔云际，诚巨观也。青乌家或言，类火形不利宅主，遂斫去六七尺，犹高三丈余。初司成公采自西洞庭，渡河舟坏，沉一石并沉一盘，百计不能起，土人云以泥筑四面成堤，用水车车水，令干，凡用千有余工，石始出，盘竟弃不能举。其后归之湖州董宗伯份，异石至舟，或教以捣葱叶覆地，地滑省人力，凡用葱万余斤，南浔数日内葱为绝种。载至前坏舟处，石无故自沉，乃从湖心四面筑堤，如司成沉石时筑岸成堤，架木悬索，役作千人，百计出之，乃前所沉石盘，非峰也。更募善泅者摸索水底，得之一里之外，龙津合浦，始为完璧。咸怪异以为神。计司成公沉石时恰甲子一周。会宗伯罢官，遂讫宗伯之世，置而未垒者二十余年。家同卿讳泰来，宗伯婿也，载以归吴之下塘，所坏桥梁不知凡几，未几同卿捐馆，五峰高卧深林茂草中，复四十年，同卿子中翰竟起之，不逾年，而中翰死。相传以为不祥之物云，至今犹树于东园废圃。"今瑞云峰在苏州带城桥旧织造府内。此为明末人所记，系是峰一段故实。下塘东园即今之留园。

《识小录》四："余家世居阊关外之下塘，甲第连云，大抵皆徐氏有也。年来式微，十去七八，唯上塘有紫芝园独存。盖俗所云假山，徐正得名于此园也。因兄弟构大讼，遂不能有，尽售与项煜，煜小人，其所出更微。甲申从贼，居民以义愤付之一炬，靡有孑遗。今所存者止巨石巍然旷野中耳。园创于嘉靖丙午（1546年），至丙戌而从伯振雅联捷，至甲申，正得九十九年，不意竟与燕京同尽。嗟乎嗟乎。有百谷王征君记，录之以存吾家故实云。"王文过长，从略，从所记观之园甚广："园凡若干亩，居室三之，池二之，山与林磴道五之。峰三十六，亭四，洞三，津梁楼台榭岛屿不可计，创于嘉靖丙午，修于万历丙申（1596年）。""文太史为之布画，仇实父为之藻绘。"可知。徐氏除东西两园外，尚有下塘上津桥之紫芝园，鼎足而三。今东园假山犹是明代原构，西园已非原貌，紫芝则不可见矣。

画匠刘文通

"刘文通，京师人，善画楼台屋木。真宗时入图画院为艺学。大中祥符初，上将营玉清昭应宫，敕文通先立小样图，然后成葺。丁朱崖命移写，道士吕拙郁罗萧台仍加飞阁于上，以待风雨。画毕，下匠氏为准，谓之七贤阁者是也。天下目为壮观。"此记载宋真宗时之工绘建筑图之刘文通。"王道真亦能画盘车，尝为《惠子五车书图》及《挽粮济水图》，皆为精备。评曰：吕拙、刘文通，于宫殿屋木最所留意，虽匠氏亦从其法度焉。可谓至矣。祥符中，营昭应宫，诏天下名手至京师者余三千人，中其选者如武宗元而下，亦不减百人。当时举天下为画者，不知几何多人物，而见于此书无十数辈，如王道真之水，入能品，人物畜兽屋木，其艺固不后人矣。"以上二节见刘道醇《圣朝名画评》卷三，《王氏画苑》卷五。

彩画

　　龙凤二物用于建筑装饰似始于汉代，White 所辑《中国古墓砖图考》皆收集东汉空心墓砖。内有三角形砖一块，其表面刻有龙凤。朝鲜乐浪汉墓，辽东省汉墓，高丽汉墓内亦画有龙凤、人物、车马、建筑。而吾人所见早期彩画，如敦煌之北魏末期、唐代、五代者。日本唐招提寺金堂与讲堂，其时间为我国盛唐，梁枋上有彩画。敦煌之中唐时期壁画，其所绘建筑于房屋、走廊、柱枋皆有彩画。南京南唐二主墓，内绘彩画。北宋初期之敦煌一三六洞木廊，辽宁义县奉国寺，大同华严寺薄伽教藏殿皆有彩画。后二处为辽代建筑。

陈湖　沉湖

　　自苏州水道至甪直，必经陈湖，四顾弥漫。1954年夏予应江苏文管会之邀，去甪直保圣寺修缮天王殿，及鉴定所谓杨惠之塑实宋塑耳。曾为文刊于次年《文物》月刊。予曾小舟行陈湖中，闻舟人述陈湖之成甚详。据清康熙陈惟中《吴郡甫里志》："相传旧本陈州，沉为湖，迄今湖水清浅时，底有街井、上马石等物，舟人往往见之，在镇西南境上，形如曲尺，南北阔二十余里，东西长四十余里，左通淀山湖，右通吴淞口。"周濂斋（王烈）《游陈湖记》："陈湖一名沉湖，父老相传曰：故邑聚也。陷为湖，然不知何王之代，今湖中尚有街，有井，有上马石，土人居其傍者，水涸时往往获古镜、钱盂之属，文字漫灭弗可识，是耶非耶。又云《越绝书》曰吴王少子邑于姚，此去姚山不远，或其故封耶。"从周按：周王烈字岐祥，号濂斋。清顺治年间（1644—1661年）府学庠员，住东关湾。《吴县志》："陈湖在城东三十五里，一名沉湖，相传邑聚所陷。"原注云：按湖滨寝浦禅林内，明弘光元年（1645年）所铸钟，有"天宝六年（747年）

226

春，地陷成湖"等字。此节可为今日陈湖考古之参考。明钟所记设有据，则地陷为天宝六年也，待考。

姚承祖与《营造法原》（之二）①

张至刚（镛森）增编姚承祖（补云）《营造法原》一书，未将姚氏原著本来文字照刊，致失姚书原面目，失学者整理旧编之态度。刘君致平与予有同感，而姚之哲嗣开勋亦对此不满。想姚氏巨著必尚有副本于人间，终必与世见面也。张刊印此书时，本尚有姚氏一照，亦删去不用，似欠忠厚。张之序言于姚氏生世语焉不详，殁年亦误书。以予所知，及邹生宫伍访于姚氏后人，笔之于后：

姚承祖原籍安徽，为船民，太平天国革命时期，浮家定居于苏州香山，十一岁从其叔姚开盛习木匠。其祖灿庭则有《梓业遗书》传世（此见朱桂师《哲匠录》及《跋补云小筑图》）。生于清同治五年丙寅（1866年），殁于民国二十七年戊寅农历五月二十一日，享寿七十三岁。宫伍又示予姚氏设计之《灵岩山大殿图》，为郁友勤绘，与

---

① 此篇与卷一中的一篇同名，特加"之二"，以示区别。——编者注

228

《补云小筑图》同一类型。郁为姚之当手师傅（又称把作师傅）。张至刚因出版《营造法原》一书，与姚氏后人矛盾极深，不仅姚氏遗稿，皆为张取去，且稿费仅付姚家四百余元，并云总数八百余元，其余者酬谢刘士能师及绘图等支付矣。后者似不可信。此姚开勋言，开勋1973年语此时已八十二岁高龄，尚寓苏州。此亦聊补《营造法原》一书刊印之始末也。

郑逸梅说假山

友人郑逸梅所撰《淞云闲话》"假山"条："……只白居易之《庐山草堂记》有'聚拳石为山'语，则唐时始有假山可知。然据予所考，烟桥云云，似木可信，《三辅黄图》载梁孝王筑兔园，园中有百灵山，有肤寸石、落猿岩、栖龙岫等。又《汉旧仪》云：茂陵富民袁广汉，于北山下筑园，东西四里，南北五里，激流水注于中，构石为山，高十余丈，连延数里。按此，则假山汉已有之。唐皮日休诗云：'儿童不许惊幽鸟，药草须教上假山。'至唐已为习见之物矣。"范烟桥亦予忘年交，曾手辑《拙政园志》，未成下世。予曩岁小助之也。逸梅翁所述汉代已有假山，前人早述及，而皮日休诗句则可资园林史料。又云："我友邹盛文，园艺家也，善叠假山……迄今需用日多，品质佳良者，每石值数千金，极普通者以吨计，亦须十余金，运输费用尚不在内，但产额日渐减少。"此所言太湖石价格为1930至1938年之间市价。

又云："顷又据园艺家邹君盛文言，堆假山分南京、苏州、金华、上海四帮。南京之堆法，未免失之粗率，其中以马召棠为能手。苏州则细致多多，其人王姓某名，尤为前辈。他如金华之金大鳌、虞金标，上海之沈裕堂，能兼京、苏帮之长。富商巨宦，布置园林者争聘之。石料大都从宜兴、湖州等处来，宜兴之石，在浅滩间，取之较易，湖州之石，掩埋地下，非挖掘不为功，且石殊笨重，加以运费，值乃倍蓰矣。"予前曾论及叠山师分金华、苏州、南京三帮，亦近百年间事。此为正传，上海帮者为后起，杂流也，叠山技术无成法，为迎合半中半西之园林，实则皆以花匠兼之者。湖州之石，露土者甚多，非皆掩埋地下，以予所见山间佳者甚多，宜乎自南宋以来，山匠（叠山师）迭出于吴兴。

袁枚《随园图》

予为同济大学建筑系资料室购得清袁枚南京《随园图》一卷，绢本，后附《随园记》，写随园后期景色，为研究我国园林重要资料之一，此与过去予所觅得之海宁《陈园图》（予有文刊《文物》）及浙江文管会藏之北京《怡园图》，皆珍贵难得者。袁枚更有《湖楼请业图》卷，闻今存浙江文管会，三十年前曾见及，题跋至多。叶退庵丈之祖南雪先生曾有临本，曩岁叶丈以此图与陈其年《迦陵填词图》卷一并交予赠浙江文管会，《填词图》亦南雪先生临本，题咏亦摹临，几与真迹无异，而题咏自清初至后世二三百年间名家必备，洵足宝也。

随园后裔，以五台山畔基地涉讼于法院，此30年代事也。谓基地计二百二十亩，此似包括随园本身以外涉及庄园者矣。

绉云峰

绉云峰今在杭州花圃,与瑞云峰、玉玲珑鼎足而三。钮玉樵《觚剩》有记查孝廉(伊璜),在吴六奇将军幕府,见园中有英石峰一座,高可二丈许,嵌空玲珑,若山鬼制,孝廉极所心赏,题曰"绉云"。阅旬往视,忽失此石,则已命载巨舰送至孝廉家矣。涉江逾岭,费亦千缗。今孝廉既殁,青娥老世,林荒池涸,而英石岿然尚存。

董其昌之柱颊山房

"孙漱石《退醒庐笔记》曾述及之，云董香光（其昌）之柱颊山房读书处，在邑城董家宅，人鲜知者。今董家宅已易名倒川弄。其屋为邑绅姚紫若君所居，已历数世。厅事前之庭心极广，叠石成小山，山下有池，颇饶幽致。墙上有'溪山清赏'石刻，为祝枝山所书，皆系昔时建设，未经更易位置。房屋则除厅事，仍为原址以外，余已翻改。"此友人郑逸梅《淞云闲话》所记，为上海市区明代建筑及园林之史料。

怀仁堂建于何时

北京中南海怀仁堂建造年代，据朱桂师启钤遗稿：

西苑之仪銮殿。此殿是八国联军入侵北京，德国军瓦德西占住，失火焚毁，西太后"回銮"以后，光绪二十七八年（1901—1902年）由内务府照原样重建的。样式雷家档案载明设计图样，内务府档案也有记载。此即现在中南海怀仁堂前身，在袁政府时加建一个罩棚，将前后联成一气，为大礼堂及演剧、集会厅之用。到1950年，中央人民政府改为人民代表大会堂。

据此则怀仁堂当建于1901至1902年时。

叠山之诀

昔客扬州作《扬州园林与住宅》一专题，其时予曾提议大树巷小盘谷假山可稍事修葺，钱承芳、朱懋伟遂聘王师傅来小盘谷，王师傅先人为工天于，清时叠山名手，扬州博物馆藏王氏遗嘱作王庭余，殁于道光十年（1830年），寿八十。可纠过去记载之误。渠云："叠山之法有'套云，堆云'。"云者当指假山用石之层次。又云："一桩，二垫，三叠。"此当指叠山首在用桩，以固其基，则不致因基础沉降而影响上部山石也。假山重在垫，垫足则固，桩、垫二事，基本功也。王师傅以此二语为叠山之诀，殆受之于其先人。

叠山名匠

　　苏州庙堂巷畅园，为苏州园林小园之极则，惜已毁，予所辑《苏州园林》及《苏州旧住宅参考图录》留其蜕影耳。假山为龚锦如侄所叠。龚苏州水口人，世代业叠山，怡园及狮子林堆修皆参与其事，抗战期间死，年五十余。其兄叠景德路杨氏园石（照图见上述拙著二集），此顾公硕姻兄告予。顾为怡园后人，子山曾孙。

湖石

　　上海市松江县明孙克弘园，尚余美人峰湖石，高可一丈，殊透漏。上镌"汉阳太守章"题记。予偕杨君嘉祐前往调查，在旧城北门外。又顾正谊濯锦园，有五老峰。

唐代经幢

松江唐大中十三年（859年）幢，自予发现后，越数年修，今高九米十四厘米。

叠石之诀

假山叠石，竖得巧，看去险。叠时先于地上试之，然后再安位，竖时须有伸缩性，俾可随宜安排，不致无周转余地。垫石：新黄石片面毛，湖石片滑，前者优于后者。叠山垫石为关键，垫足垫稳，则可省胶结物，而坚固胜之。旧时以盐卤和铁屑，用时须拌之不停。

动静适时　相辅相成

　　中国园林，予谓有静观与动观，大园以动观为主，小园以静观为主，并相辅而行事，要之景随人意，动静适时，且与园之大小有关。苏州拙政园以动观为主，而玉兰堂、海堂春坞、鸳鸯厅，则辅以静观也；网师园以静观为主，而循廊渡水，则佐以动观也；怡园则动观静观几参半矣；即小如畅园亦深悟静动组合之理。

园林之道

石无定形，山有定法，所谓法者，脉络气势而已，盖与画理一也。《芥子园画谱》《白香词谱》，其贻害初学者正在此。诗有律而诗亡，词有谱而词衰。汉魏古风，北宋小令，其卓绝处，并以形式中求之也。至若学究咏诗，经生填词，了无性灵情感，遑论境界矣。园林一道，其消息正相通也。

浑厚与空灵

山贵有脚，水必求源，平处见高低，直中有曲折。大处着眼，小处入手。以少胜多，其光景自然长新。黄石山起脚易，收顶难。湖石山起脚难，收顶易。黄石山要浑厚中见空灵，湖石山要空灵中寓浑厚。简言之，即黄石山失之少变化，湖石山失之太琐碎。石形、石质、石文、石理，皆有不同，不能一律视之也。中多具辩证之理。

曝书亭屡废屡修

嘉兴王店清初朱竹垞（彝尊）曝书亭，名园也。1964年夏予曾往调查，所记已佚。园之史已俱见园志。海宁蒋学坚（字子贞）《重修曝书亭记》文为最后之记载，于园之兴废，述之甚详，可补志之所阙。蒋，予外舅谨旃先生从父也。园修于清宣统三年（1911年），文作民国二年癸丑（1913年），距今正一周甲矣。

《重修曝书亭记》海宁蒋学坚（子贞）：

曝书亭者，朱竹垞太史晚年归隐处也。太史籍隶秀水，为明相国文恪公曾孙，幼有圣童之目。因乱未赴有司试。清初由禾城迁居练浦，再迁至梅里，辟潜采堂读书其中。康熙戊午（1678年），以布衣登博学鸿儒科入翰林，出典江南乡试，士林荣之。未几，被议南旋，于所居堂南筑是亭，坐拥百城，怡然自得。暇则课园丁栽植花木，有菱池、芋坡、桐阶、槐泞诸胜景。太史殁后，藏书八万卷，散佚殆尽，亭亦废而不存。嘉庆丙辰（1796年）仪征阮文达公视学两浙，率同官捐俸重建，俾得顿复旧观。厥后道光年间，莱州吕筠庄明府修之于丁亥；上元朱述之司马修之于庚戌。屡废屡兴，已非一次。最晚，同治丙寅（1866年），学使吴和甫少宰慕太史经学文章为当代冠，案临嘉郡，事毕，特坐小舟，亲访遗址，问潜采堂，已鞠为茂草，而其亭及酾舫、藤花馆犹有存者，亟与诸僚佐谋所以新之。又念太史而无祠，揆诸古者乡先生殁而祭于社之义，殊多未合。爰于亭后盖屋三楹，摹太史戴笠小像勒诸石，复置田四十余亩，以供岁修祭祀之需。当时之人靡不以少宰之缔造经营为法良而意美也。四十年来，风雨飘摇，子孙零落，又不免日形倾圮。每客梅里久，每于夕阳将下时，偕一二吟朋，扶筇过访，而入其门，则瓦砾塞于途；登其堂，则榛芜侵及座。御书"研经博物"额堕落于地，石柱所镌词句，半被樵斧损伤，荒凉满目，恧焉心悲。光绪季年，忻君虞卿创议重葺，适嘉之守令，先后官斯土者，咸乐为倾助。于是鸠工庀材，详加整理，至宣统辛亥（1911年）夏始告成。余时假馆吴门，未及相从督役。今春，虞卿复折柬招余补辑家乘。暇日至其地，则见朱栏碧甃，焕然一新。又于墙外购地数弓，添种梅、柳、桃、竹、槐、杏之属，池中植荷百本，花开颇盛，上架石桥以通游人往来，东北隅仿西式筑屋一间，规模视前益廓。窃叹虞卿是举，并特为乡里增一游观之所，且可使后人俯仰流连，知邑有贤士大夫虽没世而犹尊且敬如此，功不在阮、吕、朱、吴数公下矣。唯为山九仞，一篑犹亏，余愧无才，不能共为规画，然未尝不望其事早蒇也。乃先叙述颠末，作记以俟之。癸丑八月。

先予至曝书亭者，日本关野贞教授及我国童寯教授。

黄山名胜

　　予1961年夏登黄山。1971年居歙县者一年，朝夕望及，临行曾赋一绝："群峰环揖水边村，满树梨花照眼明；缺处茂林天一角，黄山遥接练江清。"所居在练江滨，地多梨林也。黄山之为世所称当在明中叶后。山中最著称之慈光寺亦建于是时。明代诸贤于黄山每有记述，《徐霞客游记》尤为学子所喜阅。近读汤宾尹文，题为《黄山游记》，有两则可录。记慈光寺："由汤寺逾涧数百折而上，为朱砂庵废地，僧普门自五台来，欲于其处立练魔场，饭十方众，疏其名法海，事闻远迩。檀喜辐集，会奉敕赐寺慈光，兼给藏经，予来为作《慈光寺疏》，兹山之闳蓄久矣。"记狮子林："黄海之有瓦屋，自狮子林始。狮子林建梁，自予海宿之日始。"宾尹字嘉宾，宣城人，万历乙未进士，著有《睡庵文集》。

〔清〕弘仁《黄山图册之狮子林》

［清］弘仁《黄山图册之慈光寺》

后乐堂

江进之《后乐堂记》：

太仆卿渔浦徐公解组归田，治别业金阊门外二里许，不佞游览其中，顾而乐之，题其堂曰后乐堂……堂之前为楼三楹，登高骋望，灵岩、天平诸山，若远若近，若起若伏，献奇耸秀，苍秀可掬。楼之下北向，左右隅各植牡丹、芍药数十本，五色相间，花开如绣。其中为堂，凡三楹，环以周廊堂墀，迤右，为径一道，相去步许，植野梅一林，总计若干株。径转仄而束，地高出前堂三尺许，里之巧人周丹泉，为累怪石作普陀、天台诸峰峦状，石上植红梅数十株，或穿石出，或倚石立，岩树相得，势若拱遇，其中为亭一座，步自亭下，由径右转，有池盈二亩，清涟湛人，可鉴须发。池上为长堤，长数丈，植红杏百株，间以垂杨，春来丹脸翠眉，绰约交映，堤尽为亭一座，杂植紫薇、木樨、芙蓉、木兰诸奇卉。亭之阳，修竹一丛，其地高于亭五尺许，结茅其上。徐公顾不佞曰，此余所构逃禅庵也。

于此文中，知周时臣秉忠（丹泉）叠后乐堂假山，以予知周氏作品存世者为留园与惠荫园小林屋水假山（新毁），而此园又为徐氏所建。按：《识小录》四："余家世居阊关外之下塘，甲第连云，大抵皆徐氏有也。年来式微，十去七八……"

据此，徐氏之园除东园、西园、紫芝园外，尚有此后乐堂，尤为难得者尚记有叠山作者，盖周时臣之名，在当时名播公卿间，其与张南阳、计成可鼎足而三。然是园之出时臣手，近世则未有人道及者。《紫芝园记》（王百谷撰）未言后乐堂，东园（留园）则明言假山若屏，与此不同，其为何者，今尚无遗迹可究者。江进之，名盈科，楚之桃源人，明万历年间为长洲（今江苏苏州）令，工文，袁小修为作《江进之传》。

鉴定古物必先观其气

鉴定古文物、古建筑，必先观其气，所谓气者，整个风格面貌之概括也。次究其细部，即从大处着眼，小处入手。盖每一时代之物有其时代风貌，虽微细之线脚、色彩，皆各具特征，且经时间之转移，其陈色包浆（即物之表面所现现象）皆示年份长短之确证，故但凭书本所示之特征，而不经亲身之实践，有失之千里之危。葱玉（张珩）在世，其鉴定书画，持论颇与予合。

明代建筑之特征

　　明代建筑与雕刻，工整严整为其特征，其花纹图案、线脚用色，莫不如此。明刻狮凤，其与清代最大区别则在尾部。明之凤尾类作五出（即尾部为五根），观北京故宫、十三陵、南京明孝陵，凡系原刻皆五出，清则三出矣。狮之尾明代舒展三出，清则卷结成团矣。此种现象，非特石刻如此，即木雕、缂丝、织锦无不皆然，盖一时之风尚也。而较难确定年代者，其为明末清初时，盖清初尚沿明风，但构图线条已趋纤弱。稍加注意，不难鉴别。但能臻此，除对本身之物，须多看、多加分析，且须及书画与其他工艺美术、版本等，皆应有所涉猎，甚至戏曲文学亦有一顾之必要。故知，考古鉴定之学，其培根必广且宽也。

松江明代石桥

予所见上海市松江县明代石桥之尚存者，永安桥，其题记为"峕（时）大明嘉靖七年（1528年）七月吉立""直隶松江府通判郑宜重建"，系单孔石拱桥。《华亭县志》"西果子巷北，旧名俞塘桥，元至正二十一年（1361年）陈善长建，明天顺间通判洪景德改建以石"之记载。望仙桥，《府志》记："今府东南四百步，见《云间志》，元大德八年（1304年）重建。"

石狮的来历

北京中南海新华门前之石狮一对，系1913年袁世凯为总统府时，以宝月楼改新华门，将石狮自端王府移来。今北京大学之石狮及华表，为旧燕京大学建造时，从圆明园遗址中迁入者。

三角亭

　　园林之亭形式多变，唯三角亭之例特少。予所见西湖三潭印月及绍兴兰亭二实例已记是录。近阅明人钟伯敬《梅花墅记》，其文曰："折而北，有亭三角，曰在涧。"文作于明天启辛酉（1621年），可见明时已有其例。

松江范氏啸园

　　今上海市松江县城，旧为松江府，自明以来固多第宅园林。抗日战争时期，遭日寇轰炸，城区几大部夷为平地。予曾屡至该地调查，其剩余大宅园林，均经测绘，名园除醉白池尚具规模，余如张园、高氏小园等不过三四处耳。然予终眷眷于怀者，当数城内之范氏啸园，据明人《云间据目抄》所载均能吻合，今犹存水阁假山，而假山值得注意者，为黄山之堆叠与位置。园南向筑水阁，隔池面对黄石山，黄石之面原不及湖石多变，然是处则深知其弊，故于黄石之面凹凸力求变化，使视之不觉过平直也。黄石之色未若湖石雅洁，故置于阴面，少受阳光，似较蕴藉。予尝论黄石山，即力求此点。南向水阁望山石倒影，黄石之色尤历历呈显，不觉阴面之过于枯寂也。是园精华部分尚存，不难恢复。

江南园林叠石所本乃皖南山水

客安徽歙县一年，每于山际水崖，见石壁之森严，矶濑之湍伏，因悟江南园林叠山所本，不仅囿于一隅也。而皖南山水影响所及，自有其迹，盖明中叶以后述皖南山水之诗文，绘皖南山水之画图，流风所被，盛于江南，至若徽属之人移居杭州、苏州、扬州三地者为数特多，皆宦游经商于其间，建造园林，模山范水，辄动乡情，致移皖南之山水，置异乡之庭园。而两淮盐船回运，载石以还，故扬州园林尚有歙石也。园林因限于面积，叠山须小中见大，模山取其段，范水效其源，以少胜多，故山脚、石壁、石矶、危峰，最具画龙点睛之妙，古代匠师深知此中消息，随宜安排，自成佳构，盖师其意，取其神，深究山水组合之理，故能咫尺天涯，城市山林矣。

园中有园

　　予尝论园林中园中有园，即大园包小园，北京颐和园中之谐趣园是也。大湖包小湖，杭州三潭印月是也。明人钟伯敬《梅花墅记》云：

　　　　园于水，水之上下左右，高者为台，深者为室，虚者为亭，曲者为廊，横者为渡，竖者

颐和园的万寿山

为石，动植者为花鸟，往来者为游人，无非园者，然则人何必各有其园也。身处园中，不知其为园，园之中，各有园，而后知其为园，此人情也。

可互相参证。

苏南园林渊源相承

园外之景，与园内之景不同，此对比手法也。古人深知此道，明人钟伯敬《梅花墅记》称该园：

> 大要三吴之水，至甫里（甪直）始畅，墅外数武，反不见水，水反在户以内，盖别为暗窦，引水入园。开扉垣，步过杞菊斋……登阁所见，不尽为水，然亭之所跨，廊之所往，桥之所踞，石所卧立，垂杨修竹之所冒荫，则皆水也。故予诗曰："闭门一寒流，举手成山水。"迤映阁所上磴，回视峰峦岩岫，皆墅西所辇致石也。从阁上缀目新眺，见廊周于水，墙周于廊，又若有阁亭亭处墙外者。林木荇藻，竟川含绿，染人衣裾，如可承揽，然不可得即至也。……又穿小酉洞，憩招爽亭，苔石啮波，曰锦淙滩。指修廊中隔水外者，竹树表里之，流响交光，分风争日，往往可即，而仓卒莫定其处，姑以廊标之。

文中所述之园以水为主，与园外判然有别者，在于有水无水之对比耳。今日所存旧园林水廊，盛称拙政园西部补园。而此梅花墅之水廊犹能仿佛之，苏南园林渊源相承，固有其所自也。至于"如可承揽，然不可得即至也"，斯语直道出园林境界"空灵"二字。《人间词话》有隔与不隔之说，此则妙在隔也。"庭院深深深几许""雾失楼台，月迷津渡"，又何尝逊雕阑玉砌、百尺高楼？

陈章侯（老莲）

明人周亮工与陈老莲交，老莲为其作画甚多，有《题陈章侯（老莲）画寄林铁崖》一文："明年，予复入闽，再晤于定香桥。"定香桥在西湖苏堤。复据文知是年为辛卯。又云："自定香桥移予寓，自予寓移湖干、移道观、移舫、移昭庆（昭庆寺在钱塘门）。""岂意予入闽后，君遂作古人哉。"而老莲死于次年可证。予藏有老莲香光主者砚一方，有老莲题辞，今已赠上海博物馆。予于老莲画苦师其意，终未能有所成就。

古城之改造

古代城市，至今类皆不能适合现代之需要，故必须改造，其主要干道有重新规划者。苏州城之主要交通干道原为东西向，即自阊门以达葑门者，故观前及中东市、道前街皆为闹市。道前街通胥门，与阊门相并。而平门系新开，北寺塔西之路为后辟，盖为车站在平门外之故也。今则干道南北向，自平门直通南门，以平门为陆路交通点，南门为水路交通点，故观前街市肆将逐渐移入民路矣。

杭州码头，在清时以湖墅江干为通南北之咽喉。湖墅为运河终点，在河塍有老码头，后移宝庆桥附近设新码头，并有楼官亭之设（又名官厅子），盖新任官吏皆于此上岸，然后换舆入城。江干则为通浙东之渡口。故自南宋后，由武林门（北关门）通同春坊、众安桥、弼教坊、三元坊、保佑坊、清河坊等出凤山门达江干三廊庙，皆市肆之区，以迄于清季。迨沪杭铁路筑成，东城开豁门，火车停城站，再以支线达拱宸桥，交通线路遂起变化。今则城内东西干道自城站直抵湖滨，保佑、清河诸坊之市肆将皆移解放路。而自北往南之南北干道，为经过湖滨及城站，又抛弃昔日之诸坊而经延安路（延龄路）、羊市街以达江干。解放路东段原名直大方伯，民初杭州府中学、浙江法政学校皆在此（浙江法政，陈叔通翁曾任校长）。马路之开辟当在1925年后，其时军阀孙传芳占领浙江，故新建之桥名传芳桥（原无桥，必经其旁之淳佑桥达石牌楼），后改新民桥，新民路。解放后又将最东段葵港与金衙庄贯通，拆除明代园林而直抵城墙下，南折达城站。此干道之最显著改革，后又贯通延安路北段直通北城底，而转向北出武林，对旧城交通干道作彻底之改造矣。

歙县古城

安徽歙县原为徽州府治，故其城选地至为险要，倚山临江，其主要通道，自北门可达绩溪。北门筑于山麓，两山若拱，石壁森严，中仅一路可通，所谓一夫当关、万夫莫敌之势。盖旧时练江未外移，流临山城下，今公路所经即江之故道也。入城经公路，北门外之"官道"几至全废。旧时筑城设想不得知矣。公路未成之时，自浙来歙，自新安江溯江而上达鱼梁，鱼梁距歙城可一里许，有大闸，及一镇，此一里许之途，沿江皆构阑楯，石路修整。今公路筑成，旧路渐次泯灭不见矣。自鱼梁至歙城旅客，须易舆或徒步入南门，盖鱼梁者，歙之咽喉，码头所在地也。歙县因旧为徽州府，有新旧二城，东门外为新城，即歙县县治。徽州府衙，今尚存大部分，嘉庆末麟庆所著《鸿雪因缘图记》所载，尚能仿佛，予访其翠紫楼及老桂，楼已不存。龚定庵（自珍）之父曾为徽州知府，故龚亦一度客于处。1971年拆东门，予目睹之，城二道，瓮城甚坚。南门尚在，制同，视东门为小。问政门在问政山上，与北门皆无瓮城。北门额曰"古歙新城"，清乾隆年间书，城门自石刻观之明构也。太平天国期间新城受损较大，盖北门通绩溪、宁国，用兵之地故也。今自北门入犹见断垣残壁，空城吹寒，百年来尚未恢复。目前正开始兴建中。西门外则成闹区，车站所在，旧城新貌，建设殊为迅速。

苏州北寺塔

苏州北寺塔今已整修。1958年夏，予偕同济大学诸生曾往测绘此塔，适遭雷火之击，毁部分腰檐。其后屡屡拟修，至1965年冬与路生秉杰同作规划。施工期间，则邹生宫伍用力至勤。予尝疑此塔明时大修，经此证鄙说之有征也。盖塔之顶上三层，确为明嘉靖年间重修，而塔则建于南宋绍兴年间（1131—1162年），皆有砖为证。据此可补士能师苏州古建筑调查之未及处。

明代主要工艺

鉴定明代古建，不仅仅局限于建筑一事，其他考古皆有助于旁证，当时文物留今者尚多，稍一注意，对鉴定能力自有提高。明之手工艺特精，其可记者甚多。明刘侗《城隍庙市》一文所述殊可参考。

器，首宣庙之铜；宣铜，炉其首；炉之制，有辨焉：色有辨焉，款有辨焉。制所取，宜书室，登几案，入赏鉴，则莫若彝乳炉之口径三寸者（其制百折，彝炉、乳炉、戟耳、鱼耳、蜓蚰耳、薰冠、象鼻、兽面、石榴足、橘囊、香盒、花素、方圆鼎等，上也；角端象头扁、判官耳、鸡腿脚扁炉、翻环、六棱、四方、直脚炉、漏空桶炉、竹节、分裆、索耳等，下也）。铸耳者（宣炉多仿宋窑，中有身耳逼近，施错无余地者，乃别铸耳，磨冶钉入，分寸始合也。钉耳多伪，宣炉铸耳不称者，拣去更铸，十不一存，故伪者但能钉耳也）色种种：仿宋烧斑者，初年色也

（尚沿永乐炉制）。蜡茶本色，中年色也（中年愈工，谓烧斑色掩其铜质之精，乃尚本色，用番硇浸擦熏洗为之）。本色愈淡者，末年色也（末年愈显铜质，着色愈淡。后人评宣炉色五等：栗色、茄皮色、棠梨色、褐色，而藏经纸色为最）。鎏金色者，次本色，为掩铜质也（鎏腹以下，曰涌祥云。鎏口以下，曰覆祥云）。鸡皮色者，覆手色，火气久而成也（迹如鸡皮，拂之实无迹）。本色之厄二：嘉隆前有烧斑厄（时尚烧斑，有取本色真炉，重加烧斑者），近有磨新厄（过求铜质之露，取本色炉磨治一新，至有岁一再磨者）。款亦制辨色辨之（阴印阳文，真书"大明宣德年制"，字完整，地明润，与炉色等旧，非经雕凿熏造者）。后有伪造者，有旧炉伪款者，有真炉真款而钉嵌者。伪造者，有北铸（嘉靖初之学道，近之施家。施不如学道远甚，间用宣铜别器改铸。然宣别器，铜原次于炉，且小冶单铸，气寒俭无精华），有苏铸，有南铸（苏蔡家，南甘家。甘不如蔡远甚。蔡唯鱼耳一种，可方学道）。旧炉伪款者，有永乐之烧斑彝（耳多宽索，腹多分档），景泰、成化间之狮头彝等（厚赤金作云鸟片帖铸之，原款用药烧"景泰年制"等字，二者价逊宣炉，后人伪凿宣款以重其价）。真炉真款而钉嵌者，宣呈样炉，宣他器款也（当年监造者，每种成，不敢铸款，呈上准用，方依款铸。其制质特精。流传至后，谓有款易售，取宣别器款色配者，凿空嵌入，其缝合在款隅边际，但从覆手审视，觉有微痕）。宣炉唯色不可为伪，其色黯然，奇光在里，望之如一柔物，可接掐然，迫视如肤肉内色，蕴火热之，彩烂善变。伪者，外光夺目，内质理疏，稿然矣。传宣庙时，内佛殿灾，金银铜像，浑而液，因用铸器，非也。宣庙欲铸炉，问工："铜何法炼而佳？"工奏："炼至六，则现殊光宝色，异恒铜矣。"上曰："炼十二。"炼十二已，条之，置铁钢筛格，赤炭溶之，其清者先滴，则以铸，存格上者，以作他器，故宣他器，先不极量于铜，后不致养于火，其入赏鉴，亚之。次窑器，古曰柴、汝、官、哥、均、定，在我朝，则永、宣、成、弘、正、嘉、隆、万官窑（首成窑，次宣，次永，次嘉，其正、弘、隆、万，间有佳者）。其时，饶土入地未恶，其土骨紫白料法，釉药水法，底足火法，花青画彩法，雅既入古，致又尽今，故悬日无多，而购市重值，传世永宝焉。永窑之压手杯，传用可久，价值甚高（坦口，折腰，沙足，滑底，外深青花，内双狮球，球内篆书"永乐年制"，细如粒米。鸳鸯心次之，花心次之），近者仿之以蠢厚，约略形似耳。宣窑之祭红杯盘，浑身者，红鱼者，百果者，发古未有（末西红宝石，涂釉内烧出，釉上宝红凸起紫黑者，火候失也）。青花茶靶杯（画龙、松、梅）、酒靶杯（画人物、海兽）、朱砂小壶、大碗（色红鲜，白锁口）、竹节卤壶、小壶、匾罐（皆罩盖者）、炉、瓶、盘、碟、敞口花尊、蜜渍桶罐（多五彩者）、白坛盏（心有"坛"字）、暗花白茶盏（瓮肚、釜底、绵足，里有龙凤暗花，底有"大明宣德年制"暗款）、坐墩等（有漏花填彩、有实花填彩，皆深青地。有蓝地填彩，有白地青花，有冰裂纹）。各有精者，而以花款、青色、釉光，品次之。他则水注（五彩桃注，石榴注，彩色双爪注，双鸳注，鹅注），笔洗（鱼藻洗，葵斑洗，磬口洗，蟠洗），两台灯檠，雀食罐，蟋蟀盆等，成窑之草虫可口、子母鸡劝杯，人物莲子酒盏、草虫小盏、青花酒盏（薄才如纸），葡萄靶杯（五色、敞口、扁肚），齐箸小碟、香合、小罐（皆五彩者）。成杯，茶贵于酒，彩贵于青。其最者，斗鸡可口，谓之鸡缸。神庙、光宗，尚前窑器，成杯一双，值十万钱矣（成、宣靶杯俱非所贵）。嘉窑，泡杯其最（低小磬口者）。花二友者，泡杯之最（水藻次之，灵芝又次之）。适用曰坛盏（大中小三号），内字曰"茶"，为坛盏最（酒枣汤次之，姜汤又次之，姜汤不恒有）。盏色正白，如玉斯美（釉嫩则近青，釉不净则近黄）。其青花五彩，二窑制器悉备焉。有三色鱼匾盏（磬口、馒心、圆足），红铅小花合子等（大如钱，有青花，有红花）。盖永尚厚，成尚薄，宣青尚淡，嘉青尚浓（成宣用青之漂，去其沉脚。嘉青全用浓者），成青未若宣青，苏渤泥青也。宣彩未若成彩，浅深入画也。嘉、万之回青，特为幽菁（鲜红土尽绝，色止矾红，而回青盛作）。隆窑之春宫，不入鉴藏，是其别已。其同者，汁水莹厚如堆脂，汁纹鸡橘也；质料腻实，不易茅蒇也（官窑土骨坯，干经年，重用车碾，薄上釉水，候干，数次而厚入骨最坚。出火口足釉漏者，谓之骨，则碾去，上釉更烧之，故鸡皮、橘皮纹起，久用口不茅、身不蔑焉。其发棕眼、蟹爪纹者，釉中小疵，反以验火候之到，亦如宣炉冷热充补，他铸无及者）。磨弄岁深，火色退净也。今市所争购，多当年不中御用者。其有龙纹五爪，不落民间，或碾去一爪而亦市之。次漆器、古犀毗、剔红、戗金、攒犀、螺钿，市时时有，而国朝可传，则剔红、填漆、倭漆三者。剔红，宋多金银为素，国朝锡木为胎，永乐中，果园厂制（合、盘、匣不一，合有蔗段、蒸饼、河西、三撞、两撞等式。蔗段人物为上，蒸饼花草为次。盘有圆、方、长、八角、绦环、四角、牡丹瓣等式。匣有长方、四方、二撞、三撞四式），其法，朱漆三十六次，镂以细锦，底漆黑光（针刻"大明永乐年制"字），以比元作者（张成、杨茂），剑环香草之式，似为过之。宣庙青宫时，剔红等制，原经裁定，立后，厂器终不逮前，工屡被罪，因私购内藏盘合，款而进之（磨去永乐针书细款，刀刻"宣德"大字，浓金填掩之），故宣款皆永器也。间存永乐原款，则希有矣。填漆款亦如之。填漆刻成花鸟，彩填稠漆，磨平如画，久愈新也。其合制贵小（深者五色灵芝边，浅者回文戗金边），其古色苍然莹然，其器传绝少，故数倍贵于剔红，故伪者亦多剔红。倭漆，国初至者，工与宋倭器等。胎轻漆滑，铅钤口，金银片，漆中金屑，砂砂粒粒，无少浑暗（有圆三五七九子合，有方四六九子匣，其小合匣，重止三分，有三撞合，有粉扇笔等匣，有水铫，有角盥，以方长可贮印者贵，香合次之，大可容梳具为最，然不恒有）。中国尽其技者，称蒋制倭漆与潘铸倭铜，然倭用碎金入漆，磨漆金现，其颗屑圆棱，故分明也。蒋用飞金片点，褊薄模糊耳。正统中，杨埙之描漆，汪家之彩漆（设色如画，用粉入漆，久乃如雪，或曰珍珠粉也）。隆庆中，方信川之堆漆螺钿，黄平沙之剔红，人物精彩，刀法圆滑。云南雕法虽细，用漆不坚，刀不藏锋，棱不磨熟矣。伪剔红者，用矾朱或灰，团起，外朱漆二层，曰罩红也。次纸墨，纸不如旧，墨不如新。宣纸至薄能坚，至厚能腻，笺色古光，文藻精细。有贡笺，有绵料（式如榜纸，大小方幅，可揭至三四张，边有宣德五年造素馨纸印），后则有白笺（坚厚如板，两面研光如玉），有洒金笺，有洒金五色粉笺，有金花五色笺，有五色大帘纸，有磁青纸（坚韧如缎素，可用书泥金）。宣纸，陈清款为第一，外则有薛涛蜀笺，镜面高丽笺，松江谭笺，新安仿宋藏经笺等，皆市。墨欲黑，古墨色光如漆，浓不湮沁，淡不脱神，今其法不可得。国朝御用内墨，则宣庙之龙凤大定，光素大定（青填、金填"大明宣德年制"字，别有朱、蓝、紫、绿等定），外则国初之查文通、龙忠迪（碧天龙气、水晶宫二种）、方正（牛舌墨）、苏眉阳（卧蚕小墨），嘉、万之罗小华（小道士等）、汪中山（太极十种，玄香太守四种，客卿四种，松滋侯四种）、邵青丘（墨上自印小像）、青丘子格之、方于鲁（青麟髓等，其子封曰"義仓篆"）、程君房（玄元灵气等，方程墨各有谱）、汪仲嘉（梅花图）、吴左干（玄渊、髻珠二种）、丁南羽父子（一两可染三万笔），今之潘嘉客（紫极龙光）、潘方凯（开天容）、吴名望（紫金霜）、吴去尘（不可磨，未曾有等）；而市品价尤重者，始方罗，

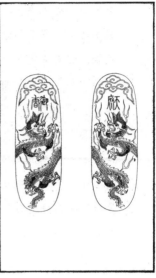

程君房的墨谱

中方程，今两吴也。罗尚珠宝，增墨之光，亦减墨之黑，罗不如方（宣墨亦太多香料）。程尚胶轻，宜南不宜北，程不如方。两吴质轻烟细，易松以桐，佐桐以脂，烟百两，油三石，今五石矣。远烟独草，今茜染四剖矣。胶用鹿麋，熟而悬之经年矣。夫焰头蚀烟则白，角以时解，胶则凝释，若遂能悬之侧轂，使轮旋而受烟，法古干漆，取代胶泥，徐铉、李廷珪，何至殊异哉！有内府扇曰宫扇，带曰宫带，香曰宫串。外夷贡者……

刘氏此文于明代主要工艺言之甚详，尤重其各时代之特征，有助于考古文学。但所言"墨不如新"，此相对而论也，以绘画用墨而言，当以制就六十年后最佳，盖胶适度矣，画有韵致即浓不湮沁，淡不脱神之谓。古墨虽佳，惜胶失性，刘之所言求新者，其意在此，但古墨加以调制，用时真称笔适纸，光彩炫目，宜乎古墨之可贵也。

古代砖价

苏州北寺塔重修，得宋明砖若干，宋砖有记年者，绍兴十四年（1144年）、绍兴二十三年（1152年）、绍兴二十八年（1158年）正月、绍兴戊寅孟秋（二十八年）、绍兴乙亥正月初三日（二十五年，1153年），均为重建于该时可证。砖文中复刊有："舍砖一千片，每片三十文。""转舍佛偰钱三十贯，买砖一千片助缘造塔。""每年舍钱三十贯印砖一千片，舍入报恩寺添助造塔。"于此可知南宋时苏州砖价。绍兴乙亥正月初三日一砖有"伏睹报恩寺重建宝塔六层未毕……"则至乙亥尚未竣工也。

明嘉靖年重修北寺塔，其砖有"嘉靖四十五年（1566年）六月"砖，同年五月初三日砖，其他尚有嘉靖三十七年（1558年）至嘉靖四十五年者，隆庆元年（1567年）二月初一日者等等。至于砖价则有"舍银拾贰两造砖肆千块""舍塔砖肆千块价银拾贰两""喜舍白银叁两造砖壹千块"。此为明中叶时之苏州砖价。可供研究我国建筑材料史之参考。

张之洞轶事

郑逸梅著《淞云闲话》，有载清张之洞轶事一则，谓："子入日本士官学校，毕业后，回至武昌，在督署前堕马殒命。死后杀马以殉。文襄曾为联挽之。香涛虽多姬妾，然皆不育。"按许同莘编《张文襄公年谱》光绪二十七年条："是月（11月）孙厚琨卒（游学日本，在学习院肄业。上年秋，避人言，令归。是年八月，赴日本观操，归至武昌，乘马入武昌门，马惊而堕，越日卒）。"则郑记失实矣。又香涛（之洞）侧室李、钟皆生子女。子仁侃（49岁生），女仁会（52岁生），李出。幼子仁乐，则系张晚年六十二岁时钟出，俱见年谱。许同莘久客张幕，是谱极详实有据。笔记之学，有史实可核者必稽查之，此治学之谨严态度也。

南京太平天国西花园，后为两江总督署，今园犹为南京名园。张之洞于清光绪二十一年（1895年）任两江总督，其子仁颋卒于江宁督署，系夜半经园池，堕水而卒。仁颋娶吴大澂女，始于上年十月十二日婚于武昌。

张之洞家为河北南皮大官僚大地主，即义庄之田一项而论计一千三百四十五亩（张之洞新置），费银一万七百七十五两。之洞所办学校义田十七顷有余，费银一万二千两并赐金所购。粮价以道光十二年论，粳米每石一千七百文，麦每石一千五百文。其时为光绪中叶，价值相距亦非太大，其豪夺可见矣。其他之土地尚不在内。

杭州书家

　　近数十年来论杭州书家，籍隶仁和、钱塘（今杭州市）者，自晚清之杨文莹（雪渔）、陈豪（蓝洲）、高学治（宰平）、高保康（龚甫）、王同柏、吴庆坻（子修）与稍迟之吴士鉴（纲斋），及杨学洛等去世后，当推马叙伦（彝初）、邵章（伯炯）、邵长光（裴子），此三公皆学人之书也。此外叶为铭（品三）（本新州人，入杭州籍）、武曾保（劼斋）、邹寿祺（适庐）、王禔（福庵）、孙智敏（廑才）、王仁治（潜楼）、叶尔恺（伯皋）、范耀雯、高时丰（鱼占）、高时显（野侯）、钟毓龙（郁云）、阮性山、徐行恭（曙岑），皆名于时。今凋零尽矣。至于久客杭州者有盛庆蕃（剑南）、马浮（一浮）、瞿鸿禨（子玖）、张之洞（香涛）、王荦（卓夫）、经亨颐（子渊）、康有为（长素）、林纾（琴南）、周承德（轶生）、余绍宋（樾园）、顾燮光（鼎梅）、陈橘（鹿笙）、章炳麟（太炎）、童大年（心盦）、陈三立（散原）、张宗祥（冷僧）、喻长霖（志韶）、朱家济（豫卿）、丰仁（子恺）等。俞樾（曲园）与其孙陛云、曾孙平伯，三世曾客杭。今仅夏承焘（瞿禅）、胡士莹（宛春）、沙文若（孟海）、陆维钊（微昭）尚居湖上。此外鲁迅、弘一法师（李叔同）、郁文（达夫）及沈钧儒（衡山）则皆客杭，而不以书家称，而实均书家也。弘一原为艺术家，后以佛学掩才名矣。

弘一法师的对联

浙江体育学校之创设

民国后上海、苏州有体育学校之设，今知者众，但浙江之有体专，今几无人言及者。浙江体育专门学校，为民初沈钧儒（衡山）主持浙江教育事业时所设，地址在城隍山，校长为王荦（卓夫）。王浙江仙居人，能拳术，长文学，尤善口技，效鸡鸣猫叫极似。后于席间表现口技，中风而逝。该校时间甚暂，即停办。沈为外舅蒋先生表弟。王则为余童年时近邻，皆以此事告我也。

海清寺阿育王塔

　　1972年9月南京博物院邀同济大学会同对连云港海清寺阿育王塔再度进行勘察，并作出维护加固方案。余偕路生秉杰与南京博物院蔡述传前往。蔡1955年4月曾陪我做第一次勘察者，流光匆匆，旧地重游，不觉已十七年矣。过去所撰《海州古建筑海清寺塔园林寺正殿勘查记》一文刊于《同济学报》1956年第1期。

　　是塔建于北宋天圣四年（1026年），至今垂946年，尚屹然矗立于云台山麓，方今大村水库建成，一塔卧波，倒影历历，风景信美，为连云港市添一风景新点。

　　我们从调查中得知，宋塔类多为砖木混合，即所谓砖塔木檐楼阁式塔。纯属砖结构者虽有所存在，而未若此塔之尺度大，盖从塔心柱及外壁，以至内廊、梯级、平座、腰檐等，皆莫不用砖砌，发挥了砖结构之性能。造型方面，外轮廓卷杀柔和，极具明秀稳定之感。今日所见宋塔同此类型者，以高度而论略逊河北定县北宋咸平四年（1001年）造之开元寺料敌塔，同为南北两巨构。据清《嘉庆海州直隶州志》卷第二十八《金石录》海清寺塔柳岙记碣所载："造塔都料泗水成守元镌。"可补入《哲匠录》。

考证研究不可轻下结论

曩岁于上海博物馆见清初袁江《东园图》，颇拟为文述之，因循至今迄未握管，盖颇疑其为扬州郊园，以文献无征也。见最近《文物》（1973年1期）刊有袁江《东园胜概图卷》一文，略有论说即谬误显出，其云："图中建筑均无挂落，想明代尚未应用，《园冶》所列装折、栏杆、漏墙，图式详尽，而挂落独缺，江南现存明代民居，也无此装饰，或亦明代未有挂落之明证。"此正乡村学究之言也，坐井观天，其浅陋令人发笑。今姑不论明代，其前之宋代已有挂落出现，宋画中之《玉楼春思图》《楼台夜月图》，其檐下皆有明显之挂落。其他明画及明构中细检之，当有更多可见。甚矣！考证一物，不细查与占有现存材料，必致乱下结论。而《文物》编辑亦似忽略详审也。

钱江大桥之设计者

茅以升以主持建造钱江大桥而负盛名，其实桥之设计者为罗怀伯先生英，今则几无人知之矣。罗为我国老辈工程师，留美，曾于民初教授南京河海工程大学，弟子名于时者颇多，以七十高龄编《中国石桥》及《中国桥梁史资料》二书，数次倾交来寒舍，书简往返，讨论频频，予亦数谒于其上海富民路寓所，尽以所集与调查资料奉罗翁。书成宴予于国际饭店，有俞兄调梅作陪，其时为十余年前。不久即下世。茅翁书来曾有"罗老成书，兄之力甚多，远超于我"之语，老辈谦抑，惭甚。

清华毕业留美之著名建筑学家

清华学堂毕业留美者，于土木建筑两界为数甚多，以予所教诸公其毕业年份如下：

庄俊（1973年八十五岁）（1910年），罗邦杰（1911年），庄秉权（1920年），赵深（1919年），梁思成（1923年），梁思永（1924年考古），陈植（1923年），童寯（1925年），杨廷宝（1921年），蔡方荫（1925年），董大酉（1922年），黄家骅（1924年），哈雄文（1927年），吴景祥（1929年已改大学）；其他，李铿（1916年），朱彬（1918年），关颂声（1913年），吕彦直（1913年）。

五亭桥仿自北海

扬州瘦西湖之五亭桥，一名莲花桥，清乾隆丁丑（1757年）创建。五亭桥上置五亭，下正侧有十五洞，月满时，每洞各衔一月，甚是奇观。至其形式之来源，木有言及之。按瘦西湖景物布置仿自北京北海，其白塔最为明证。而五亭桥者，盖以金鳌玉桥与五亭两者合而为一；于桥上置五亭，以概括简略之法出之，设计中之妙思也，其因以瘦西湖湖面小，不能一一照效仿，穷则思变，变则通矣。吾人自中南海望北海，深受启发。古代匠师其建造之时必受"南巡"时宫监之助，为之介绍北海情况也。

印泥

今日所见印泥有厚薄两种。过去上海西泠印社、碧寿轩（荣宝斋所售皆碧寿轩制）所制为厚者，福建漳州所产，上海张鲁庵所制皆薄者。此二种印泥各有所长，用时如能就刻面分别对待其效则显。封泥、秦权之类刻面精豪遒劲，宜用厚者，故吴昌硕、齐白石辈皆喜用西泠、荣宝产品。而元朱文（铁线篆）工整汉印，则宜薄者方不致有失字态。至于明时用水印（印泥极薄不掺油料）以钤明人刻印，雅淡古朴，相得益彰。固知任何事物必根据客观情况，区别对待方是。

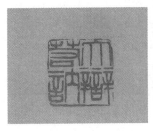 

吴昌硕所刻印

碑帖不宜装裱

予金石碑帖之学受之于潮阳陈蒙庵师运彰，师临桂况夔笙（周颐）高第弟子也，1955年夏逝世。北京故宫博物院托工振铎属予聘师往已不及矣。尝闻蒙师云："况先生于碑帖拓本不主装裱，盖一经纸托后，纸经伸胀，字失原形。"言之深具其理。

徽州住宅

　　自《徽州明代住宅》一书出，近人对徽州住宅常囿于该书之见，以为成说，以予客皖南一年时间所及者，就以彩画一端而论，亦非只木纹淡底者一种，以歙县斗山街十九号言之，其后厅梁架用青绿墨等重色为之，图案规则，风格颇近官式者。盖该地夏季炎热，用深色自有其理存在，北门内罗宅，其建造当在清初前，彩画亦非淡色，如云皖南彩画有淡色一格则可，不能一言皆概之。

"改园更比改诗难"

清人汪春田有《重葺文园》诗:"换却花篱补石阑,改园更比改诗难;果能字字吟来稳,小有亭台亦耐看。"前人修园之用心可见。苏州拙政园,江南园林之上选,而近年修葺颇多草率鲁莽处,予屡劝而弗听,其最令人难忍者,为见山楼下苇丛之易石矶,诚如满口金牙,伧俗可厌,致失苍茫自然之态。环秀山庄戈裕良所为石壁(壁岩)、石矶,诚为千古绝唱,但不能无处不效,成式求之,末学寡闻,始有此后果也。读士能师遗札有此一段,亦当年予道及此事而抒己见者。时1964年6月间。

前月中旬与童寯先生赴苏小住数天,并至吴江同里一游,匆匆五日,曾遍及诸园,觉苏地石料丰富,用石未免过滥。沧浪亭外岸悉叠石,不露寸土,反不自然。拙政园芦苇丛中竟建石矶,更不知是何用意。询之韩氏父子(按:为假山师韩氏父子步本、良沅、良顺),谓(汪)星伯意旨如是,而星伯不承认。不仅与文徵明拙政园图土岸多于石岸，大不相侔，且池水面积日小。令人为之一叹。怡园东侧读书楼原为该园十六景之一，虽颓废不宜拆除，已建议设法修复矣。在王言主任处见台从一函，以虎丘塔倾斜为念，足征关心古物甚殷，佩极。

星伯为汪坦父，旭初（东）先生之侄，于园林墨守清同光时旧法，修古园似非所宜。偶园水榭，刘主降低，汪主仍旧，争论至烈。二老师颇相投，终于不欢。但偶园水榭予则倾向汪意，今改动后未必为佳。其原构拙编《苏州园林》尚有遗影也。南京瞻园修石屏，同函中谓"瞻园南部假山正在修整，北山上茅亭拟拆去，易以石屏"。凡兹琐琐，足记陈迹，士师遗札，唯此而已。犹记是时予适偕诸生调查测绘无锡住宅园林。苏州邀予往，欲予调解水榭事，并询予意何如，趁便赴苏，所居之所正刘、童二公曾居者，方于日前离此也。

老虎窗始于汉代

老虎窗，今人皆以为近百年自外洋建筑输入方有，其实我国古固有之，山东博物馆所藏汉明器，已能见到。近则上海博物馆于月浦宋墓中所得一明器亦有同样之物，皆可征也。二器均为粮仓，于此老虎窗之开始，似首先应用于粮仓。盖贮粮食之所必空气畅流，否则粮食有变质之虞。予幼年见乡间粮仓除用老虎窗外，并用竹编成形若烟囱者，置于粮堆中以利通气，皆同一用意。

郁达夫笔中的日本建筑

郁达夫《日本的文化生活》：

> 日本人的庭园建筑，佛舍浮屠，又是一种精微简洁，能在单纯里装点出趣味来的妙艺。甚至家家户户的厕所旁边，都能装置出一方池水，几树楠天，洗涤得窗明宇洁，使你闻觉不到秽浊的熏蒸。

作者为文学家，但寥寥数语，真建筑行家之谈。"单纯里装点出趣味来的妙艺"，道出了日本建筑之精神。

庐山栖贤桥

　　1963年夏，予调查江西庐山及上清诸古建，有另文专述之。庐山栖贤桥建于宋，桥之正中券石刻有："维皇宋大中祥符七年岁次甲寅二月丁巳朔建桥，上愿皇帝万岁，法轮常转，雨顺风调，天下民安。谨题。"时为公元1014年。东侧外券第六块石上刻"江州（九江）匠陈智福弟智海智洪"，东侧第二券第七块石上有"建州僧文秀教化造桥"，西侧外券第七块石有"福州僧德朗勾当造桥"，可补《哲匠录》之遗。

明孝陵之营建

明张岱《陶庵梦忆》卷之一有记明成祖生母为高丽硕妃事。文曰：

> 钟山上有云气，浮浮冉冉，红紫间之，人言王气，龙蜕藏焉。高皇帝与刘诚意、徐中山、汤东瓯定寝穴，各志其处，藏袖中。三人合，

明孝陵

明孝陵

明孝陵

穴遂定。门左有孙权墓，请徙，太祖曰："孙权亦是好汉子，留他守门。"及开藏，下为梁志公和尚塔。真身不坏，指爪绕身数匝。军士輂之，不起。太祖亲礼之，许以金棺银椁，庄田三百六十，奉香火，舁灵谷寺塔之。今寺僧数千人，日食一庄田焉。陵寝定，闭外羡，人不及知，所见者，门三、飨殿一、寝殿一，后山苍莽而已。壬午七月，朱兆宣簿太常，中元祭期，岱观之，飨殿深穆，暖阁去殿三尺，黄龙幔幔之。列二交椅，褥以黄锦，孔雀翎织正面龙，甚华重。席地以毡，走其上必去舄轻趾。稍咳，内侍辄叱曰："莫惊驾！"近阁下一座，稍前为硕妃，是成祖生母。成祖生，孝慈皇后妊为己子，事甚秘。再下，东西列四十六席，或坐或否，祭品极简陋。朱红木簋、木壶、木酒樽甚粗朴，簋中肉止三片，粉一铁，黍数粒，东瓜汤一瓯而已。暖阁上一几、陈铜炉一、小箸瓶二、杯棬二；下一大几，陈太牢一，少牢一而已。他祭或不同，岱所见如是。先祭一日，太常官属开牺牲所中门，导以鼓乐旗帜，牛羊自出，龙袱盖之。至宰割所，以四索缚牛蹄。太常官属至，牛正面立，太常官属朝牲揖，揖未起，而牛头已入烊所。烊已，异至缮殿。次日五鼓，魏国至，主祀，太常官属不随班，侍立缮殿上，祀毕，牛羊已臭腐不堪闻矣。平常日进二膳，亦魏国陪祀，日必至云。

此文于孝陵之营建及祭祀足补史乘之阙。

装修各有特点

予所见装修印象最深者，江南当推苏州西百花巷程宅之罩槅。东北街张宅亦有佳构，三元坊席宅者虽精稍新矣。而程宅花厅确为乾隆年间遗制，建议移至环秀山庄，盖原址已无法保留，出此下策矣。奈以汪星伯之阻，卒不能建于假山之阳，今则既移厅于另隅，与假山无关，而洋楼取而代之，甚可惜也。厅中原有乾隆时楠木槅扇一堂，又为人毁去，其雕制之精，今苏州尚未有可比者。网师园装修，旧时独步苏州，其游廊皆置博古橱，窗槅以红木紫檀等为之，细雕精刻。予曾见残迹若干，皆无法并合复原矣。纽家巷纱帽厅，为清大学士潘世恩宅之花厅，厅三间突出抱厦，故有此名。予屡至其地，御书匾额犹完整，居者戴君于屋宇亦护理甚周。装修尚存原状也。曩岁以调查所得，刊拙辑《装修集录》及《苏州旧住宅参考图录》中，犹存其影。北方装修终似嫌粗犷，其精者当推故宫乾隆花园者，饶存南中秀雅精细之做法，今见有嵌螺钿者，嵌竹丝者，髹漆描花者，红木、楠木、紫檀、黄杨雕花者，真集装修精品之大成矣。殆皆南方进贡者。至于曲房密室，变化无穷，往往于室座后现一小门，盘梯而上又现洞天，新意层出，极尽巧思，惜此等建筑未能公开任人参观，盖尺寸受限，不能容大量观众也。扬州装修素负盛名，今零落几尽。康山街卢宅之楠木装修，仁丰里辛园之银杏装修，已为硕果矣。

叶恭绰与网师园

1956年冬，予编《苏州园林》出版，叶丈遐翁（恭绰）谓是填词好题材。后越数载有《满庭芳》一阕题网师园。赠予则云：

> 从周陈君，博学能文，近方编志吴门园林，极模水范山，征文考献之功。记洛阳之名园，录扬州之画舫，不图耄齿见此异书，顾念燕去梁空，花飞春尽，旧巢何在？三径都荒。追维前尘，顿同隔世。适承以佳楮属书，录杜诗以应，亦聊写梦痕而已。遐翁叶恭绰（时年七十又六）。

时1957年4月，《遐庵谈艺录》中《题凤池精舍图》云：

> 此图为湖帆杰作，故七年前来京曾征求题咏，然事如春梦，不复留痕，今春刘士能、陈从周二君北来，述及吴下名园各情况，云凤池

精舍已大异旧观，亭榭无存，花木伐尽，池湮径没，已成废墟，只嵌壁界石犹在，今闻之怅然，盖兴废本属恒情，况早经易主。唯造园艺术本吾国优良传统之一，且群众游赏亦文化福利之所需，今吴门百废渐兴，余终望各名园之能保其佳构也。又徐电发故居假山，在吴门升平桥街十四号，传出名工戈裕良之手，结构极有匠心，而知者不多，余告之刘、陈二君，必图保存，度二君必能有所规划也。附志于此，以念后来，遐翁再志（时年七十有六）。

遐丈客吴门，初居网师园东部，与张师大千分赁于张锡銮（字金波）后人者，后拟购升平桥徐氏故园，以旁建一洋楼未果。遂置西美巷汪甘卿宅，复营修小园，尤以梅花盆栽为盛。抗日战争开始，遐丈南行，其姬人自离，并售其所留各物。故"燕去梁空，花飞春尽"句盖有所指也。是宅西门南向，有厅事二，东则为园，余数临其地，为丈摄影若干。

八十四岁时复赠予一联："洛阳名园，扬州画舫；武林遗事，日下旧闻。"谓颇肖我也。其京寓在灯草胡同，小院一角，书斋悬毛主席亲笔手书《沁园春》词，写赠遐庵者。上款为誉虎先生正拍，誉虎为遐丈之字。曩岁沪寓在建国西路懿园，清词之辑，即在是处。时40年代初。殁葬南京中山陵仰止亭，亭遐丈所捐建。遐翁清光绪七年（1881年）十月初三辰时生于北京米市胡同。遐庵丈侄子刚兄函告："家叔遐公于1968年8月14日去世，经茅以升申请国务院批准，遵遗嘱将其骨灰葬南京中山陵仰止亭（此亭系遐生前献筑）。当时因刚被管制，不许奔丧，只得由国务院派秘书二人奉葬，在林彪、'四人帮'猖狂时，闻尚要拔其坟，暴其骨，幸宋庆龄及时制止。"

　　1972年10月始至1973年5月止，从周记于随月楼之梓室。1973年5月6日灯下，时年五十六。

陈 从 周 作 品 精 选

梓室余墨

（中）

陈从周 著

燕山大学出版社

· 秦 皇 岛 ·

卷
三

中国近代建筑教育之发展

我国之有建筑学教育，自1924年苏州工业专门学校建筑科始，其学制为三年。至1927年夏并入南京第四中山大学，未一年改江苏大学，又定名为国立中央大学，称建筑系。故正式大学之专业，应自并入南京第四中山大学始。工专只收学生三届，第三届读一年即停办，师生至宁，以合并关系，故是届学生至1930年冬毕业。张至刚（镛森）告余，渠为是届学生，今六十五岁（1973年）矣。

东北大学建筑系之设，为1928年夏，梁思成任系主任。梁1923年清华毕业，以追求林徽音（因），为林至东安市场购橘，乘摩托车被章宗祥汽车撞伤折骨，故1924年始去美，留宾夕法尼亚大学四年，1928年返国。是时教授除梁外，有林徽音（1928年到校）、陈植（直生）（1929年到校）。稍后蔡方荫及童寯、丁燮和等，于1930年到校。又有张申甫1928年到校，与蔡、丁等均教结构，"九一八"为日寇杀害。友人刘致平1928年入东北大学建筑系，至"九一八"日寇入侵，是届学生来沪，由赵深、童寯及陈直生师等为之补课，由大夏大学出文凭毕业。张镈1930年入东北大学建筑系，后转入南京中央大学建筑系。

传统建筑选址

　　我国之传统建筑，不论山间或园林，建塔筑亭，选地佳者，其位置必不在顶部，须略低于最高点，盖存含蓄之意，耐人寻味也。杭州宝俶塔，上海佘山秀道者塔等，无不如是。山间栽树，亦不可如怒发冲冠，其法亦然，使有不尽之意。路生秉杰戏为余曰，北京景山之亭，其

1906 年之前景山

非有置正中顶部者。此为特例，不能以自然景色之配塔亭，与严肃对称之宫廷建筑同一视之，且景山非尽一亭，其旁稍低，尚有四亭相配，故不觉其独单无依，危然山巅也。

造园密易疏难

造园密易疏难，华丽能达，雅淡艰至。疏而不失旷，雅淡不流薄，皆难得之境界。拙政园中部宜于疏中求之，留园东部宜于密处求之。网师园则疏密兼之矣。皆造园之上选也。唯以拙政园而论，与艺圃可谓并世苏州明代园林之硕果，奈拙政园屡经修葺，欲以藻饰出之，致违当年设计之初衷，用石增多，水面日小，殆有画蛇之讥矣。艺圃犹存明时风格，今园日颓，恐将不久于人世。明人园林若明人之画、诗文、书法、戏曲，有其共同之特征。清同（治）光（绪）后之园林，正八股文试帖诗矣。清末词家朱彊村（古微），词名满天下，晚岁居苏州鹤园，况蕙风（周颐）誉谓学人之词（见《蕙风词话》）。鹤园又正似画中之能品，特同光间较佳之作，宜乎彊村之欣赏是园也。

词中"空灵"二字，亦造园家应具之要旨。

俞平伯诗寓乡思

曩岁余调查苏州俞氏曲园，曾为园中芙蓉折枝，为平翁索去，报余一诗："丹青为写故园花，风露愁心恰似他；闻道曲园智井矣，一枝留梦到天涯。"题云《随月楼主人画曲园芙蓉折枝相赠，尘以小诗》。平翁居北京东城竹竿巷老君堂，盖有乡思也，诗则似《红楼梦》中之笔意。

叠石重拙难

　　叠石重拙难，古朴之峰尤难立，森严石壁，亦非易致。而石矶、步石及点缀散石，正如云林小品，其不经意处，亦即最全神贯注之地，非用极大功力，深入思考，对全局作彻底之分析解剖，然后以轻灵之笔得画龙点睛之妙。明代假山，其质厚处耐人寻味。清代晚期欲以巧胜之，以其堆造易于重拙，实则真巧夺天工之假山，未有不从重拙中来，盖石之美在于重拙，自然之理也，如没其质性，强求形似某物，必不能有佳构。余固言之，主峰者抽象之雕刻品也，重在"抽象"二字，知此则叠石之理明矣。

石壁、步石等之极致

石壁之佳者，当推上海豫园、苏州耦园。步石之佳者，应列苏州环秀山庄、艺圃、常熟燕园。飞石则上海豫园黄石山中独步矣。环秀山庄之壁岩、石矶，今未见有能胜之。

借景之二

　　园林之妙，在乎借景。城市之园亦应立足能有景可借，苏州城内诸园，如拙政园犹借景北寺塔也。常熟城内之园，因城系倚山之城，其西部占虞山之东麓，故城内造园，须考虑对自然景色之运用，所谓借景也。赵园、虚廓园以园内水面较广，补以平冈小阜，其后虞山若屏，俯仰即得。其周围筑廊，间以漏窗，园外景物，更觉空灵。而燕园、壶隐园，园小，复间有高垣，无大水可托，其借景之法，则别出心裁，更创新意，乃于园内建高阁，下构重山，山巅植松柏丛竹，登阁凭阑，可远眺虞山，俯瞰涧壑，幽篁虬枝，苍翠映眼。诸园中难忘者为燕园与环秀居，燕园负盛名，屡有述及，而后者小园真假山中之瑰宝杰构也，一别近二十年矣。闻明构厅事已毁，池石又不知何如也。此园之精，在于水石山池。厅三间，犹是明末之物，施彩绘，有木制瓣形柱与板，在苏南为仅见（《苏州旧住宅参考图录》有照片）。厅南小院置湖石，瘦竹古木，楚楚有致。厅北凿大池，隔岸叠湖石山，洞壑深幽，崖岸曲折，仿太湖景色，以其向北，尤觉深杳，水自西山之间出，复绕其后，若山麓之巨岛，浮于绿波之上。山巅稍低处植白皮松，大可合抱，古拙矫挺，俯瞰池上，江南园林中以白皮松而论，此为冠矣。厅东有廊，可道至假山。山后虞山如画，招入园中，倒影之美，尤胜直观，盖远景近景，实景虚景所组成之幻影，坐厅中尽入眼底矣。环秀居原为明钱岱宅园之旧址，清顾葆和得之，名此。

郊园则着眼借景，盖占自然风光也。园本身则雅简出之，草堂小筑之谓也。苏州木渎，傍灵岩之麓，远依天平，固造园之佳址。以地位论当属郊园，然事实不尽然也。高义庄似尚可称郊园，而羡园等旁镇之园，犹城市园林一类，第借景特佳耳。且华丽修整，模水范山，一似城市者。羡园往矣，其旁一园规模亦好，古树山石，尤属上选，惜近十余年又不保矣。如是，则木渎园林荡然尽矣。灵岩固为风景区，缺此一端实美中不足。盖人仅知名山之美，不解是处园林有静览云烟，坐观峰峦之妙。不能就山论山也。北京西郊诸园之所以有卓绝之成就，在乎其能园外求物，景外求景，木渎住宅今存者当推清人冯桂芬一宅。敌楼存者近又毁。

借景筑园

园外有景，借景也。园中求园，大园包小园也。湖中求湖，大湖包小湖也。颐和园之有谐趣园，西湖之有三潭印月、小瀛洲，皆为明证。借景，则尤为造园者首重之务。余尝有《论建筑中的借景问题》一文刊在《同济大学学报》1958年第1期。树上有树曰寄生树，拙政园海棠春坞有之。景中有景，园林中之大境也。

南北园林色彩

　　园林中求色彩，不能以实求之。北京早寒，树多落叶，故西郊诸园遍植松柏，以植物之色衬黄瓦朱廊，更以蓝天白云为整园背景，皆于虚中得之，正用侧笔绘出。江南园林则以粉墙素壁得万千之变，白本无色，而色自生。池水无色，而色最丰。色中求色，不如无色中求色。因此园林当于无景处求景，无声处求声。动中求动不如静中求动。以少胜多，斯亦造园之要旨。

苏锡园林风格迥异

苏州、无锡近在咫尺，而建筑风貌特异，尤以近百年更为突出，盖二城市经济基础不同所致。苏州乃地主与退休官僚寓居之地，其住宅园林皆属封闭性，外观简陋，内部则华丽精致，求一己之享受，不欲外人知之也。无锡则富商为多，假建筑炫富，以达其营业之昌盛，故建筑外观讲究，墙垣门屋，水作装饰，木工雕刻，虽嫌庸俗，然皆工整为之，用此招揽。至于建筑内部，则迎客接宾之所，尤为着眼所在。翻轩建造甚精，花篮厅结构亦好。以晚近园林言之，凡资本主义社会交际所需一套俱全，蠡园可谓典型矣。而滥用山石，丑筑奇台，无不环绕一"阔"字出之，视其前者梅园则每况愈下矣。

寄畅园为无锡今存园林之首，惜八音涧修后已失原貌。其新移入之主峰极有透漏之妙，且高逾丈，苏州园林一二名峰差堪与之颉颃，如不以名论，尚不能敌也。此石，1964年夏余于城内王氏废园访得。园固明构也，惜人不知之，遂废。今所存者唯一洞，甚深邃，上置石过梁，山顶置巨峰，移寄畅园者，即置于是处者。洞前有池，早填没矣。苏州留园之冠云等三峰乃移自马医科巷明申文定公祠。申祠今犹存一小峰，甚挺秀。

无锡荣氏财雄甲东南，其住宅园林，在荣巷之老宅亦殊平平。太湖梅园未臻其善，仅一楠木厅系拆迁自他处者颇精致，数主峰稍具姿态外，无可足述，盖荣氏已走近代资本主义道路，不欲以大量资金投于不动产，而以资金作再生产，视其前之资本家进步矣。此治近代我国经济发展史者应注意及之者。

园林与花木搭配相得益彰

我国园林于植物配置一节，不能以西洋绿化原则衡之。其首要者必通中国古代画理，明入画与不入画之关键所在，此根本也。山石者，山水画之实物；花木者，花卉画之真本。一真一假。故花木之倚山石，老树修竹之相呼应，亦即以天空、粉墙、建筑物等为素笺，经画家之组合，然后跃然于笺上，移步换影，幅幅丹青矣。故园林之画家，实造园家耳。至于平时剪裁，其高下之相称，姿态之屈伸，宜删宜留，必经反复审视，绝不能就树论树，必前后左右，高低上下兼顾，正如作画之布局，煞费经营也。盖中国花木侧重孤赏，尤重姿态，正如戏曲音乐之独唱，首重旋律，书法绘画先观用笔，其原则一也。殆亦我国民族风格之特征耶？即令枝干配合，亦如画之组合，绝不能草率从事，一枝一木皆起作用。故一树乱修，一园景损，其出入有如此者。过去名园中其植树栽花有师某家画意组成者，有仿某某园者，下笔审慎，图裁一也。甚至为移植一名花嘉木有毁墙拆屋几费周折，用心费力可谓极矣。观今日苏州拙政园、留园及无锡寄畅园诸老树已死，园顿失色矣。此道明人计成言之甚详。杨廷宝先生昔营宅金陵，选地必求有大树，然后就其隙地建屋，真行家之举也。北京和平宾馆原为那桐园之一角，有古木合抱，设计前周总理指示必保留古木，后杨先生设计将其组合在内，锦上添花，为宾馆生色，诚足可范者。

我国园林花木，入画为先，孤赏为主，组合成图，已述之于前，以园林多封闭，面积又紧凑，故"空灵"二字为造园之诀。花木尤重姿态，以少胜多，叶枝透漏，今人所谓有空间感也。其法空其下部，枝干脱脚向上发展，即建筑物在前者亦不碍视线。而亭亭如盖，爽气自来，且亦不占底部空间，而景物层次增多。补白植物，如书带草、幽篁之属，前者伏地而不上长，后者疏秀而不丛集，必有透漏之感。而植物宜瘦不宜肥，鲜有蠢干阔叶而适于奇峰怪石间者。白皮松之独步我国园林，盖叶具松秀，干多古拙，虽年少已是成人之概。杨柳原亦植于园中，古代诗词中屡屡见到，且有万柳名其园者，但江南园林则罕见之，盖江南园林占地甚少，且柳树濒水，生长至速，叶重枝垂，不但顿塞空间，且阻视线，画意难述，空灵不逮矣。而北国园林，柳树高挺，别饶风姿，树南北虽同，趣味殊异，反增空间之感，而长条婀娜，柔情万千，为园林生色不少，故具体事物具体分析，不能强求一律也。谓南方园林不植杨柳，因柳树短命不吉所致，此未明画意诗境，听人之盲谈也。

朱元璋之像

关于明太祖朱元璋之像，近人有所论述，以为丑像非真实面目。谈迁（孺木）《枣林杂俎·智集》"疑像"一节云："太祖好微行察外事，微行恐人识其貌，所赐诸王侯御容一，盖疑像也。真幅藏之太庙。"可资参证。"郊灯"条："南郊灯杆，高十二丈有奇，灯笼大丈余，容四人剪烛，郊之夕，洪武门、皇城各灯如之。"此明初南京灯况。"沈万三"条："南京会同馆，富人沈万三（秀）故居也。馆圮，遗础尚存。人疑其有藏金，颇坎掘。翰林院四书棜，各高丈许；工部节慎库四铜棜，高可过人。国子监四铜缸，光禄寺铁木酒榨，每榨用酒米二十石。俱其物。"明代家具今遗者中叶后较多，此犹明初也。而酒榨一端，似值注意，盖明初手工业酿造资料。

［明］佚名《太祖坐像》

［明］佚名《明太祖朱元璋正形像》轴

应县木塔

山西应县木塔，为现存古建筑之精品，国宝也。《枣林杂俎·中集》"应州木塔"条：

> 应州佛宫寺木塔，四层六檐八角，高三十六丈，辽清宁三年（1057年），田和尚奉敕募建。塔后殿九间，通一酸茨梁。洪武元年（1368年）四月八日，塔顶佛灯连明三夜。文皇帝北征，幸其上，题"峻极神功"。后武庙巡应州，题"天下奇观"（《应州志》）。按佛法，佛菩萨塔高十三层，辟支塔应十一层，阿罗汉四层，余随品级减之。此八种塔，并有露盘。佛塔八重，菩萨七重，辟支六重，四果五重，三果四重，二果三重，初果二重，轮王一重。凡僧但焦叶火珠而已。后世建塔，不原佛制，圣凡相滥，纰缪至多。

从周按：是塔今经测量，高为67.31米。余1955年夏曾临其地。

扬州文峰塔

扬州文峰塔，濒运河，出万家灯火之上，数里外望见其高耸于云霄。古代之塔，构成城郭之美，此为一佳例，特今日城垣已毁，略形逊色耳。不能以塔之年代稍晚而有所贬低也。塔原为释氏之物，而今名为文峰又与儒家发生关系，盖扬州科第不显，止以求昌盛。浙江崇德县之文峰塔建于县文庙前，其用心一也。明万历十年（1582年）知府虞德晔建文峰塔。清咸丰癸丑（1853年）寺毁，塔仅余砖心。今所见焕然外观者，1960年左右扬州城建局重修。塔七层，梯级砖砌于塔壁中，为明人习用手法。

苏南民居之大门

苏南建筑民居中之大门有矮挞，矮挞为窗形之门，单扇居多，装于大门及侧门处，其内再装门。其上部流空。此制见姚补云所著《营造法原》，实例亦能见到。紫江朱先生谓此为元之遗制，当时禁人掩户，便于检查。生前屡屡以此告后辈。杭州称矮挞为挞儿门，又称地槛门，其制通常为二扇。上半流空处或为窗扇，门窗不连装，可各自独立。后者以沿街楼房为多。

江南大门除木制库门外，最常见者为石库门。但窗店有和合墙门者（和合石库门），凡用此种库门，其店铺出售两种主要产品，如左为油店经营铁锅油类，右则为纸铺，出售纸张，少时曾见有成大油行、大益纸店者即如此。库门内为一横长天井，东西分别列柜售货。用此种布置，一为可以突出店铺之宏伟，二为库门上可分别书市招，且可便于人流之出入。古诗云："两寺原从一寺开。"此正二门实为一门，一门分二门者。

左腕画与舌画

我国绘画有用左腕者，其最著者应推高其佩。昔时所见袁次安丈文蔚左腕画功力亦深。丈曾客余家授我诸兄绘画，时余则尚垂髫也。至于舌画，近数十年来唯见吾乡王二南先生有此绝技，王为文学家郁达夫妻王映霞之外祖。

近代杭州之画家

　　杭州近数年来之书家，余既述之于前。今就记忆所及叙画家于后：清同光后画家，当首推陈蓝洲翁豪，次子陈仲恕（汉第），及至40年代末亦无有能超之者。其他清末王馥生之人物及写照，戴以恒（用柏）之山水，童凤之花卉，民初樊曦之山水，皆蜚声于时。其后为数增多，如高氏兄弟时丰、时显（鱼占、野侯）、丁辅之、武曾（劫岩）、余绍宋（樾园）、王云（竹人）、王杰人、菊人、姚虞琴、楼辛壶、李叔同（弘一法师）、经亨颐（子渊）、张宗祥（冷僧）、沈炳儒（蔚文）、袁文蔚（次安）、向镛（金甫）、张伯英、金鼎（耐青）、俞语霜、王仁治（潜楼）、戴滨（渔舟）、陈璞（赘身）、陈其舟、赵鉴（肃英）、童大年（心龛）、高时敷（亦虹）、阮性山、张光（江薇）、张钟琦（子屏）、潘天寿（阿寿）、韦熊（元璋）、申石伽、唐云、王小楼、沈薇青、钱仲则、项养和、郑祖纬等。任伯年、吴昌硕、吴伯滔等皆客杭州，为时极短。

画家用笔各异

　　画家用笔各因其所画之不同，选毫有异。老辈画家全仗工力，除工细、仕女、人物于笔精制外，余则往往以书法工力深有以作书之笔而为画者，屡屡见到。高鱼占先生写松，则以书章草之秃笔为之。俞樾画竹有声于时，则借力于日本马毫也，以其坚挺刚劲。吴湖帆书瘦金体，硬毫书千字则弃之，用笔皆精选，吴门画派之流风也。吴昌硕用书石鼓之羊毫作画。徐悲鸿喜用旧毫秃锋。张师大千山水人物勾勒用北京胡文奎之小红毛，山水之皴、花卉勾筋等亦皆用之，几为作画之主要笔矣。又有"大千笔"者，系仿之东瀛硬毫，其画荷叶、荷枝及花卉等，皆以此笔出之。笔价甚廉，新时可出枝，旧时可点叶。山水点苔有用极坚之狸毛毫，亦用"大千笔"。题款则常用狸毛毫，书联用长锋硬毫。染色以李福寿大、中、小白云为多，以其柔中带健、蓄水且丰之故。白云加健有兼狼毫羊毫之长。湖州杨振华名笔工，尝为湖帆、大千二画家制笔。北京胡文奎、李福寿又为大千师制笔。少时曾见王竹人先生所用画具，王与文馥生弟菊人、杰人，俱以工细人物、仕女写照，在浙中久负盛名。画宗费晓楼，书法恽南田。此派书画极雅洁，故用墨、设色非常认真。砚则选端石之上品，质细而能发墨，洗涤不留一点宿墨。以小锭轻胶陈墨匀磨（小锭墨烟细）。勾勒，则用紫毫须眉。色则轻胶：石绿、石青、朱砂，以小研钵细磨漂净，用极淡牛皮胶和之。色盘用小格上加盖，不使灰尘浸入。一次用毕，绝不用宿夜者。至于扇面，以通草（中成药铺有）团轻擦，去其油，用柳炭勾稿（柳条必先浸于水中多天，去其树胶及树脂，然后以火烧成柳炭），勾成待干，以雉尾帚轻轻拂去，再作设色烘染等。最后用印，上以明矾粉和朱砂轻散其上，略待拂去，印泥已干矣。

忆张大千师

张师大千名爰，四川内江人，初习染织于日本，幼从其姐习绘事，后复受其二兄善子先生（泽）书法，善子先生长师十七岁。予等呼善子先生为二老师。至上海，兄弟师事临川李梅庵（清道人）及衡阳曾农髯（熙），故其书法似李、曾。画则初摹石涛、八大，盖亦受之二老也。

传统漆法

近阅《漆工经验介绍》一书，对于我国传统漆法亦未有所较多道及。苏州工艺美术对其所述如下：第三道工序是磨漆。磨漆所用的工料是：砂皮、木贼草、砂叶、生漆、石膏、钻粉、由粉绵、老棉花、颜料等。漆工顺序：嵌棉漆（用生漆、石膏相拌）——打生坯——刮棉漆（老棉花）——磨工——刮棉漆（嫩棉花）——磨工——水磨（用木贼草）——第一次揩漆——流砂皮（用最细最纯的砂皮）——第二次揩漆——流砂叶（疑皮之误）——第三次揩漆，至此工序才告完毕，但工件还要放气温适当、干湿度相宜的地方，过一个时期，候其干透，才能出售或使用。此就苏式红木家具之漆法。余自幼即好土木之事，曩岁所见老匠师之操作略述于后，而惠我最深者为周炳峰师傅，流光匆匆，距今四十余年矣。

湖南、湖北明时称湖广省，清代犹称总督为湖广总督。故昔有"湖广熟，天下足"之民谣。建筑上所用广木，即产于湖南、湖北二省之杉木也。犹江西所产者称西木，福建所产者称建木（又称建杉）。漆中有生漆、广漆之称。

广漆之名殆与广木同，随产地而称者。余询之李洪发师傅，亦同余见。童时见徽商茶叶铺皆附有徽严生漆之市招，徽指旧徽州府治，严指旧浙江严州府治，盖当时茶叶铺兼售漆也。天然漆北方称大漆，南中称生漆，生漆经日晒或低温烘烤，去其漆中部分水分，因其所去者之多寡，有称九成、八成、七成等之别。名之曰棉漆、熟漆，或推光漆。广漆乃棉漆加桐油或苏子油，呈半透明状。更有朱红漆、透纹漆亦系棉漆掺色加油而成者。广漆又名金漆，北方更名笼罩。

北方嵌缝用生漆调土子粉或石膏粉，称腻子。南方嵌缝则以生漆调石膏粉，亦有用猪血调者。至于漆红木紫檀，有用朱砂代石膏者，漆成后纹理甚美。北方在漆第三道漆之前有用水磨者，其法乃以江石或细瓦片蘸水打磨平滑，此水磨也。犹存明代旧法。明时刨尚未发明，木之表面用铲（锛）刨平后，则以水磨法加工，使之光滑。

棉漆之制成，其法以生漆用粗夏布过滤，然后再以夏布衬一层丝绵包之，此滤出者谓之精滤。至于金漆之加熟桐油，春、秋、冬三季各掺二份，夏季三份，然施工时仍有酌加棉漆者。推光漆乃棉漆经过微火或水浴徐徐加热（30—40摄氏度），使呈黑色时为止。亦有为便利施工加十分之一之熟桐油，或少量猪苦胆汁者。

漆之打底有用红矾、黄栀子、猪血等，盖视所漆之物需色而定也。朱红漆乃以广漆加银朱，其比例为一比一。至于红木用擦漆，即以丝绵团蘸漆涂擦，苏州漆工允称上手。而广东所产广帮红木家具则用上蜡。北方红木上蜡之法（包括其硬木），其法用蚕丝头蘸金漆和棉漆之混合漆，冬季应棉漆多，达七成。薄擦一层，干后用细砂打磨，再经过二三道漆，干后以川蜡（硬石蜡）化开，用白棉布做成平擦子，蘸上熔化之川蜡，擦于漆膜上，随擦随时用火撑子烤。待至冷却，再以白棉布将浮蜡擦去。

使用天然漆必须先用丝绵团蘸漆涂擦，次可用刷，故过去匠师双手均为漆污。油漆中有披麻捉灰之法，北方绘彩画前必施之，其法乃以麻和猪血或生漆涂上，外施灰，亦以猪血或生漆和之，磨光，外绘彩画。南中富豪之棺材用麻灰，麻者为夏布，灰之佳者用磁灰，次者用瓦灰。北方房屋除彩绘外，高级者类施披麻捉灰。

旧式市招，以及裱画之裱桌，皆必须披麻捉灰，使之表面平整如镜。

柿漆

柿漆者，产徽州府属，取于柿实者，此柿非吾人所食水果之柿。雨伞绵纸制者有上柿漆。徽州所产雪梨，雪白莹洁，久藏不坏，在生长期间外必包以梨袋，梨袋用纸折成，外涂以柿漆，袋之下部打二小洞，使雨季时不致积水。在梨实初长时套上，至实熟摘下，出袋之梨，丰美逾常。皖南、赣省之人，夏季必食此梨，以其清火也。今以其耐藏且色泽佳，故多作出口。

坊门

旧式街巷置有坊门，犹存古制也。杭城过去三元坊、保佑坊、清河坊之间，皆有圆拱之坊门，后筑马路拆除。记得清和坊之坊门旁为张小泉剪刀店。按剪刀店皆悬张小泉号，杭城最出名者当为张小泉近记，在大井巷与同巷之胡庆余堂药铺，及巷口之朱养心膏药店可谓鼎足矣。

杭州名店

和坊街之王顺兴饭店，以件儿肉（家乡盐肉）、鱼头豆腐，自乾隆后享负盛名。清和坊之方裕和南货店、舒莲记扇庄、万隆盐鳌店、翁隆盛茶叶店、咸章绸缎店、宓大昌杭烟、金波桥文隆酱鸭店。保佑坊之万源绸缎店、天章帽庄、回回蓝弦线、高义泰布庄、太平坊之边福茂鞋庄。而浣花、匀碧二斋之宣纸，其铺于保佑坊相对设。邵芝岩、石爱文之笔墨则三元坊相向出售。荐桥宋恒盛水磨年糕、颐香斋条头糕，皆有名。乾源、信源、义源三金铺设于荐桥桥头珠宝巷口，其建筑与三元坊之浙江兴业银行（沈理源设计），同为近代建筑史之重要证例，皆西方古典形式，具清水磨砖对缝，做法极工。

保佑坊伊斯兰教凤凰寺前之清真羊汤饭，专售羊肉，除此之外，和坊街尚有一家。此种羊汤饭，百余年前之文献已有记及者，由来久矣。凤凰寺之建筑，其砖砌拱顶，余以松江清真寺证之，当为元末明初之构。玉石雕竹节状基台亦为明刻，季思君断为宋制，误矣。北方之古建筑工作者，一至南中，往往在断定年代上推早，盖不明南方尚保留较多之旧手法也。

杭州药店

杭城药店，当推叶种德堂为最早，其后清季有胡庆余堂、万承志堂，始鼎足而立。种德堂市招为梁同书（山舟）所作足丈楷书，设铺当在清中叶前也。清末民国初洋货内销，弼教坊之程松茂，三元坊之于大顺，应时而起，于欧战后皆暴发矣。至于参店集中于珠宝巷内。

杭州近代新式工业

新兴工业之绸厂，当推朱梅轩主办之纬成公司，及金溶仲主办之日新公司，及金弘人之振新绸厂、徐吉生之庆成绸厂、袁震和绸庄等。较前者为蒋广昌、悦昌文记（又名王悦昌）等厂。大有利电灯公司、江干光华火柴厂、拱宸桥之通惠公纱厂（淮军系统高懿臣主办）则尤为较大工业。照相馆于清季首创者为二我轩，设旗下花市路。童年所见该店摄之照皆盖有俞□□摄印，俞为店主也。

苏杭二州之徽菜馆

今人至西湖游览皆欣赏奎元馆之虾爆鳝及片儿（竹笋肉片）川面，此实徽馆名点，旧时杭城有二家著名，一即官巷口之奎元馆（今已移店址），一即保佑坊之聚水馆（北市尚有源源馆、振源馆二家）。苏州东中市旧有一徽馆面店，亦出品相同。盖此二城徽属流寓者多，遂有此徽式名点应市也。余客徽访此类面馆，今已不可得矣。

西湖醋鱼

西湖之醋鱼，为世盛称，此即旧籍所称之宋嫂鱼。昔有宋嫂者居涌金门外，以制醋鱼设肆应客，人争效之，至今醋鱼之名且可满天下，而宋嫂鱼之名，却知之者鲜。

杭州之会馆

　　杭城之旧会馆，其建筑足述者，当首推新宫桥清道光十四年（1834年）四月建之药王庙（药商会馆），斯业者多为甬人。紫垛桥之安徽公馆亦古旧，内尚具园林，小肖山石之胜。开元路之幽冀会馆（八旗会馆）、三元坊之湖南会馆，亦人皆知之。后者为太平天国后湘军军工所建，建筑犹湘中做法也。会馆中以头发巷绸业会馆最晚出而最豪华，以丁松生宅之花园部分所建，厅事四五，高敞轩举，所悬字画皆名人笔墨。其花园在厅旁，倚墙缀长廊，花厅为四面厅，玲珑剔透，有花池甚广，假山突兀而起，下有一洞，与湖滨清华旅馆园中者相似，出晚近金华匠师之手。清季民初，绸商雄于资，此建筑中充分反映矣。至30年代绸业渐衰，遂出租为穆兴中学矣。

杭州城内有水田

城中正式有水田者，其唯杭城贡院西之学田，俗称状元田。余少时肄业盐务初中，校址正对此，故校歌有云："面田畴，背岗岭，弦歌绕绿荫。"盖指是景也。岗岭者，为城北火药库军械厂之土山。

鲁、苏二省游记

1973年6月，因国外进修教师来同济大学建筑系学习，其主要研究对象为我国古代艺术，予任其事，为布置参观项目，遂与路生秉杰于是月10日发上海，11日抵济南，经聊城，绕泰安，登岱岳之巅，复去长清观宋塑，留曲阜一周，过金陵、吴门返沪，已7月11日夜矣。为期一月余，所见可志者聊书于后。

济南神通寺在郊外柳埠，四门塔为我国建筑史之重要证物，其建造年代过去认为东魏武定二年（544年），盖据佛像题记也。今适在修缮，见拆下顶部石板阴面刻有"隋大业七年（611年）造"诸字，则确切建造年代也。过金陵以此告星野（卢绳），星野愕然，因渠尚持此塔必早于武定二年之论。

神通寺山麓，新移来四方石制小唐塔，极精，尤以四角雕龙石柱，玲珑可爱。

墓塔区之元代墓塔，有砖砌山花，细部与木构建筑几无大距离，为研究元代木构建筑极好旁证。

乘自行车上九塔寺，寺距神通寺十余里，驱车上坡，时值中午，汗流如雨。塔方于前数年修竣，友人范征一主持之。塔下有一唐残石刻莲瓣，凤凰生动遒劲，为极难得之作品。已告市博物馆移神通寺文物室。鲁省古代石刻特多，此其一端耳。文物陈列室有一唐滴水，古代瓦器最少滴水，殊可珍也。

济南博物馆，建于1940至1941年间，有题记于屋基，仿北京王府，以新材料出之，雕梁画栋，廊庑围绕，间畅明静，亦言近代建筑史一重要实物也。

济南多泉，近于泉区叠堆假山，新意层出。济南附近产石，石尚存透漏之姿，唯稍粗健耳。此种石料由市区至柳埠途中屡见，为山水冲洗而成者，丁丁之声不绝于耳，皆称上选。因经数年来之实践，渐知石文石理之道，成品已趋自然矣。大明湖进口一区，虽略逊黑虎泉，亦楚楚可观。趵突泉进口最劣，谓出自苏州韩生之手，盖南匠不熟悉此石之性，率尔为之，不足观也。

15日去聊城，有韩兰舟及任保敬同志作陪，汽车午抵聊城东关。此行主要为修理明构光岳楼事。午后登楼，鲁西平原历历在目。关于光岳楼之勘察，已有专文详述（刊于《文物资料丛刊》第2期），此不复赘。

堂邑距聊城四十里，文庙大成殿以予鉴定，为明构，经清乾隆时重修。屋脊琉璃极细致工整，犹为明时旧物。

仪门情况亦仿佛似之，梁架未见，盖为顶棚所掩也。其前古柏虬枝夭矫堪入画，碑楼仅柱为明时物。

聊城杨氏宅及海源阁藏书楼已夷为平地，今建招待所，予即居于是处。文化馆出示海源阁旧照，宅系当地四合院平面，阁为三层，皆建于清道光年间。

自聊城去泰安6月20日也，晨发午至。途经黄河大桥，为新建，工程甚巨，以钻探所得岩石置于桥畔亭中以作纪念，使览者知创业维艰，法至善也。

岱庙规模严整，其围墙门制，犹是宋金旧规，观未毁前照片，颇似宋"清明上河图"之城楼。正门三洞，加左右者计五门，气势雄伟，原构为明重建。角楼外观，变化亦多，惜今无一存者。岱庙最古建筑当推此门宇，心向往者三十余年，卒不及见矣。

天贶殿为岱庙之主体建筑，清官式做法，壁图巨幅，其绘制年代，诸说纷纭，以予所见当属明代，其人物衣冠仪仗等姑勿详考，即图中所示明代交椅一端，其上限绝不能超此矣。鉴定古物首先观其气，究其风格，然后察其细部，尤以建筑器物部分特征最显，其漏洞皆存于是处，作伪者绝无此细微精审之力。即为古本所临，其结构组织，细部花纹亦不能一一无不周之处。文物部门，于古画不能审定年代者，予以此法共同进行商榷，得以解决其真伪年代。

岱庙宋碑极佳，尤以碑座雕刻，几与宋《营造法式》无二致，惜不能起梁公思成于九泉，共同赏之，以补其所编《宋营造法式图注》也。犹记其生前因是书屡屡嘱集资料，其情宛似目前，今则人天永隔矣。

予懒于登山，所经名山多矣，如仅属名胜，则望山而已。但爱古建筑若性命，有之则山虽高，峰更险，亦必奋勇以上。泰山因碧霞祠一组建筑，遂使我扶杖登临。同行中有张建新老人，六十九岁矣，今之杨惠之也。其塑像独步鲁中，今犹供职泰山管理处。泰山气势正如杜甫所咏"会当凌绝顶，一览众山小"，概括尽止矣。少时读清人姚鼐《登泰山记》"望晚日照城郭，汶水、徂徕如画，而半山居雾若带然"句，此境界终于得之。以此语秉杰，渠兴奋极赏不已。

碧霞祠建筑殊紧凑，因为山巅基地受限制也。而能以精美工整出之，以少胜多，亦我国古代建筑佳构。据明《武宗实录》："正德十一年（1516年）七月甲申，东岳泰山有碧霞元君祠，镇守太监黎鉴请收香钱，以时修理，许之。"予最欣赏二铜碑，明万历四十三年（1615年）及明天启五年（1625年）所制。允推明代小型碑之极则，为研究明代手工艺及碑制之重要实例，万历、天启二碑虽风格一体，而细部手法微有差异，以此相较，其嬗变殊为清楚。

泰山风景点予最爱斗母宫与普照寺二地，以其处境幽景深。予谓景露易，景藏难，好风景不必一一显于目前，须略作搜寻，其趣味当隽永多矣。

泰山麓之古代明堂基，紫江朱先生启钤曾告予，清季建津浦铁路时，工程队曾取其基石筑路，石甚巨。其言可据，朱先生当时任建造津浦铁路北段总办也。

泰山游罢，鼓余勇去长清，人云不至长清非真游泰岱也，以其景色各擅其长，而予则非重景，实慕灵岩寺宋塑罗汉与宋构辟支塔也。

启千佛殿得观宋塑罗汉四十尊，惊喜交集，无一受损，驻当地空军维护之力也。予于国内古代塑像，此为印象最深而最难去怀者。其气韵神情，面容衣褶，无一不似宋画所示，其为北宋之作无疑。予谓遒劲中不失秀雅，周密处不容藏针，洒脱处尤贵法度，此其与唐塑明塑显然不同之处。

千佛殿斗拱雄大，出檐深远，乍视之几认为唐宋遗构，实则木构为明建，清代修葺甚大耳，人信为明代之作似仅观题记也。据谓千佛殿梁间有"时大明万历十五年（1587年）岁次丁亥九月初八日，德府重修"题记。

屋脊兽吻为明物，甚精。山东清构往往有置大斗拱者，若不细审梁架及细部将有差之毫厘、失之千里之危。忆二十年前至曲阜，其时正兴修周公庙，斗拱皆在新制，规制一如元代，如略疏忽几为所骗。甚矣，鉴古之难也！近年愈审慎，愈感此道之不易。杜甫所云"老去诗律细"，考古又何独不然耶。长清寺所遗宋础固精，终不及吴县甪直保圣寺者，盖雅秀略逊。慧崇塔为唐构，单层四角，其左右两侧虚门刻妇女掩门，该制屡见宋墓及宋刻，此则唐例也。唐门钉之制复见此塔，可珍也。慧崇塔前又有形制相似之宋塔，墓前有倾倒石罗汉像一，当予入塔林时，为此像所夺目，其为宋刻无疑，与千佛殿罗汉几同出一臼。

　　辟支塔八角九层，其平面结构与定县料敌塔、海州海清寺塔相同，北宋通行砖塔之一种做法，其顶部二层略异，与刹干同为明修也。一层外廊砖刻天花（平棋）有球纹、丁香纹、六角勾片等。二层有写生花。今海清寺塔天花已不存，此与料敌塔者同为宋天花可贵证物。斗拱有圆栌斗者。上层因层低地位狭，无法置直上梯级，遂如赵县广胜寺明构琉璃砖塔之法，梯层反跳复上另一梯级，当地呼为"鹞子翻身"。昔梁公思成调查广胜寺塔初见相惊，此则早于明代矣。塔一层外壁嵌有宋嘉祐二年（1057年）二月二十三日立石一碑，碑为横式，四边线刻花纹，上刊捐助造塔人姓名"施工人崔克明二十日"，意即参加义务劳动二十日，亦罕见者。

五华殿残存柱石线刻极精，与河南巩县北宋诸陵者同为研究北宋线刻之可贵实物。

建新老同志虽年近古稀，途中语我，发愿修葺千佛殿宋塑，以尽其余年，诚可钦佩。

长清产柏，虬枝纷披，皆堪入图，而生命力强，尤为特征，固盆栽极好品种也。移植时可脱泥去叶，入盆速活，一二百年之老株，服盆亦为时甚暂。

留长清一日，1973年癸丑6月23日也。

1953年曾随新宁刘士能（敦桢）师同赴曲阜勘察古建，今日重到而师已下世有年，不胜今昔之感。自兖州至曲阜今汽车畅达，市容日繁，昔者油灯夜宿，今则宾舍整洁，一别二十载，建设至速也。

车甫下，崔绪贻同志来访于宾馆，崔今任文管会主任，原副县长兼主任。娓娓与予谈孔庙、孔府、孔林事，当"文化大革命"始，某校学生拟"破四旧"，涉及三孔，地方群众不同意，赴京与北京某校学生会师，"请示"陈伯达，陈贼曰孔像可毁，孔陵可掘，明清碑可碎，唯建筑不能焚之黑指示。遂成立讨孔联络站，数以千人来曲阜，先开学习班，再讨论如何破坏方法（张建新老告予，渠亦被迫自泰安来此参加）。首毁国务院重点文物碑，次以孔像游街，然后以火焚之，其他七十二贤之像无一幸免。孔庙所存乐器孔服几亦全部焚尽。孔府所存宗谱及若干图书文物，大车载造纸厂。孔陵被发，周公墓亦波及，盖以周姓，别存阴谋也。周予同以研究经学历史著世，被揪至曲阜游斗⊥次。崔控诉陈伯达罪语多愤慨。

曲阜城今列为保护单位，孔庙、孔府前国务院重点文物保护单位石碑屹立。大成殿正在彩绘中，诸碑按原位竖立。工人同志发挥其热爱祖国文化之一片热心，予感受甚大。

孔庙诸建筑，其建造年代确为金元者，其柱础皆为覆盆，明清建筑全为古镜。而过去梁公思成疑为元构者，其柱础则为古镜，似须作进一步之探讨。

大成殿雕龙石柱当为明制，有人疑为清雍正时物，此石刻之鉴定，即不征文献，证之实物在孔庙极有条件，以明碑及雍正诸碑雕龙比较，泾渭自分，因皆有确切纪年也。登明构奎文阁，高阁凌云，处其境有古画楼阁之意。

孔林前二北宋刻石人，侧首修身，神态生动，较巩县宋陵者为佳。

车行五十里至尼山，孔子洞已近毁。孔庙踞山巅，绕以略近圆形之围墙，建筑错落有致。昔季思同志于《文物》撰文谓建筑明构，似待商榷，其实皆清建也。山柏树成林，面临水库，风景洵美。尼山书院在庙左，有"尼山书院"四字一明碑立门首。小小四合院，为晚近之作。

洙泗书院在孔林东北，为一大四合院，亦晚近所建。明石坊残存书院四字。

予此行最留心者为孔府各建筑之年代，因此府为我国最大之封建第宅，除北京诸王府外，其与江西上清天师府为南北并存著名住宅建筑。1964年夏曾往天师府调查，写有专文（刊于《科技史文集》第2期），已作考证。此处对明构作初步论断如下：大门大木构件基本为明代。垂花门为明代，极精。大堂减柱造属明构。退厅脊步用义手，举折平缓，当为明建。前上房亦用义手，构架犹为明物。其前内宅门低小，柱头卷杀明显，确属明时物。西路红萼轩予下榻之处也，明构。东路家庙前堂（其前有月台）今作木工间，实为极简洁之一小型明构，且变动少，与红萼轩同一类型。雀替瘦长，具明代特征显著，为曲阜诸明构之冠。避难楼系砖楼，似为明构。两路诸建筑均有极好装修，惜今改招待所变动至大，亦间有损失。安怀堂又名九套间，其中装修至精，为西路之冠，洞房曲户，体现我国传统建筑内部分隔妙技。似系仿自北京故宫及中南海者。前者已俱拆改。东路沐恩堂红木夔龙一罩，为清乾隆时较典型之作。一贯堂后宅内部分隔未动，置小楼、小梯，梯因地位限制，踏步作三角形，实为罕例。花园为清光绪间所重筑，其体例几与北京后期王府花园同一手法，伧俗无足观。花厅内一乾隆时雕夔龙罩，颇工整。

过金陵，遇星野（卢绳），星野婿丁孔氏，其外舅家居孔府之九套间后，今八十余岁，尚能谈孔府后期兴建事，若堂楼之建，花园修筑犹及见也。已嘱星野笔录之。（星野同志生前任教于天津大学建筑系，已于1977年8月去世。）

颜庙建筑，其年代清构较少，应速予修缮，否则倾圮有日矣。正殿建筑殊可玩味，以宋柱础之位置立清式之梁架，不得不支柱林立，以补救结构之弱点。

过金陵，匆匆与童寯老人、星野、叙杰等一聚。抽暇去孝陵，大红门、四方城等已修，皆据去秋予所提计划行之。留二日南归。苏州市文管会函促予一过，遂至吴中遍查古建园林。旧地重游，深感亲切也。

甪直名塑，十九年前以塑像所在地保圣寺天王殿修整，曾扁舟前往，今则汽艇三小时可达，名塑依然，予则冉冉老矣。重对塑像，顿增新见。昔岁予疑像北宋人之手，拙见得文物部门之采纳（《文物参考资料》1955年8月《甪直保圣寺天王殿》）。今再从塑壁而言，益证予说之可信。塑壁山石真北宋荆、关之笔也。唐人绘人物有独特之功，而于山石尚未成熟，今传唐人山水可证。山水之法至五代北宋始备。塑壁山石气势之雄健、浑成，实一幅北宋人山水也。至于所塑之水纹，用笔遒劲生动，唯宋画中见之。以此语同行者谢翁孝思，深同管见。谢翁工画，久任苏州文管会主任。其后顾颉刚先辈亦和鄙见。

甪直观许宅明代假山，时距返棹之时甚近，鸠候启门者心至焦急，今宅早毁，假山经颓垣断壁间，有峰硕秀。曲身入洞，洞简而幽，上施横石条承重，其结构类苏州五峰园者，确为明时物。今五峰园将圮，五峰将移至拙政园。苏州其他明代假山如艺圃、小林屋均已毁去，明代假山日益罕见矣。近闻常熟燕园渐损，而扬州秦氏小盘谷则早毁。戈裕良遗构则仅苏州环秀山庄一处较完整。戈氏筑洞不施横条石钩带大小石，诚累石一大发明，观环秀山庄假山可证。苏州怡园之山洞虽构于同光年间，但亦用此法，可知顾子山父子营园时之不苟也。

苏州灵岩山宋塔待修，予受江苏省博物馆及市文管会之邀，与秉杰、宫伍二生同登塔，塔原为九层，明时毁上二层构顶部，今与瑞光塔之顶同属较陡，非宋时旧物也。其平面为八角，而内部则为圆形，宋塔中罕见者。下层回廊存宝装莲花柱础，堪与甪直保圣寺者相互媲美。瑞光塔下原存各式宋础，今皆亡矣。省博物馆蔡述传同志告我，常熟方塔发现宋砖，高三十厘米，阔四十二厘米，厚八厘米半，上镌佛像，有"时大宋端拱元年（988年）戊子岁五月五日"题记，"匠人司马恩"题名。此塔予屡至，以其修理亦与秉杰同往。

泰山麓之古代明堂基，紫江朱先生尝告予，清季建津浦铁路时，工程队曾取基石筑路，石甚巨，其言可据，朱先生当时任建造津浦铁路北段总办也。北段为德国经包，工程师皆德人，故车站建筑皆德式，尤以济南车站为突出。天津蠖园朱之别业，亦德式。

聊城东关濒运河，昔为南北交通之要道，商肆特盛，故会馆建筑林立，今存者唯山陕会馆而已。以整体及建筑论，殊无足述，盖晚期山西建筑风格，繁缛过甚，而此类公共性建筑表面看来似觉精工细凿，实则华而不实，草率浮浅。盖经手者施工间饱其私囊，故大木结构简陋，而装饰反夺主矣。可记述者唯戏台，不但台存，而其左右之后台部分完整。壁间戏班题名人及戏目尚有残存者，实为研究舞台史之重要资料。苏州亦有山陕会馆。台顶藻井作螺旋形，极华丽。

新市游相园

浙江新市游相园传为宋构，惜1958年已毁。曩者友人沈君觉初告余云假山尚存也。沈新市人，工竹刻。案仙谭新市文献一书"游相第在鸣因寺东，宋右丞相似所居，今废"。"游相园今名果山头，花园圩。相传为唐浙西观察使李锜山庄。后没入官。至宋淳祐三年（1243年），蜀人游似罢枢密不归，遂寓居于镇明因院东。俗称游府是也。七年罢相得此山为怡老之地。建假山，曰果山，作桃源洞。四周有流觞曲水，河南有洗墨池，至今每年春季，游人不断。"弘治《湖州府志》："游似宅德清县桃源洞，宋丞相游似所居，叠石为山，遗址尚存。"犹忆昔者调查浙江古建，朱豫卿翁屡约同往新市一观未果。后屡思成行，因循至今，卒至终难一睹为怅耳。今园往矣，思之若有所失也。

园林装修　内外有别

园林装修内外有别，精致华丽者置室内，而敞口与易受风雨侵蚀者较粗简，此古代匠师所持之法，皆从实践中得之也。新游苏州诸园，见有极细刻之罩而置于亭中者，殊为可惜，盖不明装修内外有别之理。余以此告詹君永伟，永伟近年参与修整工作也。

民初修建崇陵及光绪奉安

　　阅杜如松《民初修建清室崇陵和光绪"奉安"实况》一文（从周按：1913年春始赶建），其有关建筑及史实者摘录于后。杜当年充任驻守西陵禁卫军连长，又为仪仗队之成员。

　　光绪死后，才由宣统帝下谕派溥伦、陈壁二人为勘吉地大臣。勘定"万年吉地"的方法是：首先根据"二十四山向"，用罗盘测定一块祥瑞土地，做出标志，谓之"点穴"。在这个穴位上掘成一个磨盘大小的圆坑，谓之"破土"，圆坑名曰"金井"。然后在掘好的圆坑上覆盖以斛形的木箱。光绪皇帝的梓宫就"暂安"于行宫的正殿内。承建崇陵的厂号，有兴隆木厂、斌兴木厂、德源木厂、广和木厂、二合公柜、三合公柜等二十余家。工程开始时，仅有架子工和壮工数百名，至工程紧张时，每日上工人数总在六千名左右，经过一年半时间，才大致完成。暂安殿又称"芦殿"。当时光绪皇帝和隆裕皇后的梓宫（从周按：隆裕1913年旧历正月逝世，3月梓宫专车运至）都正在上漆，工匠们都是内务府吃钱粮的人，他们进暂安殿里应差叫作"进匠"。每名工匠都有腰牌一面，上打火印。进匠时首先要验明腰牌，而后搜腰，除了应用的工具外，一概不准携入，工作时另有专人监视。帝后梓宫大致相同，都是内棺外椁。内棺看不见，外椁很高（若放于平地，左右各站立一中等身材的人，彼此谁也看不见谁），平头齐尾，两侧板直。棺盖向上倾坡，于前端按一木板葫芦（用金属合页安装于棺盖上），可起可落。这是满洲式棺材，名"葫芦材"。棺材上面上的是米色（麻酱色）油漆，皇帝的棺材上面有漆绘金龙。皇后的棺材上面则为彩凤。据内务府官员说，皇帝和皇后的棺材都上漆四十九道，每上漆一道，同时另在一块木板上也上漆一道，作为记录，临到四十九道漆上完时，就根据木板断面漆的层数厚度来检验质量。隆恩殿内设有木制金漆龛，龛内供着木主神牌，前面设有桌案、供器。明堂设拜台、两旁摆着戳灯式的方柱，上系方木盘，盛着装"册宝"的木匣（册简、印、木制、满汉文）。隆恩殿两侧紧挨着后墙，有一架帷以黄云缎的绣花床帐，内放黄缎绣花枕衾和衣冠带履等物。关于这一架床，有二种说法：一说是皇帝于大婚礼时用过的吉物，一说是皇帝宾天时所用的灵床。东西配殿是皇后和贵妃的木主神牌。修陵的步骤，是先搭棚后动工，开工之前，就以万年吉地的"金井坑"为中心，支搭一座高十三丈、圆径六十丈的大圆席棚。据说先搭棚后动工，是为了掩蔽日月星三光的照射，也有人说是为了防备空中飞鸟的遗矢。搭好了棚之后，仍以"金井坑"为中心，开始在棚下掘地除土，深达三丈有余，然后铺垫三合土（黏土、沙土、白灰），分层用夯打固二丈、下余丈余砌铺渣石。基础完工后，就开始建筑直径六丈的地下宫殿。地下宫殿是根据旧成法和一定的方式，用预制的凿磨细致的汉白玉石块，选用技术最高的工人，在走工人员（技师）指挥监督下砌成的。地下宫殿砌好后就分为内外两部分施工。外部工程是先在汉白玉石外面砌以粗渣石，再在粗渣石外面用大砖砌成普通城墙式的大圆丘（即所谓"宝城"），并砌出高丈许的垛口。在各垛口下脚都留有向城下流水的汤眼。宝城上面铺垫约三丈厚的二合土（黏土、沙土），除了用夯打固外，特别选用百数名小儿登城踩踏，每日早晚二次，每次二小时，一共五日，名之曰"童子夯"。

一、"石龛"和"石床"：地宫内部直径六丈，在后缘建有二丈宽的汉白玉石龛，下面是石床。在石床的当中，有凿透呈轱辘钱形状的一块大方石覆着"金井"，直通地中，以交流生气。

二、"龙须沟"：在石床上面两角上，各开一个二寸见方的石孔，直通床下角的孔口。据说是为了预防万一地内有水从石床上轱辘涌出来的时候，就可以从床角上孔道流下石床，不致妨及床上的梓宫。自床下的孔口起，沿着地宫两侧，又凿有由高渐低的小浅沟各一道，顺高地宫隧道直至护陵河，这两道干沟，名"龙须沟"。

三、石门：地下宫有一道石门，隧道有三道石门，构造形式和关闭的方法皆相同。每道门都是两扇，用铜包裹门枢，安在铜制的坎上。在门坎的平行线内面汉白玉石铺成的地上，紧挨着石门下角里面，凿有两个约有半个西瓜大小的石坑；对着这两个石坑里边约二尺之地面上，也凿有两个浅坑（仅是两个凹臼），并在这深浅坑中凿出一道内高外低的浅沟。另外每扇石门都预制好西瓜大小的石球一个，放于石门里面的浅坑上。当奉安礼成，关闭石门的时候，二扇门并不合缝，中间离有三寸许空隙。然后用长柄钩从石门缝伸进石门，将浅坑里的石球向外钩拉，这石球就沿着已凿好了的小沟滚进了门边的深坑。合了槽，恰好顶住了石门，从此，除非设法破坏，这石门就不能打开了。

"奉安"的准备事项：一、修筑道路：修理奉安经行的"御路"，除了平高垫低、修桥掘渠之外，还要铺垫黄土。二、演习皇杠：光绪皇帝的杠，是用的所谓"独龙杠"。独龙杠是用一根前按龙头、皇杠、龙尾的大杠为轴心，并用加倍法以一百二十八人组成的大杠。杠外装置葫芦金顶，黄缎绣金龙的棺罩，罩顶上系有二条绒绳，披于前后两侧，有夫四名，各牵一头。棺材两侧各有十二名杠夫，各举拨旗（红漆竹竿，上挑尺二见方黄旗）。棺材前面有两个身穿孝衣、头戴去缨秋帽的人手敲响尺（系约二尺长和一尺长的木尺各一根，用绳相连，用小尺敲大尺），以引导皇杠的行进。抬杠员工都是包衣旗人，一律身穿紫色团花麻驾衣，黄手套、黄靴罩、土黄套裤，头戴盆式的黑毡帽，上安朝天黄鹅翎。三、设置临时运灵车：自地宫外口至地宫石床上，特仿轻便铁路式样，铺就木制阴槽轨道（用铁道枕木凿出纵长的槽），在轨道槽上铺以绵毯，上面置一硬胶皮轮的平车，车上铺以棕毯，以备放置梓宫。

"奉安实况"：辞灵致奠后，先用六十四人杠（小杠）将梓宫抬至行宫前大道上，换升大杠（一百二十八人独龙杠）。太宁镇绿营马队在最先头开道，并有一部禁卫军及宪兵沿路警戒外，在銮舆卫所属的銮驾范围内，最前是三十二人抬着红漆四方木架，中间装置一根红漆旗杆（官文书称丹旐）。在幡杆后面，有木制彩漆的斧钺枪棍、熊虎常旗。其后是一班满洲执事，执大门矗一对，小游旐八棍，形式相同，俱用红漆，杆挑着直幅黄帛，金龙、红边的"驱路"（满语译音）。驱路与幡杆相似，只是无铃成对。其次是大轿和小轿。小轿无帏，仅是一张大椅，上铺豹皮。随后是彩绸扎的影亭，跟着一柄黄缎花伞。下面是金鼓重乐器和笙管笛箫轻乐器各一班。再次有身穿孝衣的两排人，手托着木盘，盘内放着檀香炉，燃着檀香，分左右二班，一面走，一面用有节奏的调子接连不断地发出举哀的声音，俗称"呼小呐"。另有一班身穿孝衣的人，沿路向天空和路上撒纸钱，从起杠起，随走随撒，直到落杠为止，把所经的道路上都铺得满满的（我尚记得当时有三辆棚车满载纸钱，在道旁随行，到了宫门尚余半车）。随后就是由禁卫军部队第三标统率领营连长和第一连官兵所组成的仪仗队，官长抱刀，士兵荷枪上刺刀。在队伍后面便是和尚、道士、尼姑、道姑、喇嘛的行列。他们都穿着各本教的法衣，手执法器，不断地吹奏念经。喇嘛的唪经方式和法器都有些特殊。"格司贵"（达喇嘛）身穿黄布袍子、白布褂子，斜披着紫色"哈达"，足登青靴，头戴挑顶黄秋帽，手托木盘，盘内放着用软面（他们呼为"巴拉面"）捏成的灯和塔，灯还燃着。"得不奇"（二喇嘛）的衣帽与达喇嘛一样，手执法器铜铃。其余各喇嘛都穿着黄布袍子，斜披着紫色布代哈达，青靴子，戴着去掉结子的黄秋帽。喇嘛组的前引是一对两丈有余的大铜号（他们呼作"元筒"）。每支号前有一人用黄绒绳提着，后边有一个人吹奏。两支号轮流吹奏，一起一落，声音极响。跟着是插把鼓二对，每个鼓用一人荷负，一人敲打。此外有手摇的"人皮鼓"、人骨制成的"金口角"等蒙藏轻重乐器。再后面就是执绋恭送的王公大臣们了。王公大臣等一律穿着青布袍褂、青布靴子，戴着去掉顶翎的秋帽（因为皇帝宾天已过三周年，故不着缟素）。这是杠前的大致情形。在杠后尚有一小部分行列。紧随杠后有一班人，全身行猎装束，穿着灰布袍子、黄坎肩红边、青靴子，头戴秋帽，上缀豹皮叉尾，骑着马，手执矛，挂着刀，名叫"后扈"。其后便是隆裕皇后的影亭、凤辇（轿式的车）和九十六人杠。在皇后大杠后面，还有些车辆和备差员工等。到了吉时，烧了纸，撒了纸钱以后，即起杠。经过半碑店，进了"口字门"（在整个西陵区域四面围有围墙，名"风水墙"。这里所说的"口字门"是指风水墙东面的门，即东口字门。西口字门在紫荆关外，属广昌界），直达崇陵的牌楼门。随即换了六十四人杠，抬至地宫外口，安放于特备车上，施以保险设备，左右有护卫人员，前后有杠夫牵引着黄绒绳，打响尺的一前一后，前敲后应，徐徐将灵车升堂入殿，移上了石床。后由钦天监指挥杠夫将梓宫按着山向，奉安于石床中央的"金井"上面。随后也同样将隆裕皇后的梓宫奉安于皇帝梓宫左旁齐头微低一些的位置。合了葬，奉安礼成，即布置殉葬事宜。殉葬物品除石桌、供器、万年灯（是用两口大缸装满了植物油，覆以盖，上面正中置一灯台，系以灯捻，直通缸内，临时燃着）、册宝之外，其余大半是生前用过的衣被和心爱的文玩、金银器皿，以及佛经、香料、金玉等贵重镇压品。布置妥当后，恭送人员先后退出地宫，前去朝房更换吉服（顶翎齐备的朝衣朝服）。在这时候，有专人关闭石门（顶上石门）。四道石门都关闭后，就由事先派定的瓦工抢砌哑叭院的琉璃影壁，堵绝地宫门的外口。王公大臣等在朝房休息片刻，即齐集于隆恩殿虞祭，由鸿胪哈番（满语，官员）赞礼，行三跪九叩首礼，礼成后退出，仍回朝房更换便服。除有尚未完成任务的少数人员外，其余人员都回梁极庄，乘专车返京。

俞平伯所见雷峰塔倒圮的情形

关于西湖雷峰塔之圮，余前有记述，兹阅俞平伯《记西湖雷峰塔发现的塔砖与藏经》一文，摘录于后。其时俞寓孤山俞楼。

雷峰塔吴越时建，为湖上名迹，由来已久。今年九月二十五日（从周按：旧历八月二十七日），于下午一时四十分许骤然全圮。据云是日正午，塔顶已倾其一小部分，栖鸟悉飞散。当其崩圮时，我们从湖楼遥望，唯见黄埃直上，曾不片时而塔已颓然。因适逆风，故音响不甚大。塔毁之顷，我正觅僧着棋，千年盛会乃失之交臂；而家人则颇有见之者。记其大概如此。

以战事之故（从周按：为军阀孙传芳入浙），湖上裙屐久已寥若晨星。是日下午则新市场停泊着的划船悉数开往南屏方面去，俨然有万人空巷之观。我到时，已四时许，从樵径登山，纵目徘徊，唯见亿砖层累作峨峨黄垄而已。游人杂沓，填溢于废基之上，负砖归者甚多。砖甚大，有字者一时不易觅，我只手取一无字残品，横贯有孔者归，备作砚用，他无所得。而家人从大路（在净慈寺前）登山者，则已见及村姑髻窦充以经卷，字迹端正，唯丛残不堪矣，此为初见塔砖与经之因缘。

……"王官"一砖而论，则长约一尺七分，广约五寸，厚约一寸七分。（均以江南通用之裁尺计算，下言尺度准此。）……（一）有孔无字的——砖长方形，孔圆形在砖纵端之中央，直径八寸，深可三寸，一头露在砖缘，一头入砖腹，并不横贯。……经度砖腹，通外之一端以黄泥封护。……（二）有字无孔的——字大都在砖之纵端，不甚精致。……字多系凸文……（曾见一砖，有较粗而巨，凹下的字迹在砖之横置平面上，而不可释读。纵端无字亦无孔，是为异品。）我所见的砖文略举数种为例：

（A）一字　大　　千

（B）两字　官丑（或释作官五）王官西关

（C）三字　吕君甲（君作𦎕，姑释为

君字）

（D） 四字　　吴王吴妃　　吴子吴妃

吴甲俞荣（有吴甲某某之文者甚多）

……最显明的例外，如：

（甲）具两姓名的（吴甲　俞荣）

（乙）具地名的（西关）

（丙）具怪诡字迹的

……出土之全经，粗如拇指，长约二寸。外有半腐朽之黄绢套，两头作结，而首端之结尤巨而结实。腰系以蓝色扁绶。眉端署"宝箧印经"四字。经卷如小横披。开首有一细竹条。卷心之轴亦以竹制，粗如小椒粒，长二寸强，两端涂丹。……经高约二寸，长六尺强。凡四节，节均黏住。纸本黄色，故色以浅黄为最上，泛白与微绛者次之，或黑斑，绿斑，水渍者最下。有竹纸、绵纸两种。因当时一板有八万四千，故板式印刷均有参差，很有优劣，虽大致相仿。……全经纸分四节，节黏住。分节之处及行数总计如下列：

（一）天下兵马大元帅——右绕三匝脱身……凡五十六行（内附一图）

（二）上衣用覆其上——非如来全身而可毁……凡七十三行

（三）坏岂有如来——佛告金刚手以此宝……凡七十三行

（四）箧陀罗尼威神力——宝箧印陀罗尼经……凡七十二行

平均计算约十字一行。总共二百七十四行。起首三行系题署，首行十三字，二行十二字，三行十二字，文如下："天下兵马大元帅吴越国王钱俶造此经八万四千卷舍入西关砖塔永充供养乙亥八月日纪。"

……计算是经入塔至今年塔圮（975—1924年），为九百五十年，同在夏正八月……

除塔砖与塔经以外，还有一种塔图，亦庋在砖窦中。长与经等，粗仅当其四分之一，上蒙以红绢套，无封题字。全图系纵看，与经须横看者不同。起首为一图案画，中有一鹤。下为四塔图。每塔之形制均同，唯中所绘花纹像设不同。故说者释为金涂塔之图。金涂塔本有四面，形制亦正类此，殊无甚可疑。此虽绘四塔，实则非四，乃是一塔之四面观耳。聚四为一，遂告圆满。其塔中花纹，四面不同，滋恢诡可喜。传记载金涂塔铸饿鬼乞食之相，今观此塔图良符，更可定为金涂塔图也。

其尤可宝爱者，则图书尽处有题跋，正与经题在首端者相反。字亦须纵看，同塔图，共七行。……

"……时丙子……口弟子王承益……"……丙子为乙亥之次年……经以四节纸黏为一卷，塔图则仅有其一节，故体量恰为经之四分之一。塔图亦以特制之有孔砖贮之，则在乙亥年，塔工之未圆满可知，至快亦在丙子下半年工竣。吴越亡于太平兴国三年，则距塔之成日仅两年耳……

清朝皇宫及守灵与"走筹"之制

清时宫禁内及守灵有"走筹"之制。"走筹"是一种巡逻制，由绿营（泰宁镇总兵所辖）官兵于每晚起更后，由一人手持"头筹"两字之木牌，口喊（头筹），率兵若干人绕行宫行走不歇，口喊亦不辍。二筹以至五筹皆如是，至五更天明始止。北京宫内由旗护军绕皇城墙内走筹，与此相同。杜如松说，见《民初修建清室崇陵和光绪"奉安"实况》一文。所指皇城殆为紫禁城之误。

泰戈尔何时来华

曩岁予编《诗人徐志摩年谱》，于印度诗哲泰戈尔1929年来华一节未能确定其月日，但记年份耳。近于沈鹏年处见姚华译泰戈尔《五言飞鸟集》内刊泰氏一照，胡适为记，文曰："泰戈尔先生今年（1929年）3月19日路过上海，在徐志摩家住了一天，这是那天上午我在志摩家照的。胡适1929、4、30。"《徐志摩序言》："我最后一次见姚先生是1926年的夏天，在他得了半身不遂症以后。……我说，你还要劳着画画吗？他忽然瞪大了眼提高了声音，使着他的贵州腔喊说：'没法子呀，要吃饭没法子呀！'我只能点着头，心里感着难受。"徐文写于1930年8月。姚华号茫夫，贵州人，寓北京，晚以笔墨谋生。

徐志摩与杨杏佛之死

　　徐志摩以1931年11月19日飞机失事，惨死于山东济南附近党家庄白马山。时梁思成、林徽音居北京，闻此噩耗，林以病肺正养疗不能前往，嘱梁赶赴鲁省，携飞机残躯之木一块返京，悬于会客室，以作纪念，直至林死。飞机为木制一邮机也。机师王贯一、梁璧堂，今检关于南苑航空学校的资料（《中国的第一航空学校——南苑航空学校》），知为该校第三期毕业生。徐死为经营其丧者，除其亲属外，友人朱经农预焉，朱时任齐鲁大学校长。

　　徐志摩死之前夕，曾留一便条于杨杏佛（铨）处。徐死，杨笃念故交，为之装裱，并加一跋，辞极沉痛。原件曾摄影。陆小曼殁，以此照赠余，余即以副本寄赠北京图书馆，附于拙编《徐氏年谱》后。今原照已失矣。杨杏佛为国民党所暗杀，时1933年6月18日于上海亚尔培路三三一号中央研究院国际出版品交换处门口。杨时任中央研究院总干事，为中国民权保障同盟执行委员兼总干事。鲁迅先生说："杨首先掩护了自己的孩子……有后代就有了将来！"20日往万国殡仪馆吊丧。其悼诗为："岂有豪情似旧时，花开花落两由之；何期泪洒江南雨，又为斯民哭健儿。"

杨书传世甚少，陆小曼绘山水卷，其后有杨一跋，甚精。此卷后归予（陆小曼赠），捐献浙江省文物管理委员会。徐志摩堕机死，此卷随带身边，盖拟至北京征题也。人死而卷未损。

陆小曼编《徐志摩日记》（原稿予赠北京图书馆）中附有杨杏佛书词原迹一首，词亦杨谱："素娥天半参差立，淡妆不着人间色。仙骨自珊珊，风前耐晓寒。玉颜空自惜，冷意无人识。天遣太孤高，何须怨寂寥。《菩萨蛮·雪中望钟山》。"为民国二十年（1931年）7月25日书。时志摩尚未下世。

朱启钤与中国营造学社

　　紫江朱桂辛先生启钤创办中国营造学社，为我国近代研究中国古代建筑之学术团体，栽植人才者甚众，新会梁思成、新宁刘敦桢等皆山其门。予执简较迟，得奉其绪余，以公所述及得之梁、刘二公，致平则兄等所言，志其经过如下：

　　1919年春，紫江朱先生于江南图书馆见宋李明仲（诚）《营造法式》，惊为异书，进一步坚其组织人员研究古建筑之志。开始用力于古籍之整理，《营造法式》《园冶》《一家言·居室器玩部》等。社员阙铎、瞿宣颖、陶湘等襄助其成。经费朱独任之，闻以其中兴煤矿总经理之薪充用。其时尚无正式办公之处，北京东城宝珠子胡同七号朱宅之外进即聚会研求之所。后营赵堂子胡同宅（朱先生亲自规划改建，院子一面廊。厅平棋用宋式彩画，柱础漆制。皆以古法为之。前廊装玻璃窗，采光甚好。宗江尝为我道及曾在此间阅图谱之情景也）。学社正式成立在1929年（民国十八年）（1928年春于中山公园展出古建及文物展），旋接受中华教育基金委员会之补助，董事长为周贻春（清华大学老校长），朱先生至交也。1931年（民国二十年）九一八事变，梁思成离东北大学加入学社，继之刘敦桢自南京中央大学来此。梁、刘盖皆与朱有世谊。自梁、刘加入学社后，遂于研究工作有所更新，效西方之研究方法，复受胡适等之整理国故思潮影响，不仅囿于古籍之整理，以调查古建与文献整理相辅而行，梁、刘分任法式、文献二主任名义，实则工作并不严格分工也。朱先生任社长，老而为学弥坚，皆以桂师尊之。中华教育基金每年补助一万元。其他中英庚款补助者为图籍编制之费，尚有临时捐款，盖学社设董事会，诸董事皆当时所谓"巨公名流"，必要时皆有所捐输。朱先生不支薪，其个人捐款，出之于其所任中兴煤矿总经理职之收入中。致平云：中英庚款至解放前夕（是年春）尚寄二千元美金与梁思成，助学社者。1932年，学社社址自朱宅迁中山公园，即天安门内西朝房也。抗日战争始，学社内迁，朱先生年高居沪，周贻春代理社长。先四年设社址于云南昆明北郊龙泉镇麦地村内。后以海防（越南地名）形势紧张，迁至四川南溪县李庄镇，其地中央研究院历史语言研究所、社会科学研究所、同济大学等皆在焉。胜利后迁回北京。在李庄时期因为中央研究院编纂中国建筑史史料，其时社中人员生活费由"中国建筑史料编纂委员会"支出，则教育部款也。梁思成带致平、宗江诸人皆在清华大学建筑系，刘敦桢早脱离学社重回中央大学，学社早陷于若有若无之间。解放后学社资料基本上归清华所有，只有一部分今存北京文博图书馆。曩岁朱先生嘱余增补《哲匠录》，原稿即借自该馆者。1953年夏，朱先生曾嘱孙文极、叶恭绰、刘敦桢、刘致平、陈明达、单士元、罗哲文及余等商于东四八条朱宅，拟恢复学社，余与诸人皆认为国家现有研究机构，学社似可不必办，致平独以为不然也。

刘士能师敦桢尝告我其参加中国营造学社之经过。初，紫江朱先生办社于北京，梁公思成于1931年入学社。其时刘尚任教于南京中央大学建筑系。朱、刘原属世谊（刘曾祖长佑湘军，任云贵总督），曾以所著请益于朱先生，并在汇刊发表。朱过南京，刘往谒，邀往北京入学社，遂脱离中大。其时梁思成之薪金月支三百元，刘少梁五十元（后各加五十元），盖留日故也。此时以留英美欧洲并具学位者为贵。梁、刘固各有己见，在北京朱先生尽为调和，至学社迁西南，朱先生未往，二公矛盾遂突出矣。其时虽梁处外务，刘主内政，但终不能释其学术上之互争也。刘卒率陈明达脱离学社，刘返中大，陈另有所就，陈为刘湖南同乡（长沙人）也。

弥罗阁毁于民国元年

苏州玄妙观弥罗阁，已毁，仅德人柏尔希曼一照存世。而阁之形式，尤以顶层多变化，遂为近代建筑家所模拟，卢奉璋（树森）设计之南京中山陵园藏经阁，杨廷宝设计之南京鸡鸣寺山麓的中央研究院，则皆有高度之评价，仿弥罗阁之精华而以新意出之者。玄妙观道士许鹤梅告我云，阁毁于1912年（民国元年）农历七月六日下午七时，火焚原因盖阁内尘灰多，留有火种而未觉。其时许年十二岁，为道徒于玄妙观之机房殿。今（1973年7月）重过吴门，复勘察宋构三清殿建筑遇见，亦垂垂老矣。凡兹琐琐，聊供治建筑史者助谈耳。

古为今用、古今结合的建筑大师

近世建筑家能以古代做法运用于新式建筑者，当推杨廷宝。其对清式做法之纯熟，理解之透彻，细部及文样等之见广究深，虽梁思成自负著《清式营造则例》，不如也。梁仅整理之功，且为少作，尚多不周之处。其实践之学，瞠乎其后矣。张镈学于杨氏，能得其传，故北京西颐宾馆之作，论运用古典做法一端，自不能有所微词也。董大酉于上海的市中心诸构，虽竭力摹古，但终觉求其形似，存大略而已，且有不符做法者，盖仅得皮毛，未入堂奥也。陈登鳌随董氏久，其病一辙，故北京地安门大厦、火车站，其不足处正在此。吕彦直以绝世之才华，随美人默飞久，后启吾国以古典形式与新建筑结合道路，然以天不假年，不克竟其业。南京中山陵之设计犹觉未臻凝练，国画界之陈师曾，其情差堪似之。赵深于南京亦曾设计若干运用古典手法建筑，更觉皮毛矣。赵氏设计颇重造价之低省，致多处未能符合古典要求，实则从营业观点出发，投其所好，于斯道则未深究耳，可谅也，其学不在此也。卢奉璋聪明绝顶，为人浪漫玩世，所谓俗世公子（其父为大银行家），其中山陵藏经阁受叶遐庵（恭绰）之托设计，叶固精于建筑者，并得中国营造学社诸人之商榷，是构在仿古一端而论，允推上乘。卢殁仅五十余岁。吕惠伯设计南京博物馆仿辽式，究为非其所长，以貌求之也。正西画家作宋人笔，未曾临过瘦金书。

潘天寿作画善用黑白

潘天授（天寿）画山水花鸟，用焦墨有其独到之处，予学画初私淑之。其持论为"知墨留白"，深知黑白之辩证关系。

近代浙江省省立中学

近人于20年代各省之中学名称颇多误解，盖不明以旧各省府属而定也。如浙江有十一府，即杭、嘉、湖、宁、绍、台、金、衢、严、温、处，故杭州之省立中学称一中，嘉兴中学称二中，湖州中学称三中，余类推。在其先，民国前后为旧制中学四年制（杭州养正书塾1901年改杭州府中学堂），称府中学，如杭州府中学堂。其后改省立第一中学、第二中学等。20年代则又称杭州初级中学，嘉兴初级中学。实则严格分之，旧制中学之易三·三制初高中，其时间在20年代中，民国十六年（1927年）时。

园林叠石与云林画息息相关

近为友人严古津画《珍陶室图》，用倪云林笔意，因悟戴醇士所谓"宋人重笔，元人重墨"一节。云林画乍视之平淡简逸，实系自董源米，深明用笔之道，化繁为简，一以当十，笔笔经过深思熟虑，非率尔从事也。并济以元人用墨之法，淡而不薄，盖用淡墨浅色作多次之烘染，蕴藉耐人寻味。尤以布树点石，真以少胜多，无一多余之笔，其谨严自有法度。园林叠石当于此中悟出。明人假山能有大步之进展，当与云林画息息相关也。予不画山水十余年，今偶一为之，似有新境，盖得之于园林之研探也。

"婉湑"究为何人？

《中国营造学社汇刊》之题眉款署"婉湑"，印为"翟"。人每询余为何人，婉湑乃社长朱桂辛先生之姨母，傅青余先生季女，清协办大学士军机大臣外务部尚书翟鸿禨夫人。翟《清史稿》有列传。婉湑则朱先生撰有传，刊《蠖园文存》。书此以实我国古代建筑研究之一小掌故。

张大千画取人之长且超之

张大千之画，其能有特出之成绩者，盖在于取人之长而再提高之，其于朋侪之作品，他山之助亦如是。于非闇工笔花鸟有功力，然气韵不足，往往流于匠气，张则取其写生粉本，删繁去简，以其独厚之腕力作双钩花鸟，上追宋人，于则瞠乎其后矣。写印度舞蹈则运用叶浅予之速写，藻饰出之，运用唐人壁画意，与叶之速写判然两物矣。张与于、叶二人皆交谊甚深，平时于生活颇多接济。

《人间词话》融康德、叔本华哲学于其中

　　王国维《人间词话》，其能别于前人者，盖得力于康德、叔本华哲学，其立场观点融康、叔之说于其中，以新意书之。弟国华字哲安，学问与兄相差甚矣。

鲁迅的早年友人蒋抑卮

鲁迅先生早期友人有蒋抑卮者，为鲁迅在日同学，曾助其刊《域外小说集》第一、二册，且留学时同摄有照。蒋杭州人，为巨商，家设有蒋广昌绸庄，富藏书，后尽捐入叶揆初所办之上海合众图书馆。杭宅甚巨，其居在青年路见仁里，沪寓为海格路范围。

诗中见景

　　唐人韦庄诗："无情最是台城柳，依旧烟笼十里堤。"每过南京，见垂柳依人，辄有此感。白门杨柳好藏鸦，盖皆点出绿化之特色也。奈何过去主市政者未明此点，易以法国梧桐，数十年来几无处非为此树所占，将来烟笼十里堤，恐将为文学之典实矣。张泌诗："别梦依依到谢家，小廊回合曲阑斜。"此真写出唐代庭院建筑之美，回合曲廊，掩映花木，宛若目前，而着一"斜"字又与下句"春庭月"呼应，不但写出实物之美，而更点出光影之变幻。就描绘建筑言之，真上乘也。集宋词有"庭院无人月上阶，满地栏干影"。视张泌句自有轩轾，一隐一显，一蕴藉，一率直。唐人绝句之妙，于此可得消息，而诗词不同境界亦差堪见之。

词学权威夏承焘

　　永嘉夏瞿禅师承焘教授为当代词学权威学者。初任小学教师于温州瞿溪，后任严州浙江第九中学教师，由西北大学教席转杭州之江大学中文系任教。又于浙江大学、浙江师范学院等校多年，并主杭州大学文学研究室。为学全仗自研，吴兴林铁尊翁鹧翔宦游温州，曾师事之，林为朱（朱祖谋，孝臧、古微）翁入室弟子，著有《半樱词》及《半樱词续》。林之家传出夏手笔。彊村翁晚年客海上，瞿禅师亦尝晋谒。故其词学世系如是也。娶夫人游夏，续弦吴闻，1973年6月1日婚于杭州，吴为三十年前女弟子，亦温州人，曾任《文汇报》驻京记者。

近世汉学诸大师

　　近世治汉学，尤于音韵、文字、训诂，其为学世系，似以章太炎一脉为正宗。章氏为德清俞曲园（樾）高第弟子，俞则以"花落春仍在"句受知于曾涤生，故名其堂曰"春在堂"。马先生夷初叙伦，则又问学于俞先生（见其著《说文解字六书疏证》）。章氏门生黄侃（季刚）、汪东（旭初）则世所共知，黄季刚声名藉藉，且有超乃师之上，黄授课于北大、中大等校，若张世禄辈治声韵受之于黄也。曲学以唱腔歌法而论，俞粟庐（宗海），以研究谱曲而言，吴瞿安（梅），并世之泰斗也。俞为俞振飞（远威）之父，久客吴门张履谦家，张固拙政园西部补园主人也。吴居苏州蒲林巷，其宅甚精巧，余曾测绘刊于《苏州旧住宅参考图录》中。弟子中以卢前（冀野）、任二北、俞平伯、蔡正华著称，他如胡士莹（宛春）、徐震堮（声越）辈亦有声于教席。吴曾执教于北大及南京高等师范、中大等校。故今日言曲家研究者必崇吴先生为宗也。

北京名胜资料数则

北京园林局见告，天坛总面积为二百八十公顷。祈年殿高为三十二米，连台基总高为三十八米。颐和园总面积为二百九十公顷。长陵祾恩殿计共有大柱六十根。中央之四根最长，计为十四米，直径1.17米。此数值似可征信。

北京故宫，除明、清两朝有二十四个皇帝住此以外，李自成（大顺皇帝，年号永昌）亦曾住过，为时甚暂，自三月十九日至四月二十九日，其间还曾到山海关去半月。办公地点在武英殿。农民起义军明清两代攻进皇宫者：一、明末（1644年）李自成起义军。二、清嘉庆十八年（1813年）天理教起义军。帝国主义列强侵入北京：一、1860年英法联军，未进入皇宫。二、1900年八国联军，曾进入皇宫，但未作兵营。

忆梁思成

　　予与梁思成前辈最后一聚，时在1963年夏初。扬州市与中国佛教协会正为筹建鉴真法师纪念馆于半山堂，召梁公与予往，留扬州一周，连床于交际处招待所，佐其完成纪念碑设计，联袂离邗上，于镇江分手，自此遂人天永隔。今正十年矣。赵朴初书鉴真纪念碑后赠余二诗："壁上风来声簌簌，数竿潇洒遗尘俗。多能真见梓人才，自是胸中有成竹。不写盲师写此君，虚心劲节视同伦。因缘明月三生石，惭愧真堂作记人。"

广州海山仙馆

广州海山仙馆为清季华南园林之著名者，西人图集曾载园照，极尽豪华。偶见近人笔记抄本残卷，有海山仙馆地址考　节，录如下：

广州池馆之盛，以海山仙馆为首届，该馆为逊清潘仕成花园。仕成字德舆，南海人，以副贡钦赐举人后，官运使，豪绝一时，其园林之壮丽，地方之广阔，建设之伟大，花草亭台之美，禽兽鱼鳖之多，妻妾奴仆之众，罕与伦比。闻诸故老言，该仙馆地址，即今之荔香园是也，东起龙津桥，即今龙珠茶楼；西至泮塘，即今黄沙车站前。原有头度桥、二度桥等名目，今尚闻有此名。其姬妾以百数，富贵风流，穷奢极欲，后以欠国帑，将该产查抄，园地今荡然无存矣。政府将该园开投，每票三仙，得彩者即领有该园。说者谓海山仙馆命名，已成后之谶语，海字从三，从每，两山合，为出字，人居其旁，即每人出三仙之兆，然华屋山丘，沧海桑田，自古已然，世间无不散之筵席……毋乃徒自苦耳。但海山仙馆，其地虽亡，其名尚存，盖潘氏好刻书，有海山仙馆丛书，凡数百卷，张南皮谓海山仙馆之名，可与扫叶山房五百年内齐名不朽，语见《书目答问》。

从周按：此文作者当为该地人，其为文时间似在30年代，盖自卷中他文中证之也。海山仙馆，为清季私家园林在华南之重要证例，图片所示其建筑及园林布局，叠砌秾丽，地方特色甚强烈，而若干细部及装饰等显受西方影响。治园林史者似应述及者。

《辛亥广州光复记》

近见有邓慕韩编革命史料《辛亥广州光复记》一文，为抄本，录如后：

广州自孙中山乙未举义广州以还，复有庚子惠州、丁未潮州、黄冈、七女湖、防城、汕尾，戊申钦康，庚戌新军，辛亥三月二十九广左诸役，加刘思复谋炸李准、温生才诛孚琦，林冠慈、陈敬岳同炸李准，革命进行，再接再厉。吾粤实为中国革命策源地，彪炳于历史者。

自八月十九武昌举义，吾粤党人亟谋响应，自九月初四，李沛基炸毙满将军凤山，塌屋八间，连被伤毙者七十余人，益使满吏震骇无措。同日绅民在文澜书院会议独立，实则邓华熙、梁鼎芬、江孔殷等，密授满督张鸣岐，意欲以缓和党人之进行，以观大局之形势（余亦以《平民报》资格赴会。自余自八月二十九日深夜，被张鸣岐逮捕，翌日抗辩得释，乃密谋革命益力，然为满吏注意，在会场未有发言）。无何，港侨望粤省独立之心更急，约广州报界往商，余亦与焉。然于实际无裨也。至初八日，人民在爱育善堂议决，承认共和政体，旋为满督张鸣岐以武力制止，独立之事，竟成泡影。越数日，独立者已有数省，张鸣岐知大势已去，乃撰意清乡总办江孔殷电余云，坚白（鸣岐字）非故意反对独立，不过不能信当时之人民，能否担任广东事耳。现有意将广东交还革命党人，但不知应交何人乃当。余答云，粤中重要党人均承认孙中山、汪精卫、胡汉民，皆能接受。江云，各人现在何处？余答云，孙在美国，胡在越南，汪在北京。江云，汪在北京返粤最快，但被禁耳。余云张氏如确有意将广东交与党人，亦何难事，一电清廷，事便可妥。江云甚好，即转达坚白。是晚江又有电来云，奏稿已办妥，可登报。余知汪虽释出，亦不能即行来粤，盖以试张鸣岐之志向耳。再越二日，孙中山先生有电张鸣岐，促其献城归降。各省独立继续有加，顺德、香山、新安、惠州、高雷之革命军纷起，水提李准，又将步队舰队集中反正，张鸣岐恐惶更甚，求计于江孔殷。江于十七日即电约余与潘达微到海珠会商，至则陈益南立于江干，遮余等不必上岸，同至南堤鹿角酒店，云霞公（江字）就来。未几江与陈廉伯到，共五人会商独立事。陈廉伯云，现在各属党军纷起，本城商业停用，若不早日解决，广东势必糜烂，劝余与达微担任解决粤事。江云此事我任力劝坚白，但一人往劝，似乎出于私意，恳各人同往。廉伯、益南均辞与余同往，余以报务重要，不能久离，托达微代任编辑，达微以生疏辞，余因此不能同往，卒由江一人去。约以要张氏答允，则定十八宣布，十九举行独立式。江去，余亦返报馆。未几，江来电言坚白已答允，明日集合各界会议，十八日上午开会于总商会，下午复开会于咨议局，赴会者党人百无一二，余以势孤，并不发言。各界议决举张鸣岐为都督，龙济光副之。余一面与达微促港机关派人来省，及多带党旗，一面转知报界公会，刊一广东大都督印，以便启用，留为他日纪念。余以连日奔走疲倦，乃就寝。约十二时，忽来一电，告余言张鸣岐已逃往沙面，余以疲极思睡，置之，俟明日乃定办法。十九早到鹿角酒店相会，未几陈景华由港来，江孔殷亦至，余告以张鸣岐逃事，江即电督署查问，则云张未起耳。盖答者不知张之逃也。至十一时同至咨议局举行正式独立礼，众举余为宣布。说毕，陈景华等送印至督署，知张已逃，持送龙济光，龙不敢受，回报咨议局。陈景华向余耳语，盖举胡汉民为都督，余云我亦有此意，余乃宣布胡为都督，众赞成，胡未到任前，以军事部长蒋尊簋暂代。当余出咨议局时，有护卫张鸣岐之陆军警察（即宪兵）数百名，恐革命军不容，环请余收编，未几又有巡防廿余营请降，余非军人，不敢妄自统率，语以听候都督调遣，革命军自无与汝等为难。此次广东独立，全城文武官吏皆逃，余乃与蒋尊簋二人，一面派人接收各机关，一面召集同志商议一切，又以满清将弁之龙济光、李世桂、贺文彪辈握有兵权，平日仇视党人，居心叵测，而革命军又远在外属，立即拍电促胡汉民来，并派人迎接党军来省护卫。越日而胡汉民至省就大都督职，自是久沦于满清二百余年之广东，竟兵不血刃，而还于汉人。及今思之，前尘如梦，挂一漏万，在所不免，望详悉此事端末者，有以纠正之。

柳亚子为廖仲恺撰写碑文

廖仲恺先烈与何香凝夫妇合葬于中山陵附近，去年（1972年）9月上旬，余至南京，正何安葬之时也。廖于1935年8月先入茔。闻夫人卒前·年曾至廖墓开穴一观，期殁后合穴。廖之碑文出柳亚子笔，文曰：

呜呼！此廖仲恺先生纪念碑也。先生殉国之岁，曾权厝羊城。与黄花岗七十二烈士之冢衡宇相望者，十载于兹矣。既国葬南都，家族亲朋谋留纪念于粤，乃建新碑，属余一言。余维先生之丰功伟绩，虽有千万词不能尽，宁此韩陵片石，所得而详尽者？无已，试举先生之遗憾言之乎？孙先生革命四十年，目的在求中国之自由平等，而以唤起民众，及联合世界上以平等待我之民族，共同奋斗，为最后之努力。唯先生能默喻斯意。中国国民党民十三改组，亦维先生赞襄最力。孙先生既殁，先生遂以一身系革命前途之安危，此先生之所以终不免也。

使先生而不死，世界之风云，与夫革命之历史，殆将有大异于今日者，而今何如？呜呼！埋苌弘之血，化碧难期；抉伍相之眸，悬门犹视。知我者谓我心忧，不知我者谓我何求？则镌有道之丰碑，代所南之《心史》，普天下有心人，固应同声一恸已，又宁第先生之私悼耶？中华民国二十四年六月柳亚子敬撰。

从周按，此碑立于广州原葬地。柳先生集中载此文否？待查。谒南京廖墓者或不知有此碑文，故录之。

绘画须掌握纸、色、笔之性能

绘画用纸、用色、用笔必掌握其性能，根据客观情况，就不同之性能，掌握其特征，然后欣然命笔，则在表现效果上自然达到。盖纸有生熟之分，笔有坚柔之别，色有汁石之异，法有工意之不同等，故于此道就古画分析之，判然明矣。曩观张师大千作画，工笔必熟纸、坚毫，写意有用半生者，全生者则罕用之。其自制蜀笺，笺首刊大风堂及敦煌壁画水印者，有半生，有接近熟者，此纸为定制，中杂麻并捶之数，视当时市售者，在质与加工上皆倍之，又能速干，俾作画可迅速竣工也。至于石绿石青之以赭石或浅朱打底，朱砂之纸背套粉等法皆于宋元画中得之。而分层上色，几为上重色之不二法门也。墨可别为三种，一为油烟，选料重者，唯新墨必藏六年以上方用，盖使胶略脱性，易发挥墨晕也。仕女发色，蝴蝶则用高丽槟榔烟，以其无光也。鸟类点睛则用漆烟，厚而有神。粉则用锌粉。予又见前辈王竹人先生云写仕女，其粉用蛤蜊粉。近人有用黄玉粉者，唯嫌不纯白。吴昌硕作书用墨，于油烟中加松烟，故所书石鼓厚而且黑，墨色有其独到之处，但裱工有不谙其墨性者，偶用湿托，有走墨（墨化污纸）之危。此陈蒙庵师运彰告我，师曾见吴作书也。王竹人先生又告我，吴之画似简，用色似单纯，此尽见表面迹象，实则吴之用色反复点染，盖深知层加之法，故日久色泽犹鲜明。其篆刻则以小刀出之，不亲见者不能知其底奥。竹人先生年事略少于吴，尝奉手于杭沪之间，且同为西泠印社社友，为人诚朴，言之当可信焉。

观武劼斋作画

余少时见前辈作画（其时予年二十许，前辈皆七十以上者），其从容审慎周到处至今不能去怀，愧不能得其万 ·也。武劼斋先生曾保，久客淮安，晚归湖上，居横河桥小河下王文治故宅。画师扬州八怪，其粗笔老而弥劲。工隶，以隶意写画，饶金石之气也。其画必清晨先以素笺张壁，卧藤榻上谛视之。旋写干，复张之壁间再视。然后点叶着花，粗具规模。稍息，详审之。时孙辈已研就焦墨，老人起，聚精会神，欣然命笔，全画顿觉画龙点睛，生意盎然矣。悬壁间，次日题款，一丝不苟。盖章必平垫匀压，篆文毕露。尝见其绘二枯莲蓬直幅，用汁绿写之，俟近干，以焦墨钩繁草，宛然如生。题诗云："形容殊不尽，奈此老人何；饶有清新气，饱餐风露多。"苍劲有致。余谓吴昌硕以篆入画，齐白石以秦权作画，武曾保则以隶为之，可称鼎足。第武氏名未能相并，惜哉！回思少日侍几席，其情如在目前，今则予亦垂垂老矣。

甲戌秋九日上浣老苖山人武曾保時年六十有七

〔晚清民国〕 武曾保 《东篱秋风》

书画同源

我国书画同源。书者，画之基本也。画无笔法，但存其形，卒未有佳构，而形亦不能传神，仅躯壳耳。今论之者，书者，线条之基本功也。古之善画者，从未有不工书者。有问画学于予者，予必劝其一面练字，一面学素描，待有相当基础时，再开始作画。正如木之有本，水之有源，俾不致日后返工重行临池也。古之画家，其画与书实则二而为一，画即为书，书即为画。故赵㧑叔（之谦）之画如作北魏书，郑板桥写竹如作汉隶，其理正可洞悉。抑有难之者，古之绘壁画者未必皆工书，此不知古代重书法，晋人竹简，唐人写经，皆非出于名家，而书法之美妙，洵足醉人，观新疆出土之唐写本《论语》，童子之书已达相当水平，由此一端自能明矣。

压舱之物

　　自明季以后，海外硬木若紫檀、红木、影木之属入运至多，对吾国家具之发展影响甚巨。此种木材进口，数量不在少数，盖为压舱而来，海轮必以重物置舱底，行驶始稳，实一举两得之法。扬州称红木为海梅，即指其为舶来也。影木为树根，以其树种而别，有花梨影、红木影、香樟影等之别，古代匠师以其横断面制器，花纹极美。

　　扬州园林之山石有来自皖省者，皆盐船回运至扬者。两淮之盐，由皖商运销，空舟返扬即载石以行，盖扬州平原不产佳石也。崇明岛无石，今见者几全为金山石，亦系盐船回运者，并借此压舱耳。

清华学制之变迁

清华大学之学制变迁，屡有人询及于余。兹据潘光旦所述较为详核，录如下，供究教育史者参用。清华最初二十年间在学制上之变迁：

1911至1913年　　　中等科五年，高等科三年。

1913至1920年　　　高、中两科各四年。1920年开始招中等科生。

1921年　　高等科四年级改称"大一"。这年应届毕业的同学因支援当时北京八大学教职员索薪而罢课罢考，学校为此勒令全班同学留级一年，这一级称为"大二"，只是这一年有过临时的"大二"级。1924年开始停招高等科生。1925年改办大学，招取大学一年级生。1928年宣布成立大学。1929年旧制最后一班毕业放洋。新制第一班学生也毕业，择优放洋。

黄侃日记失于战乱

黄季刚（侃）为章太炎大弟子，人有谓其学超出乃师。自言五十岁后方整理其著作行世，不幸殁于四十九岁。故其平时所得悉书于眉批及口记、笔记中。近阅宋云彬《开明旧事》，方详知其稿失于开明书店之内迁中，诚文化上一大损失。

宋文曰：

开明还决定出版黄季刚先生的日记和遗著。我特地到南京去（从周按：黄在中央大学教书，曾筑室于小石桥，毁于抗日战争），向黄念田先生取得季刚先生的日记（记得有好几十本，是否黄先生日记的全部，现在记不起来了）。不久抗日战争爆发，开明把季刚先生的日记和一部英语辞典稿搁在第二批运走货物的轮船里运往汉口，准备在汉口排印，不幸船未开行，就被日军劫走了。我到现在一想起这桩事情，总觉得对不起季刚先生。

杭州造墓及葬法

余前述榾浆之法，乃儿时所见，所记欠详。彝初马先生《杭州葬法》一文足补其阙。马先生学术文章著世，而余事笔记，亦足千秋，前辈治学，实为楷范。马先生云：

造墓各地不同，杭州之俗，下棺后以石灰、黄土，调以榾叶捣成之汁，名曰榾浆，舂之成粘质，而敷于棺之四周及上，名曰灰椁。唯棺底亲土，灰椁坚如铁石，斧斤不能损之。故杭谚有"铜墙铁盖豆腐底"之说。以棺底亲土易朽，盖取速朽之义，而不忍亲骸为土中虫兽所伤，故以灰椁卫之，故葬法莫善于杭州。然灰椁亦以工到为能如此，故必老于其事者监之。舂灰椁有组织，十人为一曹，二人为外作，外作任取土、运灰等事，曹工唯任舂及舂毕运置墓穴中耳。大抵一棺用灰一千斤以上至二千斤，和土相等，或三之二，如用灰千斤以上，必须四曹舂一日，或两曹舂两日，若灰多更须增曹，然穴小正不须多。而承揽造墓者，杭州谓之坟亲，坟亲自以多为善，取利大也。灰椁舂法，先以土一提箕倾地上，加石灰一提箕，如此三番或四番，然后一曹中以八人任舂，二人更番休息。舂以二百四十下为一手，六手而成。一手毕小休，每手先百下，八人齐舂而甚怠，其意在和灰土而已。其次百下，分三板，初三十下，次四十下，再次三十下，每板八人，分先后下杆，至将毕，亦八人齐舂，此三板较劲，每板将毕，十余下最劲，皆鼓胸腹，举杆至首上，臂成直线，然后下，每闻杆相击声，而此三板每下一杆，人即易位，或回旋形，往往足亦离地，用力甚者足离地至尺许，故至每板终时，无异跳舞。然其劲者，莫不流汗如雨也。末四十下则较初百下尤怠，盖力尽而借以休息矣。初末皆呼邪许，中百下则舂歌喝，声调抑扬清越，每曹以一人轮流报数，各曹中亦以一人轮流报数，而一堆中边，其舂亦有规定，不漫下杆也。如一曹之中皆属老手，则步伐举动，极为整齐。如各曹中有营葬者自行招致者，名为客曹。客曹舂地必居上位，有客曹则相竞，客曹既为营葬者所自致者，必有以自异，亦弥致其力，而造墓者所招致者曰本曹。本曹不甘示弱，亦弥尽力，甚有相竞不下而致疾者，不悔也，故营葬者利用此以求灰之固。然杭州灰椿之工，亦止龙井、翁家山为强，次为留下镇，次为四乡，四乡之工实无足取也（从周按：四乡，地名，在秦望山之西，富阳不到处）。今龙井、翁家山皆以属市之风景区，不许营葬，此事亦将因社会之趋势而消灭，余故为之记。

此记于枵浆之做法，以及葬法述之甚详，于中国古代建筑之材料研究大有助也。

商务、中华卷首题字出何人之手

古籍之翻印，近代当首推商务印书馆与中华书局。书之封面及内封面皆书署极佳。商务之善本书及《二十四史》卷首所见之褚字书名，乃山吴县姜殿扬先生。予二十余岁，曾数见于陈蒙厂师之纫芳簃，盖师亦善作褚

涵芬楼所印《史记》题签

书也。中华者为吾乡高欣木丈时显所书，丈善作隶书及画梅，有"画到梅花不让人"一章。平时作书，一年临帖一种，数十年如一日。乃兄高鱼占丈时丰，画松极苍古，亦精于篆书章草。其以章草作扇面不依扇面摺行，古朴流走，足与沈寐叟太世丈师抗衡。欣木丈别字野侯，筑有梅王阁。鱼占丈则居鉴止水斋。皆具水石之趣，鉴止水斋乃许周生旧园，为吾杭名园之一。鱼占丈画室一桌极巨，在槅扇未装之前先已移入。1965年夏重到杭州，园则已毁废矣。开明书店之书，其封面书字，有出丰子恺之手。

章太炎杭州旧居

　　章太炎幼居杭州里横桥南岸（小河下），税王梦楼之孙小铁家寓焉。其旧居在余杭仓前镇。予年二十曾至是处。其叔彭寿筑有一园，假山累叠成壁，布置伧俗可恶。至今印象犹深也。王小铁家后为画家武曾保借居之，武之女嫁于王氏（王云木）也。是屋余屡至之，为清初建筑。

马叙伦论书法

彝初马先生叙伦《论书绝句》二十首云：

辗转求书怪尔曹，可曾知得作书劳？
好书臂指须齐运，不是偏将腕举高。

近代书人何子贞，每成一字汗盈盈。
须知控纵凭腰背，腕底千斤笔始精。

曾读闻山执笔歌，安吴南海亦先河。
要须指转毫随转，正副齐铺始不颇。

仲虞余事论临池，翻绞双关不我欺。
亦绞亦翻离不得，郑文金峪尽吾师。

柳公笔谏语炎炎，笔正锋中理不兼。
但使万毫齐着力，偏前偏后总无嫌。

笔头开得三分二，此是相传一法门。
若使通开能使转，是生奇怪弄乾坤。

横平竖直是成规，猿叟斤斤论魏碑。
我谓周金与汉石，何曾平直不如斯。

偏计方圆是俗师，依人皮相最堪嗤。
金针度入真三昧，笔笔方圆信所之。

三字尤应三笔殊，须知莫类算盘珠。
纵教举世无人赏，付与名山亦自娱。

书法原从契法传，奏刀起讫断还联。
断处还联联处断，莫轻小字便连绵。

为文结构谨篇章，写字何曾有异常。
布白分间同画理，最难安雅要参详。

意在笔先离纸寸，此须神受语难宣。
无缩不垂垂更缩，藏锋缓急且精研。

北碑南帖莫偏标，拙媚相生品自超。
一语尔曹须谨记，书如成俗虎成猫。

古人书法重临摹，得兔忘蹄是大儒。
赝鼎乱真徒费力，入而不出便为奴。

瘦硬通神是率更，莫轻罗绮褚公精。
承先启后龙藏寺，入手无差晓后生。

名迹而今易睹真，研求莫便自称臣。
避甜避俗须牢记，火候清时自有神。

漫从颜柳度金针，直拚扶摇向上寻。
试看流沙遗简在，真行汉晋妙从心。

六代遗箓今尚存，石工塑匠也知门（魏碑刀法即其笔法。今河南刻工下手即如魏碑，故伪石遂众。余藏有唐高宗辛未伊州塑匠马报远书天请问经，规矩俨然）。
唐朝院手源流远，可惜规规定一尊。

唐后何曾有好书，元章处处苦侵渔。
佳处欲追晋中令，弊端吾与比狂且。

抱残守阙自家封，至死无非作附庸。
家家取得精华后，直上蓬莱第一峰。

马先生又有《作书五养》之说：

凡书不独须养神养力，亦须养笔、养墨、养砚，盖意不靖则神不聚，书时自无照顾，所谓意在笔先者，即无从说起矣。力不养，则作数字后，便觉腰背不济力不足，即神不旺。砚与墨皆可别储以待，唯笔不然，虽可别储，而方及酣畅之际，遽苦胶滞不敏，若易以他笔，又如方得谈友而忽来生客，必叙寒暄，神意全非。然墨亦有难言者，虽甲墨久磨易化，可易以乙，然必磨而待用，待久即宿，故墨磨就即用，则采色均润而入笔不滞。

马先生之书直追晋唐，与沈尹默丈抗衡，然则先生书秀韵风神，有过沈，流辈罕识之。犹自谦云："余书亦

［北宋］米芾《群玉堂帖》

不入某家牢笼，出入自由，今虽无成，不敢自菲，假我
以年，阔步晋唐，或有望耳。"先生作书悬腕，即写扇
面亦如是也。马先生《论书绝句》参用米芾《群玉堂帖》
之论点若干，是帖为碛石蒋氏别下斋所重刻，马先生评
价甚高。

马叙伦论高丽笔

余有论近时制笔一节，已述之于前篇，唯于高丽笔阙焉。彝初马先生叙伦所谈足补之。马先生云：

如余近用高丽人某所缚之笔，便觉曩时以为日本制笔较胜于吾国所制者，此又超胜之矣。吾国制笔，以狼毫为最柔矣！然使转犹不能尽如意也。且制法亦不讲究。日本制者，制法较精，而毫并不甚佳。以之模摹晋唐人书，自较吾华制者为胜。然偏于强，故得劲。而使转亦不尽能如意也。高丽所制，余初用者为一寓天津之高丽人所制。由邵伯炯（章）先生代使为之。然仅作中楷、小楷者二种。其后高贞白向汉城永兴堂购来赠余者，亦中楷笔，以余作中小楷时多也。伯炯所使为者，毫色如吾国之所谓紫毫，然细如丝发，柔于狼毫，露出笔管一寸以外，通开及管，而悬肘运指用之，无不如意。永兴堂制者，色近狼毫，而柔过之，用之亦使转如意。凡晋魏名书中许多笔法及姿态，皆可自然得之。故知有不关笔法而实笔使之然者。

多种用途的陶公柜

彝初马先生叙伦有《陶公柜》一短文，可补《哲匠录》之遗，亦我国家具史之资料也。文曰：

陶公柜者，吾浙陶七彪先生所手制也。先生名在宽，绍兴人，光复会领袖成章之叔祖，以书法自雄，作八分颇醇雅；由诸生官至道员，清末归田，寓于杭州忠清巷，一老妪应门，不与宦场酬酢。余时教授浙江两级师范学堂，居相近，时过先生谈，因观其手制陶公柜。柜方营造尺尺二三寸，以木为之，凡格屉若干，行旅所需，笔、墨、纸、砚、碗、盘、杯、箸、茶具、烛台皆安置井井；其下一大屉则折一凳内之。盖可以柜为桌而支其凳，作书饮食皆可无所求矣。其妙则不用一钉而精巧可爱。其游欧洲时，意大利王爱之，即以为赠。后又制一柜，大略等，内床于中，床亦张弛巧妙，配柜适如行脚僧之一担，天才也。

林迪臣开创杭州新式教育

　　《公祭林迪臣先生文》（4月24日）：先生名启，福建侯官人，以翰林出守，具知杭州府事时，创设新式教育机关三：一曰求是书院（从周按：1897年创），似高等学校中学校之混合学校，求是递传而为浙江大学堂（从周按：1901年称浙江省求是大学堂，1902年改浙江大学堂）、浙江高等学堂（从周按：1903年改），国初乃废（从周按：浙江高等学堂于1914年6月停办。自求是书院创办至此，凡十八年）。民国十六年后始复改国立第三中山大学，民国十七年改名国立浙江大学。其前有浙江甲种工业、甲种商业二专科学校，前者在蒲场巷，即后之浙大工学院址。后者在平安桥旧贡院之后部分。甲种工业许炳堃，甲种商业周锡经皆曾任校长。

　　一为养正书塾，似中小学之混合学校，养正递传而为杭州府中学堂、浙江省立第一中学校。

　　一为蚕学馆，似职业专科学校，递传而为浙江省立蚕桑学校。

　　余为养正书塾学生。……养正书塾之初立，虽似中小学之混合学校，然后三年，设特别师范班，特班头班之程度，实与求是书院学生无别。彼时杭州有东城书院，月有试，与敷文、崇文、紫阳三书院同，东城山长由迪师聘林琴南任之，试法改新，求是、养正之学因同与试也。养正之有师范班也，其制实为吾师瑞安陈介石先生创之，盖师本在上海叶浩吾姻丈瀚所办之教习速成学堂任教员，移教养正也。

此据彝初马先生叙伦所述。人但知先生为养正书塾学生，而不知其前曾肄业崇文义塾也。又云："余于光绪二十五年（1899年）入养正书塾，肄业三年，余与汤尔和、杜杰风以特别班生，周敬斋、叶书言、龚菊人以头班生并兼课幼生一班。略如后来师范学校之有附属小学，供师范生毕业时实习者也。时余等六人亦称师范生也。"此为浙江省师范生之始。陈叔恕太世丈师汉第《六十自述诗》："廖林开广厦，多士受薰沐。"注云："丁酉巡抚廖寿丰奏设求是书院，委杭州府知府林启迪臣为总办，林又设养正书塾，余先后在求是养正任事凡七年。"

浙江清末尚有美教会设之育英书院在大塔儿巷，民初迁秦望山，改之江大学。大塔儿巷旧址设正则中学。紫金观巷设冯氏女中。亦皆美人办。后仅办初中。蕙兰学堂，清末美人设于石牌楼，后改蕙兰中学，始旧制，后为完全中学。而地方士绅所办则推宗文中学，由宗文义塾递传者，在皮市巷。虽改中学，门额犹存义塾之名。宗文义塾内有南园者，大池环柳，假山上有阁，隔池有水树。墙高殊阴翳。安定学堂，在葵巷，后改安定中学，皆由旧制中学改为初中者。以上所述浙江教育之初期历史明矣。

北京饭店建于何年

北京旧北京饭店大楼，为治中国近代建筑史所必及者，其建造年代据邵宝元所书为1917年，五层大楼，每层二十一间，计一百零五间，连前四十八间（东长安街铁路局以西隔壁之红砖楼房），计共一百五十三间。邵自1900年开始至1948年7月止，任职于北京饭店48年。其言当可征信也。

女红所用诸色

童年侍先母侧，母工女红，尤精绣事。得闻母言及所用诸色。此类名称，今知者益罕矣。记之聊备他日研究手工艺之史资耳。红：大红、血色、玫瑰红、枣红、洋红、朱红。黄：姜黄、蜜黄、米黄、月黄。青：天青、藏青、海青、虾青、磁青、锡青、铁青、宝蓝。淡色：水色、月白。黑：玄色。灰：墨灰、青灰、月灰、铁灰。赭色：紫绛（酱）、浅绛、玟瑁。绿：翠绿、苹果绿、湖绿、墨绿。淡红近浅红：砑色，略深名血砑，其他以深浅别之者今仍焉。此种名称，其中有与宋时书籍所记者同，殆沿旧名，宋南渡传至临安者。母殁至今四十年，所能回忆者仅此而已。

光绪与慈禧驾崩之时间

载湉与那拉氏之死，其确切年月为清光绪三十四年戊申（1908年）。阴历十月二十一日酉刻，载湉死（皇帝崩）于南海瀛台（宫车晏驾）。十月二十二日未刻，那拉氏死（皇太后崩）。溥仪于十一月初九日接位（嗣皇帝登极），以明年为宣统元年（1909年）。

袁氏窃国

袁世凯窃国，建石室金匮于北京南海。金匮者，袁世凯豫荐可继己为总统者三人，书其名纳诸金匮，藏于石室。室高可丈，以白石为之，费银十万。金匮盖所谓保险箱而镀以金者，亦耗五万云。此彝初马先生所谈。又有记故宫太和殿者，谓："南向设宝座，座上负背饰黄缎，绣成中华民国国徽，即仿虞书十二章者也。四隅陈薰笼各一，高三尺余，纵可四尺，横二尺许，镂铜为之，内幕朱纱，中实铁管机事，以输达温气。"按袁世凯图帝制，改太和、中和、保和三殿为承运、体元、建极，此袁窃国时所易太和殿布置也。暖气亦装于是时，皆出紫江朱氏之手。

墨以旧为贵

用墨余亦贵旧，盖以质细胶轻，墨彩晕味迥异新品。而较为确切之分期，则殊少言之。彝初马先生则认为须光绪十一年（1885年）以前所造所谓本烟者方可用，然仍须质细胶轻。张大千师作画兼用新墨，以顶烟藏六年后始用。作书则即化学墨亦用之（天然墨膏），但求黑耳。更有人谓墨须藏之六十年后方可用，则各说不一。

［明］"六龙御天颂"圆墨

浅刻牙竹

浅刻牙竹，此道自扬州吴让之（熙载，仪征人）后，牙刻当推于啸轩，民初客北京，声誉鹊起，余亦屡见其作品，虽细及毫厘，然雅劲不足。董大酉先生见示啸轩为其尊人董恂士所作一牙版，时恂士先生任教育次长（时鲁迅亦在教育部，董死，鲁迅先生致吊，见日记），为董之作必为精心，但亦正同前病。友人黄汉侯先生居让之故居（扬州石牌楼七号），所为牙竹浅刻苍劲多古意，可谓今此道之鲁殿灵光也。奈年逾古稀，作品日少矣。宜慎宝之。

研究豫园的二则重要资料

明人范濂《云间据目抄》卷五：

上海虽与华亭相埒，予厌其风俗粗鄙，故常倦游，独以潘方伯仲庵公交善，或经岁一历其地，则朱门华室，亦如栉比崇墉，不可殚述，而独称潘氏为最。如方伯公所建豫园，延衮一顷有奇，内有乐寿堂，深邃广爽，不异侯门。勋贵堂以前为千人坐，又其前为巨浸，巨浸之中多怪石、奇峰。若越山连续不断。面南一望，令人胸次洞开，措大当之，不觉目眩股栗，大江南绮园无虑数十家，而此堂宜为独擅。堂之左，即方伯公读书精舍也。内列图史宝器玩好之物，如琼林大宴，令人应接不暇，足称奇观。

豫园东，方伯公建大第，延衮之广，楼阁之华，不能悉述。独光禄君云骙新建世春堂，视乐寿堂更加高敞，当为土木一奇。半堂泾内潘恭定公建大第，内有四老堂，恭定公恩，温州判惠，刑部郎忠，光禄君恕，兄弟四人也。恭定公年八十余，而弟最少者亦七十，故特建此堂，疏泉种竹，觞咏其间，因额之曰四老，时恭定公二子允哲、允端并为藩臬大吏，少子允亮亦京朝官间，请沐归观，出则金紫银艾，翩翩辉映，入则县曲旗奏，钟鼓彩侍，弥日歌欢之间，人谓香络耆英，莫非一姓，而陆贾李迁哲之俦，徒以酒食选耳，皆于公无拟，足称一时绝盛云。

从周按：此二段记载为研究豫园之重要资料。其一，说明豫园始建时之概况，次及园林与住宅之关系。宅在今园东之梧桐弄。有五老峰，实则仅四老，盖主人算一峰也。此数峰现竖于延安中路陕西南路东之某旧宅内。其二，建造豫园之经济基础，潘姓兄弟及子侄辈皆为大官僚，尤以潘恩之身居尚书（部长）、允哲为臬司（省司法大吏）、允端为藩司（省财政大吏），故潘氏一姓能拥有如此之第宅园林，其来有所自也。

许氏家族

俞平伯夫人许耐圃寄诗幅赠我，书法雅秀绝伦，诗云：

换巢鸾凤去芳林，如画帘栊入梦心。微雨灯前宵漠漠，迟晖墙角昼愔愔。端居谁分销余念，繁笑何须约独吟。一别桃鬈高几尺，悄无人处倚春深。

此诗为其夫俞翁题《燕知草》稿，未经刊入者。耐圃名宝驯，能文，工度曲，精丝竹，今八十岁矣。许氏为杭之大族，高祖学范，曾祖乃恩（季传）、祖祐身（子原）、父引之（汲侯），祖母为俞樾次女，著有《慧福楼幸草》。耐圃曾祖辈有许乃谷（玉年）者，曾为敦煌令，著《瑞芍轩诗钞》，为近代我国第一个发现敦煌石窟及有记事者，其诗集中有长诗述及之。稚柳述敦煌之篇告以未采用。后王冶秋曾录入其笔记中（见《文物》王文）。许玉年亦工画，余承许氏嘱为题其所绘《孤山补梅图》

及《归耕图》两卷，题跋极精，有关浙江文献者甚多。许氏旧宅在杭州横河桥，建筑无足述。而新宅在九曲巷、城头巷，略胜前者。祠宇在金衙庄，今已毁。而石牌楼之许氏义庄，建筑宏敞，小有庭院，其叠石尚楚楚有致，允为中上之选。板制联对有用推光漆作底，上嵌黄杨木雕刻书字，极雅洁。

毛边、毛太纸之名始于明

今人但知有毛边、毛太纸之名，此二纸为我国旧式印书及毛笔作字之主要纸张，其名之始于《书林清话》卷七"明毛晋汲古阁刻书之二"一节中云："所用纸岁从江西特造之，厚者曰毛边，薄者曰毛太，至今犹沿其名不绝。"则其名之由来自明矣。

西式建筑加大屋顶

北京协和医院，其建筑为治我国近代建筑史之重要实例。建造年代及设计者据近人胡传揆《北京协和医学校的创办概况》一文所述："新协和医院房屋的设计皆由美国人负责：设计师 Charles A. Coolidge 于1916年由波士顿过中国，另有建筑师 Harry H. Hussey, Charles E. Lane 等参加了这项工作。这个学校和医院的建筑工程进行了四年之久（1917—1921年），所费为五百万美元。到1921年，除了学校和医院的建筑外，还新建、改建了宿舍和附设单位房屋五十五幢。"此记载可纠正过去所编中国近代建筑史稿之误。协和医院建筑为我国早期于西方建筑之上加中国屋顶者，其豪华不啻宫殿。予曾见初建时之照相集，足推当时之代表作也。至于西式房屋上加中国起翘屋顶者，最早者当推上海圣约翰大学之格致馆、斐蔚堂，前者建于清光绪二十四年戊戌（1898年）左右，后者迟一年。皆有石刻题记。予早岁任教该校时，朝夕见之。二十余年来已不详记矣。今石刻想已不存。曾告有关治中国近代建筑史者，不知尚留此题记否耶？

予曩岁（1959年）主持编《上海近代建筑史稿》曾述及（稿存上海规划设计院）。此建筑为我国西式建筑之加中国大屋顶之始，当无疑问也。

克林德碑与公理战胜牌坊

北京中山公园之"公理战胜"牌坊，原为克林德碑，建于德人克林德被杀之处，地点在东单附近，斜对东交民巷。1923年北京市创办电车公司，因铺设电车轨道，转弯处正在牌坊边，始移至今址。其所以改今名者，实由于欧战结束后，因中国有参战名分，德帝国主义在中国一切特权取消，此牌坊亦即改名。

重修古建筑必须注意维持原貌

苏州虎丘云岩寺二山门，为今日该地唯一已知之元构（刘士能师鉴定为元，实则宋构也），建于元顺帝至元四年（1338年），俗称断梁殿者也。其斗拱外檐补间铺作，斗下未施普柏枋，直接骑于阑额之上，与已毁之吴县用直保圣寺北宋遗构正殿同一方法。而此殿堪令人注意者，即栌斗非平置阑额上，而将其底部嵌于阑额上。前十余年重修时，汪星伯翁董其事，于此特征不知，致修成后，丧此美德，一如常状矣。汪翁盖于古建筑少知，复自负，此种作风足以为鉴。幸刘士能师于《中国营造学社汇刊》六卷三期其调查报告中尚存原物之照，他日重修时，颇望能有所更正也。再则该建筑因斗拱平置阑额上，地位升高。原来檐端轮廓自当心间平柱起即开始反翘，故其曲线较圆和，尚存古法。今修理后以清式代之，使古建外貌起大变化，诚可惜也。幸当地人及游览讲解员皆能津津道其原状。粗枝大叶，往往要错。必须牢记。

"式"与"法"

　　新宁刘先生早岁论苏州园林有云："是日凡调查怡园、拙政园、狮子林、汪园四处。前二者皆布局平凡，无特殊之点可供记述。狮子林叠山传出倪瓒手者，亦曲径盘行，崎岖险阻，了无生趣……"此1925年之论点也。其于园林之发生兴趣，当在1952年之后，是年冬，余以长函备述苏州诸园之种种，遂再临吴门，惊为奇观。往后同客吴门，朝夕盘桓于山石间，促膝相谈，且函札几无虚日。然二人论点终未尽同，其重在"式"，我主在"法"，即有法而无式也。先生深于法、式做法之道，宜有此见解。二十余年来相互切磋，谊在师友之间，今往矣，每一念及，令人腹痛。

北京怡园

北京后海南岸李广桥清末载振所筑怡园，在北京城内诸园中当为后起之杰出者，叠石曲折有致，廊庑周接有度，滨湖筑楼，其楼层面水者用大玻璃，万顷柔波，千柄荷蕖，引景入室，诚妙观也。余数至是园，印象殊深。今日西方近代建筑每用是法，而此园已先得之。1964年余作北京私家园林调查，最后一次到是园，已小颓风范，而丘壑独存矣。

杭州首家私立中学

杭州之我国私立中学，以葵巷之安定中学最早，成立于1902年。稍后皮市巷之宗文义塾改宗文中学校。

《四库全书》与文澜阁

杭州孤山文澜阁与北京文渊阁、承德文津阁、沈阳文溯阁，为今日仅存藏《四库全书》之藏书楼建筑。文澜阁即今浙江博物馆所在，阁前有池，中竖美人峰山石，极具袅娜之态，而假山堆叠极好，余屡有论及（见本记，及《文物》拙作《浙江古建调查记略》），惜阁后泄水沟旁之假山，近年修理中去之，甚可惜。山石颇具深趣，不令人感觉其为排水道也。阁于太平天国战火中受损伤，1880年、1881年（清光绪六、七年）方始修复。费一万二千九百余元。在浙江丝损项下支拨者。1911年（清宣统三年）于其旁建筑浙江图书馆馆舍（1909年设立图书馆）。1912年（民国元年）钱念劬（恂）任馆长时，移四库书于馆旁之红洋房（此建筑原拟为招待德国皇太子，后为官僚宴会之所）。念劬为钱玄同之长兄，三强伯父。夫人单士厘，女学者。抗战中文澜阁书运至贵阳，又迁重庆青木关，胜利后回杭，仍藏孤山。解放后张冷僧（宗祥）丈主浙馆，复移藏于孤山顶之青白山居。至于主管此书之毛春翔先生，数十年来日守典籍，随书入黔入川，又重返浙中，备历艰辛，今亦垂垂老矣。诚图书工作中难得者，可敬可佩。

浙江大学工学院之渊源

浙江大学工学院之成立，最早乃1911年正月开课之浙江省立中等工业学堂，光复后改浙江甲种工业学校，又改称高级工科。1920年升格为浙江省工业专门学校，仍附设高级工科和初级工科。至1927年改为国立第三中山大学工学院，后改国立浙江大学工学院直至解放。开办时校长（称监督）为许炳堃。

豫园九狮轩前巨池设计修筑经过

园林聚水，欲使有汪洋之概，不因水之深浅而受影响，贵乎砌驳岸上用力，其叠石必使有高低层次，筑石矶、石渚，力不能砌成平直，如是因高低石岸之引导，人有亲水之感，方为上品，苏州园林之网师园是为先例。上海豫园1959年扩建中，今九狮轩前巨池，由余划粉线定范围，叠石之前偕匠师同至苏州一周，遍观诸园之作，一一为之讲解，虽诸匠师皆为初次从事缀山工作，但一经大家互相研讨，归叠此池，尚能称意。学问之道贵在切磋也。同时又叠由三穗堂转入此池山洞，用黄石、湖石接成，盖两区用石不同，而此洞曲巧妙分峰用石，浑若天成，亦难得之作，豫园有此一笔，新意层出，亦此次修建中之成绩也。今日重涉此园，回首前情，历历在目，余则冉冉老矣。

旧时量木之制

旧时量木之制，姚补云《营造法原》已有述及，兹就浙中所闻者书于后：杉木之计算，以圆径折合"龙泉码"为计算单位。金额单位，习惯不称"元"而称"贯"，犹沿清代币制之名称，其计算方法，以圆径七寸起等，称"围木"，均按两码论价，七寸以下称"估盘"，均按百计值。历来奉为标准之"龙泉码"，但知为清代龙泉人所创。其算法以七寸作码一分，以下按等递升。围码用篾尺，均属杭产，以江干"裕记"所制为标准，称"裕记公正篾尺"。一般围量手均用此尺。但山客向产区木农进货，常用加另三至另五尺不等，水客门售，亦用九七至九八尺不等，互相追求溢码，是对木农与消费者之额外剥削。木商买卖双方，买方称"水客"，卖方称"山客"。

视差与实用

我国古代匠师，对于材料之光面处理，十分注意视差与实用二端。就以碑而论，古碑之面皆微有凸起，故望之其面丰满肥硕，有丰碑之称。又闻之匠师云：天花平顶粉刷亦须中部微凸，则仰视之则平。而铺地亦然，如是不仅视之平整，且于清洁排水等均有便。

叠石假山之翘楚

江南园林论叠石，其足为范例者，湖石山当推苏州戈裕良所构环秀山庄，黄石山允称上海张南阳所堆豫园黄石大假山。

假山构洞之杰出者应为北京北海，次则杭州元宝街胡雪岩宅之芝园。此皆就雄伟而论者。

洛阳名园

　　余少时喜读二李词（后主、清照），暇辑清照事迹，二十三岁曾为《李易安夫妇事迹系年》，刊《之江中国文学会集刊》第5期。因《漱玉词》进读易安父李格非《洛阳名园记》、易安夫赵明诚《金石录》，此二文受益至巨。而《名园记》之作，对余日后研究园林及记述园林，诚私淑之师也。园林之文，自古及今，数以千计，但文章之精练，描绘之入神，辞藻之清新，世无能逾过之者，其末段之议论园林兴衰，历来为词章家所赞美，于余言之，实余事耳。洛阳名园其遗址，向往者数十年，1957年、1964年两次赴实地，尤以1964年夏承蒋君若是陪同作较深入之踏勘，蒋为洛阳考古组及博物馆负责人，与余甚善，冒暑遍访数日，其确切遗址渺不可得。但纵观洛阳名园所在范围之区，其地形、水流与夫花木之属，犹可依稀想象当时之梗概。其可述者，一为诸园之借景，如"以南望，则嵩高、少室、龙门、大谷，层峰翠巘，毕效奇于前"。如"其台四望，尽百余里，而萦伊缭洛乎其间，林木荟蔚，烟云掩映，高楼曲榭，时隐时见，使画工极

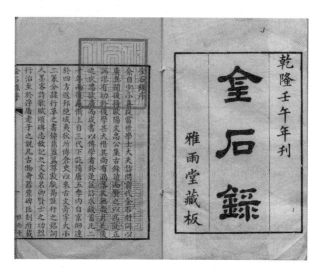

《金石录》首页

思不可图，而名之曰玩月台"。今自然风光犹存，昔时借景一一在目。至于"以北望，则隋唐宫阙楼殿，千门万户，岧峣璀璨，延亘十余里，凡左太冲十余年极力而赋者，可瞥目而尽也"。隋唐宫殿今虽乌有，而解放后新建筑矗立，旧城新貌，光景奇绝。其二，洛阳多土窦，土冈有峭壁，地势多高低，予造园以有利条件。而伊洛两水供园林水源之需。以《名园记》证之，及今日实地所见，隋、唐、北宋名园似以土山为主也。余曾至山西新绛观隋绛

460

守园遗址，园已屡经改建，然其基地犹利用黄土陵谷也。则洛阳诸园其情况想差堪似之。其三。洛阳土壤宜于栽花，牡丹为天下甲色，他则花木华滋，亦造园之有利因素也，至于洛阳为隋唐之陪都，北宋时又为退休官僚"颐养"之地，故第宅园林之兴建，其经济基础如是也。

文史杂志题款者皆为名家

中华书局出版之全国政协编《文史资料选辑》，封面为陈叔通所书。浙江政协编《浙江文史资料选辑》，封面为张宗祥所书。《文物参考资料》，封面为郑振铎书，其后易名《文物》，篆书者为康生书，行书为王冶秋书，正楷亦为康生书。《考古》，郭沫若书。《参考资料》，陈毅书。

董大酉先生生平

　　董大酉先生于1973年10月3日患肺癌病逝杭州，遗一子，仅弱冠。董为吾乡董恂士子，恂士曾任北洋政府教育部次长，殁于任中，鲁迅时任职教部，曾往吊唁，并致奠金，见《鲁迅日记》。其外祖钱恂（念劬），玄同长兄也，清季任驻法公使，民初任浙江图书馆馆长，整理文澜阁《四库全书》用力至勤，于浙江文化有功。大酉由清华学堂留美，归国后在沪设建筑师事务所，哈雄文、陈登鳌皆出其门。其主持之设计，有上海旧市中规划及诸建筑，为著世者。其余主持南京市规划，一度至西安及天津设计院。晚归湖上，曾究心美学研究。殁年七十五岁。董先生与余属乡谊，忘年交二十年。书此数语，聊志哀思。

关于袁世凯墓的补证资料

　　河南彰德袁世凯墓，余前有所述，并于苏州陆氏袁婿及袁女所藏建成时之照相集，粗具梗概。近读恽宝惠《谈袁克定》一文，其所记足补旧闻。

　　其一切建筑，兹姑按清代亲王园寝之名词，略记如下：四围砖墙，下层皆厢白石（俗称汉白玉）为基。正中宫门三间，朱漆、金泒、兽环，中竖立匾，曰"袁公林"，蓝地金字。进门下阶，庭院正中有绿瓦碑亭一座，中立一石碑，大书"中华民国大总统袁公之墓"（是徐世昌所写）。两旁配殿各三间，中为享殿五间，供奉神牌。再进则为圆式坟墓，其室顶及四周，皆用白石砌造，周围凡三层，墓前已挖开隧道，以备合葬。当即步下观察，世凯之墓门（石质）封闭，仅留右首空穴，可以踏进，与男穴中隔一道砖墙，下面用石制古老泉（钱）通气，凡五。穴中已有石床一座，葬时置棺其上。

此记1919年（民国八年）世凯之配于氏下葬时所见者。凡兹琐琐，余笔之于记，供他日发掘时之参考也。

西泠印社内的营建布置

杭州西湖孤山西泠印社，为湖上古典园林今存之著者。其建造历史，阮性山、韩登安二君述之尚详，录于后：

印社于数峰阁（今废，原在孤山柏堂之后，祀明崇祯死事倪元璐等）和仰贤亭（1905年春建，在数峰阁西）之外，于1912年开始扩建，计有石交亭在柏堂之西，山川雨露图书室在仰贤亭之西，斯文奥在山川雨露图书室之旁，心心室在石交亭北（今已废），宝印山房在仰贤亭北。福连精舍，即印社藏书处，在宝印山房之左，置书五橱，分标"东壁图书府"五字（今皆废）。鸿雪径石级数十，在宝印山房后。折而上至凉堂，再北折至四照阁，上覆藤棚。四照阁，宋初都官关氏建，后废，明天顺间郡守胡浚建仰贤亭于其址，成化间布政使宇良仍以四照阁颜之，后又废。1914年印社重建，1924年又移建今址。下为凉堂，宋绍兴时建，植梅数百株，号西湖极奇处，遗址久湮，1924年吴兴张钧衡捐建，仍用旧名。印泉，在宝印山房前，山川雨露图书室后，旧为印社之界墙，1911年久雨墙圮，掘地得泉，1913年浚之，固以印名。日本长尾甲书"印泉"二字勒于崖石，王毓岱有文记之。印藏，1918年同社李息霜祝发为僧（弘一法师），移所用印章凿鸿雪径龛庋藏之。剔藓亭，在四照阁西，1915年建。文泉，池在山巅，有俞曲园旧题。闲泉，1921年张钧衡来游，见林木荫翳，春夏苦湿，因出资凿之得泉，导与文泉合；考咸淳《临安志》，玛瑙坡有闲泉，因而名之。规印崖，在闲泉旁峭壁上，高时显题铭。题襟馆与隐闲楼，1914年上海题襟馆书画会会友哈少孚、胡二梅、王一亭、毛子坚、吴昌硕、吴石潜等募集书画，易资兴建。鹤庐，在题襟馆之后，1923年丁仁捐资兴建，其下即为通里西湖的大门。小龙泓洞，在隐闲楼下，1922年凿通岩洞，纪印人雅，故名曰"小龙泓洞"，吴昌硕题记。缶龛、缶亭，1921年就闲泉上峭壁中凿龛，庋日本朝启文夫铸赠昌硕铜像。华严经塔，1924年迁四照阁于凉堂之上，僧人弘伞因就四照阁遗址募资建华严经塔，凡十一级，上八级四周雕佛像，九、十两级砌金农书《金刚经》，下一级砌《华严经》，石座边缘刻十八应真像，下刻捐资姓名。锦带桥，丁仁得白堤锦带桥旧石栏，移架于闲泉、文泉之间，故名。观乐楼，1920年吴善庆捐资兴建，为印社主屋，有楼三栋，吴昌硕来杭，常住宿于此，今为吴昌硕纪念室。贞石亭，初在文泉的西面，1922年改建三老石室，乃移于观乐楼之东（今废）。三老石室，1922年东汉三老忌日碑石，由余姚转途到上海，将流海外，浙人捐资赎回，建石室永藏印社，吴昌硕撰文记其事。岁青岩，1918年吴隐、吴善庆为其先世岁青公表德，遂以名岩，并撰文记之，吴昌硕篆书勒于崖石上。遁庵，1915年吴隐得地构屋，名曰"遁庵"，崇祀其先德泰伯、仲雍、季札者，吴善庆撰崇祝泰伯记勒于石。味印亭，在遁庵前（今废）。潜泉，在遁庵后峭壁下，1915年吴隐雇工凿石得泉，名之曰潜，为文记之勒于岩壁，泉水清冽，内生淡水母，为世界稀有的生物。还朴精庐，1919年吴善庆捐资兴建，在遁庵之西，吴昌硕篆额，左曰"金篆斋"，右曰"篆籀簃"，今已通而为一矣。鉴亭，在还朴精庐西，1919年吴善庆捐建。小盘谷，在遁庵之东，清光绪间湘阴李戬堂构室居诗僧笠云，名曰小盘谷，后屺圮；1911年其孙李庸奉父命以地归印社，辟为一区；1922年李庸又为文勒石记之。是处上通遁庵，下连印泉，竹树茂密，境地称幽遽。阿弥陀经石幢，在岁青岩左，1922年，吴熊舍资兴造。邓石如像，在小龙泓前，1924年丁仁捐造。丁敬身石像，在汉三老石室前，1921年丁仁捐造。西泠印社全部面积仅五亩有余，而营建布置，曲折幽邃，为湖上最胜处。

西泠印社以五亩余之地，其布置在湖上园林中，实为上选，其与苏州、扬州诸园有别，妙处在有层次，曲径山坡转折有度，盖以真山而以假山章法出之，因地制宜，最用力处在山麓，所谓叠山难在起脚。至于以泉衬石、水随岩转，不意如此低小之孤山，竟有此许多甘泉，而经营者复能利用之，方见其学养之功也。印社先辈，皆精书画文章，宜其有此佳构为湖上生色也。而治印一道首在章法布白，造园其理一也。

京师译学馆

　　近人治教育史，言清季京师大学堂者屡见记述，而于京师译学馆则知者至罕。尝闻紫江朱先生云：京师译学馆成立于清末光绪二十九年（1903年），乃同义馆之后身。校址在东安门内，东去不远为马神庙之京师大学堂，即今之红楼。该馆于民国成立时停办，归并于大学堂，为北大之法学院。译学馆开办人为曾广铨、朱启钤，以后之监督为黄绍箕、章梫、王季烈、邵恒浚。分英、法、德、俄文四科，魏易、胡敦复、蔡子玉、萧智吉诸人授一、二年级英文，三年级以上则为英人教授。其他之课程教授为蔡元培、陈衍、汪荣宝、韩朴存、丁福保等。

郁达夫早年经历

近代文学家郁达夫，30年代居杭州，于大学路场官弄筑风雨茅庐。其迁居杭州，鲁迅于1933年12月30日作诗《阻郁达夫移家杭州》，有"何似举家游旷远，风波浩荡足行吟"句。风雨茅庐于郁氏作品中屡有提及，但其建筑如何，殊少言及。余曾往访之。场官弄在今浙江图书馆分馆巨厦旁，宅门西向，门屋内有南向洋式屋三楹，外带周廊，院极窄，屋东度月门有书斋，老桂扶疏，境颇幽。达夫读书写作于此也。抗日战争始别风雨茅庐，遂致客死南洋。

郁达夫之早期历史，余闻之于其乡人胡鲁声师继瑗，胡师与达夫少时同学，且有戚谊，并曾介绍至之江大学中文系任教。余以其告，复证之郁氏著作中自述者，叙之于下：清光绪二十二年丙申十一月初三日，生于浙江富阳县城内满州弄，生三岁，父殁。母死于抗日战争期间，长兄郁华，字曼陀（莲生），次养吾（浩生），达夫原名文（荫生），后以字行。初读于富阳县立高等小学，卒业后进嘉兴府中学（K府中学），未半年转入杭州府中学（H

府中学)，与徐志摩同班，且又同岁。此为宣统二年（1910
年）春，辛亥革命杭州府中学停办，回乡自学。明年民
国元年（1912年）春进之江大学预科（H大学预科），半
年后又离校回家。秋间转入杭州石牌楼蕙兰中学最高班，
与教务长争闹［达夫指该校教务长原为H大学卒业生，
很卑鄙。从周按：此为后来任校长之徐钺，字佐青，浙
江仙居人，育英书院（之江大学前身）卒业］，次年春即
离开。居家半年多，11月间随长兄曼陀、嫂陈碧岑夫妇
赴日本读书。次年（民国三年，1914年）考入东京第一
高等学校（其侄女郁风是年即生于日本）。在预备班一年，
卒业后，于民国四年（1915年）8月29日晚离开东京去
N市X高等学校。

悬挂书画　因时而异

我国旧时悬挂书画，于季节性甚重视。春节悬岁朝图，端阳（五月）悬钟进士（钟馗），中秋挂月宫图，夏季及梅雨季悬黑老虎（碑拓本），而朱拓本则夏季不悬。至于喜庆及寿辰所悬，则内容亦因事而异，如和合二仙、麻姑献寿图之类。

[明] 陆治《岁朝图》

［清］吕学《钟馗图》

［南宋］刘松年《嫦娥月宫图》

清代科举考试

马彝初先生《清代试士琐记》：

清代各省试士之所为贡院。贡院非大比之年，率闭而封之。大省贡院可容万人以上（江宁贡院最大，以江南三省之士皆于是试）；大率南向而筑屋，屋分东西列，东西又各分若干列；每列自南而北，又分若干列；列列相距丈许；南北之列，各为屋一百号，每号高可容人立，广可伸一臂，深可坐而书，坐具如北方之炕，而就隔墙之两端支一板可以起落者为桌，以书以食，前无门窗为蔽，蔽者即前列之屋背，而高于屋，故阳光仅入，夜则号给纸灯笼一（自有洋烛后，可携方形折灯洋烛以入）。试者朝夕于是，饮食于是，卧溲于是，有监试者监焉，不得相往来，通言语。有号军供水，然一列仅一人也。每日供食二次，饭与菜皆不能下咽者，试者多自备以入，出资使号军代治，亦止煮饭

江南贡院

而已。自有酒精烹煮之器，则或携以自治，然亦中产之士才能办也。院例予人一饭具，三菜具，可以携归，然皆如小儿玩具，以糙瓷为之（余父就试，携归予余姐弟为玩具，一碗饭可三四口而尽，一盆菜亦下两三箸可毕也，然余于故书知此犹宋之遗制）。如是者三日为一场，得归休沐，三场而毕，是谓矮屋风光。

凡各省之试曰乡试，乡试以子午卯酉之年一举，举于中秋，时气候蒸热，病者日有，中恶暴疾而亡者，皆以为有凤冤索命也。当试者就号以后，号军于夜初击柝而号曰："有仇报仇，有冤报冤。"闻者为之毛起，于是有失行者，精神为之刺激，惴惴不安，益以昼夜疲劳，往往中恶，作鬼神相附语，传者神之，谓为冤报矣。相传贡院许生入，不许死出，盖锁棘以后，非终场放考不启，所以防弊，故虽监临（监临例以巡抚任之）、主考死于院，亦不得遽出，以监临、主考皆钦差，例须正门出入也。试士之死者，经检察后由侧门殓而出之（相传主考死于院者，必其子孙复来为主考乃得骑棺而出，然余未检故事也）。乡试之监临，巡抚任之，巡抚有事，则以学政代焉。主考、监临之入闱也，由监临主主考行馆，导主考（正副各一）背朝服（清制，朝服为大礼服，平常冠带为常礼服，不着外褂而用马褂，袍亦开襟者为行装，便骑者也。朝服之冠履异于常服，且须加披肩，旧俗死者遗像所服即朝服也），而乘宪轿。宪轿，谓法定之轿，状如神座，上无幄、旁无蔽，盖使人民得俱瞻也，实即古步辇之遗制。每岁迎春之日，巡抚及布政、按察两司使，俗称三大宪，亦朝服宪轿以往（平时皆常礼服坐暖轿），具全副仪仗呼殿至贡院，入而锁棘（俗呼封门）。试毕而后出闱。盖校士为大典，故隆礼焉。（从周按：杭州贡院三面环水，其北面之桥，俗名乌龟尾巴桥，此桥非在正北，偏西，状尾弯也。少时肄业两浙盐务中学，校在贡院北，辄闻老者言，考生死后即于此桥前之墙洞中殓而出之。东西北之桥皆单拱石桥，甚古朴。马先生文中所述，少时尝闻之父辈，今读是文，益为清晰，治我国教育史者可资助也。）

　　清故事，进士殿试列一甲者例止三名，故俗呼三鼎甲，即状元、榜眼、探花也。榜下，赐宴端门，大学士（清制文华殿大学士为首揆，后代以领班军机大臣，然大礼仍如制度也）执爵以饮三及第者，三巡而毕，插花披红，骑而归邸，大学士揖之上马，有司护送，皆如唐宋故事也。三及第者即日授职，第一名为翰林院修撰，六品；余皆翰林院编修，七品。试士自四方至京，往往寓其本籍省府县之会馆，三人者之同乡官于朝者，即日各就其省馆为设行邸，迎而宴之，官最尊者执爵致贺，然后撒花红。此三人者，例于次科乡试得放主考，或学政缺出，先得学政，然皆慕主考，以门生皆举人，腾达易，而己有利焉。如前记吾浙孙渠田之于沈宝桢、李鸿章是也。清制，官俸甚薄，后增养廉，亦不足以资生，故有不乐为翰林而故汙其卷俾入三甲者。然以翰林清望，故竞之者犹多。生事则窘迫矣，往往就达官家为宾师，且便夤缘得试差（主考学政），一差所得，不通"关节"，亦足数岁温饱。凡出差至其座主（试官）之乡土者，必诣座主请教焉，座主往往有属托，即利薮也。昔人记一故事，有请教于座主者，屡以其乡人才为问，意在献殷勤，而座主殊无所托。此人以座主无言，不敢遽退。忽而座主一欠身，此人以为座主若此其敬也，必所属有异于常者，则振襟请益，座主曰："无他，下气通耳。"此人谨记其言。及事，卷必亲阅，意其佳才也。前列既定，殊无其人，乃命搜遗，而得"夏器通焉"，喜而录之，文仅粗顺而已。归朝日，报于座主，谓不辱师命也！座主大诧，谓余实无所属，此人为言其故，座主大笑曰："是时适下气通耳。"

此科场之笑柄也。

会试。清制在京师，有试院如各省；主试者称大总裁、副总裁；总裁一，副之者三，总裁以大学士尚书为之，副者，则爵尊而外亦取兼有重望者为之。殿试则所谓天子临轩策士也。故及第者俗称天子门生。其制，就保和殿集进士中式者复试之，以古今事宜作策问，使之对，王大臣监之，进士皆衣冠负笈入，出矮桌（彼时北京琉璃厂文具店有备可折放）敷之，坐地而书（矮桌之制沿于宋，宋则官为之备耳），终日而毕。其文首书"臣对""臣闻"，末书"臣谨对"。中则引制策（即题目）递次条答。其对有虚有实，实者非饱学者不能为，虚可以抄袭成文，虽牛头不对马嘴，无伤也。清末往往而然，盖止取字体端正，词无忌讳，有无内容，在所不问。唯德宗曾亲阅试卷，甲午兵败于日本，乙未殿试，元卷已定（故事，阅卷大臣以其爵秩及被命名列先后为次，得依次各取一甲三人及二甲前列七人，都十卷，进呈御览，皇帝率如所定，不之易也）。是科，德宗以骆成骧卷有"君忧臣辱，君辱臣死"之语，密密圈之，自第七拔置第一。故事，殿试卷书无所限，唯遇"天"及"帝后祖宗"等字，须提行，且必高出一二字书之（俗称抬头，如"天"字须比"皇上"高一格，"祖宗"亦然）。至清末，以慈禧垂帘，则"太后"既高于"帝"，"祖宗"复高于"太后"，"天"又高于"祖宗"，于是同时有此，竟至四抬。前此谓抬头处，前行可以空脚，即词不须到底也；及是，则须行行到底。于是必临时硬增强凑以足其数。此又科场之末敝，而朝政所趋亦已明矣。其亡也宜。

乡会试自监临以下，有监试、提调等名，以现任或候补道府以下者充之，其资格以科举出身者为上。自总裁主考以下有襄试，由现任或候补之道、府、县之正途出身者充之，通称房官，会试称同考官，皆先为总裁、主考任初步阅卷者也。试者如出某房，即称门生，故任襄试多次，其门生亦众。身受奉养，泽及子孙，亦彼时宦途中调剂生活之一道也。

学政校士，省会之外，就各府召其属之士而试之，盖学童（法称童生）必自县试及格，而后得就府试，府试得隽而后得受院试（学政体制如巡抚，其署称部院，俗称学院），故无试院。省则就其署为考棚，置长板桌、长板凳。东西前后为行列，如佛寺之饭僧者然。试者未明而入，及暮而出，试有初覆、提覆，提覆施之拔萃及有疑者。学政试，不加弥封，学政巡视诸生以为异者，可召而询之，使上堂，为特置座而试焉，谓之提堂。提堂者必置第一，否则亦在前列也。绅士子弟号为官生，亦得提堂，然不定必取，但多得被取之机会耳。

清制，试有文武两种，学政兼试武童，至武乡试则由巡抚主之，武试止重刀枪剑戟弓矢程石。虽亦有文字之试（试武经），应故事而已。

文武生受学政试竣，则发其原籍府县学为学生，具称府学生员、县学生员，所谓入庠也。生员文者初入为庠生，其后学政复有例试，学优者进为贡生，与廪饩者为廪生；廪生，得为童生就试之保证人，俗称廪保，保其身家清白并无假冒（尤重冒籍），其被保者既须纳资于廪生，又称弟子焉。资数，非士族而崛起者，求保不易得，可由学官（清制，府学教授一员，县学训导、教谕各一员，俗称学老师）

指定廪生为之保，则如余幼时所知仅银两圆为高额矣。不然，则称家之有无，故廪生得保一般富子弟，胜坐十年冷板凳也。贡生而得饩者为廪贡生。又有优拔之试，隽者称优贡生，拔贡生，拔重于优，可径赴朝考，授知县、学官等职，此古拔萃、优异等特科之遗制，文士之又一出路也。

武生率为农工子弟，无力攻读，乃以力自奋，学艺既成，遂得请试。以其家贫，故率衣冠故敝，不成威仪。前代又重文轻武，武生亦不敢与文者比伍。虽同年为一学弟子，不相通谒也。余尝至学院，观文武生员行初谒礼，文者蔑视武者若恐浼焉。生员入学时有制服，其冠与朝帽同，而上插金花二，相交其上端，冠顶以白色金属制为雀形，与入流品者特异。清制，官等以品分，自一至九，各有正从：一品冠顶红宝石制，二品珊瑚石制，三品明蓝石制，四品青金石制（俗称乌蓝，言不透明也），五品水晶石制，六品砗磲石制（洁白色），七品以下铜制（俗称金顶）。生员初用雀顶者，盖示甫释褐未入流品也。既释褐即与七品以下官同，并戴金顶，服常礼服矣。所履亦为方头靴，此朝靴也（此式今尚可于剧中见之，实自古相沿之制）。唯衣称襕衫者，无殊明代士服，以蓝色绸为之，而自襟而下及前后衩、前后边并加五寸之绸缘，色或深蓝或缥（杭俗称天青），实考工记"六入谓之玄"之玄。或以韦陀金，则非富者不办矣。（从周按：韦陀金为用金银丝织成之绸缎。）衫上施硬领、披肩，亦与朝服同，大抵富贵之家得捷报即治之，已婚者则由妇家制以相贻，而贫士率假于人。武生员竟有不能具衣冠，或止便衣而戴礼冠，相形见绌，此之谓矣。

见彝初马先生叙伦《石屋续渖》，此文可补商氏《中国科举史》之阙，为治我国教育史之重要资料。

1973 年 5 月至 1973 年 11 月所记

癸未十月二十五日五十六岁生辰

从周志于梓室

卷
四

郁达夫轶事

郭沫若自订《五十年简谱》，其中所记与郁达夫有关者录于后，可资编郁达夫年谱之参考：

民国三年六月考入东京第一高等学校预科，与郁达夫、张资平同学。民国十年创造社成立。五月郁达夫回国瓜代。民国十一年五一节日《创造》季刊出版。民国十二年五一节《创造周报》出版，未几复出《创造日》，郁达夫赴北大任教职，《创造日》仅出百期，即停刊。民国十四年达夫任武昌师大教职。

达夫初娶富阳乡间人孙荃（荃君）。后与杭州王映霞结婚，映霞杭州横河桥女子师范毕业，任教永嘉小学，自温州返杭过沪，与达夫相识。映霞原姓金，出继其外祖王二南先生之后，易姓王。居杭州金刚寺巷。

当铺溯源

　　旧社会当铺之当票作草书，人几不能识，即识亦仅一二字而已。近见王子寿所记云："据说《当字谱》系明末文人傅山所创。傅字青主，山西太原人，工书画，长于医，山西人称为'傅山先生'。明亡，曾隐于医，并用草书偏旁，创为当商专用的异体字。"此说是否有据尚待考证。余疑其与徽商必有密切关系，盖当业人员几全为徽商垄断也。所谓"徽州朝奉"者，即指此。

[清] 傅山《草书诗》轴

民国初年北京的格言碑

言我国近代建筑史者鲜有知北京民初之格言碑。据雍鼎臣所述：

朱启钤在内务总长任内，为他（朱氏属雍剑秋）指定地点，准备建立十个格言碑，分立于北京城内冲要路口，结果只建了两个，一个在中央公园（即今中山公园）门首，一个在东单市场旁。中央公园建的是八角形亭，有八个柱子，上面刻写一些古人格言语录，如"文官不爱钱，武官不怕死""贫贱不能移，威武不能屈""自古皆有死，民无信不立"等词句。东单市场旁是个六面体大理石柱，上面也有这样的格言。这两座建筑物，均是德国工程师绘图设计建造的。东单的碑上电灯，都是德国货，上面有变压器，光度达八千枝烛光，晚上照耀如同白昼，颇能引人注目。后以朱启钤被通缉离北京，其余八座建筑物即行停止。东单碑柱，不久拆除。中央公园的亭子，几年后也被移到公园后门，至今还在那里。

保圣寺塑像之发现及保护经过

江苏吴县甪直保圣寺塑像之发现及保护经过，兹略述于后：甪直为吴县近昆山一水镇，多地主，镇中大小不等之地主计四百户（全镇计二丅户），而尤以大地主沈伯安（长慰）、君宜（长吉）兄弟为一乡之最。沈伯安有女留学日本，习幼稚师范，沈将保圣寺之寺基筑小学及幼稚园，并最后拆毁宋构大殿，以其料修建其他及学校等之情。

顾颉刚翁于1925年（乙丑）在商务印书馆刊行之《小说月报》上刊登有关塑像之文，天津南开大学秘书陈彬龢函告日本人大村西崖。大村乃东京美术学校教授，闻讯于1926年（丙寅）4月29日出发来华，5月2日抵上海，遂偕唐吉生（熊）摄影师等去甪直。调查摄影而归，著《塑壁残影》一书，甪直塑像之名，遂不胫而走，誉满海内外。大村复经苏州，曾登过云楼，访顾鹤逸丈，盖鹤逸丈为名画家，而过云楼之珍藏，当时几可驾著名博物馆之上，日文书籍中屡屡述及之。甪直之塑既为世所重，而沈伯安又数度摧残，另一当地人士金凤书者，则为塑像乞命，

494

奔走殊力，叶遐庵（恭绰）、陈万里、蔡子民（元培）、顾颉刚、马彝初（叙伦）、金凤书等组织委员会，力图保护之，为时已拖延三载，而北宋木构终于被拆，不及抢修。塑像塑壁，另由范文照设计一西式陈列馆（额系谭延闿书），就大殿原址建盖，塑像塑壁江小鹣主持，由滑田友复原安上，已拼凑而成，罗汉仅存其六。此陈列室原为平顶，漏水。1954年夏，江苏省文管会约余往甪直，遂建议改筑坡顶，今夏（1973年）重见之，屋完固如新，甚以为慰。沈伯安宅为一镇冠，中西掺杂，豪华斗富，其窗扇及窗帘计五重。浴室内浴缸置二具，又于镇旁建钢筋混凝土瞭望塔。叶圣陶（绍钧）、王伯祥（钟麒）二翁皆苏州人，早年尝执教于甪直小学，叶翁初期小说以甪直为背景者甚多。

《瘦西湖漫谈》

1961年至1963年间余数客扬州，写定《扬州园林与住宅》一稿。1962年春应当地建筑学会之邀作瘦西湖报告，撰《瘦西湖漫谈》一文，刊于同年6月14日《文汇报》。偶于丛残中检得此文，如见故我，录之于后：

扬州瘦西湖，由几条河流组织成一个狭长的水面，其中点缀一些岛屿，夹岸柳色，柔条千缕。在最阔的湖面上，五亭桥及白塔突出水面，如北海的琼华岛与西湖的保俶塔一样，成为瘦西湖的特征。白塔在形式上与北海相仿佛，然比例秀匀，玉立亭亭，晴云临水，有别于北海白塔的厚重工稳。从钓鱼台两圆拱门远眺，白塔与五亭桥正分别逗入两圆门中，构成了极空灵的一幅画图。每一个到过瘦西湖的，在有意无意之中见到这种情景，感到有但可意味不可言传的妙境。这种手法，在园林建筑上称为"借景"，是我国造园艺术上最优秀巧妙的手法之一。湖中最大一岛名小金山，它是仿镇江金山而堆，却冠以一"小"字，此亦正如西湖之上加一"瘦"字、城内的秦淮河加一"小"字一样，都是以极玲珑婉约的字面来点出景物。因此我说瘦西湖如盆景一样，虽小却予人以"小中见大"的感觉。

瘦西湖四周无高山，仅其西北有平山堂与观音山，亦非峻拔凌云，唯略具山势而已，因此过去皆沿湖筑园。我们从清代《乾隆南巡盛典》、赵之璧《平山堂图志》、李斗《扬州画舫录》及骆在田《扬州名胜图》等来看，可以见到清代乾隆、嘉庆两代瘦西湖最盛时期的景象。楼台亭榭，洞房曲户，一花一石，无不各出新意。这时的布置是以很多的私家园林环绕了瘦西湖，从北门直达平山堂，形成一个有合有分、互相"因借"的风景区。瘦西湖是水游诸园的通道。建筑物类皆一二层，在平面的处理上是曲折多变，如此不但增加了空间感，而且又与低平水面互相呼应，更突出了白塔、五亭桥，遥远地又以平山堂、观音山作"借景"。沿湖建筑特别注意到如何陆水交融，曲岸引流，使陆上有限的面积用水来加以扩大。现在对我们处理瘦西湖的布置上，这些手法想来还有借鉴的必要。至于假山，我觉得应该用平冈小坡形成起伏，用以点缀和破平直的湖面与四野，使大园中的小园，在地形及空间分隔上，都起较多的变化。

扬州建筑兼有南北二地之长，既有北方之雄伟，复有南方之秀丽，因此在建筑形式方面，应该发挥其地方风格，不能夸苏式之轻巧，学北方之沉重，正须不轻不重，恰到好处。色泽方面，在雅淡的髹饰上，不妨略点缀少许鲜艳，使烟雨的水面上顿觉清新。旧时虹桥名红桥，是围以赤栏的。

平山堂是瘦西湖一带最高的据点，堂前可眺望江南山色。有一联将景物概括殆尽："晓起凭阑，六代青山都到眼；晚来把酒，二分明月正当头。"而唐代杜牧的"青山隐隐水迢迢，秋尽江南草未凋"，又是在秋日登山，不期而然诵出来的诗句。此堂远眺，正与隔江山平，故称平山堂。平山二字，一言将此处景物道破。此山既以望为主，当然要注意其前的建筑物，如果为了远眺江南山色，近俯瘦西湖景物，而在山下大起楼阁，势必与平山堂争宠，最后卒至两难成美。我觉得平山堂下宜以点缀低平建筑，与瘦西湖蜿蜒曲折的湖尾相配合，这样不但烘托了平山堂的高度，同时又不阻碍平山堂的视野。从瘦西湖湖面远远望去，柳色掩映，仿佛一幅仙山楼阁，凭阑处处成图了。

扬州是隋唐古城（旧址在平山堂后），千余年来留下了许多胜迹，经过无数名人的题咏，渐渐地深入了大家的心中。如隋炀帝的迷楼故址，杜牧、姜夔所咏的二十四桥，欧阳修的平山堂，虹桥修禊的倚虹园等，它与瘦西湖的"四桥烟雨""白塔晴云""春台明月""蜀冈晚照"等二十景一样，给瘦西湖招来了无数的游客，平添了无数的佳话。这些古迹与风景点，今后应宜重点突出地来修建整理。它是文学艺术与风景相合形成的结晶，是中国园林高度艺术的表现手法。

扬州旧称绿杨城郭，瘦西湖上又有绿杨村，不用说瘦西湖的绿化是应以杨柳为主了。也许从隋炀帝到扬州来后，人们一直抬高了这杨柳的地位，经千年多的沿袭，使扬州环绕了万缕千丝的依依柳色，装点成了一个晴雨皆宜，具有江南风格的淮左名都，这不能不说是成功的。它注意到植物的适应性与形态的优美，在城市绿化上能见功效，对此我们现在还有继承的必要。在瘦西湖的春日，我最爱"长堤春柳"一带；在夏雨笼晴的时分，我又喜看"四桥烟雨"。总之不论在山际水旁，廊沿亭畔，它都能安排得妥帖宜人，尤其迎风拂面，予人以十分依恋之感。杨柳之外，牡丹、芍药为扬州名花，园林中的牡丹台与芍药阑是最大的特色，而后者更为显著。姜夔词："二十四桥仍在，波心荡，冷月无声，念桥边红药，年年知为谁生。"可以想见宋代湖上芍药种植的普遍。至于修竹，在扬州又有悠久的历史，所谓"竹西佳处"。古代画家石涛、郑燮、金农等都曾为竹写照，留下许多佳作。扬州的竹，清秀中带雄健，有其独特风格，与江南的稍异。瘦西湖四周无山，平畴空旷，似应以此遍植，则碧玉摇空与鹅黄拂水，发挥竹与柳的风姿神态，想来不至太无理吧。其他如玉兰芭蕉、天竹蜡梅、海棠桃杏等，在瘦西湖皆能生长得很好。它们与前竹、柳在色泽构图上，皆能调和，在季节上，各抒所长，亦有培养之必要。山旁树际的书带草，终年常青，亦为此地特色。湖不广，荷花似应以少为宜，不致占过多水面。平山堂一区应以松林为障，银杏为辅，使高挺入云。今日古城中保存有巨大银杏的，当推扬州为最。今后对原有的大树，在建筑时应尽量地保存，《园冶》说得好："多年树木，碍筑檐垣，让一步可以立根，斫数桠不妨封顶。斯谓雕栋飞楹构易，荫槐挺玉成难。"

盆景在扬州一带有其悠久的历史，与江南苏州颉颃久矣。其特色是古拙经久，气魄雄伟，雅健多姿，而无怏怳作态之状；对自然的抵抗力很强，适应性亦大。在剪扎上下了功夫，大盆的松、柏、黄杨，虬枝老干，缀以"云片"繁枝，参差有序，具人工天然之美于一处。其他盆菊、桃桩、梅桩、香橼、文旦桩等，亦各臻其妙。它可说是南北、江浙盆景手法的总和，而又能自出心裁，别成一格，故云之为"扬州风"。

瘦西湖湖面不大，水面狭长曲折。要在这样小的范围中游览欣赏，体会其人工风景区的妙处，在游的方式上，亦经推敲过一番。如疾车走马，片刻即尽，则雨丝风片，烟渚柔波，都无从领略。如易以画舫，从城内小秦淮慢慢地摇荡入湖，这样不但延长了游程，并且自画舫中不同的窗框中窥湖上景物，构成了无数生动的构图，给游者以细细地咀嚼，它和西湖的游艇是有浅斟低酌与饱饮大嚼的不同。王士祯诗说："日午画船桥下过，衣香人影太匆匆。"我想既到瘦西湖去，不妨细细领略一番，何必太匆匆地走马看花呢。

我国古典园林及风景名胜地的联额，是对这风景点最概括而且最美丽的说明，在游者欣赏时起很大的理解作用。瘦西湖当然不能例外。其选词择句，书法形式，都经细致琢磨，瘦西湖的大名，是与这些联额分不开的。在《扬州画舫录》中，我们随便检出几联，如"四桥烟雨"的集唐诗二联，"树影悠悠花悄悄，晴雨漠漠柳毵毵""春烟生古石，疏柳映新塘"等，都是信手拈来，遂成妙语。其风景点及建筑物的命名，都环绕了瘦西湖的特征"瘦"来安排，辞采上没有与瘦西湖的总名有所抵触。瘦西湖不但在具体的景物色调上能保持统一，而且对那些无形的声诗，亦是作同样的处理，益信我国园林设计是多方面的一个综合艺术作品。

总之，瘦西湖是扬州的风景区，它利用自然的地形，加以人工的整理，由很多小园形成一个整体，其中有分有合，有主有宾，互相"因借"，虽范围不大，而景物无穷。尤其在模仿他处能不落因袭，处处显示自己面貌，在我国古典园林中别具一格。由此可见，造园虽有法而无式，但能掌握"因地制宜"与"借景"等原则，那么高冈低坡、山亭水榭，都可随宜安排，有法度可循，使风花雪月长驻容颜。

瘦西湖的形成，自有其历史的背景。对于在一定历史条件下形成的风景区，在今日修建时，我们固要考虑其原来特色，而更重要的，还应考虑怎样与今日的生活相配合，做到古为今用，又不破坏其原有风格，这是值得大家讨论的。我想如果做得好的话，瘦西湖二十景外，必然有更多新的景物产生。至于怎样"因地制宜"与"借景"等，在节约人力、物力的原则下，对中小型城市布置绿化园林地带，我觉得瘦西湖还有许多可以参考的地方，但仍要充分发挥该地方的特点，做到园异景新。今日我介绍瘦西湖，亦不过标其一格而已。"十里画图新阆苑，二分明月旧扬州。"我相信在今后的建设中，瘦西湖将变得更为美丽。

《西湖园林风格漫谈》

杭州西湖名闻中外，余少长湖上，虽背乡三十年，湖光山影时绕梦寐，曾写小文就管见有所涉及，刊于1962年3月14日《文汇报》，题曰《西湖园林风格漫谈》：

西湖的园林建筑是我们园林修建工作者的一个重大课题，它既复杂又多样，其中有巨作，有小品，是好题材。古来的作家、诗人，从各种不同角度，写成了若干的不朽作品，到今日尚能引起我们或多或少的幻想和憧憬。

西湖是我国最美丽的风景区。千百年来，经过多少人的辛勤劳动，使她越变越美丽。可是西湖并不是从白纸上绘制的一幅新图画，她至少已有一千多年的历史（说得少点从唐宋开始），并在前人的基础上一直在重新修改。唐人诗词上歌咏的与宋人笔记上记载的西湖，我们今天仍能在文献资料中看到。社会在不断发展，西湖也不断地在变，今天希望她变得更好，因此有必要来讨论一下。清人汪春田《重葺文园》诗：“换却花篱补石阑，改园更比改诗难；果能字字吟来稳，小有亭台亦耐看。”这首诗对我们园林修建工作者来说，真是一语道破了其中的甘苦，他的体会确是“如鱼饮水，冷暖自知”。花篱也罢，石阑也罢，我们今天要推敲的是到底今后西湖在建设中应如何变得更理想，这就牵涉到西湖园林风格问题，这问题我相信大家一定可以“争鸣”一下，如今我来先谈西湖的风景。

西湖在杭州城西，过去沿湖滨一带是城墙。从前游西湖要出钱塘门、涌金门与清波门，因此《白蛇传》的许仙与白娘娘就是在这儿会见的。她既位于西首，三面环山，一面临城，因此在凭眺上就有三个面：即面南山、北山和面城的西山。以风景而论，从南向北，从东向西比从北望南来得好，因为面北面西，山色都在阳面，景色宜人，如私家园林的“见山楼”“荷花厅”多半是北向的。可是建筑物面向风景后又不免要处于阴面，想达到“二难并，四美具”，就要求建筑师在单体设计时，在朝向上巧妙地考虑问题了。西山与北山既为最好的风景面，因此这两山（包括孤山）是否适宜造过于高大的建筑物，以致占去过多的绿化面与山水？如孤山，本来不大，如果重重地满布建筑物的话，是否会产生头重脚轻失调现象？去年同济大学设计院在孤山图书馆设计方案时，我就开宗明义地提出了这个问题。即使不得已在实际需要上必须建造，亦宜大园包小园，以散为主，这样使建筑物隐于高树奇石之中，两者会显得相得益彰。再其次，有些风景遥望极佳，而观赏者要立足于相当距离外的观赏点，因此建筑物要求发挥观赏佳景作用并不等同于据此佳丽之地大兴土木，甚至于据山盘踞，而是若即若离地去欣赏此景，这就是造园中所谓"借景""对景"的命意所在。我想如果最好的风景面上都造上了房子，不但破坏了风景面，即居此建筑中也了无足观，正所谓"不见庐山真面目"了。过去诗文中常常提到杭州城南风光，依我看来还是北望宝石山、孤山与白堤一带景物更为美妙吧。

西湖风景有开朗明净似镜的湖光，有深涧

曲折、万竹夹道的山径，有临水的水阁湖楼，有倚山的山居岩舍，景物各因所处之地不同而异。这些正是由于西湖有山有水的优越条件而形成。既有此优越条件，那"因地制宜"便是我们设计时最好的依据了。文章有论著，有小品，各因题材内容而异，但总是要切题，要有法度。清代钱泳说得好："造园如作诗文，必使曲折有法。"这就提出了园林要曲折，要有变化的要求，因此西湖既有如此多变的风景面，我们做起文章来，正需诗词歌赋件件齐备，画龙点睛，锦上添花，只要我们构思下笔就是。我觉得今后对西湖这许多不同的风景面，应事先好好地安排考虑一下，最重要的是先广搜历史文献，然后实地勘察，左顾右盼，上眺下瞰，选出若干欣赏点，选就以后就能规定何处可以建筑；何处只供观赏，不能建造多量建筑物；何处适宜作安静的疗养处；何处是文化休憩处。这都要先"相地"，正如西泠印社四照阁上一联所说的："面面有情，环水抱山山抱水；心心相印，因人传地地传人。"上联所指，是针对"相地""借景"两件园林中最主要的要求而言，我想如果到四照阁去过的人，一定体会很深。

　　大规模的风景区必然有隐与显不同的风景点，像西湖这样的自然环境，当然不能例外。有面面有情、顾盼生姿的西湖湖面及环山，有"遥山近却无"的"双峰插云"，更有"曲径通幽"的韬光龙井。古人在处理这许多各具特色的风景点时，用的是不同的巧妙手法，因此今后安排景物时，如何能做到不落常套，推陈出新，我想对前人的一些优秀手法，以及保存下来的出色实例，都应作进一步的继承与发扬。当然我们事先应作很好的调查，将原来的家底摸清楚，再作出较全面的分析，这样可以比较实事求是一些。

　　西湖是个大风景区，建筑物对景物起着很大的作用，两者互相依存，所谓"好花须映好楼台"。尤其是中国园林，这种特点更显得突出。西湖不像私家园林那样要用大量的亭台楼阁，可是建筑物却是不可缺少的主体之一。我想西湖不同于今日苏、扬一带古典园林，建筑物的形式不必局限于翼角起翘的南方大型建筑形式，当然红楼碧瓦亦非所取，如果说能做到雅淡的粉墙素瓦的浙中风格，予人以清静恬适的感觉便是。大型的可以翼角起翘，小型的可以水戗发戗或悬山、硬山、游廊、半亭，做到曲折得宜，便是好布置。我们试看北京颐和园主要的佛香阁一组用琉璃瓦大屋顶，次要的殿宇馆阁，就是灰瓦覆顶。即使封建社会皇家的穷奢极欲，也还不是千篇一律地处理。再者西湖范围既如此之大，地区有隐有显，有些地方建筑物要突出，有些地方相反地要不显著，有些地方要适当点缀，因此在不同的情况下，要灵活地应用，确定风景和建筑何者为主，或风景与建筑必须相映成趣，这些都要事先充分地考虑。尤其是今天，西湖的建筑物有着不同的功能，这就使我们不能强调内容为先，还是形式为先，要注意到两者关系的统一。好在西湖范围较大，有山有水，有谷有岭，有前山有后山，如果能如上文所说能事先有明确的分区，严格地执行，这问题想来亦不太大。如此保持了整个西湖风格的统一，与其景色的特色。

西湖过去有"十景"，今后当有更多的好景。所谓"十景"是指十个不同的风景欣赏点，有带季节性的如"苏堤春晓""平湖秋月";有带时间性的"雷峰夕照";有表示气候特色的"曲院风荷""断桥残雪";有突出山景的"双峰插云";有着重听觉的"柳浪闻莺"等。总之根据不同的地点、时间、空间，产生了不同的景物，这些景物流传得那么久，那么深入人心，并非偶然的。好景一经道破，便成绝响，自然每一个到过西湖的游客都会留下不灭的印象。因此今日对于景物的突出，主题的明确，是要加以慎重考虑的，如果景色宾重于主，或虽有主而不突出，如曲院风荷没有荷花，即使有不过点缀一下，那么如何叫一望便知是名副其实呢。所以这里提出，今后对于这类复杂课题，都要提到诗情画意，若即若离，空蒙山色，迷离烟水的境界去进行思考处理，因此说西湖是画，是诗，是园林，关键在我们如何从各种不同角度来理解她。

树木对于园林风格是起一定作用的，记得古人有这样的句子"明湖一碧，青山四围，六桥锁烟水"，将西湖风景一下子勾勒了出来。从"六桥烟水"四字，必然使读者联想到西湖的杨柳，这是烟水垂杨，是那么的拂水依人。再说"绿杨城郭是扬州""白门杨柳好藏鸦"，都是说像扬州、南京这种城市，正如西湖一样以杨柳为其主要绿化物。其他如黄山松、栖霞山红叶，也都各有其绿化特征。西湖在整个的绿化上不能没有其主要的树类，然后其他次要的树木才能环绕主要树木，适当地进行配合与安排。如果不加选择，兼收并蓄的话，很难想象会造成什么结果。正如画一样必定要有统一的气韵格调，假山有统一的皴法。我觉得西湖似应以杨柳为主，此树喜水，培养亦易，是绿化中最易见效的植物。其次必须注意到风景点的特点，如韬光的楠木林，云栖龙井的竹径，满觉陇的桂花，孤山的梅花，都要重点栽植。这样既有一般，又有重点，更好地构成了风景地区的逗人风光。至于宜于西湖生长的一些花木，如樟树、竹林，前者数年即亭亭如盖，后者隔岁便翠竿成荫，在浙中园林常以此二者为主要绿化植物，而且经济价值亦大，我认为亦不妨一试，以标识浙中园林植物的特点。更若外来的植物，在不破坏原来风格的情况下，亦可酌量栽植，不过最好是专门辟为植物园，那么所收效果或较散植为佳。盆景在浙江所用的，比苏州、扬州更丰富多彩，我记得过去看见的那些梅桩与佛手桩、香橼桩，苍枝缀玉，碧树垂金，都是他处罕有的，皆出金华、兰溪匠师之手。像这些地方特色较重的盆景，如果能继续发扬的话，一定会增加西湖景色不少。

调查山西名居

　　1953年夏随士能师同赴山西，1964年夏偕维国重往，于太原及同蒲线诸城民居票号有所调查，画栋雕梁，极尽豪奢；彩绘贴金，其色耀目。此仅今日所见者，其装饰与室内布置今不可见矣。徐森玉翁曾见告，谓其少时，正值清季光绪庚子年（1900年）之后，时渠肄业于山西大学堂，斯时票号犹盛，而巨室富贾之宅，通过世谊得入其家，所见翠幕珠帘，宝气逼人，与画栋雕梁相映，视宫苑犹过之。余昔与人谈我国旧式住宅，设无家具、装修、书画陈列，了不足见其佳妙处，即今日最高级之洋楼，苟其内外一无所有，荡然无足观也。森玉名鸿宝，籍浙江吴兴，少求学山西，而操苏北口音。精于鉴古，而少立论，纯凭经验，无系统之总结，为可惜也。其求学于山西大学堂时，曾译该校西籍教员瑞典人新常富编之《无机化学》，人罕知之矣。晚年任上海博物馆馆长，殁年八十余。

画之三忌与三难

　　画忌"俗、浊、熟",难于"清、新、静",而大巧若拙,"重、拙、大"之境界,余一生梦寐求之,将至死而不可得,有之,略具清气而已。

如何欣赏园林

1962年4月28日，余曾为《春游季节谈园林欣赏》，刊于《光明日报》，应该报之约也。采文于后：

现在正是春游佳节，在首都的颐和园、北海，苏州的拙政园、留园，上海的豫园，扬州的个园等等，不知吸引了多少的游客。我国园林建筑是建筑、绿化、绘画、文学等的综合艺术，在世界园林中独树一帜，从古代到现在，劳动人民在这方面创造了无数的佳作。我们在游园之时，如何欣赏这些园林艺术，理解它的佳妙之处，我想是大家所乐闻的吧！

一个园林不论大小，它必有一个总体。当我们游颐和园时，印象最深的是昆明湖与万寿山；游北海，则是海与琼华岛。苏州拙政园曲折弥漫的水面，扬州个园峻拔的黄石大假山，也给人印象甚深。这些都是园林在总体上的特征，这些特征形成了各园特有的景色。在建造时多数利用天然的地形，加以人工的整理与组合而成的。这些不但节约了人工物力，并且又利于景物安排，在古代造园术上称之为"因地制宜"。我们去游从未去过的园林时，应该先了解一园的总体，不然，正如《红楼梦》中的"刘姥姥"一样，一进大观园，就茫然无所对了。

在我国古代园林的总体中，有以山为主的，有以水为主的，亦有以山为主、水为辅，或以水为主、山为辅的。而水亦有散聚之分，山有峻岭平冈之别，总之景因园异，各具风格。因此，评价某一园之艺术水平的高低，要看它是否发挥了这一园景的特色，不落常套。

古典园林因受封建社会历史条件的限制，可说绝大部分是封闭的，即园四周皆有墙垣，景物藏之于内，可是园外有些景物还是要组合到园内来，此即所谓"借景"。颐和园的主要组成部分是昆明湖与万寿山，但是当我们在游的时候，近处的玉泉山和较远的西山仿佛也都纳入园中，给园中有限的空间不知扩大到多少倍，予人以不尽之意。我最爱夕阳西下的时候，在"湖山真意"处凭栏。玉泉山"移置"槛前，的确是浅画成图。北京西郊诸园可说都"借景"西山，明代人的诗说："更喜高楼明月夜，悠然把酒对西山。"便是写的这种境界。"借景"予人的美感是在有意无意之间，陶渊明的"采菊东篱下，悠然见南山"，妙处就在"悠然见"的"借景"外。在园内亦布置了若干同样的景物，使游者偶然得之，这名之谓"对景"。苏州拙政园有一个小园叫枇杷园，从园中的月门望园外，适对大园池上的雪香云蔚亭，便是一例。中国园林往往大园中包小园，如颐和园中的谐趣园，北海的静心斋，苏州拙政园的枇杷园，留园的揖峰轩等。它不但给园林中有开朗与收敛的不同境界，同时又巧妙地把大小不同、曲直各异的建筑物与山石树木，安排得十分恰当。至于大湖中包小湖的办法，要推西湖三潭印月了。这些小园、小湖多数是园中精华所在的地方，无论在建筑处理上，山石堆叠上，盆景的配置上，都是细笔工描，耐人寻味。正如粗笔画中，其小处不拘之笔，实耐人寻味。在游的时候，对于这些小境界，不要等闲行过，宜于略事盘桓，我相信大家必有此同感。

中国园林在景物上主要模仿自然，即用人工力量来建造天然的景色，所谓"虽由人作，宛自天开"。这些景物虽不强调一定仿自某山某水，但多少有些根据。颐和园的仿西湖便是一例，可是它又不同于西湖。还有利用山水画为粉本，参以诗词的情调，构成许多如诗如画的景色。这些景色已提高到画意诗情的境界了。在曲折多变、景随园异的景物中，还运用了"对比""衬托"等手法。所谓"对比"，就是两种不同的景物，互相对比，起了很好的效果，颐和园前山为华丽的建筑群，后山却是苍翠的自然景物，两者予游客以不同的感觉，而景物相得益彰，便是一例。因此在中国园林中往往以建筑与山石作对比，大与小作对比，高与低作对比，疏与密作对比。而一园的主要景物却又由若干次要的景物"衬托"而出，使"宾主分明"，突出了重点，像北海的白塔，景山的五亭，颐和园的佛香阁。

中国园林除山石树木外，建筑物是主要构成部分。亭、台、楼、阁的巧妙安排，变化多端，十分重要。如花间隐榭，水边安亭，长廊云墙，曲桥漏窗等，构成各种画面，使空间更形扩大，层次分明。因此游过中国园林的人常说，花园虽小，游来却够曲折有致，这就是说将这些东西组合成大小不同的空间，有开朗，有收敛，有幽深，有明畅，从入园到尽兴游罢，如看中国画的手卷一样，次第接于眼帘，观之不尽的了。

"好花须映好楼台"，园林中的树木要发挥这个作用。我相信到过北海团城的人，没有一个不说团城承光殿前的一些松柏，是布置得那样妥帖宜人，说得上"四时之景，无不可爱"。这是什么道理？其实是这些松柏的姿态与附近的建筑物的体形、高低相称，又利用了"树池"将它参差散植，加以适当的组合，形成疏密有致掩映成趣，苍翠虬枝与红墙碧瓦构成一幅绝好的水彩画面，怎不令人流连忘返呢。颐和园乐寿堂前的海棠亦同样与四周的廊屋形成了玲珑绚烂的构图。这些都是绿化中的佳作。江南园林利用白墙作背景，影以华滋的花木，清拔的竹石，明洁悦目，又别具一格。园林中的花木，大都是经过长期修整，人力加工，使曲尽画态。园林中除假山外，尚有"立峰"，这些是单独观赏的佳石，它必具有"透、漏、瘦"三个优点，方称佳品，亦即是要"玲珑剔透"；再说得具体点，石头的姿态可以"入画"，才能与园林相配。在我国古代园林中，必定要有佳峰珍石，方称得名园，上海豫园的"玉玲珑"，苏州留园的"冠云峰"，在太湖石中都是上选，给园林生色不少。

不少园林亭阁，不但有很好的命名，有时还加上了很好的联对。读过《老残游记》的，总还记得，老残在济南游大明湖，看了"四面荷花三面柳，一城山色半城湖"的对联后，暗暗称道："真个不错。"这便是妙在其中。

不同的季节，园林呈现不同的风光，古人说过："春山淡冶而如笑，夏山苍翠而如滴，秋山明净而如妆，冬山惨淡而如睡。"接下来便是"春山宜游，夏山宜看，秋山宜登，冬山宜居"了。在过去的设计中多少参用了这些画理。扬州的个园便是用了春夏秋冬四季不同的假山。在色泽上，春用略带青绿的石笋，夏用灰色的湖石，秋用褐黄的黄石，冬用白色的雪色石。此外，黄石山奇峭凌云，俾便秋日登高，雪石则罗堆厅前，冬日以作居观，想来便是体现这个道理。

日本黄檗山乃仿明建筑

日本古建筑中之黄檗山，建筑一仿明制，与长崎之崇德寺等，向有"黄檗建筑"之称。黄檗山之僧侣服装，一切法具，以及读经等等，一仿明风。大雄宝殿中之本尊，为释迦牟尼佛，胁士为迦叶阿难，皆闽南范道生所造像；左右坛上之十八罗汉，亦范作也。此我国古代艺术家在日本之作品。

参观天一阁与河姆渡

1974年1月4日晚七时，轮发上海十六铺码头，次日晨七时达宁波，同行者有秉杰、维谷诸弟等，盖此次为余姚县河姆渡，发现新石器时代遗址，并木构建筑残存，浙江博物馆邀我等参观也。

到宁波，匆匆早餐，急赴天一阁宁波市文管会，虞逸仲先生见我等至喜出望外，因我等此事之得悉，逸仲先函告知矣。曩岁自保国寺之宋构正殿发现后，前后十余年中数至其地，逸仲曾多次接待也，旧友重逢，倍感亲切。是日作天一阁小游，宿华侨饭店，女同学张华琴来，华琴与秉杰同班，嗓音不下其同学朱逢博，朱竟成名手矣。

6日早餐毕，登天封塔，重游之下，塔貌全非，盖1957年修后，虽过而未入也。塔始建于唐武后天册万岁至万岁通天间（695—697年）。今存者为元至顺元年（1330年）所建者。1957年重修时于顶层发现五代钱弘俶（955年）所造铜塔。

午后别逸仲，小轮入余姚江，四时至河姆渡，浙东山水明秀宜人，舟行江上，宛入图画，真四明山水卷也。舍舟即为文化遗址，牟君正杭笑脸相迎，导我等参观遗址，作详细介绍，遗址低于今地面四公尺余，低于姚江水位。晚宿考古站所借农民宅中，窗槅两层，其外即护窗也。家具古朴，具宁式木器之特征。

7日上午参观出土器物骨件，并木构遗址，今遗址中所余木构，除一号为圆形中作方窨穴者，大遗址尚未见南北尽端，均难下定论，至次日南端出残木若干，其为长方形建筑，形初定矣。下午继续，晚与当地浙江考古队及林业局同志开座谈会。余虽有所谈话，殊难下绝对年代之定论。新石器时代之遗址则可确定。

8日上午偕秉杰、维国，遍视居住附近民居，此间原为慈溪县，今划入余姚，以富商巨贾为多，盖皆旅外者，于家乡均建有大宅及祠堂。其住宅以三间二弄（称八尺弄）或五间二弄为标准，可构成一字形及三合、四合者，而皆用外廊月弓梁，十字拱圆栌斗。廊柱与廊柱间略去联系枋子，于结构似欠稳定。凡兹琐琐则又皆为宁波建筑之特色也。

正房五间或三间，其正中之一间有作厅事者，不筑楼，其梁架于正规梁上，施复水椽草架，下层梁架外并增贴虚假性之月弓梁，拱斗之形，以显其厅事堂皇。厅之前后作极浅之假楼，外观仍为统一之楼厅也。予谓明清以后，民间草架之法多矣。如能作一探求，大有文章在也。

三时许乘船至丈亭，渐入旧余姚境，小船犹夷苍波中，层峦敛翠；晚霞四射，深沉发光，立舱上虽朔风扑面，不忍遽去，四十年前扁舟行于茛道上，其景仿佛似之。丈亭为一小镇，无宁属味，渐近绍兴风貌矣。豆腐极美，饱餐后登车，逸仲已于站门鹄候多时，于心至感不安。

留天一阁四天。以该馆屡拟新建藏书楼事，秉杰执笔为之。阁藏明代椅三，其一刻有题记，上为明徐枋所题，下则冯桂芬志语："同治甲戌（1874年）余在下沙乡得此二椅，因先生家物，因识之。冯桂芬。"徐枋字俟斋，苏州人。冯居苏州木渎，宅甚巨，而此椅流之宁波，今保存于范氏天一阁，诚奇事也。

宁波不到十天，明代住宅毁者十之八九，存者寥寥矣。银凤街一宅大厅不但构架好，且布局雄伟，利用三间二弄之基本原则，而廊深庑平，古意盎然，可宝也。正民街一宅构架亦好，总体略逊之。复观卢抱经之抱经楼，清乾隆年间物，式仿天一阁，而大木之壮硕，构件之精确，足窥一时之财力物力。建议拆移天一阁。

宁波住宅因利用穿堂风及抗直射日照，故出檐较深，下层用廊，而东西南北以弄贯之，所构成之院落，冬暖夏凉，于设计手法甚多高妙处。

发现河姆渡古文化遗址之第一人

余姚河姆渡古文化遗址之发现，其首功应为该地之罗江公社书记罗春华同志，罗同志语我，7月间（1973年）筑水站有出土骨及陶器，罗以此上报，旋浙省博物馆派员勘察，组织人力科学发掘，遂获今日之成功。

豫园假山出自张南阳之手

上海豫园假山为明张南阳所叠，此予自《竹素堂集》中得之，盖未有人道及者，据此为文刊《文物》月刊，遂为世所周知。《张山人卧石传》（明上海陈所蕴撰）：

予雅好泉石。卧石张山人以累石为名高。予以币聘之为营"日涉园"。园成而山人适当八震揽揆之辰，诸与山人游者，将丐予言制锦为山人寿。山人顿首言曰："南阳微有天幸，获事陈先生供扫除役，诚得陈先生一言，荣于华衮，然无用制锦为也，藉第令勒诸片石，以俟异日与七尺俱，南阳死且不朽矣。"予闻其言，以为类达生者，作张山人传。

张山人者，松之上海人也。名南阳。字□□，始号小溪子，已更号卧石生，里中人盖两称之，而四方习山人者，于卧石为特著，故独称卧石山人云。山人家世业农，大父某用卒史文无害，仕为都官尚书，贼曹掾。父某以善绘名，故山人幼即娴绘事。闲从塾师课章句，唯恐卧至，濡毫临摹点染，竟日夕，忘寝食，用志不分，乃凝于神，遂擅出蓝之誉矣。居久之，薄绘事不为，则以画家三昧法，试累石为山，沓拖逶迤，巇嶪嵯峨，顿挫起伏，委宛婆娑。大都转千钧于千仞，犹之片羽尺步。神闲志定，不啻史人承蜩。高下大小，随地赋形，初若不经意，而奇奇怪怪，变幻百出，见者骇目恫心，谓不从人间来；乃山人当会心处，亦往往大叫绝倒，自诧为神助矣。山人既擅一时绝技，大江南北多好事家，欲营一丘一壑者，咸曰：不可当吾世而失山人。竿牍造请无虚日。山人意所欲往，则为欣然命驾。既行，视地之广袤与所衷石多寡，胸中业具有成山。乃始解衣盘薄，执铁如意指挥群工。群工辐辏，惟山人使。咄嗟指顾间，岩涧溪谷，岑峦梯磴陂坂立具矣。山人名由此藉甚，遐迩以车迎山人者，至不远千里。苟不当山人意，即千金不能回其一盼，曰：亟持去，毋溷乃公，乃公匪鬻技者。以故三吴诸缙绅家山园，问非山人所营构，主人怩怩不敢置对，其见重一时如此。维时，里中潘方伯以豫园胜，太仓王司寇以弇园胜，百里相望，为东南名园冠，则皆出山人手。两公俱礼山人为重客，折节下之。山人岳岳两公间，义不取苟容，无所附丽也。方伯门多杂宾，其人不长者，与诸苍头比而为奸利，暴豪里中，山人惧祸及己，稍稍疏远之，由此大为方伯所嗛。其在司寇座中，尝邂逅故江陵相客史锦衣。锦衣欲预为相君营别墅，购求山师甚急。既讯知山人名，自以为得山人脕，既欲挟与俱去，且啗以武功爵。山人谢不敏，托他事避之。即司寇怂恿，不能强也。亦足观山人之概矣。山人无子，有二孙。与配□硕人。白首相庄。行年八十，神旺气盈，饮啗无异少年，终日不遗一矢。由此而百岁，特旦暮耳。予交山人久，知山人宜莫如予。既为论次如右，授诸君侑山人觞。即勒片石，以俟异日，亦唯是不腆之言在。

天官氏曰：语有云，人巧极，天工错，其山人之谓耶！山人始以绘事特闻，具有丘壑矣。彼亦一丘壑，此亦一丘壑，斯与执柯伐柯何异？取则不远，犹运之掌耳。宜其技擅一时，夐只无两也。若乃避祸若鸷，辞荣若浼。此其智有

大过人者，又进于技矣。(见《竹素堂集》)

　　予尝谓治园林之学，必先究绘事，未有不习绘事而能深探丘壑泉石之奥者，读张山人传，佩竹素主人之知音也。

玉玲珑的来历

《记玉玲珑石》（清上海王孟洮）：

上海邑庙豫园，故明潘恭定公尚书恩之别墅也。园有香雪堂，庭中置石三，中一石最巨，名玉玲珑。石中异宝也。石色青黝，高一丈有余，朵云突兀，万窍灵通，士人不知其可宝，过客亦不闻有赏之者。而予与石有桑梓谊，独知其详。石本浦东三林庄南园旧物，南园为故明储少参昱之别墅，少参归林下时，摩挲此石以自娱，尝以一炉香置石底，孔孔烟出，以一盂水灌石顶，孔孔泉流。玉玲珑之名，实非虚誉。少参女嫁恭定子允亮。少参殁后无嗣，允亮移石置己园，即豫园也。邑城离三林庄十余里，复隔一浦，由乡移城，所费甚巨。及渡浦，中流风作，舟石俱沉，乃觅善泅者入水，以巨绠系石，牵曳至岸，当系绠时，水底更得一石，因并起之，即此石座。升沉显晦离合之数，虽石之微，亦有前定若此。起岸嫌城门路迂，毁城垣以入，其后竟不修合，添辟一门，即今之小南门也。明季乡绅之横亦可想。人但知豫园为潘氏故宅，而罕知玉玲珑为储园故物。今储园久为丘陇，唯此石以移置之故，巍然尚存，未始非石之不遇也，为石慨，又为石幸矣。

从周按：明王世贞《豫园记》谓："移自乌泥泾朱尚书园。"其评价："透润透漏，天巧宛然，狭于昆山之龙头石而高过之，皆隋唐时物也。不知何以得免宣和纲。"

江南园林甲天下　苏州园林甲江南

余于1962年4月《人民画报》为苏州留园撰一短文，虽述留园，但亦及造园琐谈，录于下：

　　"江南园林甲天下，苏州园林甲江南。"这些亭台处处、水石溶溶的名园，争妍斗巧，装点出明媚秀丽的江南风光。园以景胜，景因园异，如拙政园以水见长，环秀山庄以山独步，而留园则山石水池外，更以建筑群的巧妙安排与华丽深幽著称。

　　留园又名寒碧山庄，由著名的叠山家周秉忠所设计，在明代中叶后（16世纪末叶）开始创建，其后经过几次重建与扩建。但在解放前却遭受了严重的破坏，特别是国民党军队在这里驻扎，精致的厅堂成了马房，楼阁亭榭毁的毁、坍的坍，没有一处完整。建国后大规模地修建，才使这名园恢复了青春，并由国务院公布为全国重点文物保护单位。

留园中部以水为主，环绕山石楼阁，贯以长廊小桥；东部以建筑群为主，建大型厅堂，参置轩斋，间列峰石，曲折多变；西部以山为主，漫山枫林，亭榭一二；南则环以曲水，间植桃柳，多自然景色。

入留园，自漏窗北望，就隐约见山池楼阁，行数步至涵碧山房，这是临水的荷花厅，左倚明瑟楼；旁循游廊登山则达闻木樨香轩，坐此可周视中部园景，楼台参差，掩映于古木奇石之间，曲廊花墙，倒影历历，浅画成图。若在池东举首远眺，则西园枫林尽收眼底。

东部的主要建筑物五峰仙馆，内部装修陈设，精致雅洁，厅前左右皆有大小不等的院落，绕以回廊，环植竹木，将院中的峰石点缀得十分妥帖，而庭院深深，花影重重，游者至此往往相失。其东为鸳鸯厅，室内华丽精美，北向面对冠云沼水池，池后立冠云、岫云、朵云三峰，这是太湖石中的上选，中国园林中名贵的天然雕刻品。园西部为一座土石相间的大假山，山多枫树，登山可饱览虎丘、灵岩、天平等苏州名山的景色。

留园位于苏州阊门外，阊门附近是苏州工商业繁盛之区。留园过去是官僚士大夫少数人享受的私家园林，而今为广大民众文化休憩的所在。

李品仙盗寿县楚墓始末

安徽寿县楚墓之盗发，曾震动海内外，为近代考古学上之重要事，兹录1938年冬盗墓人邓峙一《李品仙盗掘楚王墓亲历记》之有关章节于后：

我和傅笃生奉派后，第三天便率领三个运输连到达了朱家集，决定先将四周濠塘里的水车干（从周按：此墓经1932、1935年两次盗掘，墓四周已挖成约十丈宽之大圈，水一丈余深），再动工开挖。第二天便向当地农民借了十多架水车，车了一个月时间才将水车干。水车干后，见四周的泥土均成了胶汁，无法摆弄，于是从古堆上动工，挖了一丈多深时，见到下面周围的土层好像铁砂一样，非常坚硬。接着又挖了一尺多深，看见下面尽是一些像白泥一样的土，但不是普通的白泥，可能是人工制造过的。土的胶性很重，挖出时很软，经风吹干后便相当地硬，将手指用力一捻，便成了粉末。坟墓的周围约十丈宽，十丈深，都是这种白泥。挖了十多丈深后，才见到棺材。棺材的周围有约三丈长两尺方的木条一百多根。当初挖出时，木条都是软的，用手指一按，便有一个深的指痕，一经风吹后，便相当坚硬，不是锋利的钢锯锯不动，不是锋利的斧子也砍不动。木条的颜色是板栗色的。它们堆成约两米高，排列成大小不同的十字方格。棺材放在木条中央的大方格中。周围很多小方格内放有铜铎三十余个，每个重二三斤。还有许多颜色鲜艳的红红绿绿的花石七十多块，每块长约八寸，宽约三寸，厚约一寸五分，像砖一样。花石的底面是纯白色的，石质又细又坚。并有几只大铜碗、大铜瓢和不知名称的奇形怪状的古物二三十件。棺材前面有铜鼎三只，每只重约二三百斤，鼎脚铸有浮雕的龙头，鼎的四周也铸有浮雕的龙。棺材前的正中，放有一把铜宝剑，长约三尺，剑柄上也有浮雕的龙，擦去剑上的泥土，光彩仍然耀目，非普通的宝剑所能比拟。还有颜色非常鲜艳的像球样的绿色翡翠一只，直径约有一尺，已分裂成两大块，上面雕有花纹。所有铜鼎、铜铎、灯台等铜器中，均含有金子成分，晚间都发出点点星光。棺材是朱红色的，色泽鲜艳如新，长约九尺，高约三尺，宽也约三尺，上面及四周都饰有浮雕的龙。棺材没有封钉，揭开后，里面有头发一束，龙袍的形状和花纹仍然存在，但用手一提便成了粉末。全部骸骨已化成灰了。棺材只有内棺，没有外椁，重约三四百斤。将棺材及全部古物搬出后，我认为底下可能还有，又命士兵挖了约一丈深，并没有发现其他的古物，遂停止开挖。这一盗墓工作，共用了三个运输连的人力，费了三个多月的时间才告结束。

后棺木为李品仙运回桂林，放于北门铁佛寺，每木皆锯成两段，又分锯成二块，其他古物皆为李等窃走，李之物且运香港。亦见上文中。

园林中的瀑布

现存江南园林有瀑布者，仅存苏州环秀山庄与上海豫园，前者为湖石山，后者为黄石山。环秀山庄之瀑布以雨天檐漏成之，豫园之瀑布似仗天然积水与檐漏合成之。盖据《豫园记》，山间尚有建筑也。今则以自来水管引出之，其法至善，为1959年修理时所设。至于点春堂前一瀑，出水突直，无自然之意，1956年苏州韩生兄弟所为，殊不称意，然欲改之，颇费周折矣。

旱假山与水假山

假山有旱园水做，如嘉定秋霞圃之后部，扬州之二分明月楼前叠石，皆此例也。园中无水，而假山之起伏，平地之低降，两者对比，无水而有池意，此之谓也。全于水假山以旱假山法出之，旱假山以水假山法出之，则谬矣。盖旱假山之山脚与水假山之水口，两事也。山贵有脚，水必有源，水随山转，山因水活。舍此原则，必无佳构。他若水假山用临水崖道、石矶、湾头等，则旱假山不可用；反之，旱假山之石根、散点石，又与水假山异趣。总之，观天然山水，参画理所示，举一反三，自有所得矣。

假山布局妙在开合

明代假山，其布局为山径、平台、石壁、立峰下筑一亭，复构一洞。山以涧谷分之。如此数端，而古代匠师运用其智慧，千变万化，新意层出。予谓假山之佳，其布局妙在开合，此何以言之？开者山必有分，以涧各出之，豫园大假山佳例也。合者，必主峰突兀，层次显明。而山之余脉，石之散点，皆开之法也。故旱假山之山根、散石，水假山之石矶、石渚、石濑，其用意一也。明人山水画多疏秀，清人山水画务质实。

园林中之松

松者松也。求其枝叶透，画松如是，植松亦然，私家古代园林，均以白皮松为上品，盖树小而姿态毕具，而枝叶之松秀多变，尤饶画意。反之，皇家园林地广山峻，必以巨松植之，皆因地制宜之理。

园林用树　南北异趣

　　园林用树之法，南北异趣。北方早寒，落叶先，冻期长，故长绿树多，且以为主，观颐和园、景山，其理白明。南方则落叶树多，盖冬季短，园小可以此受阳也。并得观四时之景，各存特色。至于建筑髹色，北方多红绿，南方多雅淡，均与气候、景色、花木有关。

沿池置桥

上海豫园黄石假山之涧谷，洵足称为佳构，但其前之桥梁布置亦必妥善安排。所谓安排者，一是指必须因谷涧之衬托而置桥，二要有层次，即沿池者用低平桥紧贴水面，稍后者可用略高之梁式石桥，但后者栏杆不能高，前者可略去栏杆。明代假山设桥以沿池为多，盖十九园小，以此曲笔出之，观苏州艺圃、无锡寄畅园（图照见《苏州园林》）者，可通其消息矣。

明中叶后私家园林增多

明代中叶后私家园林数量增多，且筑于城镇者居绝大多数。这是因为明代至中叶后，朱元璋所定之各级官员之住宅制度，渐趋松弛，官僚、地主等为满足个人享受，竞相兴建华厦广园。以今日所见明代住宅几皆为嘉靖、万历之后者，明初者绝少绝少，且规模不可相比拟也。

豫园规模　甲于海上

豫园潘氏宅，在今园东安仁街梧桐路一带，旧时称安仁里，据叶梦珠《阅世编》所记：

建第规模甲于海上，面昭雕墙，宏开峻宇，重轩复道，几于朱邸，后楼悉以楠木为之，楼上皆施砖砌，登楼与平地无异，涂金染丹垩，雕刻极工作之巧……

楼上楼面施砖者此明人法也，相沿直至清末。遗构予所见者以皖南为多，苏州、扬州清末建筑犹能见之，则为数极少。李渔《一家言·居室器玩部》所指："有用板作地者，又病其步履有声，喧而不寂。"真用意自明矣。

鉴定假山之诀

鉴定假山，何者为原构？何者为重修？应注意山之脚、洞之底。因较低之处不易毁坏，如一经重叠，新旧判然。再细审灰缝，详察石理，盖石缝有新旧，胶合品成分亦各异。石之包浆，斧凿痕迹，在在可作佐证也。为维谷讲解豫园叠石，尝以此启发之。豫园假山虽屡经重修，然黄石大假山确系明张南阳之原作也。探其堆叠手法，重点应在峭壁、谷涧、洞曲三部分，尤以谷涧之转折，运石之隐显，水流之自然，飞石之险临，非重修时所能致者，盖此部分中分东西，石紧凑相挤，一经拆动，涣然难以收局。且拼合之妙，曲具画理，缩地有法，无数十年堆叠经验者，恐难有此成就，真江南园林中叠石疏泉之第一手笔也。

山顶建筑之顶　水际建筑之基

　　山顶建筑之顶，水际建筑之基，构园时须推敲审慎，皆关系全园之重点也。此乃仰视俯观所形成，亦游园者亲身所体会者。至于远树出梢，近树露根，不可等闲处理之，其理一也。

"升拱"应为"升栱"

　　陈养材翁（植）以《园冶》注释属予校阅，此犹十余年前事也。今以《雕鸾》条属释，为答如下。从周按：《园冶》二《屋宇》："刋拱不让雕鸾，门枕胡为镂鼓。""拱"应作"栱"，从木。鸾应作栾，亦从木。栾者栱也。李诫《营造法式》卷一《总释上·栱》，左思《吴都赋》："雕栾镂楶。"注："栾，栱也。"（据新宁刘氏校本）又同卷铺作条："栾栱夭矫而交结。"（据新宁刘氏校本）又同书卷四《栱》："其名有六。一曰闹，二曰槉，三曰欂，四曰曲枅，五曰栾，六曰栱。"（据新宁刘氏校本）升栱两句为俪句，对仗工整。文意为存素剔华，故其与下文"时犹雅朴，古摘端方……"相呼应。

痴妙与瘦妙

明张岱《陶庵梦忆》评仪征汪园之峰石有"余见其弃地下一白石，高一丈阔二丈而痴，痴妙。一黑石阔八尺高丈五而瘦，瘦妙"。痴妙，瘦妙，明代人品石之用辞也。清龚定庵（自珍）文中其形容人态有"清丑"之辞，亦同一表现手法。

以疏救塞　以密补旷

坐豫园与维谷谈造园，以为小园树宜多落叶，以疏植之，取其空透。大园宜适当补常绿树，则旷处有物。此为以疏救塞，以密补旷之法也。此中消息，求之苏州网师园与拙政园是可得之。

明清两代构洞之异同

豫园假山，其初构时当为黄石，证以仰山堂东西池岸下部皆黄石底脚，即较远之九曲桥池西部残存池岸，其下犹黄石也。点春堂东部快楼下之洞曲，万花楼花墙下之山石，皆清代所叠，而万花楼小溪其岸虽用湖石，下仍系黄石，疑皆出之为同业公所占用时所为，而其蓝本与内园同出一辙。至于仰山堂西侧湖石假山劣甚，亦后构也，如拆去易为黄石小岗，以为大假山之余脉，则似为较佳。读潘允端《豫园记》及察与九曲桥大池之关系，初建时亦应如是也。

以大假山之黄石洞，与他处之湖石洞较之，可悟明清两代构洞之不同做法。

旱船 船厅 石舫

园林中之仿舟建筑，较确切似应如下称之，临水者名旱船，不临水者称船厅，筑水中者呼石舫。又有小轩内构船篷轩者，而顶为两面坡，则名之船篷轩可也。苏州阊门倪宅（旧叶天池宅）船篷轩极工细。

布达拉宫的建造年代

西藏布达拉宫其建造年代，据《卫藏通志》载：

> 唐时藏王曲结松赞干布好善信佛，在拉萨地方山上诵旺固尔经，取名布达拉……遂修布达拉宫寨城垣，搭银桥一道，以通往来，后因藏王荠松作乱，官兵拆毁布达拉，仅存观音堂一所，嗣经五世达赖喇嘛掌管佛教，兼理民事，遂以原观音堂为中心，向东向西建立了白宫，以后又由茅巴桑吉嘉错在正中建筑了红宫，及上下经殿房舍。遂有今日之规模。

按：五世达赖法名罗桑嘉错，生于1617年（明万历四十五年，西藏第十甲子之火蛇年），死于1682年（清康熙二十一年，藏历水狗年），寿六十六岁。殁时地点在布达拉宫。五世达赖曾于1652年（清顺治九年）赴北京，次年返拉萨，以清帝所赠金银在前后藏各地新建十三所黄教大寺，称十三"林"。南木林宗之噶丹曲科寺，即十三"林"之一。据此则布达拉宫建造年代似可确定矣。

锦川石或谓产于辽东

《园冶》卷三有所谓锦川石者，未言产地。查《明一统志》："锦川在辽东锦州城西。"《园冶》又云："近宜兴有石如锦川，其纹眼嵌石子，色亦不佳，旧者纹眼嵌空，色质清润……"此即今日园林中习见之石笋，扬州匠师称为白果峰者。至于作劈峰，色青黑者，匠师名之为灵璧峰也。《长物志》卷三水石："锦川、将乐、羊肚石，石品惟此三种最下，锦川尤恶。每见人家石假山，辄置数峰于上，不知何味？斧劈以大而顽者为雅，若直立一片，亦最可厌。"

近时见山东水盆景有用青岛石作立峰者，甚劲峭，唯其不能栽植物，类皆临时布置。其石形与灵璧石同一外貌，唯色较浅耳。

锦川属辽东，明季满族渐兴，交通时有阻梗，而此处之石竟南运吴中，似不可信，锦川之地属犹待商也。

新月社究竟成立于何年

我国近代文学史中，于新月社之成立一事皆误记，近见1926年6月17日《北京晨报·副刊》之徐志摩《剧刊始业》一文云："我今天替剧刊开场，不由得不记起三年前初办新月社时的热心，最初是聚餐会，从聚餐会产生新月社。"据此则新月社之创办，其年代可明矣。徐志摩编《诗刊》创刊于1931年1月。陈梦家编之《新月诗选》刊出于1931年9月。

伊斯兰教的派别

近阅《甘肃文史资料选辑》第一辑，内载《甘肃伊斯兰教的"门宦"》一文，摘录如下：

伊斯兰教有"正统派""分离派""异教派""他力派""过激派""因循派"等，其势力较强、范围较广者为"正统派"与"分离派"。我国的伊斯兰教属于"正统派"。

伊斯兰教的"正统派"，由于对《古兰经》与穆罕默德遗训解释的不同，又分为四大学派，即"阿伯哈尼佛""沙斐尔""马力克""罕百里"。我国的伊斯兰教除少数属于"沙斐尔"学派的维吾尔族外，其余都属于"阿伯哈尼佛"学派。

伊斯兰教在我国西北区又有"门宦"之称，宗派既多，标榜各异，但归纳起来，不外"护福耶""噶得林耶""哲赫忍耶"和"库不林耶"四派，习惯上称为四大"门宦"。……又有称为"格的目"的教派，是没有"门宦"色彩的老教。我国各地区和西北地区大部分的伊斯兰教都属于"格的目"范围。又有称为"伊黑瓦尼"或

"哎海里逊乃"的教派，亦称"新教"。这派不是"门宦"。最近又有"三抬"派，亦称"新兴教"。此节对研究西北伊斯兰建筑容有参考之助也。

"孤山"石刻与世重见

　　西湖孤山公园进门迎面有"孤山"二字榜书镌于石壁间，颜书阴刻，出明代人之手。此二字自清建圣因寺已嵌于山石间，1943年山石崩溃，此刻遂又与世相见。壁前中轴线上原有重檐八角亭一座，年久失修，亦毁于是时。至于半山红条石（出西湖宝石山者）所叠之假山，亦是时所为。

孤山

"钩儿"即"小工"

　　《园冶》卷三《七铺地》有"磨归瓦作，杂用钩儿"句。按："钩儿"见《苏州府志》，系吴中方言，即"小工"之意也。

杭州旗营

杭州旗营自民初建新市场，营墙拆毁，土地标售，开马路，旧有建筑几全毁，今欲求知当时建筑情况者邈不能得。儿时所见平海桥畔乍浦都统府所余仅东向八字门，正屋不存。朝南花厅三间，其前东侧叠假山，中有洞可通，平地突起，了无丘壑。其他三面缀以廊，率直无味。泗水路陈丈伯衡（锡钧）之石墨楼，系满族文学家六桥三多旧宅改建，平面犹未易，进门为门屋，西转为正屋三间带外廊，其后又有"上房"三间，皆平屋。与北京住宅平面近似之。

甥婿赵君满人，居嘉树巷，已在旗营之外，其宅一如汉人也。旗营自辛亥革命后，旗人生活困难者，公家曾于菩提寺路建平房二百间出赁居之，所谓"二百间头"者，此屋复于民国十六年后拆除，以地标卖，"二百间头"之名遂为历史上之名词矣。

衙署入民国后，将军府早改建，而园林一部分尚存。余所见有池一泓，池北假山尚略具曲折之意，中有洞曲，水亦宛转与池岸组合自然，在杭州假山中不失为中上之作，惜零落殊甚，小颓风范，而丘壑独存也。井亭桥畔之副都统署，形制一如常见清代官廨，皆平屋，民国后久为杭县县政府之用，抗战中毁。

研究古建筑不可生搬硬套

园林之廊，今人言之者每侈言空间分隔、游览线等等，此就其一端而言也。实则廊之创，缘于雨中、夏日、晴雪之时赏景方便而筑也。盖亦功能所致者。余谓研究古典园林、住宅，与夫其他建筑，不熟悉当时生活及使用，以今日西方建筑理论生吞硬套，自谓学博，适见其陋耳。

《苏州旧住宅》

　　1958年9月予编《苏州旧住宅参考图录》梓行，曾撰《苏州旧住宅》论文，宣读于10月间北京建筑学院所召开之学术讨论会，时经十余年，兹采录清本于后，与上书同阅可互相参证：

　　苏州旧住宅目录　绪言　自然条件　社会背景　住宅现状举例　小型住宅　中型住宅　大型住宅　建筑概况总体布置　平面　外观　建筑构造、装饰及其他　墙　地面　柱与柱础　楼面　梁架　屋面　间隔　装折（装修）　栏杆　天花　石作　木料　花木　配置　水井　排水　结语

　　绪言：苏州位于江苏省东南部，周代时为吴国都城，后来三国两晋仍以吴称，至北宋政和年间改称平江府，元为平江路，明属江南省，称苏州府，入清仍旧。当时苏州有吴县、长洲、元和三县。到民国则统名为吴县。解放后成立苏州市，范围包括城区及近郊。四郊属吴县。

苏州旧住宅，规模大小不同者，在今日存留下来的数量很多，在研究中国住宅建筑中是个重要地区。1957年春，建筑工程部建筑科学院带领大家调查全国旧住宅，我们是以华东为重点，苏州是其中重要地区之一。几年来我们调查了数百处，进行测绘摄影的共五十余处，就所得资料，编《苏州旧住宅参考图录》一书并写成此文。限于著者的水平，不妥的地方，尚请读者指正。

自然条件：苏州位于长江三角洲的南部，居东经120°37′，北纬31°17′的地方，东通吴淞江，西邻太湖，北通长江，南达杭嘉湖。城区面积达十四平方千米，明代莫旦《苏州赋》所谓"苏州拱京师以直隶，据江浙之上游"。可以想见其位置重要了。城内河道纵横，水路交通很是便利。气候属海洋性，因为受海风的滋润影响，所以气候温和湿润，无严寒酷暑，不过梅雨期间较长，很感湿闷。全年温度最高为41摄氏度，最低为零下12摄氏度。全年雨量在1048毫米左右，40％集中在夏季各月，冬季各月的雨量亦达全年11％，成为我国地理环境中雨量最润匀的区域。雨量的分布时期以春季的季风雨、夏季的梅雨、秋季的台风雨和冬季的气旋雨为最重要。风向夏季多东南风，冬季多西北风。冬季不太冷，冻期仅3—4天。夏季温度较高达47天之多。全年平均日照率在30％以上，7、8两月在50％以上。因此在这种自然条件之下，房屋朝向多南向与东南向，房屋建筑高度增高，进深加深，屋顶用草架施覆水椽（双层屋顶），以资防热，平面上尽可能用前后天井，门窗都用长槅扇（落地长窗）及低槛窗。在夏季北向房屋尤为凉爽的地方，所以倒座及北向的厅事均有其存在之必要。土壤属黏土，其上覆有机土与人工堆积土，单位承载量每平方米为10—12吨。附近太湖诸山及金山等地皆产石，陆墓、御窑等地产砖，建筑材料除木材仰给于他省如福建、江西、湖广（湖北、广西）等外，一部分若银杏、枸树等木材本地亦有之，然为数不多。农产品以水稻为主，鱼、虾、水果产量亦丰富。

社会背景："上有天堂，下有苏杭。"这是说明在封建社会时苏州是一个繁华与富庶的地方，当然之所以形成上述情形，除自然方面的土地肥沃、气候温和与农业发达外，社会因素还是主要的。

苏州从周代的吴国以后，经秦汉三国，在经济及手工业技术方面不断地发展与提高，到六朝已成为富庶的地区。隋代运河畅通后，苏州又是经过的地方，兼以唐以后的海外贸易，都促使了商业与手工业的发展。五代时属吴越，因未曾加入中原的兵戈，维持了它的小康局面，在经济方面仍是繁荣。宋称平江府，赵构（高宗）曾驻跸于此，以宋代的经济来看，其时的城市工商业相当可观，《平江图》（1229年，宋绍定二年）所示城市规划与玄妙观（宋称天庆观）、三清殿（1179年，宋淳熙六年）木构建筑，都可以证明这一些。苏轼《灵壁张氏园亭记》所说："华堂厦屋，有吴蜀之巧。"足证其时苏州建筑技术的成就。元代唯江浙两省为富庶，致使其经济仍能维持，因此尚有足够财力营建规模较大的住宅。入明，江南省的财力尤为全国之冠。中叶后城市经济日趋繁荣，而退休官僚即于此置田构宅、经营商业，终老苏州。土地兼并日甚一日，对劳动人民剥削更渐趋加重，至清代仍继续着。因此这地方拥有这样大量的旧式住宅及园林建筑，在今日全国除北京外要首推苏州了。

苏州是一个手工业与消费的城市，手工业制作特精。过去居住者，一类是地主官僚；一类是手工业劳动者；一类是代地主官僚经营或自己经营的商人，其中利润最大的有钱庄、酱园、典当、银楼等行业。地主官僚除本地的外，他处羡慕苏州繁华而移居其地的亦很多，尤以浙北、皖南人为最多。浙北的如海宁陈姓、吴兴沈姓、嘉兴王姓等。皖南以旧徽州府而论，如潘、程、汪、曹等诸大姓，皆明代后移入的。徽州人喜置第宅，今苏州旧式大住宅大都属以上诸姓，似乎亦有此原因的。在地主官僚、商人层层剥削下，住宅有着极明显的阶级性。一种是大第宅，属大地主、大官僚与富商所有；另一种较小者，则属中小型地主官僚所有，或一般业主所有。至于手工业者及商店职工，则租赁地主官僚等所建的极其简陋的房屋。到清末民国初，新兴的资本家又代替一部分没落的地主官僚而占有大住宅了。

　　另一方面，苏州自南宋绍兴年间《营造法式》重刊于平江，对建筑起了一定的影响。入明代，其附近香山木渎的匠人又参加了营建两京宫殿，著名的建筑家如蒯祥即香山人。至若计成《园冶》、文震亨《长物志》、李渔《一家言·居室器玩部》、李斗的《工段营造录》以及清末姚承祖《营造法原》等，都对住宅建筑直接或间接地在设计与技术方面起了影响。主要的是由于建筑匠师们辛勤劳动的成果，发挥了无比的智慧，在累积了丰富的实践经验，不断地提高。兼以手工业及其他文化方面的发达，亦相互起促进作用。

住宅举例

小型住宅：汤家巷陆宅，南向，平面曲尺形。大门从东入为一小天井，主屋面阔二间，一为起居室，一为伙屋，其西首系一小厢。楼梯与厨房在主屋后，亦无后天井。二楼平面与一层同。

蒲林巷吴宅，系词曲家吴梅故居。南向，入门门屋一间，折西为楼厅与两厢组成三合院，从厅东首小门可导至书斋，斋仅一间，前后列天井，是利用门屋后隙地建造的。厅后为上房楼屋五间，天井中东侧有一月门可通至书斋后天井。披屋（即下房）、厨房皆在上房后。此宅用地不多，颇为适用。

马大箓巷张宅，平面为"H"形，楼厅三间翼以前后厢房，门屋系利用东厢，后天井之东厢即作为厨房。此种形式江南称为"四盆一汤"式。此类小型住宅天井之外墙端，往往开瓦花墙（即瓦砌漏窗），或置琉璃预制漏窗以便通风采光。

中型住宅：阔街头巷张宅，此为苏州著名园林网师园之住宅部分，清乾隆为宋宗元宅，后归嘉定瞿远村，同光间属李鸿裔，民国后归张锡銮、何亚农、叶恭绰、张善子、张大千皆曾分居其园宅。是宅大门外尚存大型照壁、东西辕门，为今日苏州住宅中大型照壁之硕果仅存者。大门外石板路修整，照壁前植柏树盘槐，树池外衬以冰裂纹铺地，雅洁自然，与前者适成谨严活泼之对比。大门抱鼓石、门簪、高槛俱在。入门进轿厅，西折为网师园，但见回廊片段与处于前后假山间的小山丛桂轩。轩西北有曲廊，折北为濯缨水阁，北向，其前为池，池西侧筑六角亭，缀以游廊，向前至西北转角处有曲桥。桥北看松读画轩，面阔四间，三间南接山石，西端一间置小院。轩东临水有廊名射鸭，其后筑楼，东又以一楼贯之，盖即在女厅后者。轿厅后为大厅、女厅（上房），皆在一中轴线上，大厅面阔三间，旁列书斋。女厅系楼厅，面阔六间，明五暗一，东首联厢，天井为横长方形，两侧隔以短垣，上列漏窗，内植桂树，为女眷夏日纳凉之处。射鸭廊后一楼为园宅之过渡，登楼可俯视全园，为此宅之一重要特征。厨房、下房均在正屋之后。

修仙巷张宅，张氏为浙江南浔的地主富商，此宅为其来苏停居之所，因此主要建筑物仅门屋、轿厅与楼厅（上房）各一座，皆面阔三间，其东置一精致的三间花厅，厅后置左右二厢，俾厅前面积增大。厅前置湖石、植桐桂，皆楚楚有致，极为幽静，为主人会宾的地方。花厅后尚有一小厅作曲尺形，再北为典当房。今损毁已大半，当房北向，正门由大街景德路出入。

廖家巷刘宅，南向、东门，其平面为"H"形，楼厅三间，左右夹厢，前后各列两厢。厅前两侧者，东首为门屋，西首为书斋，其前则为一小天井。厅之西首隔避弄为一面阔三间楼厅，前辅以二厢。厅西书斋前后两间，为主人读书之处。此建筑虽由两组合成，但又可分别使用，宅东南两面设大门。厅后有"日"形楼屋，天井小，通风光线皆差，系红纸作坊，因当时主人经营此业。作坊旁为厨房及货房等地，更西有一小园。

大型住宅：天官坊陆宅，是宅原为明代王鏊旧宅，王官至大学士，王芑孙《怡老园图记》所谓："当时先文恪公尚宝府君作居第城西，前日柱国坊，后日天官坊。又辟其余地为园，日怡老园。入清朝，以其第为江苏布政衙门，于是柱国、天官之坊，中断为二，子孙散处其间。今所居柱国坊，实当时园屋而已。"坊东名学士街，当时园西枕夏驾湖，临流筑室，城之雉堞映其前。今人称是湖及附近小流皆冠以王鏊之名，其源已是可知。宅于清乾隆壬子年（1792年）归陆义庵，现除正路部分尚存旧规外，东西则有所改建增筑，一宅之内包括住宅、祠堂、

574

义庄及小型园林，其占地之广为苏州住宅之冠。

建筑物南向中路以门屋、轿厅、大厅、女厅等为主。大厅面阔三间，进深特大，作纵长方形，前用翻轩（卷棚）。系明代所建，唯梁架入清已有部分修改。厅两侧分列书房，并兼作会客之用，平面狭长，前后间以小院。厅前门楼下原有戏台，今已毁，门楼底部之石刻犹是明代遗物，雕刻至精。女厅计楼五间，并缀厢楼，作"H"形平面，其后楼屋七间亦作内眷居住之用。再后为披屋，系婢仆之居所。东路有厅，后有居女眷之上房、厨房及花园。厅建于清嘉庆丙子年（1816年），面阔三间，东西山墙外紧贴厅屋者，原有两间夹厢，其上层为女宾观剧之处。今东首已改建为书房，不复旧观。厅东有花厅一，前置假山，绕以书斋，为新改建者。

西路除花厅外，其后杂以小院二，再后上房三进，最后为披屋，有暖桥（廊桥）过河，隔岸设后门。账房置于大厅前，西首若干平屋。路外为家祠及义庄，此祠规模甚大，狮子林贝氏宗祠即仿此而建，浙江吴兴南浔刘氏者亦仿此。计分头门、大堂、二堂，旁翼两廊，堂东膳堂为祭祀时全族进餐之所，祠西为花厅，系祭祖时会宾之所，前后间列峰石。祠前为义庄晒谷场。

景德路杨宅，明代为申时行宅，清乾隆时又属毕沅，至光绪年间为珠宝商杨洪源改建。宅南向略偏东，入门屋为轿厅、大厅，从大厅开始包括其后各进，周以高垣，饰以华丽的砖刻门楼。大厅后女厅及上房三进，用两个三合院，中列一个四合院，四合院用走马楼（环楼），高畅宏大。最后的三合院亦用楼屋。东路前为账房，后为花厅二进，厅前各间列小院落，栽花垒石。再后为楼厅二，前者为曲尺形，后者为二合院。东西二路之间夹以长直避弄，平面极为规则，气魄宏大严谨。

西街曹宅，为学者曹元忠、元弼兄弟住宅，东向，正路为门屋轿厅、大厅及女厅。而其北路诸屋皆南向，从避弄中入见次第列门，入其门皆有院落，或三间或五间，并不在一直线上。院中植树栽花，各自成趣。此种布局不因朝向、地形而受限制，亦因地制宜之一法。大厅之南布置一狭长的花园，中凿池，前列花厅；西首有精舍数间，全园布局亦甚精巧。

南石子街潘宅，为潘祖荫扩建，南向。是宅在苏州诸大宅中较为晚期，时间在清光绪年间。因此除在原有分期购入的房屋基础上，不加大变动外，在其东另建，中路各进皆用楼屋，苏州大型住宅中之特例。中路可分前后二区，各周以高垣，前者用两个四合院，后者以一三合院与一四合院相套。前后二区之间皆无高墙作间隔，颇为落落大方，尤其后区户窗敞朗，天井广阔，予人以明爽的感觉。三合院两廊之楼为女宾观剧处，栏杆用两层，极尽豪华。东面书斋为曲尺形，向南可达花园。园尽头有花厅，名赐珍阁，三间，亦用楼屋，楼层铺整方砖，所用装修为此宅最精细。东路尽头有家祠三间。

铁瓶巷顾文彬宅，系就春申君祠扩建，除住宅外，隔巷尚有家祠、义庄及花园名怡园者，其营造年代为清同治末、光绪初。宅东南向，门前有照壁，照壁后为马厩、夫役室及河埠。大门内为轿厅，建于明末，用木质。梁架为小五架梁，正如《园冶》所示者。旁为账房，入内为大厅，平面系纵长方形，建于清乾隆八年（1743年）。厅前原有戏台今已毁，其左为书斋有楼，楼上可为女宾观剧处。大厅后自成一区，由一三合院与一四合院相套，皆为女厅上房，俱有楼。东路为花厅（名艮庵）与藏书楼（过云楼）组成一个四合院。花厅前后皆列假山峰石，而厅前者尤具丘壑，其峰石之硕大、玲珑，与艮庵内之灵璧石（石今存网师园）皆为吴中珍品。建筑物极华丽精细，槅扇俱用银杏木。此区之后计前后两个三合院，为当时顾文彬退养起居的地方，卧室皆置地屏，装修用材雕刻均为上选。再东除厅事外，其余皆就地形划为各小院。西路有厅一、楼二，为三合院，亦于隙地建小院。

而厅旁密室掩假门，不知其内尚有别居。此种手法在苏州住宅中惯用，如史家巷彭宅多至密室两重，曲房深户，令人莫测。

铁瓶巷任宅，清同治年间、光绪初任道镕建，东南向，门前原有大照壁及东西辕门，其气魄之大为苏州住宅之冠，惜已毁。中路为门屋轿厅，构成四合院。入内为大厅，其后女厅（上房）二进翼前后厢，构成"H"形平面，而厅旁二厢与厅不相连，中间小院，其于梢间采光与通风均多好处。东路为花厅，厅南建一小型戏台，台东有二亭皆沿墙以廊缀之，而花木皆不植在中线上，通畅视线。厅东书房建有楼，可作女宾观剧之用。厅西有船轩一，其后有小院一二处，颇为空灵曲折。花厅后尚有楼厅二，皆三合院楼，自成一区，系上房。西花厅为前后花门，东面用廊连之，厅前皆置山石花木。其余隙地则按地形安排小院落。是宅特征在花厅数量增多、建筑精细。戏台不置大厅前而移至花厅部分，宅内绿化面积增多，装修益踵事增华，其挺秀明快处，在原有形式上有所进展。

小新桥巷刘宅，即耦园。住宅部分为清初陆锦所建，继为祝氏别业，同治后属沈秉成。此宅东、南、北三面绕河，大门设于南面，中央部分由门屋、轿厅、大厅、女厅等四进组成。门屋与轿厅皆用横长方形平面，大厅采纵长方形平面。到第四进女厅，面阔增至五间，自成一区，用两个相反的三合院构成"H"形平面。中轴旁未置避弄，而第四进的两侧各建小四合院，再在其前配以曲尺形与三合院等。其他部分如东、西二花园与住宅的联系，以及房屋与园林疏密的配合，皆能妥帖安排。东园为主人燕游之处，自小花厅起，以高低曲廊通至东北角的重楼，楼前山石峥嵘。西园为主人读书处，前后罗列山石花木，又自东侧小轩斜廊西南行，通至前部书塾。书斋后部隔山石建有曲尺形藏书楼，极曲折之致。耦园以楼胜，为吴中园林别树一格。

建筑概况　总体布置：苏州城东西长3.1千米，南北长4.4千米，面积为约14平方千米的矩形城市，街坊面积为13.4平方千米，建筑占地面积为11.3平方千米，建筑密度为38％，现有六十多个街坊，每个街坊面积小的有3.5公顷，大的有55.6公顷，一般在20—30公顷之间。城内道路纵横，道路系统亦与住宅相平行，从南宋理宗绍定二年（1229年）所刻的《平江图》上所绘的街坊情况看，与今日现状相对照变动甚微，若干坊名尚沿其旧。城内主要干道为南北向，如临顿路、人民路，东西干道如观前街、景德路、东中市、道前街等。坊巷则极多数东西向，可以通至干道。东西向的巷与巷间距离一般在80米至120米之间，巷的宽度最狭的在1.5米左右，巷长约200—400米之间。河流一般宽度2—3米，最狭为1.9米。水坡1/100000，水位差仅为2—4厘米。住宅在城市中的总体布局有下列各种情况：

一、城南城北住宅少，因过去每有兵乱，南北为入城主道，近城不安全，另一方面距市区也较远。

二、主要市区在观前一带，因此大第宅皆在观前两端为多，其次为景德路、东中市两侧及阊门附近，是以该处亦有商业市集。再城东北隅临顿路及城东南葑门附近亦有少数第宅。东城以居富商为多，西城以官宦为多，所谓"坊，方也。以类聚居者，必求其类"。到清末，西城逐渐为新兴资本家来代替过去官宦，而东城却亦渐增官宦住宅。

三、坊巷与河流相平行，故巷有三种情况：其一，两巷沿河；其二，一巷沿河；其三，巷前后无河流。在前两种情况，下柴米等运输可由前门或后门入，但在后者情况下，是利用坊巷两头南北向河流。

四、南北向的坊巷，建筑物有下列情况：甲，东西向；乙，东门南向；丙，西门南向；丁，西门北向等。这些住宅所处坊巷大多是一面沿河，房屋进深很小，朝向又差，过去皆非富室大户所居。更有是在南北向大住宅之旁、曲巷滩地之间，由富室大户建造小型房屋经营出租谋利，手工业者及普通中、小市民类多居之。平面为"H"形三合院曲尺形或横长方形的沿街建筑。

五、坊巷因为东西向，在这些坊巷中的建筑皆可南向，为了争取朝南的土地，遂形成纵向发展的建筑，利用逐进封闭性的院落式方式布局。至于有些两巷之间的距离过大，不可能为一宅所占用，若干住宅因此北向建造，在此种情况下为了得到朝南的朝向，形成了南北向混合的建筑群，如前数进非居住部分北向，其后居住部分则南向。即《一家言·居室器玩部》所云："屋以面南为正向，然不可必得，则面北者宜虚其后，以受南熏。面东者虚右，面西者虚左，亦犹是也。"更有利用火弄（边弄）作通道，形成北基南向。

六、在总体上，住宅厅堂一般皆为面阔三间，在大型住宅至女厅（上房）部分，始有面阔五间以上者，不过从次间或梢间起必间隔，其原因是受当时制度的限制，按《明史·舆服志》："庶民庐舍，洪武二十六年（1393年）定制不过三间五架，不许用斗拱饰彩色。三十五年（1402年）复申禁饬，不许造九五间数房屋，虽至一二十所，随其物力，但不许过三间。正统十二年（1447年）

令稍变通之，庶民房屋架多而间少者不在禁限。"从今日苏州旧住宅来看尚存此制。如天官坊陆宅，大厅面阔三间，而平面却为纵长方形，在架方面增加了。入清以后，清制虽无明代规定之严格，然在平面上还保存着部分明代的遗规，正如王芑孙《怡老园图记》上说："顺治康熙间（1644—1722年），士大夫犹承故明遗习，崇治居室。"及证以今日所存清初第宅，其梗概可知。清代虽然在平面上限于面阔三间，但在厅旁次间墙外各加一间来变通，或用东西避弄将厅间数目在左右两翼增加，多者用避弄四条，朝横向大事扩展。因此大型住宅在平面上，大厅总以面阔三间为主，旁以隙地建书房或小花厅等，至女厅后开始面阔增多，一般以五间为习。阔街头巷张宅（网师园），因基地向后渐大，故其女厅面阔六间，天井两侧以短垣分隔，故外表仍为五间。而梵门桥弄吴宅及天官坊陆宅等后进上房，面阔皆多至七间。在总体看来，中轴线上是后部厅堂总的面阔大于前部厅堂了。

七、苏州住宅能将房屋与绿化地带有机地联系，除大型园林在住宅旁占地很广外，普通住宅在院子中皆略置湖石、栽花树，或间列亭阁，绕以回廊等。至于利用隙地，或长或曲，随宜布置得皆为极好的园林小品，如马医科巷俞宅曲园、装驾桥巷吴宅等。至于绿地面积与建筑物的比例，时期愈后绿地面积尽可能范围增大，天井的大小亦同样情形。

八、坊巷中还有小弄，为两巷的中部联系，俾使居民到邻巷不必绕道而行。更有许多私弄，只一面可通，引深到巷的腹部，以利侧门的通行。

住宅平面：苏州住宅的平面，初看似甚简单，系由一进一进的封闭性院落形成，旁列避弄。然细审之则小院回廊、洞房曲户又使人如入迷楼，顿觉东西莫辨。从前人说中国旧建筑是中轴线左右对称，如进行具体分析，言均衡则可，言对称似觉太武断。这些旧住宅充分地应用因地制宜及合理安排的原则，做到如何在原有基础上扩建及改建时达到合理经济、以利符合当时生活需要条件下进行的。计成《园冶》所说"因地制宜"当然是总结前人经验而言，其影响及后世于此可证。就调查所得，大至四条避弄，小至一个天井的住宅，虽变化多端，然就采光及空气流通起见而言，总不外乎下列各种与天井（院子）联系成的单体建筑所组合成的。

第一类曲尺形，是类平面如单独成为一个住宅，则为小型住宅，其他如在正路两侧隙地建造者。甚至有因地形关系，不但建筑物作曲尺形，甚至连天井亦有作曲尺形的。更有在主屋旁单面加厢或缀廊的，如东北街韩宅。但是如滚绣坊赵宅，在横长方形的大厅左面加廊，形成曲尺形，这种情况还是少见。

第二类横长方形或纵长方形，这类平面最为普通，各种厅堂及居屋皆用之。更有用两个横长方形的平面相对配置，中置天井，此即厅之前加一倒座，而不用厢或廊的，如史家巷彭宅。这种平面其前天井则为横长方形或方形，若为花厅则按园庭布置，建筑物有两面邻虚的、三面邻虚的与四面邻虚的。

第三类三合院，即主屋旁翼以两厢或二廊，更有主屋与倒座一面用厢或廊联系，如大儒巷潘宅小院。更有对照花厅，一面用廊联系，如铁瓶巷任宅西花厅。在这些情况下，天井有横长方形的，亦有方形的。

第四类四合院式，有一面主屋，左右列厢，对面用廊，如东北街张宅。有前后主屋左右用廊，如东北街陈宅对照花厅。有四面作环楼的，江南称"走马楼"者，如景德路杨宅、南石子街潘宅皆是。而史家巷彭宅则厅前三面用廊，形成一个四合院。

第五类"凸"形，即在厅后加川（穿）堂，或厅前正中置戏台上覆廊，如二者并用则成十形平面。

第六类"工"字形，即前后两厅间廊屋相连，如东北街太平天国忠王府正殿。《长物志》云："忌工字体，亦以近官廨也。"

第七类"H"形平面，用两个相反的三合院构成。即主屋翼以前后两厢，如小新巷刘宅。

第八类"日"字平面，即三合院之后加一个四合院连接而成，如南石子街潘宅。

除上述平面以外尚有两种变体，如纽家巷潘宅花厅，俗称纱帽厅，即在横长方形的平面上在前凸出抱厦一间，实则《工段营造录》所谓"抱厦厅"，其后左右配两厢，构成凹形平面，以其似纱帽，故有此称。刘家浜尤宅在天井中建一小阁，以代东厢的，又用前后两个曲尺形所合成的"卄"形。因此将上述各单体，根据不同的地形相配合，组合成复杂多变的苏州旧住宅总平面。

苏州住宅平面的组合，由以上各种单体配合而成，主要以符合当时封建社会的宗法观念的要求，充分表现了父父子子三纲五常的儒家思想。过去地主官僚在建造住宅时，极大多数向左右扩展，兼并他姓住宅，在原有旧建筑物的限制下，尽可能少变动，以避弄来作过渡，使中轴线得到正直。当然亦有例外的，如滚绣坊赵宅，便是前后厅事不在一中轴线，这是很少见的。避弄除少数直的，差不多大部分是曲折的，其形成除上述原因外，在功能上是封建社会用为女眷、仆从进出之处。文震亨

《长物志》称它为"避弄"，殆即此意，谐吴人音为"备弄"。其次亦大家庭各房进出之交通道。在解决中轴两侧不规则的地形时，其方法是置小院、造书房精舍或小楼等，面积较大则建筑小花园。天井面积一般为三合院，其深度与建筑物高度为1∶1，宽度三间以明间面阔为准，或稍大。五开间以明间与次间面阔为准。大型住宅的天井，以采取横长方形为多，并且将两厢进深减小，或易以两廊。天井作横长方形，东西长度大，其优点是在江南通风好，夏季日照少，用地亦经济。再以夏季炎热，复利用前后天井以利通风。后天井长度一般为2米左右，最小有为0.8米的，天井中皆植一二株乔木，如无种植，则于夏季搭凉棚来减少日照。后天井除用来通风外，且为檐滴落水之地。因为后墙粉白，冬季反射光可增加北房光线，夏日因天井中植有梧桐芭蕉之属，或有绿色攀藤植物附于墙面之上，更觉满眼青翠。至于纵长方形的天井，一般是用在面阔较小的书斋、客轩之前。苏州因夏季较热，冬季不太冷，房屋进深比较深，其后部北向者，亦多可取之。而鸳鸯厅的北厅、倒座、北向房间等，均发挥了夏日凉爽的作用。

外影壁即照壁，过去系按官阶而定，有"一"字形的、"八"字形的、"冂"字形的。更有隔河的，必官至一品方能建造。如纽家巷潘宅、蔚门彭宅的外影壁（潘世恩、彭启丰皆于清代官至大学士）。它起宅前屏障与对景作用，复饰有"鸿喜"之类吉祥字。至于大门与外影壁之间的空间，则是作为车轿的回转道。内影壁苏州用者不多，其目的亦为屏障作用。

中轴线的配置，大门一般在正中，对门有外影壁。早期的住宅如人儒巷丁宅、天官坊陆宅等，其平面犹属明制，大门皆在东南角。当然清代的一些住宅亦有东南角开门的，如古市巷吴宅、史家巷彭宅，还未脱明代的影响，并且入内更有内影壁。有的于大门旁另辟偏门，如东北街张宅、梵门桥弄吴宅等。而宜多宾巷孔宅，其大门南向偏西，西白塔子巷李宅前半部建筑略侧，与后半部建筑不在一直线上，似与风水迷信有关。

自大门入，经门屋达轿厅（轿厅又称茶厅，为轿夫休息饮茶之处），皆敞口无门窗。王洗马巷万宅轿厅虽在大门后，然大厅却在其左，不同置于一中轴线上，则为变例。轿厅旁有小院，其间建筑则作账房，或家塾之用。经轿厅通过砖刻门楼，此种门楼一般用一面刻，早期官阶高者与后期豪奢之家者有用两面刻者。如天官坊陆宅、景德路杨宅。钱泳《履园丛话》云："又吾乡造屋，大厅前必有门楼，砖上雕刻人马戏文，灵珑剔透，尤为可笑。"足见门楼在清乾隆以前形制应较简朴，如东北街李宅康熙时所建者可证。时代越晚近愈繁缛。至于门楼上的题字，按该处建筑物的类型不同而异，如大厅用"以介繁祉""清芬奕叶"等字。大厅乃供喜庆丧事及其他大典之用，面阔三间。但在大型住宅中，有的将架数增多，形成纵长方形的平面，因为一方面在功能需要上力求宏大，但另一方面又受制度限制，只好在深度上发展，小权宜之计。厅前置戏台，厅之两侧建小楼，下层为书房，在上层于厅堂山面梁架间有窗可启，该处即为女宾观剧处。亦有厅事两旁不建楼，而在山面置屏门，这些屏门并不到地，是装在水磨砖贴面的槛墙上，如将屏门除去，垂以竹帘，则为女宾观剧之处，如卫道观前潘宅。大厅后为女厅，亦称上房，大多数是面阔五间的楼厅，有分隔为五间的，有仅隔梢间、中为三间厅的。两旁建厢楼，前后天井中亦有隔以短垣，使梢间与厢房自成一区，皆有独立小天井，便于女眷居住。如次间隔成房，则梢间成为套房，或套房内再加套房的，则称密室了，如史家巷彭宅。至于上房进数之多寡，则视主人财力而定，最后为披屋，亦称下房，为婢与女仆居处。这些厅事排列，早期的是一进一门，很是规则。后期将上房部分独立成区（亦有从大厅便开始的，如景德路杨宅），周以高垣，以昭谨慎。其平面又多变化，有"H"形的、"日"字形的，如铁瓶巷任宅、南石子街潘宅等。这些住宅建筑时皆不准备后代几房合居，待子孙支繁，分宅而居，任、潘二宅即如此。任宅于西百花巷建新宅（任道镕之子，子木宅），潘宅系从纽家巷老宅分出者（老宅为潘世恩宅，分宅为其孙祖荫宅）。中型住宅只中轴一路，如增一路时，

一般皆在东首。盖白虎首不能开口，必求在青龙首。如万不得已东侧无地可求时，在西首开门建屋时，必在东首略求一方之地，仅容开启一门亦为常见，如此目的不能求到，则设假门。或东首再置避弄，其前设门。用上述处理手法，则能于厅旁左右皆列门，达对称之目的。东西路建筑，最主要者当推花厅，为主人平时顾曲会宾之处，形式多变化，建筑亦精致。厅事为过去官僚地主用途丰富的建筑物。其标准：一、大厅之大小，以为百桌厅为尚。二、花厅之华奢，陈设之典雅。三、砖刻门楼之精细。四、女厅（上房）之高畅。花厅名称有：对照花厅，即南北二花厅相对而建者，如仓米巷史宅、东北街陈宅等；东西花厅，如铁瓶巷任宅；鸳鸯花厅，即一厅内南北二向皆作正面者，苏州此例甚多；独立式花厅，亦为常见。更有花厅后建藏书楼者，如小新桥巷刘宅、铁瓶巷顾宅。至于花厅前后的布置，则按地形设计

成小型园林。除花厅外又可安排一些小型厅堂及楼屋以充居住之用。间有于隙地建披屋为下房，或兼作储藏杂物之用。亦有列家祠以供牌位的。过去曾有若干住宅于东西两侧建逐进小厅，用以出租予候补官员，如梵门桥弄吴宅者。厨房及厨工住处类皆在偏路之后，邻近后门，周以围墙，单独成区，以防火患，并附以柴房，就近且设谷仓。再如此安排，可使炊事油腥之气不入居住部分，即孔子所谓"君子远庖厨也"。厨工皆为男性，不得与女眷相居一处。再若门房、轿班、账房、仆从、塾师、清客等他姓男子，亦一律皆生活于居住部分之外，与上房隔绝。这些充分体现与巩固封建礼教在建筑中的独特现象。

避弄是夹在两路建筑物中的夹弄，或单路建筑物旁的通道，为苏州旧住宅中引人注目的地方。阴暗深远，狭窄如幽巷，其功能为建筑物两旁前后起直接联系作用，在建筑群中具重要位置。宽度最小者仅可通一人，阔者可通一轿。采光方法有：(1) 避弄中沿墙之狭小天井；(2) 酌开天窗；(3) 弄侧墙上漏窗之侧面光；(4) 进口、出口之光线与通两旁建筑物的门道光线。在夜间则于墙面壁龛内置油灯照明。因避弄内有曲折的通道，有旁列天井，有间或通过楼屋下层，以致屋顶结构极为错综复杂。

外观：在苏州，旧住宅多半用高墙封闭，其围墙有水平形的，亦有露出屋顶一部分的。其形式有硬山式，山墙不出头，循着屋顶坡度作"人"字形，是比较简陋的建筑用之。一般山墙皆高出屋面以上，做成梯级形式的五山屏风墙，因可以防火，故又称封火墙。更有以前两者混合而用，以水平形高墙相连，露出屋顶一部分，外观错落有致。后期亦有做成观音兜者。天井的深度与屋高比例，在小型住宅有不到1∶1的。其沿街之墙，上部往往用瓦花墙（瓦砌漏窗），或用琉璃预制漏窗的，以利内部房屋采光与通风。

外墙面墁石灰，有刷青煤作灰黑色的，亦有存石灰本色的。因为外墙墁石灰，屋顶覆盖灰色蝴蝶瓦，木料有棕黑色或栗色，配以柔和的轮廓线，予人以雅洁的感觉。唯苏州旧住宅在外墙水作部分不十分重视，而内部装修布置则踵事增华，与附近无锡富商住宅讲究外观以炫富者有所不同。住宅大门普通为板门六扇，小者亦有四扇的，古式（清中叶前旧住宅）有用竹丝作格门形状者。更有板门外钉竹片呈图案形状者，晚近易用铅皮以代竹片。矮挞门间有仍沿用者。更有门屋作楼层者，大门之上系楼窗，此种形式常见于苏南村镇，而尤以洞庭东西山为多（浙江宁绍村镇亦有之），其用意在防御盗贼及观望之用。早期府第之称将军门者则用大门两扇，佐以砷石（抱鼓石），砷石以刻九狮荷叶盘者最高贵。门上施阀阅（门簪）四枚，前用大照壁及东西辕门。石库门在苏州是比较晚期的，多数用在小型住宅、其两旁间有开窗者，俾使左右双厢受到南熏。除上述几种大门形式外，并有在大门上施门罩的，如廖家巷刘宅便是一例。山墙上开窗者甚少，有之亦甚小。其形式作方形或多边形，它与梯级形的山墙配合得很协调。有些沿街的外墙上有灯龛，凹入墙内，外饰以小罩，很玲珑，系置路灯所在。在宅内每一进分隔皆有大门，上砌华丽的砖刻门楼，门之向外一面钉水磨方砖，用以防火防盗，方砖皆正置，每块钉四，更有向内一面加钉铁皮的，不多见。一般皆钉铁板数条。至于边门、后门做法相同，边门则用门一扇。厅堂两侧通避弄的，用板门两扇，正面（向厅堂一面）髹白漆，加铜制门饰，门框上部冠刻砖题字。门扇上书门对。如逢喜庆及典礼，将该宅中轴线上前部诸门尽启，直达大厅，自外望内，厅堂重叠，在平面上发挥了极深远的作用。

建筑构造、装饰及其他

　　苏州旧住宅在建筑构造与装饰等方面，自有其独具的形式与风格，为苏南建筑的代表，其所及范围包括整个太湖流域。特征在柔和、雅洁，吴语所谓"糯"者。兹将各部分分述于下：

　　墙：外墙一般高为6米左右，厚42厘米左右，其除在安全上起防卫作用外，并用以防火，对隔音亦起很大作用。可分为实砌墙与空斗（心）墙，及下实上空的混合墙三种。墙用石条砌成墙脚（裙肩）部分，其上用砖实砌，砌法有平砌，亦有横直间砌，大多是用三横三直。普通外墙下部用实砌，上半部用空斗。墙面极少开窗，粉饰一般用石灰，外墙有加青煤的。至于住宅内部之墙面，皆为白色，室内更有用白蜡打磨若镜面者，《园冶》所谓镜面墙的。以水磨砖贴壁整面，或壁之下半部分，即《长物志》所指"四壁用细砖砌者佳，不则竟用粉壁"。

　　地面：天井地面有墁石板的，有铺冰裂纹石块的，有用鹅子石或与缸片铺作图案形状的，有用仄砖铺的，石片间缸片铺的，皆富于变化用来增加天井的美观。建筑物内部墁砖，其做法是土加石灰夯实，其上铺砂，墁方砖。亦有不铺砂者。讲究者在方砖下四角倒置四瓮，隙间填砂，徽州、扬州其法相同。复有方砖下砌地弄的，总之上述做法其目的为防潮。方砖墁地于卧室则冬季上置地屏，其构造乃用大约3.5厘米厚的木板，下置搁栅三根，四隅以四矮脚承之，宽为3市尺，长为4市尺，可自由移动，按房间大小安置，一般每间纵向块数按步架决定，即一步距离置地屏一块，横向则按面阔大小而定数之多寡，其高度约低于石鼓顶面1市寸。《长物志》所指"地屏则间可用之……然总不如细砖之雅，南方卑湿，空铺最宜，略多费耳"，可以参证。至于用三合土瓦地，或在原地面加石灰夯实，不再铺砖，皆受经济条件之限制。故在披屋、厨房等为节省计亦用此法。另有灰土中加盐卤之法。李渔《一家言·居室器玩部》载有以不规则粗砖铺成冰裂纹、肖龟纹的。在江南砖铺地及夯土地面，日久对防潮似起作用不大。一般居住房以木地板为最适用。

柱与柱础：柱皆为直柱，柱下开十字槽以透气。若干明代建筑柱身皆有显著的卷杀，其法沿至清乾隆间尚微具初态。柱形有圆柱、方柱，方柱有抹角，与四角刻海棠曲线者。附近常熟环秀街环秀居（顾宅）花厅其柱与础皆做瓣状，在苏州地区尚属仅见，想苏州过去定有此做法，惜今遗物无存。柱作长柱，其比例一般住宅厅堂，如开间1市丈的，檐柱径8市寸，金柱柱径视檐柱加二成。小型房屋柱径有用小头（柱的顶部）4市寸者（直径为准）。

柱础有平础、木楯、木鼓、石鼓、石磉（苏南称篮盆磉），更有在覆盆上加木鼓的。大致用平础及木楯、木鼓的房屋皆为明构，古老相传"青石阶沿木鼓墩"为江南明构特征，是有根据的，如东北街张宅、大儒巷丁宅、铁瓶巷顾宅等之明构皆如是。木鼓做法有二：一种是柱从底部砍切作方形，外包以木鼓，为虚假性的，施工较易；另一种是将木鼓包在圆柱之外，其法与前者相同。文弄街七襄公所（明文震孟宅）所见便是后者一种，证以安徽休宁明代住宅所用者，其为明代江南通行做法。小型住宅较旧者，檐柱皆用石磉，因较石鼓为高，防潮效果略好。豪华住宅在明末清初者，有用素覆盆，或覆盆雕刻作荷叶状，如拙政园远香堂。更有于覆盆上加木鼓，在苏州虽仅于府文庙见到，但在洞庭东山民居中亦有之。此外石鼓上施雕刻，或石鼓上连短石柱一段等形状，间有见到。

楼面：苏州旧住宅，一般来讲楼层作储藏之用为多，而若干大住宅以建高楼斗富，楼层遂有作居住之用。其做法于大柁上置龙骨（搁栅），其间距按檩数而定，大型楼房龙骨断面为方形，小型则为圆形。方形龙骨在大型楼房为11×18厘米，大柁约比龙骨高三倍，小型楼房用圆木龙骨，乃将直径约14厘米圆木上下砍去约3厘米。楼板厚度最大者达4厘米，小者亦有2.8厘米。更有楼板之上铺方砖者，与楼板上铺活动地屏者。地屏高度依门槛略低，如门槛高7市寸，地屏则高为6市寸。《·家言·居室器玩部》谓："有用板作地者，又病其步履有声。"因此，楼面结构不得不用以上两法，此种做法过于浪费，究属少数。因为苏州夏季炎热，即楼上亦置落地长窗。扶梯有设于厅后或两厢，早期亦有在避弄中者，如葑门彭宅、大儒巷潘宅。

梁架：苏州旧住宅的梁架结构，在中国古建筑中是变化较多的。除正规木架外，充分利用草架。在形式方面可分为两类：（一）彻上露明造，大部分为一般小型建筑；（二）用草架施覆水椽及翻轩（卷棚）的。彻上露明造的小型房屋，大部分用圆料直材，山面多用穿斗式，明间缝用五架梁式。如为厅堂，各缝梁架则均砍杀作月梁形。铁瓶巷顾宅轿厅（明代），梁架用小五架梁，将后柱易为长柱，便于装门。与《园冶》所示相同。此建筑与东北街李宅清康熙六十年（1721年）所建大厅，前后不施翻轩，中安七架梁者，皆为苏州住宅中所罕见。草架一端，计成《园冶》云："草架乃厅堂之必用者，凡屋添卷（翻轩）用天沟，且费事不耐久，故以草架表里整齐。"又云："重椽，草架上椽也，乃屋中假屋也。凡屋隔分不仰顶，用重椽覆水可观。惟廊构连屋，或构倚墙一披而下，断不可少斯。"据此应用草架的理由甚明白。但更主要者，实出于江南夏季炎热，施覆水椽可隔热兼可防寒，其形式与功能是相结合的，至于便于分隔，仰观屋顶表里整齐亦重要因素之一。

苏州旧住宅厅堂梁架结构一般是与《园冶》所示草架式及七架列式相同，《园冶》所谓："五架梁，乃厅堂中过梁也。如前后各添一架，合七架梁列架式；如前添卷，必须草架而轩敞，不然前檐深下，内黑暗者，斯故也。如欲宽展，前再添一廊。"因此厅堂是以四界大梁（五架梁）为主，前施翻轩（卷棚），其数有一卷或二卷的，更有前用二卷，而其外一卷改用覆水椽作廊式者，如东北街张宅大厅。厅堂卷数加多，则其平面成纵长方形。花厅梁架与书斋梁架结构变化尤多，材料亦扁圆兼用，极尽草架变化之能事。如鸳鸯厅，南北两面，一用五界回顶（六架梁）"扁作"，一用五界回顶（六架梁）"圆料"，皆做卷棚式上施草架式。有前后各施卷棚二卷上构草架者，如东北街张宅花厅（即拙政园卅六鸳鸯馆）。而阊门叶家弄倪宅（原为叶天池旧宅）书斋屋顶用大弧形卷棚，若船篷上施草架，简洁明快，实为佳例。厅内减去平柱而易为花篮（垂莲）柱，苏南称为花篮厅，其做法花篮柱（垂莲柱）以三间通长整料贯之，其上檩条亦通长整料，故一般面阔较小，受材料限制，如东北街李宅、修仙巷宋宅等皆可见到。楼厅底层用翻轩在腰檐之下，称副檐轩。如无腰檐亦有于金柱与廊檐柱间施之，称楼下轩。或有腰檐作骑廊轩，则轩仅一半于檐下。并有在楼层平座下加小翻轩，楼层屋顶檐口下间有用之。史家巷彭宅楼鸳鸯厅做法，南北皆列翻轩，以覆水椽形成双层屋顶。至于翻轩名称，系根据弯椽形状而定，翻轩根据不同构造有：抬头轩、磕头轩、半磕头轩等。位置不同则有廊轩与内轩之别。因椽之形式不同，可分船篷轩、鹤颈轩、菱角轩、海棠轩、一枝香轩、方形轩、茶壶档轩等。

柱之长度与围径视开间而定，梁之长度视进深而定。扁作大梁如高一市尺八市寸，机面为一市尺，底面为八市寸，上宽下狭，其原因乃由下向上望，不致因视差而变形。此一般言苏南建筑者未及之。梁架作皆为月梁，早期的轮廓挺秀，斜项平缓，雕刻工整柔和，犹存晚明规。清乾嘉时，用材硕健，砍杀雕刻规正。同光以后，用材较轻巧，雕刻松弛扁平，此乃与当时经济背景与手工艺作风密切相关。梁头下之插木，脊桁下之山雾云，雕刻最突出之处。早期插木轮廓四周带圆形，雕刻工整，剔透玲珑，与明代颇相近。乾嘉时期（1736—1820年），雕刻厚重，其后之作，雕刻繁缛扁平。四界梁（五架梁）断面比例，从几处年代较准确之建筑作比较，明末清初，其高与宽之比为3∶2（七襄公所世纶堂）；乾嘉时期，其高与宽比例为2∶1（碧凤坊金宅安仁堂、天官坊陆宅清荫堂）；同光以后，其高与宽之比仍因之。其实材料本身还是近3∶2之断面，不过在梁上两侧覆加辅材二条，形成较高之假断面，唯于受压点，以块木填实。从嘉庆以后梁上断面逐渐开始趋向上大下小，此式直至晚清民初后成为香山匠师所遵准绳。

早期梁架因断面低，故在山界梁（三架梁）下于斗上置矮柱承托，脊桁下亦然。致使屋面坡度较平缓，其后梁架断面增高，矮柱亦可略去。凡豪华之梁架，在斗下加荷叶墩，又有梁架施彩绘者，前者如大儒巷潘宅，后者如古市巷吴宅、东北街今邮局等，皆乾隆时厅堂。小型建筑，其梁架以圆作为多。牌科（斗拱）卷杀，早期者在瓣的两面不凹内，乾隆时的建筑已开始有萌芽，此端与梁柱砍杀同为苏南建筑考订年代之特征。早期厅堂前后不用翻轩，廊用单步弯梁，苏南称为眉川。早期断面狭而高，如东北街李宅大厅、拙政园乾隆年间建远香堂。而富郎中巷陈宅之眉川过于繁缛，已非苏南常态，似受宁波建筑之影响。

间隔：苏州旧住宅之屋顶以硬山式为主，屋脊按形式有雉毛、纹头、甘蔗、哺鸡等名称，亦有不用脊者。花厅有歇山式，如不用脊亦有之。瓦用蝴蝶瓦，压七露三，其下铺望砖，近檐口部分以石灰加固。瓦头施花边、滴水。间有少数用望板，更有用箦箔者，而简陋房屋则不用望板直接由椽承瓦。屋之坡度乾隆后趋向高陡。一般厅堂檐皆出飞椽，楼厅腰檐出飞椽，上檐飞椽往往略去。花厅如用四落水屋顶，其屋角起翘，有老戗发戗、嫩戗发戗、水戗发戗等。

间隔：苏州旧住宅之间隔，甚为灵活，其大致可分：（一）薄砖墙，用于固定之分隔处，与建筑物垂直纵向为多。（二）屏门，平时作间隔用，可自由关启，又可卸下扩大空间。屏门有一面装木板，或两面皆装木板，后者属于豪华住宅。明代及清初之屏门犹沿袭明代做法，门枋用圆木，门之宽度较大，如马大箓巷邱宅残存者。最豪华的厅堂中甚至有用整块银杏木制成，如西百花巷程宅、东北街张宅。张宅曾为太平天国忠王府，原髹朱漆，其痕迹尚存。一般皆刷白色。（三）纱槅，即固定槅扇，用来做间隔，其裙板上雕花，槅心（苏南称心仔）易用银杏木施雕，皆法书名画或博古等，填以石绿，古色成趣。或裱糊名人字画及拓本等，有钉以轻纱的，亦颇雅洁。槅扇中如三元坊席宅，用紫檀及红木制，留园及苏州博物馆，有从旧民居中移来亦系红木、楠木制的。在大住宅中尤以银杏木制者为最普遍。（四）挂落飞罩，为房间中一种最灵活与巧妙的间隔。苏州旧住宅中的罩，种类虽不及北京之多，然玲珑轻巧则远在北京之上。其最常用者为乱纹飞罩、藤茎飞罩、圆方八角飞罩等，材料一般皆为银杏木，间有用红木与花梨者。若两端及地，称为落地罩。如其形似挂落、两端下垂较飞罩为短，称为飞罩挂落。挂落则悬装于廊柱间枋子之间，以卍字反复相连为多，亦有用藤茎的。

装折（装修）：苏州之装折为门窗、栏杆、挂落等之统称，即北方之内檐装修。窗有长窗（槅扇）、风窗、地坪窗、半窗、横风窗、和合窗、纱槅等。兹就习见于常例者分述于下：和合窗（支摘窗）一般上下三窗，但有上两窗做支窗，而其下一扇则改成二扇直立小窗，有所变化，如东北街张宅。又有外观做成直的地坪窗（槛窗）形，而实为和合窗的，如铁瓶巷任宅。横风窗有加于地坪窗之上下，形成一竖二横的构图。至于长窗，其形式如以时代而论，早期在心仔部分用柳条式、人字变六方式、柳条变井字式、井字变杂花式、玉砖街式、八方式，或正斜方块、正斜卍字、冰裂纹、网纹等，即都用横直棱条拼成，朴素无华，宜于贴纸或外配明瓦，间有用活动板者。此种图案犹明计成《园冶》所示之遗绪。后期则以宫式、葵式、回纹万字、如意凌（菱）花、海棠凌（菱）角等为多。更有插角乱纹嵌玻璃、冰纹嵌玻璃、葵式嵌玻璃、花结嵌玻璃、八角锦嵌玻璃等。同光以后，豪华住宅其长窗心仔有衬玻璃，而心仔以海棠凌（菱）角为多。迄于晚期（清末民国初）有全部配玻璃者，甚至裙板部分也易玻璃，不过仍用海棠凌（菱）角心仔，非如今日之大玻璃窗。如东北街张宅、大石头巷吴宅等。至于夹堂板、裙板上之雕刻，有仅刻线脚，有刻山水、人物、花鸟及博古图案等，视财力而定，各时期均具特征。其雕刻手法及形式内容，均为考订建造年代之重要依据。长窗开启，一般建筑无外廊者皆向外开，其裙板朝外面有避风雨之外裙板，故裙板之雕刻则向内。建筑物有外廊者，长窗向内开，唯至后期亦有例外的。其裙板两面雕刻，不施外裙板。地坪窗于无外廊之建筑向外开，并加外裙板。在有外廊之建筑，多数用和合窗。地坪窗下为栏杆，栏杆外装雨挞板，以避风雨。

栏杆：栏杆有装于走廊两柱之间，有装于地坪窗、和合窗之下。低者称半栏，上设坐槛者又称栏凳。坐槛及栏凳有木制，亦有用砖与雕空方砖，很雅洁。又以预制琉璃瓦件作栏板的。木制栏杆其花纹以卍川、乱纹、回文、笔管为多。半栏有上加吴王靠，可资憩坐。南石子街潘宅，楼层走廊栏杆内外两层，内木制者较高，外铁制者较低，花纹为新式，因该处并作女宾观剧之用，两栏之夹层为弃置果壳杂物之用。该建筑年代晚近，充分反映封建贵族阶层享乐之生活。

天花：李斗《工段营造录》云："吴人谓罳顶……所以使屋不呈材也。"在苏州旧住宅中甚少见。马大箓巷邱宅花厅尚见方形格支条糊纸天花一例。江南夏季炎热，屋顶施草架覆水椽，室内空间高畅，隔热效果亦好，李渔《一家言·居室器玩部》所谓："常因屋高檐矮，意欲取平，遂抑高者就下，顶格（天花）一概齐檐，使高敞有用之区，委之不见不闻。"此正苏州旧住宅天花罕见之因。

石作：石料有金山石、焦山石、青石及绿豆石等。金焦二石俱花岗岩，出苏城之西南。青石产洞庭西山，属石灰岩。苏州早期住宅皆用此。绿豆石属砂石一种。乾嘉以后金山石大量采用。青石质细宜于施工，雕刻效果好。至于冰裂纹铺地取青石及黄石，甚雅且洁，易自由拼合。

木料：苏州为水乡，近无高山，故建筑所用木料十之八九仰求于他省，如福建、江西、浙江等地。苏州旧住宅所用木材，杉木品种有西木，产于江西。广木，产于湖广（湖南、湖北）。建木，产于福建。明代住宅则以楠木为多，今所谓楠木大厅者。木材因仰之于水运，皆先以一定尺度断料，建筑高度遂受到一定的限制，故苏州"叉柱"之法，得能不衰，仍赓续使用，而卯榫制作特精。余调查宋构三清殿，其柱用"叉柱"。黄杨木、银杏木附近兼有少量产之，用于华丽的装修及若干局部。木表髹漆，柱黑色退光；梁枋用栗色，挂落用墨绿，屏门用白色。此皆与江南较炎热气候相关而采用素雅色彩。

花木配置：庭园栽植，其布置方法用叠山凿池则于园林论中及之。普通在住宅中天井石板铺地、花街铺地，总从地面雅洁，宜于淋扫，易于干燥，少长杂草等多方面考虑。并且还要达到扩大空间面积，在室外可作生活活动，此为院落式住宅优点之一。天井中有用砖筑花坛，有用假山石叠花坛，间有置一二峰石，墙角栽芭蕉一丛，或植修竹数竿。植树之目的：第一，能遮炎日，而又要通风良好，且不阻碍地面空间流通，所选树种以梧桐、青枫、树槐之类等干高下部枝叶少者；至冬季时落叶，满院煦阳，得以取暖，是能符合上项条件。第二，既能遮炎日又散清香，则用金银桂、玉兰海棠共植，花坛中布置牡丹，谐音为"玉堂富贵"。第三，花厅书斋前植白皮松，以其姿态古拙、枝叶松透、小树而寓大树之容。《吴风录》有云："……虽闾阎下户，亦饰小小盆岛为玩。"自宋人记载中已见到当时居民之爱好。因此天井中除栽植植物外，盆栽亦随时作更换之需要。

水井：在一般住宅中少者一口，多者数口。有在天井中、厨房前或园中，更有在避弄中，或屋内作暗井（井口墁砖）。其他尚有街巷中公井。池中亦凿井可以调济水源，对于养鱼亦多好处。天井中之大水缸，积檐漏而聚之，专供饮料兼作消防之用，称天落水。此种大水缸称太平缸。

排水：苏州河流纵横，对排水起了很大作用。住宅排水系在天井中筑阴井，大门前有总下水道，过去苏州坊巷皆铺石板，形式与宋《平江图》所示相符。石板下为下水道，路面修整清洁，范庄前用二横夹一道的铺法，吴人称其为"篦箕街"。近日在旧平江府子城遗址前掘出砖墁路面，其下之下水道亦为砖砌，极完整宽阔。

苏州旧住宅以建筑风格论，明末清初秀挺简洁，清乾隆嘉庆时之雄健厚重，同治光绪后之精巧华丽，皆为鉴定建筑年代之总着眼处。明末清初退休官僚以苏州为"颐养"之地，故多营建。清乾嘉时，大官僚地主以当时充沛财力物力建造大住宅，同光以后多数镇压太平天国农民革命起家之官僚又集苏州，踵事增华，遂使苏州旧式大住宅遗存至多。因而，此成为今日研究古代建筑之重要实例。

凡兹琐琐，皆十余年前所记，虽为陈迹，论点多误，聊存史实而已。

鸳鸯厅施工经过

　　余交苏州老匠师，得顾祥师傅之教最多，历时亦最久，朝夕相聚，其情其景，历历不能忘。垂暮之年为予授鸳鸯厅施工一节，邹生宫伍记录，今存《余墨》中，为先辈留此遗绪，执笔泫然。

鸳鸯厅正贴式

一、开间尺寸：正间1丈5尺，次间1丈3尺。

二、柱尺寸：每架4尺。（一）廊柱：高1丈5尺，围
箆：2尺4寸（毛料可加2寸）。（二）步柱：高1丈7尺1寸，
围箆：3尺（毛料可加2寸）。（三）脊柱：高2丈7尺，围箆：
正贴3尺（毛料可加2寸），边贴2尺8寸（毛料可加2寸）。

三、梁尺寸：（一）扁作大梁4×4尺 +4尺 ×0.8=1
丈9尺2寸。（二）三界梁4×2尺 +4尺 ×0.8=1丈1尺2寸。
（三）荷包梁4尺 ×0.8=3尺2寸。（四）京式园大梁之尺
寸与厅式扁作大梁相同。其他梁亦然。（五）廊川连出挑
头5尺9寸。（六）蒲鞋头厚2寸半高5寸。

四、柱之施工程序：先依廊柱、步柱、脊柱之尺寸
选择原材，择原木中挺直者以围箆测之（取圆木中部量
之），符要求者方合格。不需要过大者以免耗损（例如：
步柱为围箆3尺2寸，2寸系截刨时应有耗损）。柱高尺寸
在丈量原木时应扣除所用石鼓之尺寸，料长最多以要求
之尺寸加1寸，但以不加者为宜。料选定后则可断料，然
后将所断之毛料架在两个三脚马上，在两端之断面上挂

正中线，根据该柱之二端要求尺寸，画十字线，再用锯叉（二脚规）打对角线，再弹出正方形线，弹出八角形线，弹出十六角形线（弹线包括柱身在内）。待放出线后，先用斧砍杀为正方形，成正方形后放出八角形线，砍杀成八角形后，弹出十六角形线，砍杀成十六角形之后，再用斧割角匀圆，以阴刨刨糙、刨光。刨竣后断面之小头画线、打眼、卯榫。柱初步制成需与相邻之构件，在竖屋（上架）前作会榫加工，俾使装配时正确无误。该项会榫工序可在地面放平进行。注意柱弹线需十分正确，以防柱中段弯曲不直正。

五、梁之施工程序：（一）扁作大梁：高2尺厚7寸（该尺寸与《营造法原》似有出入），大梁之尺寸是围篾3尺2寸，断料时以1丈9尺2寸为中到中，前端加长8寸，后端加3寸，断料后将料置于三脚马上，在断面（圆形）上画出长方形梁断面线，用锯锯成方料，以斧砍杀、刨糙、刨平、刨光。锯下之弧形板，成材者可利用来拼方大梁，或用之拼方山界梁、荷包梁之类。如不能拼方于大梁时，则大梁所需之拼方板须在板材中选取。板材厚1寸5分或按五分之一梁厚选拼方板，将刨光之料放出机线、挖底、拔亥线，然后再加工完成之。大梁之拼方板每块用6只竹钉，二面二块拼板，则共用12只竹钉拼合之。如遇大梁拼板为硬木时，则可用铁制二头光之橄榄钉拼合之。所拼部分如上置斗者，则斗下部位要填实。大梁：垫为5寸见方之断面，总长2尺7寸，其中5寸为蜂头（蜂头放长同梁，垫高），2寸做羊角榫。竖屋前会榫时，可自上而下装入柱上。大梁上置五七斗两座。

（二）三界梁：高1尺6寸、厚5寸、围篾2尺7寸。断料时以1丈1尺2寸为中到中，前后端各放长8寸，实长1丈2尺8寸。其各项施工程序与大梁相同。拼板为1寸2分厚，竹钉在一块拼板用4只。山界梁上置五七斗两座。

（三）荷包梁：该界长为3尺2寸，前后端各出8寸，断料尺寸应为4尺8寸，梁高1尺，厚为3寸半，梁上拼扇子板厚1寸，梁底挖野鸡眼，亦称脐（用圆凿）。大木拼合成双用钉。

（四）京式（样）大梁：围篾3尺2寸，以备作挖底起拱（拱势最大为1寸）。然后以长断料放线砍杀整圆之，其在脊柱一头之榫长3寸，在步柱处则加出8寸，脊柱之榫眼高8寸，厚2寸，安装时需榫名为坐只，精工者用船瓣只。梁之挖底为1寸（大梁在断面上打十字线，砍杀整圆后打挖底线于侧面，挖底须起拱）。

（五）京式（样）山界梁（三架梁）：围篾2尺8寸，其料中到中后二头各出7寸，该梁起拱8分，挖底6—8分。

（六）京式（样）月梁：围篾2尺，中到中后二头各出7寸。

六、童柱之施工法。

（一）金童柱：高2尺2寸上榫放长2寸，下部不必放长，围篾3尺3寸。断料后断面两头打十字线，然后加工成形。柱口径6寸，柱底放样应放下于二分之一柱径。

（二）脊童柱：高2尺3寸。其他无变化与上同。

草架之构件均从简处理。草架内川用围篾1尺6寸，用长梢木之断下小料为之。一般施工前均应算出柱梁桁等主要构件之多少。算出后即行落账（即造木料之预算清单），童柱等小料可买零星小料段头料用之。一般所需之小料亦可在大料中节约利用之，如长梢之多余段头，均应因材而利用之。（从周按：尝见吾乡匠师构童柱，其材以长柱之大头断下而成，亦属至当。盖浙中原材多，选料时可较长，视吴中略有别也。）

七、桁条之施工：脊桁围篾1尺7寸，普通为1尺6寸，作桁条时需在地面画线同头，然后则匀头刨圆之。

正间之桁：二头雄榫，每头放3寸，共开间之长放6寸。

次间之桁：一头雄榫，一头雌榫，落翼边贴则一头出彩头，出彩头放出5寸。雌头不必多放。

八、边贴与轩之弯椽等：墙上之边贴梁柱台柱等，可全部打七折，桁条不变。边贴之大梁下，川之下应加夹底。夹底高8寸，厚2寸半，其长短尺寸同正贴构件之尺寸，榫亦相同。轩之弯椽系先锯成板，然后二人用大锯锯成弯椽，再用弯刨刨光弯势。京式刨圆亦用弯刨，先倒角再刨圆。零星构件举凡结构上之装饰，先由大木作放样，配套，会榫，然后送交雕花匠加工成之。

九、竖屋：水作完成地基、台阶、磉石等地面工程后，搭脚手架。水作用柱头杆在现场搭应用脚手架。脚手架需满堂脚手架。

柱头杆（即新法之皮籽杆）2寸半宽、6分厚，杆尺上画有所有结构尺寸、榫眼等，皆须足尺。脚手架完工后，木工扛柱进场，搭在脚手架上，再搬运进大梁入场。竖屋时需木工八人，泥水工二至三人，须年轻力壮者。运料时均用绳索杠棒，以防止发生事故。竖屋时正贴开始，再边贴廊架。先吊柱用绞车，吊毕后用看台索带牢，另竖后大梁进库。用绞车吊大梁，进榫装就。吊大梁时步柱脚手架上二人，脊柱脚手架上二人。地下二人打绳结，用马口结带好内四界，松索，再带川廊，竖屋略正后，水工打斜撑（长梢小木即可用）。进深柱与柱间打字花龙门撑。开间之间打斜撑，龙门撑地面用木桩与梁柱撑住。

为慎重起见，加看索。撑头加好后再发牮（拨准），一到正直。水木作互相配合，发斜时用索结在斜撑上用杠棒发牮之。

一人用脚踏住柱子，以免柱脚出鼓磉石，准直后则在撑脚加木桩固定撑木，使构架不起变化。安装桁条在脚手架上，两头各一人，将桁条吊上，上榫。内四架竖好后就需牮正，否则完全架毕后再牮即费工。边贴竖屋时不需龙门撑。脚手架长梢木围篾1尺2寸足用。脚手架每高6尺为一层。全部工程需木工二十人。工程进展中，水木作全部竣工后，漆工开始工作，进入建筑物中，漆工出则铜匠入内。

以上所述足补《营造法原》之不足，盖老匠师实践之经验也。

清代县官出行仪仗

清制职官伞盖，一二品银葫芦杏黄罗表红里，三四品红葫芦杏黄罗表红里，皆三檐。文官乘轿，督抚舁夫八；司道以下，教职以上，舁夫四；河督、漕督，视总督；学政、盐政、织造暨各钦差官，三品以上，视巡抚，四品以下视两司。此清代官吏乘舆定例。聊城韩兰舟老人告其幼年所见清代县官出行仪仗，足资录存，老成凋谢，今后恐无人能述及矣。定期出行：初一、十五，拜庙、参见上级。不定期出行：拜见乡绅和检验案件。仪仗：最前为四青衣小帽，两个鸣锣开道，两个拉板喝道，次为龙旗四杆，再次木牌四面，背面书某某县正堂。其二正面书肃静，其二正面书回避。以上再双行排列，后为手执红伞骑马者居中，随之者为乘蓝呢大轿之县官，轿前为执扇人，左右各一，轿左右前后各有兵勇一人手扶轿杆，轿后两旁各有兵勇一人，最后为一顶马持护书拜匣，另有衙役二人指挥行列。

清儒俞樾与曲园

苏州马医科巷曲园，为清儒俞曲园（樾）故宅，曲园老人平伯先生曾祖也。园虽小而别具一格，图予曾刊于《苏州旧住宅参考图录》中。其建造年代为清同治末

［清］俞樾《集曹全碑七言联》

年（1874年），至1875年（光绪元年乙亥岁）4月落成。曲园有纪事诗五章，见《春在堂诗编》八。平伯先生《燕知草》集中谓此屋与其外舅许安巢（杭州横河桥许氏）同年，盖许生于是年正月，曲园外孙也。曲园（俞宅）大门悬银杏木横额刻李鸿章书"德清俞太史著书之庐"，大厅悬曾国藩书"春在堂"额。俞、李皆出曾门，曲园以"花落春仍在"句受知于曾氏。余皆及见者。

曹寅石像被当作石料埋嵌

　　曹雪芹祖曹楝亭（寅）在扬州盐运任中，曾刻石像作便装。此石后在瘦西湖，1961年前修建风景点建筑时，被作寻常石料用，埋嵌何处，终未觅到。予与城建局长朱懋伟屡屡访求，卒不可得，其拓片文物局尚存一份，闻之一时亦难检到。恩裕来沪，以此为告。

李壬叔因误饮冯了性药酒逝世

　　清季大数学家李壬叔（善兰）为世界著名科学家，李俨老人曾撰《年谱》及论文述其事迹。严敦杰、沈康身二君，亦治数学史，予曾以李俨所未见资料寄奉，可作补遗也。外家蒋氏与李壬叔为姻戚，妻堂姊嫁崔君（李无子，以外孙续嗣），则壬叔之孙媳也。闻壬叔晚岁因误饮冯了性药酒而逝世，故蒋子贞（学坚）先生《哭李丈壬叔》有句云："家山成久别，杯酒了余生。"惜俨翁已逝，不能启地下闻之也。

清代各个时期建筑均有不同特色

鉴定清代建筑，大木梁架之用材，其时代分期应注意者，清初犹仍明风，其尺寸比例、用材等级几与明季无二致，如无确切旁证与经眼者多，难作定论。至乾隆、嘉庆则显著不同矣，尤硕壮，比例大，屋顶坡度渐趋峻陡，此种现象雍正朝已见端倪，至嘉庆末稍杀矣。其时财力充沛之故也。到太平天国后，所谓同光时期建筑，又为研究清代建筑之另一重要阶段，其于建筑外观屋高度增，更为峻陡，木架用材减小，尤以军工所建更为草率，今存南京、苏州等地斯时所建之衙署，皆可征信，反映当时之经济衰退面貌也。

乡村便桥为何只有一面栏杆？

人每询以农村便桥皆设一面桥栏，其故何在？实则所以如此者，其因有二：首为便利挑担过桥之方便，无栏一边留有宽绰余地，便于周转也。次则桥小两面用栏，耕牛不肯通行，亦屡试不爽者。程生世银来自农村，予与渠偶过小桥，以此询之，渠所答正上述第一条也，足证有实践始有正确之答案也。

《听雪轩诗存》不知下落

李壬叔，近代著名数学家、天文学家，复工于诗，其诗集名《听雪轩诗存》，未刻，有传抄本藏硖石蒋氏衍芬草堂，计有三部，今则其一售于上海古籍书店，其二在"文革"中不知流落何处；今三部抄本皆不知下落。严敦杰以此为询，作答如是而已。

[承蒋启霆先生见告：《听雪轩诗存》三卷，凡一百七十四首。早岁曾购得汲脩斋抄本，惜于十年动乱中失去之。后闻此抄本已归北京图书馆收藏；又闻浙江图书馆亦藏有张阆声（宗祥）迻录本。1991年，为李壬叔诞生一百八十周年，蒋先生遂将以上二馆藏本参校异同，并添集外佚诗十三首，由海宁市政协付梓刊行，从而使先贤遗泽不致泯灭，功莫大焉。编者按]

明以前牌坊皆木制

明以前无石牌坊存者，今所见皆明以后物，盖宋、元皆木制也，自施工有盘（绞）车（滑轮），吊装石料始具备条件，则重以千斤计之巨石可缘架而升，石牌坊遂风行于世，尤以明中叶后为尤多，其与技术、工具之改进息息相关也。斯时资本主义开始萌芽，为促使各方面进展之主要因素。

圣约翰大学

　　上海旧圣约翰大学校舍中之怀施堂（韬奋堂），为我国最早于西方建筑上加中国起翘屋顶者，其时为清光绪戊戌（1898年）之前。其旁之格致馆（科学馆）稍迟，原皆有碑记，今已被水泥所抹矣，曩岁编《中国建筑史》，此资料及照片皆余所提供。怀施堂之西有堂名思颜，乃纪念颜惠庆之父所建。颜父故该校牧师。堂额出弘一法师李叔同笔，作魏碑，盖李早年书也，其时曾授中文于该校，旋即离去，以与西人校长卜芳济意见相左所致。友人朱企云翁之父为校之司阍，李于是时为朱书屏一堂，亦作是体。企翁任教圣约翰数十年，长余三十岁，朝夕相处者凡五载有半。

清代王府多倾家荡产

余闻之紫江朱先生，清代王府入民国后不到多年皆倾家荡产，除不事生产任意挥霍外，实由于商人之巧取造成。平时花钱向银行借贷，到期无力偿还，初则出售珍宝书画，继售"屋肚肠"（此苏州人称屋内家具用器等），任古董珠宝商及拍卖商任意杀价，所得七折八扣，不久又尽，向银行再借，最后利滚利不到几年，银行遂封产，逐出王府，终于破产矣。朱先生所藏缂丝及名绣，其中一部分即得自恭王府者。载涛其人，予尚见之，渠告我。其财皆花于购汽车、养马、置戏装、玩票等，其贝勒府终归银行所有。见其室中所悬骑照及盈屋戏装，想见当年费用之巨。斯时居东城某宅马号中，而挂落雕刻甚精，系自王府中移来者。

重修天安门

梅雨一帘，小斋寂坐，黄生族荫自北京来，一别十余年矣。族荫供职建委，谷牧主任甚器重之。谈及1971年天安门重修情况，参与者为杨廷宝、梁思成、张镈诸公，城楼木构升高，自城上之地面达顶计高三米，柱本身计延长一米余，柱易钢筋混凝土，外包金丝楠，城部分亦以钢筋混凝土加固，其他彩画仍旧。梁架亦未动，而重檐部分略升高，城墙门洞皆未改动。并添设自动扶梯，及改置电梯等，全工程历时十阅月始完成，次年1月，梁公辞世。

新喻程宅

1964年夏，应江西博物馆之邀，至新喻参观程宅，拟作地主庄园也。程氏为新喻大地主官僚，其著者如程天放之流。自新喻车站下车，步行半天至该宅，其建筑为大型厅堂数进排列成行，形式皆相同，全杉木造，并有"接官厅"作招待所之用耳。归途易舟行山谷中，途遇暴雨。登车至南昌，已万家灯火矣。在南昌江西博物馆曾见清雍正"贬余姓为程姓世代家奴"一谕。

古塔分布

我国古建筑，塔为重要类型之一。而以时代而论，就各地区尚存者，分述如下：宋塔浙江，明塔皖南，宋、明塔江西，唐塔陕西、河南，北魏塔河南，辽金塔东北、河北，以上各地为较集中有代表性耳。

蓝袍黑褂

　　国民政府时期所制定之礼服为蓝袍黑褂，蓝袍以团花缎制者为最高级，马褂以玄色毛葛制者最入时，盖已易清代之团花玄缎矣。

鉴定文物须结合文献

唐杜牧《阿房宫赋》，其所描写秦宫，就文而论，实摭汉人之记载，模唐宫之建筑，铺张夸大，遂成斯文。所谓赋者铺也，宜其若是。曩岁大千师以唐人画阿房宫残卷见示，并赠影本，所绘建筑及人物皆唐时形制服式。旋即转呈士能师南京，附管见请质，忝承谬赞，报以莞尔。并谓于鉴定古画及于文献能作探求者，古建一学。寄予之望甚深，良滋愧焉。后曾以古代界画建筑图目属辑，草草编成呈览。今师下世六载，雨花台下墓木已拱，昔之析疑问学，邈不可再，搁笔掩卷，黯然泪下。

宣城勘察记

　　1974年8月，应国家文物局及安徽宣城县革委会之邀，赴宣城勘察敬亭山广教寺（院）双塔。2日与喻君维国发上海，经南京，车行外城绕紫金山达中华门车站，明城外郭得周览一饱，诚壮观也。车行雨花台下，此刘士能（敦桢）师埋骨地，望苍苍松柏，为之黯然。回思曩岁同车访古之乐，宛如目前，今则哲人长逝，而我师之墓木拱矣。晚寓芜湖饭店。次日晨访公园之六棱七层砖塔，匆匆上车，十二时汽车抵宣城。宣城为皖南重镇，历来为兵家必争之地，故古建所存无多。而文风殊甚，梅氏为大族，如宋诗人梅尧臣（圣俞）、明画家梅清（瞿山）、清数学家梅文鼎（定九）等，世所共知。《宛雅》所载，尤多梅氏之作也。4日参观城内多宝塔，六边七层，砖制，其最著之特征，乃每边微内凹而非直线，故外观稍具变化。据清嘉庆《宁国府志》：

　　　　景德寺在府治北陵阳第三峰……寺始晋时，名永安，唐初名大云，开元中改额开元，有水阁东向……刺史裴休延黄檗禅师开堂演法。宋景德中更今名。殿后有铁佛一座，北面右有浮屠多宝塔……嘉靖乙丑（1565年），知府罗汝芳重募修塔，万历乙酉（1585年）……汤宾尹修塔。（卷十四《营建志·寺观》）

让以塔之形制，其为明构无疑。唯顶层经30年代重修，已失旧状。清光绪重修《宣城县志》所记乃据前志。登城内鳌峰，所谓峰者，实高地耳，上平坦，旧时文庙、府署等皆建于此，凭陵全城，足资远眺，而多宝塔高耸遥接，其后远山层峦，历历如画，城中点缀此塔，为景物生色不少。大凡山城水乡，皆建有塔，盖为一地标识，便利易认方向也。其与入城前大桥，几为江南旧城两重要特征。文庙遗址尚存三孔石桥卧泮池之上，用并列券，小有参错，与池之驳岸皆砌法工整，明构也。旁有一石碛与其下垫之石板连为整体，与附近水阳所见覆盆与石板相连，其法一也，为他处未见，殆山区石料丰富之故。五日乘车偕县革委会领导等同去敬亭山。李白诗所谓"相看两不厌，只有敬亭山"即指此。广教寺（院）踞山麓，清嘉庆《宁国府志》卷十四《营建志·寺观》：

广教寺在城北五里敬亭山南，唐大中己巳（849年）刺史裴休建，佛殿前有千佛阁、慈氏宝阁，相传其材皆萝松，黄檗禅师募之安南，寺后有二金鸡相斗入坎出水，因名金鸡井，材从井出，建刹千间，工竣，余萝松八株，植殿前敷荣如故。别有柏二株，住持僧有禅行异者，即开花数色。元初设御讲僧曰讲，主座下数百人，法堂曰雨华，方丈曰宝华、曰笑华、曰元照；轩曰松月、曰雪堂，亭曰怀李，山门外有桥亭，曰碧莲梵花亭，左右有池曰连珠，多长松灌木，有律海、迟贤、江东、福地诸亭。宋太宗赐御书百二十卷，僧惟真建阁贮藏。郝允李建观音殿，并梅尧臣记。元末尽毁。明洪武初，僧创庵故址，辛未（1391年）立为丛林，详詹应凤《广教志略》。古寺虽墟，两浮屠犹峙于山门前，土人亦名双塔寺。今大殿又废，存石佛殿二进，且就圮。（《乾隆志》）

光绪重修《宣城县志》所载据上志，唯多"松萝木明洪武邑志凡数见，后人沿写作萝松误。又案双塔苏公真迹石刻另见古迹内"等语。双塔四角七层半，木檐，楼阁式砖制，予鉴定为北宋绍圣三年（1096年）建。苏东坡书《观自在菩萨如意轮陀罗尼经》刊于东西塔二层。而东塔一石，其拓本三十余年前予曾得金石家张廷济（叔未）鉴定加跋定宋拓者，相见之下，惊喜交迫，不意于此得见原石。至于志书所载井中运木一事，与杭州净慈寺运木古井同出一辙，实当时僧人迷信敛财一法也。偶于殿址后得重唇滴水二，皆作波纹，微有差异，断为宋时物，交文化馆保存。次日访城隅龙首塔，七层六棱，砖造，形制殊陋，清乾隆《宁国府志》谓正学书院左绿荫书院建，梅守德有记，殆系所谓文峰塔耶？其建造年代似为清初。7日晨乘车去水阳，旧名金宝圩，固宣城产米区也。一望水田弥漫，宋辛稼轩词云："稻花香里说丰年，听取蛙声一片。"正最好描绘。天热如蒸，睹此美景，几忘疲惫。龙溪塔滨水阳江畔，与三层紫藤阁隔岸相对，形成极好市景。塔七层六角砖构，叠涩出跳，上施短木檐。相传建于吴赤乌，实则为明塔无疑。其刹冠风磨铜制宝顶，外呈绿色，朴茂可观。证以南京明构报恩寺塔，其顶亦为风磨铜，而兹塔已毁，今尚能于龙溪塔见到，亦快事也。午后四时抵县，计程往返百四十余里。8日阅志乘。次晨去山区溪口陆程七十里，车行坡道，达溪口殊凉爽，旋即持杖登山六里至朝天洞，烈阳迫人，喘息为难，俯视群山，峥嵘竞翠，盖皆泾县山区境也，闻其地茂林古建存者多，石坊林立，达四十余座，秋间期往一观。下山复参观公社梯田。啜高山新茗，极甘香沁神。

10日与县有关部门开双塔修缮座谈会。11日告别宣城至芜湖转轮船抵南京，寓下关旅邸。明晨登去扬州汽车，途以车祸，留六合四小时，午后三时到站。晚晤扬州城建局朱懋伟同志及耿刘同，刘同友人鉴庭子也。留扬州二日，曾至平山堂观新建鉴真和尚纪念堂，忆1963年夏偕梁思成前辈同留该地一周，协拟纪念碑，同商纪念堂设计，垂爱之情，难以去怀，今先生已长辞，而华屋初成，低回堂下，唏嘘久之。院中绿化未就，管理处询予意见，建议植白皮松四株，周以树池。必要时更衬以大型盆栽，随时更换。隙地可墁砖或铺石，北京团城其为最好典型。15日回沪，濡笔记之。

1974 年 10 月

634

兴国寺毁于宋

　　木塔今存者唯山西应县一实物。江苏兴化闻旧有小木塔一座，毁不久，未及一观为憾事。清嘉庆《宁国府志》载："兴国寺在城北门外里许，旧名延庆。唐咸通乙酉（865年）建有木浮屠，因号木塔寺。宋太平兴国庚辰（980年）重建，继毁于兵……"（卷十四《营建志·寺观》）足征其时木塔之盛。

金鸡相斗入井　罗松随泉涌出

清嘉庆《宁国府志》卷十二《舆地志·古迹》："金鸡井，城北广教寺右，唐黄檗禅师建寺千间，其树皆罗松，相传禅师托迹安南国，募化罗松万株，限某日树自运至山，是日有金鸡相斗入井，罗松随泉涌出，架屋九百九十九间，后灾毁，今尚一木横井口。(《乾隆府志》)"此与西湖净慈寺运木古井同自一来源。

传统商店包装

食品商店经售糕饼糖食之类在未用纸盒、纸袋包装之前，旧式南货店学徒进店后第一课程，即为学包货包，其材料为草纸、荷叶、笠壳等，绳为菱白草、细麻绳。用草纸包者系糕饼、糖杂，包之形式有尖角包、三角包、高脚包。如蜜饯之类易濡透者，内衬薄油纸一张。须作礼品者外加红纸，一般较大之包外均有红色招纸一张。荷叶包用以包熟物及有油之物。亦有以竹篾编成黄篮，衬以荷叶，作为包装者。则属于熟食店者。南货糖食店偶有用之。笠壳包则用于鲜货，以防穿破。以上之旧式包装，大城市至解放后始逐渐废除，小城市犹尚留遗制，已若隐若现矣。

旧式市招

旧式市招（店之招牌）皆黑底金字正楷书，所谓金字招牌也。市招必请名人书之，如杭州种德堂药号，梁学士同书书；上海紫阳观酱药店，陆状元润庠书；北京荣宝斋书画店，朱太史益藩书。唯银行钱庄招虽出于名人之笔，如新华商业储蓄银行出朱孝臧手，但均无下款，作者不署名。除店号之招外，尚有直悬之竖招，其题字

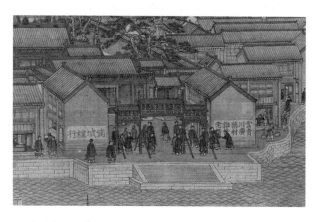

[清] 徐扬《乾隆南巡图卷第六卷·驻跸姑苏》中的招牌

因商店经售商品之不同而各异，如糖食店之"闽广洋糖"、漆店之"徽严生漆"、杂货店之"京广杂货"，必四字成句。其制自宋迄清沿用至久。至于酱园辄加一"官"字，如"××官酱园"，盖酱系盐制，盐有官私之分，官酱园者即其造酱所用盐为官盐，政府许其开设者。

在邮局尚未设之前，有所谓信行，此等信行即邮局设立尚有未废除者。予曾见河北保定城内一信行旧址，为双开间门面，左为柜台，内有插架，其招为××信行。

俞樾弟子及后人

西湖孤山俞楼（又名小曲园）为清代学者俞曲园（樾）别业，其地背山面湖，屡见西湖风景集中，为近代建筑史重要实例之一，建于1878年（清光绪戊寅），本为二层楼屋，后颓败［为其弟子徐花农（琪）所建］，民国十年（1921年）前后改造西式三层楼，即今日所见者。原有墙垣兹已拆除。重建系曲园孙陛云、曾孙平伯所经营者。曲园墓庐名右台仙馆，建于1880年（清光绪庚辰），后屋朽拆除。曲园弟子门人甚众，章炳麟（太炎）、马叙伦（彝初）为世所习知者。

西湖许庄

西湖许庄在南山（面对三台山），为后起园林较雅致者，建于1923年（癸亥）春，额曰"安巢"，吾乡许汲侯（引之）所筑。许生于1875年正月，此园筑成之次年，1924年甲子10月19日，卒于孤山俞楼。

1974 年国庆节四卷毕

陈 从 周 作 品 精 选

梓室余墨

（下）

陈从周 著

燕山大学出版社

·秦皇岛·

卷
五

上海今存之古塔

　　上海今存之古塔为数达十余座，予皆曾踏勘，兹记其概略于后，亦聊志鸿爪耳。

　　龙华塔，建于北宋太平兴国二年，1954年经过较彻底之维修，予参与其事。《建筑十年》中曾刊其照，盖建国后古建修缮中此例尚可取也。松江旧城内之兴圣教寺塔，俗称方塔，建于北宋熙宁间（1068—1077年）。其附近有唐大中经幢。塔下城隍庙照壁为硕大砖雕，明洪武二年（1369年）制，并刻有题记。城外明构西林塔，结构谨严，可作江南明塔之典型实例。其下塔射园，亦负盛名，今废。松江天马山之护珠塔，建于北宋元丰二年（1079年）。黄浦江上游汇镇之李塔，七层四边亦宋制。佘山秀道者塔，踞山麓，八棱七层，挺秀玉立，上海诸塔中以此为最美，予曾于塔基捡得宋重唇滴水，图案甚佳。塔原属普照寺。今寺早为法国流氓所毁。据《松江府志》："普照寺本佘山东庵。宋太平兴国三年聪道人开山，治平二年赐额，有道人塔，下有月轩，旁有虎树亭，道人在山时有二虎随侍，道人死，虎亦死，瘗之塔旁。"据此并证以塔之形制，其为北宋初时建无疑。青浦青龙镇为唐宋间对海外贸易港口，素有"三亭七塔十三寺"之称，今存者为北宋庆历年间（1041—1048年）重建古云禅寺塔，又称青龙塔。青浦县城南万寿塔，建于清代。嘉定县法华塔，南宋开禧间（1205—1207年）建，较嘉定设治当早十年，为嘉定历史上之重要遗物。南翔镇云翔寺前双塔，七层四方形，殊低小，传为五代时之物。松隐元塔，四角七层。以上诸塔今尚屹立，虽历经数百年至千年，足证古代砖结构之坚固持久也。

轿杠

儿时曾见大官僚、地主及名医自备之轿，有所谓软杠者，杠细木韧，抬时轿上下作波动，乘者极为舒适，此杠不知何材，惜不及询诸老辈矣。内侄孙蒋龙自云南参军归云，大理附近产岩桑，有此性。

扬州称红木为"海梅"，盖寓进口木之意。正如海棠之为国外植物移植我国同也。红木、紫檀、影木皆出南洋，

［清］徐扬《日月合璧五星联珠图》中的轿子

明以后海船压舱类用此种体重之物，故其价并不甚昂。影木者，木之横断面有花斑若影状，有红木影、花梨影、香樟影多种。清末民初海船压舱易盐鱼之体积小而重量大者，儿时曾食红鲞即此类货物，价较廉，系西方国家向我国倾销之物资。

古建筑中的"太平门"

皖南巨镇大村，巨宅相连，虽各宅独立门户，然隔墙间皆置"太平门"，数十户均能贯通，盖防意外事故，如防"盗"、防火等而设。

江南大宅之布局

江南大住宅，其总体布局有前后左右悉以较简陋之出租房屋包围之，宅主所居之处，复以高垣周之，盖皆大官僚、地主、富商防卫之计。

苏南建筑之特征

予尝论苏南建筑之特征，轮廓线条之柔和，雕刻之精致，色彩之雅洁，细节处理之认真，皆他处建筑所不能及者。至于榫卯一节，当推独步，国内无有可颉颃者。次者如扬州、浙东，终略逊耳。

我国古塔的高度

近人姚承祖《营造法原》："测塔高低，可量外塔盘外阶沿之周围总数，即塔总高数（自葫芦尖至地平）。测塔顶层上檐至葫芦尖高度，可量塔身周围总数即得。"云云。刘士能师调查易县（河北省）白塔院千佛塔，所见明正统十四年（1449年）《重修舍利塔记》有："高一百又十尺，围亦称之。"河北正定金大定二十五年（1185年）所建临济寺青塔，明正德十六年（1521年）《重修记》载："塔之高为丈者八，为尺者九，基之围为尺者如高之数，向上渐加杀焉。"近见北京妙应寺白塔有如许记载："据民国十二年重修补时，计算所得白塔之高传为廿八丈，其实高为廿一丈，塔座方形，每面七丈，四面之长，其长为廿八丈，与塔之高相等，塔尖之长，系为一丈八尺，塔尖下之盘系三丈余之径。"（笑云：《京师十塔咏》妙应寺白塔诗注）陈明远兄调查山西应县木塔谓："……上述结果与《营造法原》所说'周围总数'既相差不远，又和各层高度有密切关系，因此可以认为'周围总数'是概括的说法，不是硬性的规定。正如《营造法式》所说'柱高不越间之广'一样，给设计者一个准则，又留有伸缩余地。其次姚氏所说'周围总数'是以'塔盘阶沿'为准，此塔是以第三层柱头为准，似可理解为因砖木结构不同，或层数不同，以哪一层为准，又有不同的标准。"木塔高据实测为67.31米（见《应县木塔》）。存此数节以资研究塔高度之参考。

北京天宁寺塔，旧塔前有殿。据传闻中午塔影入殿门窗隙，一塔散为数十塔，影皆倒者。又据寺僧传册所记，塔上有铃，凡2928枚，合重10492斤。法藏寺弥陀塔，在左安门内，寺亦名法塔寺。清光绪庚子前山门大殿独存。北京塔可登者，仅此塔及玉泉山塔耳。今弥陀塔已毁。

玉泉山周围诸塔

北京西郊诸园每以其西诸山为借景，予言之屡矣。今闻北京故老相传，谓玉泉山形势为船形，玉峰塔像船之桅杆，其前山有小塔，像船锚，后山之妙高塔（妙高寺今已成墟，寺内之妙高塔犹存），像船舵，其中间殿宇房舍则像船舱，唯须于侧面观之，如在颐和园"画中游"遥望，可观其全貌。

京师十塔

京师十塔：天宁寺塔、妙应寺白塔、法藏寺弥陀塔、双塔寺双塔、万松老人塔、五塔寺金刚宝座塔、八里庄永安塔、北海白塔、玉泉山玉峰塔、新建西山佛牙塔（1957年建，1960年完成，友人杜仙洲主工程事），其他尚有碧云寺金刚宝座塔、玉泉山妙高塔等。

古代双塔

我国古代双塔，其中有两塔形制虽同，而有差异者，若山西太原永祚寺明代双塔，平面八角形，均十三级，高度亦相若，骤视之似完全相同，而实则区别颇多。南塔收分圆和，逐层收分度递加，轮廓清秀柔和；北塔则每层收分均等，其轮廓生涩，殊乏秀丽之感。两塔均以斗拱承檐，其斗拱颇为繁复，每华拱一跳施横拱两列，一列在跳头，如通常斗拱之制，但在拱之上更施拱一列，则尚为初见也。南塔第二、第三、第四三层周作平座，仅叠涩无斗拱，北塔则无平座。安徽宣城敬亭山广教寺双塔，宋绍圣三年遗物，东西两塔，平面皆为方形，东塔略大于西塔，东塔每边2.65米，西塔每边2.35米。宽度非一致。其于底层之门，东塔东面不设门，西塔西面不设门，以示左右之区别。北京市西长安街双塔寺双塔，明正统年间建，其一九级而右，另一七级而左，非雷同也。永祚寺双塔1953年夏侍士能师同调查，越十一年（1964年）偕喻生维国重到，更十年濡毫记此，士能师往矣！为之低回者久之。

洛阳刘园

北宋李格非《洛阳名园记》"刘氏园"条："刘给事园，凉堂高卑，制度适惬可人意。有知《木经》者见之，且云，近世建造，率务峻立，故居者不便而易坏，唯此堂正与法合。"胡道静氏注《梦溪笔谈》未及此条，重订时应补入。

古塔年代的考证

　　1966年湖南省博物馆搜集之大批唐、五代铜官镇窑新标本，内有青黄釉下施褐绿蓝彩酒壶，上面绘有七层楼阁式塔一座，置于束腰甚深之基座上，平面为八边形，塔饰保存窣堵波形式较具体。唯此器确切年代未定，试就其塔刹口所冠而论，似与今存五代、北宋之塔有所差异，而与云冈石窟刻石所见近之。据此一端以作唐塔新资料之提供。至于塔平面递变为八边形，亦相应可推升之唐代。凡此琐琐，且可对此器作鉴定年代之旁证。

台门之称的来历

绍兴旧时民间称大住宅之厅事曰明堂，称大住宅之头门为台门。此皆沿《礼经》之说。所谓台门，原系两边起土为台，台上架屋故曰台门。后世如绍兴则为高级头门之通称耳。如鲁迅先生故居，有新老台门之称。又称资本家为"店王"。此类皆当时"恭维"之辞。

留园、网师园之修缮

苏州留园1954年重修前，柯庆施至该园视察，以决定此废园修理与否。是时苏州诸负责人静候其意。渠云："此园假山在，大树在，建筑虽圮，修理甚速，宜恢复。"遂询谢君孝思需款若干，谢云"五万"，柯即谓："拨付七万。"即日动工。柯老非究园林之学，然于事立断，不失毫厘。今柯老逝矣！每与孝思言及，辄景仰不已。留园鸳鸯厅之装修系拆自洞庭东山松风馆，席氏别业也，席为富商，其建筑较繁缛。故今移至留园，细察之与原木架尚多不称。

苏州网师园过去一般知者甚少，以其僻处城东南，园又不大，遂不为人注目。解放后仅顾公硕、周瘦鹃、范烟桥、蒋吟秋等诸公尚知。予以曩岁张大千师、叶遐庵丈分赁该园居之，悉其梗概较详。1958年夏，予率同济诸生至该园测绘，斯时正由苏州光学厂修缮，拟作车间之用，予以该园之价值商之园林管理处秦新东，秦主持该处工作，于造园之学颇努力，欣然赞同，因汇报市委，即行批准归园管处速修。予建议苏州新修诸园，皆未同时将住宅部分修竣，致使外宾于游园时，常询及园主居住之所，今修网师园似应宅园俱恢复则较佳。上级亦认为此议可行，故今日苏州诸园中能见到从照壁、辕门直至厅堂、"上房"等皆齐全者，唯此而已。殿春簃前亭中今置巨灵璧石，此石为园林中所见最硕大者，系移自桃花坞费念慈宅园中者。

苏州博物馆内银杏木槅扇

　　苏州东北街苏州博物馆内原八旗会馆戏厅内，今新配置槅扇一堂，银杏木雕刻名人字画，皆明清大家之作，极精细。原为醋库巷柴宅园中旧物，予与谢君孝思偶过是处见之，商之使用单位而移藏博物馆者。时1954年，予正兼苏南工专课，每周去苏州，课余即偕孝思遍访诸园宅之装修，盖孝思任苏州文物管理委员会主任，主持修复诸园，予忝列该会顾问，从旁襄助之也。

吴大澂论拓墨

　　谢刚主翁国桢新自京寄所辑《吴愙斋（大澂）尺牍》赠予，此书三十年前曾见，以价过昂，未能致之，不意今日能于此一集，殊感厚谊。渠今夏来沪，予尝以江苏汉画像石拓本全套奉贻，盖翁近作汉代生活研究专题也。

　　《吴愙斋尺牍》卷四："东纸二十幅可裁六叶，约可装拓墨六十册，此次系发笺，染色尤为古雅，以此作书亦宜。……其值每幅京钱六千，每两银易钱十七千并以附闻。"此清光绪四年（1878年）高丽发笺之价。据清末官方收购价，米每石银一两左右，每石为一百二十市斤。则证当时高丽发笺价值之昂。

　　拓碑及器，吴愙斋谓"先扑后拭"。又云"双钩亦须运腕"，见《吴愙斋尺牍》，此为治金石学者不可不知。

　　"粤东竹纸至佳，钩摹不费力，不损拓本。"亦见《吴愙斋尺牍》。

［清］任薰《憩斋集古图卷》

《明史》中修建故宫的记载

明初修建北京宫殿，曾役使十万工匠、百万夫役。见《明史》列传第五十二《邹缉》。

明万历三十七年（1609年）重修北京宫殿三大殿，采木一项费银九百三十余万两。见《明史》卷八十二《食货志》。

明万历时粮价，大米每石银七钱，每石一百二十斤。

明代修建北京宫殿，工人入山采木："入山一千，出山五百。"伤亡至多。见《明史》列传第一百一十四《吕坤》。

清廷宫廷开支

据清光绪三十四年内务府统计处档案载：清皇宫每年生活方面各项常例开支，计银三百四十五万多两，白米二十一万多石。

据清内务府《御膳房》档案记载：皇帝每日常例膳费为银六十两。临时增费不计在内。

清载湉（光绪）结婚费银五百五十多万两，见《清朝续文献通考》卷六十三，国用一。

清光绪二十年（1894年），那拉氏（慈禧）六十岁生日，宫内装修、宴席、赏赐，及由皇宫至颐和园沿途之点景工程等各项开支，耗费银一千多万两。据清内务府《庆典档》。

"量中华之物力，结与国之欢心。"见清军机处《上谕档》，光绪二十六年（1900年）十二月二十六日上谕。

苏州雕花匠师

苏州雕花老匠师近时当推赵子康、唐金生二师傅。赵师傅晚岁作品，当推其所修补之拙政园留听阁内飞罩为最精（题为"岁寒二友"）。唐师傅今已七十七岁（1974年），去年夏日重叙于沧浪亭，老而弥健，相见甚欢，同济大学诸古建筑模型雕花，皆出唐手。

拙政园之飞罩，除原补园（西部）者外，有移自砂皮巷赵氏祠中者，为赵子康师傅少作（内容为八仙、松鹿、梅鹤等）。其他有从东北街许宅（许庚身宅）拆至者，许宅之罩，乃予与谢孝思翁同访得者。今事隔二十年矣。

清代纸价

　　清同治十三年甲戌（1874年）秦中纸价："料半纸每张一百余文，匹纸须三四百文，大者七八百文。"见《吴窗斋尺牍》。按料半纸系未经选制之宣纸，过去裱画用以托心（衬贴在原作后者），或用作拓碑。亦可作画。匹纸即宣纸，自四尺、五尺、六尺、八尺以至丈二纸等。参见卷一有关宣纸条。

咏景之句可作造园之诀

　　清江爰叔（湜）《伏敬堂诗录》："溪水因山成曲折，山蹊随地作低平。"此虽为咏景之句，移作造园掇山理水之诀，其理正相同也。又云："秀难掩弱怜玄宰，熟始呈能陋子昂。"评骘董香光（其昌）、赵子昂（孟頫）二家书入骨三分。

拙政园的演变及掌故

清吴骞《尖阳丛笔》卷一：

拙政园台池林木之盛，甲于吴中。明嘉靖中，御史王献臣始辟之。其子以博进偿徐氏，传子及孙。又归于陈素庵（之遴）相国，迁谪后，改驻防军府。未几，为某氏所有（从周按：指吴三桂婿王永宁），益大事结构，以侈游观。中有楠木厅九楹，四面虚栏洞槅，备极宏丽，柱凡百余，础径三四尺，高齐人腰，皆故秦楚豫王府物，车驼辇致，所费不赀。某败后，官悉毁之。柳麓芜亦尝寓此，中有曲房，乃其所构。陈其年诗云："此地多年没县官，我因官去暂盘桓；堆来马粪齐妆阁，学得驴鸣倚画栏。"其荒凉又可想见矣。康熙中，改为苏松粮道署，今则散为民居，惟宝珠山茶尚无恙。往年有虎入其中，亦异事。

此节为近时谈拙政园掌故者所未及者。楠木厅之位置，似应在今之远香堂，盖四面虚栏，仿佛相称，然面阔九间，似有所夸大。以现存远香堂观之，当是乾隆间蒋楫居园时所构，而柱础则为明末。所谓秦楚豫王府遗础，今无有存者。抑吴氏传闻之误否耶？

按：明制面阔以九间为尊，清初尚承之，此或出于园为吴三桂婿王永宁所占，因三桂欲称帝，故谓其厅九间也。且远香堂即与其旁之倚玉轩址合并，亦难置九楹之厅，而百余柱础皆径三四尺更无安插之地，此记似有失实。陈其年一诗语多平实，足资参考。又按：清初徐乾学所为之记亦有楠木厅雕镂柱础之说，但征之恽南田所记，未及此端，如有必不在园中。

恽南田《瓯香馆集》卷十二：

　　壬戌八月，客吴门拙政园，秋雨长林，致有爽气，独坐南轩，望隔岸横冈，叠石崚嶒，下临清池，涧路盘纡，上多高槐、柽柳、桧柏，虬枝挺然，迥出林表，绕堤皆芙蓉，红翠相间，俯视澄明，游鳞可数，使人悠然有濠濮闲趣。自南轩过艳雪亭，渡红桥而北，傍横冈循涧道，山麓尽处，有堤通小阜，林木翳如，池上为湛华楼，与隔水回廊相望，此一园最胜地也。

从周按：壬戌为清康熙二十一年，南田五十岁（生于明崇祯六年癸酉，1633年。死于清康熙二十九年庚午，1690年），其时吴三桂已死（清康熙十七年）。而所记拙政园景如此详实，足证前节吴氏笔记之多商榷处也。南轩为倚玉轩，艳雪亭似为荷风四面亭，红桥即曲桥，湛华楼以地位观之，即今之见山楼位置，隔水回廊所在地，与现时柳阴曲处一带出入亦不大。此文实为拙政园清初重要史料，对复原维护等多方面具参考价值。惜士能师往矣，未能及见此文，不然必拍案叫绝，频频作笑也。

友人启元白教授（名功，字元白）示我拙政园旧图，乃其曾祖溥玉岑（名良，姓爱新觉罗）任江苏学政时所绘，其时为清光绪年间，故园前之大建筑群，门首额苏州八旗奉直会馆。此园之特点，即东园南端有水田，北端西角有二层畅观楼，沿北墙平屋一排。西部（已属张氏，易名补园）未绘入。中部见山楼下称藕香榭。小沧浪名清华阁，得真亭名月香亭。倚玉轩又名南轩。我尚忆得远香堂溥玉岑一联片断："我来值山茶再放，愿同志二三子，对花齐和梅村诗。"

杭州古墓

《尖阳丛笔》卷一：

又尝闻风篁岭下多古墓，因与数人从瘗井而入，穴中悬一棺，非桐非梓，形类蚕茧，盖漆絮合并为之者，乃凿前和，出其尸，骸骨僵而不腐，衣裳冠履，悉剪纸所制，面色若死灰，独双目炯然，瞤动不已，众大惊，急委之而走。大水随后涌至，比抵瘗井口则已没肩，若少焉，俱溺死矣。此皆其亲语人者。

从周按：风篁岭在杭州西湖。少时闻先辈云，富阳里山有一所谓皇坟者，坟旁有一小穴洞，以毛竹插入，硔然中断，屡试不爽。

前书同卷：

武林某氏子，家贫落魄，常结党为椎埋，一时城内外无主邱垄多遭检括。尝至通江桥项氏居侧，入一隧道，遇石扉，阖甚固，撼之良久，其扉始启，然阴风凛冽，火炬遇之辄灭，众皆股栗不敢前。有二人者素号胆勇，乃束葵秸为蕴燃之以入，遇阴风则焰转炽，余皆伺于石扉之外，俄顷，闻甲号呼，负乙而出，则已死。亟询其故，云初至中一室，有四铁人共擎一棺，朱色，棺前石碑一，署"吴越国妃某氏墓"，余无所睹。转至东壁间，有小室，户垂铜帘，拂之铿然有声，意此中必宝藏也，乙遂披帘先入，投足适履其机，大声若雷震，随有黄泉奔注，臭如硫黄，而寒冷异常，乙触之即倒，昏迷不醒，某幸在后，因急负之而走，闻内戈铤鬼啸声隐隐不绝，稍迟亦为穴中之鬼矣。于是众皆愕然，以药救乙，数日始苏，而甲亦大病几死矣。

　　按《水经注》载盗发南阳张詹墓，垂帘一，皆金钉饰之。此铿然有声者，安知其非金钉之类耶？又《南部新书》云："蜀葵秸作火把，猛雨中不灭。"其束葵若为蕴，殆祖此意乎？噫！盗可无术哉！

从周按：杭州江边施家山南麓吴汉月墓，1958年经清理原状保存，墓为石室，分前后二室，阑额雕刻螭兽，四足挺直遒劲，犹存唐代遗风，闻发掘时尚有木椅，其式颇似顾闳中《韩熙载夜宴图》者，后遗失。吴汉月为吴越国王钱弘俶生母。此为确切可信之五代墓。其地点与通江桥不远，皆在江干也。

古法造纸

《尖阳丛笔》卷五：

明初金陵杨埙、汪家彩皆擅漆技，又有漂霞砂、金螺嵌、堆漆等制，新安方信川尤有名。

染宋笺法，黄柏一斤，捶，用水四升，浸一伏时，煎至二升止听用。橡斗子一升，如上法煎水听用。胭脂五钱，深者方妙，用汤四碗，浸榨出红。三味各成浓汁，用大盆盛汁，每用观音廉坚厚纸，先用黄柏汁拖过一次，复以栢斗汁拖一次，再以胭脂汁拖一次，再看深浅加减，逐张晾干可用。

……

米元章《十纸说》云，唐人浆硾六合慢麻纸，书经明透，岁久水濡不入。按今流传宋藏经纸，光明莹彻，墨色若新，以水浸之，出复如故，盖本唐浆硾法也。

王烟客与乐郊园

王烟客（时敏）《乐郊园分业记》：

> 乐郊园者，文肃公芍药圃也……己未之夏，稍拓花畦隙地……适云间张南垣至，其巧艺直夺天工，怂恿为山甚力。吾时正年少，肠肥脑满，未遑长虑，遂不惜倾囊听之。因而穿池种树，标峰置岭，庚申经始，中间改作者再四，凡数年而后成。磴道盘纡，广池澹灩，周遮竹树荟郁，浑若天成，而凉堂邃阁，位置随宜，卉木轩窗，参错掩映，颇极林壑台榭之美，不唯大减资产，心力亦为殚瘁。

从周按：庚申为清康熙十九年（1680年），南垣南中所筑名园之一。此节所记殊具体，"改作者再四，凡数年而后成"二语，足证造园之艰辛，非朝夕可致。南垣名涟，清初名造园叠山家。余前有记详述之。文肃为王时敏祖锡爵，明万历年间官建极殿大学士，墓在苏州虎丘，1966年清理，距葬时已三百五十余年，尸体同初死时无异，用云母及水银防腐，出土木制家具（明器）极好。

王烟客为明末太仓大官僚大地主，乐郊园占地数十亩山池，其他据《分田完赋志》中烟客自述：

  ……亦以吾年老不堪苦累，愿为代任赋役，恳请至于再三，遂于今月初旬，勉从众议，即现在田中择其上者留千二百亩自赡，九子各受余田二百，收其租入，以供三千亩之赋，吾则安享其奉，而无催科之扰。

其时土地兼并加深，农民不堪剥削，而地主阶级犹兴建园林，妄图享乐，张南垣客烟客家数载，其与计无否（成）皆应属帮闲清客之流。

园林选石

恽南田云："山从笔传，水向墨流。"此谓画山水之高超纯熟境界。又云："董家伯云，画石之法曰瘦、透、漏，看石亦然，即以玩石法画石乃得之。"余云园林选石亦然。

裘文达赐第

《阅微草堂笔记》卷十：

裘文达公赐第，在宣武门内石虎胡同。文达之前，为右翼宗学（清顺治九年，1652年始置宗学，教授宗室子弟，分左右翼两学，学生各一百人），宗学之前，为吴额驸府（满洲语称驸马曰额驸），吴额驸之前，为前明大学士周延儒第（周字玉绳，明宜兴人，崇祯初拜东阁大学士，预机务，旋罢，后再起为相，以罪削职，赐死）。

从周按：裘文达公名曰修，字叔度，清江西新建人，官至工部尚书。谥文达。此屋为北京名第，蔡锷死后，曾于此建立松坡图书馆，纪念蔡氏，屋甚宏敞。据纪晓岚此记，其为明构似可征信。想今当尚存留也。

各行皆有其祖

百工技艺，各祠一神为祖。倡族祀管仲，以女闾三百也。伶人祀唐玄宗，以梨园子弟也。此皆最典。胥吏祀萧何、曹参，木工祀鲁班，此犹有义。至靴工祀孙膑，铁工祀老君之类，则荒诞不可诘矣。长随（仆役）所祀曰钟三郎，闭门夜奠，讳之甚深，竟不知为何神。（见《阅微草堂笔记》卷四）

从周按：余少时见凡用刀之行业，皆祀关羽为祖，盖羽持大刀也。如肉店、理发店之类，其祖师爷者祀关羽。近方讨论鲁班为木工之祖师爷一事，举纪氏此节以明其他行业之所祀者。

北宋营建取太湖峰石

周密《癸辛杂识前集》：

艮岳之取石也，其大而穿透者，致远必有损折之虑。近闻汴京父老云，其法乃先以胶泥实填众窍，其外复以麻筋杂泥固济之，令圆混，日晒极坚实，始用大木为车，致于舟中，直俟抵京，然后浸之水中，旋去泥土，则省人力而无他虑。此法奇甚，前所未闻也。

又云：万岁山大洞数十，其洞中皆筑以雄黄及卢甘石。雄黄则辟蛇虺，卢甘石则阴能致云雾，翁郁如深山穷谷。后因经官拆卖，有回回者知之，因请买之。凡得雄黄数千斤，卢甘石数万斤。

此北宋营建开封艮岳自南方运太湖峰石之法也，足为今日造园施工之参考。

古代防火与救火

旧时杭城火警特多，儿时曾见延烧有自弼教坊经三元坊而至保佑坊者。父老相传云自南宋后即如是，故城隍山巅之火警楼，辄有长鸣。百岁寓翁（袁褧）《枫窗小牍》下：

临安扑救，视汴都为疏。东京每坊三百步有军巡铺，又于高处有望火楼，上有人探望，下屯军百人，及水桶、洒帚、钩锯、斧权、梯索之类，每遇生发，扑救须臾便灭。

则知南宋时临安（杭州）防火之差也。

开封祐国寺铁塔并非出自喻皓之手

五代、北宋初大匠喻皓，凡有关记载皆详《哲匠录》，而《如梦录》铁塔寺条则阙焉。文中有"宋时浙人喻皓与丹青郭忠恕按图同修"句，则开封祐国寺铁塔又出喻手，但此塔建于庆历间，上距喻皓之殁已半世纪，足证所记失实。宋人之于喻皓，颇似后世之于鲁班，略具神话化，五代北宋之高层建筑，非喻皓莫能为之慨，至此方信喻都料技术之高超，深入人心甚矣！

封禅碑毁于地震

宜兴善卷三洞：东曰乾洞、大水洞，西曰小水洞，昔人题名甚多，其背即董山孙皓封禅山碑在焉。据吴骞《尖阳丛笔》卷八谓：

> 乾隆癸丑（1793年）正月元日昧爽，小水洞忽崩，塌声若震雷，数十里内鸡犬皆惊逸，今仅存峭壁，而泉亦几堙，昔人题字无一存者。

从周按：吴氏此条记宜兴地震之片断，今岁（1974年夏）又发生地震，相距二百八十年。

狮子林涧中铁函

姑苏狮子林为倪迂手创，泉石之胜甲于一郡，今为新安黄氏别业，中有小涧，水色常黔。尝于石桥下得一铁函，封锢，启之甚难，或请以火攻，方置炉上，辄风雷大作，急送还涧中，少顷而止，闻至今尚在。见《尖阳丛笔》卷二，今后整治狮子林水池当留意之。

拙政园明末曾为镇将所据

拙政园"明末兵兴，为镇将所据。最后乃归于陈，相国自买此园，在政地十年不归，及得罪与湘蘋同徙辽东，终于戍所，盖虽有此园，实未尝一日居也"。见《尖阳丛笔》卷一。"明末兵兴，为镇将所据"一语，为述拙政园史者所未及。

戈裕良为环秀山庄叠山史料

苏州环秀山庄为清叠山家戈裕良杰构，近人谈该园之叠石仅皆云出戈氏手，而未明出处。按民国《吴县志》卷七十九《杂记》：

> 戈裕良籍毗陵（常州），侨吴，能以大小石钩带联络，如造环桥法，积久弥固，可以千年不坏，尝云：要如真山洞壑一般，方称能事。尝为孙古云家书厅前堆山石一座，入其中几疑在深山绝砼之境，今为汪耕荫义庄。园林颜曰环秀山庄。（参《履园丛话》之《瓻庐杂缀》）

《履园丛话》卷十二："又孙古云家书厅前山子一座皆其（戈裕良）手笔。"此节指明为戈氏所作。是园亦称颐园，本五代广陵郡王钱氏金谷园故址。入宋归朱佰原为乐圃。元时属张适。明成化间为杜东原所有，后归申时行，中有宝纶堂，其裔孙改筑遽园，中有来青阁，魏禧作记。清乾隆间蒋楫居之，凿泉名"飞雪"。毕沅继蒋氏有此园，旋归孙补山（均之祖）。孙均字古云，文靖公孙，袭伯爵官散秩大臣，工篆刻，善花卉，中年奉母南归，侨寓吴门，所交多名流，极文酒之盛。见《广印人传》。

袁枚《小仓山房续文集》卷三十二《太子太保文渊阁大学士一等公孙公神道碑》，详载孙补山事。孙士毅字智冶，号补山，孙均袭封伯爵，墓在杭州西湖天马山，谥文靖。道光末属汪氏。《瓠庐杂缀》为近人王佩诤（謇）所著，王先生为章太炎高第弟子，参加编纂《吴县志》，其《宋平江城坊考》一书，考订用力至勤。苏州石刻访求殆遍，而此说实据《履园丛话》。曩岁童寯丈编《江南园林志》，予叩以环秀山庄为戈裕良之作文献根据何在，渠云碑记，但终未详其说。想亦系据钱氏所书者，王先生为予忘年交，今往矣！深悔生前未详询故实为憾耳。又按：《吴县志》卷三十一冯桂芬《耕荫义庄记》：

相传即宋时乐圃，后为景德寺，为学道书院，为兵巡道署，为申文定公祠，乾隆以来蒋刑部楫、毕尚书沅、孙文靖公士毅迭居之。东偏有园，奇磖寿藤，奥如旷如，为吴下名园之一。蒋氏掘地得古甃井，命之曰飞雪泉，今尚存。

并据同记，道光二十九年（1849年）汪为仁立义庄。

种石

《吴中掌故丛书》之《红兰逸乘》卷四载：

太湖石玲珑可爱，凡造园林者所须，不惜重价也，湖傍居民，取石凿孔，置波浪冲激处，

[北宋] 赵佶《祥龙石图》中的太湖石

久之斧斤痕尽化，遂得天趣，实则瘦、皱、透三者，皆出于人工，以售善价，谓之种石，其人可称石农。

纳兰性德善制器

徐乾学撰清词人《纳兰性德墓志铭》："间以意制器，多巧偕所不能。于书画评鉴最精。"容若为清初满洲词人，其词固一代大家也，尤为兄弟民族之杰出人才。但从未有述及其能制器，此节殊可珍也，为科技史之资料。

繁以简表，简以繁出

苏州环秀山庄，戈裕良所叠山，乍视之崇山深谷，仿佛费大量山石始能为之也。实则其巧在于以少量山石架空，内为洞壑，曲折幽邃，外之体形虽大，而中虚也。此真大匠之手笔，既节约用材，又因材致用，而作品极精妙，其山势之迫人，流水之萦回，变幻万千，非寻常叠石之可比拟者。因知作品之高下，不在用石之多少，与石材之精芜，而在于能手耳。此假山阅人多矣，未有能道及此理者。

《梦溪笔谈》："画牛虎皆画毛，惟马不画毛。"有此一节论对。余云马理应不画毛，盖马之佳者，其毛细而贴身，望之光润，设一添毫便无俊气。尝见唐宋人画仕女发，乌黑平涂，望之如生。而神仙少须，却笔笔画出，盖密浓者不能用碎笔为之，疏稀者必以繁笔达之，繁以简表，简以繁出，此中自有辩证之理。

西域留存之汉画

"如算术借根法，本中法流入西域，故彼国谓之东来法。"见《阅微草堂笔记》卷十九。同书卷十三：

> 喀什噶尔（清疏勒府，在天山南路）山洞中，石壁劚平处有人马像。回人相传云，是汉时画也，颇知护惜，故岁久尚可辨。汉画如武梁祠堂之类，仅见刻本，真迹则莫古于斯矣。后戍卒燃火御寒，为烟气所熏，遂模糊都尽。惜初出师时，无画手橐笔摹留一纸也。

同书卷十四：

> 易州、满城接壤处，有村曰神星，大河北来，复折而东南，有两峰对峙河南北。相传为落星所结，故以名村。其峰上哆下敛，如云朵之出地，险峻无路，好事者攀踏其孔穴，可至山腰，多有旧人题名，最古者有北魏人、五代

人，皆手迹宛然可辨，然则洞中汉画之存于今不为怪矣。

天庆观石柱题字

　　王佩诤先生《吴中金石记》续一文所载天庆观（玄妙观）石柱题字，为研究玄妙观三清殿宋构建筑重要资料，兹录于后（经邹生宫伍校正）：

　　天庆观石柱题字　一淳熙三年（1176年）　余均无年月

　　（刻高约各二尺许，行款详各柱文下，字均径八分正书，在今玄妙观三清殿东北二面石柱上。）

　　（一）管内都道正□天庆□□□□□谨置石磉所□功德□用□□先□夏知观先考□□□先妣曹氏魂仪超升□□□淳熙三年岁丙□十二月日题（第一柱）（宫伍按：实为北立面东起之第二柱也）右一柱凡四行，漫漶止存三十余字，淳熙三年为宋孝宗即位之十四年（《金石补编》）。

　　（二）迪功郎致仕高昄舍石柱磉伍副（第二柱）右一柱凡字二行（《金石补编》）。

　　（三）平江府吴县胥台乡木渎镇居住□□女弟子□氏□二娘法名妙道谨施钱伍拾贯文足置石柱一副报答四

恩三有保扶身位安康增延福寿并保扶男女福寿延长（第三柱）（宫伍按：实是南立面西起之第八柱也）右一柱凡三行六十余字（《金石补编》）。

（四）平江府长洲县乐安下乡香花桥□街东居住奉道弟子守湖州助教王充妻钱氏圆信伻永年永之男永誉永锡等舍殿柱礎一副报答四恩三宥仍愿家眷安宁者（第四柱）（宫伍按：实是东立面南起之第三柱也）。

右一柱凡三行亦六十余字（《金石补编》）。

（五）奉道弟子伯周□同女弟子杨氏妙净谨将亡过臧氏三八娘房下衾具货卖净财置造石柱并礎壹副集兹功德伏□□荐神魂超升法界者（第五柱）右一柱凡字五行（《金石补编》）。

（六）秀州嘉兴县五福乡奉道弟子□功郎陈学古男宣教郎□□□□师正迪功信州□□□文□石柱一口保扶□□□□□为如意（第六柱）（宫伍按：实是南立面西起之第四柱也）右一柱凡四行剥蚀极甚（《金石补编》）。

（七）太上正一长生保命护身秘箓弟子臣沈公迈同妻太上赤天星河金桥度化秘箓女弟子姜徐氏悟真男臣伯振谨登诚心舍石柱礎一副祈求愿心圆满（第七柱）（宫伍按：实是南立面西起之第九柱也）右一柱疑是道流题名而有妻男或在俗奉道者（《金石补编》）。

（八）平江府长洲县道义乡众善□南□东居住奉道弟子朱振并妻张氏四七娘家眷等施钱伍舍贯足置石柱磉一副追荐先考朱四三郎妣周氏廿六娘法名悟真丈人张十八大录丈母沈氏六娘超升天界仍为振同妻□氏各□罪愆解释冤业□愿保扶家眷大小咸安者（第八柱）（宫伍按：实是南立面西起之第三柱也）右一柱凡四行字多至百余（《金石补编》）。

（九）宣教郎新差知泰州海陵县黄敏修舍钱伍拾贯文足置石柱一副追荐先考千中奉亡前妻贾氏千三娘子超生仙界者（第九柱）右一柱凡三行四十七字最完善（《金石补编》）。

府志云，玄妙观于宋祥符中名天庆观，淳熙三年郡守陈岘建三清殿，六年火，提刑赵伯骕摄郡重建，此石柱题字称淳熙三年，正当陈郡守建殿时也，殿毁于火，柱犹有存者，特磨泐殊甚，其余不纪年各柱或赵提刑重建时刻，字形皆大于原柱而磨泐处较少也（《金石补编》）。

宣教郎迪功郎题名二柱，今被人镌刻篆对划尽矣，伧夫所为，殊堪恨恨。丁亥八月注（《金石补编》）。

睿按第八柱"众善□南□东居住"旧志引《吴门表隐》为"众善桥西街"，疑为"众善桥街西面东居住"，其体例正与传字塔砖条坊巷街北面南居实相教院尚氏并阑富郎中巷口街东面西居住相同。一刻顾仲六秀并妻赵氏五娘，《金石补编》未载，知潘氏搜拓时已磨灭矣。一刻"迪功郎陈"，知即第六柱。一刻"吉祥如意"，或另有一柱，而今则磨泐矣。

潘志万云，天庆观三清殿石柱凡二十余，其有题字者九，有纪年者只一而已。石礩礩字，始见《梁书·诸夷传》。《广韵》上声三十七荡注：柱下石也，苏朗切。

吴俊卿云，吴中双塔寺有石柱题字，楷法端劲，有颜柳风，但无纪年，此亦吴中石柱，而纪年淳熙，不知与双塔寺孰后？然已八百余年历劫不磨之物矣。

凌霞云，《吴郡金石目》载石礩题字凡四条，一为治平四年（1067年）四月一日，一为建炎二年（1128年）四月。沈彦瑜记有二刻皆在安定（从周按：一作安亭）镇善提寺。一为淳熙十五年（1188年）二月，在城中宝林寺北，亦记年淳熙。而在城中天庆观，昔无著录之者，殆显晦自有时耶！

徐康云，宋富郎中严，庆历初知我郡，多惠政，秩满告归河南，民争挽留之，府君亦乐我吴风物之美，因留居不去，子孙遂著籍焉。此天庆观石柱刻先考富公，惜名剥落，然上溯庆历初已百三十余年，而乐善好施，秉象贤之教不替如此，阅今八百三十五年，兵燹屡遭，巍然无恙，殆有神灵默护耶！

　　玄妙观之名，元至元初所改，方晋创建时号真庆道院，宋祥符中，名天庆观，淳熙三年郡守陈岘建三清殿，其石柱多有题字，今磨泐不堪，可辨者不及半矣。上嵩大书天尊之号，下书某人舍钱置石柱磉，追荐某某愿保云云，绝似齐梁造像题记。唯此柱有纪年，适当建殿，最为明确。考苏州在宋初隶平江军节度使，迨政和三年（1113年），升为平江府。元时改为平江路。今题柱之无纪年者，多称平江府长洲县某乡居住，故知皆宋时物，其称迪功郎、宣教郎，亦宋官名也。又按郡志，淳熙六年三清殿火，提刑赵伯骕摄郡重建。柱之无题字者，安知非后易去，而其未毁于火不尤甚宝贵乎？自来金石著录家均未纪及。我家笏庵好古有癖，始椎拓之凡九，余独取有纪年者，盖自南宋孝宗即位三十四年，迄今已七百五十九年矣。甲申十月。题第一柱。右均见《香禅精舍金石文字跋尾》。

三清殿石柱题字位置图

　　柱划双圈者，为宋时物，青石制。柱划单圈者，为清嘉庆二十二年（1817年）秋雷火后，换花岗石柱，适与志书所云西北隅受雷火一节相符。

　　（二）（五）（九）三柱题字，今已为油漆粉刷所盖。

网师园碑记

苏州网师园，园虽小，而结构特精，久推江南园林之上选，园林史中必不能少之实例也。其碑记至多，足为究园史之重要资料。《网师园记》，计有清乾隆六十年钱大昕撰并书、嘉庆元年（1796年）褚廷章撰并书、嘉庆四年冯浩撰、彭启丰撰等多篇。1963年叶遐庵（恭绰）丈曾赋《满庭芳》词一阕并加小序，用高丽笺精书，托余交苏州园林管理处。盖遐翁曾客是园也。

李福寿精制狼毫

　　北京李福寿精制狼毫笔，负誉甚久，余曾见外舅蒋百里先生方震托该笔庄制大号狼毫笔，笔干中灌铁砂，制作至精。蒋先生以究孙吴兵法闻世，为饮冰室（梁启超）高弟，书法酷似乃师。此笔后藏寒斋，余入赘大风先生，先生爱是笔，即持此为礼矣。

漆砂砚

漆砂砚质极轻，发墨一如石砚，盖携带轻便，而价则视石砚为昂甚，扬州卢葵生以制漆砚著世，旧时一砚动辄数十金。《尖阳丛笔》卷二：

> 北寺巷（海宁巷名）旧有程姓，工为纸砚，以诸石砂和漆成之，色与端溪龙尾无异，且历久不败，故艺林珍之，然前此未闻也。按《东宫旧事》云，皇太子初拜，给纸砚一枚，此岂其遗制欤。

此亦记漆砚事也。

恽南田论画

"凡观名迹先论神气，以神气辨时代，审源流，考先匠，始能画一而无失矣。"此恽南田论鉴赏古画之见，载《瓯香馆集》卷十一。葱玉张兄（珩）生前以善鉴赏为世推重，余道重神气、辨时代一端，渠同此意。南田三百年前已启先河，足征此理之正确也。

恽南田云："青绿山水近代擅长惟十洲仇氏。今称石谷王子，余观其青绿设色亦数变，真从静悟得之，当在十洲之上。"（《瓯香馆集》卷十二）余云青绿山水之法石谷尚矣，南田此论甚是，然南田谓静悟，余则重其实践，盖石谷画孜孜不倦数十年，一丝不苟，笔笔老到，其青绿设色久经锻炼，功力中得之也。虽其画摹古守旧，但其治学精神仍足法也。

同卷中又云："青绿重色，为秾厚易，为浅淡难。为浅淡矣，而愈见秾厚为尤难。"恽氏此论盖寓辩证之理，所谓实处求虚，虚中得实。淡而不薄，厚而不滞。是种境地，诚从千百次实践中得之。

余云作淡青绿山水，必先从浅绛山水中求之，浅绛山水又从墨笔山水中得之，盖色者敷也，副也，接气也，其精神全在墨笔中。

密处藏疏，直中寓曲。书画、园林，其理一也。

清末明初演出剧目

去夏偕秉杰同往山东聊城山陕会馆，其戏台为近代建筑史及戏剧史重要资料之一，此戏台为清道光二十五年（1845年）重建。今化装室及后台墙上，尚余留若干戏剧资料。兹承聊城文化馆录示记后：

清道光二十五年、二十六年、二十七年在重修戏台后，演出者计有德义班、复武班、四盛班，咸丰五年有德风班，其演员于化装室题诗云："二府五县子弟班，会馆唱了整三天；戏价京钱十八吊，还有两天凭良心。"尚有未署名者如："十年玩□风和月，万里他乡遇故知；和尚洞房花烛夜，秀才金榜题名时。"化装室之题诗残句有："大清咸丰整七年，东昌有个德风班。"

后墙上所留剧目以道光二十五年五月十四日为最早，剧目为：

头天：□□血　二天：鸾凤图（？）　三天：□奇头

北化装室墙上咸丰二年（1852年）八月十四日邱县四喜班剧目为：

头天：明月珠　红罗山　白水滩　二天：云罗山

武当山　三天：春秋笔　审律

咸丰七年四月十日四喜班剧目为：

挑帘裁衣　庆顶珠　庆阳首　探母　牧羊卷　东
昌府

同月十一日剧目为：

黑风帕　胭脂虎　连升店　追信拜帅　别姬十面
抱妹妹　打龙袍　破江州　观榜　湘江会　探穴宫　红
霓关

咸丰十年泰和班剧目为：

高阳关　斩子　上殿　捡柴　泗州城　赶三关　三
进士　武家坡　黄金台　卖马　空城计　吊寇　大名府

同治元年八月初一至初五万庆班剧目：

满堂福　双富贵　万寿亭　忠义图　青石岭　乾坤
镜　五龙会　白蟒山　关王庙　穿珠记　清河桥　摩天
岭　大保国　辕门斩子　封王　探母　打严嵩　阴阳河
八大锤　九里山　十字坡　一匹布　九更天　九星灯
六仙洞　白水滩　六月雪　延安府　丁甲山　烈火旗

同治十年东昌万庆班剧目为：

云罗山　春秋配

同治十一年万兴班剧目为：

七星灯　九重天　八达岭　烈火旗　延安府　九

里山

同治十一年山西泽州府凤台县全盛班剧目为：

八月二十六日：渭水访贤　闹庄救青　搜杯替死　马芳困城　打严嵩　清官册

八月二十七日：升官图　大保国　探皇妹　二进宫　反五侯

八月二十八日：姑苏台　山海关　赶三吴　八大锤　九更天

山西太原府平定州全盛班剧目为：

□枪盒　玉堂春　斩黄袍

光绪四年山西太原府平定州全盛班剧目为：

一捧子　二进宫　三上殿　四放子　五福堂　六人节　七人贤　八仙图　九莲灯　十美镇

光绪十一年四月十四日山盛班剧目为：

五福堂　富贵图　黄金台　金玉缘　春秋笔

光绪十三年（1887年）五月二十三日双庆班　福喜班到此一乐也。

民国二年六月七日至八日平阴县福顺合班演戏四天，不完整之剧目为：

忠孝牌　杀楼　忠义侠　白水滩　抱牌子　双官诰　双枪会　狮子楼　玉堂春　斩黄袍　小上坟　东黄庄

民国八年北洋政府教育部易俗社剧目为：

上殿　空城计　吊寇

根据五十年前聊城地区经常上演剧种为河北梆子与京剧，山西太原平定州之全盛班与山西泽州府凤台县之全盛班所演之戏，应为山西梆子。一般在春节（正月初一、二）、端午（五月初四、五、六）、中秋（八月十四、五、六）三节演剧。

崔博泉姻弟告我，旧时聊城演出剧种有河南梆子、鲁西梆子、山西梆子、河北梆子。说八角鼓（说书）以到大手指头为最杰出。有女武生侯桂先亦红极一时。拴老婆桶子为当地鲁西梆子之别称。

童寯七律一首

老辈建筑师中童寯丈工诗，但不多作，近以诗书扇页见贻，录如后，诚不可多得，洵建筑界可记之掌故也。

未归且住（乐天七十以后语）莫嫌迟，枝上梅开一字师。白下青溪供即景，日南红豆寄相思（越南和平协定签字）。采芹万里他乡梦，得失寸心（相与论文多有契合）我辈知。驽马嘶风愧骐骥，羡看鞍辔祖鞭垂。

诗题云《感月吟风久弃弗为，昨岁偶得友人投赠七律，即步元韵答和，自嘲亦以自勉》。

岭南诗画大家黎二樵

刘禺生《世载堂杂忆》："岭南诗画大家黎二樵……年十五归岭南，始肆力学问，贫未知名，偶为广州富人构园林，叠石为假山，见者叹赏，知其将来必以画名也。"二樵构山一节，可补《哲匠录》之遗。石涛画赝品，除扬州片子（即扬州造假画）外，二樵亦为作伪巨手。此陈师蒙厂（运彰）告予者。陈师粤之潮阳人，碑帖鉴赏，视其词学为上。

明清聊城六大书坊

聊城清时有六大书坊，其店名为书业德、善成堂、有益堂、宝兴堂、文英堂等。其中以书业德为首。该号为山西介休人郭子安所设，太平天国时由苏州迁此，计刻书在千种以上。此为研究我国版本史、出版史之资料。

晚清工料之价格

道光二十五年重修聊城山陕会馆，据碑记建立旗杆及狮子（见《建立旗杆狮子碑》），其用费：一、旗杆木料使银五十六点五八两。二、石料使银一百六十三点六一两。三、石匠工使银四百二十九点八八两。四、石匠路费使银四十一两。五、其他杂支。此为清末叶之工料价。

工匠题名

　　山东聊城山陕会馆正殿脊檩下题记为："乾隆八年岁次癸亥闰四月初八日卯时上梁大吉。"南次间脊檩上有"梓匠赵美玉常典。泥匠□□□孙起福。油匠李正。画匠霍易升。石匠李玉兰"题记一条，极为可贵。在南配殿枋上有民国二年癸丑彩画工许元祥、油漆工姜锡禄之题名。

海清寺阿育王塔发现石函

接连云港市博物馆王其杰函，承告海清寺阿育王塔发现石函事。其情况如下：在修塔底层时，在砖踏跺下有一砖室，内置石函，中藏铁匣，其内南端放一银棺，北端放一银精舍。银棺内南端置一鎏金银棺，棺内盛"佛牙"；北端置一银方盒，盒内有琉璃葫芦瓶，内装舍利子，与瓶一起尚有"佛骨"两块。银精舍内置一"佛牙"（实为马牙）。石函座下砖缝间出土若干铜钱及小铜佛（三个）、小铜兽（一个）。铭刻为施主名及记年月日，一律为"天圣四年四月八日"。十九年前余勘察此塔，鉴定为北宋天圣四年建，今复得此证，益坚前说之有征也。

瑞光塔石刻图

苏州邹宫伍弟寄瑞光塔之石刻图一张，石剥蚀甚，宫伍重描之，用力至勤。其记年为"明万历乙卯（1615年）仲秋"。今原石尚存，宜周护之。

无梁殿

南京灵谷寺无梁殿，明构也。后毁损颇甚，观未修理前诸旧照可证。陆金根老师傅告，渠1929年参加修理此殿，云拱顶几皆重砌。其时渠方十余岁，正作艺徒之时也。

苏州贡式厅的格式

苏州厅堂中之贡式厅例殊少，此皆用于花厅者，大石头巷沈宅花厅，实为苏州贡式厅之翘楚矣。其制作之精，用材之秀挺，堪为香山匠师之杰作，曾建议苏州市园林管理处移置名园中，未果。测绘图见《苏州旧住宅》。是宅门楼砖刻，构图如画，皆吴门派之笔意，而雕刻之轻灵，线条之宛转，人物表情之自若，均为上选。自余见及以照刊《江浙砖刻选集》，遂为世瞩目矣。

贡式厅中之落地长窗，上下皆配玻璃，窗棂图案简洁，继承中有革新之意。余以此刊于《装修集录》中，后北京军事博物馆陈列室中之间槅即仿此。

古印

《梦溪笔谈》卷十九：

今人地中得古印章，多是军中官。古之佩章，罢免迁死，皆上印绶，得以印绶葬者极稀。土中所得，多是没于行阵者。

吴大澂《吴愙斋尺牍》：

偶检箧中旧藏铜玉印，留心考证，知两面印大半出西汉，其字多某公、某兄、某卿、某孺、某君，又喜用宾字、咸字、玉孙字，皆西汉人。两面印之大者，似系汉初，或在建元以前。子母印之大者多辟邪钮，多白文，疑皆三国时物，名亦多一字者，不称私印而称印信。又有小印而辟邪钮者，其爵必尊。似前汉名印以大为贵，三国名印以小为贵，亦一时风尚软。此论前人所未发，为大澂之创见。

［东汉］假司马印铜印

　　以上二节为研究金石学及考古学极有价值之参考资料。

清代即有植皮之术

《阅微草堂笔记》卷十七：

大学士温公言，征乌什时，有骁骑校腹中数刃，医不能缝，适生俘数回妇，医曰："得之矣。"择一年壮肥白者，生刳腹皮，冪于创上，以匹帛缠束，竟获无恙。创愈后，浑合为一，痛痒亦如一。

二百余年前有此移植腹皮之术，可资究医学史者之参考。

旧式记账的数码及账册

儿时初习算术，师授以记账码，其数字为1. Ⅰ 2. Ⅱ 3. Ⅲ 4. Ⅹ 5. ㄅ 6. ⊥ 7. ⊥ 8. ⊥ 9. 夊 10. 十 100. 百 1000. 千 10000. 万 150. 卅 250. 卅 350. 卅 450. 卅 550. 卅 650. 卅 750. 卅 850. 卅 950. 乃 角. △ 圆. 元 分. ㄣ卜 （二角八分）卜 （二角八分二厘）斤. 厂 两. 勺 钱. 乂此种旧法记账，虽西洋簿记传入，犹未全废，直至解放后始彻底消除。其账册一般为二种，一称"流水"账，即日常收支账。其账册上书"流水"两字以标之。一为"总清"账，即分类总账，账册上书"总清"二字以标之。账簿红格蓝布面，簿脊加足一百、足二百之戳印，以示足页，盖账簿不能缺页也。书此以留究经济史者之参考。

王安石曾见齐梁旧构

读《王文公集》"古寺"诗云："寥寥萧寺半遗基，游客经年断履綦。犹有齐梁旧时殿，尘昏金像雨昏碑。"知荆公犹及见齐梁旧构也。寒夜挑灯，砚已初冰，呵冻记此，搁笔把卷，续诵妙句。

宣城广教寺双塔鉴定书

宣城广教寺双塔，余草拟鉴定书如后：

广教寺（院）双塔位于安徽宣城县北敬亭山南麓，新筑铁路沿线，为今日宣城风景区所在。据清嘉庆《宁国府志》（宣城清代为宁国府治所在）：

> 广教寺在城北五里敬亭山南，唐大中己巳（宣宗三年）刺史裴休建，佛殿前有千佛阁、慈氏阁……宋太宗赐御书百二十卷，僧惟真建阁贮藏。郝允李建观音殿，并梅尧臣记。元末尽毁。明洪武初，僧创庵故址。辛未（明太祖洪武二十四年，1391年）立为丛林……古寺虽墟，两浮屠犹峙于山门前，土人亦名双塔寺，今大殿又废，存石佛殿二进，且就圮。（《乾隆志》）

据此，广教寺始建于唐代，至清乾隆间几已全毁，仅存双塔与石佛殿，如今石佛殿也早无存。余等于大殿殿基后捡得宋瓦若干，而以重唇滴水二块形制精美，此

726

种滴水今遗物甚少，可珍也。

双塔平面四方形，东塔略大于西塔（东塔每边2.65米，西塔每边2.35米）。七层。计残高20米余。四面辟门，在底层，东塔东面与西塔西面不设门。内部每层置木楼板。中空，无塔心柱及其他饰物。按今日已知宋代双塔宝物中，似此种尚沿唐塔四方形平面者，似仅此一例。

双塔外观挺秀，轮廓略具抛物线，饶宋塔应有之风貌。塔为砖塔半木檐，每层设腰檐平座。外观仿木构形式，柱、枋、斗拱皆反映出宋代建筑之特征。各层原有半木制腰檐，今残甚，但尚存若干角梁及铺作出跳华拱等木制原材，为今日修缮中之重要依据。塔每面以间柱划分三间，中置圆拱门，转角圆形角柱有卷杀与侧脚。阑额上置补间铺作一朵，出华拱一跳，而二层于补间铺作二侧正中出二心柱，犹存唐制遗意。角柱上置转角铺作。各层檐部以叠涩砖及菱角牙子砖并辅以斗拱承托出檐，其上平座用叠涩砖砌成。塔之顶部今皆圮损。据清嘉庆《宁国府志》载《敬亭山图》所示，知当时已成今状。按：宋塔常例，此塔之顶应系四角攒尖，上有刹干及塔饰，其刹干应自六层开始，下置木过梁承托，今亦不存。由于塔顶早毁，故影响塔之安危甚巨。

此塔内部面积较小，各层之间似以简单之木扶梯上下，两塔之二层东西壁上，分别砌宋儒生苏轼（东坡）书《观自在菩萨如意轮陀罗尼经》刻石，石作横长方形，正书。东塔一石剥蚀较甚。西塔一石外缘增饰砖框。塔壁内置有木骨，灰缝为石灰和黄泥浆。塔身结构尚属完好，唯东塔顶部似有裂缝，其上部向西北微有倾侧。西塔之西北面，由于自然侵蚀，壁面剥落较严重。

建造年代，从二塔之平面、外观、结构及细部手法而言，殆为宋塔无疑。据清嘉庆《宁国府志》载，广教寺宋太宗曾赐御书，梅尧臣为记。梅字圣俞，北宋宣城人，为著名之诗人，著有《宛陵集》。则该寺在北宋时卓有声誉。今两塔所嵌苏轼书刻石，其款均署："元丰四年二月二十七日责授黄州团练副使眉阳苏轼书以赠宣城广教院模上人。"元丰四年（宋神宗，1081年）苏轼书《观自在菩萨如意轮陀罗尼经》赠广教寺大和尚，此墨迹遂藏寺中。复据西刻石跋"绍圣三年六月旦日宛陵乾明寺楞严讲院童行徐怀义摹刊，普劝众生，同增善果"。则知越十四年至绍圣三年（哲宗）乾明寺楞严讲院徐怀义摹刻上石，分别置于东西塔上。此事与塔之兴建具有密切关系。佛书云"佛告天帝，若人能书写此陀罗尼，安高幢上，或安高山，或安楼上，乃至安置窣堵波（塔）中……""于四衢道造窣堵波，安置陀罗尼、合掌恭敬……"等所记，而此二塔形制较小，又位于广教寺山门口，用以藏陀罗尼经，其含义与佛书所示一致。复就塔内外壁剥落粉刷处，呈露部分，砖之尺寸虽非一致，要之皆为原砌，其构成之形制与结构亦皆属宋式。故在未发现其他记年之前，初步鉴定为北宋绍圣三年为广教寺双塔建造年代。

保圣寺塑像出宋人之手

江苏吴县甪直保圣寺塑像，余鉴定为出北宋人手，非唐杨惠之作也。1974年9月8日接北京顾颉刚翁函，垂老犹眷念及此。书中谓：

> 此事为刚所首创，而五十年前，人皆不知宝贵，直至日本学者言之，方由蔡元培先生寻集赀拆下数像，置于一室，而大殿则置之不问，不知该殿今已塌完否？并念。刚所集杨惠之及保圣寺资料，总想在垂尽之年作一整理，说明此像必非杨作。此故事为由昆山慧聚寺移植而来，杨之遗作皆在西北，说不定其人竟未到过苏州。但时代较近，仍保存其作风耳。尊见以为然否？便乞示之为荷。

又云："大村西崖，谓塑壁更比塑像为有价值，不知尚有遗存否？"其断为非惠之之作，所论与余正同。

别下斋旧址考

　　阅黄涌泉君编《费丹旭》册云，晓楼客蒋氏别下斋，谓别下斋在今海宁硖石吴家廊下，非也。别下斋旧址在南大街通津桥南，与衍芬草堂藏书楼相比邻。而别下斋毁于太平天国兵燹。后其额移置于吴家廊下蒋氏住宅，额隶书，出赵次闲（之琛）手笔。

福禄寿砖为明代物

"福禄寿"砖为明代物。明墓、明塔等中屡见。

仪銮殿、正阳门被毁及重建时间

北京中南海怀仁堂，清时名仪銮殿，八国联军入侵北京，德军瓦德西占住，为火所焚，"回銮"后于光绪二十七、八年由内务府照原样重建。样式雷家档案载明设计图样，内务府档案亦有记载。袁世凯窃国，其时因作大礼堂及演剧之所，加建罩栅，将前后连成一气（朱先生桂辛说）。近阅仲芳氏著《庚子记事》辛丑（1901年）正月二十九日条："夜间西苑南海仪銮殿等处宫殿，被德国纵火焚毁数百间，烈焰凶猛，半天皆红。"此仪銮殿被毁之确切年代。辛丑十一月二十九日（1月8日，或作11月28日）"回銮"至北京，已将岁除，朱先生谓殿为"回銮"后重建，则必在1902年，1901年无此可能也。书此聊存一证。

又按仲芳氏《庚子记事》闰八月初十日条："午后天桥等处大炮十数声，或传德国钦差瓦大帅到京，住于南海内仪銮殿。"

北京正阳门之被焚毁，按仲芳氏《庚子记事》五月二十日条，谓大火被及前门正门箭楼。八月初三日条："夜间十一点钟，正阳门被焚，火势凶猛，合城皆惊，至天晓方熄。其前层箭楼，五月被义和团所烧……城下二庙巍然独存，毫无伤损。"

至光绪二十九年派顺天府尹陈璧为监修开始重建。辛丑"回銮"时因修盖不及，高搭彩绸牌楼三座以权充之。

中国最早兴建的铁路

我国铁路最早者为1865年（清同治四年）北京英商杜兰德在宣武门外敷设之铁路，计长一里余。后被步军统领命令拆毁。其次为1876年6月30日（光绪二年闰五月九日）上海英商怡和洋行不顾上海道冯俊光之阻止，完成自上海至宝山江湾镇之铁路，开始营业，以六部列车正式行驶；8月3日（六月十四日）发生火车压杀行人事件，引起当地居民之愤怒，英使威玛不得不命令停止开车，派汉文正使梅辉立与李鸿章所派代表盛宣怀交涉，10月24日（九月八日）在南京达成协议，由我国用银二十八万五千两将该路购回拆毁。事见马士《中华帝国对外关系史》。

石灰的种类

旧时石灰有黄灰、白灰之别。黄灰系化时加草纸筋，色黄（如用麻，则称麻刀灰）。白灰化时加纸筋。纸筋有两种，如用一般废弃国产纸，因上有墨迹，其色不纯白，称次灰；用棉料纸（一般用者名桃花纸）其色洁白，称顶灰。粉墙高低者先黄灰打底，复粉次灰，再加顶灰，外以石灰水刷白。豪华者则以白蜡（石蜡）上面磨打光（白蜡熔解后以布涂抹，用手掌摩擦），其面如镜。灰之硬度全在于上灰时之挪（江南土语），所谓"青灰十八挪，雨露打不坏"。"挪"即以泥器反复推磨。

中兴煤矿创立于光绪六年

山东枣庄中兴煤矿，其开采时间知者甚少。朱先生《蠖园文存》有文记之，并其创办人张君象赞。按该矿1880年（光绪六年）由李鸿章于山东峄县成立中兴煤矿公司，官督商办。

古画乃研究古建筑之重要资料

宋张择端《清明上河图》，宋人《文姬归汉图》，元何澄《归庄图》（见《文物》1973年8期），此三图中所示古代住宅，为研究宋元住宅史之可贵资料。

《清明上河图》所绘宋汴京街市景象，为最具体之写真，此种街头摊贩、百货杂陈之状，延续直至解放初期，余于冷僻城镇尚及见之。实为古代商业城市之特征，可谓保持久矣。究该图之研探不能等闲视之。

何谓"小头三寸"？

　　余初究古建筑学时，以造屋用材询之老师傅，师傅但云一般民居小头三寸，其语简而明，盖柱、梁、檩等主要构件，以木材小头三寸直径为准则，立帖式之江南一、二层民居应付自如。杉木断料亦大率以此尺寸为多，故施工迅速，师徒用此诀传授亦极方便。

《世载堂杂忆》可补正史之不足

刘禺生《世载堂杂忆》有《孔子历代封谥》《南宗孔圣后裔考证补》《再纪南宗孔圣后裔》等诸篇。又《〈清史稿〉之纂修与刊印》一篇亦有助于究清史之用。

《清陵被劫记》载：

> 清廷祖制，凡后世皇帝有失尺地寸土者，不得立神功圣德碑。道光以五口通商视同失地，不得立碑。咸丰如之。同治虽有戡定西南之业，亦未立碑，示未敢僭其祖也。

又云：

> 孙殿英对此宏大坚厚之陵墓，无法开掘，嗣觅得当地土著曾充修陵工役者，予以重赏，始为之引导，由照壁下隧道炸石门而入。

大理三塔寺裂后缝合

清人谭宗浚《荔村随笔》"大理三塔寺"条：

> 云南大理府城外三塔寺，唐以来古刹也。咸丰初塔忽裂缝，如欲倾坠者，耆老咸以为不祥，未几杜汶秀起衅，同治末大理收复后，塔缝合如故……

此节为研究该塔史之资料。

有关瑞光塔的重要史料

　　苏州瑞光塔有关文献除塔中铭记外,《吴县志》尚详,唯明人许元溥《吴乘窃笔》"塔心发愿文"一则知者甚少,究建筑史者且尢一人见及,甚矣读书之不易也。兹录于后:

　　瑞光寺为吾郡名刹,一塔相传赤乌年建。崇祯庚午（1630年）竺璠上人以久圮募修,轮奂奕然。癸酉（1633年）六月二十五日为异风吹下其顶,铁轮皆堕,遂议重葺,竺上人特走荆州,得千年古楠二本为塔心,于甲戌（1634年）十月二日易去旧木,旧木有镌文云:"宋故安人李氏四十八娘悟真施瑞光寺塔心木,以一百六十缗营浆水架以助植立,今塔级庆成,而逝者不及瞻兹胜事。唯冀慈尊照其初心,接以神力,顿洗六根之障,径登九品之生。淳熙十一年（1184年）八月二十八日,夫朝散郎新充提领户部犒赏所主管官赐绯鱼袋陈崧卿谨作礼以识。"按《后山谈丛》载徐之南山崇胜院主崇璟，故王姓也。熙宁中修殿大像，腹中得画像，男女相向，衣冠皆唐人，而题曰：施主王崇璟，岂其前身耶。此塔心木，为余妇王籫珥所喜舍，夙缘将毋类是？发愿文亦何须作，正恐后之视今，亦犹今之视昔尔。

此节为瑞光塔史中之重要资料，可增订《苏州瑞光寺塔》一文（1965年10期《文物》）。按：许元溥字孟宏，长洲人，明崇祯庚午举于乡。此文清同治重修《苏州府志》及民国修《吴县志》皆未之征引。又文中所云"浆水架"似为"脚手架"之音讹，为宋代施工提供造价之资料，以置刹干须新构脚手架也。似系建炎兵燹，刹毁，淳熙中所重修者，待考。

维修古建筑要尽量维持原貌

宋费衮《梁溪漫志》：

> 成都大成殿建于东汉初平（190—193年）中，气象雄浑。汉人以大隶记其修筑岁月，刻于东楹，至今千余年，岿然独存，殆犹鲁灵光也。绍兴丙辰（1136年）高宗因府学教授范仲及有请，亲御翰墨，书"大成之殿"四字赐之。其后胡承公世将宣抚川陕，治成都，诣殿，周视栋梁，但为易其太腐者，增瓦数千，而不敢改其旧云。

此足为后世乱修古代建筑者，引为效法。

擅写词的古生物学家

近见古生物学家杨钟健题其所著《中国的假鳄类》一书有《西江月·代序一首》，兹录于后，科学家能此道者寡矣。词云："四年脑汁绞尽，五种古鳄写完。远古兴亡从头看，初龙系谱可观。亿万年前事迹，初步形于毫端。断牙残骨说难全，提高有待后贤。"

古建名匠及营建设计

　　《履园丛话》卷十二"装潢"条载："各省之中，以苏工为第一，然而虽有好手，亦要取料净，运帚匀，用浆宿，工夫深，方称善也……故秦长年、徐名扬、张子元、戴汇昌诸工，皆名噪一时。"此清乾隆间事也。同卷"雕工"条："雕工随处有之，宁国、徽州、苏州最盛，亦最巧。""乾隆初年，吴郡有杜士元，号为鬼工。"同卷"营造"条："基址既平，方知丈尺方圆，而始画屋样，要使尺幅中绘出阔狭浅深，高低尺寸，贴签注明，谓之图说。然图说者，仅居一面，难于领略，而又必以纸骨按画，仿制屋几间，堂几进，弄几条，廊庑几处，谓之烫样。苏、杭、扬人，皆能为之，或烫样不合意，再为商改，然后令工依样放线，该用若干丈尺，若干高低，一目了然，始能断木料，动工作，则省许多经营，许多心力，许多钱财。"明言乾隆间建筑设计过程。

　　《履园丛话》卷十二"营造"条："造屋之工，当以扬州为第一，如作文之有变换，无雷同，虽数间小筑，必使门窗轩豁，曲折得宜，此苏杭工匠断断不能也，盖厅堂要整齐，如台阁气象，书房密室要参错，如园亭布置，兼而有之，方称妙手。""装修非难，位置为难，各有才情，各有天分，其中窍奥，虽无定法，总要看主人之心思，工匠之巧妙，不必拘于一格也。修改旧屋……较造新屋者，似易而实难……"汪春田观察有《重葺文园》诗云："换却花篱补石阑，改园更比改诗难。果能字字吟来稳，小有亭台亦耐看。"

叠石高手

《履园丛话》卷十二"堆假山"条:"堆假山者,国初以张南垣为最。康熙中,则有石涛和尚,其后则仇好石、董道士、王天于、张国泰,皆为妙手。近时有戈裕良者,常州人,其堆法尤胜于诸家,如仪征之朴园、如皋之文园、江宁之五松园、虎丘之一榭园,又孙古云家书厅前山子一座,皆其手笔。尝论狮子林石洞皆界以条石,不算名手。余诘之曰:不用条石,易于倾颓,奈何?戈曰:只将大小石钩带联络,如造环桥法,可以千年不坏,要如真山洞壑一般,然后方称能事。余始服其言。至造亭台池馆,一切位置装修,亦其所长。"按:戈裕良所筑之园,尚有同书卷二十"燕谷"条:"燕谷在常熟北门内令公殿右前,台湾知府蒋元枢所筑。后五十年,其族子泰安令因培购得之,倩晋陵(今江苏常州)戈裕良叠石一堆,名曰燕谷。园甚小,而曲折得宜,结构有法,余每入城,亦时寓焉。"余曾作调查,刊于《常熟园林》一文中(见1958年第3期《文物》)。钱氏所记诸叠山匠师中,王天于应作王庭余,此据扬州博物馆藏王氏遗嘱纠正。

并记载王殁于道光十年，寿八十。其后裔今犹在扬州操此业。1962年小盘谷修理，假山掇补即出王氏后裔之手。

元代园林布局

恽南田《瓯香馆集》卷十二："元人园亭小景，只用树石坡池，随意点置，以亭台篱径，映带曲折，天趣萧闲，使人游赏无尽。"此数语可供研究元代园林布局之旁证。

古代建筑的地下基础

刘士能师敦桢曾云："明代南京的宫殿桥梁，虽地基为较厚的黏土层，仍在基础下边打桩，上面覆以格形木枋，将桩的上端插入木枋的交点内，然后建筑基础，而墩的周围用较密的大桩包围起来，和近代的板桩同一作用。"此与前述上海龙华塔基础之记录同为研究古代建筑基础之重要资料。

磨墨须亲为

作书绘画，磨墨不可假手他人，此为运腕练功重要训练也。余每于磨墨时验该时之腕力强弱。精力充沛，墨厚度匀而浓，挥毫白如，必有佳构。如久磨而墨不发，则姑且停笔。勉强为之，定难遂愿，屡试不爽也。

画论一二

　　画专长工笔，未能阔笔写意者，其画弱而且板，近人于非闇之流病此。画专写粗笔，不擅工笔者，其画犷而欠周密，李可染之流也。卓然大家必粗细皆下过功夫，融会神化，密处、细处能生动遒劲，而不流于滞板稚弱。疏处略处皆有法度，脉络自存，洵不易也。求之古人，沈石田、石涛二人可以当之。

《营造法式》非法家著作

近日有评《营造法式》为法家著作，但皆言不撷关键，盖读书不细所致。观明仲进新修《营造法式》序明言："弊积因循，法疏检察，非有治'三宫'之精识，岂能新一代之成规？"何等气概！

北京惠园有瀑布

李笠翁（渔）所设计园林，在北京者有半亩园、芥子园。《履园丛话》卷二十"惠园"条："惠园在京师宣武门内西单牌楼郑亲王府。引池叠石，饶有幽致。相传是园为国初李笠翁手笔。园后为雏凤楼，楼前有一池，水甚清冽，碧梧垂柳，掩映于新花老树之间。其后即内宫门也。嘉庆己未（1799年）三月，主人尝招法时帆祭酒、王铁夫国博与余同游，楼后有瀑布一条，高丈余，其声琅然，尤妙。"按：清时北京园林，私家不能引河水入园，王府花园引水者亦极少，此园之池当似恭王府之类，未若积水潭土默特贝子府花园之湖水入园盛况也。至于瀑布一端尤宜注意，实为园林中罕见之例，苏州环秀山庄以檐漏为瀑，此又不知如何构成也。

画家兼长造园者石涛、王石谷

画家兼长造园者首推石涛，而王石谷亦有所作。《履园丛话》卷二十"绣谷"条："园中亭榭无多，而位置颇有法，相传为王石谷手笔也。"绣谷在苏州阊门内后板厂。

瘦西湖园林非损于太平军

扬州瘦西湖园林，史学家以为太平军所损，谬也。按《履园丛话》卷二十"平山堂"条："扬州之平山堂，余于乾隆五十二年（1787年）秋始到，其时九峰园、倚虹园、筱园、西园、曲水、小金山、尺五楼诸处，自天宁门外起，直到淮南第一观，楼台掩映，朱碧鲜新，宛入赵千里仙山楼阁中。今隔三十余年，几成瓦砾场，非复旧时光景矣。……抚今追昔，恍如一梦。"此节可与阮元所写《扬州画舫录》跋文中"楼台荒废难留客，花木飘零不禁樵"句参证，不攻自破矣。阮跋计道光十四年及道光十九年（1839年）二篇，历述其所见衰败现象。

造园如作诗文

"造园如作诗文，必使曲折有法，前后呼应，最忌堆砌，最忌错杂，方称佳构。""今常熟、吴江、昆山、嘉定、上海、无锡各具城隍庙，俱有园亭，小颇不俗。"见《履园丛话》卷二十"造园"条。城隍庙之有园明言较详，属造园史资料。

片石山房为石涛手笔

扬州片石山房假山为石涛所叠园林实例之重要者。1961年夏，余发现后，曾刊文于《文汇报》及《文物》。《履园丛话》卷二十"片石山房"条：

> 扬州新城花园巷，又有片石山房者，二厅之后，潴以方池，池上有太湖石山子一座，高五六丈，甚奇峭，相传为石涛和尚手笔。其地系吴氏旧宅，后为一媒婆所得，以开面馆，兼为卖戏之所，改造大厅房，仿佛京师前门外戏园式样，俗不可耐矣。

明清金银价格及米价、田价

余前记明代之金银价格一节，今阅《履园丛话》卷一"银价"条，更涉及清初、中叶，足补全之。

顾亭林《日知录》记明洪武八年（1375年）造大明宝钞，每钞一贯，折银一两，四贯易黄金一两。十八年后，金一两当银五两。永乐十一年（1413年），则当银七两五钱。万历中犹止七八换。崇祯中，已至十换矣。国朝康熙初年，亦不过十余换。乾隆中年，则贵至二十余换。近来则总在十八九、二十换之间。至于银价，乾隆初年，每白银一两换大钱七百文，后渐增至七二、七四、七六至八十、八十四文。余少时每白银一两，亦不过换到大钱八九百文。嘉庆元年，钱价顿贵，每两可换钱一千三四百文，后又渐减。近岁洋钱盛行，则银钱俱贱矣。

从周按：所谓换即旧时银楼折价之术语，少时见银楼每日挂牌，上书：今日金价××换，即每两××元银币也。

同卷"米价"条：

康熙四十六年（1707年），苏、松、常、镇四府大旱，是时米价每升七文，竟长至二十四文。次年大水，四十八年复大水，米价虽较前稍落，而每升亦不过十六七文。雍正、乾隆初，米价每升十余文。二十年虫荒，四府相同，长至三十五六文，饿死者无算。后连岁丰稔，价渐复旧，然每升亦只十四五文，为常价也。至五十年大旱，则每升至五十六七文。自此以后，不论荒熟，总在廿七八至三十四五文之间，为常价矣。

同卷"田价"条：

前明中叶，田价甚昂，每亩值五十余两至百两，然亦视其田之肥瘠。崇祯末年（1644年），盗贼四起，年谷屡荒，咸以无田为幸，每亩只值一二两，或田之稍下，送人亦无有受诺者。至本朝顺治初，良田不过二三两。康熙年间，长至四五两不等。雍正间，仍复顺治初价值。至乾隆初年，田价渐长。然余五六岁时，亦不过七八两，上者十余两。今阅五十年，竟亦长至五十余两矣。

以上三条足见其时之社会经济概况。

蒋楫曾居环秀山庄

苏州环秀山庄，乾隆时为蒋楫所居，戈裕良为叠石。按：蒋楫官刑部员外郎，其兄户部郎中蒋日梅、翰林蒋恭棐。楫字济川，诸蒋中家最饶，官刑部十年。

潘元绍好治园

　　"游拙政园，园西有粉墙，露出桃花几枝，因问两先生（潘榕皋、畏堂）为何家所居，曰程氏也。（从周按：即补园部分。）遂通知主人，并往游焉。""（潘）元绍好治园圃。"见《履园丛话》卷二"元石础"条。元绍为元时张士诚女夫。

古代的水车

水车为我国古代农业生产之重要工具，其历史有足述者，《履园丛话》卷三"水车"条：

> 又名曰桔槔，《庄子·天运篇》："桔槔者，引之则俯，舍之则仰。"故水车为桔槔也（从周按：此说误矣）。《太平御览》引《魏略》曰："马钧居京都，有地可为园，患无水以灌之，乃作翻车，令儿童转之，而灌水自覆，更出更入，其巧百倍。"水车之制始此。东坡《无锡道中赋水车》诗云："翻翻联联衔尾鸦，荦荦确确脱骨蛇。分畦翠浪走云阵，刺水绿针抽稻芽。"可谓形容尽致。近吴门沈狎鸥孝廉，按之古法制龙尾车，不须人力，令车盘旋自行，一日一人，可灌田三四十亩，岂不大善。然只可用之北地，不可施之江南，且一车需费百余金，一坏即不能用。

［南宋］李嵩《龙骨车图》中的水车

    翻车似为初期之水车，惜言之未详，东坡所咏则具体矣，北宋水车已普及江南。

画论

　　作画一笔当一笔用，多一笔则繁，少一笔则寡。一笔一点，画能发挥其作用，斯须通过千锤百炼，无数次之实践方能领悟。证以其他艺术，其理亦然也。

神仙庙斗拱非常例

苏州神仙庙其牌科（斗拱）上大小下。建造非常例。

古建筑用竹钉不用铁钉

苏州古建有不用钉者，其布椽之法，于桁（檩）条上加一卧枋紧贴之，两者间以卯榫联系。枋上则椽头交接，椽头凿榫，嵌入枋上卯中，不使下滑。至于门窗之摇梗（旋转轴）如何装配于门窗上，其法乃用雀簧榫（乁丿状）插入，即木制之摇梗，其与门窗联系用榫不用钉。所谓不用钉者，实为不用铁钉，因铁年久易朽，竹钉千年不坏，故竹钉则用之。证以虎丘塔之竹钉，千年犹坚硬也。

吴之翰善古体诗

  科技界能古体诗者甚少，吴之翰前辈1962年2月咏雨水大雪诗云："晴光淑气遍江南，絮絮飞飞不自惭。老树向荣枝未偃，青苗拔节兴方酣。空思阻马蓝关拥，何意销形赤日暹。丽景会将临八极，无言规律倍森严。"之翰先生字鹤人，1978年1月15日殁，寿七十六，安徽茂林人，长于吴门，留德习土木工程，与余同执教同济二十余年，并工书。其弟作人（之绶）善画，姐之琦精书，尤工八分，女史中能此道，实傅婉漪后所仅见者。

如皋文园

如皋汪氏文园，夙负盛誉，然毁已久，莫能明其结构之精。按：清钱梅溪（泳）所著《履园丛话》：

> 如皋汪春田观察，少孤，承母夫人之训，年十六以资为户部郎，随高宗出围，以较射得花翎，累官广西、山东观察使。告养在籍者二十余年，所居文园，有溪南、溪北两所，一桥可通。饮酒赋诗，殆无虚日。

汪春田《重葺文园》诗：

> 换却花篱补石阑，改园更比改诗难。果能字字吟来稳，小有亭台亦耐看。

可证当日经营，用力至专，宜其巧具匠心也。1962年春，余拟勘察其遗址，奈何阻雪泰州，兴废而返，乃今思之，殊觉怅然。路秉杰近得《如皋汪氏文园绿净园图咏》印本，见示，可偿我昔游之未果耶？是册为费范九先生重印，叶遐庵丈为之题眉。费先生名师洪，南通人，出同里徐逸休师昂之门。任商务印书馆编辑颇久。今与叶遐庵丈恭绰皆下世有年。书竟为之低回不已。望秉杰善宝此书，足资究治我国园林史之参考。

姚祖诏跋两园图云：

> 按：《如皋县志》，文园在治东丰利镇，镇人汪之珩筑。绿净园在文园北，其子为霖筑。然观其孙承镛《两园记》，则文园在雍正初为之珩乃父澹庵所辟课子读书堂，即澹庵课之珩处也。绿净园竣于文园六十年，为霖构以事母及觞咏之所，初欲通两园为一，而终尼于忌者。之珩好学不仕，网罗乡献，辑《东皋诗存》四十八卷。……谓文园为之珩所筑，或以此致误也。为霖官至山东督粮道，亦尝与东南名流相往还，而绿净之名不逮文园远甚。承镛当道光间既自作记，复梓季学耘（标）所绘图以永先迹。时文园已荒废莫治，绿净亦风雅消歇。

钱梅溪于"道光二年壬午年（1822年）三月……绕

道访文园，时观察（汪春田）年正六十，须发皓然矣"。见《履园丛话》卷二十"文园"条。汪为霖字春田。

此园为戈裕良所重修者，景中小山水阁，溪泉作瀑布状，自上而下，曲折三叠，淘画法也，直拟之园中。今南北所存诸园无此佳例矣。无锡寄畅园之八音涧，修理中未按原状，已失旧观矣。又景中石矶叠亦好。

仪征朴园

仪征朴园，在县治东南三十里，亦戈裕良所构筑。园主巴君朴园、宿崖兄弟。凡费白金二十余万两，五年始成。园甚宽广，梅萼千株，幽花满砌。其牡丹厅最轩敞。其假山形式："有黄石山一座，可以望远，隔江诸山，历历可数，掩映于松楸野戍之间，而湖石数峰，洞壑宛转，较吴阊之狮子林尤有过之，实淮南第一名园也。"钱梅溪推赞如此。见《履园丛话》卷二十"朴园"条。此园之假山乃兼黄石、湖石二者之长，高山以黄石，洞曲以湖石，各尽其性能也。至于借景隔江，亦效扬州平山堂之意。

从周按：巴姓为徽州大族，迁扬州皆为徽商，业盐致富者多。今扬州尚有巴总门之大住宅。

前清贝勒载涛

1964年夏在北京遇载涛，就其书斋畅谈，载为清宗室，封贝勒。建国后任政府顾问及人民代表等职，盖满族代表人物也。早岁留法习骑兵，善驾驶汽车，又精戏剧，故屋中满置戏装之箱，壁间悬其当年骑照等。渠告我昔梅兰芳之"醉酒"一剧，弯腰诸动作皆载所授。因渠善骑，腰功极好，遂以姿势示余，虽古稀之年仍柔和自如也。梅氏治学能多方讨教，旧时北京诸老宿，皆分别访求，以充实其演剧。其贝勒府已早离居，室中两雕花挂落犹故物也。

庙宇外墙之粉刷

旧时庙宇之黄墙，其色乃以绿矾溶解热水中，用此刷之即成。红色为矾红刷之。张惠龙师傅告予。张习水作（泥工），年八十三犹主持松江修复兴圣教寺塔工程。

湘中游记及勘察鉴定

1975年8月，应湖南省博物馆之邀，至长沙讲古建筑鉴定课，并对保护单位作一次勘察，留湘一月，同行者陈君秉钊。

8月13日午，车发上海，次日十一时抵长沙。炎热蒸人，过江西分宜，适昨晚雨过，田垄依稀，水鸟翔飞，明洁雅淡，空灵秀逸，其境界于此得矣。分宜为明权奸严嵩父子故里，城甚小，原有巨制明代牌坊多座，曩在江西博物馆曾见照，今不知存否？江西风景，其美在溪，映山澄碧，辛稼轩词中多咏之，此时正禾稼苗长，"稻花香里说丰年，听取蛙声一片"。车声隆隆，虽蛙声不闻，而丰收在望，实令人欣慰。将抵长沙，沿湘江而行，望橘子洲头，兴奋不已。

午在博物馆晤侯良副馆长，两月前曾来沪，相见之下倍觉亲切。片坐同赴招待所坚请休息。晚赵振武夫妇来，别十七年矣。赵为余生，曾习古建。次日参观船山学社、清水塘。讲课三天，19日至湖南大学，晤杨慎初，渠肺病方痊，坚陪游岳麓山，观唐碑，访岳麓山书院。

同坐爱晚亭中久，此毛主席当年旧游之地，风景信美。今公园扩建，布置可人。湖南大学之建筑，其可留念者，为刘士能师（敦桢）早岁设计之教学楼一座，余知其作今存者唯此与中山陵仰止亭，盖师以史家出此余绪而已。20日午前参观马王堆出土文物，木棺、木椁为研究汉代木建筑之重要资料，他日为文详述之。午后省设计院同志来座谈岳阳楼修建事。明日乘车参观马王堆，今三号墓遗址已筑屋覆盖保存，余二墓已回土。此堆面积甚大，尚有未发掘者。是处因疗养院人防工事而发现木炭，省博得讯进行发掘，盖洞自下部横穿故积炭层。橘子洲今可由湘江大桥直达，新筑亭廊，小座望湘江气势开朗，帆樯如画，风景这边独好。第一师范建筑今已全部恢复，工作者具负责精神。按此校建于清季，以日本青山小学全套图纸搬用者，今以残存旧照及发掘遗址基础，并老人回忆进行深入研究方成者。唯附小部分尚有出入，关系不大也。以后容图改进。在此流连半日。

定王台为湘中名胜，今废。天心阁原为长沙城一角，今并入公园内，登阁望长沙，新旧市区概貌，予人以明确对比，歌颂新社会建设成就，保存深具意义。

下午复检看马王堆棺椁并摄影。博物馆出示清季宁乡艺人周义刻黄杨木雕，真神技也。草虫花卉之生动细致，刀法之纯熟洗练，令人不忍释手。齐白石之细笔草虫似受其影响也。周氏名圉于乡里，故知者甚稀。

21日去岳阳，同行者有曾子泉、陈家骅、邹怡，三君皆省设计院同志，邹又吾生也。博物馆为闻道义同志。车中与曾老谈甚畅，皆湘中之旧事新闻。曾毕业于旧中大建筑系，与张镈、林宣同班，原东北大学学生转学中大者，今亦建筑界老辈矣。午抵岳阳，居岳阳楼招待所，天闷热，汗下如雨，饮洞庭君山茗，甘香沁人。午后登楼，楼高瞰洞庭湖，君山远在缥缈中，风帆点点，水天一色，惜在盛暑，如际春秋佳日，乐事当有倍今日。楼三层，为晚清所修建，张照书范仲淹《岳阳楼记》，木刻甚好。23日上午去府文庙，此庙大成殿，前年喻生维国过岳阳见之，告我云为旧构也。此次余经详细勘察，并攀登屋架，观察天花内部情况，其上尘埃盈寸，步履维艰，然心甚甘之。殿为宋建经明清大事重修者。归途一观慈氏塔，塔为八角实心，其建造年代最远不超宋，惜文献无征。日过午，冒暑登岳阳楼，俯身入顶部屋架，天花内高温迫人，下梯如入清凉世界。岳阳地濒洞庭湖，气温高，夜，同人难以入眠，纳凉于楼前，虽明月如水，湖光若镜，而蒸气袭衣，襟袖皆润。至午夜，风静如止，扶倦归宿，汗下仍未能入睡也。该地事粗毕，次晨复至府文庙，流连半日。午后车发直驶衡阳，邹生长沙下车未偕行。晚宿岳屏饭店。25日汽车到南岳，下车后至文管所，座谈后即休息。次晨勘察南岳庙，庙规模极大，四隅皆有角楼，庙前正为市街。以今状观之，变动不大，嘉应门建于明成化间，年代为诸构之最早者。大殿民国时新建，仍七十二柱，象征南岳七十二峰也。俯望诸峰，层峦叠翠，于雄健中具明秀之感，湘中山水特色也。午后至祝圣寺，寺皆清建，存罗汉石刻甚佳。建筑高敞，具大住宅风貌，盖行宫也。傍晚信步山麓，闲游街巷，山区景色与江南水乡皆各具佳境，予游者寻味。27日清晨候车人多，几至未能成行。至湘潭进午餐，转车长沙。休息一天，偕闻君参观韶山，七时开车，二小时即到。毛主席旧居，倚山临池，韶峰遥照，景物朴素，山川明秀，一事一物予人以深刻之教育。余携归岩石一块，永作纪念。其他革命纪念地皆参观摄影。傍晚返，回首依依，举步迟迟。

30日偕秉钊、家骅、闻老凌晨赴沅陵，长途汽车同行丘陵地中，午饭于常德，过桃源见一坊巍然，额曰"桃花源"。傍晚到官庄，海拔已高且为山区，故较凉，身心一爽，小楼面山，水田纵横，颇似数岁前皖南干校之景，凭窗遐思，神往不已。次晨驱车，则蜿蜒盘旋于万山中，朝雾遮峰，旭日照射，云海起伏，变幻莫测，而红光怒发于云间，山石赤紫，其浓丽处须金碧成图，此生何幸得遇此佳景。归途则无复此观矣。湘西产杉，匠家所誉为"广木"者（两湖旧称"湖广"）。其民居有似"干阑"，筑木台周以卧棍低阑，曲尺形者侧屋山花面前。出檐极深，二山多至九椽，梁架皆穿斗式，用料颇费，而依势高下，俯仰有致，流水绕宅，淙淙然有声，与树上流莺相酬答。西人瀑布建筑，徒表新奇，未若此实用经济，适当考虑美观者可比，此皆劳动人民之无比智慧。湘中建筑柱高，屋顶几无坡度，仅少数古旧者尚有之，此间则犹有遗风。抵沅陵站渡水，至文化馆小坐片刻已晌午矣，天热如蒸。宿处隔江为凤凰山，蒋介石曾拘张学良于此，惜当时建筑已毁，林木尚蔚然。

沅陵背山临沅水，故城狭长，龙兴寺在西首虎溪山麓，建于唐贞观二年（628年），规模尚存，历代所重修者，据此望沅水，西溯凤凰，东流洞庭，昔时交通全凭此水，今则公路畅通，往返方便多矣。龙兴寺西抗战中长沙福湘（女）、雅丽二教会中学迁此，筑洋楼数座，今之档案馆也。留沅陵一日折回常德，晚文化局招待观汉剧。4日上大庸，位常德之西北，城居天门山下，海拔八百米，真山城也。天门山峭壁掀天，夕阳返照，森严郁怒，奇险迫人。此地属苗族自治州，近正筑铁路，数万工人斗天战地，工程浩大。而湘、资、沅、澧四水，至此余皆经渡矣。山路之险则视去沅陵更甚。

普光寺今暂作粮仓，正殿及高真阁皆建于明，可列入文物保护单位。其旁之武庙，建于晚清，极高大，四方木柱，其坚如铁，佳材也。6日返常德，人极倦，文化局再招待观汉剧，婉辞。次晨搭汽船赴德山参观明荣定王墓，德山原为土丘，今削为平地，其时墓已露地面，荣定王为万历之弟，墓前室后横列三室，今尚存左右棺座，麻石雕刻极工整。据妃李氏圹志："万历三年（1575年）七月二十二日以疾终，享年二十岁。""万历五年（1577年）十二月初三日葬于德山之原。"该墓今漏水殊甚，已告省博物馆采取措施。

德山今存北宋铁幢，海内孤例。周必大一碑书法精妙，惜残甚。宋绍定元年（1228年）一碑书法平平。8日回长沙，接北京罗哲文函，并知李竹君、祁英涛二君来湘，以人倦未访，次晨即返京，而渠等犹以余尚未到长沙也。留长沙二天，曾去湖南大学谒柳士英翁灵。柳翁为建筑界前辈，1973年7月15日逝世，年八十一岁。省设计院之诸旧日学生来访，陈君大钊十年前同调查江西古建者，谈甚欢。卓荦群英，婆娑一老，余几忘迟暮矣。拟抽暇答访。

湘博倩余共商若干书画真伪，见何绍基小楷书经，工整颜字，令人拜倒，大家功力，足资楷模。其他湘中名人书牍亦佳，皆具地方特色。11日晨，侯良、闻道义两同志相送，盛情可感，驿站话别，不胜惜别之情。

居小吴门湘江宾馆一周，余所居为旧楼，昔湖南军阀何键住宅也。正楼五间三层，三层楼为屋顶花园，并楼门三间，翼以左右二楼皆二层三间，面对正楼平屋一排，为侍从秘书等所居。楼后为厨房"下屋"等。宅建于20年代，洋楼带廊，左右对称，为半封建半殖民地之典型建筑，研究我国近代建筑史之一实例。长沙自大火后，建筑几全毁，此宅独存。今其前筑高层宾馆，平屋余亲见其拆除矣。

定王台为长沙名胜古迹，在市中，询之几无人能指出，幸省设计院尚有人知之。临行往访之，仅断垣残壁。其前之图书馆，毛主席曾读书于此，今亦夷为平地，恢复较难。

湘南新宁刘长佑、刘坤一两总督府今存，以路遥未往。刘长佑一宅之平面见《中国住宅概说》，长佑为士能师敦桢曾祖也。其家族排行为长、思、永、敦、叙。

江西之瓦薄而大，湖南之瓦亦薄，大犹可解，因雨水多故；薄则殊不明其理。询之子泉、慎初，二君皆湘人，亦支吾以对。予怀疑薄者由于两地土质佳，瓦坯坚实之故。最后，二君云：湖南风小，瓦可轻；但散热快，所以瓦坯不厚。姑存此说待证。

此行勘察湖南省古建，鉴定如下：

岳阳文庙大成殿：此殿平面阔五间，进深三间，带前廊重檐歇山造，正立面视之左右尚有极狭之尽间，原为廊之地位。上檐置斗拱，为清同治后所改，即晚近当地通行之如意斗拱。下檐出抱头梁承托，无斗拱。其屋角起翘，筒瓦脊饰等，与上下檐属同一时期物。

柱础在雕写生花石础上加木鼓。金柱具梭形，金柱前后施明栿，其下辅枋，两者间加如意形"撑拱"，其图案刻法有三种，一滋为直刀，最古，在明栿下者；二为用刀较工整细致，时间稍迟，在金柱与檐柱间者（另有花瓶撑用刀亦然）；三为梢间者，则用材厚，刀法扁侧，时间最迟，包括宋、明、清三时期手法。若干枋上尚略存墨线钩白粉如意头彩画痕迹。

此殿建造年代以柱础而论，柱下施木鼓，存宋代木栿之意。此种木鼓，在江南明构中屡见。南宋建苏州玄妙观三清殿则为石鼓，形同而材异。严格言之，此木鼓较三清殿者为扁（湘西民居柱下置薄木栿）。似为材料之不同所致，一般而论，明木鼓视此更扁，至清则尤甚之

（南岳庙清构用薄木鼓）。明间缝梁架明栿及枋皆作琴面，用材比例高瘦，应是宋物，枋上残存彩画过少，且不甚清楚，其年代最迟不低于明代。天花绘龙彩画时代较迟。天花以上经攀登检查梁架，皆为清代当地穿斗式梁架，甚新，应为同治年间所修。

据清光绪《巴陵县志》，文庙建于宋庆历六年（1046年），明正德十年（1515年）人修。其时岳州府学官记云："视昔加高，材良而制美。"与建筑相对照，其说是可信的。此殿建于北宋，现存之金柱及其间之明栿、枋等应为原物。梢间部分经明代改动。前廊尤为晚近之作。清康熙十二年（1673年）、乾隆八年、道光三年（1823年）及二十三年（1843年）、同治十一年皆重修。今日面貌当为同治间大修后之情况。清代修理亦以此最大。

此殿应说宋构，经明清两代重修。部分构架犹为宋物。

南岳庙：南岳庙在衡山山麓，为今存五岳庙中总体较完整者，与山东岱庙、登封中岳庙并称于世，都还没有大变动。为研究我国古代建筑总体布局与大组建筑群之重要实例。同时又为游览衡山必经参观之地，其保护范围应以四隅角楼为准。

其中建筑物，以嘉应门为年代最早，明构，其建筑手法与地方做法不同，以北京"官式"出之，柱础为古镜，斗栱昂下隐出华头子，后尾起"挑斡"作用，但不通过正心缝，至正心缝为止，是宋元至明清昂之过渡做法。梁架亦正规，修缮变动不大。唯正门东西两山斗栱在清代重修时拆去。东西两侧之门形制较简单。此门之柱头科斗口已增至二斗口，下开清代做法矣。

御碑亭从下檐来看，应存明代部分构件，包括柱与斗栱。但上檐改动太大，系其后不同时期重修时所为。寝宫建造年代亦较早，似为清康熙时物。戏台虽为晚近之作，然大块写生彩画，出匠师向炳万之手，别开一格。湘省古代戏台中之精致者。

据明商辂《重修南岳庙记》："经始于辛卯春三月，至明年冬二月讫事，落成之数正殿九间……嘉应门三座，中御香亭、御碑亭……"辛卯为明成化七年（1471年）。嘉应门从实物来看，与此时代相吻合，御碑亭与寝宫，据清光绪《南岳志》："明末倾圮，康熙四十九年（1710年）大吏用银四万两重修，其宏敞辉煌，推从前未有。"则寝宫应属该时之物。清康熙四十七年（1708年）"御制"碑文，御碑亭经重修，其后同治五年复大修（见《重修岳庙记》），遂成今貌。

过去日人关野贞、常盘大定曾至南岳，其调查报告于诸建筑年代鉴定未及一词，徒有游程见闻而已，似对湘中建筑之鉴别尚浮光掠影，未深入也。

沅陵龙兴寺：此寺今存总体尚完整，保管维护亦较好。从山门、弥勒殿、大殿，及其后观音、旃檀、弥陀三阁均存在。再上为王阳明讲学处，清构，毁殊甚。

寺相传建于唐代，清同治《沅陵志》载："龙兴寺在西郊虎溪山之麓，唐贞观二年建。明景泰三年（1452年）、嘉靖四十年（1561年）、隆庆二年（1568年）、万历二十三年（1595年）郡人先后捐修……国朝康熙二十六（1687年）、乾隆十五年、二十三年郡人先后重修。"知该寺始建于唐，经明清两代大事整修。

以现存建筑情况而论，大殿面阔五间，当心间特大，次间反视梢间为小，而次梢二间之和，尚不及当心间之宽度。此种当心间特大之做法，在浙江武义延福寺元构正殿中曾见到。殿尚存儒家周礼东西阶制，在已存古建筑中直到北宋遗物中，如河南济原县（今济源市）济渎庙正殿尚若此。大殿平面上，四金柱间空间突出，特别大，此犹存宋代以前小佛殿平面之特征。不过就柱础而论，四金柱之柱础于覆莲础上加木鼓，木鼓又四周刻双钩凸线，手法欠古劲。金柱用材虽肥硕，且略具卷杀，但柱顶又经斫锯，因此仅可说旧料经后世改制者。金柱间之明栿作月梁形而无琴面，且亦瘦弱，比例与柱亦不相称。其上施墨笔加粉线彩画，图画以如意头为主，不够秀简，粉线极细，二者均如江南明中叶前所用者[浙江东阳卢宅宗祠建于明景泰年间（1450—1457年），其梁枋较瘦，彩画粉线极细]。所以当心间缝天花下之梁架似属明物，应为景泰年间所修建者。梢间用穿斗式梁架做成，硬山式，其为后改无疑。至于天花以上之斗拱梁架，皆晚近所修改。

此殿原为面阔三间之小殿，后扩为五间，加前廊，外观正面为重檐歇山造，几全为晚清式样矣。

殿尚存明崇祯十年丁丑（1637年）董其昌书"眼前佛国"一额。其下匾托雕龙贴金，甚工整，系明制，今匾已重修，顿失原貌，已移置外檐上檐下。石雕佛座，亦明代作品。平棋上彩画，属不同时期明代遗物，以细笔凤凰之类为早，次间写生花卉较迟，再据相异之梁架做法，证明明代修建亦非一次。因此志书所云建于唐，明代重修，清代又续修，均能在现状中证实。为慎重起见，似应为唐初建，经明清两代重修建为妥。

大殿后东西列旃檀、弥陀两阁，形制相同，建于清乾隆年间，东阁脊檩下有题记。唯若干柱顶前后尚斜抹，犹存明代手法，抑以明代旧料利用。正中观音阁三重檐，形制朴茂，屋角起翘，从明间平柱开始，甚圆和，应为明后期作品。三阁与前殿组成一整体，在湘省楼阁中亦是上选，保存了地方楼阁建筑之特色。

大殿前弥勒殿，梁架施月梁，尚秀洁，为清初物。

大庸普光寺：正殿面阔五间，进深三间，重檐歇山造。殿后凿二小池，中为通道，以达其后二殿，今以廊连之。此殿保存较完整，唯使用单位将内檐斗拱锯去若干，甚可惜。

斗拱平身科明间四攒，次间四攒，梢间三攒。柱头科斗口已加宽至一斗口半。视南岳庙明成化间所建嘉应门为小，足征湖南一地明代建筑柱头科斗口之嬗变。昂下隐出华头子，后尾隐刻上昂，下施靴楔。平板枋开始缩窄增厚，额枋出头作曲线斜切。枋用断面，皆近二比一。柱顶前后抹成斜面。金柱间施五架梁，童柱下置角背，而脊瓜柱作八边形。凡此种种，皆为明建较早期所具特征。梢间安采步金，外侧以草架构成山花。

此殿保存明代北方"官式"做法为多，即柱础一端在蒸热多潮湿之湖南，尚用低平之古镜做法。故在年代鉴定上比较明显。清道光《永定县志》称："明永乐十一年指挥使雍简建。本朝雍正十一年（1733年）协镇史成重修。"其为明初永乐时建筑无疑。前檐之橡下有清康熙四十五年（1706年）捐修人屡笔题记，为清初修理确证。今椽上又覆重椽，系后加。至于屋角起翘，已参地方做法，椽用板椽亦湘省常见者。所谓板椽以大木锅板，板条承瓦，如此建屋时只需伐大木一树，则全部椽子解决矣。足证当地产木之盛也。

高真阁在正殿之东，面阔三间，今改动较大，视其柱础与平板枋、额枋等出头，均与正殿一致。唯梁用月梁形式，其雕刻手法，与常德明万历间荣定王墓棺床所刻极似，应为明构。正殿后之二殿为乾隆间物，檩下有题记。三殿似为晚明建筑而迭经修理。

常德明荣定王墓在德山麓，今山已刨平，墓外露。此墓与北京定陵同一时期，湘省地下宫殿也。墓用尖拱，有别于常见之明代圆拱，前室券横列，其后墓室三间，中室与东室间开一窗，西室与中室间则无之。各室皆具石门。前室设祭台。棺座今尚存左右室者，雕刻极为精致，用材为麻石，施工较难。此为有绝对年代之湘省明代刻石。

德山北宋铁经幢在乾明寺遗址中，为今日已知经幢中之孤例，高瘦近塔形。因铸时为符合铸铁工艺，删繁就简，形制挺秀，与石造者风格迥异。且为研究宋代铸铁工艺之重要实例。

宋绍定元年一碑，其碑阴所记寺产掠夺经过，为研究宋元经济史之重要资料。文为元至元间所刻。

周必大所书宋碑，碑虽残而书法遒劲，宋碑中亦中上之选。

长沙马王堆之棺椁，实为研究秦汉建筑之珍贵实物，但考古者忽略矣，未有文言及之，惜哉。他日当专论之。棺内外二棺髹漆彩画，以木制框，四十五度对榫，中置板，内棺外复有二道极浅凹道，似为加帮带之用。故其形制做法与后世者不同。因内外棺套置，故棺正长方形，此古制也。椁极大，用榫形式多种，椁下垫皮横直叠置，边箱盖亦四十五度对榫。结构严密，用材硕大，吾人就此棺椁能深入研究，对当时建筑及施工技术能有所了解。更就此想象秦汉阿房、未央等宫殿之宏伟，不难作较可靠之推测也。

马王堆女尸出土时有衣而无裳，即下身无裤，此与今日日本、朝鲜等若干地之尚存古风者相同。

今存之椁，计一号墓最大，三号墓略小。二号墓者已残，不列。尚有楚墓一椁，视二者较小。

整理改编《苏州古典园林》

　　1975年12月12日始，中国建筑工业出版社以南京工学院诸子整理改编之刘士能师《苏州古典园林》一书定稿，邀余参加讨论。此吾师身后人事也，相知二十年，尽余所知有关苏州园林者，畅抒己见，以实此宏著。与叔杰联床十天甚欢，叔杰，刘师之哲嗣也。会期计十天而毕。

周氏废园

过同里周氏废园，小楼一角尚存，白皮松可合围，苍郁挺秀，斜出于断垣残壁间，与维国徘徊树下者久之，儿忘舟将发矣。苏州今无郊园矣！木渎羡园早毁，其旁一园亦毁于十余年前，而古木巨峰视羡园尤胜。园林借景天平灵岩之例亡矣！

古印

　　访矫毅，观其收藏诸印，颇多精品。燕下都瓦当亦佳。承赠汉中山靖王刘胜一印花，唐五代冯道一印花。

留园原名寒碧山庄

苏州留园名寒碧山庄，此刘蓉峰据是园时名之者。1975年12月游该园，于西部土阜中见卧断碑，审之，乃蓉峰所书，文曰：

> ……居之西偏有旧园，增高为冈，穿深为池，溪径略具，未尽峰峦层环之妙，予因而葺之，拮据五年，粗有就绪，以其中多植白皮松，故名寒碧庄。罗致太湖石颇多，皆无甚奇，乃于虎阜之阴砂碛中，获见一石笋，广不满二尺，长几二丈，询之土人，俗呼为斧劈石，盖水产也，不知何人辇至卧于此间，亦不知历几何年，予以百斛艘载归，峙于寒碧庄听雨楼之西，自下而窥，有干霄之势，因以为名。吾吴多名石，其最著者曰瑞云、曰紫和，久为万姓所……

证此文可知寒碧庄命名之由来，然则今无白皮松之存也。听雨楼在园北，已不存。干霄峰似在今石林中，容一检。同行者有潘君谷西、郭君湖生、喻君维国。

园林之树、池、石及旱船

苏州园林之栽树，余谓求具瘦、秀、透，此三者为过去选树之标准也，亦即入画而已。至于树之品种高低，则不苛求，盖与盆景之种植相同，但求姿态，不问品种者相同。以此答谷西、湖生之询。

苏州园林中之旱船，过去园主标形、义、理三者以冠之，更有在形式上存入、行、进三态，言之玄矣！旱船有存形者，见之多。存义者如留园之涵碧山房与明瑟楼，存理者所谓入、行、进也。又谓狮子林原有旱船为入坞状。总之过去士大夫就旱船一事出奇斗巧，不求雷同，标新立异，其目的也在此。

余记园林之池，概括言之，仅可分方池、曲池两种，人云环秀山庄为带形池，谬矣，只可以曲池名之较当，其水石关系，余总结曰"水随山转，山因水活"八字而已。其他假山山水之运用亦存理于此间。讨论刘士能师园林遗稿，余揭出此义以实之，谷西、叙杰等皆以为然。

环秀山庄北部墙下假山有一飞石，出跳池上，甚奇险，可与上海豫园黄石山一飞石并美。

苏州狮子林贝祠，其形式乃仿自天官坊陆宅者。

选石如选才

以湖石叠云峰，突出横线条，鲜有成功者。叠山贵选石，人云：选石如选才，良是。名家叠山重此一端。

拙政园中部柳荫路曲前之池原为泥岸，1958年苏州文管会时嘱朱犀园主持改为冰裂纹石驳岸，后群众意见多，于1960年左右改湖石驳岸。至于见山楼东岸今为石矶，则在1963年所增，已失去旧时芦苇丛原貌矣。叠石出韩氏父子手，斧立如牙，未中人意。

苏州耦园黄石山

苏州耦园黄石山为清初物可信，证以山间古柏其年龄可当也。唯山巅之洞则后筑。

访吴江同里

偕维国同至吴江访垂虹桥遗迹，仅存三券，系并列券，余则于五年前毁矣。忆三十三年前乘苏嘉铁路火车过此，亭桥皆存，古城蜿蜒，今几不识旧址。去同里访计成后人，得计重华老人，其裔孙女也，今九十，毕业北京女子师范，交谈所获甚少。清初《计东诗文集》今尚存刻本，容检，或有所得。访任氏园，规模略似网师园，用水尚佳，山石建筑殊陋。任味知（传薪）先生长余三十岁，共执教圣约翰大学（指上海圣约翰大学）半年，今居此园中艺菊甚丰，同时办女子中学于此，亦开明人士也。（1975年12月23、24日二日之游。）

唐代即有金齿

　　唐代即有金齿。广州发现唐广州都督府长史姚混之长女姚潭之墓，其牙齿上粘附有金片小片。何光远《鉴诚录》卷十，亦有类此记载。

浅葬法

  《考古》1964年第6期《关于崧泽墓群分期的一点看法》一文，谓关于浅葬法之"堆金葬"，江西赣江中部称之者，一般丘陵山地不用这种葬法。其实非也。按：吾杭过去西湖一区之葬法即用浅葬，其法为平地砖椁，用砖砌成拱形之椁，以棺推入，封门堆土。吾父母皆葬西湖，幼时皆亲见之。父墓在茅家埠马坡岭，母墓在龙井后山。

盝顶

盝顶早者见于唐宫苑图，见《文物》1961年第6期。

北方工匠分类细致

北方匠作分瓦、木、扎、石、土、油漆、彩画、糊等多种。砖雕程序为标、打、耕、画。

彩画用腻子的最早记录

宿白兄见告，古彩画用腻子之最早记录，渠云："1925年于赤塔东康堆古城附近发现元初移相哥王府废墟，经发掘所出残垣，用粗布包裹，涂有腻子，上面贴有动物形的泥饼。"《经世大典·工典》引《大元毡罽工物记》："泰定四年（1327年）十二月十六日宦者伯颜察儿留守剌哈岳罗鲁米只儿等奉旨作二十脚吾殿带柱廊，胎骨上下版用绢裱之，上画西番莲，下画海马，柱以心红油西青其线缝。"见《永乐大典》卷四九七二。

修建颐和园的一段史料

耿刘同侼告我有关颐和园史料如下："乾隆十五年、十六年口谕内务府造办处朱维胜叠清漪园乐安和（扇面殿）假山。乾隆十五、十六年上谕杨万青通晓园庭事务主管清漪园工程授郎中，后又撤职。"此朱维胜、杨万青二人前未入《哲匠录》。

卖地券屋

安徽博物馆藏全椒附近出土之唐墓，有开宝年间置放卖地券屋。卖地券之屋此为初见。

俞樾对联一幅

在京见俞曲园（樾）书联，句云："培植阶前玉，重探天上花。"款为："壬寅初夏为重孙僧宝书，曲园翁。"僧宝乃平伯小字，壬寅其父俞阶青简放四川学政。联中所谓"重探天上花"者，盖望平伯能继其父重中探花也。

松江宋桥

　　松江县兴圣教寺塔前宋桥，虽经重修，然石柱四角抹角殊古朴中具变化。宋桥在苏南以武康石及紫石为多。

"水随山转，山因水活"

　　余过去总结假山与水之关系为"水随山转，山因水活"。近阅江弢叔诗，有"溪水因山成曲折，山蹊随地作低平"句，可互相启发，实我叠山理水之诀也。1976年4月应中国科学院之邀至京参加《中国建筑技术史》讨论会，会中参观故宫乾隆花园，单士元兄约我讲解，最后归纳数语，除前所述数语外，有路转峰回（真山峰回路转，假山则反之），溪桥洞石；近树露根，远树出梢；浅水藏矶，深水列岛；近处假山看脚，远处建筑观顶等诸点，诸公皆感称意，而士元、仁之、宿白三兄且属余别纸书出，盖可借鉴也。

　　诸公询余解释乾隆假山之特征，余谓假山约可分三期，晚明、乾嘉、同光，如其他文学艺术之分期相似，盖经济基础一也。乾嘉假山体形大，中构洞曲，洞且以钩带法出之，虽若干处视之繁琐（亦当时整个艺术风尚如此），要之在发展中视前进步矣。山大用石材少，以"空腹"法为之，结构进步，气势雄健，非有较好之经济基础与较先进之技术水平不能成也。南中之杭州文澜阁、苏州之环秀山庄、北京之乾隆花园诸假山，皆属今存之佳例。故余导诸生讲假山必参观环秀山庄，不见此类假山无以言叠山之技能也。当时社会要求趋向此类大山深洞，而古代匠师又能抒技出之，其间以常州戈裕良最推翘楚，叠石中之大匠也。

《桐桥倚棹录》中有关苏州园林的记载

王湜华以顾禄（铁卿）《桐桥倚棹录》手抄本嘱题跋，此书有记吴中园林及杂艺诸则，极为可贵，录如下：

按《花神庙记》云："乾隆庚子（1780年）春，高宗南巡，台使者檄取唐花备进，吴市莫测其术。郡人陈维秀善植花木，得众卉性，乃仿燕京窨窖熏花法为之，花乃大盛。甲辰岁（1784年），翠华六幸江南，进唐花如前例。繁葩异艳，四时花果，靡不争奇吐馥。群效灵于一月之前，以奉宸游。郡人神之，乃度地立庙……今为都人士游观之胜。"（卷三）

东园、西园，俱在彩云里，太仆少卿徐时泰筑，《明诗综》云："时泰字同卿，万历八年（1580年）进士，官太仆少卿，居彩云里，尝筑东园、西园以自娱。中有东雅堂，以校刊宋本《韩昌黎集》藏其中。"《元和县志》："中有石屏，高三丈，阔二十丈，玲珑刻削，如一幅画图，周时臣所造。"又堂侧高垄上有湖石一座，名瑞云峰，高三丈余。旧闻此石每夜有光烛然，故名。昔已弃置隘巷，踏布坊环之。后畀郡治行宫。（卷八）

寒碧山庄在彩云里，刘观察恕即徐太仆东园改筑，中有传经堂等胜。（卷八）

塑真，俗呼捏相。其法创于唐时杨惠之，前明王氏竹林，亦工于塑作。今虎丘习此艺者，不止一家，而山门内项春江称能手。虎丘有一处泥土，最滋润，俗称滋泥，凡为上细泥人、大小绢人塑头，必此处之泥，谓之虎丘头，塑真尤必用此泥。然工之劣者，亦如传神之拙手，不能颊上添毫也。肢体以香樟木为之，手足皆活动，谓之落膝骱。冬夏衣服，可以随时更换，位置之区，谓之相堂，多以红木、紫檀，镶嵌玻璃，其中或添设家人妇子，或美婢侍童，其榻椅几机，以及杯茗陈设，大小悉称。（卷十一）（从周按：苏州顾公硕姻兄藏其曾祖子山先生一像，极肖，且神态极佳。此像当成于同光间，则知清末尚未失传也。）

乾隆某年，戴大伦于引善桥旁，即接驾楼

遗址筑山景园酒楼，疏泉叠石，略具林亭之胜……此风实开吴市酒楼之先。金阊园馆，所在皆有。山景园、三山馆筑近丘南，址连塔影，点缀溪山景致，未始非润色太平之一助。且地当孔道，凡宴会祖饯，春秋览古，尤便驻足。嘉庆二年（1797年），任太守兆垌建白公祠于蒋氏塔影园故址，祠前筑塔影桥，于是桥畔有李姓者增设酒楼，名曰李家馆，亦杰阁连甍，与山景园、三山馆鼎峙矣。今更名为聚景。门停画舫，屋近名园，颇为海涌增色。（卷十）

虎丘茶坊，多门临塘河，不下十余处，皆筑危楼杰阁，妆点书画，以迎游客，而以斟酌桥东情园为最。春秋花市及竞渡市，裙屐争集，湖光山色，逐人眉宇。木樨开时，香满楼中，尤令人流连不置。又虎丘山寺碑亭后一同馆，虽不甚修葺，而轩窗爽垲，凭栏远眺，吴城烟树，历历在目。（卷十）

虎丘耍货，虽俱为孩童玩物，然纸泥竹木治之皆成形质，盖手艺之巧有迁地不能为良者……头等泥货，在山门以内，其法始于宋时袁遇昌，专做泥美人、泥婴孩及人物故事，以

十六出为一堂，高只三五寸，彩画鲜妍，备居人供神攒盆之用。（卷十一）

花树店，自桐桥迤西，凡十有余家，皆有园圃数亩，为养花之地，谓之园场。种植之人，俗呼花园子。营工于圃，月受其值，以接萼、寄枝、剪缚、扦插为能。或有于白石长方盆叠碎浙石，以油灰胶作小山形，种花草于上为玩者，优劣不侔。……举器以买者，无论千盎百盂……严冬则置窖室……俗呼窖花，始于乾隆庚子，郡人陈维秀仿燕京窨窖熏花法为之。安置畏寒花树则有暖室，窗缝糊纸，风不漏泄，谓之花房。春分后，百卉出房，必履以芦帘，以避风日。盆以江西碗砂为上，次之矾石，若端石盆，花圃中不易购求也。又次则宜兴之紫砂、黄砂，与丁、蜀两山之五色浇油窑器，有大套、中套、小套之分。尤劣者，粗砂钵盂，每值三四文而已。（卷十二）

按《元和县志》云："郡中人家欲栽种花果，编葺竹屏积篱者，非虎丘人不工。相传宋朱勔以花石纲误国，子孙屏斥，不列四民，因业种花，今其遗风。"（卷十二）

816

是书为研究清中叶苏州桐桥一隅之重要资料，版本极少。北京顾颉刚、苏州范烟桥各藏一部。顾为刻本，范为抄本。谢丈刚主、王兄湜华各借顾藏录副本，三书余皆见到。

《郑叔问先生年谱》中关于苏州园林的记载

读戴正诚编《郑叔问先生年谱》，其间若干条有助治学之参考。苏州庙堂巷汪氏壶园，刘士能师（敦桢）甚赏之。其实此园已属重构者，据《郑谱》光绪二十四年戊戌四十三岁条："冬，壶园不戒于火，迁居幽兰巷。"可证后存壶园非原构，今则无片石之留矣。

庙堂巷龚氏有修园，郑叔问纳妾张小红居之者，见《郑谱》光绪十九年（1893年）条。至于潘氏畅园知者众，亦特精，惜毁亦近十年矣。余曾调查郑叔问苏州别业，仅存小屋数间、杂树一区而已。

《郑谱》光绪三十一年（1905年）条：

> 先生于孝义坊购地五亩，建筑新居，榜曰"通德里"。秋初落成乔迁，并张筵庆五秩焉。从邓尉购嘉木名卉，杂莳庭院，颇擅园林之美。其东高冈逦迤，即吴小城故址，复作亭于城之高处，榜曰"吴东亭"。绕以竹篱，凭眺甚佳，下一水潆洄，即子城濠，所谓锦帆泾也。

其他见于《郑叔问先生年谱》中之苏州园林，有马医科巷曲园、司空巷潘氏西园、彭翰孙蚕园。

《水乡的桥》

1962年第9期《人民画报》余曾撰建筑小品《水乡的桥》。

近同仁编《桥梁史话》，检此旧作，遂录于后：

提起"江南水乡"，不由使人想到"户藏烟浦，家具画船"一些水乡景色。每当杏花春雨，秋水落霞，更令人依恋难忘了。这明秀柔美的江南风光，是与形式丰富多变的水上桥梁分不开的。它点缀了移步换影的景色，刻画了水乡的特征，同时又解决了交通问题。我们的祖先是如何地从功能与艺术两方面来处理了复杂的水乡交通，美化了村镇城市的面貌。

在水道纵横、平畴无际的苏南、浙北地带，桥每每五步一登、十步一跨，触目皆是。在绿满江南的乡村中，一桥如带，水光山色，片帆轻橹，相映成趣。但在城镇中，桥又是织成水乡城镇的重要组成部分之一。每当身临其境，必有市桥相迎，人经桥下，常于有意无意之中，望见古塔钟楼，与夹岸水阁人家，次第照眼了。数篙之后，又忽开朗，渐入柳暗花明的境界。这些水乡的桥，因为处于水网地带，在建造时都运用了"因地制宜"与"就地取材"的原则，在结构与外观上往往亦随之而异。例如，在涓涓的小流上，仅需渡人，便点一二块"步石"，或置略高出水面的板梁，小桥枕水，萦回村居。在一般的河流上，大多架梁式桥，或拱桥。因河流的广狭及行船的多寡，又有一间（拱）、三间（拱）乃至五间（拱）的。上海青浦的放生桥，横跨漕港，是上海地区最大的石拱桥。江南水乡河流纵横多支，为了适应这种情况，往往数桥相望，相互"借景"成趣，亦有在桥的平面上加以变化来解决这个矛盾。浙江绍兴宋宝祐四年（1256年）建的八字桥，因为跨于三条河流的汇合处，根据实际需要，在平面与形式上有似"八"字。为便利行船背纤用的"挽道桥"多数是较长的，像建于明正统七年至十一年（1442—1446年）的苏州宝带桥，为联拱石桥，计孔五十三，高其中三孔以通巨舟。这类长桥中著名的还有吴江的云虹桥（建于元泰定三年，1326年），而于绍兴尤为常见，长桥卧波若长虹、似宝带，波光桥影，为水乡的绮丽，更为增色。

桥的形式以拱桥变化最多，有弧拱、圆拱、半圆拱、尖拱、五边形拱、多边形拱等。青浦普济桥为宋咸淳元年建造，迄今已近七百年了，古朴低平，其拱券结构，不失为我国桥梁发展史中的重要物证。绍兴广宁桥，为多边形拱桥，重建于明万历二年（1574年），雄伟坚挺，桥心正对大善寺塔，为极好的水上"对景"。在建筑材料方面，不论梁式桥与拱桥，皆以石料为主，不过亦有少数砖木混合结构与木结构的。砖木混合结构桥，去冬在青浦发现的一座元代桥梁，名为迎祥桥，可称是比较有代表性的。它巧妙地运用了石柱木梁及砖桥面，秀劲简洁，宛如近代桥梁。除了桥的本身外，尚有用附属建筑来丰富美化它，苏州横塘古渡的亭桥便是平添一景。宝带桥桥边，还置小塔、石狮，桥堍又建石亭，使修直的桥身产生了轻匀的节奏。

水乡的桥是那么丰富多彩，经过了漫长岁月的考验，到现在还发挥其作用，不论在艺术造型上，还是在风景的点缀上，都具有鲜明的民族风格。至于结构又复符合科学的根据，这是我国古代劳动人民的智慧与力量的结晶。如今，我国桥梁工作者正从这些宝贵的遗产中推陈出新，创造着不少既有民族传统，又适今日功能的新型桥梁。

造园之辩证法

大园不觉其大，游之尚感不足。小园不嫌其小，赏之犹多余意。佳构也。造园能通此理，亦解辩证之关系矣。

以诗咏桥

唐人白居易诗咏苏州桥者有"红栏三百九十桥",宋人杨备有"画桥四百"句。

歙县园林今何在

歙县园林，雄村、唐模、西溪南尚留残园，今唐模檀干园扩为公园，而旧有亭阁则拆尽矣。

建桥之法

——石下托木

《吴县志》卷三十二：

崇正宫桥，嘉庆二十四年（1819年）道士叶凤梧重建，桥南塑塑桥神、喜神、宅神、井神、灶神、厕神，皆出名手，肖像如生。是年闰四月十四日，忽有垢面道人立桥上，言曰：石性烈，不加托木，石且断。言讫转西即隐。俄而桥西一石中断如截。众异之，咸悟，谓吕祖降示，亟加托木，桥乃固。(《吴门表隐》)

从周按：宋元梁式桥，其下皆置木梁，已成惯例。此则所记，虽托之神话，亦言建桥之法，阐明石之性能也。

有关留园的一则史料

苏州留园历史此则颇为可珍，且有关明末史事也。

叶德辉《书林清话》卷五云：东吴徐时泰东雅堂所刻宋廖莹中世采堂《韩昌黎集》，眉间有雍正丁未（五年，1727年）长洲陈景云记：

> 近吴中徐氏东雅堂主人徐时泰，万历中进士，历官工部郎中。崇祯末，堂已易主，项宫詹煜居之。煜后以降贼名丽丹书，里人噪而焚其宅，堂遂毁，今仅存池堂遗迹而已。

谢刚主翁云项煜曾为东林党首领。据《吴县志》："陈景云字少章，吴江县学生，少从何焯游，博通经史，淹贯群籍，长于考订，年七十八岁卒。"

留园人皆知后归盛旭人（盛宣怀之父名康）。顾公硕姻兄告我，在归盛氏前，刘氏先售于顾子山（文彬，怡园主人）。顾以城外路远不便，留三年转手盛氏。盛、顾二人皆官道台。公硕，顾子山曾孙。

上方山塔砖题记

1976年苏州上方山塔砖堕，有"太平天国三年（1853年）"题记。

涟水宋塔毁于战争

张伯超告我，苏北涟水之塔原存二座，城内能仁寺妙通塔，七级八面，建于北宋天圣元年（1023年）；另一为月塔，亦八面。妙通塔因战争需要，于1948年5月21日中午，由其埋火药五十公斤炸毁，彼时任城区区长，奉管文蔚司令之命也。伯超久主持苏州市政建设，近（1976年7月）赴苏参加虎丘塔修缮会议，伯超席间谈及。

龟头屋即抱厦

宋称龟头屋，即今之抱厦也。《吴郡图经续记》《东坡集》中皆有述及，其名称为"三间一龟头、五间二龟头"，视周必大《思陵录》所载为详。

哈拉墙

东北以草绠置版筑墙中，称哈拉墙。单士元见告。

叶圣陶咏园林诗

叶圣陶翁赠诗云：

> 古来妙手善用墨，墨着纸时化象色。古来
> 墨竹为专门，露叶风姿落墨得。陈公贻我墨竹
> 图，神与古会笔自殊。语我苏州近重访，写此
> 一景亦堪娱。览图顿忆故乡胜，无问网师或拙
> 政。廊角栏边阶砌旁，每见此景发清兴。

诗古茂生姿，首四句实画语录也。叶老生于苏州悬
桥巷，曾居大太平桥，后买宅濂溪坊。京寓为东四八条，
叶老语我此屋原为王帘子宅，王某专承办宫中帘子者。
宅计三院，朱栏曲廊，海棠、丁香，静雅中略显华妍。
后院桐乡朱文叔先生所居，今朱先生已下世矣。余少时
所读教课书，出朱先生所编者甚多。

园林之亭不能过大

园林造亭，不能过大，如遇需要多空间则可以数亭组合之，以廊庑连缀。拙政园东部一亭为失败之例。扬州五亭桥、北京北海五亭，则视前者稍佳。

忆少年时游普陀山

浙江普陀山，余十六岁曾游，虽垂髫之年所见，而建筑规模记忆犹新也。盖余自幼于木构架兴趣特好，其间佛殿尚存明构。近按《明神宗实录》："（万历二十年十二月庚子）普陀山在浙之定海县三百里外洋海中，旧有寺，上尝钦颁藏经于寺。彼寺被焚，至是复遣中官相度营建。"余又闻之老辈云，普陀山寺殿有拆自南京明故宫者。

阳山大石

　　王西野兄新游苏州近郊诸胜，云曾至通安访阳山大石，大石庵已废，吴匏庵、李应祯大石联句题名亦漫漶。山顶有崇祯十六年（1643年）袁枢题、土锋书"仙砰"两大字。此阳山大石今况也。

　　大石丘壑一如苏州环秀山庄叠石，环秀在清初为阳山朱氏宅园，朱为当时巨富。今其旁杨三珠弄之名乃音讹也。余颇疑环秀山庄假山，旧曾经戈裕良大修理者。近人言环秀山庄未涉此朱氏事，皆着眼于戈氏也。可参看前卷五环秀山庄条。

龚自珍在扬州的故居

扬州有二园，皆清龚自珍所曾居过，其一絜园，在仓巷，乃魏源住宅。余调查扬州园林时，山石、竹木、鱼池犹存。按《定庵先生年谱外记》：

> 先生尝跋傅青主字册（见余所辑《定庵遗著》），尾书扬州絜园者，即魏默深之寓园也。其后魏同守槃仲，又识于先生手跋之后，云：先生卜筑于昆山，自称羽琌山民。时先伯父构园扬州仓巷，有竹木池亭之胜，奉祖母以居，曰絜园。先生自都中归，必过园留信宿。道光辛丑（1841年）八月，彦甫八龄，先生见，辄为说古今人物以勖之。今展遗墨，犹恍惚总角听讲时也。魏彦。先生一日问余近读何书，对曰《诗经》。先生即取素扇书绝句见贻。诗云："女儿公主各丰华，想见皇都选婿家；三代以来春数点，二南卷里有桃花。"并为解说，曰："小子识之。"后扇遭扬州兵燹失去，至今思之，先

生兴复不浅。彦又记。

于此可证絮园为魏源、龚自珍之旧居也。余调查絮园时仍其后人居之。其二，扬州旧城堂子巷秦氏意园。园为龚自珍好友太史秦恩复所建，黄石假山名"小盘谷"，出戈裕良手。清史望之为书"小盘谷"石额，今园圮，而石额之"谷"字，尚留嵌于园之东北墙上。定庵赠秦诗："蜀冈一老抱哀弦，阅尽词场意惘然。绝似琵琶天宝后，江南重遇李龟年。（重晤秦敦夫编修恩复）"最为人所传诵，其他集中尚多涉及秦氏者，此园亦为龚自珍所常往者。

有关扬州园林的几则资料

清中叶后扬州园林日渐衰落，除余于《扬州园林与住宅》一文中述及者外，以下两则可补充之。

《龚自珍全集》第二辑《己亥六月（清道光十九年）重过扬州记》：

> 居礼曹，客有过者曰："卿知今日之扬州乎？读鲍照《芜城赋》，则遇之矣。"余悲其言。……抵扬州……既宿，循馆之东墙，步游得小桥。俯溪，溪声欢。过桥，遇女墙啮可登者登之。扬州三十里，首尾屈折高下见。晓雨沐屋，瓦鳞鳞然，无零甃断甓，心已疑礼曹过客言不实矣。……客有请吊蜀冈者，舟甚捷，帘幕皆文绣，疑舟窗蠡舭也。审视，玻璃五色具。舟人时时指两岸曰"某园故址也""某家酒肆故址也"，约八九处，其实独倚虹园圮无存。曩所信宿之西园，门在，题榜在，尚可识，其可登临者尚八九处；阜有桂，水有芙渠菱芡，是居

扬州城外西北隅，最高秀。南览江，北览淮，江淮数十州县治，无如此冶华也。

金安清《水窗春呓》卷下"广陵名胜"条：

江宁、苏州、杭州，为山水之最胜处。江宁滨临大江，气象开阔宏丽，北城林麓幽秀，古迹尤多。苏州则以平远胜，所谓山温水软也。太湖诸山非不蒨美，而蹊径率不深。惟杭州之西湖，则烟波岩壑兼而有之，里山尤深邃曲折，四时皆宜，金陵、姑苏不能不俯首矣。扬州则全以园林亭榭擅场，虽皆由人工，而匠心灵构，城北七八里夹岸楼舫无一同者，非乾隆六十年物力人才所萃，未易办也。嘉庆一朝二十五年，已渐颓废。余于己卯、庚辰间侍母南归，犹及见大小虹园，华丽曲折，疑游蓬岛，计全局尚存十之五六。比戊戌赘姻于邗，已逾二十年，荒田茂草已多，然天宁门城外之梅花岭、东园、城闉清梵、小秦淮、虹桥、桃花庵、小金山、云山阁、尺五楼、平山堂，皆尚完好。五、六、七诸月，游人消夏，画船箫鼓，送夕阳，醉新月，歌声遏云，花气如雾，风景尚可肩随苏杭也。是时阮文达致仕家居，已及八十，每以肩舆游山，憩邘上农桑，与同辈老宿二三人，煮茗论古。白头一老，如入画图，真承平佳话。迨粤寇之变，遂成干戈驰突之场，而名胜皆尽矣。

从周按：己卯、庚辰为清嘉庆二十四、二十五年，即1819、1820年。戊戌为清道光十八年，即1838年。

《水窗春呓》卷下"维扬胜地"条：

扬州园林之胜，甲于天下，由于乾隆朝六次南巡，各盐商穷极物力以供宸赏，计自北门直抵平山，两岸数十里楼台相接，无一处重复。其尤妙者在虹桥迤西一转，小金山矗其南，五顶桥锁其中，而白塔一区雄伟古朴，往往夕阳返照，箫鼓灯船，如入汉宫图画。盖皆以重资广延名士为之创稿，一一布置使然也。城内之园数十，最旷逸者，断推康山草堂，而尉氏之园，湖石亦最胜。闻移植时费二十余万金。其华丽缜密者，为张氏观察所居，俗所谓张大麻子是也。张以一寒士，五十岁外始补通州运判，十年而拥资百万，其缺固优，凡盐商巨案，皆令其承审，居间说合，取之如携。后已捐升道员，分发甘肃。蒋相为两江，委其署理运司，为言官所纠罢去，蒋亦由此降调。张之为人，盖亦世俗所谓非常能员耳。余于戊戌赘婚于扬，曾往其园一游，未数日即毁于火，犹幸眼福之未差也。园广数十亩，中有三层楼，可瞰大江，凡赏梅、赏荷、赏桂、赏菊，皆各有专地。演剧宴客，上下数级如大内式。另有套房三十余间，回环曲折，迷不知所向。金玉锦绣，四壁皆满，禽鱼尤多。闻其生前有美姬十二人居于此，卧床皆相通，有宵寝于此晨兴于彼者。淫纵不待言，暴殄亦可知矣。

金陵随园之格局

余既为同济大学购得《随园图》孤本，近检《水窗
春呓》卷下"金陵胜地"条，记随园能道出园之格局，
录如下：

金陵城北，冈岭蜿蜒，林木滃翳，至为幽
秀。最著名者随园、陶谷。陶即贞白隐居之所，
而卜宅非其人，无甚足观。随园乃深谷中依山
崖而建，坡陀上下，悉出天然，谷有流水，为湖、
为桥、为亭、为舫。正屋数十楹在最高处，如
嵚山红雪、琉璃世界。小眠斋、金石斋、群玉
山头、小仓山房，玲珑宛转，极水明木瑟之致，
一榻一几，皆具逸趣。余曾于春时下榻其中旬
日，莺声掠窗，鹤影在岫，万花竞放，众绿环生，
觉当日此老清福，同时文人真不及也。下有牡
丹厅，甚宏敞。园门之外无垣墙，惟修竹万竿，
一碧如海，过客杳不知中有如许台榭也。

以天然山水造园

苏州网师园黄石山池，临水作台阶式，人但知其掇石佳，未明其出处。余观虎丘山白莲池，其岩石高下，临水驳岸，与网师园者极似，盖以白莲池为蓝本也。古代匠师能以天然山水，缩地园中，真妙技也。网师园假山似为清乾隆中作品，东墙下一组（射鸭廊旁）则为后期者。东部新叠者仿环秀山庄，以水假山布局而为旱假山，谬矣，宜其未能成功也。

游阳山大石

　　1976年11月，偕宫伍、晓旭同游阳山大石山，信然环秀山庄之本也。计成之平衡法叠山，戈裕良环洞式构洞，于此皆有所征。是日冒雨登山，烟云四合，宛若置身于万峰中，洵奇景也。石壁多题记，惜未能拨雨细读为憾。

洪宪御窑瓷器

　　袁世凯窃国，曾烧洪宪御窑瓷器，瓷质极好，亦治我国瓷史者所必知。经办其事者为郭葆昌（世五），河北深县人，原为琉璃厂小伙计，因善于逢迎，后任江西九江监督，遂有机缘承担此事。郭曾供职内务府。田艺蘅《留青日札》、项子京《历代名瓷图谱》，皆郭烧瓷之主要参考依据。

张大千作画

　　大千师作画，落笔沉着，行笔迅速，腕力胜人，具举鼎之劲。要之，其运毫落墨诸法，犹得之农髯、梅庵二翁，二翁乃得之何子贞，盖知其有自也。

读《养自然斋诗话》札记

　　读钟骏声《养自然斋诗话》，适今冬（丙辰十一月中旬后，1977年1月）大寒，杭城连雪九天，西湖皆冰冻。该书卷十："道光辛丑仲冬，杭州大雪，自初五日至月望，乃已，居人虑覆压咸扫屋上雪，街衢庭除俱成冈阜。""五百余人遭压毙。"

　　同书卷五："海昌查氏绉云石为吴六奇赠伊璜先生旧物，后为武原顾氏所得，且百年矣，海昌马容海购归茸园贮之。"卷二："王礼堂（树）隐居北郭有米老之癖，自号石交，选其尤者七十有二，梁山舟侍讲书七十二峰阁。"从周按：绉云石即绉云峰，后石移置石门福严禅寺。《庸闲斋笔记》亦笔及之。

　　同书卷五有种菊诀，此为园艺界所未采入者，殊可珍也。其文曰：

　　　　苕上程岱庵性嗜菊，有《晚香志》五卷，末有歌诀，于种法次第言之极详，可以悟艺菊之法，兹录之。其一云，新春菊种不须浇，二月春融润一瓢；听得饧箫吹动后，暖风晴日艺新苗。二云，谷雨霏微长嫩尖，朝朝晒向太阳前；盆泥潮润休倾水，好过黄霉五月天。三云，入夏新枝三寸强，剪头插土趁时光；后天偏较先天胜，从此滋培待晚香。四云，时交小满叶森森，暖日烘泥不可阴；扫净黑虫除菊虱，柯缠乱发雀难侵。五云，芒种逢壬便入霉，连朝淫雨虑为灾；勤看泥土须松漏，积水还防根柢摧。六云，虽言仲夏菊花深，插竹宜防风雨侵；要捕菊牛歼菊虎，每逢子午叶端寻。七云，有时小暑一声雷，倒做黄霉损菊材；盆底垫空三个孔，何庸重去费栽培。八云，暑气炎炎六月中，浇花莫待日升东；寅初晒到将申候，细察青枝软意融。九云，最怕新秋土色干，喷壶早晚洒漫漫；盆中有草虽须剪，还怕伤根菊本残。十云，处暑晨昏候渐凉，轻轻草汁润根旁；金风冷信肥添重，若要扦枝尺五长。十一云，葭苍露白蕊初胎，常把浓肥着意催；无限精神从蕊化，九秋错认牡丹开。十三云，转盼清凉露已寒，太阳全仗晒三竿；阴枝头软花无力，只要泥潮不要干。十五云，秋英盛到孟冬时，霜重篱边力不支；剪去残英惜余力，早移堂院免离披。十六云，耐久如何不耐寒，只因畏冻爱晴干；负暄檐际粗糠覆，护得根芽改岁看。

同书卷三有记杭州近郊湖墅之园，今皆渺难寻矣：

> 湖墅万佛桥西偏有园曰西岘，仁和钱秋岘太守（廷薰）别墅也。道光庚戌先大夫乞假归，尝寓居是园。园有池十余亩，曰岘湖，湖南水阁曰岘榭，西有小山曰岘山。其北筑楼三楹，望见西湖诸山，曰见山楼，松竹交翠，桑麻垂荫，太守时集同人觞咏其中，有《岘湖草》百首。

清王仲瞿之别墅及王之事迹，《龚定庵（自珍）集》中屡及之，然未言确切地址。同书卷四：

> 王庵者，嘉兴王仲瞿（昙）别墅也，在湖墅西偏下泥桥之东，水木明瑟，远山如画，其旁义冢累累，少时访梦芝（陆煦诗人）于此，见佛殿外悬有仲瞿先生自撰楹联云："一家居绿水丹山，妻太聪明夫太怪；此地有青磷白骨，

人何寥落鬼何多。"

从周按：是时王仲瞿已殁，园为陆梦芝诗人所居。
同书卷三：

予旧居北墅半道红，相去数十武有米山堂，故老言国初时里人胡循螫名贞开者性豪放，官湖南司理，后罢归，筑室于此。蝶叟蓝田叔仿南宫为画云山一版，因颜曰米山堂……园后归陈氏，改名息园，有十二景：曰十年读书处，曰小沧浪，曰望湖第一楼，曰索诗廊，曰筠径，曰桃花水南，曰鸣玉涧，曰双桐庐，曰补萝轩，曰听雨山房，曰来爽亭，曰香雪坞。为湖墅名胜之所。道光时改为驿馆。

从周按：杭州城北筑园，可望见西湖北山及保俶古塔，有绝好之借景，半道红与东西马塍相连，地肥，宜繁栽花木，南宋以来，以花圃著名也。余旧宅在仓基，小园一角，登楼可见保俶倩影，十六岁宅易主，悄然握别矣。旧宅之邻为清中叶沈探花锡辂故第，祖孙父子联科。宅售于人，出藏金。

"贾秋壑《玉版十三行》用于阗玉刻，乾隆时葛岭人家掘败甃得之。"见同书卷八。

许玉年（乃谷）为吾杭横桥许氏，清时出宰甘肃为敦煌令，诗集名《瑞芍轩诗钞》，集中有记载千佛洞之诗，言甚详，此为最早咏千佛洞之作，言石窟者不能不知。玉年曾于西湖孤山补梅三百六十株，畜两鹤于放鹤亭。能画，作《孤山补梅图》卷，其后人许宝骅兄曾嘱题，余谱《点绛唇》一阕归之，匆匆三十年矣。同书卷三，录其《西陲八咏》，记西北山水甚佳。

"苏州狮子林，玲珑巧妙，几于神工鬼斧，然人力所为，终乏自然之致。阳湖汪仲穆有诗咏之云：……惜余斧凿痕，终无天然势，萦回有别肠，融结无真气……"见同书卷七，又云："关吏之酷，由来久矣，予杭州旧居近北关，每闻人言，思作一诗形容之，未得也。后见大兴舒铁人位《瓶水斋诗》有《杭关纪事》一首。"

同书卷四：

> 杭州自黄巢乱后，八百年来不遭兵燹，城内外房屋有五代及宋时构造者甚多，俗称佛地，不虚也。咸丰己未（1859年）以前灾异叠见，天之警之者至矣，乃漫不省悟。卒至庚申、辛

酉两遭兵燹，僵尸百万，哀哉。

作者所云杭城内外房屋五代宋构存者甚多一节，并非确切。余前记曾谈及杭州因火警多，致旧构难存。即如作者所云经庚申、辛酉之战事，损失惨重，但据余之调查，即少受损伤之东城一带，所存旧构，其时代最远者，亦未出明中叶之前，遑论五代、宋构哉！

同书卷八有记盐井一节，足供建筑及工业技术史之资料，文曰：

> 蜀中盐井，从山石凿下，经年始成，口不及尺，能以数十丈竹筒节节蛇蚶而吸取之，偶有渗漏，伏而听之，知在某处。以胶黏用细竹下垂补之，不差累黍，造化之奇，人力之巧，无逾于此。每以语人，多不深信。絜卿先生有《盐井》七古云："客行内江县，耳熟盐井名。问人凿井法，絮语良可听。厥初贵在审泉脉，醵金募匠躬经营。圆钼掘地锄入石，石随锄出堆峥嵘。不及咸水不肯止，或阅十载续弗成。田旁滗泥防下堕，刳竹百丈从中撑。竹如朽蠹虞渗漏，人能伏井听厥声。碾灰和油妙补

空，技神若此由心精。井口如盂难取水，断竹续竹圆筒成。辘轳千尺巧升降，老牛转磨无时停。倒水绵绵注巨釜，斫取桤木相煎烹。熬波出素究何状，其极洁者如水晶。筇夷焚薪不足道，梓潼伞子价亦轻。盐泉久载太冲赋，王孙恃此家益赢。何当囊取火井火，深宵照字敌短檠。"

此诗语语真切，妙能绘难状之景于目前。

1976 年 1 月写竟

卷六

江西贵溪的道教建筑

1963年8月偕陈大钊、卢济威两君去江西调查古建，江西为余重游之地，忆1985年冬及次年春夏以江西建筑史编纂事数赴赣，此行则重在庐山及龙虎山二处之古建。在南昌应博物馆及省文管会之邀，去新建勘察程姓地主宅园，往返于山谷间，遇雷雨，衣履尽湿，极狼狈之状，今思及之殊堪发笑。归途过浙，朱豫卿（家济）翁候于杭州车站，同行去余姚保国寺。今又越十二年，补录其时调查文于后。

江西贵溪县为我国道教建筑及遗址的重要所在地。龙虎山因第一代天师于此炼九天神丹，丹成而龙虎现，因以为名。此山道书称为第二十九福地。其境岩山层叠，清溪幽澈，以天然风景而论，确是美丽极了。山间道观，现今几损毁殆尽，仅山南正一观尚存。

上清宫在今上清镇东首，"其乡曰仙源，里曰招宾，街曰琼林。左拥鼻山，右注沂溪，面云林，枕台山，溪山环拱，仙灵都会也"（清乾隆《龙虎山志》卷三"宫府，大上清宫建置沿革"）。据清同治《贵溪县志》卷二之四

"建置寺观"：

大上清宫四代真人张盛建传箓坛，唐会昌中（841—846年）赐额真仙观，宋祥符中（1008—1016年）敕改上清观。崇宁四年（1105年）迁建今址。致和三年（1113年）改为上清正一宫。元大德（据清乾隆《龙虎山志》卷三"宫府·大上清宫建置沿革"应作至大）己酉（1309年）赐名正一万寿宫〔按清乾隆《龙虎山志》卷三"宫府·大上清宫建置沿革"元至元乙酉（二十二年，1285年）、大德戊申（即至大元年，1308年）重修，明年己酉毁，皇庆癸丑（二年，1313年）又修，至治壬戌（二年，1322年）厄于灾，后至元丁丑（三年，1337年）又复修，至元辛卯（1351年）毁等记载〕。明洪武二十三年（1390年）重建，永乐〔按清乾隆《龙虎山志》卷三"宫府·大上清宫建置沿革"为永乐元年（1403年）修〕、正德〔按清乾隆《龙虎山志》卷三"大上清宫建置沿革"为正德戊辰（三年，1508年）修。《明武宗实录》："正德四年（1509年）闰九月己巳命翰林院撰上清宫碑文，先是太监李文奉敕往江西贵溪建造上清宫，工完奏请碑文……特命翰林院撰之"]、嘉靖［按清乾隆《龙虎山志》卷三"宫府·大上清宫建置沿革"为嘉靖壬辰（十一年，1532年）修，及万历己酉（三十七年，1609年）重修，规模一如旧制］皆赐帑修葺。国朝康熙二十六年（1687年）赐御书大上清宫额。五十二年（1713年）赐帑兴修。雍正九年（1731年）遣大臣监修，建斗母宫，赐御书斗母宫额，御制碑文，恭载艺文，置香田膳田，增广道院额，设法职。乾隆、嘉庆间俱特旨动帑修葺。

原来规模详见清乾隆《龙虎山志》卷三"宫府·大上清宫建置沿革"及"大上清宫新制"二文。同治、光绪后虽未有修建记录，然就现有建筑及天师府修缮情况来看，必涉此宫。1932年，上清宫毁于战事。

上清宫门楼名福地门，其前东西原有四柱三楼牌坊二：左曰崇福，右曰广教。坊旁旗杆亦二，今皆不存。坊东为元碑亭，一为元延祐六年（1319年）敕赐玄教宗传之碑，虞集撰，赵孟頫书，张纯朴刻。另一碑字迹漫漶，文亦虞集撰。入福地门为九曲巷，逶迤三折。此种入口在表面上看来，似乎为利用该处地形而安排。但南京朝天宫入口亦不平直，同作三曲，称九湖湾。以此参证，必寓有以"九"为尊的宗教意义。九曲巷向北转东至西向下马亭，过亭折北为棂星门，石建，东西为钟鼓楼，鼓楼已毁，钟楼为近构，极简陋。正中龙虎门，其后左右分列碑亭，亭背为玉皇殿殿基。其他见于志书所载各建筑皆不存。宫东有东隐院，亦系后建的一组小建筑。福地门俗称鼓里洞，清乾隆《龙虎山志》卷三"宫府·大上清宫建置沿革"："（宋）景定，张闻诗创门楼，榜曰龙虎福地。"此门名之由来。东西缭以朱垣，砖台高约5.2米，中辟券门。上建重檐歇山殿五间，其外所带周廊则低于殿基，非在同一等高地面。屋架结构为横向列中柱，柱前后架双步梁，梢间用抓梁，转角施递角梁以构成山花及转角部分。正面明间下檐不施斗拱，而上下檐斗拱攒数又不一致，上檐为四攒、二攒，下檐为六攒、四攒。上檐斗拱外侧单昂，内侧出一跳，耍头后尾同作跳头形状，撑头木刻夔龙形，而横拱则作如意头状。此殿柱础是用较高的古镜式。有部分柱顶尚存卷杀，梁架有少数双步梁的月梁砍杀工整，其上还余有墨线底彩画。殿应为明建而经清代大事翻修的。门砖镌有"延祐丁巳（1317年）福地门"等字，可证台为元代所建。

九曲巷蜿蜒于福地门与下马亭之间，甃石为道，夹以朱垣，垣外乔木森列，人行其间，殊多神秘之感。此种入门后曲折的处理，除体现了道教建筑平面的特征外，使大门与正殿不在一中轴线上，正殿偏右正对门东之小山，藏而不露，对景明确，未始没有其一定的巧妙，利用地形达到功能上的要求。下马亭面阔三间，外带周廊，重檐歇山式，其木架结构系前后金柱间施五架梁与随梁枋，五架梁之上为天花所掩。金柱与檐柱间施挑尖梁及随梁枋。明间的额枋仅施一层，与左右间有别。雀替瘦长，斗拱用二攒，次间则一攒。上檐单翘单下昂，昂头上卷略作象鼻形，内侧出三翘，施斜拱。下檐单翘，内侧三翘，耍头刻作夔龙形，角科则施"鸳鸯交手棋"。以斗拱比例及攒数来看，用材较大，位置疏朗，诸拱"卷杀"亦老成，柱础为形，从这些来说亦是比明代较古的做法，然根据整个梁架、柱枋出头、雀替及斗拱细部手法等来看，应是明构，而若干如大木砍杀梁枋等明显受到官式建筑的影响。但局部如斜拱、昂头与拱后尾雕刻等，则又具当地地方风格。

棂星门石制三间，中连以砖垣，两旁尽端附砖券门二间。就中石制三间系木结构冲天柱贯斜木，斜木内高外低，相对若八字状，其形制与苏州南宋绍定二年所刻

《平江图》中的天庆观相似，犹保存了宋代的遗规。柱上云版与柱头云罐的雕刻，与南京明孝陵下马坊相同，唯云罐位置视孝陵者稍高，因此说有可能是明洪武间所创建的。盖洪武间上清宫曾大兴土木。复据遗留的柱础及部分柱梁等观之，则今日上清宫所存木构，其最早年代当不出此时期。

据清乾隆《龙虎山志》卷三"宫府·大上清宫新制"："旧像不称，易以脱沙者，聚沙为像，漫帛其上而髤之，已而去其沙，与宋之夹纻、元之搏换一法而异名耳。凡宫中新塑神像皆如之。"此别具一格的塑像，惜今无一存者。钟楼中尚存元钟，其铭序"至正十有一年（1351年）正月乙丑，信州龙虎山上清宫灾……是年九月庚申经始，越明年闰三月辛卯告成，凡用赤金九千斤，钟长寻有二尺，中围视其长加一寻"等语，足补志书所未载。其他明嘉靖十五年（1536年）刻老子像、隆庆四年（1570年）重建虚靖祠题名记碑、清雍正十年（1732年）御制大上清宫碑、嘉庆十五年（1810年）重修上清宫碑记等。

天师府在上清镇，清乾隆《龙虎山志》卷三"宫府·大真人府旧制"："府第在上清里古沂阳市，宋时在关门之上，元时徙建长庆里，在静应观西，后复徙观东，即今址也。"它是今日上清镇道教建筑中规模最大的一区，且保存亦最完善，是国内现存封建社会"大府第"之一，是今日我们研究宗教建筑及当时社会的重要资料。府位于镇西端，门临上清宫前街，面沂溪（又名上清溪），对瑟琴岭，北倚西花山。豫樟成林，荫翳蔽日。在明秀的山水中修建了一所大第宅，占用了大片的耕地，其性质且兼官署，每年"香田"收入六千六百六十余石。这是载之于清乾隆《龙虎山志》的公开数字，其他私下收入尚未计入。

头门面阔五间，进深二间，单檐歇山式。缭以墙垣，正对溪渡，形式似清代官衙。额为"嗣汉天师府"。其左右原有"道尊""德贵"两坊及其西一碑亭，均早已不存。门的结构，于中柱前后施三步梁，柁墩作花瓶形，中柱间设门三道。门内为甬道，再进为二门，在头门与二门间原有垂花门式的一座仪门。二门三间，两旁各带耳房一间，进深二间，单檐硬山式。结构与头门同。唯柁墩形式视头门为简单。内为大院，合抱樟树，扶苏接叶，十分葱翠。甬道中有一井，泉清冽适口，此或道家所谓"丹井"。中建大堂五间，前带廊施翻轩，有匾额为御赐"教演宗传"。明间额枋下辅以雕"二龙抢珠"一枋，殊为突出。自此堂开始，其建筑视前二进之受官式做法影响有所不同，纯以地方风格出之。梁架酌用穿斗式，翻轩上施草架。整个建筑用材亦草率。大堂后穿门绕过照壁，达"私第"部分，正厅名"三省堂"，面阔五间，三明二暗，前有月台，上建雨棚，与正厅用天沟勾搭，厅前两侧间隔花墙，老树参差，庭院修整，有恬静森穆之感。梁架施雕刻，前后金柱间用七架梁，后带翻轩，因此进深大，此种大进深为适应当地气候条件，乃赣省习用之手法。有匾额为"仙派名裔"。堂之后部左右辟两门，左额"紫气门"，右额为"金光门"，正中通后堂一门，额题"道自清虚"。后堂为江南院落式建筑，天井周以楼屋，堂为楼厅五间，前后带廊施翻轩，明间敞口，轩下有"壶天春永"的寿匾。堂下层特高，次梢间为内室，厢楼高度视厅事为低。该部建筑皆施雕刻，极秾缛。后为小院，左右翼以两厢。敕书阁原在院后，今已毁。观星台在厅事西墙外的邻屋顶部，由厅楼穿墙方达。东部家庙，今毁过半，不复成局。其后味腴书屋，门前老桂倚墙，婆娑作态。有隶书联云："泮芹蔓衍芹期采；丹桂花开桂可攀。"书屋为院落式，正屋有楼。按：清乾隆《龙虎山志》卷三"宫府·大真人府制"上所说原为书院旧地，重建乃易今名。书院后有门，可通园林，园名灵芝园，临水建纳凉台，池名百花池，绕池多松樟。后门有额名"秀接衡阳"。私第西为万法宗坛，布局似北方四合院，正殿五间，东西配殿各三间，皆单檐硬山造。门屋左右各缀廊屋。柱础为古镜式，与大木构架皆受官式做法的影响。院中罗汉松二本，可合抱，虽该地此树生长较易，然如此大干亦平生少见，在此宏敞的院落中很是相称，浓荫散绿，确为之生色。后堂西侧有屋一区，门额"横金梁"三字。入内一进，厅中悬"为观其志"一匾。元（玄）坛殿在二门东，正殿三间前带雨棚，东西庑各三间。至于大堂前的东西赞教厅，二门西的法箓局、提举署及万法宗坛殿后的真武殿与两庑、殿后的小屋等，皆早已不存。

天师府屏山临溪，松樟漫山，远峰回抱，夏季气候凉爽。沿溪乘竹筏可达邓家埠，如今鹰厦铁路经过上清，交通更为方便。这地方将来作为一个风景休养区，很是合宜。在总体布局上，天师府运用了中国传统府第的规格，又结合了封建衙署的功能需要，故前端甬道修长，重门深杳。至大堂前用大院，顿觉豁然开朗，主体突出。这区是宗教行政的地方，除大堂外，其前还安排了赞教厅、法箓局与提举署及元坛殿等建筑。据清乾隆《龙虎山志》卷三"宫府·大真人府旧制"所载，大堂后有后堂，今之大堂似原为二堂旧址所在，今日所见大殿显得过分深广（注）。从私第正厅开始，建筑群骤形紧凑，纯以居住院落出之，运用地方建筑手法。

万法宗坛为独立的修道区，院落与建筑宏敞，又以北方四合院来部署。至于天师府建筑手法，现存柱础，古镜形式极大多数视北方比例为高，如头门、二门、万法宗坛等。实因气候潮湿故不得不略作权宜之计，此种柱础其中工整而低平的，似应为明洪武元年"新其第"时所遗。木构虽已重建，但形式与结构方法尚沿官衙之旧。二门面阔，视原来位置已减少。大堂木构，已易当地手法。私第正厅开始，柱础皆为石鼓，或再在其下垫以多边形石础，酌施雕刻，时代亦较晚。梁架雕刻秾缛，装修过分繁琐，此为欲表现其私第豪华所造成的。天井作正方形式，视赣省之一字形者宽敞为多，实是夏季温度不高，与其他该地民居一样，没有与赣省一般者强求同式。楼屋明间底层特高，两侧稍低，此种手法，自浙东往南所常见，有的甚至于明间不建楼，或一小楼，是为了夏季炎热，将内部净高加大，并且在造型上又突出主体，该处可兼作祭祀宴会之用。东西向之余屋，天井一律作狭长方形，俾减少夏季日照，亦与上述受气候影响所使然。花园部分虽仅一纳凉台，但其前清水浩渺，樟木葱郁，枕流看山，得借景天然之胜，建筑上亦不必多事增饰，引人有超然世外之感，这与宗教思想有关，构成了另一种园林风格。

据清乾隆《龙虎山志》卷三"宫府·大真人府旧制"：

> 明太祖洪武元年，赐白金十五镒新其第。成化丁亥（三年，1467年），御书大真人府额。乙巳二十一年（1485年），命守臣重建。嘉靖中遣官吴猷同江西抚按督修，其制　康熙甲寅（十三年，1674年），土贼窃发，上清罹兵火，大堂、赞教厅、东西厢房、耳房俱毁，唯有后堂五间大门、仪门，毁后重葺，朴陋不称。私第则后堂敕书阁及后堂之东西厢与私第东之家庙，家庙后之后殿书院厢庑亦俱毁。万法宗坛毁后重建，而真武殿东西庑俱不存。元坛殿虽存，两庑仅存其一。牌坊碑亭亦久废矣。

则知康熙时天师府因农民起义为朝廷镇压时所焚毁。其后重建亦较简陋，有些亦无力重建了。现在的建筑，据梁架脊檩与脊枋下的题记：大门建于清同治六年，二门建于清同治四年。私第内三省堂前的照壁，刻有"同治六年谨修"。从该堂之建筑来看，年份当与此同时。后堂为清同治癸酉（十二年，1873年）建，味腴书屋为清光绪二十年建。其他如万法宗坛之建筑，以手法与用材来看，亦不出同治年代。元坛殿民国五年（1916年）丙辰修建，时代更晚。在这些建筑的修建年代中，以同治年间为最多，其所以能大兴土木者，实与当时政治背景分不开。按六十代天师张培源于"咸丰八年戊午乱兵侵境，避往应天山，九年己未（1859年）督办团练，防剿多捷"（吴宗慈《张道陵天师世家》历代天师列传）。其子仁政，即六十一代天师，亦于"咸丰九年佐父办团，防剿多捷。经巡抚耆奏奖，奉上谕着以县主簿，不论双单月擢用。同治元年袭爵"（吴宗慈《张道陵天师世家》历代天师列传）。入民国，六十二代天师张元旭又勾结了张勋，在民国三年恢复封号，发还田产，接受了袁世凯的"三等嘉禾章"。1928年后，赣东为红军根据地，张元旭逃亡出走。1932年红军解放上清，迫其撤退，张元旭一度重归，复得国民党的支持，用了两千个民工，又进行一次天师府的修整。现列为江西省级文物保护单位。

注：清乾隆《龙虎山志》卷三"宫府·大真人府旧制"：

其制为大堂五间，东西赞教厅三间，东西廊房各六间，二门三间，左右耳房各二间，头门三间，后堂五间，东西耳房二间，穿堂三间，东西厢房各六间。私第则正厅五间，东西厢房各三间，门屋一座，后堂五间，东西厢房各五间，堂后小厢房六间，敕书阁五间。家庙在私第东，享堂五间，东西庑各五间，正门三间，后殿五间，东西庑各三间。后书院三间，东西厢房各三间，后小房九间。万法宗坛在私第西，正殿五间，东西庑各三间。坛后真武殿五间，东西庑各三间，殿后小屋九间。元坛殿在二门东，正殿三间，东西庑各三间。法箓局、提举署在二门西，前厅三间，后厅三间，东西厢房各三间。牌坊二座，在府前，左榜"道尊"，右榜"德贵"。碑亭一座在府门西。

丁巳立秋后一日录竟，挥汗如雨，劳劳终日，詹詹小言，余亦不知其何为也。梓翁又记。

庐山的宋元明石构建筑

江西庐山是我国著名的风景区，历史上遗留下来的寺院及其他古建筑，摩崖题名，尚多存者。石构建筑著名的有宋代栖贤桥，宋、元、明代石亭，都在建筑史上有重要价值，1963年夏作调查如下：

栖贤桥在星子县（旧南康府治）北十里，为庐山南麓一景。桥跨三峡涧，背负苍山，古树交柯，翠竹摇空，溪流终年如注。宋苏辙《栖贤寺记》："（栖贤）谷中多大石，崟嶪相倚，水行石间，其声如雷霆，如千乘车行者，震掉不能自持，虽三峡之险不过也，故其桥曰三峡。"又因为在桥的附近有一个栖贤寺，是唐代名贤李渤曾隐读于此而得名的，而此桥亦遂名栖贤桥。

三峡的水，源于庐山五老、汉阳、太乙诸峰，势极猛，流量很大，涧内复多巨石，激流相击，形成"银河倾泻，起蛰千雷"（宋黄庭坚《栖贤桥铭》）的境界。桥的两岸，峭壁峻险，桥下深渊名"金井"。水浅时水面距桥面约20米。桥的选址是从星子县通庐山的要道，因此建造了这座飞凌南北的跨峡桥。

桥为单券石造峡桥，在山洪暴发时，水势汹涌，故架空为之，并且利用了原来两峡岩形，桥墩形成南北高低不一致，南侧稍高于北侧。在北墩之前有一岩伸出，在岩上置石桌凳，为游人观涧的地方。岩面有马朋书"金井"二字巨刻。桥墩作须弥座状，桥的跨径为10.33米，桥面宽4.94米，长20.17米。系用九道独立拱圈并列砌置，东西两侧已各毁一道。券石首尾相衔，凹凸相楔，以今存七道券计，共用石一百零七块。券石按榫卯之凹凸，可分三种形式。在桥的正中券石刻有"维皇宋大中祥符七年岁次甲寅二月丁巳朔建桥，上愿皇帝万岁，法轮常转，雨顺风调，天下民安。谨题"。大中祥符七年为公元1014年，距今已949年。除桥面栏杆等于1927年（民国十六年）重修加建外（民国《庐山志》），前年（1962年）星子县人民委员会又一度刷缝。迄今石桥仍坚挺卧涧上，继续发挥其交通与欣赏景色的作用。在东侧外券第六块石上刻"江州（九江）匠陈智福、智海、智洪"所造。东侧第二券第七块石上刻有"建州僧文秀教化造桥"，西侧外券第七块石刻有"福州僧德朗勾当造桥"。这里明白地告诉了真正建造此桥的劳动者与教化者，是一份可宝贵的建筑匠师资料。而明王祎《三峡桥记》："又云桥鲁班造，盖谓坚致壮奇，惟班乃能造耳，非谓真造于班也。"

这样说法正与赵县隋代安济桥出鲁班手一样，是当时群众心目中对这样一座工程艰巨的石桥创建者所予以的高度评价。

据民国《庐山志》所载，桥从宋元以来的石刻题记，已佚者有宋黄庭坚《栖贤桥铭》五十二字。"三峡桥"三字（在涧内）传亦为黄庭坚书。宋淳熙己亥（1179年）新安朱熹题名七十八字。宋钱闻诗《三峡桥》诗七律八韵。唐寅题识等。今存者北墩有"王蔺以淳熙戊……""嘉靖壬子（1552年）正月既望同知南康府事江伊到此""大理评事签……事杨"。南墩有"衡山陈振东游男定……"等题记。至于北墩壁面所刻莲花图案，其手法与浙江绍兴市宋宝祐四年建的八字桥石柱上者相同，足证为宋时所刻。

栖贤桥利用高谷山岩，飞架南北，既利交通，又减少山洪冲击，在相地上利用因地制宜的传统手法，又就地取材，节省了运输与人工。拱券结构仍沿袭了赵县隋代大石桥并列券的做法，在构件上则有所改进与提高，券石应用了凹凸榫卯，似欲补救大石桥用腰铁之弊，以增加联系强度。上海青浦县金泽镇宋咸淳元年建造的普济桥，在时间上相距已251年，还沿用并列砌券法，券下石刻莲花图案亦复相似，足征宋代拱桥之大概了。又江西清江县阁皂山的鸣水桥，系单孔石券造，有"大宋政和元年辛卯岁阁皂山道众化缘信""人财物建此桥至四年冬至日毕工谨题"。政和元年为1111年，已迟栖贤桥近百年，桥在体量上较栖贤桥低小得多，施工时间费四年之久，那么栖贤桥的建造所费时日亦可想见。这对宋石券桥的施工提出了有证的资料。庐山南麓有五大丛林（寺院）：万杉、秀峰、归宗、海会、栖贤。在万杉寺南一里红树垄地方，现在还保存着一座石构宋亭，这亭位于山的西麓，诸峰合抱，松竹映翠，景色十分深幽。亭是一座全用花岗石建的，这种石当地人称为麻石，非常坚硬。亭平面为方形，上覆四角攒尖顶。正面西向。结构形式，是在四隅用八棱柱，下贯地栿，上以檐额相连，再加普柏枋，两者断面作"T"状。补间铺作每面一朵，它是在栌斗上置泥道拱，拱皆隐出，仅东南角柱头铺作一朵有所不同，似系石料不足所致。斗拱后尾出一跳，偷心，上置圆石。东西两面的补间铺作，在栌斗上横月梁形的明栿，后部华拱分位即为其所占。栿的正中置圆栌斗，自其中心出华拱八跳，斗上覆磐石，分置簇角梁四、"斜栿"四。因为不施椽，以石板铺屋面，故每面正中又加"斜栿"一道，其头与角梁一样外伸，则为木构建筑中所未见者。亭上冠宝顶，今与屋面皆已不存。檐下有石雕雀替，

873

亭的东西北三面原施槛窗，今仅留痕迹。亭内有六边形石砌井洞，每角有华拱出跳。以普通塔之例（僧人置骨灰处称普通塔），当为置僧人骨灰处，而此亭以形式及所处地位来说，或为泉亭亦未可知。庐山附近通运镇有同此类型的八角石亭，名普同塔，枕下有"大宋政和壬辰（1112年）岁季冬甲申朔造"铭刻，其亭内亦置石井，可作参证。

此亭根据明枕下所刻"熙宁十年（1077年）岁次丁巳……"题记，则为北宋所建，视通运镇普同塔的年份还早，为今日我国古代石亭最先实例。

秀峰寺前东南水田中有麻石造元代石亭一座，亭单檐六角攒尖顶，南向。亭柱六棱形，两柱间施雀替、檐额及普柏枋。角柱上置大栌斗，对角横月梁形的明枕，枕中部置侏儒柱，柱下部作石碛形，上覆圆栌斗，出簇角梁六根、"斜枕"六根，不施椽，上承石板屋面，其方法与上述宋亭相似。宝顶已失去，圆形顶座尚存在。柱头铺作后尾出华拱一跳，偷心，跳头上安一长方形石块。其须置明枕者，华拱分位即为所占。补间铺作每面一朵，后尾出跳与柱头铺作相同。柱与柱间贯以地枕，上部装修，于正中者乃于石槛墙上列壁形石板，正中者稍宽，两侧左右间则槛墙较低，俾使亭内主面突出。此亭用材视宋亭已减少，月梁弯度亦较直，皆是做法上显著的不同。

根据明栿下有"维大元至正七年（1347年）岁次丁亥腊月望日建"题记，其为元末之物无疑。与上述宋亭旧时皆未见著录。

秀峰寺前有观音像巨刻，题记为"泰定二年（1325年）"，玩其绘画笔意尚具唐风。石刻确为宋后物。

庐山黄龙寺后半里许有石造赐经亭，又称御碑亭，清代与民国《庐山志》皆有记载。"寺踞庐山之中，以黄龙潭得名，万山环抱，松杉碧绕，后枕玉屏峰，前有天王峰相峙，其西为御碑亭，亭下为大溪。"（清同治《庐山志》）风景显得十分苍邃。赐经亭方形，单檐歇山造。形式及结构均仿木建筑。斗拱殆因材料关系，与石牌楼一样不施横拱。亭内部天花石刻至精。其他亭上之脊、枋子、垫拱板等无不施雕刻。亭中置明万历十五年顾云亭所立之"御碑"。碑镌万历十四年（1586年）赐藏敕旨，及十五年圣母施佛藏经。此亭以建造年代而论稍迟，然完整精致，点缀在风景区中，除供游人休憩外，还可作为明代的石刻艺术来欣赏。

星子县多明代碑坊，形式华赡，雕刻工整，具有一定的艺术价值，今尚保存着五座。其中明嘉靖丙戌（1526

年）陶尚德一坊记年犹在。城内旧南康府头门，传为周瑜点将台，旁有大的石制饲马槽。台砖砌，中辟拱门，上建重檐歇山顶楼，据砖铭"天顺南康府钟鼓楼"，则台建于明代可知。至于木构则为清代重建。此台雄踞星子县城中，如今四周辟为公园，楼系文化宫一部分，供游人登临观赏湖（鄱阳湖）山（庐山）景色。

从上述这些石构建筑中，可以看到江西古代匠师的技术成就，同时足征宋、元、明三个时期石构建筑的嬗变，为研究木构建筑提出了有利的佐证，尤其在宋、元木构亭榭建筑实物不足的情况下，可以借此以补空白。就江西来说，在宋、元木构建筑未发现之前，其价值与木构建筑同样具有重要性。

此行在庐山遇陈彦卓兄，山间相见，倍觉亲切，彦卓与余同执教上海圣约翰大学多年，比邻而居，渠通植物分类之学，曩岁同品题中山公园花木为乐，惠我至多。不意别后数载以心疾暴卒，伤哉！录此文为之腹痛。前情如梦，难以去怀。彦卓福州人，历任圣约翰大学、华东师大教授。

泰州乔君园

　　1962年初，吾偕喻君维国同游苏北，以雪阻泰州，如皋、海安诸地未果行，返扬州小住，作"瘦西湖"报告于扬州园管处，应该地建筑学会之请也。返沪成《泰州乔园》一文，越十四年录此。

　　泰州是苏北仅次于扬州的一个城市，以商业、轻工业为主，在历史上复少兵灾，因此古建筑、园林与文物保存得较他县为多。如南山寺五代碑座，明代的天王殿及正殿，正殿建于天顺七年癸未（1463年），在大木结构上内外柱皆等高，脊檩下用叉手，犹袭元以前的建筑手法。明隆庆间的蒋科住宅楠木大厅，明末的宫宅大厅，现状完整。其他岱山庙的唐末铜钟、宋铜像等，前者款识为"同光"（923—926年），后者为崇宁五年（1106年）及靖康元年丙午（1126年）所造。园林则推乔园。

　　乔园在泰州城内八字桥直街，系明代万历间太仆陈应芳所建。名曰涉园，取晋陶潜《归去来辞》中"园日涉以成趣"之意名额。应芳号兰台，著有《日涉园笔记》。园于清康熙初归田氏，雍正间为高氏所有，更名三峰园，咸丰间属吴文锡（莲芬），名蛰园，旋入两淮盐运使乔松年（鹤侪）手，遂以乔园名。在高凤翥（麓庵）一度居住时期，曾由李育（某生）作园图，周庠（西笭）绘园四面景图，则在道光五年（1825年）。咸丰九年己未（1859年）吴文锡复修是园后，并撰《蛰园记》。从记载中分别可以看到当时的园况。为今存苏北地区最古的园林。

乔园在盛时范围甚人，除园林外尚携有大住宅，这座大住宅是屡经扩建及逐步兼并形成的。今日园之四周所余住宅，虽难窥当时全貌，然明代厅事尚存四座，其中一座还完整保持原状。

园南向，位于住宅中部，三峰园时期有十四景之称：一、皆绿山房，二、绠汲堂，三、数鱼亭，四、囊云洞，五、松吹阁，六、山响草堂，七、二分竹屋，八、因巢亭，九、午韵轩，十、来青阁，十一、莱庆堂，十二、蕉雨轩，十三、文桂舫，十四、石林别径。今已不能得见全貌，但根据现存规模，是不难复原的。

园以山响草堂为中心，其前水池如带，山石环抱，正峙三石笋，故又名三峰草堂。山麓西首壁间嵌一湖石，宛如漏窗，殆即《蛰园记》所谓具"绉、透、瘦"者。池上横小环洞桥及石梁，过桥入洞曲名囊云洞，曲折蜿蜒山间。主山则系三峰所在，其南原有花神阁，今废。

阁前峰间古柏（桧）一株，正如《蜇园记》所谓"瘿疣累累，虬枝盘拿，洵前代物也"，实为园景最生色之处，亦为泰州古木之尤者。山巅东则为半亭，按旧图记无此建筑，似属后建。西度小飞梁，跨幽谷达数鱼亭，亭今圮，遗址尚存。亭旁原有古松一株，极奇拙，已朽。山响堂之北，通花墙月门，累黄石为台，循迂回的石磴达正中之绠汲堂，堂四面通敞，左顾松吹阁，右盼因巢亭，今阁与亭名存而实非。1956年春梅兰芳（字畹华，别号缀玉轩主人）返泰州原籍，为乡里演出，曾居因巢亭中。绠汲堂翼然临虚，周以花坛丛木，修竹古藤，山石森然，丘壑独存，虽点缀无多，颇曲尽画理，是一园中另辟蹊径的幽境。

乔园今存部分与文献园录相对照，已非全貌，然就现状来看，在造园艺术上尚有足述的地方。

在总体布局上以山响堂为中心，其前凿池叠山以构成主景，后部辟一小园别具曲笔，使人于兴尽之余又入佳境，这两者不论在大小与隐显以及地位高卑上，皆有显著不同的感觉，充分发挥空间组合上的巧妙手法。至于厅事居北，水池横中，假山对峙，洞曲藏岩，石梁卧波等，用极简单的数事组合成之，不落常套，光景自新。明代园林特征就是充分体现在这种地方。此园以东南西北四个风景面构成，墙外楼阁是用来互为"借景"。游览线以环形为主。山巅与洞曲形成上下不同的两条游径，并佐以山麓崖道及小桥等歧出之，使规则的主线更具变化。

叠山方面，此园在运用湖石与黄石两种不同的石料上，有统一的选择与安排。泰州为不产石之地，因此所得者品类不一，而此园在堆叠上使人无拼凑之感。在池中，水面以下则砌黄石，其上砌湖石。在石料不足时，则以砖拱隧道代石洞，利用山间小院作过渡，一无生硬之处。山间小院之法，唯苏北园林惯用。若干处用砖墙挡土，外包湖石，亦节省石料之法。以年份而论，山洞部分皆明代旧物，盖砖拱砌法以及石洞构造的大块均采"等分平衡法"做法，既有变化，又复浑成一片，无斧凿之痕可寻，洵是上乘作品，可与苏州明代旧园之一的五峰园山洞相颉颃，为今日小型山洞中不可多得的佳例。至于山中砖拱隧道，则尤为罕见。主峰上立三石笋，与古柏虬枝构成此园之主要风景面，一反以石笋配竹林的常规。山下以水池为辅，具曲折不尽之意。并以崖道、桥梁、步石等酌量点缀其间，亦能恰到好处。这些在苏北诸园中未见有此佳例。此种叠山艺术的成就，清代仅石涛与戈裕良的作品中尚能见之，且更有所提高。

花木的配置以乔木为主，古柏重点突出，辅以高松、梅林，山坳水曲则多植天竹。庭前栽蜡梅、丛桂，厅周荫以修竹、芭蕉，花坛间布置牡丹、芍药，故建筑物的命名，遂有皆绿山房、松吹阁、蕉雨轩等。至于其所形成四季景色的变化，亦因此而异。最重要的是，此类植物的配合，是符合中国古代画理的，当然在意境上还是从清淡上着眼。如芭蕉分绿，疏筠横窗，天竹蜡梅，苍松古柏，交枝成图，相掩生趣，皆古画中的粉本，为当时士大夫所乐于欣赏的。山间以书带草补白，使山石在整体上有统一的色调，这样在若干堆叠较生硬与堆叠不周到处，能得以藏拙，全园的气息亦较浑成；视苏南园林略以少量书带草作补白者，风格各殊。此种手法为苏北园林习用，对今日造园可作借鉴。宋人郭熙说："山，以水为血脉，以草木为毛发，以烟云为神彩。"（《林泉高致》）便是这个道理。

总之，乔园为今日泰州仅存的完整古典园林，亦是苏北已知的最古老实例，在研究中国园林，如以地区而论，它具有一定的代表性。

附录：吴文锡《蛰园记》：

蛰园者，海陵高氏之三峰园也。园起于明

太仆陈君应芳。康熙初归田氏，雍正间，即为高氏所有。予于咸丰丁巳自川南旋扬城，老屋已为破毁，勉赁泰属樊汊镇之屋，暂为栖息。湫隘嚣尘，小人近市矣。戊午夏，闻有是园，即买舟往视，虽荒落破败，以犹可拾掇者，因以三千六百缗当之，修葺之费加一千五百缗，阅三月告成，虽然楚楚。嘉平朔日，率眷属移家焉。

其屋西向者为门，南向者为厅事，比者为住屋，北向者亦住屋，再南者为闲房，为厨房，为住屋，比者为套房。再北，南向、北向，胥住房也。由此而东，共闲房二十余楹。由厅事东廊转而东，长廊十余间，此达园之径也。廊外植竹，竹外艺蔬。廊尽处，入圭窦，北向三楹，东套室一楹，曰蛰斋，斋前后环以竹。由蛰斋而东南向之楼曰一览忘尘，对墙嵌巨石，绉、透、瘦三字悉备，再东则为三峰草堂。堂面山，湖石假山三面拥抱，高者几可接云。山下为池。循西度古桥而上为梅径，缘径而南，为花神阁。阁前古柏一株，瘿疣累累，虬枝盘拿，洵前代物也。柏左右三峰并峙，斑驳陆离，不可名状。

882

循阁而东，越廊楼折而北为疏影亭，盖亭之四面亦皆梅也。沿亭而下，稍北则丛桂一方，穿丛桂而西，则牡丹分列。迤北则黄石假山扑面，山巅之屋曰退一步想。屋后桑榆林立，皆非百年以内之物。旁植安石榴、碧桃、棕榈、芭蕉。东高台三层，为玩月之所。此园之大略也。

余少也贱，且不知治生人产，宣游二十年，因病归来，正值东南苦兵，僻居海东，奚啻物之所依。其地甚小，而外之山环水抱，无美不备。以为蛰者之所有，可以为非蛰者之所有，亦无不可也。是为记。咸丰己未伏日清远庵僧自识。

录自董玉书《芜城怀旧录》卷二。周庠《三峰园四面景图题记》：

右图之西南。高甍接云者为来青阁，登阁以望之，园之全胜在焉；其西为莱庆堂，前后重檐，主人为高堂称寿，恒张宴于此。南为二分竹屋，碧玉万竿，清风时来。循竹径而北为皆绿山房，又北为蕉雨轩，又北为文桂之舫。折而西，为午韵轩，植牡丹甚多。又西为石林别径。自皆绿山房至此，皆居园之右偏，绘事弗能及，故连类记之。道光五年岁次乙酉夏六月西笭周庠记。

右图之南面。三石笋鼎峙，色浅碧，叩之玲珑有声，高十数尺有差。园始名日涉，易今名。以此聚石为池，兰馨被渚，水萦如带。池西为囊云洞，洞中有径达数鱼亭之右。其上古桧一株，轮囷蟠薄，大可怖，为园中群木之长。干倚石生，渐与石合。人从洞中火而观之，杳不知其托根何所，亦一奇也。

右图之东面。高者为数鱼亭，俯瞰碧流，纤鳞可数，故名。池上跨小石梁，盘石在其左，可坐而钓焉。亭后修廊之后，一榆一杉，对立云表。杉非江北所宜，植此特修笋蓊郁，风声吟啸，如在深山大壑间。亭之右角，叠石为山。山缝一松，高不满数石，皮尽脱尽，筋骨刻露，毛鬣不多，而苍翠之色四时不变，不知何代物也。

右图之北面。中为山响草堂，翼重楣，四面虚敞。堂后山，山下有泉，甘冽可饮。泉上有绠汲堂。自其左缘梯而上为松吹阁。阁前为台，布席可坐十数人，去地二十尺有奇，烟消日出，望隔江诸山，缥缈在有无间也。其右槐榆荫涂，梅榴夹植，有亭曰因巢，盖因树为之。

闽中游记

1977年4月13日晨，偕喻生维国同作闽游，车发上海北站，晓风拂面，犹有寒意，薄棉未卸也。午后车过金华，渐暖矣，凭窗闲眺浙东明秀山水，洵足醉人。余云浙山有水，皖山无水，闽山溪险，赣山溪清，皆显著不同处。经江山有双塔耸翠，曩岁未及见之，上饶亦有小塔二，过眼行云，他日重过或已化乌有。次日朝晖中抵福州，寓西湖宾馆，故龚氏园也。午后至省博物馆，林钊、陈仲光二君及诸负责人招待，馆为新建，滨西湖，潮湿不宜珍藏。晚，林、陈诸君复来，言定省博物馆派人同行，较为方便。

15日林钊、王铁帆等陪同去螺洲访陈宝琛宅。上午半日皆盘旋其间，宅三路，一列三进，环以清溪，故名螺洲，属闽县。陈为清遗老，宅后筑北望楼，瞩仰故君，还读楼为书斋，皆缀以楼廊。宅东北隅建沧趣楼为二层阁，前临方池，所谓沧趣楼藏书即指此，书三万册已归省图书馆。下午偕林钊同志勘察华林寺正殿，巨刹仅存此一殿，可与余姚保国寺为兄弟，北宋物也。其月梁之砍杀，美秀柔和，他地不及者。唯五架梁以上则非原件。晚陈祥耀来访。

16日卢茂村陪同离福州，十时半抵福清，过乌龙江桥，风景如画，寓华侨饭店，下午看瑞云、水南二石塔，无意于街间发现宋井，其题记为"政和丁□（酉）（1117年）林□陈□斌募银□□□□，大中祥符元年（1008年）陈珠□□陈京□□□造，丁西（1117年）同缘沙门□□，弟子下林□□舍地"，八角石砌。当地人士尚未知之，欣以相告。水南塔为宋构经明修，故下半段为宋物，上半段则明续，其砌法显然不同可证也。

17日参观海口宋政和三年（1113年）桥，四十道孔。饭于公社，水库有明石塔倒影波间，虚实互见，空灵古秀，浅画成图矣。明叶向高宅存"闲云"石峰，高丈余，奇峭。福清住宅有用仰瓦铺顶者，知此法不局限于北国。

18日上午十时达莆田，寓地委招待所，有假山一丘以竖石堆叠，闽中特征也。下临水池有小桥。午后参观三清殿，名不副实，修理草率，言明构亦甚勉强。宋徽宗玉清万寿宫记极佳。其他孝宗淳熙十一年赐陈俊卿书刻石亦完整。神应庙记，绍兴间物，记泉州朱方舟海外经商事。文化馆设于宋谯门上，楼基存阙遗意，两翼稍突，门洞上置横梁，宋时遗物。重楼宏丽，为今闽南"鼓楼"仅存者。据县志:"明嘉靖壬戌(1562年)毁,隆庆五年(1571年)重建。国朝康熙九年(1670年)知府慕天颜重修,至三十一年(1692年)复毁,五十六年(1717年)知府卞永嘉重建。"与实物相符。

19日上午观木兰陂。途经广化寺,登宋石塔,有红军"中国共产党万岁"等标语。闽中之寺多建长廊,广化寺特宏敞,有老僧为我治病,多医理。下午看熙宁桥、黄石文庙,文庙大成殿虽清晚期建,然用料施工工整,柱施插拱,不细察误为明代前物也。此间手法多存古制,宜慎重鉴定。莫公井题记为"乾道三年(1167年)□月十五日立,乾道癸巳(1173年)春题(重修)端平乙未(1235年)冬题(重开)"。三教祠有古树三本合并,虬枝如龙。东岩寺塔宋绍圣六年(1099年)建,中空,如福清水南塔,同邑广化寺塔。

20日上午观宁海桥,元元统二年(1334年)建,瓜舟巨流而下,其快如飞。涵江三教祠前松林苍翠,隙间隐现水田,宛如长卷。饭于该镇,黄鱼鲜美,午后发现县城工业路二五号王宅,明建。除门屋毁,其他皆存,厅事三进,用材特大,大厅三间明间无平柱,用减柱法,屏门用锼砍,末进楼厅槅扇皆为原件,此今日所存年代久远之明代住宅,首次觅到,闽游最大收获也。陈经邦宅明万历间物，三路三进，完整如新，惜宅后一厅及花园毁矣。陈官至礼部尚书。五星巷明代小宅，一厅一照屋间以小天井，烈日下犹如三秋，盖蔽阳通风处理巧妙，门东向有楼出挑。林扬祖官云贵总督，宅建于清乾隆，保存完整。是等皆为鉴定不同时代建筑之代表作。绣衣街清康熙间武官宅有小园水阁临流。双池巷小园，余等入内，有女孩移盆花布置，状甚可亲，欣其园之客来，"天真烂漫"之情，油然出于双颊，令人难以去怀。此等园规模几同出一辙。是日上午乘汽车兼小车，下午又冒雨访诸宅，殊劳顿，而兴致高。文化馆藏天文图，余鉴定为晚明物，与天文学者鉴定同。来莆田时车经渔溪，滨海有小塔。江口侨村，建筑混杂，此闽南村落常见之状，与他地迥异。

次日晨离莆田，陈佳润翁等走送车站，盛情可感。抵泉州已近午，海博馆许清泉等同志相迎，寓地委招待所。午后文化局领导来。稍暇，信步市街，多骑楼。

22日于开元寺博物馆听介绍。开元寺为弘一法师驻锡处，法师为我国学术史重要人物，余自幼即景仰。寺伟丽，有东西石塔，而六榕覆地，风景极好，余吟一联："弘一有灵应识我，开元洵美要题诗。"午后观寺内建筑，东首小殿为明构。大殿已扩建，明末之物可信。诸殿祖像俱在，出某市委书记保护之力也。寺一度改为商场，今已复原。傍晚为东塔摄影。晚，小林（存琪）来，厦大考古系毕业生。盖上午参观南宋海船，由她介绍藏物也。客厦门时，庄为玑翁告，海船发现之港口有木卧桩，而此卧桩泉州南安县金鸡桥者尤可珍。王洪涛翁云："金鸡桥原在南安县丰州公社旭村，桥建于南宋嘉定（1208—1224年）间，其位于晋江东西二源汇合处，双溪口之下，居晋江口之上游，江面深广，桥横跨于晋江东西两岸，原系石木结构，桥面木板，清代毁于火，仅存石砌桥墩十七座枕于江流，该桥旧墩之拆卸，从上而下，层层卸石，及石尽底见，发现巨大松木二层，纵横层叠，作为'卧桩'，而每一松木皆系赤松，其用也，整株去枝叶截头尾，留存主干及树皮，松木巨大，树干全长十五至十六米之间，尾径四十至五十厘米许，出土时木质未变，树皮完好，以接触空气，皮即自裂，但不脱落，色亦渐变黑黝色，当松木被抬起之后，其下即江底之沙积层，可见为初建时物，松木纵横叠妥后桥墩即叠砌其上，其未受墩之四周再铺压一层重石。"或云："桩为先载石，运至墩位，上压石沉之。"明王慎中《泉州府修万安桥记》："至于凿石伐木，激浪以涨舟，悬机以弦绰……"此乃明建桥施工法。

23日上午去弥陀岩、老君岩，皆在城北，前者有大元至正二十四年甲辰（1364年）中和月告成石碑："易殿以石，建台塔，改堂宇，再精琢佛相涂金。"佛与塔与所记皆符，殿亦改动殊少。老君岩以岩石雕像，特出头脚，坐像生动，宋人作也。山间弘一法师墓，亭存而穴亡。午后驱车，观应庚塔，实心，秀挺如江南者，与当地其他石塔异，宋物。殿为明构。昭庆寺宋幢瘦长，用花岗岩，雕刻较粗。

24日莆田卢君来参加勘察，做业务学习。午前看清净寺，仅留石构砖构建筑，宋代名寺也。李贽故居，清同治间造，《文物》误为原构殊可疑，足证前时余初见此文，信其非真也。天妃宫，清建。文庙泮池建一桥，前高后坦，形象秀美，二榕俯水，照影浓郁。

次日去海安观五里桥，此名桥也，今桥周围垦。江水仅通数孔，未能见当时汹涌澎湃之巨流滚滚于长桥之下。现状残损亦甚，维修颇费商量。龙山寺，清建，前廊雕刻甚细，佛像犹存。饭于公社。午后驱车上山观六胜、姑嫂二石塔，俯视泉州湾，蓝天碧水，四山环抱，胸襟顿开。六胜塔元至正二年（1342年）建，其形制一如开元寺双塔，中置塔心柱，加内廊。姑嫂塔宋绍兴年间（1131—1162年）建，中空，清代于底层前加廊屋。途经石狮，侨乡也，人比如小香港，匆匆而过。是日余印象难忘者，则为清晨到草庵谒弘一法师读经处，庵原为摩尼教寺地，其摩崖可证，而佛像则民国初所凿，传为该教像，非也。弘一于庵中撰一联云："草积不除，便觉眼前生意满；庵门常掩，毋忘世上苦人多。岁次甲戌正月，沙门一音撰并书。"一音为弘一别号。他则庵中木柜皆法师墨笔题记。是山固多奇峰，今采石，即石刻亦有损。

26日往南安石料厂，经九日山，是处滨晋江，为宋人重阳登高处，更多摩崖石刻，宛如泰山经石峪，寺庙无存，唯留山石，风景稍逊矣。石料厂自宋以来即开采，产白色花岗岩，今毛主席纪念堂用者亦运自此。开发法尚沿用传统火烧，法简效大。下午与工人开座谈会。厂前巨岩壁立，有古榕倚壁而生，背衬晋江，奇趣横溢，画本也。归时便道看石笋。宋番人刻者。过丰州，有宋幢甚精美，雕刻亦细。

27日文化局同志约再游老君岩。参观伊斯兰教墓葬区圣墓，墓三面周以石廊，宋构而修殊甚，近建一亭覆墓，不符体制。有郑和碑，郑崇奉伊斯兰教。墓区下有明丁姓教墓，汉回合制，其雕刻用莲瓣，工整足为明刻之代表作。洛阳桥名满天下，今以新桥覆其上，已失旧状，余云今日观闽南宋元长桥，泉州名大，莆田实存，须两者参看之。牡蛎基之法，闽南独存。午后至郊区调查民居，真五花八门，古今中外之大成。而解放前所建侨居，画栋雕梁，几疑为同光间物也，须细察其若干做法已露晚近形式，否则上当矣。闽中古建存旧法极多，考古者须审慎。同善寺大殿在市区小湖之滨，与湖亭同为晚近之作而结构极精。亭之顶内部仿佛如祈年殿者。

28日上午市设计室叶禽泽翁与潘福受君来谈泉州石建筑情况，复同看中国银行、外贸公司两工地。天骤寒，单衣不胜。饭毕复至开元寺细察勘东西二宋石塔，西塔早于东塔，而仿木结构视东塔为忠实，石梁皆凿成月梁形。忆前六日清晨为此塔摄影，旭阳普照，细部历历，及今思之犹绕方寸。东塔一层有记云：明万历甲辰（1604年）地震，丙午修塔，总理材役者为僧弘本，木工为吴文盛，修塔不载石工，亦多不解，似木工经管其事者。闻建塔时以铜液灌之，存疑。

29日冒雨登瑞象岩，浓雾笼山，清流激湍，罕遇者。像刻于宋，有题记："大宋元祐二年（1087年）岁次丁□众造释迦瑞像。于其年十一月二十七日讫工。劝首□□□□中吴奕赵政施主。"观此则此丈二巨像，施工为期近一年。石屋传为明建，非也。午后步行至寓所附近手工业厂，木偶像制作极好。

翌日于博物馆作报告，承文化、教育、城建三部分领导及同志倾听，余最后赠诗："青山如画水如油，绿满春江忆此游；我爱闽南风景好，泉州未必逊杭州。"主客皆欢，兴尽握别。文管会主任许谷芬及王洪涛翁有诗赠别。下午偕陈仲光同志赴厦门，卢茂村返福州。劳泉州诸同志相送车站。在泉州开元寺得遍观弘一法师遗物遗著，其律己之严，治学之谨，足为楷模。晚岁书法静入化境，浙人马一浮书受其影响，然终差一筹，所谓境界高低也。

5月1、2两日留厦门，厦门城市若上海，不同者岛城而已。曾游鼓浪屿登日光岩，"五一"游人如鲫，烈日照衣，颇觉疲困。访郑成功纪念馆，啜茗其间。再至厦门大学参观鲁迅纪念馆，晚观焰火。明日庄为玑翁来，旅邸畅谈古泉州港半日，去集美未果，仅前日车行一过。

3日晨车赴龙岩，龙岩山区也，以产烟名世，少时见长辈所吸永定皮丝烟即产是区，与泉州之老范志神曲（中药），留下五十年之印象。午后抵城区，休息于地区招待所，四山环抱，一溪贯市，气候较凉爽，街道一如泉州、厦门，皆筑骑楼。

第二天动身上古田，地势益高，车行万山中，越峻岭，于坦道边见红旗招展，青年列队，古田会议会址在焉，正"五四"佳节也。纪念馆同志来迎，稍坐会谈，山茶浮香，啜小杯，闽地旧俗，即今尚沿之。下午参观古田会议会址、红四军军部、政治部、后勤、军医诸遗址，徒步溪边，瞻望群山，真金汤之地，而当时艰苦岁月，星火燎原，万千思绪，涌现心头。除古田会议会址为宗祠外，余皆民居，其与他地不同者，大门开于西首，未识何因，有别常规。晚开座谈会。余建议遗址修理原则应整旧如旧，当时环境尽量少起变动。承采纳。

次日去蛟洋观另一革命遗址文昌阁，阁建于清乾隆间，外五、内三、下二层四边、上八角。底层为殿堂供文昌。二层系厅堂，为宴会之处。三层为阁，既供神又起瞭望之用。厅堂施正规梁架，上施覆水椽，此种做法唯在皖南见之。二层前施翻轩，一如厅堂常状，三层顶立中柱，下以柁梁承之，年久柱略悬，人以为悬柱非也。柱皆贯二层，互相交叉构成之。稍前为苏家坡，亦革命遗址。途中见溪上架廊桥，木构，下用卧桩，以悬臂梁承之，形式结构皆好。午后古田廊桥摄影，此桥为革命时期重要建筑。闽地三合土旧法除加糯米浆外，另加糖渣，亦就地取材，增坚强度之法。近木材做旧用栗壳水，更有茶汁加乌煤、牛胶、石灰者，姑记之。

6日返龙岩，傍晚参观毛主席故居，正在修理中，原为大宅花厅部分，厅建于乾嘉间，雕刻作夔龙纹，华丽工细，梁架之瓜柱间结构严密，实可宝也。其旁邱宅建于晚明。

7日至永定观土楼，大塘角王宅文翼堂以土楼环厅，正中后部大楼高四层，每层皆铺砖极坚牢，燕巢、蝙蝠满楼，当地人爱之而不驱。蝙蝠粪为植菖蒲盆栽之最佳肥料，拾若干归。屋建于十九代，今二十七代矣，犹聚族居之。中午观坎市方楼。饭后越重岭，观丰田圆楼，建于二十一代，今三十三代。高陂上洋大队之大方楼为陈姓遗经堂，陈为巨烟商，楼为十六代建，今二十三代，完整如新，其气势动人心魄。大方楼前有门屋及两翼侧屋，入楼四周各二十五间，用内廊，中有厅堂一组，以廊缀楼。土墙厚如人高，曾经炮弹炸药，皆无动于是楼。虽时近傍晚，徘徊留恋，未忍遽别。而处处土墙深檐黄墙（间有刷白者），衬于青山白云间，其色彩造型之美，宛如宋元仙山楼阁图，余于车中吟成："仿佛仙山入梦初，自怜老眼未模糊。流风已逝宋元画，如此楼台岂易图。"记行而已。

闽西南及闽南住宅之平面，基本手法为三进（后进为楼），加两"厝"（又称"护厝"，旁屋）。"厝"东西向。泉州两厢称"榉头"，侨居每以亭出之。后屋称后尾。莆田称三进五间六扇，六扇者六厢也，福州亦以三进为主。闽南建筑则多红砖红瓦，与福州稍异。

龙岩城郊姑妈庙以歇山重叠为顶，高下相间，造型

896

多变化，为国内孤例。永定高陂天后宫，下为殿堂上状塔式亦罕见。

8日清晨乘火车回福州，先一日地区文教局钟局长来话别，是时又专人派车送至车站，于心殊为不安。火车沿江、越涧，闽中山水饱览尽矣，一日之程自朝至暮，峰峦出入，云烟变幻，平生难得佳景，而溪流险激，滩石峥嵘，崖壁矶濑，处处醒目，益助我叠山之构思也。晚十时到福州，仍寓西湖宾馆。

次晨观博物馆新出土之南宋墓女服，其图案皆为宋写生花，真院本也。女裤一为开裆，二为两裤脚开缝，三满裆，皆紧腰，内尚有绣花月经带，其裙正背面两叠旁单层。衣二，式作窄袖广袖，此今日仅见之宋服实物，其特征如此。或云古时女无裤，马王堆女尸即一例，其后有裤而开裆，不开裆者谓之"穷裤"。墓主为宋宗室，十六岁嫁，次年死，葬福州西湖附近。宋人晏小山词："今春玉钏宽，昨夜罗裙皱。"可证。午后偕曾凡、王铁帆等至宫巷观林则徐宅（其子购入者），有小园，古榕甚茂。池已填，假山亦危。宅西为林婿沈葆桢宅，原晚明唐王衙，宅为原构，内壁有明砖雕獬豸，惜为涂抹。皆三进。附近尚有二三明宅，规模仿佛，已残。乌塔为福州最古建筑，建于五代，中为石柱，石级置柱内，加外廊。七级八边，已用铁器加固。晚间王铁帆招饮。

10日专车去鼓山，雾中寻山，观摩崖刻，信宋人题壁之佳也。山间前有新移北宋陶塔二，秀美如杭州闸口白塔，国宝也。陶塔孤例，曾凡方分写陶瓷史，嘱为分析建筑部分。林觉民宅久访不得，终于傍晚才见，惊喜交迫，回思童年读烈士绝笔书，垂老尚能背诵。此后街之屋终于见到，花厅小轩尚存，低回流泪；轩外疏梅无存，花影难再。闻夫人于烈士殉难后一年即故。后人今客漳州。于博物馆得观绝笔书，笔法秀畅，书于手帕上。据云，难发后次日太夫人于大门缝得之，久藏林家。建议保存此残宅作纪念馆。

11日午前罗孝登翁来，福州大学教授、老友，七十四矣，阔别十载。饭后，博物馆邀余作报告。晚登车返沪，灯火中别榕城。12日夜至北站。

此行乃中国科学院约余分撰《中国建筑技术史》，得有机会作调查，至于有关所得皆写于是书中。闽中承各方照拂良多铭感，临行博物馆坚请再作闽北之游，上武夷，观仓库藏品，俾于古建古物共为商榷鉴定，奈归期已逼，交稿日近，此缘图诸来日。

1977 年夏

扬州园林与住宅

扬州是一个历史悠久的古城，很早以前就多次出现过繁华景象，成为我国经济最为富庶的地方；由于物质基础丰厚，从而为扬州文化艺术的发展创造了有利的条件。表现在园林与住宅方面，也有其独特的成就和风格。

从历史的发展来看，远在公元前486年（周敬王三十四年），吴王夫差即在扬州筑邗江城并开凿河道，东北通射阳湖，西北至米口入淮，用以运粮。这是扬州建城的开始和"邗沟"得名的由来。扬州由于地处江淮要冲，自东汉后便成为我国东南地区的政治军事重地之一。从经济条件来说，渔、盐、工农业等各种生产都很发达，同时又是全国粮食、盐、铁等的主要集散地之一；隋唐以后更成为我国对外文化联络和对外贸易的主要港埠。这些都奠定了扬州趋向繁荣的物质基础。

隋唐时代的扬州，是极为重要而富庶的地方。从隋文帝（杨坚）统一南北以后，江淮的富源得到了繁荣的机会，扬州位于江淮的中心，自然也就很快地兴盛起来。其后隋炀帝（杨广）来到扬州，恣意寻欢作乐，又大兴土木，建造离宫别馆。虽然这时的扬州已开始呈现空前的繁荣，却不能使扬州的富庶得到真正的发展。但是隋炀帝时开凿的运河，则又使扬州成为连接南北水路交通的枢纽，为以后经济繁荣提供了有利的条件。在建筑技术上，由于北方匠师与江南原有的匠师在技术上得到交流与融合，更大大地推进了日后扬州建筑的发展。唐代诗人杜牧曾有"谁知竹西路，歌吹是扬州"的诗句，从中亦可看出城市的繁华现象。

早在南北朝时期（420—589年），宋人徐湛之即在平山堂下建有风亭、月观、吹台、琴室等。到唐朝贞观年间（627—649年），有裴谌的樱桃园，已具有"楼台重复，花木鲜秀"的境界，而郝氏园还要超过它。但唐末这些园林都受到了破坏。宋时有郡圃、丽芳园、壶春园、万花园等，多水木之胜。金兵南下，扬州受到极大的破坏。正如南宋姜夔于淳熙三年《扬州慢》词中所咏："自胡马窥江去后，废池乔木，犹厌言兵。渐黄昏，清角吹寒，都在空城。"同时宋金时期运河已经阻塞，至元初漕运不得不改换海道，扬州的经济就不如过去繁荣了。元代仅有平野轩、崔伯亨园等二三例记载。明代初叶，运河经过整修，又成为南北交通的动脉，扬州也重新形成了两淮区域盐的集散地。明中叶后由于资本主义经济的萌芽，城市更趋繁荣，除盐业以外，其他的商业与手工业也都获得了发展。到十七八世纪的清代，扬州的经济在表面上可说是到了最繁荣的时期。这种繁荣实际上是统治阶级穷奢极侈、腐化堕落、消极颓唐、享乐寻欢的具体表现。而扬州的劳动人民，却以他们的勤劳与智慧，创造了独特的园林建筑艺术，为我国古代文化遗产作出了一定的贡献。

明代中叶以后，扬州的商人以徽商居多，其后赣商、湖广（湖南、湖北）商、粤商等亦接踵而来。他们与本地商人共同经营了商业，所获得的大量资金并没有积累起来从事再生产。他们除了把金钱花费在奢侈的生活之外，又大规模地建筑园林和住宅。由于水路交通的便利，随着徽商的到来，又来了许多徽州的建筑匠师，使徽州的建筑手法融合在扬州建筑艺术中。各地的建筑材料，加上附近香山（苏州香山）匠师，更由于舟运畅通，各地的建筑材料源源到达扬州，使扬州建筑艺术更为增色。在园林方面如明万历年间太守吴秀所筑的"梅花岭"，叠石为山，周以亭台；明末郑氏兄弟（元嗣、元勋、元化、侠如）的四处大园林：嘉树园、影园、五亩之园、休园，不论在园的面积上及造园艺术上都很突出。影园是著名园林家松陵（江苏苏州）计成的作品，园主郑元勋因受匠师的熏陶，亦粗解造园之术。这时的士大夫就是那样"寄情"于山水，而匠师们却在地处平原的扬州叠石凿池，以有限的空间构成无限的景色，建造了那"宛自天开"的城市山林。这些都为后来清乾隆时期的大规模兴建园林，在技术上奠定了基础。

清兵南下，扬州人民奋勇抵抗，牺牲很大，这些建筑也受到了极大的破坏，只有从现存的几处楠木厅，尚能看到当时建筑手法的片段。

清初，官吏在扬州建有王洗马园、卞园、员园、贺园、冶春园、南院、郑御史园、筱园等，号称八大名园。乾隆时因高宗（弘历）屡次"南巡"，当地官员便大事建筑亭、台、楼、阁；扬州的绅商们想争宠于皇室，也竞相修建园林。自瘦西湖至平山堂一带，更是"两堤花柳全依水，一路楼台直到山"，有二十四景之称，著名于世。所以李斗在《扬州画舫录》卷六中引刘大观言："杭州以湖山胜，苏州以市肆胜，扬州以园林胜。三者鼎峙，不可轩轾，洵至论也。"清朝的皇室正利用这种"南巡"的机会进行搜刮，美其名为"报效"，商人则在盐中"加价"，继而又"加耗"；皇帝还从中取利，在盐中提成，名"提引"；皇帝又发官款借给商人，生息取利，称为"帑利"。日久之后，"官盐"价格日高，商人对盐民的剥削日益加重，广大人民的吃盐也更加困难。而官商则凭着搜刮得来的资金，不惜任意挥霍，争建大型园林与住宅。这一时期的园林兴造之风，正如《扬州画舫录》谢溶生序中所说："增假山而作陇，家家住青翠城闉。开止水以为渠，处处是烟波楼阁。"流风所及，形成了一种普遍造园的风气。因此，除瘦西湖上的园林外，如天宁寺的"行宫御花园"、法净寺的东西园、盐运署的题襟馆、湖南会馆的隶园，以及九峰园、秦氏意园、小玲珑山馆等，都很著名。其他如祠堂、书院、会馆，下至餐馆、妓院、浴室等，也都模拟叠石引水，栽花种竹。这种庭院内略加点缀的风气似乎已成为建筑中不可缺少的部分。

从整个社会来看，乾隆以后，清朝的统治开始动摇，同时中国两千多年的封建社会，也逐渐走向下坡，清帝也就不再"南巡"了。到嘉庆时，扬州盐商日渐衰落。鸦片战争以后，继以《江宁条约》五口通商，津浦铁路筑成，同时海上交通日趋发达，扬州在经济、交通上便失去了其原有的地位。早在道光十四年阮元作《扬州画舫录》跋文，道光十九年又作后跋，历述他所见的衰败现象，已到了"楼台荒废难留客，花木飘零不禁樵"的地步，比太平天国军于1853年攻克扬州还早19年。由此可见，过去的许多记载把瘦西湖一带园林毁坏的责任全部归咎于太平天国，显然是错误的。咸丰、同治以后，扬州已呈时兴时衰的回光返照状态。所谓"繁荣"只是靠镇压太平天国起家的官僚富商，在清末粉饰太平而已。民国以后，园林与大型住宅被破坏得更多。兼以"盐票"的取消，盐商无利可图，坐吃山空，因而都以拆屋售料、拆山售石为生，当年繁华一时的扬州园林，如今已难窥全貌了。

扬州位于我国南北之间，在建筑上有其独特的成就与风格，是研究我国传统建筑的一个重要地区。很明显，扬州的建筑是北方"官式"建筑与江南民间建筑两者之间的一种介体。这与清帝"南巡"、四商杂处、交通畅达等有关，但主要还是匠师技术的交流。清道光年间钱泳《履园丛话》卷十二载："造屋之工，当以扬州为第一。如作文之有变换，无雷同。虽数间小筑，必使门窗轩豁，曲折得宜……盖厅堂要整齐，如台阁气象，书房密室要参错，如园亭布置，兼而有之，方称妙手。"在装修方面，也同样考究，据同书卷十二载："周制之法，唯扬州有之。明末有周姓者，始创此法，故名周制。"北京圆明园的重要装修，就是采用"周制"之法，系由扬州"贡"去的。（从周按：据友人王世襄说："所谓'周制'，当指周翥所制的漆器，见谢坤《金玉琐碎》。……故钱泳说：

'明末有周姓者，始创此法。'不可信。")其他名匠如谷丽成、成烈等，都精于宫室装修。姚蔚池、史松乔、文起、徐履安、黄晟、黄履暹兄弟（履昊、履昂）等，对于建筑及布置方面都有不同的造诣。又据《扬州画舫录》卷二记载："扬州以名园胜，名园以叠石胜。"在叠山方面，名手辈出。如明末叠影园山的计成，清代叠万石园、片石山房的石涛，叠白沙翠竹与江村石壁的张涟，叠怡性堂宣石山的仇好石，叠九狮山的董道士，叠秦氏意园小盘谷的戈裕良，以及王天于（从周按：朱江以扬州博物馆藏王氏遗嘱见示，应作王庭余。王殁于道光十年，寿八十。其后裔尚继其业）、张国泰等。晚近有叠萃园、怡庐、匏庐、蔚圃和冶春等的余继之。他们有的是当地人，有的是客居扬州的外地人，在叠山技术方面，彼此互相交流，互相推敲，都各具有独特的成就，在扬州留下了许多艺术作品，使我国叠山艺术得到了进一步的提高。

关于扬州园林及建筑的记述，除通志、府志、县志等记载外，尚有清乾隆年间的《南巡盛典》《江南胜迹》《行宫图说》《名胜园亭图说》，程梦星《扬州名园记》《平山堂小志》、汪应庚《平山揽胜志》、赵之壁《平山堂图志》、李斗《扬州画舫录》，以及稍后的阮亨《广陵名胜图记》、钱泳《履园丛话》，道光年间骆在田《扬州名胜图》

和晚近王振世《扬州览胜录》、董玉书《芜城怀旧录》等等，而尤以李斗《扬州画舫录》记载最为详实。其中《工段营造录》一卷，取材于《大清工部工程做法则例》与《圆明园则例》，旁征博引，有历来谈营造所不及之处。

扬州位于长江下游北岸，与镇江隔江对峙。南濒大江，北负蜀冈，西有扫垢山，东沿运河，就地势而论较为平坦，西北略高而东南稍低。土壤大体可分两类：西北山丘地区有属含钙的黏土；东南为冲积平原，地属沙积土；市区则多瓦砾层。扬州气候属北温带，为亚热带的渐变地区，夏季最高平均温度在30摄氏度左右，冬季最低平均温度在1—2摄氏度。因为离海很近，夏季有海洋风，所以较为凉爽，冬季则略寒冷。土壤冻结深度一般为10—15厘米。年降雨量一般都在1000毫米以上。至于风向，因属季候风区域，夏季多东风，冬季多西北风，常年的主导风为东北风。在台风季节，还受到一定的台风影响。

扬州的自然环境，既具有平坦的地势、温和的气候、充沛的雨量以及较好的土质，有利于劳动生产与生活；又地处交通的中心，商业发达，因此也促进了建筑的发展。不过在这样的自然条件下，以建筑材料而论，扬州仍然缺少木材与石料，因此大都是仰给于外地。在官僚富商的住宅与园林中，更多出现了珍贵的建筑材料，如楠木、紫檀、红木、花梨、银杏、大理石、高资石、太湖石、灵璧石、宣石等。

当时扬州园林与住宅的分布，比较集中在城区，而最大的建筑又多在新城。按其发展情况，过去旧城居住者为士大夫与一般市民，而新城则多盐商。清中叶前盐商多萃集在东关街一带，如小玲珑山馆、寿芝园（个园前身）、百尺梧桐阁、约园与后来的逸圃等；较晚的有地官第的汪氏小苑、紫气东来巷的沧州别墅等，皆与此相邻。稍后渐渐扩展到花园巷南河下一带，如秋声馆、随月楼、片石山房、棣园、寄啸山庄、小盘谷等。这些园林与住宅的四周都筑有高墙，外观多半与江南的城市面貌相似。旧城部分建筑较为低小，但坊巷排列却很整齐，还保留了苏北地区朴素的地方风格。这是与居住者的经济基础分不开的。较好的居住区，总是在水陆交通便利、接近盐运署与商业区的附近。

目前扬州城区保存得还比较完整的园林，尚有大小三十多处。具有典型性的，要推片石山房、个园、寄啸山庄、小盘谷、逸圃、余园、怡庐和蔚圃等。住宅为数尚多，如卢宅、汪宅、赵宅、魏宅等，皆为不同类型的代表。我们几年来做了较全面的调查与测绘，编成此书，提供一份研究扬州园林与住宅的参考资料。

园林

片石山房一名双槐园，在新城何芷舠宅内。初系吴家龙的别业，后属吴辉谟。今尚存假山一丘，相传为石涛手笔，誉为石涛叠山的"人间孤本"。假山南向，从平面来看，是一座横长形的倚墙山，西首以今存气势而言，应为主峰，迎风耸翠，奇峭迫人，俯临清池。人们从飞梁（用一块石造成的桥）经过石磴，旁有蜡梅一株，枝叶扶疏。曲折地沿着石壁可登临峰顶，峰下筑正方形石室两间，所谓片石山房就是指此室而言。向东山石蜿蜒，中构石洞，很是幽深，运石浑成，仿佛天然。可惜洞西的假山已倾倒，山上的建筑物也不存在，无法看到它的原来全貌了。这种布局的手法，大体上还继承了明代叠山的惯例，不过重点突出，使主峰与山洞都更为显著罢了。全局的主次分明，虽然地形不大，布置却很自然，疏密适当，片石峥嵘，很符合片石山房这个名字的含义。扬州园林叠山以运用小料见长，石涛曾经叠过万石园，想来便是运用高度的技巧，将小石拼镶而成。在堆叠片石山房之前，石涛对石材进行了周密的选择，以石块的大小、石纹的横直，分别组合，模拟成真山形状；还运用了他画论上的"峰与皴合，皴自峰成"（见石涛《苦瓜和尚论画语录》）的道理，叠成"一峰突起，连冈断堑，变幻顷刻，仍续不续"（见石涛《苦瓜小景》题词）的章法。因此虽高峰深洞，却一点没有人工斧凿痕迹，显出皴法的统一，全局紧凑，虚实对比有方。据《履园丛话》卷二十："扬州新城花园巷，又有片石山房者。二厅之后，潄以方池，池上有太湖石山子一座，高五六丈，甚奇峭，相传为石涛和尚手笔。其地系吴氏旧宅，后为一媒婆所得，以开面馆，兼为卖戏之所，改造大厅房，仿佛京师前门外戏园式样，俗不可耐矣。"以上记载与志书所记，地址是相符合的，二厅今尚存其一，系面阔三间的楠木厅，它的建造年代当在乾隆年间。山旁还存有走马楼（串楼），池虽被填没，可是根据湖石驳岸的范围，尚能想象与推测到旧时水面的情况。假山所用湖石和记载亦能一致。山峰高出园墙，它的高度和书中所云相若，顶部今已有颓倾。至于叠石之妙，独峰耸翠，秀映清池，确当得起"奇峭"二字。石壁、磴道、山洞，三者最是奇绝（详见《文物》1962年第2期拙文《扬州片石山房》，并参阅本篇"小盘谷"节）。石涛叠山的方法，给后世影响很大，而以乾隆年间的戈裕良最为杰出。他的叠山法，据《履园丛话》卷十二："只将大小石钩带联络，如造环桥法，可以千年不坏，要如真山洞壑一般，然后方称能事。"苏州的环秀山庄、常熟的燕园，都是现存戈氏的作品，还保存了这种钩带联络的做法。

（注）清嘉庆《江都县续志》卷五："片石山房在花园巷，吴家龙辟，中有池，屈曲流前为水榭，湖石三面环列，其最高者特立耸秀，一罗汉松踞其巅，几盈抱矣，今废。"清光绪《江都县续志》卷十二："片石山房，在花园巷，一名双槐园，县人吴家龙别业，今粤人吴辉谟修葺之，园以湖石胜，石为狮九，有玲珑夭矫之概。"清光绪续纂光绪《扬州府志》卷五："片石山房在徐宁门街花园巷，一名双槐园，旧为邑人吴家龙别业，池侧嵌太湖石，作九狮图，夭矫玲珑，具有胜概，今属吴辉谟居焉。"

个园在东关街，是清嘉庆、道光年间盐商两淮商总黄应泰（至筠）所筑。应泰别号个园，园内又植竹万竿，所以题名"个园"。据刘凤诰所撰《个园记》："园系就寿芝园旧址重筑。"寿芝园原来叠石，相传为石涛所叠，但没有可靠的根据。或许因园中的黄石假山，气势有似安徽的黄山，石涛善画黄山景，就附会是他的作品了。个园范围原来较现存要大些，现今住宅部分经维修后，仅存留中路与东路，大门及门屋已毁，照壁上的砖刻都很精致。住宅各三进。中路大厅之明间（当中的一间）减去两根"平柱"，这样它的开间就敞大了，应该说是当时为了兼作观戏之用才这样处理的。每进厅房，都有套房小院，各院中置不同形式的花坛，竹影花香，十分幽雅。园林在住宅的背面，从"火巷"（屋边小弄，北方称夹道，吴中称避弄）中进入，有一株老干紫藤，浓荫深郁，人们到此便能得到一种清心悦目的感觉。往前左转达复道廊（两层的游廊），迎面有两个花坛，满植修竹，竹间放置了参差的石笋，用一真一假的处理手法，象征着春日山林。竹后花墙正中开一月洞门，上面题额是"个园"。门内为桂花厅，前面栽植丛桂，后面凿池，北面沿墙建楼七间，山连廊接，木映花承，登楼可鸟瞰全园。池的西面原有二舫，名"鸳鸯舫"。与此隔水相对耸立着六角亭，亭倒映池中，清澈如画。楼西叠湖石假山，名"秋云"，秀木繁荫，有松如盖。山下池水流入洞谷，渡过曲桥，有洞若屋，曲折幽邃，苍劲夭矫，能发挥湖石形态多变的特征。因为洞屋较宽畅，洞口上部山石外挑，而水复流入洞中，兼以石色青灰，在夏日更觉凉爽。此处原有"十二洞"之称。假山正面向阳，湖石石面变化又多，尤其在夏日的阳光与雨雾中，所起的阴影变化更是好看，予人有夏山多态的感觉，因此称它为"夏山"。山南今很空旷，过去当为植竹的地方，想来万竿摇碧，流水湾环，又另生一番境界。从湖石的磴道引登山巅，转至七间楼，循楼、廊与复道可达东首的黄石大假山，山的正面向西，每当夕阳西下，一抹红霞，映照在黄石山上，不但山势显露，并且色彩倍觉醒目。而山的本身，又是拔地数丈，峻峭凌云，宛如一幅秋山图，是秋日登高的理想之地。它的设计手法与春景夏山同样利用不同的地位、朝向、材料与山的形态，达到各具特色的目的。山间有古柏出石隙中，使坚挺的形态与山势互相呼应，苍绿的枝叶又与褐黄的山石取得调和，它与春景用竹，夏山用松，在植物的配置上，能从善于陪衬与加深景色出发，是经过一番选择与推敲的。磴道置于洞中，洞顶钟乳垂垂（以黄石倒悬，代替钟乳石），天光隐隐从石窦中透入，人们在洞中上下盘旋，造奇制胜，构成了立体交通，发挥了黄石叠山的效果。山中还有小院、石桥、石室等与前者的综合运用，这又是别具一格的设计方法，在他处园林中尚未见。山顶筑亭，人在亭中见群峰皆移置脚下，北眺绿杨城廓、瘦西湖、平山堂及观音山诸景，一一招入园内，是造园家极巧妙的手法，称为"借景"。山南有一楼，上下皆可通山。楼旁有一厅，厅的结构是用硬山式

（建筑物只前后两坡用屋顶，两侧用山墙），悬"透风漏月"匾额，厅前堆白色雪石（宣石）假山，为冬日赏雪围炉的地方。因为要象征有雪意，特将假山置于南面向北的墙下，看去仿佛积雪未消的样子。反之如将雪石置于面阳的地方，则石中所含石英闪闪作光，就与命意相违，这是叠雪石山时不能不注意的事。墙东列洞，引漏春景入院，借用"大地回春"的意思。登雪石山可达通入园的复道廊，但此复道廊今已不存。

个园以假山堆叠精巧而出名，在建造时就有超出扬州其他园林的意图，故以石斗奇，采取分峰用石的手法，号称四季假山，为国内唯一孤例。虽然大流芳巷八咏园也有同样的处理，不过没有起峰。这种假山似乎概括了画家所谓"春山淡冶而如笑，夏山苍翠而如滴，秋山明净而如妆，冬山惨淡而如睡"（见郭熙《林泉高致》）与"春山宜游，夏山宜看，秋山宜登，冬山宜居"（见戴熙《习苦斋题画》）的画理，实为扬州园林中最具地方特色的一景。

寄啸山庄在花园巷，今名何园。清光绪年间道台何芷舫所筑，为清代扬州大型园林的最后作品。由住宅可达园内，园后的刁家巷另设一门，当时是招待外客的出入口。住宅建筑除楠木大厅外，都是洋式，楼横堂列，廊庑回绕，在平面布局上，尚具中国传统。从宅中最后进墙上的什锦空窗（砖框）中，隐约能见到园的一角，园中部为大池，池北楼宽七楹，因主楼三间稍突，两侧楼平舒展伸，屋角又都起翘，有些像蝴蝶的形态，当地人叫作"蝴蝶厅"。楼旁连复道廊可绕全园，高低曲折，人行其间有随势凌空的感觉。而中部与东部又用此复道廊作为分隔，人们的视线通过上下壁间的漏窗，可互见两面景色，显得空灵深远。这是中国园林利用分隔扩大空间面积的手法之一。此园运用这一手法，较为自如而突出。池东筑水亭，四角卧波，为纳凉拍曲的地方。此戏亭利用水面的回音，增加音响效果，又利用回廊作为观剧的看台。不过在封建社会，女宾只能坐在宅内贴园的复道廊中，通过疏帘，从墙上的什锦空窗中观看。这种临水筑台，增强音响效果的手法，今天还可以酌予采取，而复道廊隔帘观剧的看台是要扬弃的。如果用空窗作为引景泄景，以加深园林层次与变化，当然还是一种有效的手法。所谓"景物难锁小牖通"便是形容这种境界。池西南角为假山，山后隐西轩，轩南的牡丹台随着山势层叠起伏，看去十分自然。这种做法并不费事，而又平易近人，无矫揉造作之态，新建园林中似可推广。越山穿洞，洞幽山危，黄石山壁与湖石磴道尚宛转多姿，虽用不同的石类，却能浑成一体。山东麓有一水洞，略具深意，唯一头山石与柱头交接，稍嫌考虑不周。山南崇楼三间，楼前峰峦嶙峋，经山道可以登楼，向东则转入住宅的复道廊了。复道廊为叠落形（屋顶作阶段高低），其形式有游廊与复廊（一条廊中用墙分隔为二）两种。墙上开漏窗，巧妙地分隔成中东两部。漏窗以磨砖对缝构成，面积很大，图案简洁，手法挺秀工整。廊东有四面厅与三间轩相对，院内碧梧临峰，荫翳蔽日，阶下花街铺地（用鹅子石与碎砖瓦等拼花铺成的地面），其厅前砖砌阑楯，形成一种明洁修整的构图，给人以清静的气氛。这种布置在我国南北园林建筑中亦不多见。尤其是这种砖砌的漏空阑楯，不失为一种成功的作品，它与漏窗一样，亦为别处所不及，是具有地方风格的一种艺术品。厅后的假山倚墙而筑，壁岩与磴道无率直之弊。假山体积不大，尚能含蓄寻味，而小亭踞峰，旁倚粉墙之下，古树掩映，每当夕阳斜照，碎影满阶，发挥了中国园林就白粉墙为底所产生虚实的景色。虽然面积不大，但景物的变化万千，在小空间的院落中，还是一种可取的手法。山西北有蹬道，拾级可达复道廊楼层的半月台，它与西部复道廊尽端楼层的旧有半月台，都是分别用来观看升月与落月的。在植物配置方面，厅前山间栽桂，花坛种牡丹、芍药，山麓植白皮松，阶前列梧桐，转角补芭蕉，均以群植为主。因此葱翠宜人，春时绚烂，夏日浓荫，秋季馥郁，冬令苍青，都有规律可循，就不同植物特性，因地制宜而安排的。此园以开畅雄健见长，水石用来衬托建筑物，使山色水光与崇楼杰阁、复道修廊，相映成趣，虚实互见。园以厅堂为主，以复道廊与假山贯串分隔，上下脉络自存，形成立体交通、多层欣赏的园林。它的风景面系环水展开，花墙构成深深不尽的景色，楼台花木，隐现其间。此园建造时期较晚，装修多新材料与新纹样。又另辟园门，可招待外客等。

是园格局较之过去所建造者为宏畅，使游者由静观的欣赏，渐趋动观的游览。而逶迤衡直，闿爽深密，都曲具中国园林的特征。在造园手法上有一定程度的出新，但仍不失为这时期的代表作品。

小盘谷（又名小盘窠）在大树巷，为清光绪年间两江、两广总督周馥购自徐姓重修而成的，至民国初年复经一度修整。园在宅的东部，自大厅旁入月门，额名"小盘谷"，从笔意看来，似出陈鸿寿［号曼生，杭州人，西泠八家印人之一，生于清乾隆三十三年（1768年），殁于道光二年］之手。花厅三间面山，作曲尺形，游者绕达厅后，忽见一池汪洋，豁然开朗。厅侧有水阁枕流，以游廊相接。它与隔岸山石，隐约花墙，形成一种中国园林中惯用的以建筑物与自然景物作对比的手法。廊前有曲桥可通对岸，桥尽入幽洞，洞很广，内置棋桌，利用穴窦采光。复临水辟门，人自此可循阶至池。洞左置步石（用石块代桥）、崖道，可导至后部花厅。厅前有磴道可上山。这里是一个很好的谷口，题为"水流云在"。洞的处理既开敞又曲折多变化，应该说是构筑山洞中的好实例。右出洞转入小院，向上折入游廊，可抵山巅。山上有亭名风亭，坐亭中可以顾盼东西两部的景色。今东部布置已毁，正在修建中。其入口之门作桃形，额为"丛翠"。池北曲尺形花厅，今不存，遗址尚在。山拔地峻峭，名"九狮图山"，峰高约九米余，惜民国初年修缮时，略损原状。此园假山为扬州诸园中的上选作品，山石水池与建筑物皆集中处理，对比明显，用地紧凑，以建筑物与山石、山石与粉墙、山石与水池、前院与后院、幽深与开朗、高峻与低平等对比手法，形成一时难以分辨的幻景。花墙间隔得非常灵活，山峦、石壁、步石、谷口等的叠置，正是危峰耸翠，苍岩临流，水石交融，浑然一片了。妙处在于运用"以少胜多"的艺术手法。虽然园内没有崇楼与复道廊，但是幽曲多姿，雅淡宜人，廊屋皆不髹饰，以木材的本色出之。叠山的技术尤佳，足与苏州环秀山庄抗衡，显然出于名匠师之手。据清光绪《江都县续志》卷十二记片石山房云："园以湖石胜，石为狮九，有玲珑夭骄之概。"（据友人耿鉴庭云："片石山房池上亦有九狮石，积雪时九狮之状毕现，今毁。"）以小盘谷假山章法分析，似以片石山房者为蓝本，并参考其他佳作综合提高而成。又据《扬州画舫录》卷二云："淮安董道士叠九狮山，亦籍籍人口。"同书卷六又云："卷石洞天在城闉清梵之后……明旧制临水太湖石山，搜岩剔穴为九狮形，置之水中，上点桥亭，题之曰'卷石洞天'。"扬州博物馆藏李斗书九狮山条幅，盛毅跋语指为卷石洞天九狮山，但未言董道士所叠。据旧园主周叔弢、煦良二先生说，小盘谷的假山一向以九狮图山相沿称，由来已很久，想来定有根据。因此我认为当时九狮山在扬州必不止一处，而以卷石洞天为最出名，董道士则以叠此类假山而著世，其后渐渐形成了一种风气。董道士是清乾隆年间人，今证以峰峦、洞曲、崖道、壁岩、步石、谷口等，皆这一时期的手法，而陈鸿寿所书一额，时间又距离不太远。姑且提出这样的假设，即使不是董道士的原作，亦必模拟其手法耳。旧城南门堂子巷的秦氏意园小盘谷（秦恩复号敦夫，官编修，龚自珍的好友，龚与他往还甚密，仓巷絜园魏源所居，龚曾寄寓过）系黄石堆叠的假山小品，清乾隆末期所筑，出名匠师常州戈裕良之手，今废。《履园丛话》卷十二载："近时有戈裕良者，常州人，其堆法尤胜于诸家。"据此，则戈氏时期略迟于董道士，从秦氏小盘谷遗迹来看，山石平淡蕴藉，以"阴柔"出之，而此小盘谷则高险磅礴，似以"阳刚"制胜。这两位叠山名手同时作客扬州，那么这两件艺术作品，正是他们颉颃之作，用以平分秋色了（从周按：扬州有"小盘谷"三处，一为棣园前身，二为意园"小盘谷"，三为是处）。

东关街个园的西首，有园名逸圃，为李姓的宅园（个园最后属李姓）。从大门入，迎面有月门，额书"逸圃"二字。左转为住宅。月门内大巷修直，其东即园，假山倚东墙而筑，委婉屈曲，而壁岩森严，与墙顶之瓦花墙形成虚实对比。山旁筑牡丹台，花时灿烂若锦。山间北首尽端，墙下构五边形半亭，亭下有碧潭，清澈可以照人。花厅三间南向，装修极精，外廊天花，皆施浅雕。厅后小轩三间，带东厢配以西廊，前置花木山石。轩背有小院，设门而常关。初视之与木壁无异，启门沿磴道可达复道廊，由楼层转入隔园，园在住宅之后，以复道廊与山石相连，折向西北，有西向楼三间，面峰而筑，楼有盘梯可下，其旁有紫藤一架，老干若虬，满阶散绿，为之添色。此园与苏州曲园相仿佛，都是利用曲尺形隙地加以布置的，但比曲园巧妙，形成了上下错综、境界多变的园景。匠师们在设计此园时，利用"绝处逢生"的手法，造成了由小院转入隔园的办法，来一个似尽而未尽的布局。这种情况在过去扬州园林中并不少见，惜今存者无多，亦扬州园林特色之一。

怡庐是秫家湾黄宅（钱业商人黄益之住宅），花厅的一部分系余继之的作品。余工叠山，善艺花卉，小园点石尤为能手。怡庐花厅计二进，前进的前后皆列小院，院中东南两面筑廊，西面则点雪石一丘，荫以丛桂。厅后翼两厢，小院花坛上配石笋修竹，枝叶纷披，人临其境，有滴翠分绿的感觉。厅西隔花墙，自月门中入，有套房内院，它给外院形成了"庭院深深深几许"的景色。又因外院的借景，而内院中便显得小中见大了。这是中国建筑中用分隔增大空间的手法，是在居住的院落中较好的例子。后厅亦三间，面对山石，其西亦置套房小院。从平面论，此小园无甚出人意料处，但建筑物与院落比例匀当，装修亦皆以横线条出之，使空间宽绰有余，而点石栽花亦能恰到好处。至于大小院落的处理，又能发挥其密处见疏、静中生趣的优点。从这里可见绿化及空间组合对小型建筑的重要性了。

余园在广陵路，初名"陇西后圃"，清光绪年间归盐商刘姓后，就旧院修筑而成，又名刘庄。因曾设怡大钱庄于此，一般称怡大花园。园位于住宅之后，以院落分隔。前院南向为厅，其西缀以廊屋，墙下筑湖石花坛，有白皮松二株。厅后一院，西端多修竹。北墙下叠黄石山，由磴道可登楼。东院有楼，北向筑，其下凿池叠山，而湖石壁岩，尤为此园精华所在。

陈氏蔚圃在风箱巷。东南角入门，院中置假山，配以古藤老柏，顿觉苍翠葱郁，假山仅墙下少许，然有洞可寻，有峰可赏，自北部厅中望去，景物森然。东西两面配游廊，西南角则建水榭，下映鱼池，多清新之感。这小园布置虽寥寥数事，却甚得体。

蔚圃旁有杨氏小筑，真可谓一角的小园，原属花厅书斋部分。入门为花厅两间，前列小院，点缀少量山石竹木，以花墙分隔，旁有斜廊，上达小阁，阁前山石间有水一泓，因地位过小，以鱼缸聚水，配合得很相称。园主善艺兰，此小园平时以盆兰为主花，故不以绚丽花目而夺其芬芳。此处虽不足以园称，然园的格局俱备，前后分隔得宜，咫尺的面积，能无局促之感，仅觉多左右顾盼生景的妙处。

扬州园林的主人以富商为多，他们除拥物资财富外，还捐得一个空头的官衔，以显耀其身份，因此这些园林在设计的主导思想上与士大夫的园林有所不同。最突出的地方在于一味追求豪华，借以炫富有、榜风雅。在清康熙、乾隆时代，正如上述所说的，还期望能得到皇帝的"御赏"，以达到升官发财的目的。若干处还模拟一些皇家园林的手法。因此在园林的总面貌上，建筑物的尺度、材料的品类都追求高敞华丽。即以楼厅面阔而论，有多至七间的。其他楼层及复道廊，巨峰名石，以及分峰用石的四季假山（个园、八咏园两处存四季假山）和积土累石的"斗鸡台"（壶园有此）。更因多数商人为安徽徽州府属人，间有模拟皖南山水的。建筑用的木材，佳者选用楠木，楼层铺方砖。地面除鹅子石的"花街"外，院中有用大理石（以高资产白石为多）铺地。至于装修陈设的华丽等，除了反映园主享受所谓"诗情画意"的山水景色意图外，还有为招待较多的宾客作为交际场所之用，因此它与苏州园林在同一的设计主导思想下，还多一些原因。这种设计思想在大型的园林如个园、寄啸山庄等最容易见到。并且扬州的诗文与八怪的画派，在风格上亦比吴门派来得豪放沉厚，这些都多少给造园带来了一定的感染与提高。

自然环境与材料的不同，对园林的风格是有一定影响的。扬州地势平坦，土壤干湿得宜，气候及雨量亦适中，兼有南北两地的长处。所以花木易于繁滋，而芍药、牡丹尤为茂盛。这对豪华的园林来说，是最有利的条件。叠山所用的石材，又多利用盐船回载，近则取自江浙的镇江、高资、句容、苏州、宜兴、吴兴、武康等地，远则运自皖赣的宣城、徽州、灵璧、河口等处，更有少量奇峰异石罗致西南诸省，因此石材的品种要比苏州所用的为多。

中国园林的建造，总是利用"因地制宜"的原则，尤其在水网与山陵地带。可是扬州属江淮平原，水位不太高，土地亦坦旷，因此在规划园林时，与苏杭一带利用天然地形与景色就有所不同了。大型园林多数中部为池，厅堂又为一园的主体，两者必相配合，池旁筑山，点缀亭阁，周联复道，以花墙、山石、树木为园林的间隔，形成有层次、富变化的景色，这可以个园、寄啸山庄为代表。中小型园林则倚墙叠山石，下辟水池，适当地辅以游廊水榭，结构比较紧凑。片石山房、小盘谷都按这个原则配置而成。庭院则根据住宅余地面积的多寡，或院落的大小，安排少许假山立峰、旁凿小鱼池、筑水榭，或布置牡丹台、芍药圃，内容并不求多，仅能给人以一种明净宜人的感觉。蔚圃与杨氏小筑即为其例。而逸圃却又利用狭长曲尺形隙地，构成了平面布局变化较多的一个突出的例子。总的说来，扬州园林在平面布局上较为平整，然其妙处在于立体交通与多层观赏线，如复道廊、楼阁以及假山的窦穴、洞曲、山房、石室等皆能上下沟通，自然变化多端了。但就水面与山石、建筑相互发挥作用来说，未能做到十分交融，驳岸多数似较平直，少曲折湾环。石矶、石濑等几乎不见，则是美中不足的地方。但从片石山房、小盘谷及逸圃、个园"秋云"山麓来看，则尚多佳处。又有"旱园水做"的办法，如广陵路清道光年间建的员姓二分明月楼，将园的地面压低，其中四面厅则筑于较高的黄石基上，望之宛如置于岛上，园虽无水，而水自在意中。嘉定秋霞圃其后部似亦有此意图，但未及扬州园林明显。我们聪明的匠师能在这种自然条件较为苛刻的情况下，达到中国艺术上的"意到笔不到"的表现方法，实为难能可贵。扬州园林中的水面置桥有梁式桥与步石两种，在处理方法上，梁式多数为曲桥，其佳例要推片石山房中利用石梁而作飞梁形的桥，古朴浑成，富有山林的气氛。步石则以小盘谷采用得最妥帖。这些曲桥总因水位过低，有时转折太僵硬，而缺少自然凌波的感觉，对园林建桥来说在设计时是应设法避免的。片石山房的飞梁形式即弥补了这些缺陷，而另辟蹊径了。

　　扬州园林素以"叠石胜"，在技术上过去有很高的评价，因此今日所存的假山多数以石为主，仅已损毁的秦氏小盘谷似由土石间用者。因为扬州不产石，石料运自他地，来料较小，峰峦多用小石包镶，根据石形、石色、石纹、石理、石性等凑合成整体，中以条石铁器支挑（早期之例推泰州乔园明代假山），加固嵌填后浑然成章，即使水池驳岸亦运用这种办法。这样做人工花费很大，且日久石脱破坏原形，纵有极佳的作品，亦难长久保存。虽然如此，扬州叠山确有其独特的成就。其中突出的作品，以雄伟论，当推个园了；以苍石奇峭论，要算片石山房了；而小盘谷的曲折委婉，逸圃的婀娜多姿，都是佳构。棣园的洞曲，中垂钟乳，为扬州园林罕见。其与寄啸山庄石壁磴道，皆为较好的例子。在扬州园林的假山中，最为吸引人的是壁岩，其手法的自然逼真，用材的节省，空间的利用，似在苏州之上，实得力于包镶之法。片石山房、小盘谷、寄啸山庄、逸圃、余园等皆有妙作。颇疑此法明末自扬州开始，乾隆年间董道士、戈裕良等人继承了计成、石涛诸人的遗规，并在此基础上得到更大的发展。总之，这些假山，在不同程度上达到异形之山，运用不同之石，体现了石涛所谓"峰与皴合，皴自峰生"的画理，以其高峻而与苏州的明秀平远相颉颃，南北各抒所长。至于分峰用石及多种石并用，亦兼补一种石材难以罗致之弊，而以权宜之计另出新腔了。堆叠之法一般皆与苏南相同，其佳者总循"水随山转，山因水活"这一原则而加以灵活应用。假山的胶合材料，明代用石灰加细沙和糯米汁，凝结后有时略带红色，常用之于黄石山。清代的颜色发白，也有其中加草灰者，适用于湖石山。片石山房用的便是后者。佳例嵌缝是运用阴嵌的办法，即见缝不见灰，用于黄石山能显出其壁石凹凸多变，仿佛自然裂纹，湖石山采此法，顿觉浑然一体。不过像这样的水平，在全国范围内也较为罕见。

在墙壁的处理上，现存的园林因为多数集中于城区，且是住宅的一部分，所以四周是青砖砌的高墙，配合了砖刻门楼，外观很是修整平直。不过园林外墙上都加瓦花窗，墙面做工格外精细。它与苏南园林所给人以简陋园外墙面感觉不同，亦是因各有自己的设计主导思想所形成的。内墙与外墙相同，凡在需增加反射效果，或需花影月色的地方，酌情粉白。园既围以高墙，当然无法眺望园外景色，除个园登黄石山可"借景"城北景物外，余则利用园内的对景来增加园景的变化。寄啸山庄的什锦空窗，其所构成的景色真是宛如图画。其住宅与园林部分均利用空窗达到互相"借景"的效果。个园桂花厅前的月门亦收到了引人入胜的作用。再从窗棂中所构成的景色，又有移步换影的感觉。在对比手法方面，基本与苏南园林相同，多数以建筑物与墙面山石作对比，运用了开朗、收敛、虚实、高下、远近、深浅、大小、疏密等手法，尤以小盘谷在这方面运用得最好。寄啸山庄能从大处着眼，予人以完整醒目的感觉。

扬州园林在建筑方面最显著的特色便是利用楼层，大型园林固然如此，小型如二分明月楼，也还用了七间的长楼。花厅的体形往往较大，复道廊的延伸又连续不断，因此虽然安排了一些小轩水榭，适与此高大的建筑起了对比作用。它与苏州园林的"婉约轻盈"相较，颇有铜琶铁板唱"大江东去"的气概。寄啸山庄循复道廊可绕园一周，个园盛时情况亦差不多。至于借山登阁，穿洞入穴，上下纵横，游者往往到此迷途，此与苏州园林在平面上的"柳暗花明"境界，有异曲同工之妙，不能单以平面略为平正而判其高下。

扬州园林建筑物的外观，介于南北之间，而结构与细部的做法，亦兼抒两者之长。就单体建筑而论，台基早期用青石，后期用白石，踏跺用天然山石随意点缀，很觉自然。柱础有北方的"古镜"形式，同时也有南方的"石鼓"形式。柱则较为硕挺，其比例又介于南北两者之间。窗则多数用和合窗（支摘窗）。阑干亦较肥健。屋角起翘虽大都用"嫩戗发戗"（由屋角的角梁上竖立的一根小角梁来起翘），但比苏南来得低平，屋脊则用通花脊，比苏南的厚重。漏窗、地穴（门洞）做法工整挺拔，图案形式变化多端，与苏南柔和细致的相异。门额都用大理石或高资石而少用砖刻，此又是与苏南显著不同者。建筑的细部手法简洁利落，在线脚与转角的地方，都有曲折，虽然总的看来比较直率，但刚中有柔，颇耐寻味。色彩方面，木料皆用本色，外墙不粉白，此固由于当地气候比较干燥的缘故，但也多少存有以原材精工取胜的意图。内部梁架皆圆料直材，制作得十分工整，间亦有用扁作的。翻轩（卷棚）尤力求豪华，因为它处于入口显著的地位，所以格外突出一些。内部以方砖铺地，其间隔有槅扇与罩，材料有紫檀、红木、银杏、黄杨等，亦有雕刻髹漆、嵌螺钿与嵌宝的，或施纱槅的。室内家具陈设及屏联的制作，亦同样讲究。海梅（扬州称红木名海梅）所制的家具，与苏广两地不同，其手法和他种艺术一样，富有扬州"雅健"的风格（参看住宅部分）。

　　建筑物在园林中的布置，在今日扬州所存的类型并不多，仅厅堂、楼、阁、榭、舫、复道廊、游廊等，其组合似较苏南园林来得规则。楼常位于园的尽端最突出处。厅往往为一园之主体，有些厅加楼后形成楼厅，就必建在尽端了。其他舫榭临水，轩阁依山，亭有映水与踞山不同的处理。如因地形的限制，则建筑可做一半，如半楼、半阁、半亭等。虽仅数例，亦发挥了随宜安排的原则，以及同中求异、异中见其规律的灵活善变的应用。廊亦同样不出这些原则和方法，不过以环形路线为主，间有用作分隔的。形式有游廊、叠落廊、复廊、复道廊等。厅堂据《扬州画舫录》所载，名目颇多，处理别出心裁，今日常见的有四面厅、硬山厅、楼厅等。梁架多"回顶鳖壳"式（卷棚式的建筑，在屋顶部仍做成脊）。在材料方面，楠木厅与柏木厅最为名贵，前者为数尚多，后者今日已少见。园林铺地大部分用鹅子石花街，间有用冰裂纹石的。在建筑处理上值得注意的，便是内部的曲折多变，其间利用套房、楼、廊、小院、假山、石室等的组合，造成"迷境"的感觉，现存的逸圃尚能见到，此亦扬州园林重要特征之一。

花木的栽植是园林中重要的组成部分，各地花木有其地方特色，因此反映在园林中亦有不同的风格。扬州花木因风土地理的关系，同一品种，其姿态容颜也与南北两地有异，一般说来，枝干花朵比较硕秀。在树木的配置上，以松、柏、桧、榆、枫、槐、银杏、女贞、梧桐、黄杨等为习见。苏南后期园林中杨柳几乎绝迹，然则在扬州园林中却常能见到，且更具有强烈的地方色彩，因为该地的杨柳，在外形上高劲，枝条疏朗，颇多画意，下部的体形也不大，植于园中没有不调和的感觉。梧桐在扬州生长甚速，碧干笼荫，不论在园林或庭院中都予人以清雅凉爽之感，与柳色各占春夏两季的风光。花树有桂、海棠、玉兰、山茶、石榴、紫藤、紫薇、梅、蜡梅、碧桃、木香、蔷薇、月季、杜鹃等。在厅轩堂前多用桂、海棠、玉兰、紫薇诸品。其他如亭畔、榭旁的枫、榆等，则因地位的需要而栽植。乔木、花树与园林的关系，在扬州园林中，前者作为遮阴之用，后者用作观赏之需。姿态与色香还是选择的最重要标准。在假山间，为了衬托山容苍古，酌植松柏，水边配置少许垂杨。至于芭蕉、竹、天竹等，不论用来点缀小院，补白大园，或在曲廊转折处，墙阴檐角，与蜡梅、丛菊等组合，都能入画。书带草不论在山石边、古树根旁、鱼缸四周以及阶前路旁，均给人以四季常青的好感，冬季初雪匀披，粉白若球。它与石隙中的秋海棠，都是园林绿化中不可缺少的小点缀。至于以书带草增添假山生趣，或掩饰叠堆中的疵病，真有如山水画中点苔的妙处。芍药、牡丹更是家栽户植。《芍药谱》(《能改斋漫录》)十五"芍药条"引孔武仲《芍药谱》载："扬州芍药，名于天下，非特以多为夸也。其敷腴盛大而纤丽巧密，皆他州所不及。"从李白《黄鹤楼送孟浩然之广陵》诗中"烟花三月下扬州"即可以想见其盛况。因此花坛、药阑便在园林中占有显著的地位。其形式有以假山石叠的自然式，有用砖与白石砌的图案式，形状很多，皆匠心独运。春时繁花似锦，风光宛如洛城。树木的配合，似运用了孤植与群植两种基本方法。群植中有用同一品种的，亦有用混合的树群布置，主要的还是从园林的大小与造景的意图出发，如小园宜孤植，但树的姿态须加选择。大园宜群植，亦须注意假山的形态、地形的高低大小，做到有分有合、有密有疏。若假山不高，主要山顶便不可植树，为了衬托出山势的苍郁与高峻，非植于山阴略低之处不可，使峰出树梢之间，自然饶有山林之意了。此理不独植树如此，建亭亦然，而亭、树与山的关系，必高下远近得宜才是。山麓的水边有用横线条的卧松临水，亦不失为求得画面统一的好办法。山间垂藤萝，水面点荷花，亦皆以少出之，使意到景生即可。至于园内因日照关系有阴阳面的不同，在考虑种树时应加注意其适应性，如山茶、桂、松、柏等皆宜植阴处，补竹则处处均能增加生意。

扬州盆景刚劲坚挺，能耐风霜，与苏杭不同，园艺家的剪扎功夫甚深，称之为"疙瘩""云片"及"弯"等，都是说明剪扎所成的各种姿态的特征。这些都是非短期内可以培养成的。松、柏、黄杨、菊花、山茶、杜鹃、梅、玳玳、茉莉、金橘、兰、蕙等都是盆植的好主题。又有山水盆景，分旱盆、水盆二种，咫尺山林，亦多别出心意。棕碗菖蒲，根不着土，以水滋养，终年青葱，为他处所不及。艺菊，扬州花匠师对此有独到之技，品种极盛。以这些来点缀园林，当然锦上添花，倍显绚丽了。园林山石间因乔木森严，不宜栽花，就要运用盆景来点缀。这种办法从宋代起即运用了，不但地面如此，即池中的荷花，亦莫不用盆荷入池的。因此谈中国园林的绿化，不能不考虑盆景。

按：扬州画派的作品，以花卉竹石为多，摹写对象当然为习见的园林，其中花木经画家们的挥洒点染，都成了佳作，由此可见扬州园林中的花影响之大。反之，画家对园林花木批红判白，以及剪裁、构图、配置等，对花木匠师亦产生一定的启发与促进。扬州产金鱼；善培养笼鸟，品种亦多，这些对园林都有所增色。

总之，造园有法而无式。变化万千，新意层出，其妙处在于"因地制宜"与相互"借景"（妙于"因借"），做到得体（精在"体宜"），方能别具一格。扬州园林综合了南北园林的特色，自成一格，雄伟中寓明秀，得雅健之致，借用文学上的一句话来说，正是"健笔写柔情"了。而堂庑廊亭的高敞挺拔，假山的沉厚苍古，花墙的玲珑透漏，更是别处所不及。至于树木的硕秀，花草的华滋，则又受地理及自然条件的影响，经匠师们的加工而形成。假山的堆叠广泛地应用了多种石类，以小石拼镶的技术并分峰用石、旱园水筑等因材致用、因地制宜的手法，对今日造园都有一定的借鉴作用。唯若干水池，似少变化，未能发挥水在园林中的弥漫之意，难以构成与山石建筑物等相映成趣的高度境界。一般庭院中，亦能栽花种竹，荫以乔木，配合花树，或架紫藤，罗置盆景片石，安排出一些小景，这些都丰富了当时城市居民的文化生活，同时集腋成裘，又扩大了城市绿化的面积，是当地至今还相沿的一种传统。

住宅

　　卢宅在康山街，清光绪年间盐商江西人卢绍绪所建。据建造时账册所记，造价为纹银七万两，是今存扬州最大的住宅建筑。大门用水磨砖刻门楼，配以大照壁。入门北向为倒座（与南向正屋相对的房屋），经二门有厅两进，皆面阔七间，以当中三间为主厅，其旁各两间为会客读书之处，内部用罩（用木制镂空花纹做成的分隔）及槅扇（落地长窗）来分隔。正中院落以漏窗与左右邻院区分，其旁小院中置湖石花台，配植花木，形成幽静的空间，与中部大厅前的畅达不同。再入为楼厅二进，面阔亦七间，系主人居住之处，厅后两进其面阔则易为五间，系亲友临时留居的地方。东为厨房，今毁。宅后有园名"意园"，池在园之北。濒池建书斋及藏书楼二进，自成一区。池东原有旱船，今不存。园南依墙建一亭，有游廊导向北部。余地栽植乔木，以桂为主。此宅用材选湖广杉木，皆不髤饰，装修皆用楠木，雕刻工细。虽建筑年代较迟，然屋宇高敞，规模宏大，是后期盐商所建豪华住宅之代表。

汪姓小苑，盐商汪伯屏宅，在地官第，民国年间扩建，为今存扬州大住宅中最完整的一处。宅分三路，各三进。东西花厅布置各别，东花厅入口用竹丝门，甚古朴。厅用柏木建造，不油漆，雅洁散芬香。内部置罩及楠扇，楠扇嵌大理石，皆精工雕刻，用作前后分隔之用。其南有倒座三间。院中置湖石花坛，栽蜡梅、琼花（北京称太平花，故宫绛雪轩前有之）。东侧有门，入内仅为极小面积，所谓明有实无，以达不尽之意的目的。西花厅以月门与小院相隔，院内有假山一丘，面东置船轩，缀以游廊，下凿小池，轩下砌砖台，可置盆景，映水成趣。自厅中穿月门以望院中，花木扶疏，山石参差，宛如图画。宅北后院列东西两部，间以花墙月门。西部北建花厅六间，用罩分隔为二。厅西有书斋三间，嵌五色玻璃，其前有廊横陈，两者之间，植紫薇二株，亭亭如盖，依稀掩映，内外相望，曲具深意。厅南叠假山为牡丹台，西部亦筑花坛，点景似甚平淡，两部运用花墙间隔，人们的视线穿过漏窗、月门望隔院景色，则又觉清幽空灵，发挥了很大的"借景"作用。这处当以住宅建筑占主要部分，而园则相辅而已，因面积不大，所以题为"小苑春深"。

赞化宫赵宅，系布商赵海山宅，厅堂三进，南向，门屋及厨房等附属建筑，皆置于墙外，花园亦与住宅以高墙隔离，但同时又可从门屋旁直接入园，避免与住宅相互干扰。在建筑平面的分隔上来说，很是明晰，花园前部东向有书斋三间，以曲廊与后部分隔，后有宽敞的花厅二进，与住宅的规模甚相称。

魏宅，盐商魏次庚宅，在永胜街，属中型住宅。大门西向，宅南向，总体为不规则的平面，因此将东首划出长方形的地带作为住宅，西首不规则的余地辟为园林，主次很是鲜明。住宅连倒座计四进，皆面阔五间。其布置特点，厅为三间带两厢，旁皆配套房小院，在当时作为居住之用。这类套房处理得很是恰当，它与起居部分实联而似分，互不干扰，尤其小院，不论在采光、通风，或是扩大室内外空间上，皆得到较好效果。园前狭后宽，前部邻大门处建杂屋，后部划分为前后两区，前区筑四面厅名"吹台"，郑板桥书"歌吹古扬州"颜其额，配以山石、玉兰、青桐，面对东南角建有小阁。后区为前区的陪衬，又将东西划为两部分，东部置旱船，旁辅小阁，花墙下叠黄石山，栽天竹、黄杨。穿漏窗外望，景色隐约。这园虽小，而置两大建筑物尚宽绰有余，是利用花墙划分得宜，互相得以因借之法，使空间层次增加，也是宅旁余地设计的一种方法。

仁丰里刘宅，宅不大，门东向，入内沿门屋筑西向屋一排，前面高墙，天井作狭长形，可避夏季炎阳与冬季烈风，而夏季因墙高地狭，门牖爽通，反觉受风较多。墙内南向，厅三进，而末进除置套房外，更增密室（套房内的套房）。厅旁有花墙，过月门，内筑花厅，置山石花木。整个建筑设计是灵活运用东向基地的一个例子。

大武城巷贾宅，清光绪年间盐商贾颂平所有。大门东向，厅事两路皆南向而建，而东路诸厅设计尤妙，每一厅皆列庭院，有栽花植竹为花坛，有凿池叠石为小景，再环以游廊，映以疏棂，多清新之意。宅西原有园林，今废。

仁丰里辛园，商人周挹扶宅。大门东向，入内筑西向房屋一排，为扬州东向基地的惯用手法。南向厅事与东西两廊及倒座构成四合院。厅面花厅入口处建一半亭，对面为书斋，厅南以花墙间隔，其外尺余空地留作虚景。老桂树梢出花墙之外，秋时满院飘香，人临其地，便体会到中国庭院中天香院落的意境。厅后西通月门，有额名"辛园"，园内凿鱼池，架曲桥，旁建小亭。花厅装修以银杏木本色制成，甚雅洁。厅前以白石拼合铺地，极平整。此宅居住部分小，绿化范围大，平面上的变化比较多，是由于过去宅主在扩建中，逐步形成的现象。

石牌楼黄氏汉庐，清道光年间为金石书画家吴熙载之故居。大门北向，入门有院，其西首"火巷"可达南向的东西两四合院，院以正屋与倒座相对而建，院子作横长形，石板墁地。此为北向住宅之一例。

甘泉路匏庐，民国初年资本家卢殿虎建。门西向，入内南向筑厅，最南端者为花厅，厅北以黄石叠花坛，厅南以湖石叠山，景殊葱郁，山右构水轩，蕉影拂窗，虚棂映水，极明静之致。西首门外，北端又有黄石山一丘，越门可绕至厅后。宅东部有一曲尺形地，以游廊花墙贯通，地东南隅筑方亭，隔池尽端筑小轩三间，随廊可达，面积虽小，尚觉委婉紧凑，此宅是利用西门南向及不规则余地设计之一例。

丁家湾某宅是扬州利用总门的住宅，总门内东西各有两宅。东宅为三合院，院中以花墙分隔，形成前后两部分，而房屋面阔皆作两间，处理很灵活。西宅正屋两进皆三合院，面阔作三间，两进三合院排列又非一致。此类住宅有因地制宜、分隔自由的好处。

牛背井某宅，为小型住宅的一例。南向，入门仅小厅三间，由厢房倒座构成四合院。外附厨房。这种平面布局是扬州住宅的基本单元。

扬州城由平行的新旧两城组合成今日的城区，运河绕城，小秦淮河自北门流入，为新旧两城的分界。旧城南北又以汶河贯串，所以河道都是南北平行的，由于河道平直，道路及建筑物可以得到较规则的布局。其间主要干道为通东西南北的十字大街，与大街垂直的便是坊巷，这一点在旧城更为突出。巷名称一巷、二巷……九巷，它和北京的头条胡同、二条胡同等排列相似。新城因后期富商官僚的大住宅与若干商业建筑的发展，布局比旧城零乱，颇受江南城市风格的影响。新城的湾子街，就是非垂直线，好像北京的斜街，是一条交通捷径。在这许多街道中掺杂了不少小巷，有的还是死胡同，因此看来似乎复杂，其实仍是井然有序，脉络自存。过去大的巷口还建拱门，当地称为"圈门"，它是南北街坊布置的介体，兼有南北城市街坊布置的特征。

住宅是按街巷的朝向布置，在处理上大体符合"因地制宜"的要求，较为灵活，而内部尤曲折多变。住宅主要位于通东西坊巷中，因此都能取得正南的朝向，或北门南向。通南北的坊巷中，亦有许多住宅，不过为数较少。因为要利用正南或偏南的朝向，于是产生了东门南向，或西门南向的住宅，又运用"总门"的办法，将若干中小型不同平面的住宅，利用一个总门非常灵活地组成一个整体，这是大中藏小、化零为整的巧妙办法，也是旧时为了满足聚族而居的生活方式和治安防卫而产生出来的，并且在市容整齐等方面也相应地带来了一定的好处。

扬州城区今日所存尚有较多的一些大中型住宅，这些住宅的特点，都配合着大小不等的园林和庭院，使居住区中包括了充裕的绿化地带，形成了安适的居住环境。

住宅平面一般是采用院落式，以面阔二门的厅堂为主体，更有面阔五间的，即《工段营造录》所谓："如五间则两梢间设槅子或飞罩，今谓明三暗五。"也有四间、两间的，皆按地基面积而定，偶然也有面阔七间的。其实仍以三间为主，左右各加两间客厅，如康山街卢宅的厅堂。大中型住宅旁设弄名"火巷"，是女眷、仆从出入之处。各大型住宅有两路以上的"火巷"，则又为宅内交通的重要干道。扬州的"火巷"比苏南"避弄"（俗称"备弄"，今据明代文震亨著《长物志》卷一所载之名）开朗平直，给居住者以明洁的感觉，尤其以紫气东来巷龚姓沧州别墅的"火巷"最为广阔，当时可以通轿。厅堂除一进不连庑的"老人头"外，尚有两面连庑的"曲尺房"（由两面建筑物相连，平面形成曲尺形）、三面连庑的"三间两厢"（厅堂左右加厢的三合院），以及"四合头"（四合院）、"对合头"（两厅相对，又称对照厅）等。但是

"三间两厢"及"四合头"作走马楼式的称"串楼"，厅堂的排列程序，前为大厅，后为内厅（女厅），即所谓上房（主人所生活起居的地方），多作三间，《工段营造录》云"两房一堂"（两间房一间起居室），旁边大都置套房，还有再加密室的，如仁丰里刘宅还能见到。厅旁建圭形门、长方形门或月门，以通书房及花厅。墙外附厨房、杂屋及下房（仆从居住），使与主人的生活部分隔离。套房、密室数目的多少，要看建造所需要的曲折程度而定，越曲折则套房密室越多。《工段营造录》云："三间居多，五间则藏东西梢间于房中，谓之套房，即古密室、复室、连房、闺房之属。"在这类套房前面皆设小院，置花坛，夏日清风徐来，凉爽宜人，冬则朔风不到，温暖适居。在封闭性的扬州住宅中，采用这种办法还是切合当时实际的。书房小者一间、两间，大者兼作花厅，一般都是三间。其前必叠石凿池，点缀花木修竹，或置花坛、药阑等，形成一种极清静的环境，在东门南向或西门南向的住宅，门房旁的房屋则属账房、书塾及杂屋等次要房屋。这些屋前的天井狭长，仅避日照兼起通风的作用。大门北向的住宅，则以"火巷"为通道，导至前部进入南向的主屋。

扬州住宅的外观，在中型以上住宅，都按居住者的地位设照壁，大者用八字照壁，次者一字照壁，最次者在对户他宅的墙上，在壁面隐出方形照壁的形状，华丽的照壁贴水磨面砖，雕刻花纹，正中嵌"福"字，像个园的大门上者，制作精美。外墙以清水砖砌叠，讲究的用磨砖对缝做法。门楼用砖砌，加砖刻。最华丽的作八字形，复加斗拱藻井，如东圈门壶园大门即是。一般亦有用平整的磨砖贴面，简洁明快。按：扬州以八刻（砖刻、牙刻、木刻、石刻、竹刻、瓷刻、刻纸、刻漆）著世，砖刻即为其中之一。大门髹黑漆，刊红门对，下置门枕石，石刻丰富多彩，其大小按居住者的地位而定。屋顶皆作两坡顶，屋脊较高，用漏空脊（屋脊以瓦叠成空花形）。这些与高低叠落的山墙相衬托，有时在外墙顶开一排瓦花窗，可隐约透出院中树梢与藤萝，使之自然形成一种整齐而又清新的外貌，给巷景增加了生趣。

入大门迎面为砖刻土地堂，倚壁而建，外形与真实建筑相仿佛。它的雕刻和大门门楼的形式相协调，是内照壁中最令人注目的。虽同时亦起一定的装饰作用，但终属封建迷信的产物，理应扬弃。门屋院落内以砖或石墁地，二门与大门的形制相类似。厅堂高敞轩豁，一般用质量很高的本色杉木，而大住宅的厅堂又有用楠木、柏木，《工段营造录》载有用桫椤的。木材加工有外施水磨的，更显得柔和圆润了。这种存素去华的大木构架，与清水砖墙的格调一致。厅堂外檐施翻轩，明间用槅扇，次间和厢房用和合窗。后期的建筑，则有改用槛窗的。在内厅与花厅，明间的槅扇只居中用两扇，两旁仍旧用和合窗，楼厅的槛窗如槛墙部分改用栏杆，则内装活动的木榻板，在炎热季节可以卸除，以便通风。在分隔上，内院住住以花墙来区分，用地穴（门洞）贯通，地穴有门可开启。

院落的大小与建筑物的比例一般为1：1，在扬州地区能有充分的日照，夏日加凉棚，前后门牖洞开，清风自引。从地穴中来的兜风更是凉爽。到冬季将地穴门关闭，阳光满阶，可减少严寒的袭人。在花墙与重重的门户组合下，增加了庭院空间感与深度，有小宅不见其狭、大宅不觉其旷的好处。在解决功能为前提下，同时又扩大了艺术效果。大厅的院子用横长形，配上两厢或两廊，使主体突出。内厅都带两厢，院子形成方形。房屋进深一般比苏南浅，北面甚至有不设窗牖的。因夏季较凉爽，冬季在室内需要较多的日照缘故。

室内的空间处理，主要希望达到有分有合、曲折有度、使用灵活，人处其境觉含蓄不尽的设计意图。因此在花厅中，必用罩或槅扇，划成似分非分，可大可小的

943

空间，既有主次，又有变化。如仁丰里辛园、地官第小苑皆可见到。厅堂前的卷棚（翻轩），在进深较大的建筑中有用二卷（两个翻轩）的，如康山街卢宅。内室与套房有主副之别，似合又分，又内室往往连厢房，而以罩或楠扇分间。罩以圆光罩（罩作圆形的）为多，有的还施纱隔（罩的花纹中夹纱），雕刻多数精美。书房中亦可自由划分，应用上均较灵活。厅堂皆露明造（不用天花），亦不施草架（用两层屋顶），居住房屋有酌用天花的，花厅内部有作轩顶（卷棚式）。房屋内皆墁方砖，砖下四角置覆钵的空铺法（见《长物志》卷一），钵间垫黄沙，磨砖对缝，既平整，且无潮湿之患。卧室内冬日上置木地屏（方形大制装脚的活动地板）保暖，同时亦减低了室内空间的净高。有些质量高的楼厅，二层亦墁砖（如逸圃），更有再加上地屏的。这样能使步履无声，与明代《长物志》卷一上所说"与平屋无异"的记载相符合。这些当然只会在高级的住宅中出现了。一般近期的住宅，则皆用木地板了。

内外墙都用砖实砌，在质量高的住宅中用清水砖，经济的住宅则用灰泥浆拼砌大小不等的杂砖，其外观也很整齐。在外墙的转角，适当一人高的地位，为了便利交通用抹角砌。回廊之壁部刷白，房屋内壁用木护壁，其余仍保持砖的本色。天井铺地通常用砖石铺，砖铺有方砖、条砖平铺及条砖仄铺的。石铺则用石板规则铺与冰裂纹铺。更有用大方块高资的白石拼铺的，绝少数用大理石。柱础用古镜式，在明代及清代早期的建筑中还沿用了碩形的石础。大柱宅皆用石鼓，或再置垫覆盆础石，取材用高资兼有大理石的。

柱都为直柱，明代住宅的柱顶尚存卷杀的手法，比例肥硕。柱径与柱高的比例约为1∶9，如大东门毛宅大厅的。现在一般见到的比例在1∶10—1∶16之间，柱的排列与《工段营造录》所说"厅堂无中柱，住屋有中柱"一致。大厅明间有用通长额枋，而减去平柱两根的。此为便利观剧不阻碍视线。梁架做法可分为三种：一是苏南的扁作做法；二是圆料直材，在扬州最为普遍；三是介于直梁与月梁（略作弯形的梁）间的介体。将直梁的两端略作卷杀，下刻弧线，这种线的做法看来似受徽式建筑的影响。这三种做法中以第二种足以代表扬州的风格。尚有北河下吴宅，建筑系出宁波匠师之手，应属特例。圆料的梁架，用材坚挺，接头处的卯榫砍切尤精，很是准确。一般厅堂，主要梁架在前后金柱间施五架梁，上置蜀柱，再安三架梁与脊瓜柱。不过檩下不施枋及垫板，与《工段营造录》所示不符，当为苏北地方做法，从结构上来说，似有不够周到的地方。花厅有用六架卷棚的，山墙作圆形叠落式。豪华的厅堂有改为方柱方梁的，系《工段营造录》所谓方厅之制。卷棚（翻轩）一般为海棠轩（椽子弯作海棠形）与菱角轩（椽子弯作菱角状），但复多变例。此外鹤颈轩（椽子弯如鹤颈）也有见到。总的来说以船篷轩为多，草架则仅偶有用在卷棚（翻轩）之上。

栏杆的比例一般较高，花纹常用拐子纹，四周起凸形线脚。檐下挂落也很简洁，都与整个建筑物立面保持协调。屋顶在望砖上瓯瓦，其瓦饰有勾头滴水等；勾头的上部加高，滴水的下部较长，形式渐趋厚重。

扬州城区住宅的给水问题，除小秦淮河与汶河一带有河水可应用外，住宅内皆有水井，少者一口，多则几口。其地位有在院子中、厨房内、厨房前、园中或"火巷"内，更有掘在屋内的暗井（无井栏、平盖）。坊巷中的公共用井随处可见，凡在井旁的边墙，必砌发券（杭绍一带用竖立石板），以免墙身下陷，也是他处所罕见的。井水除作洗涤及供作饮用外，必要时还可作消防用水。更在住宅内置有储蓄檐漏供食用的天落水缸，它与供消防用的储水缸并备。每宅院子中有阴井，在大门外有总的下水道，以解决住宅的排水问题。过去扬州的坊巷皆铺石板，其下部即下水道。至于池中置鱼缸，则系供金鱼栖息度冬用的。

住宅中庭院绿化，可参看园林部分。

扬州住宅建筑在外观上是修整挺健的，对城市面貌起到一定的影响，这许多井然有序的居住区，在我国旧城市中还是较少有的。它的优点是明洁宁静、大中寓小、分合自如，在空间处理上注意到院落分隔与宽狭的组合，以及日照与通风的合理解决。建筑物不论大小，都配置恰当，比例匀整，用地面积亦称经济，达到居之者适、观之者畅的目的。在平面处理上能"因地制宜"，巧于安排，不论何种朝向的地形，皆能得到南向；不论何种大小的地形，皆能有较好的空间组合，又解决了功能上的需要。而建筑手法介于南北两地之间，尤以工整见长。这些都是扬州住宅的特征。今后我们怎样批判地继承这些原则，还有待于大家商讨。无疑地，扬州住宅是封建社会商业城市的产物，在设计的主要意图与功能上，是从满足当时宅主的需要出发的，有它很大的局限性。如封闭性的高墙、大型住宅中力求豪华的装修，以及过多的厅堂与辅助建筑占用了实际住房的面积等，这些设计方法都是今日应该扬弃的。内容决定形式，这些住宅建筑多数是作为历史的实物而已。扬州的园林与住宅在我国建筑史上有其重要的价值，也是研究扬州经济与文化发展，尤其是古代劳动人民在园林与建筑方面成就的重要途径。此集之编，其目的就在于介绍扬州园林与住宅的概况。管见所及，自多局限与不正确处，批评指正。

1961 年 8 月初稿

1962 年 10 月订补

1963 年 11 月再修订增补

1977 年 10 月记

陈 从 周 作 品 精 选

出 品 人	康瑞锋
项 目 统 筹	田 千
产 品 经 理	吕芙瑶
编图及版式	宽 堂
封 面 设 计	InnN Studio

从 周
书法 陈从周先生

《谈园录》
《书带集》
《春苔集》
《帘青集》
《随宜集》
《世缘集》
《梓室余墨》

在这里，与我们相遇

领读名家作品·推荐阅读

领读小红书号　　领读微信公众号

黄石文存

冯至文存

费孝通作品精选

何怀宏作品选